HAYMON taschenbuch **334**

Theresa Prammer
Mörderische Wahrheiten

Ein Wien-Krimi

Theresa Prammer
Mörderische Wahrheiten

Für Joseph, weil jede Straße zu dir führt

Gib mir die Gelassenheit, Dinge hinzunehmen, die ich nicht ändern kann, den Mut, Dinge zu ändern, die ich ändern kann, und die Weisheit, das eine vom anderen zu unterscheiden.
    Reinhold Niebuhr

PROLOG

Ein Herzschlag trennte ihn vom Aufprall. Er wollte nicht sterben. Nicht so. Ein Schrei schnitt von unten durch die Luft und wurde immer lauter, je schneller er auf den schwarzen Boden zuraste.

Es heißt, das Leben zieht an einem vorbei, wenn man stirbt. Aber an ihm flitzten nur die grellen Lichter der unzähligen Scheinwerfer und die Schemen der Menschen vorüber, die zu ihm auf die Beleuchterbrücke hinaufgesehen hatten. Auch sie stand unten. Er spürte ihren Blick. Sie. Endlich. Fast sein halbes Leben hatte er nach ihr gesucht. Seine Tochter.

Vielleicht war es heute doch nicht zu Ende? Vielleicht gab es so etwas wie Gott oder das Schicksal, das ihn gerade jetzt verschonte? In sein Flehen mischte sich das Aufblitzen eines Hoffnungsschimmers.

Und trotzdem wäre er gleich da, der Schmerz. Unvermeidlich. Sein Körper würde aus sechs Metern Höhe aufprallen.

Er wollte schreien und riss instinktiv den Mund auf. Doch kein Laut kam aus seiner Kehle.

Und plötzlich war alles vorbei. Kein Schmerz, kein Krachen der Knochen, keine Erschütterung. Nichts.

Die Erleichterung weckte ihn auf. Es war nicht echt. Alles nur ein böser, dunkler Traum.

Er versuchte sich zu erinnern, er hatte das schon oft geträumt. Es war immer so real. Der muffige Geruch nach staubiger Kleidung. Die Hitze. Sein trommelndes Herz, als er den Halt verlor. Oder war alles wirklich passiert?

Erinnerungsfetzen stiegen auf, doch es hatte keinen Sinn, sie ließen sich nicht festhalten. Seine Gedanken waren so flüchtig wie Wassertropfen im Feuer.

Er hatte Hunger. Und seine Muskeln taten weh, wie beim schlimmsten Muskelkater. Hatte er kürzlich Sport gemacht?

Er wollte sich aufsetzen, aber irgendetwas fühlte sich falsch an. Sein Körper gehorchte ihm nicht. Seine Arme und Beine lagen bleischwer auf der weichen Unterlage und bewegten sich keinen Millimeter.

Auch seine Augen. Er strengte sich mit ganzer Kraft an, aber er konnte sie nicht öffnen. Als er erkannte, warum, stürzte ihn der Schock zurück in die Dunkelheit.

Sie waren zugeklebt.

1.

„Wohin soll es gehen?", fragte der Taxifahrer, kaum war ich eingestiegen. Er schaltete den Taxameter an und legte den ersten Gang ein. Weil ich nicht antwortete, drehte er sich zu mir um.

„Junge Dame, wo soll es hingeh... Moment, ist alles in Ordnung mit Ihnen?" Er kniff die Augen bis auf einen Spalt zusammen, als könnte er mich dadurch besser sehen.

„Ich muss ins Allgemeine Krankenhaus", sagte ich, die Worte klangen, als hätte ich Kieselsteine im Hals.

„Geht es Ihnen nicht gut?" Sein Blick wanderte besorgt über die anthrazitfarbene Rückbank, als rechnete er damit, dass ich mich jeden Moment darauf übergeben würde.

„Mit mir ist alles okay."

„So schauen Sie aber nicht aus."

Er fixierte mich weiter, der Taxameter erhöhte bereits um 50 Cent, obwohl wir uns noch keinen Meter bewegt hatten. „Nicht, dass Sie mir hier meinen Wagen ..."

Normalerweise wäre ich jetzt ausgestiegen und hätte ein neues Taxi gerufen. Doch da ich keine Zeit hatte, holte ich meine Geldbörse aus der Tasche, nahm meine Kreditkarte heraus und reichte sie ihm.

„Für den Fall, dass ich Ihr Taxi anders verlasse, als es momentan aussieht. Und jetzt bitte ins AKH. Schnell."

Skeptisch betrachtete er die Kreditkarte und murmelte: „Sie heißen Fiore? Wie Maria Fiore?"

„Ja, genau, Maria Fiore. Wenn das was hilft, ich bin die Tochter. Können Sie jetzt bitte losfahren?"

Er drehte sich zu mir, der Ausdruck auf seinem Gesicht war wie ausgewechselt, ein strahlendes Lächeln zog sich von einem Ohr zum anderen. Dann beugte er sich zur Seite, öffnete das Handschuhfach und holte etwas heraus. Es war eine CD.

Die Aufnahme der „Madame Butterfly" aus der Wiener Oper musste um die 20 Jahre alt sein.

Die mit dickem schwarzen Lidstrich mandelförmig geschminkten Augen von Maria Fiore sahen mir besorgt vom CD-Cover entgegen. Maria Fiore, die weltberühmte Opernsängerin, ein Star, eine Diva. Und die Frau, die bis zu ihrem Tod vorgegeben hatte, meine Mutter zu sein. Doch dieses Geheimnis lag mit ihr in einem Ehrengrab am Wiener Zentralfriedhof.

Der Taxifahrer gab mir die Kreditkarte zurück und schnippte die CD-Hülle auf.

„Das freut mich jetzt aber, ich sammle nämlich Autogramme", sagte er, die Sorge um seine Sitze war vergessen. Er zog das Innenblatt heraus und reichte es mir mit einem Kugelschreiber. „Da Ihre Mutter nicht mehr lebt, darf ich Sie um eines bitten, Frau Fiore?" Er lachte, als wäre das witzig. Energisch nahm ich ihm den Kuli ab, schmierte eine unleserliche Wellenlinie über das Inhaltsverzeichnis und drückte ihm beides wieder in die Hand.

„Ich muss wirklich dringend ins AKH, ich werde erwartet."

„Sofort."

Mit einer Hand nestelte der Taxifahrer die CD aus der Halterung. Bevor er sie in den Schlitz des Autoradios schieben konnte, sagte ich: „Ich möchte Radio hören."

Die Enttäuschung über meine Bitte war am Herabsacken seiner Schultern zu erkennen. Er drückte auf den Einschaltknopf und im nächsten Moment dröhnte aus den Lautsprechern über mir die Stimme einer R&B-Sängerin, Beyoncé oder Rihanna.

Es war ein strahlend schöner Vormittag, einer dieser Sommertage, an denen die Stadt aussieht, als wäre sie in goldenes Licht getaucht. Das Taxi bog in die Ringstraße ein und reihte sich in die rechte Spur. Ich sah aus dem Seitenfenster, die prächtigen Fassaden der Häuser und Hotels glitzerten in der Sonne. Radfahrer zischten über den Radstreifen am Gehweg, Touristen irrten mit Stadtplänen umher, und in den Schanigärten der Nobelhotels frühstückten Geschäftsmänner in enganliegenden Maßanzügen. Als wäre das ein ganz normaler Tag. Aber das war er nicht. Es war der Tag, nach dem ich mich die letzten 18 Monate gesehnt hatte.

Ich weiß nicht, warum ich so überrascht war, als die Fassade der Wiener Oper plötzlich vor uns auftauchte. Vielleicht, weil ich mit meinen Gedanken ganz woanders war. Vielleicht auch, weil ich alles, was ich vor 18 Monaten hier erlebt hatte, so gut es ging, vergessen wollte. Als der Wagen an der Oper vorbeifuhr, sprang die Ampel an der Kreuzung auf Gelb. Ich setzte an, dem Fahrer zu sagen, er solle Gas geben, aber da hatte er auch schon gehalten. Monumental reckte sich rechts des Taxis eines der weltberühmtesten Opernhäuser empor. Unerschütterlich in seiner ganzen Pracht und anscheinend unberührt von den Ereignissen, die darin stattgefunden hatten.

Hier hatten wir ermittelt. Konrad Fürst, zu dem ich gerade ins Allgemeine Krankenhaus unterwegs war, und ich.

Die Ampel sprang auf Grün, das Taxi fuhr los, und die Fassade der Oper zog schmerzhaft an mir vorbei, wie ein Pflaster auf einer Wunde, das man zu langsam abzieht.

Eineinhalb Jahre hatte Konrad wegen seines „Unfalls" in der Wiener Oper im Koma gelegen. Eineinhalb Jahre war ich neben seinem Bett gesessen. Hatte versucht, den Blick auf seine Augenlider zu meiden, die ihm zugeklebt worden waren, um ein Austrocknen der Hornhaut zu verhindern. Hatte auf jede noch so winzige Bewegung seines Brustkorbs beim Atmen geachtet. Dem Piepsen der Überwachungsmaschine gelauscht.

Und mich jeden Tag gefragt, ob er jemals wieder aufwachen würde. Heute war es passiert.

„Oh mein Gott, das wird ja immer schlimmer!", riss mich die Stimme des Taxifahrers aus meinen Gedanken. Einen absurden Moment dachte ich, er würde über mich sprechen.

„Was?"

Er beugte sich vor und drehte die Lautstärke des Radios höher.

„*... den Leichenfund bestätigt. Ich wiederhole, hier ist Andi Knoll. Sie hören Ö3, und wir müssen das Musikprogramm erneut unterbrechen ...*" Die sonst so fröhliche Stimme des Radiomoderators klang ernst und tiefer als üblich. „*... wie berichtet, wurde in der Prater Hauptallee heute Morgen die Leiche eines Mädchens gefunden. Laut weiteren Informationen handelt es sich um eine 14-jährige Wienerin. Die Polizei geht beim Täter von einem Nachahmer aus. Vorbild für die Tat sollen die vor 30 Jahren stattgefundenen Jugendmorde von Dr. Alfred Riedl sein. Seine Mordserie hatte in den Achtzigerjahren weltweites Aufsehen erregt. Riedl war anerkannter Kinderarzt, Ehemann und Vater von drei leiblichen Kindern und einer Adoptivtochter. Und er war der Mörder von drei Jungen und drei Mädchen im Alter von 13 bis*

16 Jahren. Sie waren innerhalb eines Jahres aufgefunden worden, erstochen mit 21 Messerstichen. Ich will das gar nicht weiter vorlesen ..."

Die Worte zogen an mir vorbei, als würden sie bei einem Ohr hinein- und bei dem anderen gleich wieder hinausgehen. „Können Sie das bitte leiser machen?", fragte ich, doch der Taxilenker reagierte nicht. Ich versuchte es noch einmal, er reckte seitlich den Kopf und nickte mir freundlich zu. „Ist es laut genug?"

„Zu laut", sagte ich.

„Ja, gell, super Anlage."

Wahrscheinlich war er schon schwerhörig. Ich gab auf, verkroch mich im Sitz und schloss die Augen.

„Nach dem sechsten Mord wurde Dr. Alfred Riedl überführt. Darauf entbrannte ein politischer Skandal, niemand konnte sich vorstellen, dass Riedl zu solchen Taten fähig war. So etwas war einfach nicht möglich. Der Polizei wurden Ermittlungsfehler vorgeworfen, bis Riedl selbst alle Zweifel an seiner Schuld zerstreute. Er gestand die Morde, die Jugendlichen hatte er bereits Jahre zuvor ... Moment, ich bekomme gerade eine aktuelle Meldung der Polizei herein. Oh nein ... die beste Freundin des Opfers wird vermisst. Sie ist ..."

Mein Handy in der Tasche vibrierte, sonst hätte ich den Anruf nicht bemerkt. Hannes' Name stand am Display. Es hatte lange gedauert, bis wir zuerst ein Paar und schließlich eine kleine Familie geworden waren. Ich hob ab, bei ihm war Stimmengewirr zu hören. Der Taxifahrer drehte das Radio nicht leiser, ich musste mir ein Ohr zuhalten, um Hannes zu verstehen.

„Lotta, bist du schon bei Konrad im Krankenhaus?"

Er klang gehetzt, seine Stimme hatte diesen zittrigen Bass, wie immer, wenn er in höchster Anspannung war. Was in seinem Job öfter vorkam, da er als Kommissar in der Mordkommission arbeitete. Aber eigentlich sollte er jetzt zu Hause sein, gemeinsam mit Konny, unserem sechs Monate alten Sohn.

„Nein, was ist los? Ist was mit Konny?"

Seine Antwort wurde durch laut gerufene Anweisungen im Hintergrund überlagert. „Was hast du gesagt, ich verstehe nichts, es ist so laut", brüllte ich ins Telefon.

Zum Glück dachte der Taxifahrer, ich würde ihn meinen, denn er schaltete das Radio aus.

„Ein Mädchen wurde ermordet, ihre Leiche liegt im Prater. Sie haben mich angerufen ..."

„Wo ist Konny?", fragte ich alarmiert.

„Es ist alles in Ordnung, mach dir keine Sorgen. Anna kümmert sich um ihn." Sofort entspannte ich mich. Unsere Nachbarin Anna liebte Konny, sie passte gern auf ihn auf.

„Ich musste herkommen. Das Mädchen wurde erstochen mit ... es ist furchtbar. Auf so etwas ist man nie vorbereitet."

In der Leitung klopfte es, ich nahm das Handy für einen Moment vom Ohr, um den Namen des Anrufers lesen zu können.

SA Krump. SA für Superarsch.

Normalerweise reichte schon die Nennung seines Namens, und Wut flammte in mir auf wie ein angerissenes Streichholz. Hauptkommissar Krump war nicht nur Hannes' Vorgesetzter bei der Kriminalpolizei, in meinen Augen war dieser kleine verschlagene Mann auch die „Ausgeburt des Bösen". Er hatte es erfolgreich geschafft, sich auf der Seite der Guten zu verstecken, indem er den richtigen Leuten in den Hintern gekrochen war und noch immer darin steckte.

Ich drückte ihn weg und fragte Hannes: „Wieso ruft Krump *mich* an?"

„Heinz Krump? Mein Chef?", fragte Hannes.

„Ja. Warte, es klopft schon wieder." Ich sah erneut aufs Display. „Er ist es noch mal." Rasch drückte ich den Anruf wieder weg.

„Wahrscheinlich sucht er mich, ich bin gerade erst eingetroffen. Ich ruf ihn an."

Ich sagte nichts, er wartete kurz, dann sagte er: „Ich liebe dich", und legte auf.

Er sagte es nicht oft, doch jedes Mal, wenn er es tat, wirbelte es mich durch, als wäre ich im Inneren einer Schneekugel, die gerade geschüttelt wurde. Diese drei Worte fielen Hannes leicht, als wären sie ganz normal, so wie man „Guten Morgen" oder „Danke" sagt. Gehört hatte er es in den letzten eineinhalb Jahren von mir nie.

Kaum hatte Hannes aufgelegt, rief Krump wieder an, ich zögerte, doch dann drückte ich ihn zum dritten Mal weg.

Das Taxi kam so abrupt zum Stehen, dass ich mich am Vordersitz abstützen musste.

„Das macht 12 Euro 80", sagte der Taxifahrer. Ich hatte es nicht bemerkt, aber wir waren da. Rechts vom Auto erhob sich die dunkle Fassade des Allgemeinen Krankenhauses, in dem Konrad lag. Schlagartig krampfte sich alles in mir zusammen.

Ich bezahlte und lief mit Wachsknien durch den Krankenhauseingang, stolperte zwei Mal in der Halle beim Weg zu den Aufzügen.

Im 17. Stock stieg ich aus.

Der Flur war menschenleer. Nur meine Schritte hallten in dieser Totenstille. Bis auf den Geruch nach Desinfektionsmittel wirkte alles so unwirklich wie die Kulisse in einem Film. Ich wischte mir den kalten Schweiß von der Stirn und atmete ein paarmal tief durch.

Mein Herz hämmerte, und das Blut rauschte in meinen Ohren. Ich schluckte Tränen hinunter, bemühte mich zu lächeln, damit ich Konrad durch meine Aufregung nicht erschreckte. Dann öffnete ich die Tür zu seinem Krankenzimmer.

Doch ich konnte weder ihn noch sein Bett sehen, denn jemand versperrte mir die Sicht. Jemand, den ich, obwohl er mit dem Rücken zu mir stand, sofort erkannte. Jemand, der eben drei Mal versucht hatte, mich telefonisch zu erreichen. Hauptkommissar Heinz Krump.

1. Interview, 48 Stunden zuvor

„Also, Emmy, erzähl ein bisschen von dir", hörte sie eine Stimme aus der Dunkelheit hinter den Scheinwerfern.

Sie klang merkwürdig, ein wenig verzerrt und knatternd, fast wie die Stimme von Onkel Robert, nachdem sein Kehlkopf herausgeschnitten worden war und er durch dieses Loch im Hals hatte reden müssen. Aber im Gegensatz zu ihrem Onkel konnte sie nicht ausmachen, ob es die Stimme von einem Mann oder einer Frau war.

„Wer spricht da?", fragte sie und schob sich die Haare hinter die Ohren. Ihr Mund war so trocken, dass die Zunge am Gaumen festklebte.

„Jemand, der dich kennenlernen will. Erzähl von dir, Emmy."

Sie war alleine hier. Niemand wusste, wo sie war. Sie konnte nicht sehen, wer da mit ihr sprach.

Die Angst wanderte durch sie hindurch, aber trotzdem blieb sie stehen, unterdrückte jeden Impuls wegzulaufen. Normalerweise konnte sie ihre Angst ignorieren. In den vergangenen vier Jahren hatte sie gelernt, stillzuhalten und zu gehorchen.

Doch jetzt war Flucht der einzige Gedanke, der in ihrem Kopf Platz fand. Weg. Sie schnappte nach Luft. Tränen machten sich selbstständig und flossen ihre Wangen herunter. Hektisch wischte sie sie ab.

„Emmy, du hast doch keine Angst?", fragte die widerliche Stimme. War das Einbildung, oder hatte die Frage amüsiert geklungen?

„Ich möchte gehen", sagte sie. Die Worte holperten aus ihr heraus, als würde sie eine Treppe hinunterstolpern.

„Wirklich?"

„Ja."

„Du bekommst dann aber keine 200 Euro."

„Das macht nichts. Ich will bitte gehen. Bitte."

„Schade. Aber natürlich, wenn du das möchtest. Hinter dir ist die Tür. Mach es gut."

Dieses Gefühl, als sie die Türklinke herunterdrückte und sich mit aller Kraft dagegenstemmte, bis sie den Gang dahinter im Lichtschein sah, war überwältigend. Nie wieder würde sie so etwas Unüberlegtes tun. Nie, nie wieder!

„Ach, eine Sache noch", sagte die Stimme, als sie schon mit einem Fuß draußen war, „wenn du oben Diana siehst, schick sie doch bitte gleich herunter."

Sie wollte schon nicken, als sie plötzlich begriff, was sie da gehört hatte.

„Meinen Sie meine Freundin Diana?"

„Ja."

„Hat sie auch eine Einladung bekommen?"

„Auf Wiedersehen, Emmy." *Das Scheinwerferlicht wurde ein wenig runtergedreht, sonst passierte nichts. Keine Antwort auf ihre Frage.*

„Auf Wiedersehen."

Sie zögerte, blieb stehen. Hatte sie überreagiert? Wenn Diana auch gekommen war, dann konnte es doch nicht schlimm sein. Und was das hier auch war, sie wären gemeinsam da. Ein Gefühl von Sicherheit machte sich in ihr breit.

„Ich möchte bleiben, aber können wir auf Diana warten?", fragte Emmy.

Die Stimme verstummte, und gerade als das Mädchen dachte, sie würde nicht mehr antworten, hieß es: „Gut. Aber während wir auf sie warten, zieh schon mal die Sachen hinter dem Paravent an und lackier dir die Nägel."

„Was für Sachen?"

Der Scheinwerfer wurde wieder hochgedreht. Erst jetzt bemerkte sie ein paar Meter von der Tür einen dun-

kelroten Paravent. Aber um zu sehen, was sich dahinter befand, müsste sie weg von der Tür, weg von dem Ausgang. Unschlüssig blieb sie stehen.

„Es ist besser, du gehst, du bist anscheinend noch nicht so weit. Schade, ich dachte, du bist schon erwachsen genug. Diana soll alleine herkommen", sagte die Stimme. Dann wurde das Licht so weit heruntergedreht, dass der Raum fast ganz im Dunkeln lag.

Was hatte es bloß mit dieser ganzen Sache hier auf sich? Wieso konnte sie nicht einfach auf ihre Freundin warten, anstatt irgendwelche Kleidung anzuziehen? Wenn ihr doch nur einfallen würde, was es gab, das sie beide ... Sie stoppte den Gedanken, bevor sie ihn zu Ende gedacht hatte. Die Antwort war soeben aufgetaucht und schob alle Verwirrung und Bedenken beiseite. Es war plötzlich so offensichtlich, dass sie auflachte. Und sie verstand auch den Grund, warum es ihr nicht sofort eingefallen war. Sie hatten es bereits vor drei Monaten getan, darum hatte sie nicht mehr daran gedacht.

Damals hatten Diana und sie sich für die neue Staffel von „Austria's next Topmodel" beworben. Sie hatten dafür extra Fotos voneinander gemacht. Und waren beide so enttäuscht gewesen, weil sie keine Einladung zum Casting bekommen hatten. Hinter dem Paravent befand sich sicher die Einheitskleidung, um bei der Auswahl der zukünftigen Models nicht vom Outfit beeinflusst zu werden.

Das hier war ein Test. So etwas wurde in den Topmodel-Shows gemacht, um herauszufinden, wie professionell sich die Models in schwierigen Situationen verhielten. Zum Glück hatte sie nicht zu sehr geheult, wahrscheinlich wurde sie schon die ganze Zeit gefilmt.

Da musste irgendein Prominenter hinter den Scheinwerfern sitzen. Darum war die Stimme verzerrt, damit man nicht erkannte, wer es war. Die Türschnalle glitt ihr aus der Hand und schloss mit einem leisen Schnappgeräusch.

„Ich ziehe die Sachen an, während wir auf Diana warten", sagte Emmy.

„Okay." Das Licht wurde wieder hochgedreht, und sie ging zum Paravent hinüber. Dahinter befand sich ein schwarzer Hocker. Zu ihrer Verwunderung lag darauf nicht eine Jeans und ein weißes T-Shirt, wie bei der Auswahl zur letzten Staffel, sondern ein gelbes T-Shirt und eine kurze graue Hose. Daneben ein Fläschchen mit pinkfarbenem Nagellack. Die Kleidung roch ein bisschen muffig, wie die Wintersachen, die ihre Mutter Ende Oktober aus den Koffern holte. Sie suchte ihre Taschen nach ihrem Handy ab, sie wollte Diana eine SMS schicken, dass sie hier war und ihre Freundin sich beeilen sollte. Diana kam notorisch zu spät, immer. Emmy hatte sich schon daran gewöhnt, aber Diana hatte erzählt, dass sie ihre Lehrer damit in den Wahnsinn trieb und eine Verwarnung bekommen hatte. Sie waren nicht auf derselben Schule, dafür waren Emmys Noten in den letzten Jahren zu schlecht geworden.

Emmy konnte das Handy nicht finden. Mist, sie musste es zu Hause vergessen haben. Also zog sie sich rasch um, setzte sich auf den Hocker und begann, ihre Fingernägel zu bemalen. Ihre Gedanken schweiften ab. Diana und sie würden um die Welt reisen, von einem Job zum nächsten, auf Laufstegen Kleider präsentieren, für Fotos posieren, am roten Teppich gehen. Und sie, Emmy, wäre endlich, endlich weg von ihrem Stiefvater.

Als der letzte Nagel lackiert war, stand sie auf und trat hinter dem Paravent hervor in die Mitte des Raums. Der Scheinwerfer wurde wieder hochgedreht, aber jetzt machte es ihr keine Angst. Im Gegenteil. Diana würde sicher jeden Moment kommen.

*„Was würdest du für 100 000 Euro tun, Emmy?",
fragte die Stimme.*

„Alles", schoss es automatisch aus ihrem Mund.

„Alles?"

„Ja, ich würde alles für 100 000 Euro tun. Und Diana sicher auch."

100 000 Euro, das war der Gewinn für das Model, das in der finalen Liveshow die meisten Anrufe bekam. Wenn sie es in die Show schafften, dann würden sie sich nie wieder so winzig und unbedeutend fühlen. Und dann würde sie sicher nie mehr von ihrer Mutter hören, wie kleinbehirnt und einfältig sie war, oder diese Sachen mit ihrem Stiefvater machen müssen.

Ein Sessel wurde gerückt. Schritte kamen auf sie zu. Wahrscheinlich wollte ihr die prominente Person gratulieren, dass sie es in die Show geschafft hatte. Ach, wieso verspätete sich Diana ausgerechnet jetzt?

Obwohl sie noch nichts erkennen konnte, sprang Emmy, kaum sah sie die ersten Schemen, in die Luft und warf freudig die Arme über ihren Kopf. Das würde man sicher in der Sendung zeigen.

Schon im Sprung erkannte sie, dass sie die Person in weißer Kleidung nicht kannte, die da auf sie zukam. Und das in deren Hand konnte auch kein Papier sein, dafür glänzte es zu stark.

Sie war so irritiert, dass sie nicht mehr auf ihre Körperhaltung achtete und umknickte, als sie wieder am Boden landete. Der stechende Schmerz im linken Knöchel ließ sie rückwärtsstolpern. Sie fiel der Länge nach hin.

Viel zu spät erkannte sie ihren Fehler. „Wieso ... haben Sie ein Messer?", fragte sie.

Sie bekam keine Antwort. „Bitte nicht", flehte sie.

Das hier musste ein Irrtum sein. Solche Dinge passierten nicht. Nicht ihr. Sie hatte doch alles richtig gemacht.

Das Bild ihrer Mutter tauchte in ihrem Kopf auf. Ob sie die vielen Male bereuen würde, wenn sie „dummes Gör" zu ihr gesagt hatte? Ob sie um sie weinen würde? Wahrscheinlich saß sie gerade vor dem Fernseher, wie jeden Nachmittag. Sah sich eine Talkshow an, gab heimlich Whiskey in ihre Cola light und telefonierte nebenbei mit ihrer Schwester.

Was würde ihr Stiefvater tun, wenn er sie nicht mehr in der Nacht besuchen kommen konnte? Wenn er sein „kleines Zuckerdöschen" nicht mehr hatte, das er in die ‚Geheimnisse der körperlichen Liebe' einweihen konnte? Wie würde es Diana gehen? Ihrer besten Freundin, die kostbarer war als alles andere und die Einzige, der sie vom „Stiefvater" erzählen konnte.

Ein letzter Blick in die Vergangenheit holte sie fort. Sie war wieder auf der Wiese. Die Frühlingsblumen wehten im warmen Wind. Sie hatten sich Gänseblümchen zwischen die Zehen gesteckt und Kirschsaft aus Plastikflaschen getrunken. Wie alt war sie da? Zehn? War das ihre glücklichste Erinnerung?

Diana hatte ihr die Hand gereicht, ihre Finger ineinander verschränkt. Und sie hatten gelacht. Über den schwarz-weißen Welpen, der ständig über seine eigenen Pfoten fiel. Dass sie an diesem Abend den neuen Mann an der Seite ihrer Mutter kennenlernen würde, hatte sie nicht gewusst. Der Mann, den ihre Mutter so viel mehr liebte als sie. Der Mann, der kein kleines Mädchen in ihr sah.

Das Messer wurde tief in ihren Brustkorb gestoßen. Sie wurde in einem Raum ermordet, in dem sie nie zuvor gewesen war. Beleuchtet von drei Scheinwerfern. Voller Pläne für eine Zukunft, die nie stattfinden würde.

„Mama", war das letzte Wort von Emmy Hauser, 14 Jahre alt.

2.

Der Anblick von Hauptkommissar Krump in Konrads Krankenzimmer gehörte in die Kategorie ‚Das muss eine Halluzination sein'. Doch der weißhaarige Mann, bei dem ich immer an einen Kobold in einem Märchen dachte, löste sich nicht in Luft auf. Und ich war zu fassungslos, um zu reagieren. Der Hauptkommissar hatte mich nicht bemerkt, er war damit beschäftigt, auf Konrad, der im Bett lag, einzureden.

„... Vermisstenmeldung ...", sagte Krump und beugte sich vor, „... gleich eine Pressekonferenz ... Opfer, Konrad ... die ersten 24 Stunden ... damals bei Riedl ... 21er-Mörder ... jedes Detail erzählen." Anscheinend antwortete Konrad nicht, denn Krump kam wieder hoch und trat zur Seite.

„Jetzt red schon. Wieso schaust du mich so an?", sagte er lauter.

Erst jetzt sah ich Konrad. Er lag halb aufgerichtet im Bett, zwei Kissen steckten hinter seinem Rücken. Obwohl seine Hände auf der weißen Bettdecke ruhten, zitterten sie leicht. Sein Gesicht war zerknittert und blass, als wäre es aus Pergamentpapier, und schwarzviolette Ringe umrandeten seine Augen.

Vorher war mir nicht mehr aufgefallen, wie abgemagert er war. Sein Blick war verwirrt und ängstlich, er sah an Krump vorbei in meine Richtung, ohne Ziel, als würde er durch mich hindurchschauen. Es war ein Schock, ihn so zu sehen. Dieses veränderte, fast schon fremde Gesicht unter den gewellten dunklen Haaren, die mittlerweile mit unzähligen Silberfäden durchzogen waren.

„Geht's dir nicht gut?", fragte Krump. „Komm, Konrad, reiß dich nur für einen Moment zusammen!"

„Nein ... nein ... nein."

Das war aus Konrads Mund gekommen. Gekrächzt und mit hoher Stimme, wie ein Stück trockener Kreide, das über eine Schultafel kratzt.

Endlich fand ich nicht nur meine Stimme, sondern auch meine Wut auf Krump wieder. Ich machte einen Satz nach vorne, und noch ehe der Hauptkommissar begriff, dass ich da war, hatte ich ihn am Arm gepackt.

„Verdammt, was soll ... Fiore ...?", sagte er. Doch ich reagierte nicht, sondern zerrte ihn aus dem Krankenzimmer.

Erst als wir draußen waren, ließ ich ihn wieder los und schloss so leise wie möglich hinter uns die Tür zu Konrads Zimmer. Es kostete mich jeden Funken an Selbstbeherrschung, nicht loszubrüllen.

„Was haben Sie hier zu suchen, Krump?"

Der Hauptkommissar machte eine abfällige Handbewegung, als wäre ich es nicht einmal wert, dass er mir antwortete, und wollte an mir vorbei, zurück in Konrads Zimmer.

„Wagen Sie es ja nicht!" Mein Arm schoss vor, und mit dem Ellbogen drückte ich ihn zurück.

„Verdammt, Fiore, ich hab jetzt keine Zeit für Ihre Spinnereien."

Er packte mich. Ich war überrascht, wie kräftig dieser kleine Mann war. Ich entwand mich seinem Griff, er zuckte zurück, als wäre er selbst erschrocken, zu welcher Reaktion er sich hatte hinreißen lassen.

„Pardon", murmelte er und trat einen Schritt von mir weg.

Ich baute mich mit ausgebreiteten Armen vor der Tür zu Konrads Krankenzimmer auf. „Nur über meine Leiche kommen Sie da noch mal rein."

Krump rang nach Worten, warum, war mir nicht klar, denn er war sonst auch nie zimperlich mit mir umgegangen. Vor Anstrengung, die ihn die Zurückhaltung augenscheinlich kostete, schnaubte er so sehr, dass seine Nasenflügel bebten.

„Und ... wie ist es mit der Leiche ... einer 14-Jährigen?", presste er hervor.

Doch es reichte ein „Das tote Mädchen im Prater? Deshalb wollen Sie zu Konrad? Soll er den Mörder für Sie finden? Wollen Sie mich verarschen?" von mir, da verflog seine Mäßigung auch schon.

Mit seinen kurzen fleischigen Fingern fuchtelte er mir vor dem Gesicht herum und krähte: „Ich habe eine tote 14-Jährige, die es so nicht geben darf, und ein Mädchen, das verschwunden ist. Und wenn sie nicht bald auftaucht, dann wird sie es sehr wahrscheinlich auch nie wieder tun. Der Einzige, der mir darüber etwas erzählen kann, liegt da drin. Also lassen Sie mich gefälligst wieder zu ihm. Oder soll ich der Presse sagen, es tut mir sehr leid, mir sind bei den Ermittlungen die Hände gebunden, weil eine geschasste Polizeischülerin sich querlegt? Jetzt gehen Sie aus dem Weg, Fiore! Ich hab keine Zeit, ich muss zu Konrad."

Einen Moment standen wir da, als wäre einer von uns der Stier und der andere der Torero. Außer Krumps Schnaufen war nichts zu hören. Ich bewegte mich keinen Millimeter, starrte ihn nur an, ohne zu blinzeln.

„Was soll gerade er darüber wissen? Er lag 18 Monate im Koma!"

„Es geht um den 21er-Mörder."

„Den was?"

Krump rang übertrieben nach Luft. „Sie wollten zur Polizei und wissen nichts über einen der spektakulärsten Fälle! Bravo! Dr. Alfred Riedl, der 21er-Mörder, er hat in Wien sechs Jugendliche im Alter von 13 bis 16 Jahren umgebracht. Vor 30 Jahren. Konrad war damals der ermittelnde Kommissar, als Riedl gefasst wurde. Es war sein Fall. Niemand weiß so viel darüber wie er. Heute Morgen wurde diese Leiche der 14-Jährigen gefunden. Getötet nach haargenau demselben Schema, mit dem Riedl es vor 30 Jahren getan hat. 21 Messerstiche. Und auch der Rest ... die Schnellanalyse hat ergeben, dass sich jede Menge DNA von Alfred Riedl auf der Leiche befindet."

Die Radiomeldung, die ich im Taxi gehört hatte. Hannes' Anruf.

„Dann war er es eben wieder. Fall gelöst. Auf Wiedersehen, Krump."

Krump bleckte seine Zähne wie eine Ratte. „Lesen Sie auch mal Zeitung, Fiore? Alfred Riedl ist vor drei Tagen gestorben. Im Gefängnis, in dem er seit seiner Inhaftierung gesessen hat."

Obwohl ich es nicht wollte, verflog meine Wut auf Krump augenblicklich.

„Ich brauche Konrad. Er hat Riedl studiert, hat ihn aufgespürt, lange bevor irgendwer bei der Polizei wusste, was Profiling überhaupt bedeutet. Wenn wir dieses verschwundene Mädchen nicht so schnell wie möglich finden, dann ..." Er seufzte genervt, lehnte sich gegen die Gangmauer. „Ich wäre nicht gekommen, wenn ... ach, Sie wissen schon."

Ich stellte mich neben ihn und verschränkte die Arme. Hier so bei Krump zu stehen hatte etwas, als wären die Naturgesetze außer Kraft.

„Ich sag es nicht gerne, Fiore. Bei Gott. Aber ich brauche Ihre Hilfe. Sie und Konrad, vor dem Unfall, Sie haben sich sehr nahegestanden, nicht wahr?"

Sofort richtete ich meinen Blick in die entgegengesetzte Richtung, damit Krump mein erschrockenes Gesicht nicht sehen konnte. Der Hauptkommissar war hinterlistig. Vielleicht war das eine Fangfrage, um zu sehen, wie ich reagierte? Bis jetzt hatte ich keine Ahnung, ob er von dem Geheimnis wusste, das ich kurz nach Konrads Unfall vor 18 Monaten erfahren hatte.

Es war die Geschichte eines Mädchens, das im Alter von vier Jahren auf einem Parkfest entführt worden war. Ihr Vater hatte ihr gerade ein Eis gekauft und nicht aufgepasst. Sie war wohl zu der Clownshow, wegen der sie dort waren, vorausgelaufen. Doch sie kam nie dort an. Die berühmte, geachtete und verehrte Operndiva Maria Fiore hatte das Mädchen abgepasst und mitgenommen. Und vor 18 Monaten hatte ich erfahren, dass ich dieses Mädchen war.

Ich hatte keine konkrete Erinnerung an diese Entführung, die vor fast 25 Jahren stattgefunden haben sollte. Es gab nur schemenhafte, blasse Bilder in meinem Kopf, von denen ich nicht wusste, ob sie der Realität entsprachen.

Doch wenn diese Geschichte stimmte, dann war mein richtiger Name nicht Carlotta Fiore.

Sondern Julia Fürst. Die Tochter von Konrad Fürst, der jetzt ein paar Meter von mir entfernt lag, nur getrennt durch die Tür zu seinem Krankenzimmer. Und neben mir stand Hauptkommissar Heinz Krump, der Mann, der dafür verantwortlich war, dass man damals die Suche nach Julia eingestellt hatte.

Obwohl durch Krumps Initiative das Mädchen offiziell für tot erklärt worden war, hatte Konrad die Suche nach seiner Tochter nie aufgegeben. Und durch sein Koma war es bis jetzt ein ungelöstes Rätsel, ob ich wirklich Julia war.

„Warum wollen Sie das wissen?", fragte ich Krump, ohne ihn anzusehen.

„Weil ich Sie jetzt um etwas bitten muss. Befragen Sie ihn so schnell wie möglich nach den Ermittlungen damals. Ich muss wissen, ob jemals der Verdacht bestand, dass Riedl nicht der Mörder war? Ob er möglicherweise einen Komplizen hatte? Ich sorge dafür, dass Sie alle notwendigen Unterlagen erhalten."

Sein Handy klingelte, er holte es aus seiner Sakkoinnentasche und zuckte zusammen, als er aufs Display sah. Er meldete sich mit seinem Titel und Namen, hörte kurz zu und sagte: „Einen kurzen Moment bitte, ich bin sofort bei Ihnen."

Dann hielt er das Mikrofon seines Telefons verdeckt und flüsterte: „Kann ich auf Sie zählen?"

Er wartete meine Antwort nicht ab. „Rufen Sie mich sofort an, wenn Sie etwas wissen."

Er nahm seinen Finger wieder vom Telefon. „Verzeihen Sie die Verzögerung. Sie können mich jetzt zum Herrn Innenminister durchstellen, vielen Dank", säuselte er ins Telefon, machte kehrt und lief Richtung Treppe.

Als sowohl der Hall von Krumps Schritten als auch seine Stimme verstummt waren, löste ich mich von der Wand. Wieder setzte ich mein Lächeln auf und öffnete die Tür zu Konrads Krankenzimmer.

Er saß unverändert auf seinem Bett. Sonnenstrahlen fielen durch das Fenster auf seine weiße Bettdecke. Er nickte kaum merklich, sah mich aber nicht an.

Mein Lächeln fiel mir aus dem Gesicht. Ich wollte etwas sagen, war aber unfähig, meine Lippen, geschweige denn sonst irgendetwas zu bewegen. Krumps Worte und alles, worum er mich gebeten hatte, waren wie weggeblasen. Konrad. Er war wach. Ich konnte nur stumm dastehen und ihn anstarren.

Er wandte sich ab, sah aus dem Fenster, dann drehte er so langsam sein Gesicht wieder zu mir, als würde ihm die Bewegung Schmerzen bereiten. Er runzelte die Stirn, etwas in seinem Ausdruck veränderte sich, er streckte den Kopf vor und legte ihn leicht schief.

Zum ersten Mal seit eineinhalb Jahren sah Konrad mir in die Augen. Er öffnete seinen Mund ein paar Millimeter, ich dachte, er wollte etwas sagen. Doch dann zog er einen Mundwinkel hoch zu diesem schiefen Lächeln, mit dem er mich früher oft angelächelt hatte. Ich hatte meine Hoffnung auf dieses Lächeln schon aufgegeben. Mir jedes Mal selbst STOP zugebrüllt, wenn mich die Sehnsucht danach überrollte. Doch jetzt war es da. Konrad Fürst war wirklich wieder da.

Ein Lachen, tief aus meinem Bauch, stolperte an die Oberfläche.

„Ha", kullerte es aus mir heraus, „haha … hahahaaaaaa."

Ich lachte und lachte und konnte gar nicht mehr aufhören. Ich stürzte auf ihn zu, fiel ihm um den Hals und presste mein Gesicht an seine Schulter. Tränen mischten sich in mein Lachen, zuerst aus Glück und Freude, doch dann wurden sie immer mehr und mehr. Und irgendwann wusste ich nicht mehr, ob ich lachte oder weinte.

„Wie … wie geht … es dir?", fragte ich.

Statt einer Antwort begann er zu brummen, zuerst leise und dann immer lauter. Die Laute klangen wie „Krum … Krum". Als würde er versuchen, Krumps Namen auszusprechen.

„Ja, Krump … war hier. Er braucht deine Hilfe. Ein Mädchen … sie ist …"

Ich konnte vor Schluchzen nicht weitersprechen.

„Sch, sch", beruhigte mich Konrad, „sch, sch, sch."

Er umfasste mit seinen Händen meine Oberarme und schob mich ein Stückchen von sich. Sein Griff war so leicht, dass ich ihn fast nicht spürte. Ich wollte ihn wieder umarmen, doch er schüttelte den Kopf, drückte ein bisschen fester zu und schob mich noch weiter von sich weg. Und dann noch weiter. Er schob mich so weit, dass er dabei fast aus dem Bett fiel. Erst dann ließ er meine Oberarme los.

„Brauchst du was?", fragte ich und wischte mir über das Gesicht. „Soll ich ...?"

Er bedeutete mir mit erhobener Hand, nicht weiterzusprechen, mit der anderen Hand tastete er nach dem beigen Hörer, der am Haltegriff über seinem Bett befestigt war.

Ein leises Pfeifen ertönte aus dem Gang, dann waren laufende Schritte zu hören, die Tür wurde aufgerissen, und eine dunkelhäutige Frau in weißer Krankenschwesternuniform stürmte herein. Ich kannte sie, ihr Name war Betty.

„Ist alles in Ordnung, Herr Fürst?"

Erst als Konrad den rechten Zeigefinger ausstreckte und auf mich deutete, bemerkte sie, dass ich auch da war.

„Wer ... das?", krächzte Konrad.

„Was meinst ...", sagte ich. Er unterbrach mich und wiederholte so laut, dass sich sein Körper vor Anstrengung schüttelte: „WER ... DAS?"

„Bitte, Herr Fürst, bitte, Sie dürfen sich nicht aufregen."

Die Krankenschwester ging auf ihn zu, während sie mich anschaute und mit einem Kopfnicken zur Tür wies. Aber ich begriff nicht und blieb stehen.

„Es ist alles in Ordnung, Herr Fürst, bitte, alles in Ordnung, so beruhigen Sie sich doch."

Konrad rang so panisch nach Luft, dass sein Gesicht purpurrot anlief.

„WER ... DIESE FRAU?"

Seine Stimme klang wie zerreißendes Papier.

„JETZT GEHEN SIE ENDLICH", brüllte mich die Krankenschwester an und betätigte den Notfall-Schalter an der Wand hinter Konrads Bett.

„RAUS! SOFORT!"

Ich hörte sein Röcheln, als ich das Zimmer verließ, untermalt von Bettys beruhigendem Gemurmel, bei dem sie ihm immer wieder beteuerte, dass alles gut war.

Eine Frau und ein Mann in weißen Kitteln rauschten an mir vorbei in sein Zimmer. Die Frau kannte ich ebenfalls. Dr. Kirchschlager, eine Neurologin Anfang 40, die zum Ärzteteam der Station gehörte.

Keine Sekunde später kam der Mann wieder heraus, verschwand kurz in einem angrenzenden Raum, um gleich darauf mit einem silbernen Rollwagen, auf dem sich verpackte Spritzen und Glasflaschen mit durchsichtigen Flüssigkeiten befanden, erneut in das Krankenzimmer zu stürmen. Dann wurde es ruhiger.

Meine Beine wurden so weich, als wären sie aus Wasser. Ich konnte nicht mehr stehen, rutschte hinunter und setzte mich auf den Steinboden. Die Kälte der Fliesen kroch in mich hinein, ich schloss die Augen und versuchte, an nichts zu denken.

Die Tür zu Konrads Zimmer ging wieder auf, dann war eine Frauenstimme zu hören, die flüsterte: „Sie sind so ein depperter Idiot! Ich weiß, dass das Ihr erster Tag auf der Station ist, aber ohne Erlaubnis anzurufen, wissen Sie, was das für Folgen haben kann?" Darauf eine andere Frauenstimme: „Nicht hier, Frau Doktor. Sie ist noch da."

Ich sah hoch. Konrads Neurologin hatte mit dem jungen Arzt im weißen Kittel geschimpft, die dunkelhäutige Krankenschwester stand zwischen den beiden wie ein Schiedsrichter.

Er sah erschrocken zu mir herunter. In dem Moment, wo sich unsere Blicke trafen, wusste ich: Grasgrün, gebackener Emmentaler und 29 Jahre. Lieblingsfarbe, letzte Mahlzeit und das Alter. Meine „Eingebungen" waren seltener geworden – viel seltener, seit ich ihren vermeintlichen Ursprung kannte, aber weggegangen waren sie nicht. Wenn ich einem Menschen, den ich nicht kannte, zum ersten Mal in die Augen sah, tauchten diese drei Dinge in meinem Bewusstsein auf, als hätte ich sie eben auf einem Plakat gelesen.

Der junge Arzt stammelte: „Es tut mir ... so leid, ich wusste wirklich nicht ...", doch da unterbrach ihn die Krankenschwester mit den Worten:

„Herr Doktor, bitte, kommen Sie doch mit, ich brauche Ihre Unterschrift", hakte ihn unter und ließ mich alleine mit Konrads Ärztin.

„Was war das eben? Was heißt, er könnte jetzt tot sein?"

„Frau Fiore ..."

„NEIN!" Es war schärfer herausgekommen, als ich beabsichtigt hatte.

„Was ist los?"

Dr. Kirchschlager senkte den Blick.

„Warten Sie bitte, ich rufe lieber den Herrn Primar an." So schnell ich konnte, stand ich auf.

„Ich will mit keinem Primar sprechen. Sagen Sie es mir. Bitte." Sie musterte mich, und nach einem kurzen Zögern nickte sie.

„Gut, ja, aber nicht hier. Kommen Sie mit."

Ich folgte ihr den Krankenhausgang entlang bis in einen Besprechungsraum, in dem nichts weiter stand als ein riesiger metallener Aktenschrank, davor ein weißer Schreibtisch und zwei Plastikstühle.

Sie öffnete die oberste Schublade des Aktenschranks und nahm eine Krankenakte heraus. Dann hob sie den Stuhl, der hinter dem Schreibtisch stand, und stellte ihn neben den für Besucher. Es war eine nette Geste, dass wir nebeneinandersaßen. Zu nett und darum beunruhigend. Sie legte sich die Akte auf den Schoß und verschränkte ihre schmalen Finger ineinander.

„Okay. Sie haben sicher viele Fragen, aber zuerst möchte ich Ihnen sagen, dass es Herrn Fürst den Umständen entsprechend nicht schlecht geht. Dass er nach der langen Zeit in diesem Zustand aufgewacht ist, gleicht einem Wunder."

Sie öffnete die Akte und warf einen Blick hinein. Ihre brünetten Haare fielen ihr ins Gesicht, sie strich sie schwungvoll mit großer Geste zurück, als wären wir an der Riviera und nicht in einem Spital.

„Soweit man das bis jetzt beurteilen kann, hat die Motorik kaum Schaden genommen. Das Gehen wird ihm die nächsten paar Monate noch schwerfallen, aber das ist normal und bei allen ehemaligen Komapatienten so. Sie wissen doch, dass er tägliche Strombehandlungen gegen den Muskelabbau bekommen hat?"

„Ja, weiß ich. Aber was haben Sie vorhin gemeint mit den Folgen?"

„Das Problem ist sein Gehirn. Der Zeitraum zwischen Eintritt des klinischen Todes und der Wiederbelebung war bei Herrn Fürst relativ lang."

„Ja, ich war dabei."

„Bei Patienten wie ihm besteht die Gefahr eines Schocks. In den ersten 24 Stunden ist allergrößte Vorsicht geboten. Im schlimmsten Fall kann ein Hirnschlag oder Herzstillstand ausgelös–"

„Was meinen Sie damit, ‚Patienten wie ihm'?"

Ein blitzartiges Zittern wanderte durch mein Gesicht, meine Lippen wurden taub.

Wieder die Riviera-Haargeste, dazu die einstudierte Senkung der Tonlage. Wurden Ärzte in so etwas geschult?

„Ich meine damit Patienten, die an Amnesie leiden", sagte sie und setzte ein mitleidiges Augenzwinkern ein. „Konrad Fürst hat keine Erinnerung. Er weiß gar nichts. Wir machen noch einige Untersuchungen, aber aus Erfahrung muss ich Ihnen sagen, es ist nach dieser langen Zeit im Koma mehr als unwahrscheinlich, dass ihm jemals wieder irgendetwas einfallen wird."

3.

„Ich nehme ihn mit nach Hause."

Das waren meine ersten Worte, als ich wieder klar denken konnte. Ich hatte keine Ahnung, wie viele Minuten vergangen waren. Vielleicht eine, vielleicht zehn – ich hatte das Zeitgefühl verloren. Dr. Kirchschlager nickte mir zu.

„Ja, das ist gut. Es ist das Beste für Amnesiepatienten, wieder in ihre alte Umgebung zu kommen. Das wird so in drei Monaten der Fall sein, nach der Reha."

„Nein." Ich stand so rasch auf, dass der Sessel nach hinten umkippte.

„Ich nehme ihn jetzt mit nach Hause. So früh es geht. Er wird auf keine Reha geschickt. Wenn es sein muss, kommt jemand, der sich um ihn kümmert. Er wird nirgendwohin geschickt."

Sie seufzte und sah auf die Uhr. Wahrscheinlich hatte ich schon zu viel ihrer Zeit in Anspruch genommen. Dann nickte sie halbherzig. „Okay." Sie sah in die Akte, blätterte vor und zurück, runzelte kurz die Stirn. „Wieso steht hier nicht, dass Sie seine Tochter sind?"

Innerliche Vollbremsung – das konnte sie nicht wissen. Außer mir gab es nur fünf Menschen, die davon wussten. Bei der Krankenhausverwaltung hatte ich angegeben, dass ich seine Kollegin war und mich um ihn kümmerte, da er keine Angehörigen hatte.

„Wieso sagen Sie das?"

„Moment, jetzt bin ich verwirrt ... Herr Fürst ist doch Ihr Vater?"

„Wie kommen Sie darauf?"

„Na ja ... ich glaube, ja, es war vor ein paar Monaten, ich bin in sein Zimmer gegangen, Sie haben mit ihm gesprochen und ... also, ich bilde mir ein, Sie haben ihn Papa genannt. Darum dachte ich ... aber das war anscheinend ein Irrtum, entschuldigen Sie. Sind Sie denn mit ihm verwandt?"

Weil ich nicht wusste, was ich sonst antworten sollte, sagte ich: „Nicht wirklich."

„Aha, okay. Na, in diesem Fall gibt es für Sie keine Möglichkeit, ihn aufzunehmen."

Sie stand auf, nahm einen Zettel aus der Mappe, legte ihn auf den Tisch und holte einen Kugelschreiber aus der Brusttasche ihres Kittels.

„Gut, dann wird Herrn Fürst ein Sachwalter zur Verfügung gestellt. Und auf Reha fährt er auf jeden Fall."

„Was wäre, wenn ich mit ihm verwandt bin?", unterbrach ich sie.

Sie schrieb und sagte nebenbei: „Es tut mir leid, es wird nicht klappen, Ihnen ein Verwandtschaftsverhältnis anzudichten. Diese Fälle werden sehr genau überprüft, und eine Reha ist bei Gott nix Schlimmes. Dort wird er gut ..."

„Sie sind an die ärztliche Schweigepflicht gebunden?", unterbrach ich sie.

„Ja, wenn es um einen Patienten geht, dann ..."

„Gut, hiermit bin ich ab sofort Ihre Patientin."

Sie kam hoch, sah mich einen Augenblick verwundert an, und obwohl ihr die Haare wieder ins Gesicht hingen, vergaß sie auf ihre Riviera-Geste. Sie setzte sich und schlug die Beine übereinander. „Ich bin gespannt."

Ich nahm neben ihr Platz. „Schwören Sie es mir", forderte ich sie auf und streckte ihr meine Hand entgegen.

„Frau Fiore, ich verstehe nicht ..."

„Bitte geben Sie mir Ihre Hand. Das, was ich Ihnen erzählen werde, wird diesen Raum nie verlassen."

„Okay, natürlich, wenn Ihnen das wichtig ist." Wir schüttelten einander die Hände, es wirkte lächerlich, wie der Schwur zweier Kinder. Ich bemühte mich, mit fester und ruhiger Stimme zu sprechen, um ihr keinen Augenblick meinen Zweifel an der Geschichte zu verraten.

„Mein richtiger Name ist nicht Carlotta Fiore. Ich heiße Julia Fürst. Ich bin seine Tochter."

„Also doch. Sie sind die Tochter von Maria Fiore und Konrad Fürst?"

„Nein, das bin ich nicht. Die beiden haben einander nicht gekannt."

„Wie meinen Sie das ..."

„Als ich vier Jahre alt war, wurde ich entführt. Ich wollte mit meinem Vater die Zaubershow eines Clowns ansehen, bei einem Fest im Stadtpark. Dort hat mich Maria Fiore mitgenommen." Die Worte auszusprechen war so schmerzhaft wie ein Tritt in die Magengrube.

Mit „Moment, ich komme da nicht mit" holte die Ärztin meine Aufmerksamkeit wieder in dieses Zimmer. „Von welcher Maria Fiore reden Sie? Ich dachte, Ihre Mutter war die Opernsängerin ..."

„Ja, wir sprechen von haargenau derselben Maria Fiore. Die größte Operndiva, die vor ein paar Jahren gestorben ist und noch immer von der ganzen Welt verehrt wird ... nur ist sie nicht meine Mutter. Sie war es auch nie."

Das weißt du nicht', flüsterte die Stimme in meinem Kopf, wie so oft, seit diesem Nachmittag vor eineinhalb Jahren.

„Was bedeutet ‚mitgenommen'?"

„Es bedeutet, dass sie mich entführt hat." Ich fixierte sie, so gut ich konnte, um meinen Worten das nötige

Gewicht zu geben. „Maria Fiore hatte eine leibliche Tochter, doch die war ihr zu verrückt. Darum hat sie die echte kleine Carlotta Fiore unter anderem Namen in ein teures Privatheim gesteckt, in dem man keine Fragen stellt, und mich an deren Stelle aufgezogen."

„Frau Fiore, ich weiß nicht ..."

„Es ist egal, ob Sie mir glauben oder nicht. Ich erzähle Ihnen das alles nur, weil es um die Gesundheit meines Vaters geht. Er hat mich 23 Jahre lang gesucht. Ich habe erst erfahren, dass ich seine Tochter bin, als er schon im Koma lag."

„Aha. Und was haben Sie für Beweise?"

„Beweise?"

„Ja, Dokumente, irgendwas."

Es war ein Gefühl, als hätte sie mich über die Klippe gestoßen, an der ich seit eineinhalb Jahren stand. Ich hatte keine Beweise. Nichts.

Ich wusste nicht, ob meine plötzlichen „Erinnerungen" an die Entführung wirklich die Wahrheit oder Einbildungen waren, geboren aus den Erlebnissen einer unzweifelhaft verkorksten Kindheit. *False Memories.* Vielleicht war ich einfach nur verrückt?

Es gab keinen Zweifel, dass Konrads Tochter Julia beim Parkfest verschwunden war. Auch nicht, dass Henriette, aus welchen Gründen auch immer, von Maria Fiore in ein Privatheim abgeschoben worden und ich alleine bei ihr aufgewachsen war. Doch neben all diesen Geheimnissen gab es einen unbekannten Faktor: meine Identität.

„Es gibt keine Dokumente darüber", sagte ich.

„Verstehe. Lassen Sie mich kurz nachdenken." Sie strich sich über die Oberlippe und fixierte einen Punkt am Boden. Dann legte sie den Kopf schief und sah mich an. „Okay, machen wir einen DNA-Abgleich. Eine Speichelprobe reicht."

Die Panik, die dieser Vorschlag bei mir auslöste, überraschte mich nicht. Über diese Möglichkeit hatte ich schon die ganze Zeit nachgedacht. Was wäre einfacher, um Gewissheit zu haben? Doch es war eine Gewissheit, vor der ich mit Feigheit rebellierte. Ich stieß ein so scharfes „Wozu?" hervor – wäre es ein Pfeil, hätte es sie getötet. „Entschuldigung, ich wollte nicht ...", versuchte ich zu beschwichtigen. „Es ist nur, ich kann keinen DNA-Abgleich machen."

„Und warum nicht?"

„Es ist kompliziert. Zu viele Menschen hängen mit drin, es geht nicht." Das war allerdings nur die halbe Wahrheit. Die andere Hälfte war gefüllt mit der Angst vor dem Ergebnis und all seinen Konsequenzen.

„Tut mir leid, dann kann ich nichts für Sie tun, Frau Fiore."

„Gibt es nicht irgendeine andere Lösung? Bitte!"

Sie hob die Schultern und sagte gelangweilt: „Sie können mit dem Herrn Primar sprechen. Vielleicht kann er Ihnen weiterhelfen. Er ist im Haus, soll ich ihn fragen, ob er kurz Zeit hat?"

„Ja, danke."

Sie stand auf und ließ mich allein. Je länger sie weg war, desto mehr verglühte mich brennende Reue. Ich hatte mein Geheimnis einer Fremden preisgegeben. Ich wusste nicht, was schlimmer war – dass sie nun zu dem kleinen Kreis gehörte, der davon wusste, oder dass meine Erklärung ohne Ergebnis geblieben war. Wieso hatte ich ihr nicht einfach gesagt, ich wäre eine uneheliche Tochter von Maria Fiore und Konrad Fürst? Vielleicht hätte das genügt? Der Name Fiore hatte schon oft Türen geöffnet und Unmögliches möglich gemacht. Meine Nerven waren zum Zerreißen gespannt, ich versuchte, ruhig zu atmen, aber es gelang mir nicht. Jetzt würde es auch noch irgendein Primar erfahren, nein, ich musste sie aufhalten, mir irgendwas einfallen lassen. Gerade als ich aufstand, wurde die Tür geöffnet. Die brünette Neurologin steckte den Kopf herein.

„Primar Hutbauser kommt in einer Minute."

„Was haben Sie ihm erzählt?"

„Dass Sie wegen Konrad Fürst mit ihm reden wollen."

Noch ehe ich genauer nachfragen konnte, tauchte hinter ihr jemand auf.

„Oh, da sind Sie ja schon, Herr Primar", sagte Frau Dr. Kirchschlager mit einem koketten Lächeln, ihre Stimme war eine Oktave höher gerutscht. Sie trat zur Seite und ein großer, schlanker Mann mit rundem Gesicht und einem Grübchen im Kinn betrat das Zimmer. Für einen Chefarzt war er jung, ich schätzte ihn allerhöchstens auf Mitte 40. Über seiner schwarzen Jeans und dem hellblauen Hemd trug er wie die Ärztin einen weißen Kittel. Als er mich sah, stockte er kurz, dann streckte er mir erfreut die Hand entgegen.

„Frau Fiore, hallo. Mein Name ist Peter Hutbauser."

Mein Kopf blieb leer, als ich ihm in die ockerfarbenen Augen blickte, seine Hand fühlte sich ein bisschen feucht an. Er wandte sich wieder zur Neurologin: „Ach, Frau Dr. Kirchschlager, ich war vorhin beim Patienten auf 1714, können Sie bei ihm reinschauen, bitte?"

„Sehr gerne, Herr Doktor."

Sie warf ihm einen weiteren koketten Blick zu, dann schloss sie die Tür von außen.

„Komisch, dass ich Sie noch nie hier gesehen habe. Ich kenne Sie natürlich aus den Medien", sagte der

Primar und deutete auf die zwei Stühle. „Wollen wir uns nicht setzen?"

Wir nahmen nebeneinander Platz. „Meine Kollegin hat mir erzählt, Sie wollen etwas wegen Ihres Bekannten Konrad Fürst besprechen."

„Mein Bekannter, richtig", sagte ich erleichtert.

Ein breites Lächeln entblößte die makellosen Zähne von Primar Hutbauser. „Verzeihen Sie mir, wenn ich das noch rasch erwähne, aber Ihre Mutter war eine so unglaublich großartige Künstlerin. Diese Stimme! Leider habe ich sie nur ein Mal auf der Bühne erlebt. Aber meine Mutter hat ihre Platten rauf- und runtergespielt. Ich bin quasi mit der Stimme Ihrer Mutter groß geworden." Er lachte auf, und ich fühlte mich verpflichtet mitzulachen.

„Sie singen auch, nicht wahr?", fragte er. „Ich habe darüber gelesen – es ist aber schon einige Jahre her. Leider habe ich Sie nie auf der Bühne …"

„Das war in einem anderen Leben", winkte ich ab.

„Ach, wirklich? Wieso haben Sie aufgehört?"

„Es war nicht das Richtige", wich ich aus. Weil er mich erwartungsvoll ansah, ergänzte ich: „Ich bin jetzt Hausdetektivin. In einem Möbelhaus." Konny hatte ich absichtlich nicht erwähnt. Ich hatte Bedenken, es könnte ihn beeinflussen (*„Nein, Sie können nicht für ein Baby und einen Exkomapatienten gleichzeitig sorgen"*).

„Auch nicht unspannend", sagte er freundlich.

Anscheinend war die Small-Talk-Runde damit beendet. „Also, was darf ich für Sie tun, Frau Fiore?" Er hob die Augenbrauen, und gerade als ich mich vorbeugte und zu sprechen anfing, zuckten seine Augen zu meinem Busen und blieben drei Sekunden dort hängen. Ihm war es auch aufgefallen, er fasste sich im nächsten

Moment hektisch an die Nase und kratzte sich. Und da wusste ich es.

Dieser kleine „Ausrutscher" hatte mir soeben einen Weg eröffnet, mit dem ich nicht gerechnet hatte. Vor mir saß Konrads Entlassungsschein. Ich musste ihn nur noch aktivieren.

Mit herausforderndem Flirten ist es wie mit dem Fahrradfahren: einmal begriffen, nie mehr verlernt. Ich verdrängte die Bedenken wegen Hannes, ich hatte nicht im Mindesten die Absicht, ihn zu betrügen. Ich redete mir ein, dass das hier einfach ein Spiel war, bei dem ich mich sehr gut auskannte. Mit dem Ziel, Konrad so schnell wie möglich hier rauszubekommen.

„Es ist sehr nett, dass Sie sich Zeit für mich nehmen", sagte ich mit einer Stimme, so süß und dunkel wie flüssiges Karamell. Die Art, wie der Primar mich ansah, war mir vertraut. Mir war nicht klar, ob er mich wirklich attraktiv fand oder ob es etwas mit der Tatsache zu tun hatte, dass er mich für Maria Fiores Tochter hielt. Auch das hatte ich oft erlebt.

„Das ist doch selbstverständlich."

Ich verschränkte meine Arme, sodass sie wie ein Push-up-BH wirkten.

„Das finde ich nicht."

Es war plump, dass ich dabei scheinbar unabsichtlich an meinem Busen entlangstreifte, aber ich hatte keine Zeit zu verlieren. Er folgte meinem Daumen wie ein Hund einem Knochen.

„Sie haben sicher viel zu tun."

„Ähm ... nein, das ist schon in Ordnung. Ich nehme mir gerne für Sie Zeit."

„Sie können sich nicht vorstellen, wie sehr mich das freut."

Er wurde ein wenig nervös, räusperte sich. Wenn ich jetzt keinen Fehler machte, dann hatte ich in spätestens fünf Minuten das, was ich wollte. Und je weniger sein Verstand ihm dabei im Weg stand, umso besser.

Konrads Gesicht schob sich in meinem Kopf vor mein schlechtes Gewissen. Es war nicht das abgemagerte, eingefallene Gesicht von vor zehn Minuten. Es war das Bild seines blutüberströmten Gesichts vor eineinhalb Jahren, als er auf der Bühne der Wiener Oper im Sterben gelegen hatte.

„Herr Fürst also, ja, was ist mit ihm?", fragte der Arzt nach, da ich nicht weitersprach.

Ich schenkte Primar Hutbauser ein kleines dreckiges Grinsen, im vollen Bewusstsein, dass ich nun eine Grenze überschreiten würde. Es war meine einzige Chance, ohne etwas erklären zu müssen, ohne die Ungewissheit, ob es die Wahrheit war, ohne Konsequenzen eines DNA-Tests, ohne Ausflüchte oder Rechtfertigungen. Und ohne Beweise.

Statt einer Antwort senkte ich meinen Blick ganz bewusst zwischen seine Beine, verweilte ein paar Sekunden bei den Knöpfen seiner Jeans und sah dann wieder hoch in seine Augen. Anders als er versuchte ich nicht zu überspielen, was ich getan hatte. Meine Aktion verfehlte nicht ihre Wirkung, er starrte mich an, und auf seinen Wangen traten rote Äderchen hervor.

„Wollen Sie mich ...", ich öffnete leicht den Mund, bevor ich das letzte Wort aussprach, „... unterstützen?"

Obwohl ich wusste, dass es nie dazu kommen würde, hatte ich die Frage so gestellt, als hätte ich damit etwas anderes gemeint. Etwas ganz anderes. Um meine vorgetäuschte Absicht zu verdeutlichen, rutschte ich mit meinem Becken vor an die Stuhlkante. Auch wenn ihn mein Verhalten anscheinend überraschte, schien es ihm zu gefallen. Ein Grinsen zog sich über sein Gesicht, er beugte sich vor, seine Pupillen hatten sich so geweitet, dass die ockerfarbene Iris fast nicht mehr zu sehen war. „Wobei?"

„Konrad Fürst hier rauszubekommen. In meine Obhut, ohne Reha."

„Und aus welchem Grund?"

„Wie ist es damit?", fragte ich und öffnete mit einer Hand einen Knopf meiner ohnehin schon dekolletierten Bluse. Sein Blick veränderte sich, und ich öffnete noch einen Blusenknopf.

„Keine Reha für Herrn Fürst?", fragte er und lehnte sich zurück. Während ich den Kopf schüttelte, öffnete ich den dritten Knopf. Die Beule, die sich in seiner Hose abzeichnete, war für mich wie der nahende Zieleinlauf für einen Marathonläufer.

„Keine Reha", sagte ich leise, „du stellst ihn frei, und ich nehme ihn so schnell wie möglich mit."

„Das ist sehr viel, was du da verlangst."

„Dann sagen wir, es ist ein Gefallen, für den ich mich revanchieren werde", log ich.

Eine kleine Schweißperle bildete sich auf seiner Oberlippe, und gerade als ich dachte, ich wäre am Ziel, öffnete er die Beine, griff mit beiden Händen nach meinem Stuhl und zog ihn langsam zu sich heran. Gekonnt fasste er unter meine Knie und richtete mich so, dass ich mich jetzt zwischen seinen Beinen befand. Mit den Händen strich er meine Oberschenkel entlang und wanderte auf meine Hüften.

„Okay. Da werde ich wohl seine Entlassungspapiere unterschreiben müssen."

„Und wir werden uns in einem Hotel treffen", flüsterte ich und tat so, als läge das Zittern in meiner

Stimme an meiner Erregung. Der Plan, den ich mir zurechtgelegt hatte, beinhaltete eine Verabredung, die ich nicht einhalten würde.

Er hob seine Hände zu meinem Busen, fuhr über die Spitze meines BHs, sein Atem ging schwerer. „Wir tun es hier. Jetzt."

Seine Zurückhaltung war verflogen, sein rechter Zeigefinger glitt wie selbstverständlich unter meinen BH, bis er meine Brustwarze erreichte, gleichzeitig öffnete er mit der linken Hand hastig die Knöpfe seiner Jeans. Und ich begriff, dass diese Situation für ihn nicht ungewöhnlich war. Ganz im Gegenteil.

Mit beiden Händen packte ich seinen Unterarm und versuchte, seine Hand wegzuschieben. Er lachte auf, entwand sich meinem Griff und drückte seine Lippen auf meine.

Ich weiß nicht, was dann passiert wäre – hätte nicht jemand die Tür geöffnet. Es war zwar angeklopft worden, aber nur ein Mal und so schnell, dass keine Zeit geblieben war, unsere Position zu ändern. Wir mussten ein groteskes Bild für Dr. Kirchschlager abgeben.

Sie schnappte nach Luft. „Peter?"

Sowohl ihre hohe Stimme als auch der panische Blick verrieten sofort, dass Hutbauser und sie mehr als Kollegen waren. Doch im nächsten Moment war ich es, die panisch dreinsah. Denn hinter Konrads Neurologin stand Hannes.

4.

Frau Dr. Kirchschlager machte am Absatz kehrt und rannte weg. Hutbauser saß da, völlig perplex, seine Hose immer noch geöffnet und die Hand ausgestreckt, um mir wieder an den Busen zu fassen.

Als Hannes auf ihn zuschoss, sprang er vom Stuhl auf. Hannes zückte seinen Dienstausweis, er sah aus, als wäre in ihm ein Vulkan, der jeden Moment auszubrechen drohte. Er streckte die kleine Plastikkarte mit vor Wut zitternder Hand dem Primar entgegen. Dann sah er zu mir hinunter und brüllte: „Was hat er getan?"

„Ich habe nichts getan", sagte der Arzt. Er wandte sich hektisch ab und knöpfte seine Hose zu. „Frau Fiore, Sie können Herrn Fürst in zwei Wochen abholen. Auf Wiedersehen." Und damit stürmte er aus dem Besprechungsraum.

Langsam ließ Hannes seinen Dienstausweis sinken. Er schluckte, sah mich an, als könne er nicht begreifen, wovon er eben Zeuge war. „Was ... was machst du da?"

Den Vater deines Kindes von deiner Unschuld überzeugen zu wollen, während du den Busen wieder in den BH packst und die Bluse zuknöpfst, ist nicht ganz leicht. Darum versuchte ich es auch gar nicht erst. Sein Handy läutete, aber er ignorierte es.

„Konrad hat Amnesie. Er erinnert sich an nichts. Ich möchte, dass er nach Hause kommt."

„Und dafür vögelst du mit einem Arzt?" Er sah zur Tür, als könnte er es noch immer nicht glauben.

„Nein. Ich habe nicht. Und ich hätte auch nicht. Es ... war schwierig."

„Bist du verrückt?"

„Es war meine einzige Chance."

Sein Handy erstarb, aber nur, um im nächsten Moment wieder loszugehen. Er nahm ab und brüllte „Was ist los?" ins Telefon. Er hörte zu und ließ mich dabei nicht aus den Augen. „Es tut mir leid, ich wollte dich nicht ... ja, ist gut. Ich komme wieder ... er soll in zwei Minuten hier sein. Vor dem Haupteingang. Nein, du brauchst nicht zu warten ... Ja, ich komme danach auch zu Krump."

Er legte auf, drehte sich um, ohne mich anzusehen, und ging mit raschen Schritten hinaus.

„Hannes, warte", rief ich, er wurde schneller. Bei den Aufzügen holte ich ihn ein.

„Es ist nicht, wie du denkst", sagte ich. Er reagierte nicht, starrte stur geradeaus. Mit einem „Pling" kam der Lift an, im Inneren der Kabine war eine Familie mit Zwillingen im Kinderwagen. Weil ich ihn so nicht gehen lassen wollte, stieg ich ebenfalls ein.

„Hannes, bitte, hör mir zu", sagte ich, als wir ausgestiegen waren, und lief ihm durch die Halle nach. Er blieb abrupt stehen, sein Gesicht rot und angespannt, als würde er jeden Moment explodieren.

„Ich kann dir nicht zuhören. Ich muss zum Fundort einer ermordeten 14-Jährigen. Den ich verlassen habe, um dich nicht allein zu lassen."

Der Grund, weswegen Krump bei Konrad gewesen war. Der 21er-Mörder.

„Hannes, hier", rief jemand. Es war ein uniformierter Polizist, er war riesig, sicher zwei Meter, und stand ein paar Meter entfernt in der automatischen Eingangstür.

„Bitte, Hannes, lass es mich erklären."

Er sah mich nur voller Verachtung an, drehte sich um und folgte seinem Kollegen zum Einsatzwagen, der in zweiter Spur vor dem Krankenhaus stand. Er stieg auf der Beifahrerseite ein. Weil ich nicht wusste, was ich tun sollte, öffnete ich die hintere Autotür und setzte mich einfach auf den Rücksitz.

„Was soll ...?", fragte der Polizist, der die langen Beine unter das Lenkrad fädelte.

„Lotta, steig aus", zischte Hannes.

„Das werde ich nicht."

„Wer ist das?", fragte Hannes' Kollege und drehte umständlich den Kopf, der die Autodecke berührte, zu mir. „Moment, sind Sie nicht die Tochter dieser berühmten Opernsängerin ... wie hieß die noch mal?"

„Ach Gott, Franz, fahr einfach. Ich hab keine Zeit", sagte Hannes. Franz startete den Motor, er musste immer den Kopf einziehen, um seinen Hintern ein bisschen zu heben, wenn er einen anderen Gang einlegte, da sein rechtes Knie im Weg war. Ich versuchte, über den Rückspiegel Blickkontakt mit Hannes herzustellen, aber er sah nicht einmal hinein. Als ich meine Hand auf seine linke Schulter legte, beugte er sich zur anderen Seite.

Die Fahrt dauerte 15 Minuten, keiner von uns sprach ein Wort. Erst als wir über die Rotundenbrücke fuhren und in ein paar Metern Entfernung die Straßensperre vor der Prater Hauptallee und etliche umlaufende Lichtkegel der Blaulichter auftauchten, fragte Hannes: „Wurde sie schon geholt?"

Franz zuckte mit den Schultern. „Keine Ahnung. Wie ich weg bin, hat die Spurensicherung sie freigegeben. Soll ich vorher stehen bleiben, um sie ...?"

Er ruckte mit dem Kopf ein bisschen nach hinten, um zu zeigen, dass er mich meinte.

„Ich gehe nicht weg, bis du mit mir geredet hast, Hannes", schnitt ich ihm das Wort ab. Vor den gelben

Absperrbändern hatten sich unzählige Schaulustige gesammelt, die neugierig ihre Köpfe reckten.

„Hannes?", fragte Franz.

Hannes gab dem Polizisten ein Zeichen weiterzufahren. Die Absperrung wurde geöffnet und der Wagen durchgewunken. Wir bogen rechts auf die Prater Hauptallee ein und blieben nach wenigen Metern hinter einem Leichenwagen stehen. Eine Traube von Polizisten und Menschen in Zivil mit Funkgeräten und Papieren standen in der Gegend herum.

Hannes drehte sich um. „Du bleibst sitzen", sagte er und stieg aus. Franz und er verschwanden in einem kleinen Seitenweg, der in den Wald führte. Als ich sie nicht mehr sehen konnte, stieg ich ebenfalls aus.

Die Stimmung war erdrückend. Nicht mal Vogelgezwitscher war zu hören. Es wurde nur geflüstert. Ein paar Hunde bellten hysterisch. Als würde hier ein Paralleluniversum existieren, das nichts mit der restlichen Welt zu tun hatte. Weil niemand Notiz von mir nahm, folgte ich dem Weg, den Hannes und der Polizist genommen hatten.

Dieser Abschnitt des Grünen Praters gehörte zum Kinderstrich. Es war ein offenes Geheimnis, dass das hier, wo untertags Kinder spielten, Radfahrer strampelten und Jogger liefen, in der Nacht zu einem von Wiens düstersten Orten wurde. Den normalen Straßenstrich hatte man seit dem Bau der neuen Wirtschaftsuniversität von dort in andere Bezirke verlagert, aber der Kinderstrich war nicht in den Griff zu bekommen.

Über die Jahre hatte es Initiativen gegeben, Streetworker, die in der Nacht mit Taschenlampen ihre Runden drehten, vermehrter Polizeieinsatz und Aufklärungskampagnen, bei denen die Anrainer um Hilfe gebeten wurden. Doch die Schlupfwinkel in „Wiens grüner Lunge" waren einfach zu zahlreich, um sie unter Kontrolle zu bringen. Also hatte man irgendwann angefangen, es einfach zu ignorieren.

Je weiter ich dem Weg folgte, desto mehr fing es an zu stinken. Nach Fisch. Als hätte jemand ein Picknick veranstaltet und die öligen Fischdosen liegen lassen. Nach ein paar Metern sah ich Hannes.

Er stand mit einem Kollegen in Zivil vor dem Metallsarg, in den gerade ein Mädchenkörper gehoben wurde. Sie verstellten mir die Sicht, außerdem lag durch die hohen Bäume alles im Schatten. Ich konnte nicht viel von der Leiche erkennen, nur ihre schmale Hand, die blutverschmiert an der Seite baumelte, und ein bisschen von ihren dunklen langen Haaren. Mir wurde schlecht, ich rutschte am Waldboden aus und konnte mich gerade noch an einer Eiche festhalten. Hannes drehte sich um.

„Lotta", rief er, doch da kam ein anderer Mann in Zivil und reichte ihm Unterlagen. Ich stand an den Baum gestützt und sah zu, wie sie den silbernen Sarg schlossen. Zwei Männer in schwarzer Arbeitskleidung hoben ihn hoch, es schien ihnen leichtzufallen, als wären sie schwerere Last gewöhnt. Ihre Gesichter waren ausdruckslos und leer, als sie an mir vorbeikamen.

Ich sah ihnen noch immer nach, als sie längst aus meinem Blickfeld verschwunden waren. Hannes trat neben mich, sein Geruch hatte etwas Tröstliches. Er stand so nah bei mir, dass ich die Wärme seines Körpers spüren konnte. Obwohl wir eben noch im Streit waren, musste ich ihn nicht ansehen, um zu wissen, dass sich die Stimmung zwischen uns verändert hatte.

„Gibt es irgendeine Spur ihrer verschwundenen Freundin?", fragte ich leise.

„Sie hat um zehn vor acht Uhr die Wohnung verlassen, ist aber nicht in der Schule angekommen."

„Handyortung?"

„Sie hat ihr Telefon nicht mitgenommen. Ihre Mutter sagt, das wäre nicht ungewöhnlich. Sie hat oft das Handy vergessen."

Der Mann, der Hannes die Unterlagen gegeben hatte, kam an uns vorbei. Er sah mich verwundert an, sagte aber nichts. Hinter ihm ging der große Franz. Und dann waren Hannes und ich alleine. Die Stille breitete sich wie eine Decke über uns. Er wollte fort, doch ich sagte rasch: „Ich habe nicht damit gerechnet, dass er so weit geht. Ich habe es nur für die Entlassungspapiere getan. Sie haben gesagt, ich muss mit Konrad verwandt sein, sonst bekommt er einen Sachwalter, sie wollten einen DNA-Test ..."

Ich drehte meinen Kopf so weit, dass ich ihn ansehen konnte. Er ging in die Hocke und fuhr sich mit beiden Händen durch die Haare.

„Wieso hast du den nicht einfach gemacht?"

„Was, wenn ich nicht seine Tochter bin?"

„Wovon redest du?"

„Davon, dass ich es nicht weiß." Der Druck, den diese Worte auslösten, fühlte sich an, als würde mir die Luftröhre abgedrückt. Ich verschränkte die Hände, drückte meine Fingerkuppen in die Handrücken, versuchte ruhig zu bleiben, aber das machte es nicht besser.

„Aber ...", sagte Hannes und kam wieder hoch.

„Es gibt so viele Möglichkeiten. Vielleicht ist ja Henriette Konrads Tochter, die wegen der Entführung durchgedreht ist und deshalb ins Heim abgeschoben wurde?"

„Lotta ..." Er war so erstaunt, dass ich mich noch hilfloser fühlte.

„Nein, Hannes, wer sagt denn, dass die echte Julia Fürst tatsächlich von Maria Fiore entführt wurde? Und selbst wenn, vielleicht ist sie gestorben, oder Maria hat sie wieder ausgetauscht, es gibt tausend Möglichkeiten. Und ich ... vielleicht habe ich einfach nur *False Memories.*"

„Was ist das?"

Ich schluckte, meine Lippen zitterten. Noch nie hatte ich davon gesprochen, was ich im Zuge meiner Recherchen über meine mögliche Vergangenheit herausgefunden hatte.

„Erinnerungsverfälschungen. Man erinnert sich an Ereignisse, die es nie gab. Kreiert Pseudoerinnerungen. Das kommt oft vor, es gibt viele Studien darüber. Ich war bei diesem Psychiater, als ich klein war. Wenn ich als Kind entführt worden wäre, hätte er es doch herausfinden müssen."

„Sagst du das, um dich rauszureden?"

„Nein, das tue ich nicht, verdammt."

„Aber es gibt doch auch Henriettes Erinnerungen", sagte er, ein bisschen sanfter.

„Wenn ich schon meinen Erinnerungen nicht traue, denkst du, ich tue es dann bei ihren?"

„Lotta ..."

„Nein. Es geht um Beweise. Es gibt keinen. Keinen einzigen."

Hannes lehnte sich an die Eiche und verschränkte die Arme. Er sah mich lange an, bis ich seinem Blick nicht mehr standhielt und wegsah. Irgendwann hörte ich ihn seufzen. „Sieh mich an, Lotta."

Ich hob meinen Kopf, der Zorn war aus seinen Augen gewichen.

„Mach so etwas nie wieder."

„Es tut mir leid." Der Druck in meinem Inneren löste sich ein wenig, und ich holte tief Luft. „Es war dumm, völlig idiotisch."

Ich bewegte meine linke Hand näher zu ihm. Als mein kleiner Finger seinen kleinen Finger erspürte, zuckte er nicht zurück. Langsam ließ ich meine Hand in seine gleiten. Und war erleichtert, als er meine Berührung erwiderte. Hinter uns knackte es im Unterholz.

„Hannes, ich will nicht stören, aber wir müssen ... sie können erst mit der Suchaktion beginnen, wenn alle weg sind ... die Hunde", rief die Stimme des großen Franz.

„Sofort", gab Hannes zurück. Er wartete, bis sich die Schritte wieder entfernt hatten. „Ich verzeihe dir, Lotta. Weil ich dir vertraue. Aber ein zweites Mal werde ich das nicht tun." Er ließ meine Hand los und bedeutete mir, ihm auf die Prater Hauptallee zu folgen.

Ich fuhr mit ihnen zur Absperrung, dort ließen sie mich aussteigen. Die Menge der Schaulustigen war auf das Dreifache angewachsen.

Über die Rotundenbrücke ging ich zur nächsten Haltestelle. Während ich auf die Straßenbahn wartete, holte ich mein Smartphone hervor, öffnete den Browser und gab in die Bildersuche „Alfred Riedl" ein.

Schon beim ersten Foto wunderte ich mich nicht, dass man den Mann für ein Vorzeigebild an Ehrenhaftigkeit gehalten hatte. Er war nicht direkt attraktiv, sondern sah eher so aus, wie man sich den perfekten Kinderarzt vorstellte: ein leicht rundliches Gesicht mit feinen, fast schon edlen Zügen und gütigen, freundlichen Augen unter dichten Augenbrauen. Sein verschmitztes Lächeln erinnerte an einen erwachsenen Lausbuben.

Das nächste Bild war ein Gruppenfoto mit ihm, es war von seinem letzten Besuch des Wiener Opernballs als freier Mann. Ich tippte es an, es war Teil eines Artikels, der zu seinem Tod vor drei Tagen erschienen war.

Der Arzt stand im Frack, am Revers baumelten drei Orden. Die Beschreibung neben dem Foto erläuterte, dass eines davon das Ehrenkreuz der Stadt Wien war. Neben Riedl war der Bundespräsident, dessen Frau und zwei prominente österreichische Filmschauspielerinnen.

Zwei von Riedls Kindern, ein dunkelblonder Junge, 13 Jahre, der das Gesicht zur Seite gedreht hatte, und ein braunhaariges Mädchen, 14 Jahre, waren auch auf dem Bild. Seine Ehefrau Sarah stand in der zweiten Reihe, ihr Gesicht war unscharf, was an der schlechten Qualität des alten Fotos lag.

Obwohl ich sie nicht gut erkennen konnte, kam mir diese breite, kantige Gesichtsform unter den hellblonden dichten Locken bekannt vor.

Ich blätterte zurück, löschte Riedls Vornamen im Suchfeld und gab stattdessen „Sarah" ein.

Die ersten paar Fotos waren Titelblätter aus damaligen Zeitungen, doch dann fand ich sie. Ich berührte das kleine Bild, und sofort füllte sie das Handydisplay aus.

Eine Straßenbahn kam, aber ich ließ sie davonfahren, ohne einzusteigen. Zu sehr hing ich an diesem Foto vor mir. Diese Frau hatte mich schon vor 15 Jahren, als ich sie kennengelernt hatte, mit ihren Gegensätzen beeindruckt. Sie war sehr dünn, ihr Gesicht mit den breiten Wangenknochen, der stark gewölbten Stirn und den fleischigen Lippen hatte etwas von einem verschreckten, unterernährten Gorilla. Dazu wirkten ihre glänzenden, goldfarbenen Locken so unpassend, als wären sie mit Photoshop auf den Kopf gezaubert. Doch ich wusste, dass sie echt waren.

Ich wusste es, weil Maria Fiore diese Haare bewundert und als „Pracht" bezeichnet hatte.

Trotzdem war es nicht ihr Aussehen, weshalb Sarah Riedl mir im Gedächtnis geblieben war. Unter dem Bild stand der Name, unter dem ich sie kennengelernt hatte: Sarah Pressler.

Ich hatte damals keine Ahnung gehabt, dass sie die Ehefrau eines eingesperrten Mörders war.

Ich öffnete ein neues Suchfenster, blätterte zur News-Rubrik und tippte wieder „Alfred Riedl" ein.

Der mysteriöse Tod von Dr. Alfred Riedl, dem kaltblütigen 21er-Mörder. Die Hälfte des ersten Berichts war uninteressant, er bestand aus sinnlosen Kommentaren irgendwelcher Promis. Doch dann stand da, was ich wissen wollte. Alfred Riedl war vor drei Tagen im Maßnahmenvollzug der Justizanstalt Stein gestorben – in der Abteilung für zurechnungsfähige, geistig abnorme Rechtsbrecher.

Und das sehr unmysteriös im Alter von 69 Jahren an Herzversagen.

Es passierte bei einer der seltenen Ausnahmen des Gefängnisalltags – einem Fußballspiel der Insassen im Innenhof. Riedl stand im Tor. Mithäftlinge berichteten, er hätte den Ball gefangen und sei im nächsten Moment umgekippt. Der Notarzt konnte nur noch seinen Tod feststellen.

Vor drei Tagen war Montag gewesen. Heute war Donnerstag.

Das bedeutete, dass Alfred Riedl vor dem Mord gestorben war. Und dass jemand auf seinen Tod gewartet hatte, um ihn nachzuahmen.

5.

„Dieses Mädchen – seit wie viel Stunden wird es jetzt schon vermisst?", fragte ich Hannes und setzte mich auf die Bettkante. Er war eben nach Hause gekommen, stand vor dem Kleiderschrank, riss hektisch Hemden und T-Shirts heraus, wählte ein paar aus und ließ sie auf die schwarze Sporttasche neben seinen Füßen fallen.

Konny schlief im Nebenzimmer, das Babyfon stand auf dem Nachttisch.

„15 Stunden", sagte Hannes, seine Stimme hatte einen gestressten Unterton.

„Wieso brauchst du frische Kleidung?"

Er hielt kurz inne und rollte mit den Augen. „Krump! Ich soll ihn morgen früh ins Innenministerium begleiten – vorausgesetzt, es gibt heute Nacht keine Neuigkeiten. Eine Besprechung zur jetzigen Situation. Weil befürchtet wird, dass das alles erst der Anfang ist. Ich hab keine Ahnung, wann ich das nächste Mal heimkomme. Wir gehen nicht mehr davon aus, dass das Mädchen lebt ... es ist wahrscheinlich nur eine Frage der Zeit."

Mir wurde kalt, ich zog die Beine an. Mittlerweile waren überall in den Medien Fotos der verschwundenen Freundin der Toten, Diana Krämer, aufgetaucht.

Für ihre 14 Jahre war sie jetzt schon eine echte Schönheit. Langes, glattes dunkelbraunes Haar, eine Haut wie Alabaster, dunkelblaue Augen und ein kirschroter Herzmund.

„Es gibt gar keine Spur?", fragte ich.

„Nein. Jedes Blatt im Prater wurde umgedreht – nichts."

„Verdächtige?"

„Nur die üblichen. Familie, Bekannte, aber ich glaube nicht, dass uns die weit bringen werden. Nicht in diesem Fall."

„Was ist mit der Toten ... wie heißt sie?"

Hannes nahm die Tasche hoch, stellte sie neben mir aufs Bett und packte die ausgewählte Kleidung hinein. Dann ging er zur Wäschekommode.

„Emmy Hauser. Sie war bereits 48 Stunden tot, als sie gefunden wurde. Der Fundort war nicht der Tatort. Sie wurde hingebracht. Das ist auch so was, ihr Stiefvater hat sie erst nach fast 30 Stunden als vermisst gemeldet."

„Wieso hat er sich so lange Zeit gelassen?"

„Anscheinend ist sie öfter weggelaufen, doch immer wieder zurückgekommen."

„Glaubst du ihm?"

Er kam zurück zum Bett und stopfte Socken und Boxershorts in die Tasche.

„Normalerweise wäre er einer der Ersten, den man in Betracht ziehen würde. Aber hier ist nichts normal. Bei dem Mädchen wurde DNA auf der Kleidung gefunden, die Analyse hat ergeben, dass sie eindeutig vom alten Riedl ist. Ich bekomme die Unterlagen, mit welchen Häftlingen Riedl in den letzten Jahren Kontakt hatte. Aber da er im Maßnahmenvollzug war, waren das nicht sehr viele."

„Und ihr seid sicher, dass er tot ist?"

„Das wäre ein sehr spektakulärer Fluchtversuch", lachte Hannes bitter.

„Ich habe seine Leiche gesehen, sie liegt noch auf der Gerichtsmedizin und wartet auf die Freigabe zum Begräbnis."

Er blickte sich im Zimmer um, dann sah er plötzlich zu mir, sein Blick war irritierend. Als würde er irgendeinen Gedanken nicht aussprechen. Weil ich dachte, es wäre wegen meiner Episode mit Primar Hutbauser, fragte ich etwas zu barsch: „Was?"

„Es ist nichts, nur ... also, Krump ... Konrad war damals bei der Soko, die Riedl vor 30 Jahren überführt hat. Es war sein erster großer Fall. Wir wissen nicht, warum, aber Konrad hat Riedl ein halbes Jahr nach seiner Inhaftierung einige Male besucht. Krump hat mir die Riedl-Akte mitgegeben, für den Fall, dass es Konrad besser geht und er ..."

„Gib sie mir."

„Lotta, ich weiß nicht, ob du ..."

„Bitte, Hannes, ich möchte sie sehen. Wenn ich alle Informationen habe, kann ich ihn fragen, falls er ... falls sich etwas an seiner Situation ändert."

Es war eine Lüge. Seit ich heute den Sarg gesehen hatte, in den man Emmy Hauser gehoben hatte, musste ich ständig daran denken. Hannes sah mich mit einem Blick an, als würde er die Wahrheit kennen. Schließlich nickte er, verschwand ins Vorzimmer, kam einen Augenblick später zurück und reichte mir eine schmale gelbe Mappe.

„Wieso ist die so dünn?"

„Weißt du noch, der Wasserrohrbruch im Zentralarchiv des Gerichts vor ein paar Jahren?"

Ich erinnerte mich. Es war ein politischer Eklat, denn die ganze Angelegenheit war von der Regierung vertuscht worden, um die hohen Wiederherstellungskosten der Tausenden zerstörten Unterlagen zu sparen. Als einem Mitarbeiter des Archivs ein Jahr später gekündigt wurde, da er moralische Bedenken geäußert hatte, ging er an die Öffentlichkeit. Offiziell hieß es dann, dass es sich sowieso nur um gelöste verjährte Fälle gehandelt hatte.

„Scheiße", fluchte ich.

„Ja. Aber wir haben echt Glück. Normalerweise wird nach so langer Zeit auch der Polizeiakt skandiert ..."

„Was bedeutet das?"

„Die Akten zu gelösten Fällen werden vernichtet. Weil es ja sowieso die Kopien im Zentralarchiv gibt. Gab. Diese Unterlagen hier stammen aus einem Privatarchiv."

„Wie das?"

„Manche Polizisten haben ein Faible für Serienmörder. Sie nehmen sich Andenken aus diesen Akten, bevor sie skandiert werden. Gott sei Dank, denn so haben wir wenigstens ein paar Berichte und die Fotos von damals. Schau sie dir nur an, wenn du einen guten Magen hast. Es sind auch das heutige Foto von Emmy Hauser und neue Unterlagen dabei. Ach ja, und eine Sache – zwischen den alten Bildern hat ein Notizzettel von Konrad geklebt." Hannes ging wieder zur Kommode und öffnete eine Lade nach der anderen.

„Das ist doch nicht ungewöhnlich, es war sein Fall."

„Das ist es nicht. Es ist das Datum. Er hat die Notiz gemacht, als Riedl schon verurteilt und ein halbes Jahr inhaftiert war. Es muss zu der Zeit gewesen sein, als Konrad ihn im Gefängnis besucht hat. Weißt du, wo mein elektrischer Rasierer ist?"

„Keine Ahnung. Dort, wo du ihn hingeräumt hast", gab ich zurück und bereute meine schroffe Antwort noch im selben Moment. Doch anstatt mich zu entschuldigen, deutete ich nur Richtung Badezimmer.

Als Hannes aus dem Zimmer gegangen war, öffnete ich die Mappe. Konrads handschriftliche Notiz lag oben, es war eine Kopie. An den Umrissen auf dem weißen A4-Blatt erkannte ich, dass das Original ein einfacher kleiner quadratischer Zettel eines Notizblocks sein musste.

„*K. Fürst. 24. 10., A. Riedl, Stein, Nachforschung 3 1 0 7*" stand da. Es sah aus, als wäre es eilig hingekritzelt worden. Stein, so nannte man das Gefängnis, weil es im Stadtteil Stein in der Stadt Krems lag. Aber 3107? Was hatte das zu bedeuten? Ich legte das Blatt neben mich, darunter waren die Fotos. Sie waren nicht so vergilbt, wie ich es nach 30 Jahren erwartet hätte.

Das Erste, was ins Auge sprang, war das Blut. So viel Blut. Zerschundene Körper an der Schwelle zum Erwachsenwerden, und jeder einzelne sah aus, als hätte sein Torso in einem Blutsee gebadet.

Im Kontrast leuchtete die Haut an Gesicht, Armen und Beinen reinweiß, als wäre sie bemalt oder geschminkt worden.

Alle Leichen trugen die gleiche Kleidung, vollgesogene graue Baumwollhosen und gelbe T-Shirts mit altmodisch gerolltem Kragen, wie in den 50er-Jahren. Vor Blut ließen sie nur noch winzige Flecken ihrer Originalfarbe durchblitzen.

Von den Händen gab es Extraaufnahmen. Heranwachsende Finger, deren Nägel mit demselben pinken Farbton lackiert waren.

Die Aufnahme von Emmy Hauser war um ein Vielfaches schärfer, und die Farben waren kräftiger. Sogar jetzt konnte man noch erkennen, dass sie ein ausgesprochen hübsches Mädchen gewesen war. So wie Diana Krämer.

Hannes kam aus dem Bad zurück und hielt die schwarze Plastikbox des Rasierers in die Höhe. Als er bemerkte, dass ich mir gerade das Foto von Emmy Hauser ansah, warf er die Box auf die Sporttasche und setzte sich neben mich aufs Bett. Eine Weile betrachteten wir Emmy Hausers Leiche, ohne ein Wort zu sagen.

„Was haben diese Zahlen zu bedeuten? 3 1 0 7", brach ich das Schweigen.

„Konrads Notiz? Keine Ahnung. Es wird gerade überprüft. Zuerst dachten wir, es wäre Riedls Zellennummer, aber das stimmt nicht."

„Und was ist es dann?"

Hannes hob die Schultern. „Ein altes Nummernschild, eine Postleitzahl, der Teil einer Telefonnummer, ein Datum, die Zimmernummer eines Hotels, was auch immer. Das weiß nur Konrad."

Ich dachte „wusste Konrad", sprach es aber nicht aus.

„Wieso ist bei allen Opfern die Haut so weiß? Ist das Farbe?", fragte ich.

„Nein, Zinkpaste, gemischt mit Lebertran. Das Zeug stinkt bestialisch."

„Bitte was?"

„Zinkpaste mit Lebertran. Nachdem er sie ermordet hat, hat Riedl das stinkende Gemisch dann auf Arme, Beine und Gesicht aufgetragen. Das war eines der Details, mit dem er vor 30 Jahren bestätigt hat, dass er der Mörder ist. Einige Informationen wurden damals geheim gehalten und nicht an die Presse weitergegeben."

Lebertran – das war der Geruch, über den ich mich beim Fundort gewundert hatte. Also keine alten Fischdosen. Ich betrachtete das Foto von Emmy Hauser genauer. Jetzt, wo ich es wusste, erkannte ich die zarte Musterung auf der Haut. „Da wurde ein Pinsel benutzt, um die Paste aufzutragen."

„Das stimmt, es ist alles genau so wie bei den Leichen vor 30 Jahren."

„Wieso hat er sie eingecremt?"

„Das hat er nie gesagt. Die Laboranalysen laufen noch, aber ich bin mir sicher, dass es sich auf Emmy Hausers Leichnam auch um Zinkpaste handelt."

Etwas an ihrem Foto hielt mich fest, mehr als bei den anderen, aber ich kam nicht darauf, was es war. Vielleicht, weil ich sie dort liegen gesehen hatte.

„Gibt es jetzt irgendein Anzeichen für sexuellen Missbrauch?", fragte ich.

„Nein. Sie war keine Jungfrau mehr – der letzte Verkehr soll vor circa vier bis sechs Tagen stattgefunden haben. Und da war sie noch nicht verschwunden. Ihr Stiefvater weiß nicht, ob sie einen Freund hatte. Im Uterus gibt es Mikrospuren von Gleitgel, aber kein Sperma, wahrscheinlich wurde ein Kondom benutzt."

„Sonstige Gewaltanzeichen vor dem Mord?"

„Nicht ein Kratzer! Sie hat die Kleidung entweder selbst angezogen oder hat sich nicht gewehrt, als es jemand anderer getan hat. Im Blut wurden weder Drogen noch irgendwelche Beruhigungs- oder Betäubungsmittel festgestellt. Und diese rosa Nägel – sie hat sie sich selbst lackiert, sogar ziemlich perfekt, wie meine Assistentin meint. Es scheint, sie hat den Täter gekannt. Oder ihm zumindest vertraut."

„So wie bei Riedl damals."

„Ja, genau."

Hannes drehte sich zu mir. Sein ernster Blick machte mich nervös.

„Lotta, es gibt da noch ..."

„Ich kenne Sarah Riedl", fuhr ich dazwischen. Hannes hatte den

„Zwischenfall" mit dem Chefarzt heute im Krankenhaus glücklicherweise nicht mehr erwähnt, und ich wollte, dass es so blieb.

„Wen?"

„Riedls Frau oder besser Exfrau. Sarah Riedl. Ich habe sie vor vielen Jahren kennengelernt. Sie hieß damals nicht Riedl, sondern Pressler."

„Pressler war ihr Mädchenname", sagte er überrascht. „Woher kennst du sie?"

„Meine Mu–" Da war sie, die unausweichliche Macht der Gewohnheit.

„Maria Fiore", verbesserte ich mich, „wollte, dass ich bei ihr Unterricht nehme."

„Unterricht?"

„Ja, in Kalligraphie, das hat sie unterrichtet."

„Und wann hast du sie zum letzten Mal gesehen?"

„Vor 15 Jahren."

„Verstehe." Er stand auf, ging wieder zum Kleiderschrank und nahm eine Jeans heraus. Entweder hatte mein Ablenkungsmanöver funktioniert und ihn wirklich auf andere Gedanken gebracht, oder er durchschaute es und ging darüber hinweg.

„Sie hat wieder geheiratet, heißt jetzt Fitzpatrick", fuhr er fort.

„Was weißt du über sie?", fragte ich.

Er legte die Hose zusammen und stopfte sie in die Sporttasche. „Nach seinem Geständnis hat sie sich von Riedl scheiden lassen und wieder ihren Mädchennamen Pressler angenommen. Aus der gemeinsamen Villa in Hietzing ist sie laut den Unterlagen nie ausgezogen, sie lebt auch heute noch dort, mit dem neuen Ehemann."

Ich lachte ungläubig auf. „Wirklich, eine Villa? Ich war bei meiner ersten und einzigen Unterrichtsstunde in ihrer Wohnung, eine Garçonnière im 14. Bezirk. Es war ein grässliches Loch."

„Wo genau war das?"

„Keine Ahnung. Der Chauffeur hat mich hingebracht und wieder abgeholt."

„Haben sich Riedls Exfrau und Maria näher gekannt?"

„Näher glaube ich nicht. Sie kannten sich einfach von früher. Wahrscheinlich aus der Zeit vor den Morden von Alfred Riedl. Ich meine, beide waren damals fester Bestandteil der Wiener High Society, und Maria wurde hier seit unserer Rückkehr nach Wien ja sowieso wie ein Pokal herumgereicht. Aber es ging ihr gar nicht um die Kalligraphie, sie wollte Pressler helfen."

„Wieso helfen?"

Ich erzählte Hannes von damals, als Maria mir eröffnet hatte, ich müsse bei Sarah Pressler Unterricht nehmen. Von meinem Protest, über den Maria hinwegging. Soweit meine Erinnerungen stimmten, hatte sie damals irgendwas erklärt, Sarah Pressler wäre in einer Notlage, da sie alleine ihre Kinder zu versorgen hatte.

Marias unglaubliche Hilfsbereitschaft war mir nicht neu. So wie einiges andere vervollständigte sie für mich die absurdesten und verwirrendsten Seiten von Maria Fiore und ließ mich noch mehr an meiner Vergangenheit zweifeln. Sie war oft darauf bedacht, Menschen zu helfen, ohne sich dafür im Glanz der Hilfsbereitschaft zu sonnen. Denn das war der einzige Grund, warum sie Sarah Pressler nicht einfach Geld anbot, sondern stattdessen für meinen Unterricht bezahlte – sie wollte die Frau nicht beschämen.

Aber vielleicht waren diese Fragen falsch, denn sie mochten genauso eine andere Antwort beinhalten. Nämlich die, durch „gute" Taten eine begangene Schuld auszugleichen. Doch auch das passte nicht in das komplexe und verstörende Bild von der Frau, die ich für meine Mutter gehalten hatte.

„Und wie war Sarah Fitzpatrick?", fragte Hannes. Er wollte nach der gelben Mappe, die neben mir auf dem Bett lag, greifen, doch ich legte die Hand darauf und schüttelte den Kopf. Er hob die Augenbrauen und ließ sie liegen.

„Ich fand sie ziemlich komisch. Aber ich wusste ja auch nichts von ihrer Situation, ich war 14."

„Inwieweit war sie komisch?"

„Ihre Hände haben vor lauter Zittern keinen geraden Pinselstrich zustande bekommen", sagte ich. „Sie hat den Unterricht abgebrochen und mich weggeschickt. Danach hat sie sich nie wieder bei Maria gemeldet. Habt ihr schon Kontakt mit ihr aufgenommen?"

„Bachmann war heute bei ihr, um ihr von dem Mord zu berichten, aber das hätte ich selber machen sollen", flüsterte Hannes. „Der Depp hat ihr die Fotos von Emmy Hausers Leiche gezeigt, und sie ist in Ohnmacht gefallen. Als sie nicht aufgewacht ist, hat er den Notarzt gerufen. Bachmann redet sich darauf aus, dass Pressler Diabetikerin ist und deshalb bewusstlos wurde. Auf jeden Fall haben wir jetzt denkbar schlechte Karten bei ihr. Ihr Anwalt hat Krump bereits angerufen, sein Brief ist unterwegs."

Er küsste mich zum Abschied länger als sonst und streichelte mir über die Wange. Er hatte mir also wirklich verziehen, denn es war eine dieser Verabschiedungen voller Verbundenheit, die immer dann an Bedeutung gewannen, wenn etwas Schlimmes, Unkontrollierbares geschehen war.

„Gib Konny ein Bussi von mir." Er drückte mich an sich.

Die Bitte, die ich ihm dann zuflüsterte, überraschte mich selber noch mehr als Hannes. „Lass mich mit Sarah Fitzpatrick reden."

6.

Diplomatie war früher einmal meine starke Seite. Ich war darin richtig gut. Das musste ich auch, wenn ich bei Maria Fiore meinen Willen durchsetzen wollte.

Doch dann ging mir diese Eigenschaft verloren, irgendwann, im Wirrwarr meines Lebens. Ich weiß nicht, wann es passierte, aber plötzlich war sie nicht mehr da. Wie eine Fremdsprache, die man vor Jahren einmal gelernt hat. Man erkennt sie zwar, wenn man sie hört, hat aber keine Chance mehr, in ihr zu antworten.

Hannes hielt mich noch immer, er drückte mich sogar ein bisschen fester an sich, als er „Du mit der Fitzpatrick reden, haha, sehr lustig, Lotta!" flüsterte.

Ich wand mich aus seiner Umarmung.

„Ich werde Sarah Fitzpatrick aufsuchen."

„Nein, nein. Wirklich nicht. Auf gar keinen Fall." Er sah mich an, als wäre ich ein Kind, dem man verbot, sich noch einen Lolli aus der Naschlade zu nehmen. Liebevoll, aber nicht ganz ernst nehmend. Vielleicht hätte ich ihm die ganze Wahrheit gesagt, wenn er nicht so reagiert hätte. Aber wahrscheinlich ist das nur eine Rechtfertigung mir gegenüber, die nichts mit der Realität zu tun hat.

Natürlich wollte ich in erster Linie wegen des verschwundenen Mädchens und Konrads altem Fall mit Sarah Pressler sprechen. Aber nicht nur. Es gab einen weiteren Grund, und der hieß Maria Fiore. Mir war klar, wie bizarr das für Hannes klingen würde, besonders unter diesen Umständen.

Er wusste nichts von meinen Bemühungen, etwas über Maria als Privatperson herauszufinden. Schon bevor ich schwanger wurde, hatte ich meine Arbeitstage im Möbelhaus genutzt, alte Kontakte aufzuwärmen, um sie, unter verschiedensten Vorwänden, über die Frau, die ich für meine Mutter gehalten hatte, auszufragen. Ihre Kollegen hatten sie geliebt und als Arbeitstier bezeichnet, was sie ohne Zweifel war. Ihre Verehrer brachen in Jubelchöre aus, kaum erwähnte ich, dass ich Marias Tochter sei. Ihre Freunde waren noch immer untröstlich, weil sie viel zu früh gestorben war, und lieferten mir alle möglichen Anekdoten.

Doch eines hatten alle gemeinsam: Sie erzählten von Maria, als wäre sie kein realer Mensch, sondern eine Figur aus einem Film oder einem Roman. Je mehr ich fragte, desto klarer wurde mir, warum das so war. Weil niemand die echte Maria Fiore gekannt hatte. Genauso wenig wie ich.

„Ich muss jetzt los", sagte Hannes, als wäre das Thema damit erledigt. Er kam auf mich zu und wollte mich küssen, aber ich zog meinen Kopf zurück.

„Ich werde mit Sarah Fitzpatrick sprechen, Hannes."

„Lotta, bitte. Ich hab jetzt keine Zeit für diesen Blödsinn."

„Diesen Blödsinn?" Meine Stimme zitterte vor Wut.

Eine Längsfalte bildete sich auf seiner Nasenwurzel. Diese Falte kam immer dann zum Vorschein, wenn er ärgerlich wurde, es aber zu unterdrücken versuchte. „Ja, Blödsinn! Verdammt, ich wollte es dir eigentlich nicht sagen, weil ich sowieso dachte, es ist durch Konrads Amnesie hinfällig."

„Was?"

„Du bist draußen. Krump wollte dich wegen Konrad, aber das spielt ja nun keine Rolle mehr."

„Du hast davon gewusst, dass er mich gefragt hat?"

„Erst als er mir gesagt hat, dass er dich jetzt nicht mehr braucht."

Bevor ich dazu kam, auch nur meinen Mund zu öffnen, klingelte sein Handy. Es dauerte einen Moment, bis uns beiden klar wurde, was das bedeuten konnte. Keine Sekunde darauf fing Konny im Nebenzimmer an zu weinen. Hannes holte das Handy aus der Sakkoinnentasche, sah auf das Display und nahm sofort das Gespräch an. Er hörte nur zu, riss erschrocken die Augen auf, dann nickte er flüchtig in meine Richtung und rannte aus der Wohnung. Ich lief ihm hinterher ins Treppenhaus und versuchte zu verstehen, was er sagte, als er die Stufen hinunterstürmte. Aber es ging in dem Gemisch seiner hallenden Schritte und Konnys Weinen, das immer lauter wurde, unter. Als ich zurück in die Wohnung trat, stolperte ich und fiel fast hin. Hannes hatte die schwarze Sporttasche stehengelassen.

Obwohl Hannes eine Stunde später eine SMS schickte, es wäre falscher Alarm gewesen – die angebliche Leiche, die ein Liebespaar bei seinem unbefugten Betreten des in der Nacht verschlossenen Augartens entdeckt hatte, stellte sich als junge Obdachlose im Schlafsack heraus –, fand ich keine Ruhe.

Das Internet war bereits jetzt voll von Spekulationen und Panikmache, was die Sicherheit in Wien betraf, doch Neuigkeiten gab es keine.

Konny war genauso unruhig wie ich. Er quengelte, weinte und strampelte wie wild. Weil ich nicht wusste, was ich sonst tun sollte, begann ich zu singen.

„Es weht der Wind aus Sandmännchens Bergen, drum schlaf ein, es ist ja schon spät. Dort irgendwo in Sandmännchens Bergen weht leis der Wind, der alles versteht ..." Konny sah mich mit großen Augen an, er begann zu glucksen und streckte seine Finger nach mir aus. „Sie sind nicht weit, die Sandmännchen, Berge, euer Boot, es liegt schon am Strand. Es fährt hinaus mit all euren Sorgen, trägt sie weit fort, ins Kindertraumland. Nun ruh dich aus in Sandmännchens Berg ..." Ich hatte keine Ahnung, woher ich das Lied kannte, aber es schien zu wirken. Endlich schlief er ein.

Mindestens alle zwei Stunden wälzte ich mich aus dem Bett, nahm die gelbe Mappe zur Hand und blätterte die Fotos und Unterlagen durch. Um sechs Uhr früh schickte ich Hannes eine SMS, er habe seine Sporttasche vergessen. Er antwortete, er kümmere sich gleich darum, und ich hoffte, er würde sie selbst holen. Doch eine halbe Stunde später kam ein Polizist in Uniform und nahm sie mit.

Ich überwand meinen Stolz und rief ihn an. Er klang erfreut, doch als ich nach den Fortschritten bei den Ermittlungen fragte, schwieg er ein paar Sekunden zu lange. Sein Widerwille war deutlich hörbar, als er erzählte, dass sie mittlerweile die Bestätigung hatten, bei der Leiche handle es sich wirklich wieder um das Zinkpaste-Lebertran-Gemisch wie vor 30 Jahren. Auch der Nagellack war dieselbe Farbe, obwohl die Marke nun anders hieß. Früher war es „Flamingorosa" von einem deutschen Hersteller. Inzwischen war die Firma von einem englischen Unternehmen aufgekauft worden, und der Name des Lacks lautete nun „Cottoncandy".

Bevor wir wieder auf Sarah Fitzpatrick zu sprechen kommen konnten, beendete er das Gespräch, da er mit Krump ins Innenministerium musste.

Ich stand auf, fütterte und wickelte Konny, und dann saß ich ungeduldig auf der Couch und wartete, dass es neun Uhr wurde und endlich die Geschäfte aufsperrten. Konny protestierte, er war kein Morgenbaby und schlief gerne noch eine Runde nach seinem Frühstück. Wenn ich ihn vor zehn Uhr vormittags in sein Tragetuch steckte, fing er immer wie aufgezogen an zu jammern. Ich musste mit ihm in drei Drogeriemärkte und zwei Parfümerien, bis ich das pinkfarbene Fläschchen fand.

Gerade als ich es zur Kassa brachte, läutete mein Handy. Ich kannte die Nummer am Display. Es war das Krankenhaus, in dem Konrad lag. Mein Herz setzte aus, als ich viel zu laut „Ja?" fragte. Die Verkäuferin sah mich vorwurfsvoll an.

„Ist da Carlotta Fiore?", fragte eine weibliche Stimme. Ich wollte antworten, aber mein Hals war wie zugeschnürt, es kam nur ein gequetschter, zustimmender Laut heraus.

„Hallo, Frau Fiore. Hier ist Schwester Betty. Also, ich versteh es zwar nicht, aber ich habe hier die Entlassungspapiere von Herrn Fürst. Und mir wurde gesagt, Sie sollen ihn morgen holen."

„Was?"

„Sie sollen Herrn Fürst morgen abholen."

„Aber ... er wird doch erst in zwei Wochen entlassen?"

„Anscheinend gab es da eine Änderung."

„Wer hat die veranlasst?"

„Primar Hutbauser."

Ich sagte nichts. Konnte es sein, dass der Arzt Konrad so schnell aus dem Krankenhaus haben wollte, weil ihm die Sache gestern unangenehm war?

„Hallo, sind Sie noch da?", fragte Schwester Betty.

„Ist er denn stabil? Ich meine, ist es ungefährlich?"

„Ich denke nicht, dass der Herr Primar diese Anweisung gegeben hätte, wenn es nicht so wäre. Außerdem werden Sie sowieso noch kontaktiert bezüglich Herrn Fürsts Betreuung."

„Welcher Betreuung?"

„Ein medizinischer Pflegedienst wird sich rund um die Uhr um Herrn Fürst kümmern."

„Wirklich? Ist das üblich?"

Sie beantwortete die Frage nicht, sondern sagte stattdessen: „Bitte sehen Sie heute von einem Besuch ab. Herr Fürst hat den ganzen Tag Untersuchungen. Also, falls Sie nichts mehr von mir hören, erwarten wir Sie morgen früh um neun Uhr." Dann legte sie auf.

Kaum war ich aus dem Geschäft, rief ich Hannes an. Er meldete sich nicht, und ich legte auf, als die Mobilbox ansprang. Konrad würde nach Hause kommen. Bereits morgen. Mit 24-Stunden-Pflegedienst. Ob es eine Order aus dem Innenministerium war? Etwas damit zu tun hatte, dass die Polizei Konrads Erinnerungen so dringend brauchte?

Ich hatte es nicht geplant, eigentlich wollte ich nach Hause, aber plötzlich stand ich vor einer Apotheke, ging hinein und verlangte einen kleinen Tiegel Zinkpaste.

Sie roch nach nichts und war bei weitem nicht so weiß deckend, wie ich es erwartet hatte. Die Apothekerin sagte, dass sich das ändere, je weniger Vaseline und je mehr Zinkoxid und Talk man verwende. Das Gemisch auf den Leichen musste also speziell angefertigt worden sein.

Zu Hause angekommen, durchforstete ich das Internet nach Neuigkeiten, die es nicht gab. Keine Spur von dem verschwundenen Mädchen. Meine Suche nach Sarah Fitzpatricks Telefonnummer blieb ohne Erfolg. Ich rief erneut Hannes an, doch er meldete sich nicht. In den Fernsehnachrichten sagte der Sprecher mit dem leichten Silberblick, die Suche nach dem abgängigen Mädchen laufe auf Hochtouren.

Es machte mich wahnsinnig, einfach nur hier zu sitzen und nichts, rein gar nichts tun zu können. Immer wieder nahm ich die gelbe Mappe zur Hand, Konrads Notiz, googelte die Zahl 3107, aber es war so, wie Hannes gesagt hatte: Keine Übereinstimmung brachte irgendwelche Rückschlüsse, was Konrad in Verbindung mit Alfred Riedl gemeint haben konnte.

Also fing ich an, mich über Gedächtnisverlust zu informieren. Ich fand nicht viel Seriöses über Amnesiepatienten im Netz, aber da war ein Bericht aus den USA, der mein Interesse weckte. Ein Gehirnchirurg hatte ihn verfasst, er vertrat die Ansicht, Komapatienten nach einem Schädel-Hirn-Trauma so schnell wie möglich wieder in ihre gewohnte Umgebung zu überstellen. Laut seinen Forschungen gab es so etwas wie Mikro-Erwachungen. Bruchteile von Sekunden, in denen der Patient aufwachte, ohne sich bemerkbar machen zu können. Aus seiner Forschung war dieser Arzt der Überzeugung, wäre der Komapatient in diesen wachen Momenten in seiner vertrauten Umgebung, bestünde die Möglichkeit des „Wiederauftauchens einer konditionierten Reaktion", die er mit einer schrittweisen „Spontanheilung" gleichsetzte.

Ich wusste nicht, wie seriös dieser Bericht war, aber er brachte mich auf eine Idee. Die nächsten Stunden schob ich die Möbel in der Wohnung herum und brachte sie in den alten Zustand – bevor Konrad den Unfall gehabt hatte.

Nur den kleinen Raum neben der Küche richtete ich für den Pflegedienst ein, räumte Konrads Bücher aus den Regalen und stellte die hübsche silberne Stehlampe, die ich bei meinem Einzug mitgebracht hatte, hinein. Ein Bett musste ich noch besorgen. In mein altes Zimmer, wenn es überhaupt je mein Zimmer gewesen war, rollte ich Konnys Gitterbett und verstaute Hannes', Konnys und meine Sachen in den neuen Schränken, die ich gegen die alten Kinderschränke getauscht hatte. Anfangs hatte ich alleine hier geschlafen, in dem Bett mit dem Kopfteil voller Herzen, das Konrad für seine verschwundene Tochter besorgt hatte. Noch eine Baustelle in den Katakomben meines Lebens.

Ursprünglich sollte es eine Zwischenlösung sein, hier zu wohnen. Durch die Übergabe meines einzigen Erbes von Maria Fiore an Henriette – einer 200-m^2-Maisonettewohnung am Karlsplatz – hatte ich keine Bleibe mehr gehabt. Darum war ich in Konrads Wohnung eingezogen.

Ziemlich rasch nachdem Hannes aus dem Krankenhaus entlassen wurde, war ich schwanger geworden. Und da seine Wohnung mehr in die Kategorie „Zimmer-Küche-Kabinett" passte, hatte sich eines ins andere gefügt.

Da Konrad sich angewöhnt hatte, in den Nächten, in denen er nicht schlafen konnte, zu kochen, gab ich mir mit der Küche besonders viel Mühe. Manchmal war ich hier hereingegangen, hatte die Augen geschlossen und an die erste Nacht gedacht, in der er mich in seiner Wohnung hatte schlafen lassen. Der Geruch nach Essen hatte mich geweckt, es war vier Uhr früh. Konrad, in einem hellblauen Pyjama und einem dunkelblauen Schlafmantel, hatte barfuß am Herd gestanden, in einer Hand hielt er ein aus einer Zeitschrift herausgerissenes Rezept, in der anderen Hand einen Kochlöffel, mit dem er in einem kleinen Topf rührte.

Ich ignorierte meine Tränen, die mir den Blick verschleierten, während ich die Gewürze nach süß und pikant ordnete. Vor den Fenstern setzte bereits die Dämmerung ein, als ich fertig wurde.

Vom Pflegedienst hatte sich niemand gemeldet. Henriette kam um acht Uhr in der Früh, als ich meinen vierten Kaffee zubereitete. Sie sollte auf Konny aufpassen, da eigentlich um neun Uhr meine Schicht vor den Monitoren im Möbelhaus begann.

Sie betrat unser neues Zimmer, in dem ich Konny in sein Gitterbett legte. Ihr Aussehen hatte sich in den letzten eineinhalb Jahren stark verändert. Statt der Brille mit Gläsern dick wie Aschenbecher trug sie nun eine dieser trendigen schwarzen Sekretärinnen-Hornbrillen, die sie in einer amerikanischen Fernsehserie gesehen hatte. Außerdem hatte sie eine Vorliebe für Make-up entwickelt. Die kleinen braunen Augen waren mit pastellfarbenem Lidschatten umrandet, die kurzen unregelmäßigen Wimpern wie Bindfäden hatte sie mit falschen Wimpern überklebt. Mit dem neuen Haarschnitt – einer dieser modernen symmetrischen Schnitte mit Stirnfransen – und der teuren Kleidung kam niemand mehr auf die Idee, dass sie in einer halb staatlichen, halb privaten psychiatrischen Anstalt wohnte. Von der 200-m2-Maisonettewohnung am Karlsplatz bekam sie über ihren Sachwalter einen Teil der Mieteinnahmen und war wahrscheinlich schon alleine deshalb die privilegierteste und beim Personal beliebteste Bewohnerin dort. Henriette konnte untertags kommen und gehen, wann es ihr passte, und das tat sie auch.

Hinter ihr tauchte Fanny auf. Wir hatten uns im Laufe der verdeckten Ermittlungen zu den Serienmorden in der Wiener Oper mit diesem ungewöhnlichen 13-jährigen Mädchen angefreundet. Wir. Konrad und ich.

Ich fragte gar nicht erst, ob sie die Schule schwänzte. Sie hatte angerufen, um sich nach Konrad zu erkundigen, und als ich ihr sagte, ich würde ihn noch heute Vormittag holen, war sie eine halbe Stunde später hier aufgetaucht. Auf der Kommode neben dem Bett leuchtete der knallige Nagellack wie ein Mahnmal. Daneben stand eine weiße Plastikdose mit Zinkpaste. Immer wieder war ich ins Zimmer gekommen und hatte darauf gestarrt, in der Hoffnung, ich würde daraus irgendeinen Hinweis oder eine Erkenntnis gewinnen.

Henriette sah das Fläschchen und rief: „Oh, was für eine schöne Farbe." Sie langte so schnell danach, dass ich ins Leere griff, als ich sie stoppen wollte.

„Nicht, Henriette", fuhr ich sie an, worauf sie beleidigt die Unterlippe umstülpte und ihren Blick abwandte.

Als ich ihr erklärte, was es mit dem Lack auf sich hatte, ließ sie das Fläschchen sofort fallen. Es kullerte über den Parkettboden und rutschte unter das Bett. Fanny kniete sich hin und fischte es wieder hervor.

Mit den Worten „Na, jetzt weiß ich auch, warum das mit dem Stillen nicht klappt. Du wärst echt keine SAHM, Lotta", gab sie es mir zurück.

Obwohl es sicher nicht ihre Absicht gewesen war, trafen mich ihre Worte. Viele Frauen konnten ihre Kinder nicht stillen, das war nichts Ungewöhnliches. Trotzdem hatte ich, wenn ich Konnys Fläschchen mit der weißen dickflüssigen Pampe befüllte, oft den Gedanken, ob bei mir nicht der exzessive Lebenswandel der vergangenen Jahre dafür verantwortlich war.

„Ich wäre keine was?", fragte ich und verstaute den Nagellack in der Kommode.

„SAHM ist die Abkürzung für *Stay At Home Mum*", erklärte sie.

Manchmal, wie in diesem Moment, machte mich die Scharfsinnigkeit dieses Mädchens sprachlos.

„Fährst du ihn jetzt holen?", fragte Henriette und sah unruhig zwischen Konny und mir hin und her. Dabei wiegte sie ihren massigen Oberkörper so grazil, als wäre sie in einer Ballettaufführung und würde darauf warten, den sterbenden Schwan zu geben. Ich hatte im Möbelhaus angerufen und gesagt, ich müsse mir freinehmen, da ein Bekannter meine Hilfe brauchte. Wegen der Reaktion der Telefonistin bereute ich sofort, dass ich mir keine spektakuläre Ausrede einfallen hatte lassen. Doch kaum hatte ich aufgelegt, war es mir schon wieder egal.

„Ja, ich hole ihn jetzt."

„Und er wird Konny auch nicht wehtun? Wenn du willst, kann ich Konny für ein paar Tage zu mir ins Heim nehmen. So lange, bis Konrad sich eingewöhnt hat."

„Nein, danke, es ist alles gut, Henriette", log ich und stand auf, „ich bin in einer Stunde wieder da."

Sie nickte und legte sich mit großer Geste die Hand aufs Herz. Ich rang mir ein Lächeln ab, dabei hätte ich am liebsten mit ihr die Plätze getauscht und wäre in die Klapsmühle eingezogen. Und hätte ich gewusst, wer gleich noch unten vor der Haustür auf mich wartete, dann wäre ich geblieben und hätte sie und Fanny ins Krankenhaus geschickt, um Konrad abzuholen.

2. Interview

„Ich werd das nicht anziehen, ich bin ja keine Schwuchtel." Er streckt die graue Frottee-Hose und das gelbe T-Shirt vor sich ins Scheinwerferlicht.

„Also, was ist das für ein Training? Hallo? Haben Sie mich gehört? Ist da überhaupt jemand?"

„Natürlich ist da jemand. Hallo, Kevin."

Verflucht, was war das für eine Stimme? Sie klang wie berstendes Glas. Was sollte das hier alles? Bei dem Weg zu diesem Raum war ihm schon mulmig geworden. Aber er hatte versucht, sich die Beklemmung als lächerlich und übertrieben auszureden. Außerdem gab es schließlich einen guten Grund, warum er hier war. Doch jetzt auch noch diese Stimme aus der Dunkelheit – wo war er da bloß hingeraten? Er überspielte seine Furcht mit einem lauten Lachen.

„Fuck, wissen Sie, wie Sie sich anhören? Als hätten Darth Vader und Minnie Maus gevögelt, und dabei wäre Ihre Stimme rausgekommen."

Die Person in der Dunkelheit fand das nicht lustig, es war nichts zu hören. Stattdessen wurde das Licht der Scheinwerfer so hell gedreht, dass er seine Augen zusammenkneifen musste.

„He, was soll das?"

Keine Antwort. Und das Licht blieb auch unverändert.

„Hallo! Scheiße, haben Sie mich nicht gehört?" Um seine Angst nicht zu zeigen, schleuderte er die Kleidungsstücke, die er anziehen sollte, vor sich auf den Boden und brüllte: „Jetzt geben Sie mir die versprochenen 200 Euro."

Wieder keine Reaktion. „Sofort, sonst hau ich hier alles kurz und klein." Er hoffte, dass es funktionierte, diese Drohung hatte ihre Wirkung im letzten Jahr so gut wie nie verfehlt. Was auch kein Wunder war bei seinem

Aussehen. Für seine 15 Jahre war er nicht nur erstaunlich groß, auch das Krafttraining, das er sechs Mal die Woche machte, hatte jeden, der ihn früher verspottet hatte, verstummen lassen.

Dank Unmengen an Eiweiß-Shakes, Steaks und dieser Pillen, die er sich aus dem Internet besorgt hatte, war er nicht mehr der lange Lulatsch, den seit seinem zehnten Lebensjahr alle „Jar Jar Binks" genannt hatten, weil er so schlaksig und dünn war wie die Figur aus Star Wars.

Die Pillen machten ihn aggressiv, manchmal verursachten sie einen Nebel in seinem Kopf, der ihn kaum klar denken ließ. Aber er nahm sie trotzdem. Alles war besser, als sich verletzlich zu fühlen.

In der Schule flüsterten sie nun vor lauter Respekt ehrfürchtig „Boss", wenn sie etwas von ihm wollten. Sogar ein Disziplinarverfahren hatte es schon wegen ihm gegeben.

„Ich will sofort mein Geld", grölte er.

Niemand reagierte. Wollten die ihn hier verarschen?

Er hob die Faust hoch, bereit, jeden Moment zuzuschlagen, ganz egal, auf wen oder was. Als sich nichts rührte, stieß er einen Schrei aus und stürmte zum Licht. Er packte das hohe Eisengestell des Scheinwerfers, hob es hoch und donnerte alles mit voller Wucht auf den Boden. Unter seinem ohrenbetäubenden Geschrei zersprang die Lampe in Tausende Splitter. Das feuerte seinen Zorn noch mehr an. Als wäre dieses Ding nur zwei und nicht 20 Kilo schwer, hob er das Gestell erneut hoch und hielt es über seinen Kopf, um es gleich wieder in hohem Bogen auf den Steinboden krachen zu lassen. Noch immer keine Reaktion.

„MEIN GELD", schrie er in die Dunkelheit und reckte seine zur Faust geballte Rechte von sich.

„ICH GEB DIR FÜNF SEKUNDEN, DANN ..."

Ein schwacher Lichtschein traf seine Augen, als würde eine Taschenlampe auf ihn leuchten.

Er begann zu zählen: „EINS ... ZWEI ... DREI ... VIER ..."

„Was würdest du für 100 000 Euro tun, Kevin?", stoppte ihn die Stimme.

Sofort öffnete sich seine Hand und schwebte neben seinem Gesicht in der Luft, als hätte er gerade eben der Person in der Dunkelheit gewunken und sie nicht zusammenschlagen wollen.

„Was ich für ... was?"

„100 000 Euro. Was würdest du dafür tun?", wiederholte die Stimme.

„Ist diese Frage ernst gemeint?"

„Ja."

Er schluckte. „Sie wollen mir 100 000 Euro geben?"

„Zuerst muss ich wissen, was du dafür tun würdest."

Er war so perplex, dass er kein Wort herausbrachte. Mit der Stille ebbte seine Wut ab, als würde sie davon ausradiert werden. Er hörte nur noch seinen unregelmäßigen Herzschlag, der in seinen Ohren pochte. Wenn er 100 000 Euro hätte, dann müsste er nicht mehr dieser laute, aufgepumpte Kevin sein. Mit dem Geld könnte er fortziehen. Mit 100 000 Euro wäre er frei.

Was auch immer das hier war, ein Test, ein Spiel oder ein Training für irgendwas, diese Person hinter den Scheinwerfern hatte sich soeben seine volle Zuwendung erworben.

„Ich würde die Sachen hier anziehen."

„Gut. Bitte."

Ohne ein weiteres Wort bückte er sich und hob die Kleidungsstücke auf. Dann zog er sich bis auf die Unterhose aus und schlüpfte zuerst in die graue Shorts und dann in das gelbe T-Shirt. Die Sachen waren viel zu klein, sie spannten über seinem muskulösen Körper.

Er atmete ein paarmal tief ein und aus, seine Hände und Füße fingen an zu kribbeln, als würden sie gar nicht mehr zu ihm gehören.

„Was soll ich sonst noch machen?", fragte er.

„Erzähl ein bisschen von dir, Kevin", sagte die Stimme. Und er erstarrte. Was sollte er schon groß erzählen?

Er war ein Nichts. Ein Niemand. Jemand, der sich hinter der Hülle auftrainierter Muskeln und aggressiven Verhaltens versteckte. Damit keiner etwas von seiner Angst mitbekam. Der Angst davor, man könnte ihm ansehen, was er wirklich war.

Als es anfing, vor zwei Jahren, als er 13 wurde, hatte er es nicht verstanden. Solche Leute gab es nicht, dort, wo er wohnte. Und wenn doch, dann blieben sie nicht lange. Dafür wurde gesorgt.

Er wollte, dass es aufhörte. Wegging. Aber das Gegenteil trat ein – es wurde stärker. Und da fing er an, sich zu hassen. Jeden Tag ein bisschen mehr. Weinte sich oft vor schlechtem Gewissen und Scham in den Schlaf.

Bis sein Klassenvorstand vor einem halben Jahr beim Klettern abgestürzt war und mit beidseitigem Hüftbruch im Krankenhaus lag. Seine Vertretung war der Mathematiklehrer, Herr Peier. Der erste Schwule in seiner Umgebung, der nicht versteckte, was er war.

Alle hatten sich über ihn lustig gemacht. Er am meisten und am lautesten. Aus lauter Panik, irgendjemand könnte erkennen, was wirklich vor sich ging.

Es war das erste Mal, dass er sich verliebt hatte. Richtig verliebt. Mit Herzklopfen, schweißnassen Händen, Schmetterlingen im Bauch und Tagträumen.

Heimlich hatte er im Unterricht mit dem Handy ein Foto des Lehrers gemacht. Jeden Abend vor dem Ein-

schlafen sah er es an und empfand für einen kostbaren Moment so etwas wie inneren Frieden.

Georg Peier war der schönste Mensch, dem er je begegnet war. Mit seinem gütigen Lächeln, der Art, wie er sich freute, wenn ein schlechter Schüler eine Aufgabe begriff, den knallbunten Hemden und den Cowboystiefeln.

"Sie wissen es, oder?" Kevins Frage war nicht mehr als ein Flüstern, seine Unterlippe bebte, aber er konnte nichts dagegen tun. Er wartete, eine

Minute, vielleicht zwei. Die verstrichene Zeit schien alles zu verändern, sie verbarg eine nicht ausgesprochene Antwort.

"Ich bin schwul", sagte er schließlich.

Er war selbst über die Befreiung durch diese Worte überrascht, die sonst versperrt in seinem Kopf waren. Und da fing er an zu weinen.

"Was würdest du für 100 000 Euro tun?", fragte die Stimme erneut.

Er sah hoch in das grelle Licht und wischte sich die Tränen von den Wangen. "Was auch immer Sie von mir wollen, ich würde es tun."

"Was auch immer?"

"Ja, alles, wirklich alles."

Ein Quietschen war zu hören, dann Schritte. Sie kamen in seine Richtung. Er konnte die Person nicht erkennen. Das Licht war so grell, dass es aussah, als würde ein weißer Engel, umhüllt von einem lebensgroßen Heiligenschein, auf ihn zugehen.

Es gab vieles, was Kevin im letzten Moment seines jungen Lebens, als das Messer in seine Brust eindrang, bereute. Doch es waren andere Dinge, als er sich vorgestellt hatte. Ganz andere.

Ich wünschte, Georg Peier wüsste von mir, dachte er noch, bevor seine Beine unter ihm wegsackten.

7.

„Fiore", rief eine nasale Stimme, kaum war ich auf die Straße getreten. Ich erkannte sie sofort und schlug, ohne hinzusehen, die entgegengesetzte Richtung ein. Einen kurzen Moment dachte ich, Hauptkommissar Krump hätte den mehr als unmissverständlichen Hinweis, dass ich nicht mit ihm reden wollte, verstanden und würde mich in Ruhe lassen. Doch entweder hatte er das nicht, oder es war ihm egal. Eine Woge aus beißendem Parfüm und Pfefferminz zog von hinten zu mir, als er mir folgte. Seine kleinen Füße klackerten auf dem Asphalt wie Schritte eines aufgeregten Zwergs.

„Jetzt warten Sie doch", sagte er. Ich blieb stehen und drehte mich zu ihm um.

Er kam mir kleiner vor als gestern, als wäre er über Nacht geschrumpft. Er trug einen teuren dunkelgrauen Anzug, und seine weißen Haare hatte er sich mit Gel oder Haarspray an die Stirn geklebt. Im Krankenhaus war es mir nicht aufgefallen, doch als er mir die Hand entgegenstreckte, offenbarte ein kleiner Windstoß, wie weit der Haaransatz schon zurückgegangen war.

„Konrad kann sich an nichts erinnern, also brauchen Sie mich nicht. Ich weiß es schon. Auf Wiedersehen", war alles, was ich sagte, ohne seine Hand zu nehmen. Er klappte seine ausgestreckten Finger ein und vergrub seine Hand in der Hosentasche.

„Ich muss mit Ihnen reden", sagte er.

„Was wollen Sie? Ist das Mädchen schon aufgetaucht?"

„Nein, ist sie nicht." Er versuchte etwas, das wohl ein mitfühlendes Lächeln sein sollte. „Aber sollten wir nicht zuerst diese Feindseligkeiten begraben?"

„Auf einmal? Warum? Haben Sie es sich anders überlegt? Soll ich jetzt doch was für Sie tun?"

„Nein, nein." Er schüttelte so eifrig seinen Kopf, dass er damit seine Lüge entlarvte. Dieser Mann war zu allem in der Lage, wenn es darum ging, einen persönlichen Vorteil herauszuholen. „Wie geht es Konrad heute?", schob er rasch hinterher.

Es war mir unangenehm, dass Krump Konrad beim Vornamen nannte. Fast so, als würde er damit eine unsichtbare Grenze überschreiten. Die beiden waren vor der Entführung von Konrads Tochter befreundet gewesen, auch wenn ich mir das nicht vorstellen konnte.

„Ganz fantastisch, er erfreut sich bester Gesundheit, vielen Dank."

Im ersten Moment zog Krump erfreut die Augenbrauen in die Höhe. Doch dann überriss er meinen Sarkasmus, sein Gesicht knautschte sich zusammen, und er sah aus wie einer dieser chinesischen Faltenhunde.

„Hat Hannes Ihnen erzählt, dass ich Sarah Pressler kenne? Sind Sie deswegen hier?", fragte ich.

„Wer ist Sarah Pressler?"

„Sarah Fitzpatrick", korrigierte ich.

„Was?" Diesmal war es keine Show, er war wirklich überrascht. „Woher kennen Sie sie?"

„Nein. Zuerst will ich wissen, wieso Sie hergekommen sind."

Er zögerte, spitzte seine dünnen Lippen, dass es aussah, als wollte er die Luft küssen. Schließlich sagte er gereizt: „Nicht hier." Dann dirigierte er mich zu einem schwarzen BMW auf der anderen Straßenseite. Ein Mann Anfang 20 saß am Beifahrersitz, bis auf die dunkelbraunen kurzen Haare und die Pockennarben sah er aus wie das Abziehbild des Hauptkommissars.

„Florian, steig bitte für einen Moment aus", sagte Krump durch die geschlossene Fensterscheibe, worauf dieser Florian widerwillig aus dem Auto stieg. Ich sagte „Hallo", aber er hob nur kurz den Kopf in meine Richtung. Es war eindeutig, dass es sich um Krumps Sohn handelte, auch wenn ich nicht verstand, was das hier alles zu bedeuten hatte. Krump klopfte ihm auf die Schulter. „Es dauert nur zwei Minuten."

Im Inneren des Autos hüllte mich der chemische Geruch von Tannenduftbäumchen ein.

„Ihr Sohn?", fragte ich. Krump überging meine Frage.

„Wir haben hier eine echte Katastrophe, Fiore. Das ist der absolute Super-GAU ... gerade jetzt."

Sein Blick wanderte zu seinem Sohn, der an einer Hausmauer lehnte und eine Zigarette aus einem plattgedrückten Päckchen, das in seiner Gesäßtasche gesteckt hatte, fischte.

„Was heißt ‚gerade jetzt'?", fragte ich.

Er kniff die Augen zusammen, um seinen Sohn besser sehen zu können.

„Wenn Sie nicht mit mir reden wollen, kann ich auch aussteigen." Ich griff nach dem Türöffner. Sofort hatte ich wieder Krumps ungeteilte Aufmerksamkeit.

„Der öffentliche Druck! Wien ist dafür berühmt, eine der sichersten Städte der Welt zu sein", schoss er hervor.

„Ach so. Und ich dachte, es hat etwas damit zu tun, dass Sie machthungrig sind und sich bei irgendwelchen Politikern einschleimen wollen."

Krump sah mich einen Moment an. „Sie sehen zu viel fern, Fiore. Ich bin hier, um Sie zu bitten, Konrad zu helfen, damit er sich erinnert. Menschenleben können davon abhängen."

Krump fing an, einstudiert zu schwafeln, leere Worthülsen über Verantwortungsgefühl und Menschlichkeit, aber ich hörte ihm schon nicht mehr zu. Viel interessanter war die selbstgedrehte Zigarette, die sich sein Sohn gerade anzündete. Sie war so vollgestopft, dass sie aussah wie ein weißes Miniatur-Megafon. Krump folgte meinem Blick. Als er erkannte, was sein Sohn da gerade im Begriff war zu rauchen, fluchte er: „Dieser kleine Wichser."

Der Hauptkommissar sprang aus dem Auto, packte seinen Sohn mit einer Hand unsanft an der Schulter und entriss ihm mit der anderen den Joint. Er verfrachtete den jungen Mann auf die Rückbank und setzte sich hinter das Steuer. Der süßliche Geruch von Haschisch erfüllte das Wageninnere.

Krump zog den Aschenbecher heraus, er war voll mit Münzen. Er drückte den Joint auf ihnen aus, ließ fast schon panisch den Motor an und fuhr los.

„Wo fahren Sie hin?", fragte ich.

„Wohin müssen Sie?"

„Ins AKH." Ich wurde das Gefühl nicht los, dass er das schon gewusst hatte.

Der Anruf, dass Konrad heute entlassen würde, war gestern Vormittag gekommen. Nach Krumps Termin im Innenministerium. Aber hätte Hannes mich dann nicht informiert, wenn es eine Order von dort gewesen wäre? Einen Moment zögerte ich, Krump danach zu fragen, doch ich hielt mich zurück. Ich hatte etwas anderes vor.

Niemand sagte während der gesamten Fahrt ein Wort.

Als das Auto in der Schlange der Taxis vor dem Eingang des Krankenhauses zum Stehen kam, ging ein Hupkonzert der empörten Taxifahrer vor uns los.

Ich sah zu Krump. „Ich werde mit Sarah Fitzpatrick sprechen."

Er war überrascht, doch das Blitzen in seinen Augen zeigte mir, dass er von der Idee angetan war. Jetzt musste ich ihm nur noch seinen persönlichen Vorteil präsentieren: „Ich weiß von dem Brief, den ihr Anwalt an Sie geschrieben hat. Aber das wird kein Problem sein, nachdem ich mit ihr geredet habe. Sie war eine Bekannte meiner Mu... von Maria Fiore."

Krump nickte eifrig.

„Gut. Ich brauche ihre Telefonnummer", sagte ich. Weder im Internet noch bei der Auskunft hatte ich die herausgefunden.

„Kriegen Sie. Und Sie rufen mich sofort an, wenn Sie bei ihr waren." Krump ließ das Seitenfenster herunter, griff in ein kleines Fach zu seiner Linken, betätigte einen Schalter und nahm das rotierende Blaulicht heraus. Er stellte es aufs Autodach und brüllte mit aus dem offenen Fenster gestrecktem Kopf: „Alle Taxifahrer sind hiermit verhaftet. Es herrscht absolutes Hupverbot bei einem Krankenhaus."

Im selben Moment, als ich aussprach: „Sagen Sie Hannes nichts davon", wusste ich, dass diese Worte ein Fehler waren, doch ich konnte sie nicht mehr rückgängig machen.

Als ich grußlos aus dem Auto stieg, forderte Krump gerade per Funkgerät ein paar Beamte an, um die Daten der Taxifahrer aufzunehmen.

Während ich mit dem Lift nach oben fuhr, flammte mit jedem Stockwerk mehr und mehr meine Nervosität auf.

„Na, Herr Fürst, heute geht es schon nach Hause", war das Erste, was ich hörte, als ich mich Konrads Krankenzimmer näherte. Ich betete, dass ich mich geirrt hatte und die Stimme nicht zu der Person gehörte, die ich zu erkennen glaubte.

Aber als ich einen Schritt in das Zimmer machte, drehte sich Primar Hutbauser zu mir um. Mein Gebet war nicht erhört worden. Er hatte mich erwartet und grüßte mich freundlich, aber distanziert.

Konrad saß vor ihm auf der Bettkante, er trug eine schwarze Jogginghose und eine grüne Kapuzenjacke über einem weißen Kurzarmshirt. Kleidungsstücke, die ich ziemlich am Anfang, als er hier eingeliefert worden war, gebracht hatte. Als noch keiner von uns gewusst hatte, wie lange er hier sein würde. Vor eineinhalb Jahren hatten sie ihm noch perfekt gepasst, doch nun waren sie viel zu groß, und er wirkte darin wie Harpo von den Marx Brothers. Er war barfuß, anscheinend hatte ich damals sowohl Socken als auch Schuhe vergessen. Seine frisch gewaschenen Haare waren mit einem Haargummi zu einem Zopf zusammengebunden, doch einige silbrige und schwarze Locken hatten sich gelöst. Die Haut in seinem Gesicht war noch immer blasser als blass – fast so weiß wie die Bettwäsche. Doch auf den Wangen hatten sich zwei unförmige rote Flecken gebildet, die ein bisschen an die Apfelbäckchen erinnerten, die er sich früher für seine Auftritte als Clown gemalt hatte. In der rechten Hand hielt er einen halb ausgepackten, angebissenen Marsriegel.

„Wieso soll ich irgendwohin?", krächzte er. Seine Stimme hatte einen Hauch seiner Baritonfärbung, auch wenn sie noch immer brüchig und gespenstisch heiser klang. „Ich will nicht weg."

„Ich habe Ihnen doch schon gesagt, es ist zu Ihrem Besten, Herr Fürst", sagte der Arzt. Dabei sah er jedoch nicht Konrad an, sondern mich.

„Sie haben auch gesagt, ich schmecke nichts ... aber dieses Ding hier ... es ist süß ... weich ... ich kann es riechen."

Er hielt sich den Marsriegel unter die Nase und schloss die Augen. Primar Hutbauser erwiderte etwas, doch ich hörte ihm nicht zu – ich fühlte mich so benommen, als wäre ich zu rasch aufgestanden.

Ich stolperte ein paar Schritte rückwärts, stützte mich an der Wand ab und starrte auf Konrad. Etwas in mir rastete ein, wie ein Kolben in seine Vorrichtung. Und es hatte nichts damit zu tun, dass Konrads Geruchs- und Geschmackssinn zurückgekommen waren. Es hatte nichts damit zu tun, was er mit dieser kratzenden Papierstimme gesagt hatte. Nein, es war etwas anderes. Die Art, wie er sprach. Die Betonung der Worte. Obwohl ich nach wie vor eine Fremde für ihn war, war mir der Mann, der da sprach, so vertraut. Als wäre über Nacht etwas von dem Menschen, den ich so vermisste, aufgetaucht. Er öffnete die Augen, ich wollte auf ihn zugehen, doch Hutbauser stellte sich mir in den Weg.

„Ich muss mit Ihnen sprechen, Frau Fiore." Er deutete zur Tür.

„Draußen."

Ohne meine Reaktion abzuwarten, ging er voraus. Da mir klar war, dass ich keine Chance hatte, dem Gespräch zu entgehen, folgte ich ihm.

Er hatte mit „draußen" aber nicht den Gang, sondern das Besprechungszimmer gemeint, in dem wir uns zu nahe gekommen und überrascht worden waren.

„Ach du Scheiße", murmelte ich gerade so leise, dass er mich nicht hören konnte. Zwar hatte ich Konrads Entlassungspapiere, die er bereits unterschrieben hatte, aber ich war nicht so naiv zu glauben, dass es nicht in seiner Macht stand, alles rückgängig zu machen. Er schloss hinter mir die Tür.

„Möchtest du dich setzen?"

Ich schüttelte den Kopf und blieb in Türnähe stehen.

„Okay."

Er griff in eine Schublade des Schreibtischs, nahm ein paar Zettel heraus und reichte sie mir. „Die brauchst du noch."

Es waren Rezepte für Medikamente.

„Danke."

Er war in einer merkwürdigen Stimmung, die ich nicht einordnen konnte. Ich hatte erwartet, dass er mich in diesen Raum geführt hatte, weil er mich dazu bringen wollte, dort weiterzumachen, wo wir vor Dr. Kirchschlagers und Hannes' Erscheinen aufgehört hatten. Doch da hatte ich mich geirrt. Er schob einen Stiftbecher zur Seite, setzte sich halb auf die Schreibtischplatte und verschränkte die Hände.

„Du magst es nicht, wenn man dich Carlotta nennt?", fragte er.

Ich hatte keine Ahnung, woher er das wusste, und fragte auch nicht nach.

„Lotta", sagte ich.

„Lotta. Das klingt schön." Er räusperte sich. „Ich bin ein guter Arzt, Lotta. Der jüngste Primar in diesem Krankenhaus. Und ich frage mich die ganze Zeit – es gibt einige Kollegen, die scharf auf meinen Job sind. Darum möchte ich wissen, der Mann, von der Kripo ... als wir ..."

Er versuchte ein missglücktes Lächeln. „War es ausgemacht, dass er uns ...überrascht?"

„Nein."

Die Erleichterung auf meine Antwort war ihm anzusehen.

„Gut." Er stand auf und kam auf mich zu. „Ich will ehrlich sein – ich habe keine Ahnung, was du mit mir angestellt hast. Ich muss sehr oft an dich denken. Und obwohl mir klar ist, dass du das getan hast, weil du Konrad Fürst bei dir haben willst ..." Er war nur mehr einen halben Meter von mir entfernt. „... möchte ich dich wiedersehen." Er war mir jetzt so nah, dass ich seinen Atem spüren konnte.

„Ich weiß nicht, was das hier alles soll. Aber ich will, dass du weißt, dass sie es mir erzählt hat", flüsterte er mir ins Ohr. „Frau Dr. Kirchschlager hat mir die ganze Geschichte erzählt. Dass du als Kind von Maria Fiore entführt wurdest und ..."

Ich wollte zurücktreten, um wieder Distanz zwischen uns zu bringen, doch ich hatte nicht damit gerechnet, dass ich so nah an der Tür war. Ich stand buchstäblich mit dem Rücken an der Wand und musste mich zusammenreißen, um es mir nicht anmerken zu lassen. „Und du hast ihr diesen Schwachsinn geglaubt? Du hast doch erlebt, was ich alles getan hätte, nur um Konrad hier rauszubekommen", lachte ich. Hutbauser schien sich davon nicht irritieren zu lassen. Er sog Luft durch seine gespitzten Lippen, es entstand ein leises Pfeifen. Dann strich er mir die Haare aus dem Gesicht.

„Du bist ein Geheimnis, Lotta Fiore. Ein Geheimnis, das ich lösen möchte. Kein Wunder, dass ich dich nicht aus meinem Kopf bekomme. Wenn du diese Geschichte nicht glaubst, wieso willst du ihn denn dann so dringend bei dir haben, diesen Konrad Fürst?"

Es überraschte mich, wie ruhig ich blieb. „Weil es meine Schuld ist, dass er hier liegt."

„Erzähl mir keinen Unsinn."

„Es war ein Undercovereinsatz, du erinnerst dich, die Serienmorde in der Wiener Oper? Konrad und ich wurden eingeschleust, um sie aufzuklären. Ich sollte Hilfe holen, aber ich wurde überwältigt. Von einem gesuchten Sexualverbrecher, der mich bis in die Oper verfolgt hat. Deshalb habe ich zu spät Bescheid gegeben, dass Konrad auf der Beleuchterbrücke steht. Deshalb wurde er beim Versuch, dem nächsten Opfer das Leben zu retten, sechs Meter in die Tiefe gerissen. Deshalb ist er gestorben, wurde reanimiert, ist ins Koma gefallen und hat sein Gedächtnis verloren."

Schon während ich sprach, bemerkte ich, wie sehr ihn die Geschichte abkühlte. Zuerst nahm er nur seine Hand aus meinen Haaren. Dann trat er wieder zum Schreibtisch und sah mich an, als würde er überlegen, in welche Zwangsjacke er mich stecken sollte. Ich konnte es ihm nicht verdenken. Es war eine Überlegung, die wir uns – wenn auch sicher nicht im selben Moment – teilten.

„Wieso wird Konrad heute schon entlassen?", fragte ich. „Ist es eine Order von Hauptkommissar Krump? Oder aus dem Innenministerium?"

Hutbauser antwortete nicht. Ich versuchte, in seinem Gesicht zu lesen, was er verbarg, doch seine Miene war undurchdringlich. Irgendetwas stimmte hier nicht. Aber mein einziges Ziel war, Konrad hier wegzubekommen. Darum sagte ich nichts mehr, sondern drehte mich um und verließ den Besprechungsraum.

Es war gerade Visite oder Kontrolle. Eilige Krankenschwestern und Pfleger versperrten mir mit silberfarbenen Rollwägen voller Krankenakten den Durchgang. Ich drückte mich an ihnen vorbei, grüßte ein paar, erntete abwechselnd freundliche und gestresste

Blicke und klopfte schließlich an die Tür zu Konrads Krankenzimmer.

Konrad saß auf dem Bett, die nackten Füße baumelten über dem Boden. Ich schloss die Tür, damit wir ungestört waren. „Hallo noch mal", sagte ich leise.

„Ich ... ich kenne dich", sagte er und runzelte angestrengt die Stirn.

„Du warst schon mal da."

„Ja. Ich war oft da."

Er nickte zögerlich. „Dein Name ... heißt du Lotta?"

8.

„WILLKOMMEN KONRAD" leuchtete uns in kirschroten Buchstaben auf einem Bogen braunem Packpapier entgegen, als wir die Wohnung betraten.

„Sie sind da, sie sind da", kreischte Fannys Stimme aus dem Wohnzimmer. Ich drehte mich zu Konrad um. Er stand auf seinen Gehstock gestützt und starrte auf die weißen Badepantoffeln aus billigem Plastik an seinen Füßen, die ihm eine Krankenschwester angezogen hatte. In seinem Gesicht spiegelte sich so etwas wie verwirrte Verzweiflung. Bevor ich auch nur in der Lage war, ein Wort zu sagen, stürmte Fanny in den Flur und griff ganz selbstverständlich nach seiner freien Hand.

„Servus, Konrad. Du kennst mich, auch wenn du mich jetzt grad nicht erkennst. Aber das macht nichts, weil wir sind nämlich Freunde. Ich bin Fanny. Henriette wartet drinnen auf dich, und da ist auch Konny, ach, du wirst schon sehen ... du kannst dich an mir festhalten." Sie legte seine freie Hand auf ihre Schulter, strahlte ihn an und zog ihn sanft Richtung Wohnzimmer.

Hinter mir sagte eine Frauenstimme mit dem rollenden R ihres russischen Akzents: „Er ist wirklich da!"

Ich drehte mich um. Anna stand in der offenen Eingangstür und hielt einen Zigarettenstummel in der Hand. „Ich war gerade eine rauchen, da habe ich euch gehört."

Nach dem Zigarettengeruch, der mir schon bei unserer Ankunft im Stiegenhaus aufgefallen war, vermutete ich eher, dass sie bereits die ganze Zeit rauchend am Gang gestanden und auf uns gewartet hatte.

Konrad und seine Nachbarin, die hübsche, rauchende Lungenfachärztin Mitte 50, hatten einen kleinen Flirt gehabt, doch das war eine Geschichte, die durch Konrads Sturz bereits im Prolog ihr Ende gefunden hatte.

„Wie geht es ihm?", fragte sie. Sie lächelte, aber ich bemerkte die angestrengten Falten in ihren sonst so weichen Gesichtszügen.

„Gut", sagte ich, weil ich wusste, dass sie es hören wollte. Doch „gut" traf es nicht im Geringsten.

Meine Erwartungen waren in die Höhe geschnellt, weil er im Krankenhaus meinen Namen gewusst hatte. Weil er sich daran erinnerte, dass ich ihn schon mal besucht hatte. Da ich ihn nicht drängen wollte und er mich nicht mehr beachtete, hatten Konrad und ich den ganzen Weg vom Krankenhaus kein Wort gewechselt.

Er war an der Windschutzscheibe des Taxis geklebt und hatte die Häuser, Geschäfte, Restaurants und Plätze, an denen wir vorbeifuhren, betrachtet, als würde er sie zum ersten Mal sehen. Trotzdem hatte ich, je näher wir unserem Ziel kamen, erwartet, er würde wenigstens irgendetwas von den umliegenden imposanten Altbauten mit ihren verzierten Fassaden oder den verkümmerten Park, an dessen Längsseite sich das Wohnhaus befand, wiedererkennen. Stattdessen drehte er sich überrascht zu mir, als das Auto hielt. Und sein ratloser Blick hatte meine Hoffnung, die er vorhin im Krankenzimmer hatte aufleben lassen, zunichtegemacht.

Mein Handy gab den Signalton einer ankommenden SMS von sich.

„Ist alles okay?", fragte Anna.

„Ja", log ich und öffnete die Nachricht. Krump hatte mir soeben Sarah Fitzpatricks Telefonnummer und Adresse geschickt.

„Das ist gut." Sie sah mich dabei so durchdringend an, dass ich mich fragte, ob sie mir glaubte. Aber dann verlor sich ihr Blick, und am Glanz, der in ihren Augen aufflackerte, war mir sofort klar, dass hinter mir Konrad aus dem Wohnzimmer zurückgekommen war.

„Konrad", flüsterte sie so sehnsüchtig, dass es mir einen Stich gab. Mit einem knappen Kopfnicken und einem heiseren „Grüß Gott" begrüßte er die Frau, bei deren Anblick er vor eineinhalb Jahren noch so verlegen wie ein verliebter Teenager geworden war.

Es war ein kurzer Besuch, Anna konnte nicht bleiben, sie musste zum Dienst ins Krankenhaus. „Wenn du irgendwas brauchst ...", sagte sie zum Abschied.

Es sah nicht so aus, dass Konrad irgendetwas in seiner Wohnung erkannte, und auch vom „Pflegedienst" gab es noch immer keine Neuigkeiten. Ich hatte im Krankenhaus nachgefragt, aber dort wurde ich nur vertröstet.

„Anna, kannst du morgen Vormittag eine Stunde nach Konrad und Konny sehen? Ich habe ... einen Termin."

Ich war dankbar, dass sie zustimmte und nicht nachfragte, was das für ein Termin war. Als Anna fort war, öffnete ich Krumps SMS mit Sarah Fitzpatricks Telefonnummer. Die Mobilbox mit automatischer Ansage auf Deutsch und Englisch sprang nach dem fünften Läuten an, aber ich legte auf, ohne eine Nachricht zu hinterlassen.

Nachdem bald auch Henriette und Fanny gingen, war ich froh, dass wir nun endlich Zeit füreinander hatten.

Konrad saß auf der Couch und starrte vor sich hin. Ich legte Konny auf seine Spieldecke und setzte mich neben ihn.

„Wie geht es dir?", fragte ich. Er sah mich an, als hätte er die Frage nicht verstanden.

„Du hast hier gewohnt, erinnerst du dich?" Wieder dieselbe Reaktion.

„Wie heißt du?", fragte ich.

„Konrad."

„Wie noch?"

Er öffnete den Mund, schloss ihn wieder, öffnete ihn erneut, wie ein Fisch auf dem Trockenen. Wie sollte ich ihn nach dem 21er-Mörder und der Zahl auf seinem Notizzettel fragen, wenn er nicht einmal seinen Nachnamen wusste?

„Fürst. Du heißt Konrad Fürst."

Er schüttelte den Kopf, als wäre das ein Irrtum, und griff sich auf den Bauch. „Ich habe Hunger."

„Was möchtest du denn?"

„Ich ... ich weiß nicht."

„Okay. Komm mit."

Ich nahm Konny hoch, führte Konrad in die Küche und stellte ihn vor den geöffneten Kühlschrank.

„Nimm dir, was du willst."

Eine Weile passierte gar nichts. Sein Blick huschte über die Lebensmittel. Dann griff er zögerlich nach einem Gouda. Er hielt ihn sich unter die Nase, schnüffelte und biss ein großes Stück ab.

„Möchtest du dazu ein Stück Brot?"

Statt einer Antwort griff er erneut in den Kühlschrank, nahm sich einen Becher Vanillejoghurt heraus, durchbohrte den Aluminiumdeckel ein paarmal mit seinem Zeigefinger und schüttete sich den Joghurt in den Mund. Das meiste davon landete auf seinem Kinn und seiner Kapuzenjacke.

Als Nächstes war die Butter dran, dann eine ungeschälte Salami am Stück, eine Tomate, beim Ingwer spuckte er den Bissen gleich wieder aus und fing an zu husten. Gierig griff er nach der Milch und trank den ganzen Karton leer.

Sein Geschmackssinn schien mit jedem Bissen, den er sich in den Mund steckte, stärker zu werden, als wäre er ein Muskel, den er mit kulinarischen Klimmzügen trainierte. Beim Schokoladenpudding verzücktes Augenschließen, bei der Leberwurst genussvolles Grunzen, bei der Chili-Knoblauch-Sauce Panik.

Ich wollte ihn aufhalten, doch er hatte so rasch Konnys Spezialsalbe gegen Windelausschlag, die man kühl lagern musste, weil sie keine Konservierungsstoffe hatte, aufgeschraubt und sich etwas davon in den Mund gespritzt, dass mein „Nicht!" zu spät kam. Er sah mich verwundert an, bevor er sie auf den Küchenboden ausspuckte.

Bei der Mayonnaise war er anfangs vorsichtiger, dafür dann umso begeisterter. Er saugte an der vollen Tube, bis er sie bei der Hälfte von sich streckte. „Ich will nicht mehr."

Ich führte ihn zurück ins Wohnzimmer, setzte ihn auf die Couch und überlegte ziemlich bald, noch einmal im Krankenhaus wegen des Pflegedienstes anzurufen.

Denn Konrads Kurzzeitgedächtnis kam und ging in rasantem Tempo. In einem Moment wusste er meinen Namen, im nächsten schon wieder nicht. Er saß auf der Couch und schaute aus dem Fenster, dann quälte er sich plötzlich in den Stand, rief panisch: „Wo bin ich? Wo bin ich?", und humpelte auf seinen Stock gestützt im Zimmer herum, als wäre er in Gefahr.

Ich versuchte, ihn zu beruhigen, aber er hörte mich gar nicht. Als wäre er ganz woanders.

Erst als Konny anfing, wie am Spieß zu brüllen, blieb er verwundert stehen.

Ich hatte keine Ahnung, was der Auslöser dafür war, aber das Adrenalin schien auf Hochtouren durch seine Blutbahn zu schießen. Keine Sekunde wurde er müde oder kam auch nur zur Ruhe.

Ich ließ ihn nur 30 Minuten alleine, als ich zuerst Konny rasch badete, ihn wickelte, in sein Gitterbett legte und dann noch einmal versuchte, Sarah Fitzpatrick zu erreichen.

In dieser Zeit kehrte Konrad in die Küche zurück und legte eine ungeschälte Zwiebel in eine Pfanne mit Spülmittel statt Öl. Während sie zu einem schwarzen Klumpen verkohlte, ging er ins Wohnzimmer und setzte sich auf die Couch.

Als die Nachrichten im Fernsehen liefen, die unverändert Fotos von der verschwundenen Diana Krämer zeigten und in diesem Zusammenhang den grausamen Mord an deren bester Freundin Emmy Hauser erwähnten, beobachtete ich Konrad aus dem Augenwinkel. Er reagierte nicht im Geringsten. Und noch etwas war beunruhigend: Er wurde nicht müde, sondern saß da wie ein in die Jahre gekommener Zinnsoldat.

Es wurde später und später, Konrad sah sich die Wiederholungen irgendwelcher Fernsehshows an. Obwohl ich es nicht wollte, konnte ich nicht verhindern, dass ich vor Erschöpfung auf dem Sofa einschlief.

Mitten in der Nacht rüttelte er mich wach, sein Gesichtsausdruck war panisch. Erschrocken fuhr ich hoch und sprang von der Couch. Im ersten Moment dachte ich, ich wäre in einer Pfütze gelandet, weil Konrad etwas ausgeschüttet hatte. Doch dann erkannte ich, dass es keine Pfütze war.

Das Wasser stand zentimeterhoch, der gesamte Parkettboden in Wohnzimmer und Vorraum war restlos überschwemmt, alle Teppiche waren vollgesogen und konnten das Wasser nicht mehr aufnehmen. „Was ist passiert?"

„Badewanne", wiederholte Konrad immer wieder hysterisch. Durch sein Geschrei wachte Konny auf und fing an zu weinen. Ich stürmte ins Badezimmer, der voll aufgedrehte Wasserhahn der Badewanne war für die Überschwemmung verantwortlich. Es musste schon ein paar Stunden gelaufen sein. Ich drehte ihn zu, watete zurück ins Wohnzimmer, schnappte mein Handy und rief die Feuerwehr. Als Nächstes holte ich Konny aus seinem Gitterbett, er schrie und schrie. Plötzlich gab es einen lauten Knall, gefolgt von einem Zischen. Und dann war alles stockdunkel. Kurzschluss.

Das war der Zeitpunkt, wo mir einfiel, dass es etliche Verteilersteckdosen in der Wohnung gab, die alle auf dem Fußboden lagen. Die Erkenntnis, was wir gerade für ein Riesenglück gehabt hatten, ließ mich taumeln. Doch ich bekam keine Gelegenheit, weiter darüber nachzudenken, denn im nächsten Moment klopfte es an der Wohnungstür.

Es war Anna. Sie war eben vom Nachtdienst nach Hause gekommen, trug einen hellgrauen Trenchcoat und hatte ihre Tasche dabei. Das Licht aus dem Treppenhaus schien in die Wohnung, das Wasser war durch die Schlitze unter der Tür nach draußen geflossen und kroch über den Steinboden die Treppen hinunter.

„War er das?", rief sie über Konnys Gebrüll und deutete auf Konrad, der jetzt regungslos wie eine Statue neben der Badezimmertür stand und vor sich hin starrte.

„Ja."

„Hast du Hilfe gerufen?"

„Die Feuerwehr. Sie müssen gleich hier sein."

Ohne zu zögern, trat sie in den nassen Flur, packte Konrads Unterarm und zog ihn aus der Wohnung.

„Du darfst ihnen nicht sagen, dass er das war. Sonst bringen sie ihn weg", sagte sie. In der Ferne ertönte die Sirene der herannahenden Feuerwehr.

Ich verlor das Zeitgefühl.

Die Wohnung wurde ausgepumpt, zuerst dachten die Feuerwehrmänner, es handle sich um einen Wasserrohrbruch, doch als sie begriffen, dass ein nicht zugedrehter Wasserhahn die Ursache für die Überschwemmung war, erntete ich von einigen missbilligende Blicke.

Ich beteuerte mein Bedauern und versuchte, den Vorfall mit Überforderung und Schlafmangel zu erklären, während ich mein schreiendes Kind herumtrug und es wie ein lebendiges Beweisstück meiner Aussage in die Lichtkegel der Taschenlampen der Feuerwehrmänner hielt. Mein Körper fühlte sich zentnerschwer an, und alles drehte sich.

Als ich die Tür hinter ihnen schloss, hätte ich alles für einen Drink gegeben. Seit dem Abend, an dem Konrad ins Koma gefallen war, hatte ich keinen Tropfen Alkohol mehr angerührt. In Wahrheit waren dafür weder die Schwangerschaft noch Konny verantwortlich, sondern eine Abmachung, die ich an diesem letzten Abend vor eineinhalb Jahren mit Konrad getroffen hatte. Obwohl ich mich oft zusammenreißen musste und Konrad nicht in der Lage gewesen war, sich an seinen Teil zu halten, hatte ich es getan.

Ich lehnte mich an die geschlossene Tür und leuchtete mit der Taschenlampe, die sie mir dagelassen hatten, auf den alten Parkettboden, der feucht glänzte. An den Kanten hatte sich das Holz bereits gewölbt und war hässlich braun.

Konny war an meiner Schulter eingeschlafen, ich spürte seinen warmen Atem an meinem Hals. Durch die geöffnete Badezimmertür am anderen Ende leuchtete ich auf die durchnässten Perserteppiche, sie lagen aufeinandergeschichtet in der Badewanne, und ein Geruch nach nassem Hund strömte in den Vorraum.

Irgendwo in der Wohnung fing mein Handy an zu klingeln, es klang merkwürdig, wie ein Plattenspieler, der auf halber Geschwindigkeit läuft. Vermutlich war es jetzt doch noch nass geworden. Es hörte auf, dann fing es erneut an, doch ich rührte mich nicht. Ich weiß nicht, wie lange ich so da gestanden hatte. Draußen wurde es langsam hell, das goldene Morgenlicht, das durch die Fenster fiel, verkündete, dass es ein schöner Tag werden würde. Aber sicher nicht für mich.

Ohne ihn zu wecken, legte ich Konny in sein Gitterbett, dann machte ich mich auf die Suche nach meinem Telefon. Es lag im Wohnzimmer auf dem Boden, es war bei der Wohnungs-Auspumpaktion heruntergefallen. Ins Display war Wasser gekommen, die Schrift und somit der Name des Anrufers waren nicht lesbar. Gerade als ich es an meiner Hose trockenrieb, sperrte jemand die Wohnungstür auf.

„Pass auf, Hannes, es ist alles nass", rief ich. Doch statt Hannes war es Anna, die antwortete.

„Lotta, bitte komm doch mal rüber zu mir. Und bring alle Medikamente mit, die Konrad nimmt."

„Hast du mich eben angerufen?", fragte ich.

„Nein."

„Okay, ich komme gleich. Eine Minute."

Die Tür wurde wieder geschlossen. Ich versuchte, das Handymenü zu bedienen, aber da ich die Navigation nicht erkennen konnte, klappte es nicht. Schließlich gab ich es auf, öffnete das Fenster, holte den Akku aus dem Gehäuse und legte die drei Handyteile auf die Fensterbank, in der Hoffnung, die Sonnenstrahlen würden so stark werden, dass sie die Feuchtigkeit auftrockneten. Wer auch immer versucht hatte, mich anzurufen, er würde sich gedulden müssen.

Dann zog ich mir trockene Sachen an, vergewisserte mich, dass das Babyfon funktionierte, nahm das Gegenstück von der Kommode neben dem Gitterbett und die kleine blaue Tasche, in der sich alle Medikamente befanden, die Primar Hutbauser Konrad verschrieben hatte, und ging hinüber in Annas Wohnung.

„Wer will Kaffee?", fragte Anna. In ihrer Küche herrschte eine solche Ruhe, als hätte es den ganzen Vorfall ein paar Meter entfernt gar nicht gegeben. Der Geruch nach frischem Gebäck vermischte sich mit ihrem Veilchenparfüm, und ich fragte mich, ob die Möglichkeit bestand, dass sie es, trotz allem, für Konrad aufgetragen hatte.

Die beiden hatten sich nie geküsst oder waren sich sonst körperlich näher gekommen – zumindest wusste ich nichts davon.

Es war kein Wunder, dass Konrad sie schon immer attraktiv gefunden hatte, sie war ein offenherziger Mensch, der schnell Freunde fand. Doch zuerst war Anna verheiratet gewesen, und als sie es nicht mehr war, hatte Konrad der Mut gefehlt. Anna und ihr Exmann hatten ihn mehr als einmal betrunken im Treppenhaus aufgelesen und ins Bett gebracht. Erst als ich seine Zweifel gelindert und ihm bestätigt hatte, wie gerne Anna ihn mochte, begann er darüber nachzudenken.

Jetzt lächelte Anna so, wie ich sie schon lange nicht mehr lächeln gesehen hatte. Sie hatte sich umgezogen, zumindest nahm ich das an, es war unwahrscheinlich, dass sie in einem dekolletierten hellrosa Sommerkleid mit purpurfarbenen Tulpen darauf ihre Schicht im Krankenhaus gemacht hatte.

„Sehr gerne einen Kaffee", sagte ich, und auch Konrad nickte. Er saß in einem weißen Bademantel und mit geringelten Wollsocken zusammengesunken an dem kleinen Holztisch vor dem Küchenfenster, um ihn herum tanzten im hereinfallenden Sonnenlicht winzige Staubflöckchen. Seine nassen Sachen hingen an einem Kleiderbügel an der Küchentür. Anna löffelte Kaffeepulver in die große Espressokanne, stellte sie auf den Herd und bot mir einen Stuhl an.

„Ich habe Konrad ein bisschen untersucht. Ich hab zwar nicht viel Ahnung von Neurologie", sagte sie und nahm drei dunkelbraune Espressotassen aus dem Hängeschrank, „aber welche Medikamente nimmt er?"

Ich reichte Anna die blaue Tasche, die ich mitgebracht hatte. „Da ist alles drinnen."

Sie reihte die vielen Schachteln, die sich darin befanden, auf der Küchenkredenz auf und studierte die Inhaltsstoffe. „Die beiden können es nicht sein, das da auch nicht, es ist nur ein hochdosiertes Vitaminpräparat mit Ginkgo, aber dieses hier ..."

Sie stutzte, wurde aber gleich abgelenkt, da der Kaffee zu blubbern und zischen anfing. Sie schaltete den Herd aus, holte Kaffeeobers aus dem Kühlschrank und stellte es mit der Zuckerdose auf den Tisch.

„Bitte, nehmt euch selber, ich muss kurz telefonieren." Sie verschwand mit der Medikamentenpackung aus der Küche. Ich vermied es, Konrad anzusehen, goss Kaffee ein und reichte ihm die Tasse. Er ließ sie vor sich stehen, als wüsste er nicht, was er mit der schwarzen Flüssigkeit anstellen sollte.

„Du trinkst ihn mit ein bisschen Milch, ohne Zucker", sagte ich. „Du hast ihn so getrunken."

Doch er rührte die Tasse nicht an.

„Das mit dem Wasser in der Wohnung ... war das ich?", fragte er, ohne vom Kaffee aufzusehen.

„Es ist egal." Mir wurde heiß, die Luft schien stickiger zu werden.

„War ich es?", fragte er erneut.

Ich war froh über Annas Schritte, sie kam zurück in die Küche.

„Wer auch immer dir dieses Mittel gegeben hat, ist entweder ein Idiot oder hat es mit Absicht getan." Sie warf die Medikamentenpackung in den modernen roten Schwingmistkübel. „Ich habe vermutet, dass du irgendwas nicht verträgst, die großen Pupillen, der unregelmäßige, rasende Puls, die Kurzatmigkeit – es ist Modafinil. Und noch dazu 400 mg. Wenn du es weiter nehmen würdest ..."

„Was ist Modafinil?", unterbrach ich.

„Ein Aufputscher, und was für einer. Normalerweise wird es Patienten verabreicht, die an schwerer Narkolepsie leiden, damit sie wach bleiben können. In Einzelfällen wird es aufgrund der kognitiven Leistungssteigerung gegeben, aber dann in einer viel geringeren Dosierung."

Konrads Schlaflosigkeit. Die Stimmungsschwankungen. Seine Rastlosigkeit.

„Wer hat ihm denn das Zeug verschrieben?", fragte Anna und löffelte Zucker in ihren Kaffee.

Ich antwortete nicht, das Mittel war von dem Rezept, das mir Primar Hutbauser mitgegeben hatte.

„Glaubst du wirklich, diese Tabletten sind die Ursache?"

Sie murmelte: „Ich hoffe es", und nippte an ihrem Kaffee. So saßen wir zu dritt am Küchentisch, jeder in Gedanken versunken, obwohl ich mich bei Konrad fragte, ob er seinen überhaupt folgen konnte. Er rührte seinen Kaffee nicht an.

Anna durchbrach die Stille. „Hast du nicht einen Termin?"

Das hatte ich völlig vergessen. Der Gedanke, jetzt wegzugehen, kam mir absurd vor, außerdem hatte ich Sarah Fitzpatrick nicht erreicht. Andererseits wurde das Mädchen vermisst. Zumindest hatte ich nichts Gegenteiliges erfahren. Aber wie auch, mein Handy lag in Einzelteilen auf der Fensterbank.

Da wir in unserer Wohnung noch immer keinen Strom hatten, fragte ich Anna: „Kann ich mir die Nachrichten ansehen?"

Sie stand auf, reichte mir aus einer Schublade eine Fernbedienung und öffnete einen der Küchenhängeschränke. Darin befand sich ein sehr kleiner Fernseher, er musste uralt sein.

„Für Kochsendungen", sagte sie zu Konrad, als hätte er danach gefragt. Sie schaltete ihn ein. „Drück auf die Taste mit den vier waagrechten Strichen, das ist Teletext."

Es war noch immer unverändert die erste fettgedruckte Schlagzeile. Diana Krämer wurde jetzt schon 72 Stunden vermisst. Die Wahrscheinlichkeit, dass man sie noch lebend finden würde, war jenseits aller Realität. Ich lieh mir Annas Handy, ging hinüber in die Wohnung, nur um draufzukommen, dass ich Fitzpatricks Telefonnummer in meinem nassen Handy hatte. Zum Glück hatte ich mir ihre Adresse bereits rausgeschrieben, als ich sie nicht erreicht hatte. Ich sah nach Konny, vergewisserte mich – wie ich es immer, wenn er schlief, ungefähr zehn Mal tat –, dass er atmete, und verdrängte den Gedanken, wie sich Diana Krämers und Emmy Hausers Eltern fühlen mussten. Ich ging zurück in Annas Wohnung.

„Ich beeile mich. Konny schläft, ich lass dir das Babyfon da, seine Fläschchen stehen im Kühlschrank", rief ich, als ich eintrat. Da Anna nicht antwortete, ging ich zu ihr in die Küche. Sie beobachtete Konrad, sein Kopf sackte immer wieder nach vorne, und seine Augenlider flackerten.

„Ich bin so müde", krächzte er, seine Stimme war nicht mehr als ein Windhauch.

„Wann hat er das letzte Modafinil genommen?", fragte Anna.

„Vor ungefähr zwölf Stunden."

„Ich glaube, wir haben soeben den Schuldigen gefunden. Das erleichtert mich sehr", sagte sie und griff nach meiner Hand. Aber sie hatte nicht erleichtert geklungen, sondern traurig.

9.

Die Fahrt zur Villa von Sarah Fitzpatrick oder Pressler oder Riedl in den 13. Bezirk stellte sich als kleine Reise in einen der teuersten Außenbezirke Wiens heraus. Ich bereute, dass ich die öffentlichen Verkehrsmittel genommen hatte und mein Handy in der Wohnung noch immer vor sich hin trocknete.

Der Bus, in den ich bei der U-Bahn-Station Ober St. Veit gestiegen war, kurvte eine halbe Stunde einen Hügel hinauf und wieder hinunter. Wohnhäuser wurden von Reihenhäusern abgelöst, und schließlich fuhr er durch eine mir völlig unbekannte Gegend, in der eine Villa neben der anderen stand. Die Karosserien von Limousinen, SUVs, Geländewagen und Cabrios glänzten um die Wette.

Sarah Fitzpatricks Villa befand sich drei Minuten von der Bushaltestelle entfernt und lag auf einer Anhöhe. Trotz grellgelben Sonnenscheins wirkte das zweistöckige Haus auf mich auf den ersten Blick so düster, als wäre es aus einem Gruselfilm. Ich musste bei der dunkelgrauen Fassade, dem dominanten schwarzen Dach, das das Sonnenlicht zu verschlucken schien, und der vorgebauten Veranda mit der Steintreppe an das Hotel aus „Psycho" denken. Obwohl dieses hier eine bei weitem edlere Version war, mit den zwei hellgrauen ionischen Säulen rechts und links, die das Verandadach trugen, und den beiden verzierten Runderkern an den Hauskanten, die vom ersten in den zweiten Stock reichten.

Ich läutete an der Gegensprechanlage, die in einem Steinrahmen neben die hohe Tür aus schmiedeeisernen Stäben im Zaun eingemauert war. Sofort ertönte das Surren des Türöffners. Ich ging durch den Vorgarten und klopfte an die Tür. Eine schmächtige Person, mindestens zwei Köpfe kleiner als ich, öffnete. „Oh. Pardon, ich dachte, Sie sind die Putzfrau", schaute sie mich erstaunt an, „was kann ich für Sie tun?"

Sie war Asiatin, vielleicht aus Thailand oder Vietnam, aber musste ihrer österreichischen Aussprache nach schon hier aufgewachsen sein. Der Kleidung und den Sportschuhen nach zu urteilen, wollte sie gerade laufen gehen. Beim Blick in ihre geschwungenen Mandelaugen tauchte: Pink, eine Birne und 39 in meinem Kopf auf.

Pink. Die Farbe, in der sowohl Emmy Hausers Nägel als auch die der anderen Leichen lackiert gewesen waren. Ihr Alter überraschte mich, sie sah zehn Jahre jünger aus.

„Hallo, mein Name ist Lotta Fiore, ich möchte bitte mit Frau Pressler sprechen." Ich hatte absichtlich den Namen gewählt, unter dem mir Sarah Fitzpatrick damals vorgestellt worden war.

Sie zögerte kurz. „Diesen Namen benutzt sie schon lange nicht mehr."

„Ach so? Das wusste ich nicht. Ich habe sie als Sarah Pressler kennengelernt. Sie hat mir vor vielen Jahren eine Kalligraphiestunde gegeben, aber ich fürchte, ich war schrecklich unbegabt", log ich und versuchte dabei, so unbekümmert wie möglich zu wirken.

Sie runzelte skeptisch die Stirn und fixierte mich. „Sind Sie von der Presse?"

„Nein, bin ich nicht. Wie gesagt, ich kenne sie von früher. Über meine Mutter Maria Fiore."

An ihrem Lächeln erkannte ich, dass ihr dieser Name etwas sagte.

„Haben Sie sich mit ihr verabredet?"

„Nein, tut mir leid, ich habe gestern ein paarmal angerufen, aber es ist niemand rangegangen."

„Das wundert mich nicht." Sie trat zur Seite und bat mich herein.

„Mama geht im Moment nicht ans Telefon."

Mama. Das musste die vietnamesische Adoptivtochter sein, über die ich bei der Todesnachricht von Alfred Riedl in der Zeitung gelesen hatte.

„Es tut mir leid, dass ich schon so früh und ohne Anmeldung einfach hier hereinplatze, aber ich würde es nicht tun, wenn es nicht wirklich wichtig wäre."

„Worum geht es denn?"

„Um Emmy Hauser."

Bei der Nennung des Namens zuckte sie, es war ein unkontrollierter Impuls, den sie mit einem „Oh, Sie sind von der Polizei?" überspielte.

Ich schüttelte den Kopf, stoppte mich aber sofort selber. „Ich helfe nur aus."

Ohne ersichtlichen Grund lachte sie auf, als hätte ich eben einen Witz gemacht, und stemmte die Hände in die Hüften. „Na ja, es war nicht nur die Schuld des Beamten, dass Mama umgekippt ist. Sie ist Diabetikerin, an diesem Tag hat sie wegen der Nachricht über dieses Mädchen vergessen, ihre Medikamente zu nehmen. Das passiert ihr öfter, kaum regt sie etwas auf, vergisst sie das einfach. Aber das haben Sie nicht von mir. Okay, warten Sie bitte hier, sie ist noch nicht aufgestanden, ich werde sie holen." Sie verschwand hinter einer der vier geschlossenen Türen und ließ mich in dem Vorraum stehen. Ich hörte, wie sie eine Treppe hochstieg, dann war es ruhig. Ich sah mich um. Bis auf das riesige Bild einer Gebirgslandschaft über dem Eingang und einer antiken Pendeluhr an der Wand war hier alles so leer und unpersönlich, dass man wirklich den Eindruck hatte, es wäre die Lobby eines Hotels. Keine Kleidungsstücke, keine Schuhe, keine Möbel, auch nichts zum Sitzen. Wenn die Uhr stimmte, war ich jetzt genau eine Stunde weg – so lange, wie ich Anna gesagt hatte, dass die ganze Sache dauern würde. Schritte, die die Treppe herunterkamen, übertönten mein schlechtes Gewissen, die Tür wurde geöffnet, und Sarah Fitzpatrick breitete ihre Arme aus und jauchzte „Carlotta", als sie mich sah.

Obwohl sie anscheinend wegen mir aufgestanden war – sie trug einen lilaseidenen Morgenmantel, unter dem ein schwarzes Nachthemd aus feiner Spitze hervorlugte – und sonst ungeschminkt war, hatte sie hellroten Lippenstift auf ihre üppigen Lippen aufgetragen. Während sie mich abküsste und an sich drückte, als wären wir alte Freundinnen, die sich endlich wiedergefunden hatten, wurde mir klar, dass diese Frau nicht mehr das Geringste mit der eingeschüchterten Person zu tun hatte, die mich vor so vielen Jahren unterrichten wollte.

„Nehmen Sie Milch in Ihren Tee?", fragte mich Sarah Fitzpatrick und reichte mir eine Tasse. Ohne auf meine Antwort zu warten, goss sie Milch ein und fuhr fort: „Ich war ja früher eine Kaffeetante, aber seit ich mit Adam verheiratet bin, kann ich ohne Darjeeling nicht mehr leben. Was sicher besser für mich ist, ich werde nächstes Jahr 70, und Adam meint immer, Teein ist viel gesünder als Koffein. Aber ich schätze, er muss das sagen, er stammt schließlich aus Irland." Sie lachte, nahm einen Schluck aus der Teetasse und schloss verzückt die Augen.

Die vergangenen 15 Jahre hatten sie kaum altern lassen, und auch der verschreckte Gorilla war in ihrem

Gesicht nur mehr ansatzweise wiederzufinden. Was in erster Linie mit ihrer Selbstsicherheit zu tun hatte, aber nicht nur. Ich war in meiner Zeit als Maria Fiores Tochter zu vielen Gesichtern dieser Art begegnet und erkannte deswegen sofort das Werk eines plastischen Chirurgen. Dieser hier hatte seine Arbeit gut gemacht, denn es war – trotz allem – ein ausdrucksstarkes Gesicht geblieben und keine starre Maske geworden.

Wir saßen in einem Raum, der ihr als Arbeitszimmer für ihre Kalligraphie diente.

Auf dem großen Tisch zwischen uns stapelten sich Pinsel, Schreibfedern, Tintenfässer und Zettel in allen Größen, die sie zur Seite geschoben hatte, um Platz zu schaffen für das Tablett mit dem Tee, das ihre asiatische Adoptivtochter hereingebracht hatte.

„Ich habe mit sehr großem Bedauern vom Tod Ihrer Mutter gelesen. Sie war eine so wunderbare Frau. Und wie sie damals versucht hat, mir zu helfen – ich habe oft an Sie denken müssen, Carlotta. Es tut mir leid, dass ich mich bei unserer Stunde so ungeschickt angestellt habe. Es war nicht gerade meine Blütezeit, in der Sie mich kennengelernt haben."

Ich lächelte verständnisvoll und nippte am Tee.

„Schmeckt er Ihnen?"

„Sehr gut, danke." Ich ließ die Tasse sinken. „Das ist ein sehr schönes Haus. Ich kann mich erinnern, wir hatten unsere Stunde in einer Wohnung auf der ..."

Sie winkte ab. „Ach, lassen Sie uns lieber über etwas anderes reden. Um die Wahrheit zu sagen, ich denke nicht gerne daran zurück."

„Ja, natürlich. Entschuldigung. Auf jeden Fall hat meine Mutter sich damals sehr gefreut, Sie wiederzusehen. Sie kannten sich schon lange, nicht wahr?"

Sie fuhr sich durch ihre mittlerweile weißblonden Locken und wirkte plötzlich verlegen. „Kennen ist übertrieben. Meine Güte, ich glaube, es gab damals niemanden, der Maria Fiore nicht vergöttert hat. Ich habe noch alte Aufnahmen. Warten Sie, lassen Sie mich Ihnen etwas vorspielen. Niemand hat die Mimi gesungen wie Ihre Mutter."

Ich wollte sie aufhalten, doch sie war schon aufgestanden und hinter mich getreten.

„Ich höre mir das fast jeden Tag an", sagte sie. Die Nadel kratzte über die Schallplatte, und die drei Geigentöne zu Puccinis „Quando m'en vo soletta" aus *La Bohème* erklangen. Ich sog scharf Luft ein, als Maria Fiores Stimme einsetzte. Schon lange hatte ich sie nicht mehr gehört. Es war verstörend, wie echt und ehrlich ihr Gesang wirkte. Vielleicht kannte darum niemand die wahre Maria Fiore, da sie nur wahrhaftig war, wenn sie auf der Bühne stand.

„Wie Mondlicht, das sich in einem Kristallglas spiegelt", hauchte Sarah Fitzpatrick ehrfürchtig. „Das stammt nicht von mir, ich habe es einmal in einem Artikel über sie gelesen. Diese Worte sind so treffend, dass ich sie mir gemerkt habe."

„Sehr schön", murmelte ich, weil ich das Gefühl hatte, etwas sagen zu müssen.

„Ach, wie unsensibel von mir." Mit einem verschluckenden Laut verstummte die Musik. „Da will ich nicht über die Vergangenheit sprechen, aber Ihnen dränge ich sie auf. Sie müssen Ihre Mutter sehr vermissen." Ich spürte Sarah Fitzpatricks Hand auf meiner Schulter, dann nahm sie wieder mir gegenüber Platz.

„Das macht nichts. So etwas erlebe ich oft. Wie haben Sie sich kennengelernt?"

Sie legte ihren Kopf in den Nacken und überlegte. „Es war bei irgendeiner Veranstaltung. Was war das doch gleich? Ich glaube, ein Ball in der Hofburg. Oder war es nach einer Premiere? Tut mir leid, ich kann mich nicht mehr erinnern. Es waren nur ein paar flüchtige Begegnungen." Sie lächelte. „Ihre Mutter war eine Frau, von der sich, glaube ich, jeder gewünscht hat, er wäre mit ihr befreundet. Leider ist mir dieses Privileg nie zuteilgeworden. Darum war ich ganz besonders bewegt, als Sie bei mir Unterricht nehmen sollten. Ich weiß, Ihre Mutter hat das getan, um mir zu helfen. Und für diese Geste werde ich ihr immer dankbar sein. Es gab damals nicht sehr viele Menschen, die noch etwas mit mir zu tun haben wollten. Aber genug davon. Ich habe Sie noch gar nicht gefragt, was Sie zu mir führt. Wollen Sie Ihren Unterricht fortsetzen? Ich verspreche Ihnen, ich bin jetzt eine bessere Lehrerin."

Da Sarah Fitzpatrick sich also, wie alle anderen, in die Riege der Anhänger gereiht hatte, bestand für mich kein Grund mehr, sie über Maria Fiore zu befragen.

„Ich bin hier wegen des Mordes an Emmy Hauser und dem Mädchen, das vermisst wird", sagte ich. Sofort versteinerte sich ihre Miene, und sie presste ihre Lippen so stark zusammen, dass es trotz Lippenstift so aussah, als hätte sie keinen Mund.

„Sie war die Freundin der Toten", fuhr ich fort. „Ich wäre früher gekommen, aber ... jetzt wird Diana seit mehr als 72 Stunden vermisst."

Sarah Fitzpatrick, die vor einer Minute noch vor Selbstsicherheit gestrotzt hatte, hatte Mühe, den Kampf, der sich in ihrem Gesicht abspielte, zu verbergen. Vergessen war das Geplänkel von eben. Als würden sie meine Worte in eine Vergangenheit schleudern, die sie so sehr zu verdrängen versuchte.

„Es gab einen Beamten, der vor 30 Jahren Teil des Teams war, das sich mit der Aufklärung der Fälle befasst hat. Er hat Ihren Mann im Gefängnis besucht, es gibt einen Hinweis. Sagt Ihnen die Zahl 3107 oder drei, eins, null, sieben ..."

„Exmann", zischte sie, und ich zweifelte, dass meine Vorgehensweise die richtige war. Da ich durch ihren Blick Richtung Tür mit meinem baldigen Rauswurf rechnete, beeilte ich mich weiterzusprechen.

„Exmann, ja. Also, dieser Beamte hat Alfred Riedl ein halbes Jahr nach seiner Inhaftierung öfter besucht. Es besteht aber keine Möglichkeit, ihn zu befragen, darum wollte ich Sie ..."

„Was mit diesem Mädchen passiert ist, ist schrecklich, auch, dass dieses andere verschwunden ist. Aber ich kann Ihnen versichern, ich weiß nichts. Gar nichts. Ich wusste es damals nicht, und ich weiß es heute ebenfalls nicht. Es tut mir sehr leid, aber ich habe jetzt einen Termin." Sie stand auf, und ich stellte meine Tasse ab. Obwohl ich nicht einmal darangekommen war, rutschte ein Packen der Kalligraphie-Zeichnungen vom Tisch.

„Lassen Sie es liegen, ich hebe das später auf", sagte sie unwirsch. Ich beugte mich trotzdem danach und reichte sie ihr. „Die sind wirklich außergewöhnlich schön. Maria hat immer geschwärmt, wie talentiert Sie sind."

Diese Lüge war ein Reflex, ein unbewusster letzter Versuch, um etwas zu erfahren. Ihr Gesicht erhellte sich kurz. Ich hatte einen Trumpf, und der hieß Maria Fiore. Ich war niemand, den sie einfach so vor die Tür setzen konnte.

Sie führte mich in den Vorraum, und ich begann zu erzählen, wie gerne Maria sie gemocht und wie sie mir immer von ihrer Stärke und ihrem Mut berichtet hatte, das alles durchzustehen. Wobei ich natürlich als Kind keine Ahnung gehabt hatte, was sie damit gemeint hatte. Ich sprach von meiner Begeisterung, sie jetzt so zu sehen, aufgeblüht und schön. Und wie sehr sich Maria Fiore darüber freuen würde – hätte sie es noch erlebt.

Zuerst winkte sie beschämt ab, doch ich ließ nicht locker.

„Sie haben sich selber neu erschaffen. Das hat damals schon Maria gesagt. Ich glaube, sie hat immer bedauert, dass Sie keinen engeren Kontakt hatten. Aber es war natürlich sehr schwer für meine Mutter, bei den Anforderungen, die sie zu erfüllen hatte. Selbst ich habe sie selten zu Gesicht bekommen. Frau Fitzpatrick, Sie ..."

Als sie mich mit „Sarah" verbesserte, wusste ich, dass ich es geschafft hatte. Wir gingen zurück in ihr Arbeitszimmer, setzten uns wieder an unsere Plätze, und sie reichte mir eine Tasse lauwarmen Tee. Den „angeblichen" Termin hatte sie vergessen.

„Ach, Carlotta", sagte sie mit einem dramatischen Seufzen und schwenkte den Tee, als wäre er Cognac. „Es hat nichts mit Ihnen zu tun, es ist nur ... ich spreche ungern über die Vergangenheit."

„Das verstehe ich." Weil ich sie nicht drängen wollte, nippte ich an meinem Tee.

„Ich hatte nie wieder Kontakt mit Alfred, seit ... seit ... seinem Geständnis. Vielleicht war es falsch, aber ich konnte einfach nicht. Ich habe ihn nicht im Gefängnis besucht und auch sonst ... um die Wahrheit zu sagen, es wäre mir lieber gewesen, er wäre gestorben, als sie ihn ... gestellt haben. Dann hätten auch die Kinder keinen Kontakt mehr zu ihm haben können."

„Haben sie ihn oft besucht?"

Sie nickte, doch ihr Ärger war nicht zu übersehen. „Ich konnte es ihnen schließlich nicht verbieten, oder? Moritz, Victor und Nate haben sehr an ihrem Vater gehangen, bevor das passiert ist. Es war schrecklich für sie. Und trotzdem, sie haben ihn jede Woche besucht."

„Wie waren diese Besuche?"

„Das weiß ich nicht. Wir haben nie darüber gesprochen. Im Nachhinein habe ich auch nur von Kim erfahren, dass die drei bei Alfred waren. Sie haben sich Briefe geschrieben, aber sie waren immer so rücksichtsvoll, es mir gegenüber nicht zu erwähnen."

„Kim hatte auch Kontakt mit ihrem Adoptivvater?"

„Nein, nie. Sie hatte nie eine enge Beziehung zu Alfred. Vielleicht hat sie auch gespürt, was mit ihm los war, ich weiß es nicht."

„Sagt Ihnen die Zahl 3107 etwas in Bezug auf Ihren Exmann? Es war ein halbes Jahr nach seiner Inhaftierung ..."

„Meine liebe Carlotta Fiore, mir sagt nichts mehr aus dieser Zeit etwas über Alfred", unterbrach sie mich. „Damals ... ich war nicht mehr ich selbst. Verstehen Sie das? Ich habe nicht mehr gelebt. Ich habe funktioniert, irgendwie. Erinnern Sie sich noch an die Garçonnière, in der Sie mich damals besucht haben? In dem schäbigen Zimmer-Kuchl-Kabinett haben wir gewohnt, weil ich dieses Haus hier vermieten musste. Alles war schrecklich. Und dann kam Adam." Sie hob ihre Teetasse, als würde sie mir damit zuprosten. „Er hat mich gerettet. Uns alle."

„Wie haben Sie einander kennengelernt?"

„Ich habe ein Angebot bekommen, bei einer exklusiven Mittelmeerkreuzfahrt einen Kalligraphiekurs anzubieten. Adam Fitzpatrick war einer meiner wenigen Schüler. Ich dachte noch, dieser große attraktive Mann hat sich im Raum geirrt und wollte woanders hin. Doch ihm war langweilig auf dem Schiff. Als ehemaliger Profi-Golfspieler, der nach seiner Zeit als Sportler Karriere mit einer Golf-Zubehör-Firma gemacht hat, war das nichts für ihn. Er war diese Eintönigkeit an Bord nicht gewöhnt. Es hat sofort zwischen uns gefunkt, obwohl ich damals alles andere als an Männern interessiert war. Aber er war anders. Ein ewiger Junggeselle, der bis dahin sein Leben fest im Griff hatte. Ich glaube, er hat gemerkt, wie sehr wir jemanden brauchten. Er zahlte die Mieter aus unserem Haus hier aus und pendelte ein Jahr lang zwischen seiner Firma in London und Wien, bevor er sie an einen großen Sportartikelkonzern verkaufte, hierher übersiedelte und wir geheiratet haben. Ende gut. Alles gut." Sie lachte und warf mit gespielter Leichtigkeit ihre goldenen Locken nach hinten. Dann sah sie auf die antike Pendeluhr an der Wand über ihrem Schreibtisch. „Er müsste eigentlich bald zurück sein, er geht jeden Vormittag eine Runde golfen. Er würde Sie sicher gerne kennenlernen. Wir hören oft gemeinsam die Platten Ihrer Mutter." Es schien, als wolle sie wieder auf Small Talk umschalten, doch ich hatte noch nicht alle Antworten, wegen derer ich gekommen war.

„Sarah, ich frage mich ... Haben Sie es Alfred jemals zugetraut?"

Da wurde sie plötzlich sehr still. Sie schloss die Augen, doch die Tränen quollen ungehindert unter ihren Lidern hervor. Sie schüttelte den Kopf. Immer und immer wieder, als könnte sie es noch immer nicht begreifen, was damals vorgefallen war.

„Ihre Mutter hat Alfred sehr gemocht." Sie öffnete die Augen und nahm sich ein Kleenex aus einer Box am Schreibtisch, um sich die Tränen abzutupfen. „Die beiden haben sich gut verstanden. Jetzt fällt es mir wieder ein, natürlich! Er hat mich damals mit ihr bekannt gemacht, es war ein Abend in der Oper. Sie hat die *Madame Butterfly* gesungen. Oder war es *La Traviata*?"

„Ich wusste nicht, dass Maria Ihren Ex-Mann kannte."

„Jeder, der in Wien prominent war und etwas auf sich gehalten hat, hat die Projekte von Alfred unterstützt. Damals war es nicht so wie heute, wir waren wie eine große Familie, in der einer dem anderen hilft. Zumindest dachte ich das, bis ich erleben musste, wie schnell man kein Teil mehr davon war. Die Frau eines verurteilten Mörders, auch wenn sie vier Kinder hat, passt nicht in dieses Bild des schönen Scheins. Aber man muss vergeben können. Auch sich selbst. Sonst zerstört einen der Hass, den man empfindet."

Das war so ein Satz, der sich mir ins Gedächtnis hing. Es war die Art, wie sie ihn ausgesprochen hatte, so bedeutungsschwanger, als wäre in dieser Plattitüde eine viel größere Botschaft versteckt.

Von Konrads Besuchen bei Alfred Riedl wusste sie nichts, und bei dem neuen Mord war sie von der Theorie eines Nachahmungstäters, den ihr Ex-Mann im Gefängnis kennengelernt haben musste, überzeugt. Was natürlich aufgrund der DNA-Spuren eine logische Schlussfolgerung war. Sie erlaubte mir, ihre drei Kinder zu kontaktieren, und gab mir deren Adressen und Telefonnummern.

Erst als sie mir die dritte Tasse mittlerweile kalten Tees einschenkte, stellte sie mir die Frage, mit der ich schon die ganze Zeit gerechnet hatte.

„Wieso interessiert Sie das alles, Carlotta? Sind Sie jetzt bei der Polizei?"

„Ich helfe einem ehemaligen Kollegen", sagte ich wahrheitsgemäß. Bevor ich ging, schrieb ich ihr meine Handynummer auf, für den Fall, dass ihr noch etwas einfiel. Da ich kein Telefon bei mir hatte, bat ich sie, mir ein Taxi zu rufen. Doch schon als ich durch den Vorgarten ging, wusste ich, dass es überflüssig war. Auf der gegenüberliegenden Seite saß Hannes in seinem Dienstwagen. Je näher ich kam, desto klarer sah ich, wie wütend er war. Das Taxi bog in die Gasse ein, ich gab dem Taxifahrer fünf Euro und schickte ihn fort.

Weil ich ein merkwürdiges Gefühl hatte, drehte ich mich zur Villa um, bevor ich auf der Beifahrerseite zu Hannes ins Auto stieg.

Im ersten Stock stand Kim am Erkerfenster und beobachtete mich.

10.

Die Reifen quietschten, als Hannes losfuhr. Ich hatte keine Kraft für einen Streit und keine Lust auf Rechtfertigungen oder Erklärungen, darum antwortete ich nicht auf seine wütenden Fragen: „Wieso hast du mir nichts gesagt? Und warum ist dein Handy nicht an? Gott, zuerst die Sache im Krankenhaus und jetzt das!"

Der Schlafmangel und der nachlassende Stress nahmen mich in Besitz und strömten durch meine Adern wie Bremsflüssigkeit.

„Woher wusstest du, dass ich bei ihr bin? Hast du es von Krump erfahren?"

Hannes revanchierte sich, indem er meine Fragen ebenfalls nicht beantwortete. Nach ungefähr fünf Minuten schweigender Autofahrt setzte er den Blinker und blieb in der Liefereinfahrt eines Supermarkts stehen.

„Habt ihr sie schon gefunden?", fragte ich leise. Er sagte nichts, schüttelte nur langsam den Kopf. Dabei umklammerte er das Lenkrad mit beiden Händen so fest, als wollte er es zerquetschen. Ich konnte nur erahnen, unter welchem Druck er stand. Die Stille während der Fahrt war eine Sache gewesen, diese jetzt wurde mit jeder Sekunde unerträglicher.

„Hat Krump veranlasst, dass Konrad entlassen wurde? Oder der Innenminister?"

„Was?"

Hannes hatte keine Ahnung. Ich erzählte ihm vom Anruf aus dem Krankenhaus, Konrads Heimkehr und dem 24-Stunden-Pflegedienst, der nun auch noch bei uns einziehen würde. Die Überschwemmung und Konrads Zustand verschwieg ich. Es war schon so schwierig genug zwischen uns, und ich wusste, er würde nicht verstehen, warum ich trotzdem heute Morgen zu Sarah Fitzpatrick gegangen war.

Als hätte ich seine Gedanken erraten, fragte er: „Wieso hast du mir nicht wenigstens eine Nachricht geschickt, dass du zu Fitzpatrick gehst?"

„Jetzt tu bitte nicht so, als hättest du nicht versucht, es mir auszureden, Hannes. Ich dachte, ich kenne diese Frau, und vielleicht besteht ja der Hauch einer Chance, dass ich etwas Brauchbares von ihr erfahre. Es ist offiziell, Krump wusste es. Wieso hätte ich es also nicht tun sollen?"

„Wieso? Du fragst mich allen Ernstes, wieso?"

„Ja, wieso?"

„Weil, weil ..." Ich sah ihm an, wie er nach den Worten rang. „Was ist los mit dir, Lotta? Seit dem Anruf, dass Konrad wach ist, erkenne ich dich kaum wieder!"

Ich wollte ihm antworten, dass ich mich selber kaum mehr erkannte. Dass ich gedacht hatte, meine Dämonen wären verschwunden, doch ich immer mehr feststellen musste, dass sie sich nur schlafen gelegt und gemeinsam mit Konrad wieder erwacht waren. Doch ich sagte nichts.

„Lotta, ich möchte nicht, dass du da reingezogen wirst. Verstehst du nicht, dass ich Angst um dich habe? Nach allem, was war ..."

„Ach so, ich verstehe, aber es ist natürlich völlig okay, wenn ich Angst um dich habe."

Er sah mich so überrascht an, dass ich nachsetzte: „Was denkst du denn? Glaubst du, es lässt mich kalt, wenn ich deine Narbe sehe, weil du wegen mir fast gestorben wärst? Oder denkst du, dass ich nicht weiß, dass es genauso gut du sein könntest, der von der Beleuchterbrücke gefallen wäre, wenn du nicht im Krankenhaus gelegen hättest? Aber du warst es nicht, es war

Konrad, innerhalb kürzester Zeit habe ich die beiden Menschen, die mir am wichtigsten waren, fast verloren. Und trotzdem darf ich etwas *nicht* tun, nur damit du keine Angst um mich haben musst? Wieso, Hannes? Erklär es mir."

Er sagte nichts, sondern sah nur wütend geradeaus.

„Hätte Krump mich damals nicht aus der Polizeischule geworfen, hätte ich die Ausbildung beendet und würde wahrscheinlich nichts anderes machen als du. Ich würde es sogar tun, wenn ich Krumps Angebot vor eineinhalb Jahren angenommen hätte!"

„Was für ein Angebot?"

„Er wollte mich in seiner Abteilung anfangen lassen."

„Davon hast du mir nie was erzählt."

Er hatte recht. Ich hatte es ihm absichtlich nicht gesagt, denn ich dachte, dann würde er mich überreden, Krumps Vorschlag anzunehmen.

„Weißt du, was ich nicht verstehe? Als du mich damals angeheuert hast, in der Oper einen Serienmörder zu finden, warst du nicht so zimperlich. Und da war die Gefahr bedeutend größer."

„Vor eineinhalb Jahren hatten wir auch kein Kind!"

„Es geht um Konny ..."

„Ja, natürlich. Nein. Auch."

„Und was ist es dann?"

„Was weiß ich, du bist einfach ..."

Wir wurden unterbrochen von seinem läutenden Handy. KRUMP stand auf dem Display, Hannes sagte: „Ach, Scheiße." Er schaltete das Handy auf lautlos, legte es auf dem Armaturenbrett ab und rutschte tiefer in seinen Sitz.

„Musst du nicht ran?"

Er verzog genervt das Gesicht und schüttelte den Kopf.

„Nein. Meine Assistentin meldet sich, falls es wichtig ist. Krump ist schon den ganzen Vormittag lästig, er gibt heute wieder eine Pressekonferenz."

Ein paar Minuten schwiegen wir.

„Ich war auch bei Sarah Fitzpatrick, weil ich gehofft habe, etwas über Maria Fiore rauszufinden." Ich rutschte tiefer in den Sitz.

„Und hast du?"

Ich schüttelte den Kopf.

„Lässt du es jetzt gut sein?", fragte er.

Ich holte tief Luft. Das Mädchen im Sarg tauchte vor mir auf. Der Fischgeruch in der Luft. Aber das war es nicht nur. Es war Konrads Fall gewesen.

„Das kann ich nicht", sagte ich.

Hannes drehte sich zu mir. „Mir war nicht klar, wie wichtig es dir ist."

„Willst du wissen, was ich bei Sarah Fitzpatrick erfahren habe?"

„Ich schätze, ich habe keine Wahl." Er lachte, aber es war ein nüchternes Lachen.

Während ich erzählte, machte er sich Notizen. Mit der Erwähnung, dass sie einen ehemaligen Mitgefangenen für den jetzigen Täter hielt, beendete ich meinen Bericht.

„Das ist eine Theorie, aber auch nicht mehr", sagte Hannes. „Riedl war von Beginn an durchgehend in einer Einzelzelle im Hochsicherheitstrakt untergebracht. Das schränkt die Personengruppe, mit der er sich am Vormittag in den Gemeinschaftsräumen für ein paar Stunden aufhalten durfte, zwar ein, aber …"

„Ihr wisst, wer die waren?"

„Teilweise. Dank der Überwachungskameras, die es seit ein paar Jahren gibt. Aus der Zeit davor haben wir keine Informationen. Und selbst das Videomaterial ist nicht eindeutig. Nicht jeder Winkel kann eingesehen werden, und außerdem ... Riedl kann Geheimnisse mit jemandem geteilt haben, mit dem er offiziell gar nicht so viel zu tun hatte."

„Aber es kann nur einer sein, der draußen ist."

„Ja. Und weißt du, wie viele Männer dafür infrage kommen? Deshalb werden jetzt in Stein Befragungen der Häftlinge durchgeführt, mit wem Riedl näheren Kontakt hatte. Es ist nicht leicht, die halten alle dicht ..."

„Wie sie auch in der Oper dichtgehalten haben. Dieses Mal lasse ich mich aber nicht als Undercover-Ermittlerin einschleusen." Wenigstens hatte ich ihm nun ein echtes Lächeln abgerungen.

„Kann es jemand sein, der ihn besucht hat?"

„Sehr unwahrscheinlich. Besuchszeit war einmal die Woche, 30 Minuten. Die sind alle namentlich aufgezeichnet, ein Beamter war immer dabei, Körperkontakt war verboten, also konnte diese Person gar nicht an seine DNA kommen."

„Was ist mit seinen alten Sachen?"

„Bachmann hat gesagt, laut Fitzpatrick gibt es nichts. Sie hat ein Lagerfeuer im Garten veranstaltet, als er gestanden hat." Wenn es die Wahrheit war, konnte ich es ihr nicht verdenken.

„Dann also doch aus dem Gefängnis. In Kleidung und Bettzeug findet sich sicher genug DNA, wenn man es darauf anlegt. Werden die Sachen intern gewaschen oder rausgebracht?"

„Rausgebracht", sagte er nachdenklich. „Diese Möglichkeiten haben wir auch in Betracht gezogen. Aber da muss noch viel geschehen, bis intern ermittelt wird."

„Mehr als ein totes Mädchen und ein verschwundenes?" Hannes rollte mit den Augen und murmelte: „Krump."

„Was ist das für eine Wäscherei?"

„Denk nicht mal dran, Lotta!"

Wir sahen uns an und fingen im selben Moment an zu lachen. „Das liegt wahrscheinlich in deinen Genen", sagte er.

„Hoffentlich", erwiderte ich.

Er sah mich daraufhin so lange an, dass ich nachfragte: „Was ist los?"

Statt zu antworten, steckte er den Notizblock ein und nahm etwas anderes aus seiner Tasche. Es war eine kleine schwarze Samtbox. Er streichelte lächelnd mit dem Daumen über den Stoff.

„Seit einem halben Jahr trage ich das hier mit mir herum." Er sah von der Samtbox hoch zum Supermarkteingang, bei dem ein älterer Herr gerade die Leine seines kastanienbraunen Rauhaardackels an der dafür vorgesehenen Vorrichtung festmachte. Mein Herz klopfte plötzlich so schnell, dass ich dachte, ich müsste mich auf der Stelle übergeben.

„Nie war der richtige Moment. Ich wollte nicht, dass du glaubst, ich tue das nur wegen Konny."

Er atmete tief ein, löste seinen Sicherheitsgurt, drehte sich zu mir und klappte das Kästchen auf. Darin befand sich ein zarter rotgoldener Ring. Er bestand aus winzigen, aneinandergereihten Kügelchen, wie Perlen. Nicht breiter als ein Stück Paketschnur. Es war der schönste Ring, den ich je gesehen hatte.

In dem Bruchteil der Sekunde, in dem man erkennt, dass gleich etwas Bedeutendes geschieht, mit dem man nicht gerechnet hat, passiert etwas mit einem – als würde der Instinkt die Führung übernehmen und man hätte keine Möglichkeit mehr, seine Gedanken in normale Bahnen zu lenken oder die verrücktspielenden Gefühle im Zaum zu halten. Als wäre man eine Fabrik, in der alles vollautomatisiert abläuft und es keine Stopptaste gibt.

Ich hatte schon einmal einen Ring mit derselben Absicht, die Hannes nun hatte, bekommen, doch damals war er aus einem Kaugummiautomaten in Paris. Es war in einem Bistro in einer Seitengasse der Champs-Élysées, der Mann, der mich heiraten wollte, war vor mir auf die Knie gegangen und hatte mir den rosa Plastikring mit einem Herz darauf entgegengehalten. Wir hatten beide geweint, und ich war mir noch nie über etwas so im Klaren wie darüber, dass ich den Rest meines Lebens mit ihm verbringen wollte.

Drei Monate vor unserer Hochzeit hatte mich dieser Mann mit Maria Fiore, der Frau, die wir beide für meine Mutter gehalten hatten, betrogen. Ich hatte wegen der Schlaftabletten, die ich danach in einer Überdosis genommen hatte, das Kind verloren, von dem ich nicht einmal gewusst hatte, dass es da war. Obwohl es jeder Logik widersprach, war das alles vom ersten Moment, als Hannes mir den Ring entgegenhielt, so präsent in meinem Herz, in meinem Bauch und in meinem Kopf, als wäre es gerade erst passiert. Ich hatte sogar den Geruch der Crêpes, die damals in dem Café hinter der Theke gemacht wurden, in der Nase.

„Die Wahrheit ist, es gibt keinen richtigen Zeitpunkt", sagte Hannes leise. „Es gab ihn auch nie. Aber es gibt die richtige Frage, und ich hätte sie dir schon längst stellen sollen, anstatt auf irgendeinen Augenblick zu warten." Er griff nach meiner Hand und hielt sie fest. „Ich liebe dich. Von ganzem Herzen. Ich weiß, es ist nicht perfekt, aber das Leben mit dir und Konny ist alles, was ich mir gewünscht habe. Willst du mich heiraten?"

„Nein." Es war so scharf und laut aus mir herausgeplatzt – mehr Aufschrei als Antwort. Schon im Bruchteil der nächsten Sekunde wünschte ich, ich hätte es nicht in der Art und Weise gesagt. Und dann passierte alles sehr schnell.

Hannes zuckte zusammen, als wäre ihm ins Gesicht geschlagen worden. Es dauerte nur ganz kurz, dann wechselte er sofort zu seiner undurchdringlichen ‚Ich bin Kommissar'-Miene, mit der er sonst Verhöre führte. Ohne ein Wort zu sagen, klappte er die Box zu, steckte sie ein, nahm sein Handy vom Armaturenbrett und schaltete den Ton an. Am Display stand „Acht verpasste Anrufe", und es läutete augenblicklich wieder.

„Ja", sagte Hannes, als er abhob. Ich konnte Krumps Gebrüll hören, und auch wenn ich nicht verstand, was er sagte, war mir klar, dass er ausflippte, weil Hannes nicht rangegangen war. Hannes ließ die Tirade ungerührt über sich ergehen, dann wurde Krumps Stimme leiser.

„Wo im ersten Bezirk?", hörte ich Hannes noch fragen, als er das Auto bereits startete. Ich stieg aus und sah ihm nach, wie er davonfuhr. Wir hatten keinen Blick mehr gewechselt.

11.

Ich hätte mich kaum schlechter fühlen können, als ich, um dreieinhalb Stunden später als ausgemacht, an Annas Wohnungstür klopfte. Statt ihrer öffnete mir Henriette die Tür. „Wo warst du die ganze Zeit?", fragte sie grußlos.

„Es tut mir leid, alles hat einfach länger gedauert, als ich dachte, und dann war auch noch Hannes da ... Ist bei euch alles okay?"

„Natürlich ist alles okay, aber du hast ein Riesenglück, dass ich gekommen bin. Anna musste vor einer Stunde weg, ich habe mich um Konny gekümmert. Ach ja, dieser Martin ist gekommen, er ist bei Konrad. Sie sind hiergeblieben, weil drüben ist es nicht besonders gemütlich, es ist ja noch ziemlich nass."

„Wer ist Martin?"

„Er ist Konrads Phyio... nein, Syphio... Ach, halt der, der mit Konrad turnt."

Wenn schon, dann wartete ich auf jemanden vom Pflegedienst und wusste nichts von einem Mann, der mit Konrad turnen sollte. „Wo sind sie?", fragte ich und ging an Henriette vorbei.

„In Annas Schlafzimmer, er hat gesagt, er braucht ein Bett."

Die Tür war geschlossen, aber ich machte mir nicht die Mühe anzuklopfen. Ein magerer junger blonder Mann mit verwuschelten Haaren in weißer Stoffhose und weißem Poloshirt fuhr herum, als ich öffnete. Er ließ erschrocken Konrads ausgestrecktes Bein los, das er eben noch in der Hand gehalten hatte. Da Konrad seitlich auf Annas Bett lag, schwebte es zittrig über der Bettkante, und Konrad stöhnte schmerzerfüllt auf. Der junge Mann stotterte etwas, das wie eine Entschuldigung klang, fasste nach Konrads Bein, bog das Knie und legte es vorsichtig am Bett ab.

„Hallo, mei-mei-mei-n Na-Na-Na-me ist Ma-Ma-Martin. Ich b-b-bin vom Pf–" Weiter kam er nicht und presste die Lippen zusammen.

Es war nicht nur, dass es ihn größte Mühe gekostet hatte, zu sprechen. Ich spürte die Panik, die jeder gestotterte Buchstabe bei ihm auslöste. Als könnte er sich nie im Vorhinein darauf verlassen, das nächste Wort zu Ende zu bringen. Erst jetzt sah er mich an, doch es tauchte nichts in meinem Bewusstsein auf, kein Alter, keine Farbe und auch keine letzte Mahlzeit. Seine blaugrauen Augen schauten nervös, sein Mund lächelte, als würde er nicht zu seinem Gesicht gehören.

„Pflegedienst?", fragte ich.

„J-ja."

„Gut. Wenn Sie fertig sind, zeige ich Ihnen Ihr Zimmer."

„D-d-danke." Er sah mich erwartungsvoll an.

„Brauchen Sie noch etwas?"

Er schüttelte den Kopf und zog die Augenbrauen so weit in die Höhe, dass sich auf der Stirn zwei schmale Falten bildeten. Weil ich nicht wusste, was er wollte, fragte ich: „Ja?"

„Ich sto-sto-stott-ere. We-wenn Sie da-da-darum li-lieber jemand an-an- anderen wo-wollen", sagte er, es klang wie Husten.

Ich sah ihn an, er war vielleicht zwei, drei Jahre jünger als ich, und hinter der gestressten Fassade versteckte sich ein gut aussehender Mann. Obwohl es ihm so schwerfiel und es objektiv mehr als überflüssig war, sprach er das Offensichtliche aus, sachlich und ohne Selbstmitleid, um es aus der dunklen Ecke zu holen, in der es sonst vor sich hin dümpeln, verschimmeln und ihn vergiften würde. Wie sehr ich ihn beneidete.

„Nein."

„O-kay."

Ich ging zurück zu Henriette, doch sie wehrte beleidigt ab, als ich ihr anbot, Konny abzunehmen. Er lag bäuchlings auf der Couch, sie spielte „sprechender Zoo" und ließ dabei seine Plüschtiere neben ihm herumwandern. Also versuchte ich mich abzulenken, indem ich mich um den Wasserschaden kümmerte.

Immer wieder erinnerte ich mich an den kurzen Blick, mit dem Hannes auf mein „Nein" reagiert hatte. Und immer wütender stampfte ich auf die gewölbten Verbindungsstellen zwischen den Holzbrettern. Doch es war genauso chancenlos, wie meine Schuldgefühle zum Verstummen zu bringen. Je mehr ich es versuchte, desto schlimmer wurde beides – Boden und Reue.

Wenigstens war es einfach, den Strom zum Funktionieren zu bekommen, ich musste nur die feuchten Verteilersteckdosen abstecken und die Sicherungen einschalten. Die Einzelteile meines Handys waren inzwischen getrocknet, ich steckte den Akku ins Gehäuse und schaltete es ein. Während ich einen Parkett-Doktor, von dem ich nicht einmal gewusst hatte, dass es so jemanden gab, aus den Gelben Seiten heraussuchte, blinkte mein Handy unaufhörlich und zeigte verpasste Anrufe und hinterlassene Nachrichten. Ich machte einen Termin zur Bodenbegutachtung in einer Stunde aus, dann hörte ich die Mobilbox ab. Es waren fünf Nachrichten. Mein Herz schlug schneller, als ich Hannes' Stimme hörte, aber seine drei Nachrichten waren von heute Morgen, als er noch nicht gewusst hatte, dass ich bei Sarah Fitzpatrick war. Die vierte Nachricht überraschte mich – sie war von Kim, Riedls beziehungsweise Fitzpatricks Adoptivtochter, sie bat mich um einen dringenden Rückruf, denn es gäbe noch etwas, das ich unbedingt wissen sollte. Die letzte war die neueste und kürzeste, sie war keine 15 Minuten alt.

„Lotta, schalt den Fernseher ein, ORF 1", sagte Annas gehetzte Stimme.

Das war alles, dann hatte sie aufgelegt. Krumps Anruf an Hannes. Das verschwundene Mädchen.

Ich ging zurück ins Wohnzimmer, aber es dauerte eine Weile, bis ich die Fernbedienung gefunden hatte. *Zeit im Bild – Sondersendung* stand in der linken oberen Ecke des Bildschirms. Darunter, neben der dunkelhaarigen Nachrichtensprecherin mit den Rehaugen, war das Foto eines jungen Mannes in Sportkleidung zu sehen, der seinen trainierten Bizeps präsentierte. Hätte nicht sein Alter darunter gestanden, nämlich 15 Jahre, hätte ich ihn wesentlich älter geschätzt.

„... erfahren haben, handelt es sich bei der Leiche um den Schüler Kevin S. Für alle Zuseher, die erst jetzt zugeschaltet haben: Leider muss ich Ihnen mitteilen, dass dies eine Sondersendung zum zweiten Mord an einem Jugendlichen in Wien ist. Wie wir mittlerweile erfahren haben, sprechen die Indizien dafür, dass es sich bei dem Mord an Kevin S. um denselben Täter wie schon bei Emmy Hauser handelt. Genau wie bei ihr wurde 21 Mal auf das Opfer, das wieder mit kurzer grauer Hose und gelbem T-Shirt bekleidet war, eingestochen. Wir schalten später noch live zum Fundort in den ersten Bezirk, von dem die Polizei bittet, ihn bis zur vollständigen Tatortsicherung geheim zu halten. Nach einer Werbeunterbrechung sind wir gleich wieder da und zeigen Ihnen unter anderem die Wiederholung der Pressekonferenz, die vor 15 Minuten stattgefunden hat."

Die Nachrichtensprecherin bemühte sich zwar, ihre Betroffenheit hinter ihrem konzentrierten Blick zu verbergen, aber das leichte Zittern in der Stimme und wie sie das Wort „Werbeunterbrechung" ausgesprochen hatte – als wäre es ein Schimpfwort –, verrieten ihre echten Gefühle.

Eine zweite Leiche. Kein Wort über Diana Krämer. Ich verstand nicht, wieso Anna mir deswegen eine Nachricht hinterlassen hatte. Ich hatte ihr nicht erzählt, dass Hannes für den Fall zuständig war, und soweit ich wusste, hatte er es auch nicht getan. Ungeduldig folgte ich den Mitteilungen über die richtige Bank, die beste Versicherung und den perfektesten Fahrzeughersteller, die nicht deplatzierter hätten sein können. Je länger es dauerte, desto mehr machte sich eine Vorahnung in mir breit. Anna hatte ihre Nachricht vor 15 Minuten auf meinem Handy hinterlassen, exakt zu der Zeit, als die Pressekonferenz zum ersten Mal ausgestrahlt worden war.

Die Nachrichtensprecherin erschien wieder am Bildschirm.

„Von der 14-jährigen Diana Krämer fehlt weiterhin jede Spur. Die Polizei sucht Zeugen, die das Mädchen gesehen haben oder bei denen sich Diana gemeldet hat. Für sachdienliche Hinweise rufen Sie bitte die unten eingeblendete Nummer an, eine Belohnung von 10 000 Euro ist von der Stadt Wien ausgesetzt. Und nun die Pressekonferenz."

Ein Bild ploppte auf und erfüllte den Bildschirm. Krump saß alleine an einem Tisch aus Mahagoniholz mit Glasplatte, auf der Tapete hinter ihm schimmerte auf elfenbeinfarbenem Hintergrund ein symmetrisches

Muster aus rotem Samt. Das war nicht der kahle, lieblose Raum, in dem üblicherweise polizeiliche Pressekonferenzen abgehalten wurden. Über dem Kopf des Hauptkommissars hing ein antiker Luster aus Hunderten kleinen geschliffenen Kristallen, und auf der spiegelnden Tischplatte drängten sich eine Unmenge an Standmikrofonen. Die Einrichtung kam mir bekannt vor, aber ich war mir nicht sicher. Es war schon einige Jahre her, seit ich dort gewesen war.

Wir hatten uns damals in der Buddhabar kennengelernt, er war ein Literaturprofessor aus Boston und für eine Woche in Wien, an seinen Namen konnte ich mich nicht mehr erinnern. Als prüder Amerikaner wollte er nicht in sein Hotel, da Kollegen der Universität die Nebenzimmer bewohnten. Er hatte darauf bestanden, in der Bar, wo Krump nun saß, noch eine Flasche Champagner zu trinken, bevor er das Zimmer für uns mietete.

Wenn ich recht hatte, dann sprach Krump aus der Bar des Hotel Orient am Tiefen Graben im ersten Bezirk. Es war das nobelste Stundenhotel von Wien. Die Suiten wurden für drei Stunden vermietet, Preis je nach Ausstattung.

Krump begann zu reden, zuerst über Diana Krämer, von der es immer noch keine Spur gab. Dann berichtete er über den toten Burschen, doch auch das hatte die Nachrichtensprecherin bereits alles erwähnt. Er zelebrierte seine Worte und ließ hinter jedem „Leiche" und „Opfer" eine kurze Betroffenheitspause. Es machte den Eindruck, als würde er die mediale Aufmerksamkeit trotz allem genießen. Anschließend zeigte er ein Smartphone in die Kamera.

„Falls jemand ein Handy wie dieses hier findet, fassen Sie es bitte nicht an und rufen Sie die Polizei. Es wird nicht mehr funktionieren, vielleicht sind auch nur mehr Einzelteile davon vorhanden. Trotzdem ist es sehr wichtig, es kann uns wertvolle Hinweise liefern."

Dann kamen sie – die Sätze, die Annas Anruf erklärten.

„Weiters möchte ich Sie darüber informieren", sagte Krump und senkte seine Stimme, als würde er mit einem Märchen beginnen, „dass wir den ehemaligen Kommissar Konrad Fürst für die Ermittlungen gewinnen konnten, der vor 30 Jahren für die Überführung von Dr. Alfred Riedl verantwortlich war. Er wird mit seiner Kompetenz und seinem Wissen bei der Aufklärung mitwirken. Für weitere Details steht er Ihnen bei einer Pressekonferenz, die wir so schnell wie möglich festlegen werden, zur Verfügung. Ich bin mir sicher, gemeinsam können wir Ihnen bald positive Ergebnisse liefern."

„Krump, verdammt, sind Sie irre? Sie haben Konrad doch selber erlebt, oder haben Sie Alzheimer?", brüllte ich, als Krump nach meinem gefühlten 20. Anruf endlich abhob.

Der Parkett-Doktor, der vor ein paar Minuten damit begonnen hatte, die nassen Bretter aus dem Boden zu stemmen, um sie auszutauschen, hob verdattert den Kopf.

„Natürlich weiß ich, wie es ihm geht, ich war schließlich bei ihm", erwiderte Krump. Ich ging ins Badezimmer, um ungestört zu telefonieren, und sperrte hinter mir die Tür ab.

„Darum sollen Sie ihm ja helfen, sich zu erinnern. Wissen Sie, was sich hier gerade abspielt? Ich habe eine ganze Legion von Eltern-, Jugendschutz-, Kinderschutz-, Zivilschutz- und sonstigen Verbänden hier, denen musste ich irgendetwas liefern. Solange er sich nicht erinnert, wird er sein Gesicht der Öffentlichkeit hinhalten, das wird die Massen erst mal beruhigen. Er bekommt einen Text, den liest er bei der Pressekonferenz vom Blatt, und damit hat sich die Sache."

Der Gestank der nassen Teppiche, die sich in der Badewanne stapelten, war so unerträglich, dass ich den Schlüssel wieder herumdrehte und aus dem Bad stürmte. Der Parkett-Doktor sah mich neugierig an, es machte den Eindruck, als hätte er gelauscht. Also verließ ich die Wohnung und ging hinüber zu Anna.

„Hören Sie eigentlich, was Sie da sagen? Sie waren es, oder? Wegen Ihnen wurde Konrad frühzeitig entlassen. Deshalb dieses Medikament, das ihn fast hat durchdrehen lassen. Damit er sich erinnert. Scheiße, ich wusste, ich kann Ihnen nicht trauen. Sie sind fein raus, und wenn das alles nichts bringt, ist er einfach ein Kollateralschaden. Ihr Bauernopfer, dem Sie alles in die Schuhe schieben können, haben Sie sich das so vorgestellt, ja?"

Er schnaubte am anderen Ende entrüstet, aber das brachte mich nur noch mehr in Fahrt.

„Doch das wird er nie und nimmer. Und was ich heute bei Sarah Fitzpatrick erfahren habe, das können Sie sich in den Hintern schieben, von mir hören Sie kein Wort mehr."

Das war natürlich nicht die Wahrheit, schließlich hatte ich Hannes bereits alles erzählt. Aber ich hatte die Hoffnung, dass er Krump noch nichts davon gesagt hatte.

„Sie waren bei ihr?"

„Jetzt tun Sie nicht so, Sie haben Hannes doch gesagt, wo ich bin."

„Nein, habe ich nicht. Jetzt hören Sie mal, Fiore, Sie sind aber schon ein bisserl paranoid."

Ich wusste nicht, ob ich ihm glauben sollte oder nicht, aber ich entschied mich für nicht.

„Na klar, Krump, aus Ihrem Mund kommt ja auch sonst nur die Wahrheit. Das mit Konrad können Sie vergessen, er wird weder sein Gesicht noch sonst etwas für Sie hinhalten! Sie arrogantes Arschloch."

Leider war das kein Telefonhörer, den ich auf die Gabel knallen konnte, um die Dramatik zu verstärken, also brüllte ich ein zwar urzeitliches, aber dennoch kurzes „Aaaaah", als ich auf den roten Knopf drückte.

Als ich mich umdrehte, bemerkte ich erst meine erschrockenen Zuseher.

Konrad, Martin und Henriette mit Konny am Arm standen im Türrahmen.

„Wow", sagte Henriette, „was war das?"

Statt meiner antwortete Konrad heiser: „Das war Krump." Und dann war es Konrad, den wir alle drei verblüfft anstarrten.

12.

Es dauerte keine halbe Stunde, bis die ersten Reporter mit Konrad sprechen wollten. Doch da wir in Annas Wohnung geblieben waren, öffnete ihnen nur der ahnungslose Parkett-Doktor die Tür. Er sagte ihnen, dass eine Frau Fiore ihn beauftragt hatte, die aber gerade nicht da sei, und von einem Konrad Fürst wisse er nichts.

„Vielleicht die falsche Wohnung?", sagte eine Männerstimme, darauf die andere: „Warten wir eben unten vorm Haus."

Martin musste runter, er hatte noch seine Koffer im Auto eines Carsharing-Anbieters. Die nächsten zwei Wochen war er Konrads Pfleger, danach würde er für zwei Wochen abgelöst von einem Kollegen. Er hatte es nicht gesagt, aber es war klar, dass er wegen seines Stotterns wahrscheinlich oft wieder weggeschickt worden war und vorsichtshalber erst mal den Koffer im Auto ließ.

Nach gefühlten zwei Minuten klopfte er an die Wohnungstür, allerdings ohne Koffer. „D-d-da unten sind Fe-Fe-Fernsehteams, die la-la-lassen mich nicht du-du-durch." Sein Gesicht hatte die Farbe einer roten Nelke.

„Das machen wir schon", sagte Henriette. Sie reichte mir Konny, nahm Martins Hand, als hätte sie vor, einen Walzer mit ihm zu tanzen, und ging aus der Wohnung. Diesmal dauerte es ein paar Minuten länger, bis ich ihre Schritte das Treppenhaus herauf hörte.

„Das da unten sind Bestien", sagte Henriette. Sie wischte sich Schweiß von der Stirn und hinterließ dabei drei weiße Balken, die im dick aufgetragenen Make-up aussahen wie Zebrastreifen.

„Wen rufst du an?", fragte sie, als ich das Handy zur Hand nahm.

„Hannes."

Ich war erleichtert, als er nach dem zweiten Klingeln abhob. Er war vollkommen reserviert, doch als ich ihm die Lage schilderte, versprach er, sofort einen Streifenwagen zu schicken.

„Ich komme am Weg zum Kommissariat vorbei", sagte er noch, dann legte er auf.

Es war nicht meine Absicht, so leise zu sein, als ich das Wohnzimmer betrat. Weder Martin noch Konrad bemerkten mich. Sie saßen auf der Couch und unterhielten sich über irgendetwas. Der aktive Part war Martin, Konrad öffnete nur ab und zu seine Lippen – beide sprachen so verhalten, dass ich nichts verstand. Schließlich fragte Martin laut und fast stotterfrei:

„Aber wer ist denn d-d-dieser Krump?"

Doch Konrad antwortete nicht, er sah Martin nur ratlos an. Damit bestätigte er meine Befürchtung, dass es vorhin keine Erinnerung war, sondern einfach nur die Wiederholung des Namens, den ich ins Telefon gebrüllt hatte.

„Sie können schon runtergehen, in ein paar Minuten sind sie sicher weg", ließ ich Martin wissen, der überrascht hochsah.

„I-i-ich habe k-k-keine Eile."

Henriette kam herein, sie hatte im Nebenzimmer ihr Make-up aufgefrischt, und ihre silberblaugelben Augenlider glitzerten mit ihren Lippen um die Wette.

„Und, was machen wir mit dem angebrochenen Nachmittag?", fragte sie und klatschte in die Hände. Martin lächelte eingeschüchtert, doch von Konrad kam keine Reaktion. So wie er nun vor sich hin starrte, wirkte er fast katatonisch.

Der Anblick seiner leblosen Stille machte mich so hilflos, dass ich es nicht aushielt. Ich legte Konny in den alten Kinderwagen, in dem Anna früher Kräuter gezogen hatte, und schob ihn in die Küche. Es war einmal der Kinderwagen ihrer Großmutter gewesen, sie hatte ihn als Geschenk zu Konnys Geburt aufwendig restaurieren lassen. Doch da er eine wackelige Angelegenheit geblieben und dadurch für die Straße unbrauchbar war, stand er in ihrer Wohnung.

Während ich wartete, dass das Wasser kochte, machte ich den Fernseher an und zappte durch die Kanäle. Bei einem österreichischen Privatsender blieb ich hängen. Einige Schaulustige, Touristen und eine Gruppe von Jugendlichen zwischen 14 und 15 Jahren standen vor dem Portal des Hotel Orient. Ich hatte mich also nicht geirrt. Der Fundort der zweiten Leiche war das Stundenhotel, das schon seit 300 Jahren am selben Ort existierte und in dem man ein Zimmer nie unter dem richtigen Namen, sondern nur unter Pseudonym mietete.

Blumen, brennende Grabkerzen und kleine Stofftiere befanden sich neben den Stufen des Eingangs. Dazu wurde vom TV-Sender als musikalische Untermalung Yirumas „River flows in you" gespielt. Eine Stimme aus dem Off sagte: „Wie wir eben erfahren, haben sich ein paar Mitschüler vor dem Hotel Orient eingefunden, um mit Abschiedsgeschenken und Blumen des Mordopfers Kevin S. zu gedenken." Ich trat näher an den Fernseher und betrachtete die Gesichter der Jugendlichen. Dieser Kevin war anscheinend nicht sehr beliebt gewesen, von echter Trauer fand ich keine Spur. Doch ein junger Mann stach aus der Menge heraus, und das nicht nur wegen seines hellvioletten Hemds mit grünen und roten Punkten.

Sein Gesicht war schmerzverzerrt, er war vielleicht Mitte 20, also zu jung, um Kevins Vater zu sein. Zwei Mädchen in Kevins Alter, eine dünne Schwarzhaarige und eine mollige Brünette, standen neben ihm, sie waren sichtlich überfordert. Die Brünette legte eine Hand auf seinen Unterarm und sagte etwas zu ihm, worauf er in Tränen ausbrach und sich vor Schluchzen schüttelte.

Die Kamera hatte ihn nun auch entdeckt und zoomte näher an ihn heran. Das waren keine Punkte auf seinem Hemd, es waren winzige Wiener Ampelpärchen. Wie auf Kommando schoss eine Reporterin zu ihm, und die Musik verebbte.

„Verzeihung, darf ich Sie fragen, in welchem Verhältnis Sie zu Kevin standen?"

Auf diese Frage weinte er so sehr, dass er kein Wort mehr herausbrachte und sein Gesicht in den Handflächen verbarg.

Die Kamera blieb erbarmungslos auf ihm, eine unerträgliche Pause entstand, bis die Reporterin den beiden Mädchen das Mikrofon vor die Nase hielt.

Die Schwarzhaarige ergriff sofort die Flucht und verschwand aus dem Bild, die Brünette sah hilfesuchend ihrer Freundin nach, blieb aber stehen.

„Willst du uns vielleicht etwas erzählen?", bohrte die Reporterin.

Das Mädchen schüttelte den Kopf, doch anscheinend gab ihr jemand im Abseits ein Zeichen, denn plötzlich sagte sie: „Äh, also okay, ja, wir waren gemeinsam in einer Klasse. Und das ist unser Mathematiklehrer, der Herr Peier."

„Oh, war der Kevin ein guter Schüler?"

„Nein."

„Hatte er viele Freunde?"

„Nein, ich glaube nicht."

„Aber du, hast du ihn gerne gehabt?"

„Nicht so", antwortete sie verlegen, worauf der Lehrer noch mehr schluchzte.

„Ach so, und warum nicht?"

„Er war ... gemein. Hat sich oft über den Herrn Peier lustig gemacht."

„Er hatte es schwer", meldete sich nun doch der Mathematiklehrer mit tränenerstickter Stimme, „der Kevin war ..." Sein letztes Wort ging in einem neuerlichen Schluchzen unter.

„Er war was?", fragte die Reporterin nach. Der Mathematiklehrer setzte wieder an, verschluckte aber erneut das Wort, das er aussprechen wollte.

„Er war was?" Die Reporterin hatte jetzt einen Hauch Hysterie in der Stimme.

Da der Mathematiklehrer nicht antwortete, bot sie ihm an: „Drogenabhängig?", doch er schüttelte den Kopf.

„Depressiv?"

Wieder Kopfschütteln.

„Krank? Aggressiv? Ein Scheidungskind? Paranoid? Alkoholiker?", versuchte sie ihr Glück, doch wieder mit demselben Ergebnis.

„Also, was war er denn nun?" Sie war so ungeduldig, als hätte sie vergessen, dass sie gefilmt wurden. Weil sie keine Antwort bekam, streckte sie erneut dem molligen brünetten Mädchen das Mikrofon ins Gesicht, doch das zuckte nur mit den Schultern. „Ich weiß echt nicht, was er meint."

Der Mathematiklehrer atmete ein paarmal tief ein, einzelne Tränen liefen über seine glattrasierten Wangen. „Er war schwul und in mich verliebt", sagte er.

Es war, als hätten seine Worte die Zeit angehalten – die Reporterin starrte den jungen Mann an, und dem brünetten Mädchen fiel der Kaugummi aus dem Mund.

„Was siehst du dir an?", fragte Hannes hinter mir. Ich hatte so gebannt auf den Fernseher gestarrt, dass ich ihn nicht gehört hatte.

„Sein Mathematiklehrer, er hat ...", antwortete ich und deutete auf den Bildschirm. Hannes sah mich zwar an, aber seine Distanz war so spürbar, als stünde zwischen uns eine Mauer.

Ich hatte erwartet, dass ich erleichtert wäre, ihn zu sehen – das Gegenteil war der Fall. Zu sehr lag nun offen in seinem Gesicht, was im Auto nur so kurz an die Oberfläche gekommen war. Wut. Trauer. Unverständnis. Vorwurf.

„Hannes", begann ich, und dabei blieb es auch. Ich wusste nicht, was ich sagen sollte. Die Wahrheit war keine Alternative.

„Erklär es mir", presste er hervor. „Erklär mir dieses Nein."

„Das kann ich nicht."

„Es ist doch der Arzt, oder? Im Krankenhaus, dieser Primar."

„Nein, natürlich nicht."

„Was ist es dann? Ich verstehe es nicht, ich ... ich dachte, ich kenne dich."

Ich wollte ihm sagen, dass er mich nicht kannte. Er konnte mich nicht kennen – ich kannte mich doch selbst nicht mal. Aber ich sagte nichts. Ließ ihn abprallen an meiner gespielten Regungslosigkeit.

„Ich habe dir vertraut, Lotta. Dir geglaubt. Manchmal bist du so beschissen egoistisch."

Weil ich es nicht aushielt, seinem Blick standzuhalten, drehte ich mich weg und schaltete den Fernseher aus. Als ich ihn wieder ansah, hatte er sich über den Kinderwagen gebeugt und streichelte Konnys Wange. Unser Sohn griff nach Hannes' Hand und bekam seinen Zeigefinger zu fassen, den er fest umklammerte. Als würde er instinktiv seinen Vater festhalten wollen.

„Du hast mit Krump gesprochen?", fragte Hannes nüchtern, ohne den Blick von dem Baby zu nehmen. Er sprach mit mir, als wäre ich irgendeine Kollegin aus seinem Kommissariat.

„Ja. Gibt es Neuigkeiten? Irgendwas über das Mädchen?"

„Nein." Hannes sah zu mir, sein Ausdruck hatte auf mich dieselbe Wirkung wie ein enges Korsett. Er entzog Konny seinen Finger, der darauf zu wimmern anfing.

Ich wollte nicht, dass er ging. Nicht so. „Hannes?"

Sein Blick leerte mein Gehirn, und ich stellte die einzige Frage, die darin übrig geblieben war: „Woher wusstest du, dass ich bei Sarah Fitzpatrick bin?"

Das war die falsche Frage gewesen. Er wartete einen Moment, bis er seine Wut im Griff hatte. Dann antwortete er eisig: „Krumps Sohn hat es mir gesagt. Ich war besorgt, weil ich dich nicht erreichen konnte."

Hannes wandte sich ab, es hatte etwas schmerzhaft Endgültiges, als er die Küche verließ. Das Geräusch, mit dem die Wohnungstür ins Schloss fiel, war wie eine unsichtbare Hand, die mein Herz zerquetschte. Ich rannte los und holte ihn ein, als er sich bereits im unteren Stockwerk befand.

„Hannes, warte", rief ich.

„Erklär es mir. Keine beschissenen Fragen oder Ausflüchte. Sei einfach ehrlich. Ich muss es verstehen, denn wenn ich das nicht verstehe, dann kann ich nicht ..."

Er ließ den Satz unausgesprochen in der Luft hängen.

Ich konnte nichts sagen. Es gab nichts, das ich ihm als Erklärung hätte bieten können. Statt einer Antwort ging ich zu ihm und küsste ihn. Es war ernüchternd, als würden meine Lippen Schaumgummi berühren. Er ließ es über sich ergehen, dann drehte er sich um und ging die Treppen hinunter.

Ich blieb stehen, nur umgeben von der Stille, die er hinterlassen hatte.

Das war alles zu viel. Es wuchs mir über den Kopf. Aber ich konnte etwas dagegen tun. Ich verdrängte das Bild von Emmy Hauser im Metallsarg und fasste den Entschluss, mich nicht mehr mit Krump, Sarah Fitzpatrick, den Mordfällen und dem vermissten Mädchen zu beschäftigen. Und dieses Vorhaben hielt gerade mal ein paar Stunden.

Konrad schlief, als ich am nächsten Morgen zu meiner Schicht ins Möbelhaus ging, um in meiner winzigen Kammer auf der Suche nach einem Ladendieb auf die Monitore zu starren. Er schlief auch noch, als ich zurückkam. Ich bekam Panik, ich dachte, er wäre wieder ins Koma gefallen. Martin sagte zwar, es wäre alles in Ordnung, doch ich rief Anna an. Sie war für einen Kollegen eingesprungen und kurzfristig zu einem Ärztekongress nach Zürich geflogen, ging aber sofort ans Telefon.

„Was ist das für ein Geräusch? Sägt da jemand?", fragte sie leise, im Hintergrund war die Stimme eines Vortragenden zu hören.

„Nein, das ist Konrad. Er schnarcht."

Anna sagte mir, dass kein Grund zur Sorge bestand – kein Mensch schnarchte so laut, wenn er im Koma lag.

Martin sah immer wieder nach Konrad, der unverändert weiterschlief.

Fanny rief an, weil sie uns am Nachmittag besuchen wollte, aber da sie sowieso so viele Proben als Gretel in *Hänsel und Gretel* an der Wiener Oper hatte, machte es ihr nichts aus, dass ich sie bat, nicht zu kommen. Ab und zu läutete jemand vom Fernsehen oder der Presse an der Tür. Ich sagte ihnen, hier wohne kein Konrad Fürst, und nannte eine falsche Adresse, die ich unter dem Namen Fürst im Telefonbuch gefunden hatte.

Nicht einmal Kim, Riedls Adoptivtochter, rief ich zurück. Zwar hatte ich ihre Nachricht nicht gelöscht, aber es gab für mich keine Veranlassung mehr, mich zu melden.

Ich schaltete weder den Computer ein noch drehte ich Fernseher oder Radio auf, ich wollte nichts mehr vom 21er-Mörder und seinen Opfern hören.

14 Mal hatte Krump in der Zwischenzeit angerufen, aber ich hatte ihn jedes Mal weggedrückt, und letztendlich hatte er die Botschaft verstanden. Die Nachrichten, die er mir auf der Mobilbox hinterlassen hatte, hatte ich ungehört gelöscht.

So dümpelte ich vor mich hin, im Gefängnis meiner eigenen Gedanken. Und es wurde schlimmer, je länger es dauerte. Ich gab Martin Geld und bat ihn, sich selbst um ein Bett zu kümmern. Er hatte die Nacht auf einer Luftmatratze verbracht.

Als ich alleine war, wollte ich Hannes anrufen, ihm erklären, warum ich so reagiert hatte. Immer wieder nahm ich mein Handy zur Hand, bereit, auf seinen Namen am Display zu drücken. Und immer wieder meldete sich eine Stimme in mir, die mich davon abhielt.

Irgendwann, als Martin wieder da war, hielt ich das alles nicht mehr aus, steckte Konny in ein Tragetuch und verließ die Wohnung.

Ziellos ging ich umher, merkte aber bald, dass sich nichts für mich änderte, nur weil ich mich unter Menschen befand. Im Gegenteil, alles wirkte fremd, fast schon bedrohlich. Als würde nicht nur ich mich vom Leben zurückziehen, sondern das Leben sich auch von mir. Als ich an einer Trafik vorbeikam, versuchte ich zwar, die Schlagzeile zu ignorieren, aber sie war so präsent, dass ich sie nicht übersehen konnte. Sie löste ein unbehagliches Kribbeln in mir aus.

Der 21er-Mörder Alfred Riedl und das Hotel Orient – eine Spur? stand über dem Foto des Stundenhotels, in dessen Keller Kevins Leiche gefunden worden war. Ich kaufte die Zeitung.

Es ging in dem Artikel zum einen darum, dass Kevin bis zu dem Zeitpunkt, als man seine Leiche im Keller zwischen den Champagnerkisten gefunden hatte, noch nie Gast des Hotel Orient gewesen war. Keiner der drei Concierges konnte sich erinnern, ihn je gesehen zu haben. Und wenn auch Diskretion das oberste Gebot des Stundenhotels war, jeder Gast musste, um zu den Zimmern zu gelangen, durch die Lobby beim Concierge vorbei.

Wie auch schon Emmy Hauser war Kevin ebenfalls nicht am Fundort getötet worden. Er war über den Hintereingang dorthin gebracht worden, die Kamera über der Tür hatte der Täter durch schwarzes Gafferband blind gemacht.

Eine sehr deutliche Verbindung zwischen Dr. Alfred Riedl und dem Hotel Orient wurde wieder ans Licht geholt. Bei der Aufklärung der 21er-Morde vor 30 Jahren war herausgekommen, dass er Stammgast im Hotel Orient gewesen war. Er hatte seine Frau betrogen, sich jedoch geweigert, irgendeinen Namen preiszugeben.

Bis auf die Tatsache, dass er immer bei demselben Concierge jeden Donnerstag die Kaisersuite gemietet hatte, fand man in den Büchern des Hotels keinen brauchbaren Eintrag, da die Gäste schon damals nur unter Pseudonym eingecheckt hatten.

Und dieser Concierge lehnte es ab, irgendwelche Angaben zu machen. Er verweigerte wie Dr. Riedl strikt die Aussage. Anscheinend wurde ihm das so großzügig vergolten, dass er sich ein paar Monate danach ein Einfamilienhaus in Mödling, einem noblen Wiener Vorort, hatte leisten können.

Der Junggeselle war vor zwölf Jahren gestorben und hatte das Geheimnis um Riedls Affäre mit ins Grab genommen.

Zeigten diese beiden Fundorte vielleicht eine gemeinsame Botschaft?

In der Prater Hauptallee verbarg sich ein Geheimnis – der Kinderstrich. Das Hotel Orient hatte Dr. Alfred Riedl benutzt, um seine Frau zu betrügen. Wo waren die Leichen vor 30 Jahren abgelegt worden?

Ich tastete automatisch nach meinem Handy, um Hannes anzurufen. Erst als ich es in der Hand hielt, traf mich wieder die Erkenntnis, die ich schon die ganze Nacht von mir weggeschoben hatte wie Sisyphos den Stein.

Ich konnte ihn nicht anrufen.

Trotz allem war ich wieder das geworden, was ich in den letzten eineinhalb Jahren so erbittert bekämpft hatte.

„Nicht schauen", schrie Fanny, als ich die Wohnungstür aufsperrte, „wir sind noch nicht fertig."

Ich hatte mich mit dem Zurückkommen beeilt. Meine Suche nach den damaligen Leichenfundorten per Handy war erfolglos. Möglicherweise hatte Riedl die Morde damals nicht alleine begangen und hatte einen zweiten Täter all die Jahre lang geschützt.

Und trotzdem wurde das schlagartig in den Hintergrund gedrängt, als ich auf die Szene vor mir schaute.

Auf einem Stuhl im Vorraum saß Konrad, er war frisch rasiert, und sein Kopf schaute aus einem grünen Müllsack, den er wie einen Poncho um seinen Oberkörper geschlungen hatte. Darunter trug er statt des Pyjamas der letzten Tage zum ersten Mal wieder normale Kleidung, ein grünkariertes Hemd und eine blaue Jeans. Henriette stand links neben ihm mit einer Schere in der Hand, rechts von ihm war Fanny mit so konzentriertem Gesichtsausdruck, als wäre Konrad ein Rätsel, das sie zu lösen hatte. Martin lehnte ein wenig abseits an der Wand und betrachtete die drei mit verschränkten Armen. Vom Luftzug der geöffneten Tür wirbelten Konrads abgeschnittene Locken über den reparierten Parkettboden.

„Ich wollte doch noch Gel reintun", jammerte Henriette und stampfte mit dem Fuß auf. „Augen zu", sagte sie, darauf Fanny: „Nein, nicht du, Konrad. Lotta soll ihre Augen zumachen."

Wie sie mir befohlen hatten, schloss ich meine Augen. Doch ich tat es nicht, weil sie es gesagt hatten. Ich tat es, um nicht loszuheulen.

Denn wie Konrad jetzt so dasaß, sah er auf den ersten Blick aus, als wäre kein Tag seit unserem Einsatz in der Wiener Oper vergangen. Henriette hatte ihm nicht nur die langen Haare abgeschnitten, sie hatten sie ihm auch so rabenschwarz gefärbt, wie er es früher immer selbst getan hatte. Ich hatte noch seine Worte im Ohr, mit denen er es mir damals erklärt hatte: „Damit Julia mich erkennt, wenn sie wiederkommt."

Julia, seine Tochter, die ihn das letzte Mal gesehen hatte, als er über 20 Jahre jünger war und schwarze Haare gehabt hatte.

Wie viele Nächte war ich schon wach gelegen, schlaflos durch den Wunsch, ich wäre wirklich Julia und würde ein Bild von ihm in meinem Gedächtnis finden, wie er früher ausgesehen hatte. Doch da war nichts. Nicht ein Detail tauchte in meiner Erinnerung beim Gedanken an ihn auf, das sich real genug anfühlte, um nicht als Teil meiner Fantasie und Wunschvorstellung zu gelten. *False Memory.*

Und während ich so dastand und ihrem Wispern lauschte, mit dem Fanny versuchte, Henriette zu erklären, wie Konrads Frisur aussehen sollte, nämlich so wie vor dem Unfall, wurde mir klar, warum die beiden das alles taten. Als wäre der Satz, den er mir damals gesagt hatte, nun für Konrad selbst gültig. *Damit du dich erkennst, wenn du wiederkommst.*

Henriette und Fanny erlaubten mir, die Augen zu öffnen. Ich hatte mich wieder im Griff, bewunderte ihr Werk und hatte den Eindruck, dass Konrad zum ersten Mal der Rummel gefiel, der um ihn gemacht wurde. Henriette nahm ihm den Müllbeutel ab, und Martin half ihm beim Aufstehen. Es fiel ihm schwer, er hatte Schmerzen und knickte kurz ein.

Als er halbwegs sicher auf den Beinen stand, führte ihn Fanny zum Spiegel. Wir alle drei sahen gebannt auf sein Gesicht, als er hineinschaute. Eine Minute verstrich, in der nichts geschah, trotzdem wagte ich nicht einmal zu blinzeln, damit mir keine Reaktion entging. Doch es war bei ihm weder ein Erkennen bemerkbar noch sonst irgendetwas. Genauso gut hätte man ihn auf eine weiße Wand schauen lassen können.

„Martin Luther King junior", sagte er plötzlich.

„Was?", fragte Fanny, und Martin und ich sahen uns an.

„Martin Luther King junior", wiederholte Konrad, ohne sein Spiegelbild aus den Augen zu lassen.

„Über den hab ich schon mal was in der Schule gelernt. Was ist mit ihm? Hast du was über ihn gelesen oder im Fernsehen gesehen?", fragte Fanny.

Konrad schüttelte den Kopf.

Er sprach langsam und monoton: „Als er erschossen wurde, haben sie im Radio gesagt, Martin Luther King junior ist tot. Meine Mutter hat gesagt, oh Gott, der arme Mann, jetzt haben sie seinen Sohn erschossen. Weil der Sprecher ‚junior' gesagt hat. Aber es war nicht der Sohn. Er hat junior geheißen, aber das wusste sie nicht, weil ihn bis zu diesem Tag bei uns nie jemand so genannt hat."

Das war der Moment, in dem man die sprichwörtliche Stecknadel fallen gehört hätte, wenn eine da gewesen wäre.

„Kannst du dich an noch was erinnern, Konrad?", flüsterte Fanny.

Er runzelte die Stirn und hielt inne, dann sah er zu dem Mädchen hinunter.

„Wer ist Konrad?", fragte er.

Fannys schmale Schultern sackten zusammen, als hätte man ihr die Luft ausgelassen, und sie fluchte: „Ach, Scheiße."

Langsam hob Konrad seine Hand und legte sie auf Fannys Schulter. Dann beugte er sich zu ihr, und einer seiner Mundwinkel wanderte zu einem halben Grinsen in die Höhe.

„Das war ein Scherz", sagte er.

Nach einem kurzen Moment der Stille fingen alle an zu lachen. Er selbst, Fanny, Henriette, sogar Martin. Nur ich nicht.

„An was erinnerst du dich noch? Weißt du, wie wir uns damals kennengelernt haben?"

Das aufgeregte Gelächter brach abrupt ab.

Und da war er wieder, Konrads überforderter Gesichtsausdruck, begleitet von seinem hilflosen Schulterzucken. Ich brauchte mir nichts vorzumachen.

Natürlich war seine Martin-Luther-King-junior-Erinnerung toll. Aber trotzdem war klar, dass es vielleicht nicht mehr als ein Wetterleuchten war. Versteckte Blitze hinter dichten Wolken. Und das klärende, erlösende Gewitter blieb aus.

„D-d-das dauert", sagte Martin. „Herr Fü-Fü-Fürst, das war eben ein Ri-Ri-Riesenschritt. Aber wir so-so-sollten jetzt mit der Phy-Phy-Phy-"

„Physiotherapie", ergänzte Henriette stolz.

„J-j-ja, w-w-weiterma-ma-machen", sagte Martin, eine fleckige Röte wanderte vom Hals auf seine Wangen. Er ging mit Konrad ins Schlafzimmer.

„Bist du meschugge?" Fanny boxte Henriette sanft in die Seite, die daraufhin ihren Mund zu einem stummen Schrei aufriss. „Du kannst doch nicht sein Wort beenden!"

„Aber wenn ich doch endlich weiß, wie das Turnen heißt", verteidigte sich Henriette.

„Trotzdem, das macht man nicht."

„Man schlägt aber auch niemanden."

„Ich hab dich nicht geschlagen, das war ja nicht einmal ein Rempler. Du bist so eine Diva."

„Mit einer Diva streitet man nicht, vor einer Diva hat man Respekt", belehrte Henriette.

„Ich streite nicht, ich argumentiere", erwiderte Fanny.

Ich bedankte mich bei ihnen für das, was sie gerade mit und für Konrad getan hatten, doch da sie so in ihre *Argumentation* vertieft waren, zog ich mich mit Konny zurück und legte ihn in sein Gitterbett, wo er mit seinem Babyball zu spielen begann. Ich setzte mich in die am weitesten entfernte Ecke auf den Boden, um sicherzugehen, dass er nicht sah, was ich sah.

In der gelben Mappe fand ich unter den Fotos sofort das, was ich wissen wollte. Die Fundorte der damaligen Leichen erschienen mir auf den ersten Blick beliebig. Drei Parks, ein Hinterhof, ein altes Fabrikgebäude und eine öffentliche Tiefgarage, in der Alfred Riedl auch gestellt worden war. Bei keinem der Orte war mir etwas von einem Geheimnis oder einem Skandal bekannt, aber das hatte nichts zu bedeuten, denn ich war zu dieser Zeit noch nicht geboren. Außerdem las ich in den Unterlagen, dass die Opfer vor 30 Jahren an den Plätzen umgebracht wurden, wo man sie gefunden hatte.

Henriette und Fanny riefen mir zu, dass sie nun gehen mussten, aber ich war so in die Unterlagen vertieft, dass ich ihnen erst eine Verabschiedung zurückrief, als sie schon fort waren. Nachdem ich mir die sechs Adressen der Fundorte notiert hatte, fuhr ich den Laptop hoch.

Es gab etwas, das ich sofort hätte tun sollen, nämlich Kim, Riedls Adoptivtochter, zurückrufen. Doch vorher wollte ich mich noch auf den neuesten Stand der Mordfälle bringen. Wie ich plötzlich stattdessen auf die Internetseite des Anbieters für DNA-Tests gekommen war, war mir selber nicht ganz klar.

Die fettgedruckten Buchstaben „DNA-TEST BESTELLEN" standen in der Mitte des Laptopbildschirms, der auf meinem Schoß lag. Ein Klick darauf war das Einzige, was mich noch vom nächsten Schritt zur Antwort auf die Frage nach meiner Vergangenheit trennte. Ich brauchte diesen Test. Ich wollte ihn nicht, aber ich brauchte ihn so dringend, damit ich nicht mehr einer Antwort hinterherjagte, die es womöglich gar nicht gab.

Es war nur noch ein leichtes Fingertippen nötig, um die Bestellung des Vaterschaftsanalyse-Sets abzuschließen. Mein Name und die Adresse standen bereits in den dafür vorgesehenen Feldern.

Die ganze Sache war völlig unkompliziert, so wie die Neurologin es im Krankenhaus gesagt hatte. 179 Euro für sterile Wattestäbchen mit luftdichter Verpackung. Die Analyse dauerte vier bis sechs Tage nach Erhalt der Proben, und dann könnte ich schwarz auf weiß lesen, ob ich Julia Fürst, Konrads Tochter, war.

Ich zögerte. Der fehlende Mausklick fühlte sich wie eine unüberwindbare Hürde an. Ich fuhr mit dem Cursor zwischen dem X in der rechten oberen Ecke des Browsers und dem Bestellbutton hin und her.

Das Klopfen an der Tür nahm mir die Entscheidung ab. Ich zuckte zusammen und klappte automatisch den Laptop zu. Es war Martin, der mich wissen ließ, dass Konrad im Wohnzimmer vor dem Fernseher saß und fragte, ob er für eine Stunde weggehen konnte.

Als er fort war und ich den Laptop wieder aufklappte, war die Seite des DNA-Labors verschwunden. Stattdessen blinkte das leere Eingabefeld der Suchmaschine. Und diesmal ließ ich mir nicht von meinem Unterbewusstsein dazwischenfunken.

Die einzige Neuigkeit im Zusammenhang mit den Morden war ein Shitstorm, der durch Kevins Mathematiklehrer zwischen Schwulen und ihren Gegnern entfacht war. Vielleicht wurde das auch nur von den Medien hochgepusht, damit sie irgendwas zu berichten hatten.

Ich legte den Laptop zur Seite, nahm mein Handy und suchte die Nummer von Sarah Fitzpatricks asiatischer Adoptivtochter Kim aus der Liste der Anrufe in Abwesenheit. Nach dem dritten Läuten hob sie ab.

„Ja, hallo?"

Ich sagte meinen Namen und entschuldigte mich für den späten Rückruf. Das Lachen, mit dem sie auf mich reagierte, klang wie die schlechte Synchronisation einer Seifenoper.

„Ach, das ist kein Problem, nett, dass Sie sich melden. Meine Güte, warum habe ich Sie bloß angerufen, ich kann mich gar nicht mehr erinnern." Ich glaubte ihr kein Wort und fragte mich, ob sie vielleicht nicht alleine war und deshalb nicht reden konnte.

„Sie können mich später gerne zurückrufen, wenn es Ihnen dann besser passt."

„Nein, nein, gar nicht, jetzt ist es ganz wunderbar. Aber was wollte ich Ihnen denn sagen? Es fällt mir einfach nicht ein, so was Blödes." Wieder dieses artifizielle Lachen. Ich versuchte es in meiner Vorstellung mit der Frau zu vereinen, die mich vom Fenster aus beobachtet hatte. Was spielte sie mir vor?

„Hat es etwas mit Diana Krämer zu tun?"

„Mit wem?"

„Dem Mädchen, das verschwunden ist."

„Stimmt, Mama hat mir davon erzählt. Gibt es Neuigkeiten von ihr?"

„Nein."

„Mein Gott, die armen Eltern, das muss ja ..."

Ich wollte nicht, dass sie ablenkte, und fragte rasch: „Ist Ihnen etwas zu dem Mord an Emmy eingefallen?" Es war Absicht, dass ich den Vornamen genannt hatte. „Es gibt außerdem ein weiteres Opfer, einen 15-Jährigen, er heißt Kevin und wurde ..."

„Ach, jetzt weiß ich es wieder", fuhr sie mit kieksender Stimme dazwischen. „Ja, genau, meine Mutter hat ihrem Anwalt gesagt, er soll die Sache wegen des Vorfalls mit dem Polizisten nicht weiterverfolgen. Sie wissen ... sie ist doch in Ohnmacht gefallen, als er ihr dieses Foto gezeigt hat."

„Ja, ich weiß."

„Ich habe Ihnen ja gesagt, dass sie Diabetikerin ist."

„Haben Sie."

Eine Pause entstand, ich wartete ab, doch sie schwieg.

„Sind Sie noch dran?", fragte ich schließlich. Wieder das Synchronlachen. „Pardon, ja, natürlich."

„Kim, ich weiß nicht, was los ist, aber sagen Sie mir noch den wirklichen Grund für Ihren Anruf?"

Auf diese Konfrontation schien sie nicht gefasst zu sein.

„Wieso wirklicher Grund, nein, da liegen Sie falsch, das war alles, mehr gibt es nicht."

„Was auch immer Sie mir sagen, ich behandle es vertraulich. Wenn Sie nicht wollen, wird niemand erfahren, von wem ich die Information, die Sie mir anscheinend geben wollten, habe. Das verspreche ich."

Wieder Schweigen. Dann plötzlich ein tiefes Seufzen: „Gut. Ich nehme Sie beim Wort. Sein Begräbnis. Das Begräbnis von Alfred, es ist morgen." Ihre Stimme klang weinerlich, aber ich glaubte es genauso wenig wie das Lachen. „Offiziell ist es am Zentralfriedhof geplant, aber sie haben den Ort geändert und halten ihn geheim, weil sie nicht wollen, dass die Presse etwas mitbekommt. Ich habe es nur zufällig erfahren, ich war heute dabei, als sie den Anruf bekommen hat. Sie wollte es mir gar nicht sagen. Es findet um elf Uhr auf dem Friedhof in Neuwaldegg statt."

„Wer ist sie?"

„Nate."

„Wer?"

„Meine Schwester, Renate, wir nennen sie Nate."

„Und wer hält es geheim?"

„Sie und meine Brüder, Victor und Moritz."

„Gehen Sie hin?"

„Ich weiß nicht."

„Und das wollten Sie mir sagen?"

„Es ist wahrscheinlich lächerlich, aber ... ich dachte, vielleicht kommt der echte Mörder zum Begräbnis, um es sich anzusehen."

„Sie glauben nicht, dass Ihr Vater die Morde damals begangen hat?"

„Ich meine den jetzigen Mörder", wich sie mir aus, doch ich ließ nicht locker. Irgendetwas sagte mir, dass sie viel mehr wusste, als sie zugab.

„Glauben Sie, dass Alfred Riedl unschuldig war?"

„Nein."

„Aber?"

„Es tut mir leid, ich muss jetzt auflegen. Auf Wiederhören." Und dann war die Leitung tot.

Ich ließ das Handy sinken, setzte mich aufs Bett und streckte meine Hand zu Konny ins Gitterbett. Er fasste nach meinem Zeigefinger und steckte ihn sich in den Mund, als wäre er ein Schnuller.

Kim hatte „heute" gesagt. Sie hatte gesagt, sie hatte *heute* bei einem Telefonat ihrer Schwester zugehört und von dem neuen Begräbnisort erfahren. Also konnte das genauso wenig der Grund gewesen sein, weswegen sie mich gestern angerufen hatte, wie alles andere, was sie erzählt hatte.

Ein Klirren von zerbrechendem Porzellan riss mich aus meiner Überlegung. Ich sprang auf, schnappte Konny und lief in die Küche. Konrad stand zwischen Herd und Küchentisch, sein Hemd war voll nasser Kaffeeflecken. Er hatte das Gesicht verzogen und wisperte immer wieder:

„Heiß, heiß, heiß ..." Auf dem gekachelten Boden lagen in einer Kaffeepfütze die Scherben der Tasse, die ihm heruntergefallen war.

„Es tut mir leid", sagte er.

„Ich mach das schon. Du ziehst dich erst mal um."

Als er an mir vorbeiging, um die Küche zu verlassen, streichelte er kurz über meinen Arm. „Danke." Es war das erste Mal, dass er mich von selbst berührt hatte.

Er kam mit einem falsch zugeknöpften Hemd zurück und setzte sich an den Küchentisch. Während ich ihm einen neuen Kaffee machte, gab ich ihm Konny. Als ich mich umdrehte, um ihm die Tasse auf den Tisch zu stellen, hielt ich inne.

Konrad lächelte mich an und neigte den Kopf zu seiner Brust. Konny hatte seinen Kopf darauf abgelegt und die Finger fest in Konrads Hemd vergraben. Er versuchte, munter zu bleiben, aber seine Knopfaugen fielen ihm immer wieder zu. Eine Weile stand ich nur da und sah beide an. Konrad begann mit seinem Oberkörper hin- und herzuwiegen und summte dazu leise eine Melodie. Konnys Augen klappten noch drei, vier

Mal auf und zu, bis er schließlich einschlief. Trotzdem hörte Konrad nicht auf zu summen.

Und dann, ganz plötzlich, als hätte ihn mir jemand eingesagt, tauchte der Text zu dieser Melodie in meinem Kopf auf.

Es weht der Wind aus Sandmännchens Bergen, drum schlaf ein, es ist ja schon spät. Dort irgendwo in Sandmännchens Bergen weht leis der Wind, der alles versteht.

Das Lied, das ich Konny vor ein paar Tagen vorgesungen hatte. Von dem ich weder wusste, woher ich es kannte, noch, dass ich die Strophen auswendig konnte.

Ich stellte Konrads Kaffee auf dem Küchentisch ab.

Dann holte ich meinen Laptop und schickte die Bestellung für den DNA-Test ab.

13.

Es war, als hätte der Himmel gewusst, was das ideale Wetter für ein Begräbnis war, und deshalb Nebel geliefert. Je weiter ich nach Neuwaldegg kam, desto mehr hing er in den schmalen Gässchen wie verdorbene Zuckerwatte.

Ich hatte mir im Möbelhaus zum zweiten Mal freinehmen müssen, doch zum Glück ging im Personalbüro nur der Anrufbeantworter ran, und ich konnte mit perfekt zerhusteten Sätzen meine Abwesenheit glaubhaft entschuldigen. Leider dachte ich nicht mehr daran, als ich wenig später zurückgerufen wurde. Die Vögel zwitscherten im Hintergrund, als mir die Sekretärin vorwurfsvoll mitteilte, dass mein Fortbleiben sehr ungelegen käme. Außerdem hätte sich ein Mann bereits zweimal nach mir erkundigt und sie habe ihn extra heute wieder ins Möbelhaus bestellt, damit er mich antreffen könne. Auf meine Frage, wie dieser Mann ausgesehen hatte, reagierte sie schnippisch. „Bitte schön, ich kann mir wirklich nicht merken, wie Ihre Verehrer aussehen."

Ich entschuldigte mich, hustete ein paarmal und legte auf.

Auf den letzten paar Metern zum Friedhof durch die dichten grauen Schwaden kämpfte ich noch immer mit mir, ob ich Hannes anrufen und damit unser Schweigen brechen sollte. Denn ich wusste nicht, ob die Riedl-Geschwister den Begräbnisort ihres Vaters nicht auch vor der Polizei geheim gehalten hatten. Es Krump zu sagen, war für mich nach seiner Aktion bei der Pressekonferenz keine Alternative. Trotzdem hatte ich das Gefühl, es wäre wichtig, dass sie davon erfuhren.

Nachdem ich endlich den Entschluss gefasst hatte, den feigen Mittelweg zu gehen und Hannes eine SMS zu schicken, sah ich ihn.

Er stand im schmiedeeisernen Eingangstorbogen, nicht weit von seinem Dienstwagen, und sah auf die Uhr, als würde er auf jemanden warten. Als er wieder hoch- und in meine Richtung schaute, dauerte es ein paar Sekunden, bis er realisierte, dass ich es wirklich war.

„Lotta?", fragte er, als wäre er sich noch immer nicht sicher. Er sah müde aus, die kleinen Fältchen um seine Augen waren tiefer geworden und er hatte einen Dreitagebart.

Seit dem Moment im Treppenhaus hatte ich meine Gefühle für ihn so verdrängt, dass sie mich jetzt bei seinem Anblick unter sich begruben. Ein Zittern stieg von meinen Händen Richtung Oberkörper, ich verschränkte die Arme, um es zu verbergen. „Kim hat mich angerufen", sagte ich, als wäre das Erklärung genug.

Wir standen voreinander, regungslos, abwartend, wer als Erster die Richtung des Gesprächs vorgeben würde.

Ein überraschtes „Carlotta, was machen Sie denn hier?" befreite uns aus der Starre. Hannes gab mir mit einem leichten Kopfschütteln zu verstehen, dass er sich nicht zu erkennen geben wollte, und ging durch den Torbogen.

Ich drehte mich zu Sarah Fitzpatrick um. Sie trug ein schwarzes Kostüm und ging eingehängt in der Mitte zwischen der ebenfalls schwarz gekleideten Kim und einem Mann in einem für die Jahreszeit zu warmen Tweedsakko. Er war zwei Köpfe größer als Sarah. Mit seiner orangefarbenen Sonnenbräune aus der Tube, den strohweißen dichten Haaren und dem falschen

Grinsen sah er aus, als wäre er von einem Werbeplakat für Haarimplantate gestiegen.

„Wieso sind Sie gekommen? Reicht es Ihnen nicht, dass ...", brauste er mit englischem Akzent auf.

„Ich habe Carlotta angerufen", fiel Kim ihm ins Wort.

Ich wusste nicht, wie Sarah Fitzpatrick das fand, denn sie löste sich von den beiden, drückte mich an sich und gab mir rechts und links einen Begrüßungskuss auf die Wangen. Ihr pudriges Moschusparfüm roch so stark, dass ich einen Hustenreiz unterdrücken musste.

„Das ist Adam, mein Mann, ich habe Ihnen von ihm erzählt", deutete sie auf das Haarimplantatmodell. Er drückte bei der Begrüßung meine Hand so stark, als wollte er mir die Finger brechen, das verkrampfte Grinsen verschwand keinen Moment von seinen alkoholatemverströmenden Lippen. Moosgrün, Whiskey und 68.

Kim schüttelte mir ebenfalls die Hand, aber sie sah mich dabei nicht an.

„Da müssen wir hin", sagte Adam Fitzpatrick genervt und deutete auf das ‚Aufbahrungshalle 4'-Schild.

Der Nebel war hier so dicht, dass man auf dem Kiesweg kaum mehr zwei Meter weit sah. Ich versuchte, mich ein wenig nach hinten fallen zu lassen, um Kim die Möglichkeit zu geben, mit mir zu sprechen. Aber sie wich nicht von der Seite ihrer Adoptivmutter.

Bis auf fünf besetzte Plätze war der kleine schmucklose Aufbahrungsraum, der die Bezeichnung *Halle* eigentlich nicht verdient hatte, leer. Ich sah mich um: Weder Hannes noch sonst ein Beamter war da.

Vor den Sitzreihen, am Ende des Mittelgangs, stand ein schlichter hellbrauner Sarg, dahinter deckte ein schwerer dunkelroter Vorhang die gesamte Breitseite ab.

Ein kleiner Kranz aus weißen, gelben und roten Rosen mit einer bedruckten schwarzen Schleife, deren Text ich aus der Entfernung nicht lesen konnte, lag auf dem geschlossenen Sarg. Sonst gab es keine Blumen.

Bis auf drei Plätze in der ersten und zwei in der zweiten Reihe waren alle schwarzen Holzstühle unbesetzt.

Schon beim Anblick der insgesamt fünf Hinterköpfe in den ersten beiden Reihen war klar, welche davon zu den Kindern von Sarah und Alfred Riedl gehören mussten.

Ich blieb alleine in der hinteren Ecke neben einem Kerzenständer mit drei brennenden weißen Kerzen stehen. Das alles hier war mir unangenehm, ich fühlte mich wie ein Eindringling und bereute meinen Entschluss, herzukommen.

Doch Sarah Fitzpatrick schien nicht so zu empfinden. Während ihr Mann Adam mir einen vernichtenden Blick zuwarf, der keine Zweifel darüber aufkommen ließ, was er von meinem Erscheinen hier hielt, zwinkerte sie mir zu, als die drei nach vorne gingen.

Sie wirkte gut gelaunt – zu gut für ein Begräbnis. Sie nahm in der ersten Reihe Platz und begrüßte ihre Kinder mit einem dreifachen Kopfnicken. Kim und Adam Fitzpatrick setzten sich neben sie.

Die Zeremonie dauerte kurz, ein älterer untersetzter Mann in einem zu engen schwarzen Rollkragenpullover sprach ein paar Worte über falsch eingeschlagene Lebenswege und Hoffnung auf Vergebung im Jenseits. Gerade als ich dachte, keiner der Anwesenden würde eine Träne vergießen, bemerkte ich den zuckenden Rücken eines Riedl-Sohns. Im Gegensatz zu den anderen beiden war er klein und schmächtig, und ich konnte nur vermuten, dass es Moritz, der Jüngste, war.

Seine Schwester rechts daneben legte ihren Arm um ihn, mit der freien Hand reichte sie ihm ein Papiertaschentuch aus der Manteltasche ihres schwarzen Trenchcoats.

Er lehnte den Kopf an ihre Schulter und weinte noch mehr. Sie schaute zur anderen Seite, wo ihr zweiter Bruder saß. Es war das erste Mal, dass ich ihr Profil sah. Zwar hatte sie eine gewisse Ähnlichkeit mit ihrer Mutter, aber ihr Gesicht war schmäler. Sie war eine aparte Frau, schlank, Mitte 40 und hatte schulterlanges kastanienbraunes Haar.

Der andere Mann wandte sich nun ebenfalls zu ihr. Soweit ich das erkennen konnte, hatte er das Beste seiner beiden Elternteile abbekommen. Sogar von der Seite und aus den paar Metern Entfernung war zu erkennen, wie attraktiv er war. Die goldenen, gewellten Haare seiner Mutter, ihre Wangenknochen, doch sonst die edlen Gesichtszüge seines Vaters und die freundlichen Augen eines Lausbuben. Er erwiderte den Blick seiner Schwester, dann rückte er näher an sie heran und legte seinen Arm um sie und seinen Bruder.

So saßen die drei Geschwister, einander stützend, bis die vier Pompfüneberer in ihren schwarzen Umhängen nach vorne traten, die Haltegriffe des Sargs packten und ihn durch den Mittelgang Richtung Ausgang trugen.

„In Liebe: Nate, Victor und Moritz", las ich auf der schwarzen Blumenschleife, als sie mit dem Sarg an mir vorbeikamen.

Kaum waren die ersten beiden Pompfüneberer durch die Schwingtür nach draußen gegangen, blieben sie stehen.

„Zurück, geht's zurück", rief einer der beiden vorderen Träger hektisch. Wie befohlen bewegten sich die beiden hinteren wieder rückwärts in den Raum, aber sie kamen nicht weit, da der Sarg sich verkeilte und zwischen den Schwingtüren stecken blieb. Die vier Männer ruckten mit dem Sarg hin und her, aber außer dem schabenden Geräusch, das die eisernen Türrahmen auf dem Holz machten, passierte nichts.

„Was ist denn los?", rief eine männliche Stimme von der ersten Reihe.

„Ich glaub, da draußen ist das Fernsehen. Da stehen Leute mit Kameras", antwortete einer der beiden hinteren Träger.

Ich sah nach vorne, der hübsche Riedl-Sohn löste sich von seinen Geschwistern und lief zur Tür. Eine riesige Narbe zog sich auf der Seite, die ich vorhin nicht gesehen hatte, von der Mitte seines Ohrs bis zum Mundwinkel. Sie war so tief, dass sie einen Krater in seiner Wange bildete. Er sah im Vorbeigehen zu mir, sein Blick blieb kurz hängen, als würde er mich erkennen. Dann fasste er sich wieder.

Er beugte sich über den Sarg, um nach draußen zu sehen, und flüsterte mit den Trägern, die daraufhin den Sarg abstellten.

„Es gibt einen anderen Weg hier heraus", sagte er laut und deutete Richtung dunkelrotem Vorhang bei der Aufbahrungsstelle.

Ich schloss mich der kleinen Gruppe an, die ihm zum Hinterausgang folgte. Es war eine helle Holztür, verborgen durch den Vorhang und zum Glück unversperrt.

Sie führte direkt zur Rückseite der Halle. Dort stand niemand, und der kriechende Nebel half dabei, dass die gesamte Familie Riedl ungesehen Richtung Friedhofstor verschwinden konnte. Zwei Frauen um die 60, die in der zweiten Reihe gesessen hatten und ihre Gesichter unter verschleierten Hüten versteckten, sagten zu mir „Auf Wiedersehen" und gingen ebenfalls zum Ausgang. Ob eine von ihnen Riedls Affäre war, mit der er sich vor 30 Jahren im Hotel Orient getroffen hatte?

Es dauerte nicht lange, bis ich die Schritte kommen hörte – es waren vielleicht drei, vier Reporter, die sich darüber unterhielten, wie dumm es gewesen war, nicht versteckt zu bleiben, bis der Sarg ins Grab eingelassen wurde. Im sicheren Abstand, damit sie mich nicht sehen konnten, folgte ich ihnen bis zum Parkplatz, wo sie in ihre Autos stiegen und wegfuhren.

Hannes' Dienstwagen stand noch hier. Ich lehnte mich an die Motorhaube und wartete. Als er nach zehn Minuten noch immer nicht kam, ging ich zurück zum Friedhofseingang. Er kam mir entgegen, ich erkannte ihn an seinen Schritten, bevor er aus den grauen Schwaden auftauchte. Wir stellten uns ein wenig abseits vom Tor.

„Wieso bist du hier?", fragte er und vergrub die Hände in seinen Hosentaschen. Der ernste Blick, mit dem er mich musterte, machte mich nervös.

„Kim, die Adoptivtochter, wollte, dass ich herkomme. Ich weiß nicht, warum."

Mein Tonfall war unfreundlicher und meine Stimme lauter, als es meine Absicht war.

Er versuchte, etwas zu sagen, doch ich fuhr wegen seines vorwurfsvollen Blicks dazwischen. „Bei den Tatorten vor 30 Jahren: Gibt es einen Grund, warum Riedl die gewählt hat?"

Er sah verärgert aus, mir war nicht klar, ob es generell wegen mir war oder weil ich schon wieder etwas über den Fall wissen wollte.

„Das wissen wir nicht", sagte er tonlos. „Wenn es jemand weiß, dann Konrad."

„Seine Söhne und die Tochter habt ihr befragt?"

„Natürlich."

„Und?"

„Sie wussten es auch nicht. Und bevor du fragst, ja, sie haben Alibis. Stell dir vor, wir tun unsere Arbeit. Willst du sonst noch was wissen?" Ich überging den Sarkasmus und versuchte, mich zu konzentrieren. Es fiel mir nicht leicht.

„Riedls DNA, war sie auch auf der zweiten Leiche?"

„Ja, das war sie", sagte er übertrieben eindringlich und verschränkte die Arme. „Soll ich dir noch was erzählen, oder wäre es vielleicht mal an der Zeit, dass wir über uns sprechen?" Hannes zog die Augenbrauen zusammen, er wirkte fremd, wie er so vor mir stand.

Bis auf die leichte Brise, die die Blätter der Laubbäume leise zum Rascheln brachte, war es still um uns.

Ich verschränkte ebenfalls die Arme. Am liebsten hätte ich so getan, als wäre alles in Ordnung. Einfach ignoriert, was vorgefallen war. Aber das war ein Spiel, an dem Hannes sich nicht beteiligte. „Gut. Dann reden wir über uns. Fang an", sagte ich. Schnippisch. Als hätte er einen Fehler gemacht.

Er senkte den Blick. Seine Stimme klang ruhig, als er sagte: „Ich verstehe dich nicht."

In mir tobte ein Kampf, den ich hinter meiner ungerührten Fassade versteckte. Ich suchte nach den passenden Worten, fand aber nur Sprachlosigkeit.

„Es-es i-ist ...", stotterte ich wie Konrads Pfleger Martin. Und dann sah ich ihn an, als könnte er den Satz beenden. Doch er tat es nicht. Wie eine Ertrinkende ruderte ich nach Worten, ich fühlte mich hilflos, überfordert und kam mir einfach nur dumm vor.

Wahrscheinlich tat ich ihm leid. Denn plötzlich und ohne Vorwarnung griff er nach meiner Hand und zog mich langsam an sich. Ich spürte seine Hände an meinen Schulterblättern, warm und fest. Im ersten Moment bewegte ich mich nicht. Doch je länger er mich in seinen Armen wiegte, desto weniger hielt ich meine starre Haltung durch.

Schließlich vergrub ich meine Hände unter seinem Sakko und atmete ihn ein, so tief, dass ich ganz benommen wurde.

„Lass uns von hier weggehen", flüsterte er und führte mich zum Parkplatz.

Er fand das Auto im dichten Nebel nicht gleich. Als wir eingestiegen waren, fragte er: „Was ist wirklich los, Lotta?"

Doch ich wollte nicht reden, nicht wieder alles zwischen uns kaputtmachen.

„Wieso hast du nein ...", begann er, aber weiter ließ ich ihn nicht sprechen – ich kannte die Frage. Schnell beugte ich mich zu ihm und küsste ihn.

Er erwiderte meinen Kuss. Zuerst zögernd und vorsichtig, doch als ich nicht aufhörte, wurde auch er immer leidenschaftlicher. Ich hatte vergessen, wie sehr ich das vermisst hatte. Seine warmen weichen Lippen auf meinen. Das Verlangen, das sie in mir auslösten.

Seine Hände umfassten mit festem Griff meine Taille. Mein ganzer Körper begann zu prickeln – als wäre er magnetisch und als hätte ich Eisenpartikel statt Blutplättchen in meinen Adern.

Ich kletterte vom Beifahrersitz und setzte mich auf seinen Schoß. Er war so hart, dass es mir den Atem raubte. Ich presste mich an ihn, drückte ihm mein Becken entgegen, und er stöhnte auf.

Nichts spielte mehr eine Rolle. Nicht das Lenkrad, das mir in den unteren Rücken schnitt. Nicht die Frage, ob uns jemand trotz des dichten Nebels sehen würde. Nicht die Sprachlosigkeit, die zwischen uns herrschte.

Mir wurde schwindlig. Rasch schlüpfte ich aus meinem Blazer, stieß mir dabei die Hand an der Fensterscheibe, doch der Schmerz ging verloren in meiner Erregung.

Mit einer Hand knöpfte ich meine Bluse auf. Ich schob meinen BH hoch, tastete nach seinen Händen und legte sie auf meine Brüste. Sein Brustkorb hob und senkte sich in rasantem Tempo. Alles begann sich zu drehen unter seinen Berührungen. Ich fasste ihm zwischen die Beine, streichelte über den gespannten Stoff, öffnete seinen Hosenknopf, dann zog ich den Reißverschluss auf.

„Lotta, nicht ...", keuchte Hannes und tappte benommen nach meinen Händen. Ich lehnte mich so weit zurück, bis sich unsere Blicke trafen. Weder in seinen Augen noch in seinem Körper war dieses ‚nicht' vorhanden.

„Soll ich aufhören?", fragte ich.

Seine Lippen zitterten leicht. Ich bewegte mein Becken zu ihm, er schloss die Augen und legte mit einem lauten Aufseufzen seinen Kopf in den Nacken.

„Nein."

Ich fasste nach seinen Händen und legte sie erneut auf meine Brüste, ohne meinen Blick abzuwenden. Ich wollte ihn ansehen. Die Erregung in seinem Gesicht. Ich fuhr mit den Fingern über seine Lippen, während ich mein Becken weiterbewegte.

Er schluckte, beugte sich vor und küsste meine Brustwarzen. Dann glitten seine Hände langsam über meinen Bauch.

Er öffnete den Verschluss meiner Hose, und ich hob meine Hüfte, damit er sie mir mit meinem Slip abstreifen konnte.

Meine feuchte Haut vibrierte unter seinen Fingern. Er fasste mich an, als wäre es das erste Mal. „Sieh mich an", sagte er.

Die Begierde in seinem Blick, mit der er jede Regung, die seine Berührungen bei mir auslösten, beobachtete, war unerträglich.

„Bitte", flehte ich und vergrub meine Finger in seinen Oberarmen. Als er schließlich in mich eindrang, fühlte ich mich, als wäre ich in der Mitte eines Orkans. Ich konnte nicht mehr sagen, wo sein Körper anfing und meiner endete.

Als wir gemeinsam kamen, pressten wir unsere Lippen aufeinander, um nicht zu schreien.

14.

Wer auch immer das Gerücht in die Welt gesetzt hatte, Sex wäre ein probates Mittel, um sich zu versöhnen, hatte gelogen. Als ich auf den Nebensitz gerutscht war und mich wieder angezogen hatte, war alles wie vorher.

„Das hätten wir nicht tun sollen", sagte Hannes und schüttelte den Kopf. Er hatte es ganz nüchtern ausgesprochen. Obwohl mehr Enttäuschung als Vorwurf in seiner Stimme lag, machten mich seine Worte wütend.

„Ach so? Vor einer Minute hat das aber noch anders geklungen."

Er lachte bitter auf. „Es ist nur ... Ich glaube, du bist die einzige Frau, die ich kenne, die Sex benutzt, um jemanden von sich fernzuhalten."

Seine Worte trafen direkt ins Schwarze, und ich wusste nicht, was ich sagen sollte. Ich stieg aus, knallte die Tür so fest hinter mir zu, wie ich konnte, und lief richtungslos in den Nebel. Hannes rief mir nach. Ich antwortete nicht, blieb stehen und rührte mich nicht, damit meine Schritte mich nicht verrieten. Ich zitterte am ganzen Körper, aber nicht vor Kälte. Und wieder war da diese seelenverbrennende Frage. Wie lange würde ich es noch schaffen, diese ganze Fassade aufrechtzuerhalten?

Irgendwann hörte er auf zu rufen. Dann wurde die Autotür zugeschlagen, der Motor heulte auf, als Hannes wegfuhr.

Meine Biografie war eine nicht ruhmesreiche Ansammlung von kleinen und größeren Katastrophen, die für Außenstehende ein ‚Happy End' in einer glücklichen Beziehung mitsamt Nachwuchs gefunden hatte. Doch wie die Wahrheit aussah, war eine völlig andere Geschichte.

Ich blieb wie angewurzelt stehen, war unfähig, mich zu bewegen. Auch, als ich die Schritte hörte. Es klang, als wären sie ganz in der Nähe losgegangen. Waren wir etwa doch nicht unbeobachtet gewesen, wie ich gedacht hatte?

Sie kamen in meine Richtung, immer näher. Die Schritte waren unterschiedlich lang, es waren zwei Personen. Und ich traute meinen Augen nicht, als plötzlich aus dem Nebel vor mir Adam Fitzpatrick und der eine Riedl-Sohn, der vorhin in der Aufbahrungshalle an der Schulter seiner Schwester geweint hatte, auftauchten.

Vielleicht verzerrte der Schreck meine Wahrnehmung, aber ich hatte den Eindruck, dass die beiden nicht überrascht waren, mich zu sehen.

Adam Fitzpatrick nickte mir zu, er wirkte entspannter als vorhin, und das falsche Grinsen war aus seinem Gesicht verschwunden.

„Victor, das ist … Entschuldigung, ick habe Ihre Name vergesse", sagte er.

„Carlotta Fiore", sagte ich mit einer Stimme, die wie ein Reibeisen klang.

„Oh yes, genau."

Der Riedl-Sohn deutete einen kleinen Diener an. Es war altmodisch, aber irgendwie berührend. Mein Kopf blieb leer, als er mit weicher, tiefer Stimme sagte: „Ich bin Victor Riedl, hallo. Danke, dass Sie gekommen sind." Es war eine Floskel, trotzdem überraschte es mich, wie sehr ich ihm glaubte.

„Dr. Victor Riedl", ergänzte Adam Fitzpatrick.

Ich hatte mich geirrt. Victor war der Älteste der drei Geschwister, er musste 46 sein, auch wenn man ihm das nicht ansah. Aus der Nähe betrachtet war er nicht schmächtig, sondern drahtig und muskulös. Er war einen halben Kopf größer als ich und trug einen teuren schwarzen Anzug, weißes Hemd, keine Krawatte. Und er war viel attraktiver, als ich gedacht hatte, mit großen haselnussbraunen Augen, die mich durchdringend, aber freundlich betrachteten. Die dunklen Haare standen wild von seinem Kopf ab, die kurzen braunen und grauen Barthaare penibel genau gestutzt.

„Doktor? Sie sind Arzt?", fragte ich und bemühte mich, in seinem Gesicht zu lesen, ob er mitbekommen hatte, dass Hannes und ich gerade Sex im Auto gehabt hatten. Wenn es so war, dann versteckte er es gut. Vielleicht war er aber auch einfach nur höflich.

„Ich bin Schönheitschirurg." Er lächelte verlegen, als wäre ihm sein Beruf peinlich. Ob er für das neue Aussehen seiner Mutter verantwortlich war?

„Ich dachte, Sie sind alle fort wegen der Presse?", versuchte ich abzulenken.

„Ja, aber wir beide sind vor einer Minute wieder zurückgekommen. Victor wollte noch zu seinem Vater an das Grab", sagte Adam Fitzpatrick. „Wenn du willst, ick warte bei die Auto auf dick", wandte er sich zu Victor.

Vor einer Minute zurückgekommen. Diese Worte lösten meine Anspannung. Wahrscheinlich hatte ich ihr Auto nicht gehört, weil es sich mit Hannes' Abfahrt überschnitten hatte.

„Ja, gerne, vielen Dank. Frau Fiore, es hat mich gefreut – abgesehen von den Umständen. Meine Mutter hat mir von Ihrem Besuch erzählt ... und Ihren Fragen."

Die Visitenkarte, die er mir aus der Innentasche seines Sakkos reichte, wirkte nur auf den ersten Blick schlicht. Das dicke Papier glänzte perlmuttfarben, und die schwarze Schrift war nicht darauf gedruckt, sondern eingestanzt.

Walk-in-Schönheitsklinik, Dr. Victor Riedl, Öffnungszeiten Montag bis Freitag 15–22 Uhr und nach Terminvereinbarung.

Die Adresse der Praxis befand sich im ersten Bezirk, am Kohlmarkt, einer der teuersten Adressen in Wien, wo sich vor der Krise nur reiche Russen die Mieten und Kaufpreise der Wohnungen hatten leisten können. Ich klemmte die Karte zwischen Zeige- und Mittelfinger und nickte anerkennend.

„Berufsbedingt", sagte er und lächelte entschuldigend. „Wenn Sie noch Fragen haben – jederzeit. Also dann. Auf Wiedersehen."

Er ging fort, zum Eingang des Friedhofs. Als wir seine Schritte nicht mehr hörten, hob Adam Fitzpatrick seine Hände und streckte mir seine Handflächen entgegen, als würde er einen unsichtbaren Ball halten.

„Es tut mir leid, dass ick war zu Ihnen so unfreundlich vorhin. Ick wollte das nickt, ick habe zu viel getrunken vor die Begräbnis ... es ist keine einfache Zeit für mick und meine Frau. Hätte ihr Victor für heute nickt gegeben eine Valium zur Beruhigung ... die letzte Nacht war einfack ein Alptraum, geweint hat sie, ist erst eingeschlafen um drei Uhr in die Früh. Ick bin froh, dass es ist vorbei. Mein Gott, hoffentlick die Polizei findet bald den Mörder."

Ich war mir nicht sicher, ob ich mich vorhin in ihm geirrt hatte oder nicht. Er lächelte müde, hob mit einem erschöpften Seufzen die Schultern und ließ die Hände sinken. Wie er so geknickt und müde vor mir stand, wirkte er wie ausgewechselt. Und sogar die Sonnenbräune aus der Tube, die Adam Fitzpatricks Gesicht diesen künstlich-orangen Farbton gab, hatte plötzlich etwas skurril Liebenswertes.

Vertrauen war bei mir Mangelware – es war so oft in meinem Leben auf die Probe gestellt worden, dass ich es mit Skepsis ersetzt hatte. Und obwohl es immer heißt, es gibt keine zweite Chance für den ersten Eindruck, war das hier die Ausnahme. Er tat mir leid. Sie alle taten mir leid. Was musste es für die Familie bedeuten, plötzlich wieder mit den Dämonen der Vergangenheit konfrontiert zu werden? Vielleicht waren wir uns gar nicht so unähnlich.

„Wie geht es Kim?", fragte ich. „Sie hat mich gestern angerufen und von dem Begräbnis erzählt."

„Sarah hat sehr geschwärmt von Ihnen. Ick glaube, Kim dackte, es würde ihr helfen, wenn Sie sind da. Sarah hat erzählt viel von Ihre Mutter – sie liebt ihre Musik, ihre voice. Und Kim ... sie ist der liebste Mensch, den Sie können sick vorstellen." Er lächelte versonnen. Und ich fragte mich, ob er etwas wusste. Etwas, das Kim nicht gewagt hatte, mir bei unserem Gespräch zu erzählen.

„Kim klang besorgt am Telefon."

„Ja, ick meine, ist keine Wunder. Ick sage ihr immer, sie soll sick kümmern um ihre eigene Leben ... Sarah hängt zu sehr an ihr und Kimmy, sie kann nie sagen nein."

„Kann es sein, dass Kim sich vor irgendwas fürchtet?"

Er spannte vor Überraschung sein Gesicht an, die orange Farbe in den Falten wirkte wie Buntstiftstriche.

„Wie komme Sie darauf?"

„Ich hatte den Eindruck. Es wäre ja nicht ungewöhnlich, bei dem, was zurzeit passiert. Vielleicht ... macht ihr jemand Angst?"

Er zuckte zurück, sein Blick war besorgt. Er kratzte sich am Kopf und verwischte dabei mit dem Handballen etwas von dem Bräuner in seine schneeweißen Haare.

„Ick weiß nix, aber wenn Sie wolle, Sie könne rede mit Kim. Alle sind unten bei die Heurigen Schreiberhaus, gleich auf die Krottenbachstraße. Zu Fuß vielleicht sechs Minutes – höchstens ackt." Er sah hinter sich zum Eingang des Friedhofs. „I'm sorry ... ick werde doch lieber gehen zu Vic. Ick will ihn nickt alleine lassen. Er ist sensitive, wenn es geht um seine Vater. Sie haben ja gemerkt bei die Begräbnis. Wir sehen uns, nickt wahr? Bye, bye. Und nock mal sorry, wegen vorhin."

Als er fort war, wollte ich zu Hause anrufen, wo Henriette gerade auf Konny aufpasste, aber ich konnte mein Handy nicht finden. Ich musste es in Hannes' Auto verloren haben.

Ich beeilte mich die steile Straße hinunter. Der Nebel war noch immer undurchdringlich, und ich war überrascht, als ich schneller als erwartet vor dem Schreiberhaus stand. Wenn ich nur kurz mit Kim sprach und mir dann ein Taxi rufen ließ, konnte dieser Abstecher nicht lange dauern.

Das Schreiberhaus war ein typischer Wiener Heuriger, die Fassade in Weiß und lichtem Gelb, mit Rundbogen-Eingang, über dem eine Laterne im Tannenkranz hing. Der Gastraum war in dunklem Holz gehalten. Bis auf einen Tisch, an dem ein älterer Mann saß, war im vorderen Bereich alles frei, ich konnte die Familie nicht entdecken.

Ich wollte gerade wieder gehen, als ich die Scharniere einer Tür hörte, das Klackern von Stöckeln auf Holzboden und eine unverständliche Frauenstimme. Aus dem schmalen Gang links neben dem Ausschank, auf dessen Mauer in grüner Schrift „WC" stand, trat

Renate Riedl, ihr Handy zwischen Ohr und Schulter eingeklemmt.

„Ja, ja, genau, das isses. Beeil dich", sagte sie. Es klang ein bisschen, als wäre sie betrunken. Sie schien mich nicht zu registrieren, kramte hektisch in ihrer braungemusterten Handtasche und ging rasch an mir vorüber zu einem Tisch vor dem nebelverhangenen Fenster. Darauf stand eine halbvolle Karaffe mit Rotwein und einige Achtel-Gläser.

Sie stellte die Tasche am Tisch ab. Mit einer Hand nahm sie daraus ein Päckchen Tabletten, mit der anderen steckte sie ihr Handy hinein. Umständlich drückte sie eine Tablette aus dem Blister direkt in ihren Mund und spülte sie mit Rotwein hinunter.

Ich ging zu ihr. „Sie sind Renate Riedl, nicht wahr?", fragte ich überflüssigerweise. Sie erschrak, ließ blitzschnell die Tablettenpackung in ihrer Handtasche verschwinden und zog den Reißverschluss zu. Nur die ersten Buchstaben hatte ich von der Aufschrift lesen können. ‚FLUC–'.

„Entschuldigung, ich suche Kim. Mein Name ist Carlotta Fiore. Adam Fitzpatrick hat mir", ich deutete aus dem Fenster den Hügel zum Friedhof hinauf, „gesagt, dass ich Sie im Schreiberhaus finde."

Sie wirkte verwirrt. Zeitverzögertes Blinzeln.

„Die anderen sind schon weg." Ihre Sprache klang schwerfällig.

„Meiner Mutter ging es nicht gut."

„Das tut mir leid."

„Ich habe keine Zeit." Sie trat einen Schritt zurück. Ihre braune Yves-Saint-Laurent-Tasche mit hellbraunen Sternen und Blumen glitt vom Tisch. Sie ging an mir vorbei und zog die Tasche am langen Riemen hinter sich her wie ein Kind seine Spielzeugente.

Grußlos verließen sie und die am Boden schleifende 700-Euro-Tasche das Lokal. Ich folgte ihr, wollte etwas nachrufen, doch ich kam nicht dazu. Aus der Nebelsuppe tauchte ein kirschroter Fiat 500 auf und hielt in zweiter Spur. Am Steuer saß ein schwarzhaariger junger Mann mit Vollbart, der unsicher zu Renate Riedl sah.

„Haben Sie nur einen Moment …"

Sie drehte sich zu mir um, schwankte bedrohlich, fand dann aber doch wieder das Gleichgewicht. „Mein Koch. Ich muss zum Fischhändler. Auf Wiedersehen."

Sie stieg ein, das Auto wendete und fuhr Richtung Innenstadt davon.

Ich ging zurück in den Heurigen und bat die Kellnerin, mir ein Taxi zu rufen.

Mit jedem Meter, den der weiße Mercedes Richtung Innenstadt zurücklegte, wurde das Wetter freundlicher, und der Nebel lichtete sich mehr und mehr.

Als das Taxi vor unserem Haus im strahlenden Sonnenschein stehen blieb, hatten wir das trübe Grau endgültig hinter uns gelassen. Es wäre schön gewesen, wenn ich das von mir auch hätte sagen können.

Anna fing mich ab, als ich gerade die Wohnung aufsperrte, sie steckte den Kopf aus ihrer Tür. „Ich dachte, ich hab dich gehört. Konny ist bei mir." Sie deutete hinter sich auf den russischen Kinderwagen in ihrem Vorzimmer. Dabei flatterte der Ärmel ihres himmelblauen Kaftans mit Goldstickereien, und sie sah aus, als wäre sie nicht in Zürich, sondern im Orient gewesen.

„Anna." Ich war so erleichtert, sie zu sehen. Und das nicht nur wegen Konrad und Konny. Ein kleines bisschen Rettungsboot im stürmischen Meer.

„Seit wann bist du wieder da?", fragte ich.

„In der Früh bin ich gelandet und hab jetzt eine Woche frei. Henriette musste weg, da hab ich mich um den jungen Mann hier gekümmert." Sie lehnte sich an die Tür und deutete mit dem Daumen in Richtung unserer Wohnung. „Gibt es Neuigkeiten von Konrad? Wie geht es ihm?"

Ich trat näher zu ihr, weil ich nicht wollte, dass jemand uns hörte.

„Besser. Ja, ich habe den Eindruck, es wird besser." Für sie hatte ich es ein bisschen euphorischer gesagt, als ich es empfand.

Sie strahlte, und ihr Brustkorb hob sich mit einem erfreuten Einatmen.

„Wirklich? Das ist wunderbar." Mit einer schnellen Handbewegung wischte sie sich über die Augen. „Gib acht, er darf sich nicht überfordern", sagte sie im Ärzte-Tonfall, „dieser Mann im Fernsehen, von der Polizei ..."

Ich winkte ab.

„Alles erledigt und kein Thema mehr. Sag mal, kennst du ein Medikament, das mit ‚Fluc' beginnt?"

„Wieso fragst du? Bekommt das Konrad?"

„Nein. Eine Frau hat es genommen. Sie war merkwürdig, ein bisschen, als wäre sie ... betäubt."

„Inwieweit?"

„Sie kam mir nicht ganz wach vor. Langsam. Es fiel ihr schwer zu denken."

„Ich werde mich erkundigen. Ach ja, auf dem Kongress habe ich mit einem Kollegen über Konrad gesprochen. Er schickt dir den Link eines neu entwickelten Online-Gehirntrainings, von dem er meint, es wird helfen. Und Hannes war da, aber das weißt du sicher."

„Wann?" Es war mir hektischer herausgerutscht als beabsichtigt.

„Vor einer halben Stunde. Er ist nur kurz zu Konrad rüber und dann gleich wieder gegangen. Ist alles in Ordnung?"

Statt einer Antwort bot ich ihr an, Konny mitzunehmen, doch sie schüttelte den Kopf. „Lass ihn doch ruhig noch ein bisschen hier. Ich wollte sowieso immer so ein Prachtexemplar in diesen vier Wänden haben." Sie hatte versucht, es als Scherz zu verpacken, aber ich wusste von ihren drei Fehlgeburten. Sie hatte geweint, als sie mir nach Konnys Geburt davon erzählt hatte.

Ich küsste meinen Sohn auf seine warme weiche Stirn, und für einen kurzen Moment rückte meine Dankbarkeit für dieses kleine Wesen alles andere in den Hintergrund. Es kam mir vor, als würde er mich mit seinen großen Augen fragend ansehen. Doch ich hatte keine Antworten für ihn. Alleine ging ich in unsere Wohnung.

Das Erste, was ich hörte, als ich die Tür aufsperrte, war Hämmern, das vom Plärren des Fernsehers übertönt wurde.

Konrad saß alleine im Wohnzimmer vor dem Apparat, es lief ein deutscher Nachrichtensender, der in einer Wiederholung über die Morde berichtete. Neben ihm auf der Couch lag die aufgeschlagene gelbe Mappe mit den Unterlagen zu den Mordfällen. Einige der Fotos und Berichte hatte er auf den Sitzpolstern ausgebreitet, weitere lagen vor ihm auf dem Boden. Er musste sie im ehemaligen Kinderzimmer gefunden haben, dort hatte ich sie auf der Kommode liegengelassen.

Die Zeitung, die ich mitgebracht hatte, lag auf seinem Schoß. Und darauf mein Handy. Das war der Grund, warum Hannes gekommen war. Ich hatte es im Auto verloren, als wir miteinander geschlafen hatten, und er hatte es gebracht.

„Wo ist Martin?", fragte ich, nahm die Fernbedienung und drehte den Ton des Fernsehers leise.

„Baut sein Bett." Konrad deutete auf den Bildschirm. „Im Fernsehen haben sie meinen Namen gesagt. Ich dachte, sie sprechen über jemanden, der auch so heißt."

Er griff nach dem Handy, es fiel ihm nicht leicht, und er hielt es ungeschickt, als wäre es eine heiße Kartoffel. „Das hat die ganze Zeit geläutet. Ich bin rangegangen."

„Wer hat denn angerufen?"

„Ich weiß jetzt, dass sie mich gemeint haben im Fernsehen. Jemand, der Heinz heißt, hat es mir erzählt."

„Du hast mit Krump gesprochen?"

„Er hat gesagt, ich würde ihn kennen."

Ob Hannes Krump gesagt hatte, er könne Konrad erreichen? Woher hätte er sonst gewusst, dass ich nicht rangehen würde?

„Was hat er noch gesagt?"

Statt einer Antwort deutete Konrad auf die ausgebreiteten Fotos der Leichen.

„Ich kann mich nicht an sie erinnern. An niemanden. Ich weiß auch nicht, was diese Zahl bedeutet, die er mir genannt hat. Ich glaube, ich erinnere mich, dass ich bei der Polizei war. Eine Waffe, die sehe ich oft vor mir. Sie fällt irgendwo hinunter. Sonst weiß ich nichts."

Eine Waffe, die hinunterfiel. Es war in der Wiener Oper gewesen, auf der Beleuchterbrücke. Konnte es sein? Fing er wirklich an, sich zu erinnern?

„Das ist gut, Konrad", sagte ich und setzte mich neben ihn.

„Er will, dass ich im Fernsehen spreche."

„Krump will was?"

„Eine Pressekonferenz, da soll ich sagen, was ich weiß. Aber ... ich weiß doch nichts." Sein bekümmerter Blick wanderte zu den Fotos der Leichen.

Dieses beschissene hinterhältige Arschloch! Mir wurde heiß vor Wut auf Krump, aber ich durfte sie nicht vor Konrad rauslassen.

„Du wirst gar nichts sagen", sagte ich zu laut, sammelte eilig die Unterlagen ein, legte sie zurück in die Mappe und schaltete den Fernseher aus. Mit „Hat sich Martin auch um dich gekümmert? Oder baut er nur an seinem Bett?" versuchte ich das Thema zu wechseln.

Doch Konrad ließ nicht locker. „Heinz hat gesagt, ein Mädchen wird vermisst. Wer ist es?"

Ich antwortete nicht, versuchte seinem Blick auszuweichen, bereit, das Zimmer zu verlassen. „Hast du Hunger? Möchtest du etwas essen?"

„Bitte nicht. Tu das nicht", hielt er mich auf.

„Was?"

„Behandel mich nicht so. Bitte." Er hatte es nicht böse gesagt, im Gegenteil. Sein verlorener Blick ging von mir zu der gelben Mappe. „Es ist schon schlimm genug, dass ich mich nicht erinnern kann." Und er hatte recht. Wie oft hatte ich selbst erlebt, dass sich ein „gut gemeint" als das Gegenteil von „gut" entpuppte.

Ich lehnte mich an den Türrahmen. „Sie heißt Diana Krämer. Sie war die beste Freundin des ersten Opfers."

„Und sie ist verschwunden?"

„Ja, am Schulweg."

„War sie denn allein?"

„Ich glaube schon."

„Sie wurde nicht hingebracht?"

„Was meinst du?"

„Ihre Freundin wird ermordet, und man lässt sie alleine zur Schule?"

„Als sie verschwunden ist, hat noch niemand gewusst, dass ihre Freundin tot ist", sagte ich. Konrads

Rückschlüsse waren erstaunlicher als deren tatsächliche Bedeutung.

„War der tote Junge auch mit dem ersten Opfer befreundet?", fragte er aufgeregt.

„Soweit ich weiß, nicht."

Er überlegte, kaute dabei auf seiner Oberlippe, als wäre sie ein Stück Kaugummi. Dann nahm er das Handy von seinem Schoß, hob es vor sein Gesicht und schaute mit zusammengekniffenen Augen auf die Tastatur.

„Wenn ich etwas lesen will ... ich sehe so schlecht."

„Du hast eine Brille, ich hole sie."

Ich hatte sie versteckt wie einen kostbaren Schatz. Sie lag in einen Seidenschal gewickelt in seinem schwarzen Brillenetui zwischen meinen Pullovern. Am Anfang, als Konrad ins Koma gefallen war, hatte ich sie jeden Tag hervorgeholt und in den Armen gehalten. Absurd, wie dieser fragile Gegenstand mir die Illusion seiner Nähe vermittelte – mehr als seine Wohnung oder seine Kleidung. Wenn ich sie hielt, war es wieder so, als würde er mich ansehen. Über den Rand seiner Brille. Dieser voneinander wissende Blick, der mir das Gefühl der Einsamkeit genommen hatte.

Anscheinend hatte ich sie ein paarmal zu fest an mich gedrückt, denn jetzt saß sie komplett schief auf seiner Nase. Er hob verwundert den Kopf.

„Die hat mir mal gepasst?"

Ich nahm sie ihm wieder ab und richtete die Bügel.

„Woher kenne ich Heinz?", fragte er und mühte sich ab, die Tasten auf dem Handy zu drücken.

„Als du noch bei der Polizei warst, habt ihr miteinander gearbeitet. Wieso rufst du ihn an?"

„Was heißt, als ich noch bei der Polizei war?", fragte er und ließ das Handy sinken. Mit jeder verstrichenen Sekunde sah er mich skeptischer an, weil ich mir mit der Antwort so viel Zeit ließ. Ich deutete zum Handy, aus dem das Freizeichen erklang, doch er wiederholte: „Ich war?"

„Ja, du ... du hast vor vielen Jahren dort aufgehört."
„Und warum?"

Ich holte tief Luft. Meine Stimme kam mir fremd vor, als ich log: „Weil es dir besser gefallen hat, dein Geld mit Auftritten als Clown zu verdienen." Konrad ließ das Handy auf die Couch fallen und starrte mich an, während nur noch Krumps blecherne Mobilboxansage mein hämmerndes Herz übertönte.

15.

Es war eine unruhige Nacht.

Als Konny endlich eingeschlafen war, weckte ihn um 22 Uhr das Signal einer ankommenden SMS. Ich hatte vergessen, mein Handy leise zu stellen. Die Nachricht war von Kim. *Nach Jana suchen* stand da, sonst nichts.

Ich rief sofort zurück, aber sie ging nicht ran. Also hinterließ ich ihr eine Nachricht, sie könne mich die ganze Nacht erreichen. Sicherheitshalber schickte ich ihr auch noch eine SMS mit meiner E-Mail-Adresse, für den Fall, dass sie nicht reden konnte. Dann stellte ich das Handy auf Vibration und wiegte Konny, damit er einschlief.

Doch er hörte nicht auf zu weinen, im Gegenteil. Als er seinen Mund brüllend aufriss, sah ich auch, warum. Er bekam seinen ersten Zahn. Er spuckte alles aus, was beim Zahnen helfen sollte. Erst als ich ihn an einem gekühlten Plastiklöffel herumkauen ließ und die CD mit den schrecklichen Kinderliedern einlegte, beruhigte er sich. Endlich schlief er ein, doch ich ließ die Musik weiterlaufen. So übertönte das Gequake des Sängers wenigstens Konrads schlurfende Schritte im Vorraum und das Knacken des Parketts, das sie verursachten.

Er hatte nicht weiter nachgefragt, wieso er als Clown gearbeitet hatte, und ich war dankbar dafür. So leicht mir sonst das Lügen fiel, bei ihm fühlte es sich immer falsch an.

Um mich von meiner Unruhe abzulenken, lag ich mit dem Laptop auf dem Bett und suchte im Netz nach Informationen über Renate Riedl.

Schnell fand ich heraus, was es mit dem Koch, der sie vom Heurigen abgeholt hatte, auf sich hatte. Sie besaß ein Lokal, ein kleines Restaurant im Bermuda-Dreieck – einem Szene-Viertel im ersten Bezirk. Erst vor einem halben Jahr war das „Zum schönen Abend" eröffnet worden, galt aber schon jetzt als Geheimtipp unter den Wiener Restaurants. Man musste Wochen im Voraus reservieren, es gab insgesamt nur sechs Tische und Restaurantkritiker, die sich vor Begeisterung überschlugen. Was Renate Riedl vorher gemacht, ob sie bereits ein anderes Lokal gehabt hatte oder eine Quereinsteigerin war, darüber fand ich nichts.

Es gab einige Medikamente, die mit den Buchstaben „FLUC" begannen, aber für ihres musste ich nicht lange suchen. Es reichte, die vier Buchstaben in die Bildersuche des Browsers einzutippen. Es war das dritte Foto, ich erkannte sofort die Verpackung, die Renate Riedl so eilig in ihrer Handtasche hatte verschwinden lassen.

Der vollständige Name war Fluctine, es war ein Antidepressivum bei Langzeitdepressionen.

Anschließend scrollte ich mich durch die heutigen Schlagzeilen, die, bis auf einen Artikel, keine Neuigkeiten brachten. Krumps Name tauchte darin auf. Der österreichische Polizeichef war ausgerechnet jetzt wegen eines internen Skandals zurückgetreten. Angeblich hatte er den falschen Leuten seine Sammlung an Nazi-Relikten und Hitlerbildern, die er im Keller aufbewahrte, gezeigt. Hauptkommissar Krump war neben einem Namen, den ich nicht kannte, bei der Suche nach einem Interims-Polizeichef im Rennen.

Ich klappte den Laptop zu und starrte in die Dunkelheit.

Früher, als ich klein war, hatte ich mir ein Spiel beigebracht. Es hieß „Monster sehen". In der Finsternis hatte ich die wildesten Kreaturen in meinem Zimmer herumwandern lassen, um die Angst vor den Alpträumen zu lindern, die mich fast jede Nacht heimsuchten. Ich hatte mich an etwas geklammert, vor dem sich andere Kinder fürchten. Das hatte sich nicht geändert.

Bei manchen Menschen bedeutet erwachsen werden, dass die Monster vom Schrank in den Kopf ziehen. Bei mir waren sie schon immer dort gewesen.

Irgendwann wurde es vor dem Zimmer endlich ruhig, und gerade als ich dachte, Konrad wäre nun auch schlafen gegangen, hörte ich ihn wieder. Ich drehte mich zur Uhr des Radioweckers, es war 2:45 Uhr.

Ob es die Neuigkeit über seinen Beruf war, die ihn so aufgewühlt hatte? Die Schritte kamen näher, diesmal war auch der Gehstock zu hören, als wäre er ein drittes, fitteres Bein. Die Füße folgten schlurfend, vor der Tür blieben alle drei stehen. Ich wartete ein paar Minuten, ob er anklopfen würde, aber nichts geschah.

Weil sie aber auch nicht weggingen, stand ich vom Bett auf. Obwohl ich so aufgekratzt war, fühlte sich mein Körper vor lauter Müdigkeit matschig an. Die Tür öffnete ich gerade weit genug, um durchzuschlüpfen, damit Konny nicht aufwachte.

„Habe ich dich geweckt?", fragte Konrad, ich schüttelte den Kopf.

Er schien auf mich gewartet zu haben und bedeutete mir, ihm ins Wohnzimmer zu folgen.

Auf dem Couchtisch und dem runden Esstisch hatte er wieder die Unterlagen und Fotos aus der gelben Mappe ausgebreitet. Das Foto von Emmy Hausers Leiche lag sehr prominent am Esstisch an vorderster Stelle. Ich bemühte mich, nicht hinzusehen. Vielleicht war es, weil ich ihren Leichnam im Prater liegen gesehen hatte, weshalb dieses Bild für mich viel schlimmer war als die anderen.

„Du versuchst dich zu erinnern?", fragte ich.

„Es ist, wie Wasser in der Wüste suchen", sagte er heiser, legte den Kopf schief und kniff die Augen leicht zusammen. „Dieses Mädchen, das gesucht wird, wie ist ihr Name?"

„Diana Krämer?"

„Das ist komisch."

„Was denn?"

Dockte da wieder etwas in seinem Gehirn an? Ein Mädchen, das verschwunden war, wie seine Tochter Julia Fürst?

Er formte tonlos seine Lippen, als hätte er Mühe, die Gedanken in seinem Kopf in Worte zu fassen. Schließlich gab er es auf und griff stattdessen nach der Kopie eines alten Berichts. Er versuchte, ihn hochzuheben, aber er entglitt ihm und segelte zu Boden.

„Soll ich das lesen?", fragte ich und hob den Zettel auf. Er nickte.

Es handelte sich um eine nüchterne Auflistung der Namen der damaligen toten Jugendlichen und ihrer Eltern. Weiter unten ging es darum, dass sie sich laut Ermittlungen nicht gekannt hatten und einander auch nie begegnet waren. Da war kein Freund oder eine Freundin.

Das war der Vorsprung von Alfred Riedl gewesen, die Beliebigkeit seiner Opfer, deren kleinster gemeinsamer Nenner war, dass sie irgendwann einmal von ihm behandelt worden waren.

„Glaubst du, es gibt einen anderen Grund, warum Diana fort ist? Ist es das?", fragte ich.

Vielleicht hatte er recht? Vielleicht war Diana gar kein Opfer? Vielleicht war sie weggelaufen, weil sie etwas gesehen und jetzt Angst hatte? Ich zog mir einen Stuhl zum Tisch und kniete mich darauf. Konrad zuckte mit den Achseln, und gleichzeitig nickte er so zögernd, dass es fast nur eine Andeutung war.

„Ich weiß nicht. Ich denke etwas, und im nächsten Moment ist es fort." Er setzte sich auf die Couch und legte den Stock auf seinen Knien ab.

„Kann ich mit ihrer Mutter sprechen?"

„Nein."

„Warum nicht?"

„Weil du erst mal gesund werden musst."

„Ich bin nicht krank."

„Konrad, du warst lange im ... Was ich sagen will, deine Gesundheit hat erste Priorität. Wenn du dich wieder erinnerst, dann können wir ..."

Er packte den Stock mit beiden Händen und streckte ihn von sich wie eine Fackel. „Ich brauch mich nicht zu erinnern. Im Fernsehen haben sie gesagt, man muss von einem neuen Täter ausgehen."

Ich hob zwei der alten Fotos hoch, um zu verdeutlichen, was ich meinte.

„Genau. Und deshalb gibt es auch keinen Anlass, dass du dich darum kümmerst, egal was Krump dir gesagt hat. Der Mörder von damals, Alfred Riedl, ist tot. Er ist vor dem Mord an Emmy Hauser gestorben. Krump stürzt sich auf deine Erinnerungen, weil er nichts anderes hat."

Langsam ließ er den Stock wieder auf seine Knie gleiten, die Stirn in Verwirrungsfalten geworfen.

„Aber er hat gesagt, ich hatte damals einen Verdacht."

Ich wollte das nicht. Ich wollte nicht, dass Konrad sich für etwas verantwortlich fühlte, mit dem er gar nichts zu tun haben sollte.

„Das ist Blödsinn. Du hast Riedl im Gefängnis besucht, als er bereits ein halbes Jahr gesessen hat, und dann diese Zahl aufgeschrieben. Das ist alles. Kein Mensch weiß, warum du das gemacht hast. Oder ob es überhaupt relevant ist. Denn anscheinend hast du das nicht weiterverfolgt."

„Weißt du das? Ganz sicher?"

Ich wollte zustimmen, aber ich schaffte es nicht. Die Wahrheit war, ich wusste es natürlich nicht. Konrads Berichte, sofern es je welche gegeben hatte, waren einem Wasserrohrbruch zum Opfer gefallen. Ich biss die Zähne zusammen und presste einen verneinenden Laut hervor.

Er ließ mit einem lauten Seufzen den Kopf nach hinten auf das Kissen fallen. „Wieso fällt es mir nicht ein?" Er sah unglücklich aus, als er die Augen schloss, fast so, als hätte er Schmerzen. Der Stock kullerte von seinen Knien und landete auf dem Boden, aber er rührte sich nicht.

„Ist alles okay?"

„Mein Kopf..." Er öffnete die Augen. „Hilf mir, Lotta. Bitte."

„Das kann ich nicht."

„Bitte."

Ich hielt seinen Blick kaum aus. Er wollte wieder etwas sagen, aber ich flüchtete in die Küche. Obwohl es mitten in der Nacht war, schaltete ich die Espressomaschine ein, füllte Kaffee in den Siebträger und frisches Wasser in den Tank. In meinem Kopf wiederholte sich unaufhörlich Konrads „Hilf mir, Lotta" in Endlosschleife.

Ich schaffte es nicht. Ich konnte ihn nicht alleinelassen, durfte ihn trotz allem nicht so behandeln. Ohne einen Kaffee zuzubereiten, ging ich zurück ins Wohnzimmer, er saß unverändert auf demselben Platz und sah mich an.

„Ach, Scheiße", sagte ich leise und ließ mich neben ihm auf die Couch fallen. „Was willst du von mir, wie soll ich dir helfen?"

„Erzähl mir von diesem Alfred Riedl. Wie war er?"

Ich zog die Beine an, schlang meine Arme darum und berichtete Konrad von Riedls Morden, seinem Geständnis, seiner Familie und den Umständen seines Todes. Konrad versuchte, sich zu konzentrieren, manchmal entglitt sein Blick, aber ich redete trotzdem weiter.

„Und was war er für ein Mensch?", fragte er. Diese Frage überraschte mich. Was konnte ein psychopathischer Serienmörder schon für ein Mensch sein? Ich zuckte mit den Achseln.

„Ich weiß es nicht."

„Kannst du es rausfinden?"

Ich sah ihn an, er war müde, blass, sein Gesicht war zerknittert – und trotzdem war da dieser vertraute Blick. Genauso wie damals, als wir die Verdächtigen in der Wiener Oper durchgegangen waren. Und dann dachte ich an die Visitenkarte, die Victor Riedl mir heute gegeben hatte. Und an Renate Riedls Restaurant, in dem sie sicher jeden Tag anzutreffen war. „Ja, ich denke, das kann ich."

„Gut."

„Okay." Ich nickte ihm zu, er wiederholte mein Nicken, als wäre er ein zeitverzögerter Spiegel. Dann verschränkte er die Arme hinter dem Kopf, seine Schultern krachten, als hätte er zwei frische Semmeln statt Schultergelenken.

Er senkte seinen Kopf, ich folgte seinem Blick, und wir betrachteten auf dem Couchtisch die 30 Jahre alten Fotos der toten Teenager mit ihren rosa Fingernägeln, den blutbefleckten grauen kurzen Hosen und gelben T-Shirts. Die Morde ließen laut diverser Gutachten auf ein sexuelles Motiv schließen, auch wenn die Opfer nicht missbraucht wurden. Kleidung und Nagellack deuteten eindeutig auf einen Fetisch. Aber was, wenn es das *nicht* war?

Die 21 Messerstiche hätten auf ein Verbrechen aus Wut schließen lassen, wäre nicht der erste Stich damals so wie heute bereits der tödliche gewesen.

Die Opfer mussten nie körperlich leiden, der Tod trat unmittelbar ein.

Was sagte das über den Mörder aus?

Ich beugte mich vor und schob die Bilder zusammen. Das alles war ein Berg aus Rätseln, und vielleicht lag wirklich ein Teil des Weges zu deren Lösung in Konrads Kopf.

„Angenommen, du hast damals gedacht, dass Riedl die Morde nicht alleine begangen hat", sagte ich.

Konrad stieß ein zustimmendes Grunzen aus.

„Und du bist zu ihm ins Gefängnis, aber er hat die andere Person nicht verraten. Wenn es so war, vielleicht, um sie zu beschützen?", überlegte ich weiter. „Aber für wen würde man das tun?" In meine pragmatischen Überlegungen brach plötzlich Konrads Stimme. Leise und schwerfällig, als wäre jedes Wort gefüllt mit Bedauern, sagte er: „Für jemanden, den man liebt."

Ich drehte den Kopf zur Seite. Er sah mich so traurig an, dass mir mulmig wurde. Sein Blick ein einziges Fragezeichen. Das war so unangenehm, dass ich zu schnell von der Couch aufsprang. Der Raum drehte sich, ich hörte auf zu atmen. Um mich abzulenken, nahm ich einen der Notizzettel und versuchte, ihn zu lesen. Es klappte nicht, alle Buchstaben verschwammen vor meinen Augen.

„Es gibt nur mich, oder?", fragte er. „Keine Frau, keine Kinder, keine Freunde oder Familie. Niemanden. Im Krankenhaus habe ich gefragt, zu wem ich komme? Sie haben gesagt, ich wäre dein Bekannter."

„Freund, nicht Bekannter. Wir sind Freunde." Ich sah ihn an.

Er erwiderte sehr skeptisch meinen Blick, als würde er mir nicht glauben. „Wer bist du? Wieso machst du das alles?"

„Ich bin einfach jemand, der ..."

„Woher kennen wir uns?", unterbrach er mich.

Ich redete mich heraus, erzählte von unserem Undercoverauftrag in der Wiener Oper, doch da dockte nichts in ihm an. Er sah mich nur skeptisch an, und plötzlich, ohne erkennbaren Anlass, schoss er hervor: „Du verschweigst etwas."

Ich schüttelte den Kopf, aber er sah mich so unbeirrt an, als würde er alle Lügen durchschauen. „Was soll das alles?"

„Da ist nichts. Beruhig dich."

„Bitte ... sag mir die Wahrheit", sagte er, seine Stimme bebte.

Doch das konnte ich nicht. Ich versuchte, ihn mit einem Lächeln zu besänftigen, das unecht in meinem Gesicht steckenblieb, als wäre es aus Ton geformt und hineingesetzt.

„Komm, lass uns schlafen gehen. Ich verspreche, ich kümmere mich morgen gleich als Erstes darum, etwas über Alfred Riedl rauszufinden, okay?"

„Nein."

„Herr Fürst!" Das war Martin. Wir hatten ihn nicht kommen gehört, in Jogginghose und schwarzem Ruderleibchen stand er verschlafen im Türrahmen. „Was tun Sie hier? Sie sollten doch sch-sch-sch-lafen. Aber so-fort. Sch-sch-schlaf ist einer der wi-wi-wichtigsten Faktoren bei der Genesun-n-n-g."

Konrad wollte etwas erwidern, doch Martin war schon bei ihm, packte ihn unter den Achseln wie ein Rettungsschwimmer und half ihm hoch. „K-k-keine Widerrede!"

Als ich die beiden nicht mehr hören konnte und alle Geräusche nun endlich von der Nacht verschluckt schienen, schloss ich die Augen. Wo sollte das alles bloß hinführen?

Auf der Visitenkarte von Victor Riedl gab es zwei Telefonnummern. Schon bei der ersten, die ich um neun Uhr am nächsten Morgen wählte, meldete sich eine Frau. „Walk-in-Schönheitsklinik am Kohlmarkt, wie darf ich Ihnen helfen?"

„Mein Name ist Carlotta Fiore. Ich möchte bitte mit Dr. Riedl sprechen."

„Das tut mir leid, unsere Ordination ist erst ab 15 Uhr geöffnet, Frau Fiore. Darf ich dem Herrn Doktor etwas ausr...?" Weiter kam sie nicht, eine Männerstimme im Hintergrund unterbrach sie mit: „Fiore? Ist es Carlotta Fiore?"

„Ja, Herr Doktor."

Knistern war zu hören, dann sagte Victor Riedls sanfte Stimme: „Guten Morgen, Frau Fiore. Ich bin es selbst, Victor Riedl."

„Guten Morgen."

„Wie kann ich Ihnen helfen?" Er klang gehetzt, doch noch immer um einen höflichen Tonfall bemüht.

„Es gibt ein paar Fragen, die ich Ihnen gerne stellen möchte. Es dauert nur kurz. Ich kann in einer halben Stunde bei Ihnen sein ..."

„Es tut mir leid, ich muss gleich zu einer OP."

„Verstehe. Wie wäre es später?"

„Heute ist es leider ungünstig."

„Aha. Kein Problem. Dann frage ich Ihre Mutter, ob sie Zeit für mich hat."

Ich sagte nichts weiter, wartete ab. Es funktionierte, er schnappte den Köder.

„Ja, also, wenn Sie wollen, ich muss nach der OP zu meiner Schwester ins Restaurant. Wir können uns dort treffen. Um 13 Uhr?"

Ich nahm das Angebot an, bedankte mich und legte auf. Renate und Victor Riedl – zwei Fliegen mit einer Klappe. Was wollte ich mehr?

Ich hatte sowohl Konny als auch Anna gegenüber ein schlechtes Gewissen, doch sie versicherte mir, dass sie sich nichts Schöneres vorstellen konnte, als mit meinem Sohn wieder ein paar Stunden zu verbringen.

„Fast nichts", schob sie hinterher und sah zu unserer Wohnungstür.

Das „Zum schönen Abend" lag am Ruprechtsplatz gegenüber Wiens ältester Kirche und war so unscheinbar, dass ich zuerst daran vorüberging und es erst beim zweiten Anlauf entdeckte.

Der Eingang war eine schlichte helle Holztür mit vier Glasfenstern, dahinter war es dunkel. Hinter mir läuteten die Kirchenglocken der Ruprechtskirche, es war Punkt 13 Uhr. Ich drückte die Türschnalle herunter, doch es war geschlossen. Mit den Händen bildete ich einen Tunnel, um ins Innere des Lokals zu sehen. Eine Gestalt bewegte sich Richtung Tür, an ihrem Gang vermutete ich, dass es ein Mann war. Ich trat zurück, und Victor Riedl öffnete mir.

„Entschuldigung, ich hoffe, Sie mussten nicht warten. Ich habe den Hintereingang benutzt, meine Schwester ist noch nicht da, sie sperrt immer vorne auf."

Er streckte mir die Hand entgegen, sie war ungewöhnlich zart, nicht nur für einen Mann. Dann bat er mich herein, durch einen kurzen Gang stiegen wir drei Stufen hinunter in ein kleines Gewölbe mit kalkweißen Wänden und schwarz lackierten Holzmöbeln. Auf den Tischen, die mit bodenlangem Damast bedeckt waren, standen benutzte Wein- und Wassergläser. Auch einiges an Geschirr war nicht fortgeräumt worden. Der Geruch von Essensresten hing in der Luft. Kaltes Fett, Gewürze, Gulasch und irgendetwas mit gebratenen Bananen. Mit einem entschuldigenden Lächeln schaltete Victor Riedl die Lüftung ein, im nächsten Moment brummte es leise aus den silbernen Lamellen an den Wänden.

Und trotzdem milderte das alles nicht den Charme des Lokals. Es war unaufdringlich chic, mit Trennwänden waren halboffene Séparées errichtet worden, in denen man fast unbeobachtet von den anderen Gästen saß. Kein Wunder, dass es stets ausgebucht war.

„Das Personal kommt erst in zwei Stunden", entschuldigte sich Victor Riedl. „Wollen Sie etwas essen? Es ist sicher noch genug von gestern da."

„Nein, vielen Dank." Einen Moment war ich versucht zu fragen, wieso das Personal gestern nicht schon abgeräumt hatte, aber ich ließ es bleiben.

Er stand unschlüssig da, ich bemerkte seinen kurzen Blick Richtung Tür.

„Nate sollte jeden Moment hier sein."

Wieder der Blick zur Tür. War es ihm unangenehm, hier mit mir alleine zu sein?

Ich half ihm, einen der Tische abzuräumen, er stellte uns zwei Gläser Wasser hin, und wir setzten uns. Weil ich nicht wusste, wie ich anfangen sollte, sagte ich: „Das mit Ihrem Vater tut mir leid." Und kam mir im nächsten Moment blöd vor. Was tat mir leid? Dass er tot war? Ein Serienmörder?

Er wiegte seinen Kopf hin und her, räusperte sich leise. „Danke." Er schluckte, eine peinliche Stille breitete sich zwischen uns aus. Ich wollte nicht auch noch nach seiner Mutter fragen.

Mit „Ich dachte, Sie gehen in der Mittagspause in das Restaurant Ihrer Schwester, um hier zu essen" versuchte ich, die Schwere aus der Stimmung zu nehmen.

„Nein. Das Restaurant öffnet erst um 18 Uhr."

Umständlich zog er sein Sakko aus, legte es auf einen Stuhl neben sich und krempelte mit akribischer Genauigkeit die Hemdsärmel hoch, als müsse er gleich jemanden operieren. Und dann wieder der Türblick.

Ich drehte mich ebenfalls Richtung Tür, dann wieder zu ihm. „Sollen wir auf Ihre Schwester warten? Wäre Ihnen das lieber?"

„Was? Nein, nein, das ist nicht nötig." Er winkte ab, wirkte ein wenig verlegen. „Ich treffe mich einmal die Woche hier mit Nate, damit wir gemeinsam die Belege und Rechnungen durchgehen." Ich dachte an das Fluctine, das sie gestern beim Heurigen so eilig geschluckt hatte. Überraschend war das nicht – sie musste ungefähr 14 Jahre alt gewesen sein, als man ihren Vater überführt hatte.

„Ihnen beiden gehört das Restaurant?", fragte ich.

„Nein, tut es nicht." Er sagte etwas leiser: „Sie hatte einen Geschäftsführer, aber wir haben herausgefunden, dass er sich etwas abgezweigt hat. Jetzt gehe ich ihr zur Hand – vorläufig."

Dann fuhr er wieder in normaler Stimmlage fort: „Aber bitte, wie kann ich Ihnen helfen? Sie haben gesagt, Sie haben ein paar Fragen."

„Ja, das stimmt."

Jetzt war er derjenige, der nichts sagte, mich nur mit diesem milden Lächeln betrachtete. Es kam mir vor, als würde er erwarten, ich würde ihn um einen neuen Busen oder eine Lidstraffung bitten.

„Ich arbeite außerordentlich bei der Mordkommission." *Lüge, Lüge, Lüge.* Ich sah ihm direkt in die Augen, ohne zu blinzeln, damit ich mich nicht verriet.

„Maria Fiores Tochter bei der Mordkommission? Das finde ich ... ungewöhnlich. Ich dachte, Sie wären Sängerin."

„Das war ich. Eine sehr unbegabte. Warum ich Sie um dieses Gespräch gebeten habe ... es geht um Ihren Vater. Ich habe sehr wenig gefunden, und ich habe gehofft, Sie könnten mir etwas über ihn erzählen."

„Wieso? Ich meine, wieso interessiert er Sie? Er ist doch ... tot." Es war ihm anzusehen, wie schwer es ihm fiel, das auszusprechen.

„Weil sich vielleicht in seiner Vergangenheit irgendein Anhaltspunkt findet, der etwas mit den neuen Morden zu tun hat."

„Komisch, ich dachte, jemand von der Polizei würde mich danach fragen, jetzt, wo das alles passiert. Aber die wollten nur wissen, ob ich ein Alibi habe." Er versuchte ein verharmlosendes Lächeln, das ihm nicht gelang, und ich tat so, als würde ich es nicht merken, und lehnte mich zurück. Die Frage nach seinem Alibi stand plötzlich zwischen uns.

„Es war sonst niemand bei Ihnen? Von der Polizei, meine ich."

„Doch, ein Herr Kremp."

„Krump?"

„Ja, kann sein." Die Situation war plötzlich angespannt und unangenehm. Ich nahm einen Schluck Wasser, um mir ein bisschen Zeit zu verschaffen.

„Wieso sind Sie eigentlich Schönheitschirurg geworden?", wechselte ich das Thema.

Er lachte bitter auf. „Sie meinen, wieso wird der Sohn eines Serienmörders Schönheitschirurg?"

„Nein. Ich meine, wieso sind Sie Schönheitschirurg geworden?"

„Wieso fragen Sie?"

„Ich weiß nicht. Wenn ich an einen Schönheitschirurgen mit Praxis am Kohlmarkt denke, dann denke ich an jemanden mit drei Ferraris, einer prunkvollen Villa auf den Malediven und einer Freundin, die entweder ein Model oder mindestens 20 Jahre jünger oder beides ist. Haben Sie Ferraris?"

Er lachte auf, es klang nicht echt. „Nicht einmal einen. Ich habe nichts von alledem."

„Sehen Sie. Also, warum sind Sie Schönheitschirurg geworden?"

Er hob die Schultern. „Ich weiß nicht. Es hat mich eben interessiert. Wieso sind Sie bei der Mordkommission gelandet?" Die kleine Feindseligkeit in seiner Stimme bei dieser Frage war mir nicht entgangen.

„Wegen meiner Mutter."

„Sie sind wegen Maria Fiore bei der Mordkommission?"

„Im weitesten Sinne, ja. Als mir klar war, dass ich nie das werden könnte, was sie von mir erwartete, habe ich das gemacht, womit sie wahrscheinlich niemals gerechnet hat. Ich bin auf die Polizeischule gegangen."

„Und wie hat sie darauf reagiert?"

„Was glauben Sie? Das einzige Kind der weltberühmten Sopranistin, eine Polizistin."

Ich hatte es freundschaftlich gesagt, harmlos, als würde ich über zerbrochene Teller und zugeschlagene Türen sprechen. Alles war besser als die Wahrheit.

Er nickte bedächtig, legte den Kopf so weit in den Nacken, dass ich aus seinem Blickfeld verschwand. „Als unser Vater ... als er ins Gefängnis kam ... manchmal habe ich mir damals gedacht, was wäre, wenn uns keiner mehr erkennen würde? Wenn wir neue Gesichter hätten und an all den Reportern vorbeigehen könnten, ohne mit Fragen überfallen zu werden. Wenn niemand mehr seinen Finger nach uns ausstrecken und zu flüstern beginnen würde. Da habe ich begonnen, mich für plastische Chirurgie zu interessieren. Verrückt, nicht? Na ja, und dann, ich bin älter geworden, das Medieninteresse an uns hat abgenommen, aber meine Begeisterung ist geblieben. Und die Praxis am Kohlmarkt erlaubt mir, auch unentgeltlich Fälle zu übernehmen, nach Unfällen, Verbrennungen." Er senkte wieder den Kopf und sah mich an. „Dieser Herr Krump, er wollte wissen, ob mir eine Zahl etwas sagt. Dreitausendirgendwas."

„3107. Und hat es?"

„Nein. Was bedeutet sie?"

„Das weiß niemand. Sie ist im Zusammenhang mit Ihrem Vater aufgetaucht, nachdem er inhaftiert wurde."

„Na dann wäre es ein Wunder, wenn ich etwas darüber wüsste." Er sah erschrocken aus, als wäre es ihm herausgerutscht. Als hätte er eben ein Geheimnis verraten.

„Wieso?"

Ich bekam keine Antwort darauf, denn die Eingangstür öffnete sich, und Renate Riedls Stimme echote von den Wänden: „Victor, entschuldige, ich hab verschlafen. Mein Kreislauf ist im Arsch. Hast du die ..."

„Wir sind hier, Nate", rief er zurück und stoppte sie weiterzusprechen. Sie kam eilig in den Speiseraum, und als sie mich sah, blieb sie stehen.

„Wer ist das?"

„Carlotta Fiore, die Tochter von Maria Fiore. Ich hab dir doch gesagt, dass ich sie hier treffe." Er stand auf und küsste seine Schwester auf die Wangen.

„Wir haben uns gestern kurz gesehen, im Schreiberhaus", sagte ich. Sie sah mich nicht an, fixierte nur ihren Bruder.

„Ich dachte, du hilfst mir bei der Buchhaltung?"

„Gleich, es dauert nicht mehr lange."

„Ahaaa." Es hatte schnippisch geklungen, das zweite a lang gezogen. Dann ging sie an ihrem Bruder vorbei, griff unter den Tresen und stellte eine Flasche Rotwein, aus der schon halb der Korken hervorlugte, darauf. Sie nahm ein Glas aus der Hängevorrichtung und goss etwas von dem Wein ein.

„Nate, nicht!" Victor Riedl schüttelte kaum merklich den Kopf. Er warf mir aus dem Augenwinkel einen kurzen Seitenblick zu. „Du sollst nichts trinken, wenn du ..."

‚Psychopharmaka nimmst', beendete ich den Satz in Gedanken. Meinte er das?

Demonstrativ erhob Renate Riedl ihr Glas und prostete ihm zu. „Bitte mach nur weiter mit der jungen Dame. Ich wollte dich nicht stören."

War das Eifersucht? Auf mich? Von seiner Schwester?

Er wandte sich zu mir. „Entschuldigung, Frau Fiore, können wir dieses Gespräch ein anderes Mal fortsetzen?"

„Aber warum denn?" Sie nahm einen großen Schluck. „Oder hast du Angst, dass ich dich blamiere? Wie immer, nicht wahr?" Sie sah zu mir.

„Sie müssen nämlich wissen, ich komme ganz nach unserem Vater. Jetzt bin ich die Verrückte in der Familie."

„Du kommst nicht nach ihm."

„Ist er nicht lieb zu mir? Mein großer Bruder!" Sie presste die Lippen aufeinander, hob das Glas und leerte es auf einen Zug.

„Renate", sagte Victor Riedl bestimmt, als wäre er ihr Vater und nicht ihr Bruder.

Ich stand rasch auf. „Es tut mir leid, ich wollte Sie nicht ... ich gehe jetzt."

Ich verließ das Restaurant und hörte die beiden noch streiten, als ich den Weg zur Judengasse hinaufging. Und trotzdem hatte ich dieses ganz deutliche Gefühl, dass ich soeben Teil einer Inszenierung war, die nicht wie geplant stattgefunden hatte.

16.

Als ich Konrad von meinem Gespräch mit Victor Riedl erzählte, hatte es genau den gegenteiligen Effekt, den ich erwartet hatte. Es schien ihn zu frustrieren. Vielleicht, weil es ihm bewusst machte, wie wenig er wusste und wie hilflos er dagegen war. Vielleicht auch, weil es ihm wieder vor Augen führte, dass er sich an nichts, aber auch rein gar nichts erinnern konnte. Ich suchte Fotos von Alfred Riedl aus dem Internet und zeigte sie ihm. Bei jedem Bild schüttelte er den Kopf, zuerst noch interessiert, dann hatte es immer mehr den Anschein, als würde sein Kopf zentnerschwer und wäre nur noch mit Mühe zu bewegen. Irgendwann schob er meinen Laptop zur Seite und starrte apathisch vor sich hin.

Martin ging mit ihm ins Bad, in der Zwischenzeit bereitete ich mit Konny im Tragetuch das Abendessen zu. Von Diana Krämer gab es nach wie vor keine Neuigkeiten, und weder von Krump noch von Hannes hatte ich etwas gehört. Konrad stocherte im Spargel-Risotto, er wirkte so in sich zurückgezogen wie ein Einsiedlerkrebs in einem Schneckenhaus. Der Einzige, der Appetit hatte, war Martin.

„Ich möchte ins Bett", sagte Konrad noch vor vollem Teller. Martin zwang ihn, ein paar Bissen zu nehmen, dann führte er ihn in sein Zimmer. Ich badete Konny, er war so müde, dass ihm die Augen zufielen. Noch mit dem Sauger des Fläschchens im Mund schlief er ein. Ich schob sein Gitterbett so nah an mein Bett, dass ich ihn im Lichtschein des Vollmonds, der durch das Fenster fiel, sehen konnte. Irgendwann überwältigte mich die Müdigkeit, und ich glitt in einen traumlosen Schlaf.

Fernsehgeräusche weckten mich. Sie waren nur ganz kurz laut, dann verstummten sie sofort. Ein paar Minuten blieb ich liegen und versuchte wieder einzuschlafen, aber es klappte nicht. Also schälte ich mich aus dem Bett, um Konny nicht aus seinem leichten Schlaf zu wecken, und schlich mich aus dem Zimmer.

Der Lichtschein des Fernsehers fiel ins Vorzimmer. Konrad saß kerzengerade auf der Couch, sein Blick auf den Boden gerichtet.

„Kannst du nicht schlafen?", fragte ich und rieb meine nackten Zehen aneinander. Er sah hoch und wiegte leicht den Kopf hin und her.

Ich ging zu ihm hinüber, setzte mich neben ihn und zog die Knie an. Mir war kalt, ich hatte Gänsehaut auf den Unterarmen.

„Ich bin nutzlos", sagte er leise.

„Das bist du nicht. Wieso sagst du das?"

„Da draußen verschwindet ein Mädchen, Kinder werden umgebracht, und ich kann nichts tun. Dieser Heinz ... er hat gesagt ... es wäre meine Schuld, wenn sie ..."

„Heinz Krump ist ein hinterhältiges blödes Arschloch."

Er seufzte tief. Weil ich nicht wusste, was ich sonst tun sollte, kippte ich zur Seite, bis ich an seiner Schulter lehnte. Wo früher Muskeln und Fleisch gewesen waren, spürte ich nun harte Knochen unter dünner Haut. Und trotzdem, seit er aus dem Koma erwacht war, waren wir uns körperlich noch nie so nahe gewesen. Ich legte meine Hand auf seine. Sein Atem beruhigte sich, wurde gleichmäßiger. Ein knurrendes Geräusch rollte aus seinem Bauch an die Oberfläche. „Ich habe Hunger", sagte er.

„Möchtest du was von dem Risotto?"

„Was ist ein Risotto?"

„Das, was du am Abend nicht aufgegessen hast. Risotto mit Spargel, erinnerst du dich?"

Sein Atem ging wieder rascher, ich kam hoch, er sah mich verzweifelt an.

„Nein, ich erinnere mich nicht. ICH ERINNERE MICH EINFACH NICHT!"

Gerade als ich ihm versichern wollte, dass es nichts machte, ertönte die Melodie meines Handys aus dem Zimmer, in dem Konny lag. Im ersten Moment war ich erleichtert über die Unterbrechung. Doch nur, bis mir einfiel, dass es mitten in der Nacht war.

Ich sah zur Wanduhr über dem Fernseher – 3:15 Uhr war keine Zeit für einen grundlosen Telefonanruf. Mein Herzschlag sprang auf dreifaches Tempo, ich lief hinüber in das andere Zimmer, das Handy fiel mir fast aus der Hand, als ich abhob.

„Ja?", sagte ich über Konnys Protestgebrüll, weil er geweckt worden war.

„Lotta, geht es euch gut?" Es war Hannes, er klang gehetzt, im Hintergrund waren Sirenen zu hören, Stimmengewirr und ein unregelmäßiges dumpfes Rattern.

„Ja, was ist passiert?"

„Entschuldige, ich … ich hab … es ist so spät."

„Was ist los?"

„Kim Riedl." Die Art, wie er den Namen von Sarah Riedls asiatischer Adoptivtochter ausgesprochen hatte, beinhaltete schon die unausgesprochene Wahrheit.

„Was ist mit ihr?", fragte ich, obwohl ich die Antwort bereits wusste.

„Sie ist tot."

„Was?"

„Sie wurde vom Zug überrollt."

„Oh mein Gott. Wann?"

„Heute Nacht", sagte er.

Obwohl ich seine Worte hörte, war ich seltsam unbeteiligt, als würde ich nicht begreifen, was er sagte. Ich versuchte, Konny zu beruhigen, begann über seinen Kopf zu streicheln.

„War es ein Unfall?", fragte ich.

„Nein."

„Selbstmord?"

„Sieht nicht danach aus."

Und da kam die Meldung bei mir an. Sie schleuderte mich blitzartig und mit voller Wucht in die Realität. Ich zog meine Hand von Konnys Kopf, der darauf wieder zu weinen anfing.

„Wieso nicht?" Meine Stimme zitterte so stark, dass ich fast nicht sprechen konnte.

„Ihr Terminkalender. Verabredungen, alles für nächste Woche.

Außerdem zwei Briefe, die schon frankiert waren."

Ein Mann rief etwas im Hintergrund, aber ich konnte nur Hannes' Nachnamen verstehen.

„Abschiedsbriefe?"

„Nein. Und ihre Kleidung. Nur Reizwäsche, darüber ein Mantel. Moment."

Der Mann war jetzt bei Hannes und sagte ihm, dass der Gerichtsmediziner bei der ersten Untersuchung in dem abgetrennten Unterleib Spermaspuren gefunden hatte. Mir wurde schlecht.

„Lotta, ich muss ...", meldete er sich wieder.

„Sie wurde ... auf die Gleise gestoßen?"

Sofort tauchte Adam Fitzpatricks Gesicht in meiner Erinnerung auf. Es war erst einen Tag her, seit ich mit ihm vor dem Friedhof über Kim gesprochen hatte.

Kann es sein, dass Kim vor jemandem Angst hat?

Ich hatte ihm gesagt, dass Kim mich angerufen und besorgt geklungen hatte. *Ich. Ich. Ich.* Was hatte ich getan?

Das Blut rauschte wie ein Sturzbach in meinen Ohren, als ich Hannes' Antwort hörte: „Davon gehen wir aus."

Ich ließ das Handy sinken, konnte kein Wort mehr sagen. Konrad machte das Licht im Zimmer an und nahm mir das Handy ab. Was er zu Hannes sagte, bekam ich nicht mehr mit. Er legte auf und hielt mich fest, während ich weinte.

Konny war so damit beschäftigt, uns zuzusehen, dass er sich beruhigte. Zuerst trauerte ich nur um Kim, ich erstickte fast an meiner Dummheit und dem Fehler, den ich begangen hatte. Adam Fitzpatrick, Kims Stiefvater. Ich musste es Hannes sagen. Sofort.

Ich löste mich von Konrad, doch leider zu schnell, ich hatte nicht bedacht, wie schwach er war. Er kippte nach vorne wie eine zweibeinige Leiter.

Gerade noch rechtzeitig hielt ich ihn auf und rief dabei nach Martin. Doch das war gar nicht nötig, er stand bereits hinter Konrad und griff ihm unter die Arme. Ich hatte keine Ahnung, ob er das Telefonat mitbekommen hatte, vielleicht hatte ihn auch erst der Lärm geweckt. Ich war dankbar, dass er nicht nachfragte.

Gemeinsam brachten wir Konrad ins Bett.

Dann ging ich zurück ins Zimmer, nahm Konny aus dem Gitterbett, wippte ihn auf meiner rechten Hüfte. Mit der anderen Hand wählte ich Hannes' Nummer. Er ging nicht ran. Einen Moment überlegte ich, Anna rauszuläuten und Konny bei ihr zu lassen, um zu Hannes zu fahren, aber ich ließ es bleiben. Nach meinem zwölften Anruf hob er endlich ab.

„Fischers Handy, hier ist Steindl", meldete sich eine rauchige Frauenstimme, Alter unschätzbar, vielleicht 30, vielleicht 50.

„Hier ist Carlotta Fiore, ich muss mit Hannes sprechen."

„Ich habe Ihren Namen nicht verstanden, es ist hier so laut."

„Carlotta Fiore."

„Und er kennt Sie?"

„Wir haben ein Kind." Keine Ahnung, wieso ich das gesagt hatte.

Sie sog die Luft ein. „Ach, Sie sind das." Einen Moment herrschte Stille – ich wusste nicht, wer sie war, aber dass Hannes ihr von mir erzählt hatte, war absolut klar.

„Ja, wunderbar, ich bin das. Also bitte, ich muss Hannes sprechen."

„Er hat mir sein Handy gegeben, solange er bei der Gerichtsmedizin ist. Kann ich ihm was ausrichten?"

„Wann kommt er wieder?"

„Keine Ahnung. Das wird schon ein paar Stunden dauern. Soll er Sie anrufen, wenn er ins Kommissariat kommt?"

„Nein."

Ich legte auf und bereute das „Nein" sofort. *Hannes, ruf mich an*, tippte ich ins Handy und schickte die SMS los. Ich ließ es nicht aus der Hand, weder während ich mich mit Konny ins Bett legte, noch als ich seinen Rücken streichelte, bis wir beide einschliefen.

„Guten Morgen, ich möchte bitte zu Hannes Fischer, sein Büro ist im dritten Stock", sagte ich dem uniformierten Polizisten hinter der Glasscheibe. Hannes hatte nicht auf meine SMS reagiert, also hatte ich in der Früh Konny in sein Tragetuch gepackt und war zum Kommissariat gefahren.

„In welcher Angelegenheit?", fragte der Beamte, sein Dialekt klang nach Tirol.

„In einer privaten", log ich, „das ist unser Sohn." Ich deutete auf Konnys Hinterkopf.

„Dem Fischer sein Sohn? Ma! Ich hab vier Töchter. Vier! Jedesch Mal haben wir gedacht, aber jetzt. Und dann, wieder nix, alles Madeln. Drum haben wir gesagt, wir gebens auf. Und der Fips, gleich beim ersten Schuss a Bub, der Glückspilz."

Er sprang hoch und öffnete die gläserne Sicherheitstür zu seiner Rechten. Sofort hatte Konny die Wurstfinger des Beamten im Gesicht und wurde gestreichelt und geknufft. Dass er dabei immer wieder meinen Busen berührte, schien ihm entweder nicht aufzufallen, oder es war ihm egal. Es gefiel Konny, er quietschte und jauchzte. Ich versuchte den Wurstfingern auszukommen, indem ich mich herumwand wie ein Wurm. Mein Handy läutete, und ich nutzte die Gelegenheit und drehte mich von ihm weg. Hoffnungsvoll sah ich auf das Display, doch es war Fanny und nicht Hannes. Ich schickte ihr eine SMS, dass ich zurückrufen würde.

„Ich muss sofort mit Hannes Fischer sprechen", sagte ich so freundlich wie möglich.

„Wartensch an Moment, i ruf glei' an", sagte der Beamte. Doch bevor er sich auch nur einen Zentimeter bewegt hatte, rief plötzlich Hannes' Stimme aus einiger Entfernung: „Lotta?"

Ich ließ das Handy sinken und drehte mich einmal im Kreis, aber ich konnte nicht ausmachen, woher es gekommen war.

„Hier, auf der Treppe!"

Und da sah ich ihn. Er saß auf den hellgrauen Steinstufen hinter dem gesicherten Eingang, mit einem Becher Automatenkaffee in der Hand. Neben ihm eine hübsche Frau, hellbrauner Bubikopf, riesige Puppenaugen, Stupsnase und Porzellanteint. Sie fuhr unentwegt über den Rand ihres Plastikbechers, als wäre er ein Weinglas, das sie zum Klingen bringen wollte. Ich konnte nicht hören, was die beiden miteinander sprachen, aber es wirkte vertraut. Dann standen sie auf, sie nahm ihm seinen Kaffeebecher ab und lief die Treppe hinauf, indem sie zwei Stufen auf einmal nahm.

Hannes kam durch die gläserne Sicherheitsdrehtür heraus, gab Konny ein Bussi auf den Scheitel, dann begrüßte er mich mit einem so flüchtigen Kuss auf den Mund, dass ich seine Lippen kaum spürte – wahrscheinlich war das mehr für seinen Kollegen als für mich gewesen.

„Hascht mir gar net gesagt, dass du einen Sohn hascht, Fiiips", sagte der Polizist und boxte Hannes freundschaftlich in die Seite.

Hannes verdrehte die Augen. „Ihr müsst auch nicht alles wissen." Er schob mich und Konny ohne Kommentar Richtung Drehtür.

Ein leiser Alarm ging los, als ich durchging, aber Hannes winkte ab.

„Fips?", fragte ich, als er mich den Gang entlang zum Lift führte.

„Kommt von der neuen Assistentin."

„Steindl?"

„Ja."

„Warum?"

Er zuckte mit den Schultern. „Keine Ahnung." Die Art, wie er es gesagt hatte, fast abfällig, machte mich stutzig.

„War sie das auf der Treppe?"

„Ja. Weswegen bist du gekommen?" Er lächelte bei der Frage versöhnlich, ganz so, als würde er annehmen, es gäbe einen schönen Grund, warum ich hier war.

Wir stiegen ein, die silbernen Türen schlossen sich.

„Adam Fitzpatrick, der Mann von Sarah – ich habe mit ihm über Kim gesprochen." Die Kabine setzte sich mit einem leichten Wippen in Bewegung.

„Wie, du hast was?"

Als der Lift im dritten Stock ankam, wusste er in groben Zügen, was am Friedhof vorgefallen war.

„Das ist nicht gut", war alles, was er dazu sagte. Er klang enttäuscht, und mir war klar, dass er damit beides meinte – der lieblose Anlass meines Kommens und dass ich diesen Fehler gemacht hatte.

Auf dem Weg in sein Büro kamen wir bei Krump vorbei, der sich gerade mit Hannes' neuer Kollegin unterhielt. Sie standen zu dritt, und obwohl ich ihn nur von hinten sah, wusste ich, dass die dritte Person Krumps Sohn Florian war.

Gerade als ich fragen wollte, was er hier machte, rief Hannes: „Regina, kommst du mal bitte."

Krump bemerkte mich und runzelte genervt die Stirn. Als unsere Blicke sich trafen, bemühte ich mich, ihn jeden Funken Verachtung spüren zu lassen. Dann betrat ich Hannes' Dienstzimmer.

Ich war erst zwei Mal hier gewesen, es war ein kleiner Raum mit einem winzigen Fenster, überall stapelten sich Akten, auf dem Tisch, neben dem Tisch und hinter dem Tisch.

„Lotta, das ist Regina, Regina, das ist Lotta."

„Wir haben telefoniert", sagte Regina Steindl mit ihrer dunklen Stimme, die so gar nicht zu ihrem zarten

Äußeren passte. Wir schüttelten einander die Hände, und ich wusste augenblicklich, dass ihre Lieblingsfarbe Orange war, sie nur Kaffee getrunken hatte und 26 Jahre alt war. Hübsch, interessant und wahrscheinlich nicht durchgeknallt, fügte ich in Gedanken hinzu. Und ihre Gefühle für Hannes waren mehr als kollegial, das sah ich an ihrem Blick.

Es war eine Feststellung, ich dachte das nicht, weil ich eifersüchtig war. Wenn dir das Unvorstellbare passiert und der Mann, den du heiraten möchtest, mit der Frau, die er für deine Mutter hält, schläft, dann wird Eifersucht zu einem Luxus, den du dir nicht mehr leistest. Nicht aus Verbitterung. Sondern aus Überlebenswillen.

Mein Handy läutete, es war wieder Fanny, und ich drückte sie weg. Einen Moment war ich versucht, mein Handy stumm zu schalten, doch ich tat es nicht, falls Martin mich erreichen musste.

Regina Steindl bemühte sich, nett zu mir zu sein, während sie meine Aussage aufnahm, mir Fragen stellte über meine Gespräche mit Kim, Sarah und Adam Fitzpatrick und alles in Hannes' Computer eintippte. Danach berichtete ich noch von meiner Unterhaltung mit Victor Riedl und dem Streit, den ich zwischen Renate Riedl und ihrem Bruder miterlebt hatte. Sie drehte sich verwundert zu Hannes, der schräg hinter ihr saß. Ich wagte nicht, ihn anzusehen. Anscheinend gab er ihr ein Zeichen, weiterzuschreiben, denn sie fing kommentarlos wieder an zu tippen.

„Ich habe eine SMS von Kim bekommen", sagte ich und holte mein Handy hervor. „Gestern um 22 Uhr hat sie mir die Nachricht geschickt, ich soll nach Jana suchen. Ich weiß nicht, ob es was damit zu tun hat ..."

„Wer ist Jana?", fragte Hannes.

„Das weiß ich nicht. Ich habe Kim sofort angerufen und auch eine SMS geschickt, aber nichts mehr von ihr gehört."

„Und zwei Stunden später war sie tot." Hannes fuhr sich erschöpft durch die Haare. Es war eine merkwürdige Situation. Ich kam mir trotz allem vor wie irgendeine x-beliebige Zeugin.

Als wir fertig waren, sagte Hannes: „Danke, Regina, fang mal mit der Suche nach einer Jana an und leite das Protokoll als interne Mail an Krump und die anderen weiter."

Sie zuckte kurz erschrocken zusammen, ich verstand nicht, warum. Hastig verließ sie das Zimmer, ohne mich noch einmal anzusehen. Hannes stand auf, kam herüber und küsste und streichelte Konnys Hinterkopf. Mich berührte er weder, noch sah er mich an. Ich wartete, dass er etwas dazu sagte, sich aufregte, warum ich in Renate Riedls Restaurant gewesen war. Doch er tat es nicht – er ignorierte mich. Darum löste ich den Schnellverschluss des Tragetuchs und reichte ihm das Baby.

„Sie ist süß", sagte ich und schob ein paar Akten zur Seite, um mich auf den Tisch zu setzen.

„Regina?"

„Ja, Fips."

Er reagierte nicht, kein ertapptes Lachen, kein entrüstetes Schnaufen, nichts.

Stattdessen sagte er: „Ich versuche heute Abend nach Hause zu kommen. Wir müssen reden, Lotta."

„Konrad denkt, das Verschwinden von Diana Krämer hat nichts mit dem Mörder zu tun", lenkte ich sofort ab.

„Sondern?"

Meine Antwort wurde vom Klopfen an der Tür unterbrochen.

„Ja?"

Ein dicker Mann mit Glatze und weißem Vollbart öffnete die Tür. „Fürst ist im Fernsehen, er spricht gleich über deinen Fall", sagte er mit grotesk hoher Stimme und deutete hinter sich.

„Was?"

Der Dicke nickte. „Im Aufenthaltsraum."

Hannes, der noch immer Konny am Arm hatte, stürmte quer durch den Großraumbüroteil des Kommissariats ans andere Ende, bis zu einer Essküche mit ein paar Tischen. Eine Traube von Menschen, darunter auch Regina Steindl, standen zusammengerottet vor der Wand, an der ein Flachbildschirm angebracht war.

Obwohl meine Augen sahen, was sich gerade abspielte, weigerte sich mein Kopf, es zu glauben.

„Das kann er nicht ... dieser Arsch", sagte ich, aber niemand beachtete mich. Im Gegenteil, ich wurde mit einem „Psst" von links ermahnt.

Vor der Hinteransicht eines rothaarigen Reporters stand Konrad, rechts neben seinem Kopf schwebte die Einblendung „LIVE". Über dem zweiten Hemdknopf lugte der schwarze Knopf eines Klippmikros hervor. Links hinter ihm stand leicht versetzt Krump, er hielt Konrads Gehstock in der Hand. In dem verkümmerten Kastanienbaum hinter den beiden erkannte ich den Park gegenüber von unserem Haus.

„Herr Fürst, Sie hatten bei den früheren Ermittlungen den Verdacht eines zweiten Täters, wollen Sie uns etwas dazu sagen?", fragte der Reporter.

„Nein", antwortete Konrad. Bei seinem verwirrten Ausdruck war mir sofort klar, dass er nicht *nicht* wollte, sondern nicht konnte. Doch der Journalist verstand es natürlich anders und sagte daher: „Selbstverständlich,

Sie dürfen die derzeitigen Ermittlungen nicht gefährden. Aber können Sie etwas über die Fortschritte bei der Aufklärung sagen?"

„Nein."

Der Journalist lachte nervös, seine Ohren wurden so rot wie seine Haare.

„Dann frage ich anders: Wie genau haben Sie vor, die Wiener Polizei bei der Aufklärung der beiden Morde zu unterstützen, Herr Fürst?"

„Ich werde mitarbeiten."

„Ja, aber wie wird diese Mitarbeit aussehen?"

„Ich ... ich ... weiß nicht."

Konrad drehte sich hilfesuchend nach links, aber da Krump auf der anderen Seite stand, sah er ihn nicht.

„Heinz? Heeeeeinz?", fragte Konrad, es klang so panisch wie ein verirrtes Kind, das seine Mutter im Supermarkt verloren hat. Krump warf dem Reporter einen auffordernden Blick zu. Das war der Moment, in dem der Reporter merkte, dass zwar etwas nicht stimmte, es aber nicht seine Schuld war.

Das Rot der Ohren versickerte, er wandte sich zur Kamera mit einem verkrampften Lächeln und sagte: „Herr Fürst, Sie haben doch den Täter damals, Dr. Alfred Riedl, überführt?"

Konrads Gesicht wurde so weit herangezoomt, dass es fast den ganzen Bildschirm ausfüllte.

„Wen habe ich ...?"

„Dr. Riedl, den 21er-Mörder."

„Ich habe einen Mörder überführt?"

„Was meinen Sie damit? Ist das jetzt doch eine Andeutung, dass er nicht der Mörder war?"

„Nein, es ist ... ich weiß nicht."

„Was wissen Sie nicht? War es nun Riedl, oder haben Sie eine andere Spur?"

„Andere Spur?"

„Die neuen Morde."

„Morde?", entgegnete Konrad.

Drei Schritte waren zu hören, dann erschien Krumps Nasenspitze im Profil neben Konrads Kopf, und er unterbrach die nächste Frage mit: „Herr Fürst kümmert sich im Moment in erster Linie um das Verschwinden von Diana Krämer."

„Von wem?", fragte Konrad und sah zu Krump, die Kamera machte den Zoom wieder auf und zeigte dadurch auch den Hauptkommissar.

„Diana Krämer, das Mädchen, das vermisst wird, du weißt doch", sagte Krump.

„Ah, ja", nickte Konrad, „darf ich noch etwas sagen?"

„Ich habe nicht den Eindruck, dass Sie ...", begann der Interviewer, doch Krumps Blick, der jetzt das Gegenteil von freundlich war, ließ ihn umschwenken, und er korrigierte: „Ja, bitte."

Konrad sah direkt in die Kamera, er blinzelte nicht ein Mal, als er sagte: „Diana, komm nach Hause. Egal, warum du fortgelaufen bist, komm zurück."

„Moment, wieso sagen Sie das?", warf der Reporter ein, doch Krump winkte wütend ab: „Das Gespräch ist hiermit beendet."

Krump zog Konrad aus dem Bild, doch leider hatte er nicht bedacht, dass das Klippmikro von Konrad noch nicht ausgeschaltet war. Darum war auch jedes einzelne Wort des Kommissars kristallklar zu verstehen, als er sagte: „Komm nach Hause? Was ist los mit dir? Das haben wir nicht besprochen! Und du hast nichts von dem gesagt, was ich dir auf den Zettel geschrieben habe. Kannst du dir gar nichts merken? Komm nach Hause ... du Hornochse."

17.

Die Genugtuung, dass Krump sich soeben vor den gesamten Fernsehzuschauern verraten und zum Idioten gemacht hatte, hielt nicht einmal ein paar Sekunden.

Er hatte uns hintergangen, was jetzt nicht unbedingt die große Überraschung war. Viel schwerer wog die Tatsache, dass er Konrad vor die Kamera gezerrt und ihn somit dem Druck der Öffentlichkeit ausgesetzt hatte. Jeder kannte ihn nun, wusste, wie er aussah.

Ab dem Moment, in dem das „Interview" beendet war, fing mein Handy in meiner Manteltasche an zu läuten. Ich ignorierte es, nahm Hannes, unseren Sohn, ab, hob ihn, so gut es ging, wieder in das Tragetuch und verließ den Aufenthaltsraum.

Hannes rief mir nach: „Heute Abend", aber ich reagierte nicht. Auf dem Weg zum Lift nickte ich seiner Assistentin Regina Steindl zu, sie bemühte sich um ein verkrampftes Lächeln, das mehr Ähnlichkeit mit einer Grimasse hatte.

Erst als sich der Aufzug in Bewegung setzte, brach die unaufhörliche Handyklingelei endlich ab, wahrscheinlich deshalb, weil es in der Kabine keinen Empfang gab.

Kein Mensch war im Erdgeschoss, nur der Tiroler Polizist saß noch in seiner gläsernen Loge. Ich beeilte mich durch die Sicherheitsdrehtür. Wie schon beim ersten Mal ertönte wieder das piepsende Signal. Der Polizist bemerkte mich und sah hoch.

„Sapperlot, Sie schaun aus, als hättens ein Gespenst gsehn."

Ohne darauf zu reagieren, ging ich an ihm vorbei und wollte die Glastür aufdrücken, die in die Halle führte – aber es ging nicht. Ich zog an dem Türgriff, ohne Erfolg.

„Können Sie bitte die Tür öffnen?", fragte ich und drehte mich zu ihm. Sein bekümmertes Gesicht irritierte mich, es war eine Mischung aus „Wie bekomme ich den Fleck raus?"-Waschmittelwerbung und der Rührung beim Anblick eines Welpen. Hatte er eben die Fernsehübertragung gesehen, wusste er von Konrad?

„Sie dürfen desch net so ernst nehmen", sagte er unaufgefordert, stand auf und stellte sich neben mich. „Isch hab mir gleich gedacht, dasch Sie deshalb gekommen sind. Wollten Sie sich die Frau ansehen, gell?"

Er sah mich mit großen Augen an, und mir war klar, dass er sicher nicht von Kims Leiche sprach. Ich zuckte mit den Schultern, doch das reichte ihm als Antwort.

„I versteh schon. Ach, ihr Mädels. Wissens, esch wor ja keine Absicht, dass die Regina Steindl dieses Mail in den internen Verteiler gegeben hat. Wär ihr des net passiert, hätte niemand wasch davon erfahren. Aber wie i immer sag, der Teufel schloft net. Und dann warsch natürlich a gefundenes Fressen für alle. Den *Fips* wird der Hannesch net so schnell wieder los. Aber desch isch eh auch scho alles."

Unterbrich Menschen nicht, die dir etwas sagen, nach dem du nicht gefragt hast.

Ich wandte meinen Blick ab, um nicht zu verraten, dass ich keine Ahnung hatte, wovon er sprach. Dass er daraufhin seine Stimme in einen mit Verständnis vollgepackten Flüsterton senkte, hätte mich beunruhigen sollen – tat es aber nicht.

Er kam mir vor wie ein Priester, der versucht, eine Scheidung zu verhindern.

„Sie isch a lieabes Madl, a guate Beamtin, und i bin ma sicher, dasch sie net gewusst hat, dass er scho vergeben ist. Ja, desch stimmt, des is ja in diesem Mail an ihre Freundin gstanden. Sie hat gschrieben, dass sie desch noch nicht rausgefunden hat, weil er ja immer so verschlossen is. Guat, sie hat auch gschrieben, des wär ihr wurscht, aber mei, sie hat sich halt in den Hannes verliebt, desch dürfens ihr net vorwerfen. So was kann scho passieren. Wissens, es gibt gute Menschen, die tun was Böses, und böse Menschen, die tun was Gutes. Die Regina ist sicher ane von den Guten. Und jetzt is eh arm dran, weil olle des Mail gelesen haben. Aber der Hannes, eins a, wie der damit umgeht. Der Hannes isch a feiner Kerl."

„Und wieso Fips?", fragte ich, ohne ihn anzusehen.

„So hat die Maus g'heißen, beim Kasperl. Die hats halt so gern ghabt, und darum sollt desch der Codename fürn Hannes sein, wenn sie mit der Freundin telefoniert. Damit niemand weiß, dassch sie von ihm redet." Sein gluckerndes Lachen klang wie von einer Comicfigur in einem Zeichentrickfilm. „Jetzt sagt jeder Fips zu ihm, nur sie net."

Das Handy in meiner Manteltasche begann erneut zu läuten, ich holte es hervor, es war ein „unbekannter Teilnehmer".

„Ich muss rangehen, aber draußen", sagte ich.

Er ging zu seinem Tisch, der Summer ertönte, und er rief mir noch „Ollas Gute" nach, als ich das Handy schon am Ohr hatte und durch die Schiebetür auf die Straße trat. Die Autos, die die Ringstraße entlangbrausten, waren so laut, dass ich mir das freie Ohr zuhalten musste.

„Hallo, hallo, hörst du mich?", fragte der Mann am anderen Ende, weil ich mich nicht gemeldet hatte. Ich erkannte ihn sofort.

„Ja, ich kann Sie hören", quietschte ich mit verstellter Stimme über den Straßenlärm, als wäre ich Mickymaus persönlich.

„Spreche ich nicht mit Lotta Fiore?", fragte er irritiert.

„Nein, da sind Sie leider falsch."

„Wer ist denn da?"

Weil mir auf die Schnelle kein anderer Name einfiel, sagte ich: „Regina Steindl."

„Ist das nicht die Nummer von Frau Fiore?"

Ich zögerte. Natürlich wäre es verlockend, diese Frage mit ‚Nein, ist sie nicht' zu beantworten. Verlockend, aber dumm.

„Hallo, sind Sie noch dran?"

„Ja, doch, doch, das ist ihr Handy, sie ist nur gerade nicht da. Worum geht es denn?"

„Sagen Sie ihr nur, dass Primar Hutbauser angerufen hat ..."

Seine Stimme klang so selbstgefällig, als müsse ich mich über seinen Anruf freuen.

Ein Lkw brauste vorbei, ich hörte ihn nicht mehr, und das war auch besser so. Denn ich konnte meine Wut auf den Arzt kaum bändigen. Über den Lärm schrie ich mit meiner normalen Stimme: „Ach ja? Der Primar Hutbauser? Wieso rufst du an? Willst du wissen, ob Konrad durchgedreht ist?"

Der Lkw war fort. Ich wartete auf eine Antwort, doch die Leitung war tot. Er hatte bereits aufgelegt.

Es war so wie immer – so ungerührt, wie ich nach außen wirkte, war ich innerlich nicht. Die Welle aus Kims Tod, Konrads Fernsehauftritt, Regina Steindls Mail und nun Hutbausers Anruf türmte sich wie ein Tsunami meterhoch vor mir auf. Ich versuchte, mich auf die Straße, die blühenden Bäume und die parkenden

Autos zu konzentrieren und presste Konny an mich. Einatmen. Ausatmen. Einatmen. Ausatmen. Eine Hand berührte mich von hinten, ich zuckte nicht einmal zusammen, so fern und fremd fühlte sich mein Körper an.

Ich drehte mich um, sah in Hannes' Augen. Seine Stimme klang wie aus weiter Ferne, als er sagte: „Wir fahren zu Adam Fitzpatrick. Steig ein, ich bringe euch nach Hause."

Er deutete zu seinem Dienstwagen, an dessen Beifahrertür Regina Steindl lehnte. Ihr Anblick holte mich in die Realität zurück.

Keine Eifersucht, wer's glaubt. Das hatte ich gedacht, bevor ich von der Fips-Mail wusste.

Ich hatte schon lustigere Fahrten erlebt. Keiner von uns sagte ein Wort, ich saß auf der Rückbank, da es auch so schon illegal war, Konny ohne Kindersitz zu transportieren. Nicht einmal als er zu weinen begann, weil er wahrscheinlich Hunger oder eine volle Windel hatte, änderte sich etwas an der Stimmung.

„Ich gehe kurz mit Lotta hinauf in die Wohnung, ruf doch bitte in der Zentrale an und bestell schon mal Unterstützung zu Fitzpatricks Villa", bat Hannes seine Kollegin, als wir um die letzte Ecke bogen. „Oder auch nicht", ergänzte er genervt. Ich folgte seinem Blick und beugte mich vor, um besser aus der Windschutzscheibe zu sehen, worauf Konny noch mehr brüllte.

Krump stand neben seinem Sohn Florian und dem Reporter, der das Interview mit Konrad geführt hatte, vor unserem Haus. Sie unterhielten sich angeregt, oder besser, Krump und der Reporter taten das. Krumps Sohn Florian ließ mich nicht aus den Augen, als ich mich eilig aus dem Auto schob – was mit dem schreienden Baby an meinem Körper einer Zirkusnummer glich. Von Konrad war nichts zu sehen.

Ich konnte es mir nicht verkneifen, zu Krump „Sie sind ein Arschloch" zu sagen, als ich an ihm vorbeiging. Ich hörte noch, wie der Reporter fragte:

„War das nicht die Tochter von Maria Fiore?", als die Haustür hinter mir ins Schloss fiel.

Im Treppenhaus war es dunkel, aber ich machte kein Licht. Konny schrie und schrie, am liebsten hätte ich es ihm gleichgetan. So schnell ich konnte, lief ich die Stiegen hinauf und wäre im nächsten Stockwerk fast in Konrad gelaufen. Er stand beim Treppenabsatz, mit beiden Händen auf seinen Stock gestützt und so schief, als würde er gleich umfallen. Verwirrt und verzweifelt sah er mich an.

„Wie lange stehst du schon hier?"

„Ich ... habe ... nicht ... zurückgefunden. War an so vielen Türen ..." Seine Stimme klang genauso schwach, wie er aussah.

„Die Wohnung ist zwei Stockwerke höher." Ich legte einen Arm um ihn, und er stützte sich auf meiner Schulter ab.

„Da war ich auch ... aber ... habe nichts erkannt."

„Wo ist Martin?", fragte ich. Doch die Stufen waren für Konrad so anstrengend, dass er nicht antworten konnte. Erst als wir in der Wohnung waren und er sich auf den erstbesten Stuhl gesetzt hatte, bekam er wieder etwas Farbe. Ich brachte ihm ein Glas Wasser, dann schnallte ich Konny ab und sah sofort den Grund, weshalb er so geweint hatte. Beim Hineinheben in das Tragetuch hatte ich seinen linken Arm eingeklemmt, ich schob den Ärmel hoch und legte zwei dunkelrote Striemen unter seiner Achsel frei. Ich küsste und streichelte die Stelle und kickte das schuldlose Tragetuch quer durch den Raum.

„Er ist mit diesem Mädchen weg. Das mir die Haare gefärbt hat", sagte Konrad.

„Fanny?"

„Sie war da. Hat geweint. Hat gesagt, sie hat versucht, dich zu erreichen."

Es stimmte, ich hatte ihre Anrufe zweimal weggedrückt und die SMS, dass ich sie zurückrufen wollte, nie weggeschickt. Sofort holte ich mein Handy und wählte ihre Nummer, aber sie ging nicht ran. Dann drückte ich auf die Schnellwahltaste zur Mobilbox.

Vor lauter Weinen war nur jedes zweite Wort zu verstehen, aber ich begriff auch so, dass Fanny einen Streit mit ihrem Vater gehabt hatte, irgendwas wegen der Wiener Oper. Ich wollte es schon als harmlos abtun, ein Streit zwischen einer 13-Jährigen und einem Elternteil war schließlich keine große Sache, doch ihre Worte erschreckten mich: „Ich halte das nicht aus, kannst du bitte kommen? Du weißt doch noch, wo ich wohne. Ich hab so Angst, Lotta."

Die zweite Nachricht war wieder von ihr, sie war sehr kurz: „Ich fahr jetzt zu euch. Wenn du das hörst, ruf mich an."

Die dritte war erst eine halbe Stunde alt. Dann hatte also nicht nur Hutbauser versucht, mich zu erreichen.

„Lotta, ich bin es wieder. Martin ist mit zu mir gekommen, ich habe einen Koffer gepackt. Kann ich ein paar Tage bei euch wohnen? Papa ruft dich an, er hat nichts dagegen."

„Ich verstehe meine eigene Tochter nicht mehr. Und daran ist nur diese depperte Wiener Oper schuld", schimpfte Georg Wagener, Fannys Vater, ins Telefon. Ich war überrascht über seine Offenheit, denn die viermal, die ich ihm begegnet war, hatte dieser verschlossene glatzköpfige Mann kaum einen ganzen Satz über die Lippen gebracht. Fanny lebte alleine mit ihm, seit ihre Mutter vor neun Jahren gestorben war.

„Falls Sie wirklich nichts dagegen haben, Frau Fiore, wäre ich sehr dankbar, wenn sie heute Nacht bei Ihnen bleiben darf. Ich komme natürlich für alle Kosten auf."

„Das ist nicht nötig", murmelte ich und deutete zu Fanny, ob sie mit ihm sprechen wollte, doch sie wehrte ab. Wahrscheinlich war der Streit, um den es hier ging, nicht erst heute Vormittag ausgebrochen. Sie saß im Schneidersitz auf der Couch neben Konrad, in einem karmesinroten Samtkleid mit Puffärmeln und Rüschen, das aussah wie aus einer Shakespeare-Produktion.

„Bitte, versuchen Sie, sie zur Vernunft zu bringen. Bis jetzt hab ich mir das ja alles angeschaut. Aber vor drei Tagen erzählt sie mir, dass sie mit dieser Hauptrolle, die sie da gerade singt, Ende des Jahres für einen Monat nach Amerika fährt." Er regte sich so auf, dass ich das Handy weghalten musste. „AMERIKA!", hallte es durchs Wohnzimmer, laut und hasserfüllt, als sei es eine Beschimpfung.

Fanny brüllte über mich hinweg Richtung Handy: „ICH HAB DIR TAUSENDMAL GESAGT, ES IST NICHT GEFÄHRLICH! UND WENN DU MICH NICHT LÄSST, ICH SCHWÖR DIR, ICH HAU MICH, SOBALD ICH 16 BIN, DEM ERSTEN STINKREICHEN IDIOTEN AN DEN HALS, UND DU SIEHST MICH NIE WIEDER. UND DU WEISST DANN, ES IST DEINE SCHULD, DASS MEIN LEBEN VERPFUSCHT IST!"

Konrad lachte auf, worauf Fanny ihn entrüstet ansah. „Du kannst dich wirklich nicht an mich erinnern. Ich meine das ernst."

„Hören Sie, ich bringe hier niemanden zur Vernunft oder zu sonst etwas. Fanny kann heute Nacht hier schlafen, aber klären Sie das bitte unter sich."

„HA!", sagte Fanny.

„Du brauchst gar nicht ‚Ha' zu sagen, Fanny, ich bin genauso wenig auf deiner Seite wie auf seiner", sagte ich, worauf es jetzt Fannys Vater war, der am Telefon „HA" sagte.

„Und Sie auch nicht", bellte ich ins Telefon und warf es Fanny auf den Schoß, die daraufhin auflegte.

„Eine Nacht", ließ ich sie wissen und nahm ihr das Handy wieder ab.

„Bitte, bitte, bitte, lass mich hier, nur so lange, bis er zustimmt. Er wird mich sicher nach Amerika lassen, ich weiß es, ich kenne ihn doch. Wenn ich lange genug weg bin, dann wird er butterweich."

„Fanny, es tut mir leid, aber im Moment ..."

„Ich schwör dir, ich falle euch nicht zur Last. Ich kann kochen, ich helf dir mit Konrad, ich pass auf Konny auf. Bitte, Lotta, bihihitte! Ich kann sogar Konrads Gedächtnis wieder auf Vordermann bringen. Anna hat doch gesagt, dieser Arzt von dem Kongress hat irgendwelche Übungen gemailt." Sie stand auf, lief in den Vorraum und kam mit meinem Laptop wieder zurück. „Passwort bitte", sagte sie und hielt ihn mir hin.

„Was ist das für ein Kind?", fragte Konrad, aber ich verdrehte nur die Augen, schüttelte den Kopf und tippte mein Passwort ein.

„Danke schön", sagte sie, setzte sich auf die Couch und schob die Ärmel hoch.

„Wieso hast du mir auf die Mobilbox gesagt, du hast Angst?", fragte ich sie.

„Ich hab Angst, dass Papa auf stur schaltet und mich nicht weglässt. Er hat mich ja nicht mal eine Woche auf Schulskikurs fahren lassen, und der wäre nur in Tirol gewesen. Und ich muss nach Amerika, ich muss, muss, muss!"

„Welche Oper?", fragte ich.

„Na, *Pollicino*", sie klatschte die Hände zusammen und jauchzte, „du weißt doch, da war erst vor ein paar Wochen die Premiere."

Ich hatte es nicht über mich gebracht, auch nur einen Fuß in die Wiener Oper zu setzen – nicht einmal Fanny zuliebe. Aber von ihrem Erfolg wusste ich durch die zahlreichen Berichte im Fernsehen, sie hatte die Hauptrolle in der Kinderoper über das Märchen des kleinen Däumlings gesungen. Es einen Erfolg zu nennen, wäre noch untertrieben – ich konnte mir vorstellen, dass sie selbst der einzige Grund der Einladung in die USA war.

Ihre Begeisterung und ihre Leidenschaft hatten etwas seltsam Vertrautes. Ich wehrte mich gegen die Gefühle, die sie in mir weckten. Und als ich ihr so zusah, wie sie verbissen auf meinem Computer herumtippte, freundete ich mich mit dem Gedanken an, sie die nächsten Tage auf der Couch schlafen zu lassen. Vielleicht war gerade sie das, was wir jetzt brauchten, um uns abzulenken – ein bisschen Regenbogen in unseren seelischen Unwettern. Merkwürdig, dass ich diesen Gedanken genau in dem Moment hatte, als Fanny den Kopf hob und irritiert fragte: „Wer ist Kim Riedl?"

„Woher kennst du ihren Namen?"

„Weil sie dir eine Mail geschickt hat mit dem Betreff ‚Abschiedsbrief'."

18.

„Lies ihn mir vor", sagte Hannes, „ich habe auf laut geschaltet."

Ich hatte ihn gerade noch rechtzeitig angerufen, bevor er und Regina Steindl die Villa von Sarah und Adam Fitzpatrick betreten hatten.

„Wo bist du?", fragte ich.

„Wir sitzen im Auto. Regina und ich."

Den folgenden Satz sprach ich nicht deshalb aus, weil Hannes' „Regina und ich" mir einen Stich versetzt hatte: „Geh irgendwo hin, wo du alleine bist."

„Lotta, das ist jetzt nicht der Zeitpunkt für ..."

„Doch. Es ist besser, nur du hörst das."

„Ich steig schon aus", hörte ich Regina Steindls Stimme, gefolgt vom Zuschlagen der Autotür.

„So, sie ist weg, die Freisprecheinrichtung ausgeschaltet, bist du jetzt zufrieden?"

„Nein. Du musst mir ein Versprechen geben."

„Was denn noch?"

„Niemandem vom Inhalt ihres Abschiedsbriefs zu erzählen."

„Lotta, ich ..."

„Versprich es mir, Hannes, sonst lese ich ihn dir nicht vor. Bitte. Du wirst es verstehen, wenn du ihn hörst."

„Weißt du, wie mich das nervt, die ganze Spielerei zwischen uns beiden! Ja, ich verspreche dir, ich sage es niemandem."

„Schwör es mir. Bitte."

„Herrgott, wann hast du eigentlich aufgehört, mir zu vertrauen?"

Ich schwieg, die Antwort darauf würde er nicht verstehen. Denn ich hatte nicht aufgehört, Hannes zu vertrauen – ich war noch dabei, damit anzufangen. Nicht nur ihm. Sondern Menschen generell.

„Also bitte, dann schwöre ich es dir eben. Liest du jetzt endlich?"

Ich saß alleine am Boden in Konrads Schlafzimmer mit dem Laptop auf meinem Schoß und scrollte zum Beginn der E-Mail. Sie war gestern Abend um 23:19 Uhr verschickt worden.

„liebe calrotta fiore, wenn du das liest bin ich tot. ich trinke tequila. viel. er ist noch halbvoll, aber die zwei valium habe ich schon genommen. es wirkt langsam und das ist gut. jetzt kann ich dir schreiben. sei meine freundin, bitte. ich brauche jetzt eine freundin. ich liebe ihn. immerimmerimmer habe ich ihn geliebt. seit dieser kreuzfahrt, wo mama ihn kennenlernt hat. ich wollte es ihr sagen, aber ich konnte nihct. darum lebe ich bei ihr, es ist wegen adam. mein wunderbarer adam. wir haben eine eigene wohnung, aber sie weiß nichts davon. niemand weiß es. unser geheimes reich. K U A F steht an der tür, kim und adam fitzpatrick. adam will mama verlassen. das hat er immer öfter gesagt er das. er will ein baby mit mir und ich will es auch. ich will es so sehr. hab immer davon geträumt. jetzt ist alfred tot, jetzt braucht sie uns nicht mehr, jetzt geht es, hat adam gesatg. aber er darf das nicht tun. er darf sie nie verlassen. mama wird daran zerbrechen. darum weiß ich schon lange, ich muss es tun. der zug. der zug ich hab noch eine stunde. bis der zug kommt.

Sie hat die E-Mail um 23:19 Uhr abgeschickt. Wann kam der Zug?"

„Sieben Minuten nach zwölf. Was steht da noch?"

„wir dürfen mama das nicht antun. sie hat mich gerettet.

alfred hat mich aus dem waisenhaus geholt. aber er mochte mich nicht. sarah hat mir ein zuhause gegeben, das ich vorher nicht kannte. adam darf sie nicht verlassen. wenn ich weggehe wird er mich suchen und darum muss ich ganz weg. weg für immer.

es ist nicht seine schuld. nie darf es wer erfahren. nie. bitte!"

Obwohl ich die Nachricht nun schon zum fünften Mal las, seit Fanny sie entdeckt hatte, brach meine Stimme weg. Ich konnte es einfach nicht glauben.

„Denkst du, die Mail ist wirklich von ihr? Adam Fitzpatrick oder sonst wer könnte sie genauso gut geschrieben haben", sagte Hannes.

„Ich hab keine Ahnung. Etwa eine Stunde bevor sie sie abgeschickt hat, kam die SMS mit dem Hinweis zu Jana."

„Aber in der Nachricht hat sie das dann gar nicht mehr erwähnt?"

„Nein. Aber in meiner Antwort-SMS habe ich ihr meine E-Mail-Adresse geschickt. Und wenn sie wirklich diese zwei Valium mit Tequila genommen hat, dann hat sie sich sicher nicht mehr an die SMS erinnern können." Ich wusste, wovon ich sprach. Schon nach einer halben Tablette mit Alkohol konnte alles Mögliche passieren.

Im Hintergrund hörte ich, wie die Wagentür wieder geöffnet wurde. Darum fragte ich stattdessen rasch: „Habt ihr schon was wegen dieser Jana aus Kims SMS herausgefunden?"

„Nein, aber Regina ist dran."

Nachdem wir das Telefonat beendet hatten, klickte ich auf den Browserbalken, den ich in die untere Leiste abgelegt hatte. Ich hatte Hannes nichts gesagt. Sollte seine Assistentin doch selber rausfinden, wer diese Jana war. Das Foto, das ich vor ein paar Tagen in dem Artikel über Riedls Tod im Internet gesehen hatte, ploppte auf. Es war das Gruppenfoto von seinem letzten Besuch des Wiener Opernballs als freier Mann. Darauf waren er, der damalige Bundespräsident, dessen Frau und die zwei prominenten österreichischen Filmschauspielerinnen. Und eine von ihnen hieß Jana Schneider.

19.

Im Internet konnte ich weder die Telefonnummer noch die Adresse von Jana Schneider finden. Sie hatte bis vor ein paar Jahren an einer Schauspielschule unterrichtet, ab und zu noch Gastauftritte in Theaterstücken gehabt, doch dann war sie plötzlich von einem Tag auf den anderen wie vom Erdboden verschluckt.

Ich versuchte es bei der Telefonauskunft, doch ebenfalls ohne Erfolg. Und dann, am nächsten Morgen, noch im Halbschlaf, wusste ich plötzlich, wie ich Jana Schneider kontaktieren konnte. Ich rief meine Freundin Alex an. Wir hatten uns beim Undercovereinsatz in der Wiener Oper kennengelernt, wo sie als Regieassistentin arbeitete. Nach einer halben Stunde hatte sie alle Informationen besorgt, die ich brauchte, sowie die Telefonnummer von Jana Schneider.

Und so kam es, dass ich Fanny, als sie mittags von der Schule kam, fragte: „Hast du Lust, in einer Stunde bei einer Schauspielerin, die mal sehr berühmt war, Unterricht zu nehmen?"

Ich weiß nicht, wieso ich so nervös war. Je mehr Fanny und ich uns dem Wohnhaus von Jana Schneider näherten, desto mehr kam mein Herz aus dem Takt. Den Gedanken, es könnte etwas damit zu tun haben, dass ich Hannes nichts gesagt hatte und ihn gleich wieder hintergehen würde, verdrängte ich, sobald er auftauchte. Redete mir ein, dass ich jetzt nicht hier wäre, wenn er es wüsste.

Fanny war aufgeregt und hörte nicht auf zu plappern. Sie kannte Jana Schneider – besonders eine Serie, in der die Schauspielerin die Mutter von sieben Kindern spielte, hatte es ihr angetan.

„Die lief vor mehr als 25 Jahren im Fernsehen, nicht mal ich kenn die. Wo hast du sie gesehen?", fragte ich und zog sie an der Schulter zurück, da sie gerade die Straße bei Rot überqueren wollte. Sie rollte mit den Augen.

„Es gibt da so eine Sache im Netz, die heißt YouTube, und in diesem YouTube wohnen Leute, die können reden und sprechen, viele singen dort sogar."

„Oh, da will wohl jemand heute doch wieder bei seinem Vater übernachten."

„Du hast die Macht über mich, ich bin deine devote Sklavin", schwenkte sie um und griff nach meiner Hand, „nenn mich Isaura."

„Wie?"

„Die Sklavin Isaura? Die schlechteste Telenovela der Welt?", fragte sie überrascht. Ich schüttelte den Kopf, die Ampel sprang auf Grün, aber Fanny war noch nicht bereit loszugehen. „Es ist ein Glück, Lotta, dass ich bei euch wohnen werde. Ich habe dir viel zu zeigen."

„Wer hat was von wohnen gesagt?"

„Glaub mir, du wirst mich nicht mehr loshaben wollen, wenn ich dich in die Geheimnisse des Friedhofs der vergessenen Film- und Fernsehkostbarkeiten eingeweiht habe."

Fanny hörte den ganzen Weg nicht auf, mir Titel aufzuzählen, von denen ich noch nie in meinem Leben gehört hatte.

Ich kam aus dem Kopfschütteln gar nicht mehr raus, was die 13-Jährige ziemlich aus der Fassung brachte. „Du kennst ‚Hilfe, wir werden erwachsen' nicht? ‚Timm Thaler'? ‚Hotel Sacher – Portier'? Oh mein Gott, Lotta!", kreischte sie so laut, dass eine alte Frau zusammenzuckte, die in diesem Moment an uns vorbeiging.

„Wann siehst du dir diese Sachen überhaupt an? Wenn du nicht in der Schule bist, dann probst du doch in der Wiener Oper."

„Ja, aber wenn ich keine Vorstellung habe, dann bin ich zu Hause. Papa hat mir das alles gezeigt, die Sachen sind gelaufen, als er ungefähr so alt war wie ich. Wir sehen uns jeden Abend etwas anderes an."

Und dann ratterte sie weitere Titel herunter. Ich ließ sie plappern, denn sie lenkte mich nicht nur ab, jetzt war ich sogar froh darüber, als uns Jana Schneider die Tür öffnete und in meinem Kopf Himmelblau, ein Wodka-Martini und 67 auftauchte.

Natürlich hatte ich erwartet, dass die Schauspielerin älter geworden war. Die Fotos, die ich von ihr in der Zeitung und im Internet gefunden hatte, waren schließlich schon vor etlichen Jahren gemacht worden. Trotzdem war sie noch viel zu jung für ihr Aussehen. Ich starrte sie verdattert an, denn ich war nicht auf diese Greisin gefasst gewesen, in die sie sich verwandelt hatte. Einzig ihre Körperfülle und die rot gefärbten Haare, die sie nach wie vor als Dutt trug, erinnerten an die erfolgreiche Schauspielerin.

„Kommen Sie, kommen Sie bitte herein. So kurzfristig mache ich gewöhnlich keine Termine ... aber da es sich ja anscheinend um einen Notfall handelt, habe ich eine Ausnahme gemacht und Sie eingeschoben."

Jana Schneider schloss hinter uns die Tür. Im Hintergrund lief ein hübsches Musikstück, irgendein Walzer, und es roch nach Trockenshampoo und Räucherstäbchen. Die Schauspielerin spitzte ihre Lippen, während sie mit ihrem Blick Fanny scannte.

„Sie hat Glück, wissen Sie das?", sagte sie zu mir. „Das Wichtigste in diesem Beruf ist es, aufzufallen. So wie bei mir früher. Mein Aussehen war mein Kapital. Denn ich war auch nie hübsch, und das war mein größter Vorteil. Mit meinem Talent habe ich alle überrascht. Na, dann werden wir uns mal ansehen, was du so kannst."

„Was meint sie?", flüsterte mir Fanny zu. Doch ich zuckte nur mit den Schultern und tat so, als hätte ich es nicht kapiert.

Das Wohnzimmer der Schauspielerin war eingerichtet wie ein psychedelischer Traum – alles in diversen Grün- und Orangetönen. Jedes Möbelstück musste original aus den 70er-Jahren stammen, als wären wir mit einer Zeitmaschine in diesem Raum gelandet.

„Und du möchtest also zum Theater?", fragte Jana Schneider. Sie setzte sich ächzend auf einen orangefarbenen Plüschhocker. Mit einem Ellbogen stützte sie sich am Knie ab und legte ihr Kinn in die Handfläche. Dann fixierte sie Fanny so prüfend, als wäre das hier ein Vorsprechen.

Fanny sah mich verunsichert an, ich hatte ihr nur gesagt, dass ich Informationen von Jana Schneider brauchte, aber den wahren Grund unseres Besuchs nicht verraten. Und auch Jana Schneider wusste nichts davon – ich hatte sie am Telefon ohne Angabe von Gründen um einen sehr dringenden Schauspieltermin für Fanny gebeten.

„Äh, die Musik", wich das Mädchen aus und deutete auf den CD-Player, der das einzig moderne Einrichtungsstück war, „ist das nicht von Johann Strauss?"

„Sehr gut", sagte Jana Schneider, „weißt du auch, welches?"

„Seid umschlungen, Millionen?"

„Du überraschst mich, Mädchen. Bravo. Bravissimo. Also, hast du etwas vorbereitet?"

Die nächste Stunde blieb ich geduldig in der Ecke auf einem mehr als unbequemen Korbstuhl sitzen und wurde Zeugin eines doppelten Wunders. Es war nicht nur Fanny, die alles um sich herum zu vergessen schien, während sie zuerst bei Nestroys Monolog der wegen ihrer roten Haare verspotteten Salome Pockerl litt, dann als Sprechübung mit einem Daumen im Mund Goethes *Zauberlehrling* deklamierte und schließlich, als gehetzter Waldgeist Puck aus Shakespeares *Ein Sommernachtstraum* im Zimmer herumsprang.

Das eigentliche Wunder spielte sich bei Jana Schneider ab – die Arbeit mit Fanny ließ sie, wie man so schön sagt, erblühen. Doch in ihrem Fall war das keine Plattitüde. Es war, als hätte das Mädchen mit jedem Wort den verdorrten Zwetschkenkrampus, der die Schauspielerin noch bei unserer Ankunft gewesen war, mehr und mehr vertrieben. Ihre Haltung wurde aufrecht, ihr Blick klar und wach, und ihre Begeisterung über das Mädchen wirkte auf ihre Falten wie das reinste Lifting.

„Unterricht zweimal die Woche. Minimum", sagte Jana Schneider, als Fanny erschöpft am Boden lag und alle viere von sich streckte.

„Zweimal – bin ich so schlecht?", schnellte sie hoch.

„Schlecht? Kind, du bist ein Ausnahmetalent", strahlte die Schauspielerin und klatschte in die Hände, „nicht einen Schüler im Seminar hab ich gehabt, der so talentiert war wie du. Also, wann kommst du wieder?"

„Wann haben Sie denn Zeit?", fragte Fanny.

„Ich habe immer Zeit."

„Dann haben Sie mich gar nicht eingeschoben?", fragte Fanny überrascht.

„Fanny, kannst du bitte draußen warten, ich muss mit Frau Schneider sprechen", schnitt ich das Gespräch ab. Fanny wollte etwas einwenden, aber ich gab ihr mit meinem Blick zu verstehen, dass sie wirklich gehen sollte.

„Können Sie bitte die Musik wieder aufdrehen?", bat ich Jana Schneider, als wir alleine waren. Sie lächelte mich müde an.

„Soll das Mädchen nicht hören, dass ich nicht mehr gebraucht werde? Dass ich gelogen habe, weil ich alt und verbittert geworden bin, seit der Beruf, für den ich gelebt habe, mich aufgegeben hat? Waschmittelwerbung! Das war alles, wofür sie mich noch wollten. Ich sollte die Oma in einer Waschmittelwerbung spielen. Mit 65! Verfluchte Scheißbande!"

Sie hatte es zwar mit der nötigen Theatralik einer Theaterdiva gesagt, trotzdem war mir klar, dass es die Wahrheit war. Deshalb hatte sich Jana Schneider vom öffentlichen Leben zurückgezogen.

„Fanny soll nicht hören, was ich Sie über Alfred Riedl fragen möchte", sagte ich.

Bei Riedls Namen erschrak die Schauspielerin. „Jetzt sagen Sie nicht, Sie sind auch von der Polizei."

„Was heißt *auch*?"

„Heute Morgen war jemand da. Herziges Mäderl. Sehr jung und hübsch. Und so wer ist schon bei der Polizei ..." Einen kurzen Moment war ich versucht zu fragen, ob ihr Name Regina Steindl war. Doch dann ließ ich es bleiben. Es hätte keinen Unterschied gemacht.

„Was haben Sie ihr gesagt?"

Sie winkte ab. „Nix. Sie wollte wissen, ob ich irgendwas über diese beiden furchtbaren Morde weiß, die gerade passiert sind. Keine Ahnung, wieso die auf mich gekommen ist. Was haben Sie gesagt, wie ist Ihr Name?"

„Carlotta Fiore."

„Fiore? Wie Maria Fiore?"

„Ja."

Ihre Augenbrauen schnellten erfreut in die Höhe, und sie klatschte in die Hände. „Nein, so was!"

„Kannten Sie Maria Fiore?", schoss ich hervor.

„Leider nicht."

Es fiel mir schwer, die Enttäuschung zu verbergen. Sie missverstand und fuhr fort: „Aber ich habe sie immer von ganzem Herzen bewundert, was für eine Stimme! Sie sind also Maria Fiores Tochter?"

Weil ich ihr nicht zustimmen wollte, wackelte ich mit dem Kopf, doch es reichte ihr.

„Ist die Kleine Fiores Enkelin? Kein Wunder, dass sie so talentiert ist."

„Fanny ist nicht meine Tochter. Bitte, können Sie, bevor wir weitersprechen, jetzt wirklich den CD-Player einschalten?"

„Wozu?"

„Weil ich denke, Sie werden Hemmungen haben, meine Fragen zu beantworten, wenn Sie wissen, dass Fanny zuhört."

„Meine Liebe, Hemmungen hatte ich das letzte Mal 1968, als ich mit einem namhaften Regisseur für eine Filmrolle das Hotelzimmer teilen sollte. Aber bitte, wenn Sie wollen", entgegnete Jana Schneider und hievte sich hoch.

Als der Klang der Geigen das Zimmer erfüllte, stand ich auf und bot ihr meinen Korbsessel an.

„Nein, danke. Wieso interessieren Sie sich für Alfred Riedl? Das ist doch schon Jahre her."

Ich wusste nicht, ob sie mit „das" die Morde oder etwas anderes meinte, doch ich wollte mich nicht mit langen Einleitungen aufhalten. „Hatten Sie ein

Verhältnis mit ihm? Ich meine, bevor er eingesperrt wurde."

„Mit Alfred?" Sie fing an zu lachen, sprudelnd und unbekümmert – entweder war sie wirklich eine gute Schauspielerin, oder ihre Reaktion war echt. „Wie kommen Sie darauf?"

„Vor 30 Jahren, beim Prozess, da kam raus, dass Alfred Riedl Stammgast im Hotel Orient war."

„Ich erinnere mich, ja."

„Vor ein paar Tagen wurde diese Leiche im Hotel Orient gefunden – auf dieselbe Art umgebracht wie die Opfer von Riedl vor 30 Jahren."

„Ich weiß, aber was habe ich damit zu tun?"

„Waren Sie damals Alfreds Geliebte und haben sich mit ihm im Hotel Orient getroffen? Und hat der Portier Ihren Namen nicht preisgegeben, weil dadurch Ihre Karriere beendet gewesen wäre?"

Ich hatte keine Beweise, diese Annahme war reine Spekulation – ich war darauf gekommen, als ich Kims E-Mail zum sicher 20. Mal gelesen hatte.

„Um Himmels willen, wie kommen Sie auf diese absurde Idee?"

„Also, waren Sie es?"

„Mein liebes Kind, ich sage es Ihnen ganz ehrlich – ich hätte mit Alfred Riedl nicht einmal dann geschlafen, wenn ihn mir jemand auf den Bauch gebunden hätte! Laufen Sie jetzt in der Gegend herum und fragen das alle Frauen, die ihn kannten?"

„Nein, jemand hat Ihren Namen genannt."

„Wer?"

„Das ist unwichtig ..."

„Na, für Sie vielleicht, aber ich ..."

„Es ist unwichtig, weil die Person, die das gesagt hat, nicht mehr lebt."

„Das wird ja immer spannender. Aber wieso interessiert Sie das überhaupt alles? Ich dachte, ich soll das Mädchen unterrichten?"

„Es ist kompliziert."

„Das ganze Leben ist eine Aneinanderreihung von Komplikationen", sagte sie, gefolgt von einem Seufzen. Dann überlegte sie kurz. „Ich habe Riedl vielleicht fünf, sechs Mal getroffen, und da waren wir nie allein. Was genau hat denn *diese Person* über mich gesagt?"

„Nur, dass ich nach Ihnen suchen soll." Ich ließ mich in den Korbsessel fallen.

„Aha. Na gut." Sie ging zum CD-Player und schaltete ihn aus. Bevor ich etwas einwenden konnte, winkte sie ab. „Ich verstehe zwar nicht, warum Sie das etwas angeht, aber das bisschen, was ich Ihnen über Alfred Riedl erzählen kann, darf auch sie hören. Ich vertraue euch. Ich habe einen untrüglichen Riecher für Menschen. Aber es bleibt unter uns." Sie öffnete das Schiebekästchen und holte eine Flasche Wodka und eine Flasche Martini heraus.

„Wollen Sie auch einen?", fragte sie. Ich zögerte, bevor ich „Ja, danke" sagte.

Nachdem Jana Schneider die Drinks gemixt und neben mich auf den altrosa Plastiktisch ein volles Glas Wodka-Martini gestellt hatte, holte sie Fanny wieder ins Zimmer.

Sie ließ sich mit einem langgezogenen Ächzen auf die pfefferminzgrüne Couch gleiten und nippte ein paarmal an ihrem Drink.

„Damals waren alle verrückt nach Alfred Riedl. Er war ein Charmeur. Hatte mehr Charisma, als ich es je wieder bei einem Menschen erlebt habe. Es war schwer, sich ihm zu entziehen. Die Frauen lagen ihm reihenweise zu Füßen. Aber ich", fuhr sie fort, und ihre Stimme bekam einen bösartigen Tonfall, „empfand ihn vom ersten Treffen an als einen Widerling."

Mit einem Klopfen auf ein Polster bedeutete sie Fanny, sich ebenfalls hinzusetzen. Das Mädchen ging in die Knie und nahm im Schneidersitz auf dem erbsengrünen Teppich Platz.

„Wieso war er ein Widerling?", fragte sie.

Die Schauspielerin atmete energisch aus, dabei bebten ihre Lippen wie bei einem Pferd. „Ich habe vorher keinen Menschen wie ihn kennengelernt. Und auch nie wieder danach."

„Na, wie war er denn?", fragte Fanny, legte sich auf den Bauch und hörte gespannt zu, als wäre das eine Märchenstunde.

„Ich will euch eine kleine Geschichte erzählen." Jana Schneider stellte das Glas ab und legte ihre Arme rechts und links auf die Lehne. „Es war eine Gartenparty bei irgendeinem reichen Heini. Alfred Riedl und alles, was Rang und Namen hatte, war damals dort. Jedenfalls, ich hatte gerade ein Stelldichein mit einem Kollegen hinter dem Poolhaus. Wir waren beide verheiratet, aber das hat uns nicht davon abgehalten, miteinander ..." Ihr Blick verlor sich über unseren Köpfen. „Meine Güte, was war er für ein schöner Kerl ... und er konnte Sachen ..."

„Was denn für Sachen?", fragte Fanny.

„Wie alt bist du?", fragte Jana Schneider und sah hinunter zu ihr.

„Ich bin 13."

„Ruf mich in drei Jahren an, dann erzähl ich's dir. Also, wir wurden überrascht von einem kleinen Jungen in nassen Badesachen. Der war so über uns erschrocken, dass er in die verkehrte Richtung davonlief. Ich bin ihm hinterher, na ja, ich wollte nicht, dass er irgendwas ausplaudert. Der Kleine ist in eine Laube gerannt. Alfred Riedl stand dort, ganz alleine, und hat eine Zigarre geraucht. Ich bin stehen geblieben, ich war noch nicht ganz angezogen. Der Kleine hat nicht nach vorne geschaut, sondern auf mich, weil ich ihn ja verfolgt habe. Und darum hat er Riedl nicht gesehen und ist mit nacktem Oberkörper in dessen dicke glühende Zigarre gerannt. Funken haben gesprüht, der Kleine hat angefangen, wie am Spieß zu brüllen. Er hatte eine richtige Brandwunde mitten am Brustkorb. Doch Riedl ist nur dagestanden. Er hat dem Jungen beim Leiden zugesehen. Obwohl es schon so viele Jahre her ist, sehe ich ihn noch immer vor mir. Es war nicht so, dass es ihm gefallen hat, er hat nicht gelacht oder sich gefreut. Nein, er hat den Buben einfach nur betrachtet. Völlig ohne Empathie. Genauso gut hätte er ein Stück Holz oder ein Wasserglas ansehen können."

„Dieser kleine Junge? War das einer seiner Söhne?"

„Nein, die waren damals gar nicht mit auf der Party. Und dieser Bub hat ihn nicht gekannt."

„Wieso wissen Sie das?"

„Weil alle angerannt kamen und er geplärrt hat ‚Der fremde Mann hat mich verbrannt'."

„Und dann?"

Sie hob die Augenbrauen, bis sie ein Strich mit kleiner Unterbrechung in der Mitte waren. „Ja, als er Zuschauer hatte, war Riedl wie ausgewechselt. Hat ein bekümmertes Gesicht gemacht. Den Buben getröstet. Der liebe Kinderarzt mit seinem kleinen Patienten. Er hat ihn sogar verarztet, glaube ich."

„Und Sie und Ihr Kollege, das Stelldichein, hat der Bub das ausgeplaudert?", fragte Fanny und stützte ihr Kinn in die Hände.

„Nicht sofort. Aber ja, das hat er. Und seine Mutter hat es auch gleich weitererzählt."

„Und?", fragte Fanny und beugte sich noch weiter vor – dieser Teil der Geschichte interessierte sie anscheinend um einiges mehr.

„Du bist neugierig", sagte Jana Schneider. Fanny wollte sich schon verteidigen, doch die Schauspielerin hielt sie auf. „Nein, das ist gut. Als Künstlerin musst du neugierig sein. Sie haben es alle erfahren. Mein Kollege wurde von seiner Frau verlassen und ich von meinem Mann. Und dann haben die beiden sich miteinander getröstet – sie sind mittlerweile fast 30 Jahre verheiratet."

„Das tut mir leid", sagte Fanny und richtete sich wieder auf.

„Das muss es nicht, Kind. Die beiden hassen einander und machen sich das Leben zur Hölle. Ich glaube, der einzige Grund, warum sie noch immer verheiratet sind, ist wegen der Geschichte damals."

„Das verstehe ich nicht", sagte Fanny.

„Um noch mal auf Riedl zu kommen", sagte ich dazwischen, „es gab doch diesen großen Skandal, weil niemand daran glauben wollte, dass dieser liebe, aufopfernde Kinderarzt ein Mörder sein könnte. Und hätte er es nicht selber gestanden …"

„Er war ein Meister darin, sich zu verstellen. Besser als jeder Schauspieler." Sie prostete mir zu und leerte ihr Glas mit einem Zug. „Von dem Moment bei der Party an wusste ich, dass dieser Mann ein Geheimnis hat. Dass es sich dabei allerdings um Leichen von Kindern handelt – nun, davon war ich restlos schockiert."

„Haben Sie es ihm zugetraut?"

„Niemals. Und das, obwohl ich diese Szene gesehen habe. Aber das ist wahrscheinlich das Heimtückische am Bösen – es lässt sich in keine Schublade stecken."

„Wie hat Riedls Frau reagiert?", fragte ich.

„Das weiß ich nicht, ich hab mich dann sehr schnell verabschiedet und bin gegangen."

„Sagt Ihnen vielleicht die Zahl 3107 im Zusammenhang mit Alfred Riedl irgendwas? Eine Hausnummer? Telefonnummer? Postleitzahl? Ein Datum? Irgendetwas?"

Sie überlegte lange, ließ sich die Zahl noch zweimal nennen.

Schließlich schüttelte sie ahnungslos den Kopf.

„Haben Sie eine Vermutung, mit wem Alfred Riedl im Hotel Orient war? War diese Person vielleicht auch auf der Party?", fragte ich weiter.

Da blitzten ihre Augen auf. Sie beugte sich vor und stieß einen Pfiff aus.

„Ich weiß keine Namen, das passierte ja alles nur im Geheimen. Aber eines weiß ich ganz sicher: Die Frage muss eher lauten, mit wem war Alfred damals *nicht* im Orient? Ich hab Ihnen ja gesagt, die Frauen waren verrückt nach ihm. Und das habt ihr nicht von mir –", sie legte den Zeigefinger auf die Lippen, „der Portier vom Orient hat nach Riedls Inhaftierung von sehr vielen gutbetuchten Ehefrauen abkassiert, damit er nicht ausplaudert, mit wem der seine Tête-à-Têtes hatte. Sonst hätte es in der Wiener Bussi-Bussi-Gesellschaft Scheidungen nur so geregnet."

20.

„Und was machen wir jetzt?", fragte Fanny und hüpfte die Treppen von Jana Schneiders Wohnhaus hinunter. Sie war quietschvergnügt und dankte mir überschwänglich für diesen tollen Nachmittag. Jana Schneider hatte sie an sich gedrückt und ihr zum Abschied verzückt in die Wangen gekniffen. Ich hatte die Schauspielerin gebeten, sich bei mir zu melden, egal, was ihr noch einfiel.

„Wie, was machen wir jetzt?", fragte ich zurück und trat hinter Fanny auf die Straße.

„Also, ich hab gemeint, weil Anna ja auf Konny aufpasst und Martin sowieso bei Konrad ist, also, was machen wir? Au ja, ich weiß, lass uns zu diesem Hotel Orient fahren."

„Nein." Ich ging weiter, und sie hüpfte mir hinterher.

„Aber vielleicht erfahren wir ja irgendwas, wenn wir mit dem Portier reden?"

„Oh ja, der erzählt mir sicher viel, wenn ich mit einer 13-Jährigen dort ankomme."

„Ach komm, Lotta. Jetzt chill mal deine Basis."

„Ich soll was?"

„Chill deine Basis. Das heißt, du sollst dich entspannen."

„Wir gehen nicht ins Hotel Orient."

Fanny stellte sich mir in den Weg, faltete ihre Hände und jammerte:

„Können wir dann auf ein Eis gehen? Ich bin am Verhungern, ich hab heute noch nicht mal einen Kaugummi gegessen. Sonst krieg ich Unterzucker und kann dir nicht bei der Mörderjagd helfen."

Eine gertenschlanke Frau um die 50, die neben uns auf ihren Highheels trippelte, drehte sich pikiert zu uns.

Fanny gefiel die plötzliche Aufmerksamkeit der Fremden, sie legte sich die Hände auf den Brustkorb und wimmerte: „Bihihitte, ich will Proshitto und Urinade. Und alles auf einen Haufen." Wir brachen gleichzeitig in lautes Gelächter aus. Die Frau keppelte „Lauter Wahnsinnige" und trippelte davon.

Es wurde nicht „Proshitto und Urinade", sondern zwei Kebab beim Kebabstand vor dem Eingang zur U-Bahn.

Fanny bestellte gleich für mich mit. „Beide mit allem, wenig scharf und doppelt Sauce. Dazu zwei Mineralwasser. Und ein paar Extrascheiben Tomaten für mein bezauberndes Lächeln", grinste sie den Verkäufer an. Sie nahm das Essen entgegen, ich bezahlte, und wir setzten uns auf eine Parkbank.

„Ich finde es gut, dass du diesen Martinidingsbums nicht getrunken hast", sagte Fanny schmatzend. Sie überraschte mich, wie so oft. Ich hatte nicht gedacht, dass es ihr überhaupt aufgefallen war.

Während des ganzen Gesprächs über Alfred Riedl war der Drink, den Jana Schneider mir eingeschenkt hatte, neben mir gestanden. Und obwohl meine Hand nichts lieber wollte, als danach zu greifen, hatte ich es nicht getan.

„Was passiert eigentlich, wenn man Valium und Tequila nimmt?", wechselte Fanny das Thema.

„Was?"

„Na, diese Kim hat das doch geschrieben, dass sie das gemacht hat."

Ich verschluckte mich an dem Bissen, den ich gerade genommen hatte.

„Du hast die Mail gelesen", hustete ich.

Fanny wurde so knallrot wie die Tomate, die aus ihrem Kebab herausragte. Sie klopfte mir auf den Rücken, und als ich wieder normal atmen konnte, sagte sie kleinlaut: „Tut mir leid, aber was soll ich machen? Ich bin 13. Sag einem Teenager, etwas ist verboten, und du kannst mit Sicherheit davon ausgehen, dass er es tun wird."

„Fanny, schwör mir, dass du nie – unter gar keinen Umständen – irgendjemandem davon erzählen wirst. Niemals. Und schon gar nicht Jana Schneider."

Sie legte ihren Zeige- und Mittelfinger an ihr Herz. „Ich schwöre es hoch und heilig."

Dann wurde sie plötzlich still und ließ ihr Kebab sinken. „Diese Kim ... sie hat sich wirklich umgebracht, oder?"

„Wahrscheinlich."

„Und weiß es ihre Familie?"

„Ich hab keine Ahnung."

„Wieso ist sie nicht einfach weggegangen?"

Weil ich nicht wusste, was ich darauf sagen sollte, legte ich meinen Arm um ihre schmalen Schultern. So saßen wir auf der Bank, bis mein Handy läutete. Ich reichte Fanny mein Kebab. Weil nichts anderes da war, wischte ich meine Finger an der Unterseite der Bank ab und fischte das Telefon aus der Tasche. Es war eine unbekannte Nummer.

„Hallo?"

„Hier ist noch mal Jana Schneider." Sie klang angestrengt, als würde es ihr schwerfallen zu sprechen. Ob mehrere Wodka-Martinis der Grund dafür waren?

„Ist alles in Ordnung?"

„Ja. Nein. Also, mir ist noch etwas eingefallen, von dieser Gartenparty. Es hat vielleicht keine Relevanz, aber ... Sie haben ja gesagt, ich soll mich melden."

„Ja?"

Sie zögerte, und ich wiederholte: „Ja?"

Einem langgezogenen Seufzen folgte: „Sie wollten wissen, ob ich Riedl die Morde zugetraut habe, und ich habe nein gesagt. Und das stimmt. Habe ich wirklich nicht. Seit Sie gegangen sind, frag ich mich, warum ich das nie für möglich gehalten hätte. Wie gesagt, ich habe ein untrügliches Gespür für Menschen. Ich wusste ja vom ersten Kennenlernen, dass was nicht mit ihm stimmt. Und es ist mir eingefallen. Es war wegen seiner Kinder."

„Waren die auch auf der Party?"

„Nein, ich glaube nicht, nur seine Frau war dort. Was ungewöhnlich war, denn die anderen paar Male, die ich ihn getroffen hatte, waren seine Kinder mit. Und er war so nett und aufmerksam zu ihnen. Ein liebevoller Vater. Und das war echt – ich erkenne auf 100 Kilometer, ob jemand spielt. Das waren keine Kinder, die Angst vor ihrem Vater hatten. Dann schon eher vor ihrer Mutter."

„Wieso vor ihrer Mutter?", fragte ich nach.

„Sarah Riedl hat ständig an ihnen herumgemäkelt. Tu dies nicht, tu das nicht. Sei nicht so oder so. Diese Kinder konnten ihr kaum etwas recht machen. Und das in der Öffentlichkeit. Grauenhaft. Nur dieses asiatische Adoptivkind, das hat sie betüddelt, als wäre die Kleine die nächste Thronfolgerin."

Sie wollte sich darauf rasch verabschieden, doch ich hielt sie ab.

„Eine Frage noch: Die Orte, an denen die Leichen vor 30 Jahren gefunden wurden – hatten die irgendeine Geschichte?"

„Wie meinen Sie das?"

„Ein Geheimnis, eine doppelte Bedeutung, irgendwas?"

„Ich verstehe nicht ..."

„Warten Sie einen Moment bitte." Ich griff in meine Tasche, holte einen Fünf-Euro-Schein heraus und reichte ihn Fanny. „Kannst du uns schnell irgendwas Süßes holen? Ich hab gesehen, die verkaufen auch Mars und Snickers." Mit dem Kinn deutete ich zum Kebabstand. Fanny steckte sich eines der Kebabs in den Mund, schnappte mit der freien Hand das Geld und sprang auf. Ich sah ihr nach, bis ich ganz sicher war, dass sie außer Hörweite war.

„Ich meine, so wie zum Beispiel die Prater Hauptallee. Untertags Erholungsort und in der Nacht Kinderstrich."

Neben mir fing jemand an zu husten. Ich drehte mich zur anderen Seite und sah in das schockierte Gesicht eines älteren Herrn mit grauem Hut, der sich unbemerkt neben mich gesetzt hatte. So schnell wie möglich stand er auf und ging mit ziemlichem Tempo davon.

„Ich weiß doch nicht einmal mehr, wo die Leichen damals gefunden wurden."

„Es waren drei Parks, ein Hinterhof, ein altes Fabrikgebäude und eine Tiefgarage", sagte ich und war selber erstaunt, dass ich das behalten hatte.

„Nein, kann mich nicht erinnern", sagte sie und legte rasch auf. Fanny kam zurück, in ihrer Hand hielt sie glücklich zwei Marsriegel.

„Tust du mir einen Gefallen?", fragte ich.

„Klar. Alles, solange du nicht beide Mars haben willst."

„Ich will nicht mal eines. Wir kaufen jetzt noch drei Kebabs, und die bringst du zu Konrad, Anna und Martin. Hast du heute noch Probe? Schule? Irgendwas?"

„Nein, gar nix."

„Gut. Ich rufe Anna an und bitte sie, noch für zwei Stunden auf Konny aufzupassen. Kannst du mit Konrad diese Übungen machen, von denen Anna gesprochen hat?"

„Sicher. Und was machst du?"

„Ich versuche, noch mehr über Alfred Riedl herauszubekommen." Und dann öffnete ich den Reißverschluss meiner Geldbörse und nahm eine Visitenkarte heraus.

Am Kohlmarkt, nicht weit von der Konditorei „Demel", zwischen Chanel und Cartier, war der Eingang der *Walk-in-Schönheitsklinik* von Victor Riedl. Ich hatte keine Ahnung, ob er heute überhaupt da sein würde, aber der Besuch bei Jana Schneider, besser gesagt ihr Anruf, hatte mich auf eine Idee gebracht.

Beim Eingang begrüßte mich ein plätschernder Marmorbrunnen, gleich dahinter saßen am Empfang ein paar blonde, vertrauenerweckende Mittdreißigerinnen mit Pausbacken und Botoxstirnen. Es roch nach frischen Blumen, das Ambiente war in Pastellfarben gehalten und wirkte eher wie ein Spa als eine Ordination, in der auch operative Eingriffe durchgeführt wurden. An den Wänden hingen Schwarzweißfotografien makelloser Körper und ebenmäßiger, porenfreier Gesichter.

„Ich möchte zu Dr. Riedl", sagte ich zu einer der Damen, die mich schon seit meinem Eintreten so erschrocken angesehen hatte. Gold, Hirse-Spinat-Auflauf und 34.

Ohne ihre Miene zu verändern, sagte sie: „Es tut mir furchtbar leid, aber der Herr Doktor kann heute keine Patienten annehmen. Wir haben einige andere Ärzte, die ich Ihnen anbieten kann. Wollen Sie ein Vorgespräch, oder sind Sie hier für to-go?"

Ihre Stimme klang, als würde ein Kind mit aller Kraft in eine Flöte blasen.

„Was meinen Sie mit to-go?"

Sie fischte eine Broschüre von ihrem Pult und schob sie mir hin.

„Wir haben gerade eine Botox-to-go-Aktion. Wenn Sie die Stirn- und Zornfalte machen lassen, bekommen Sie die Krähenfüße um 50 Prozent ermäßigt dazu."

„Danke, nein, ich bin nur hier für ein Gespräch."

„Gut, dann werde ich Sie zu seinem Kollegen ..."

„Ist Dr. Riedl nicht da?"

Sie senkte ihre Stimme und beugte sich über den Tresen. „Doch, aber er ist nur kurz zur Besprechung gekommen, um die nächsten Tage zu klären – er hat sich freigenommen, es gibt bei ihm einen familiären Notfall."

„Würden Sie ihn bitte trotzdem anrufen und ihm sagen, dass ich hier bin."

„Das geht leider nicht, wir haben die strikte Anordnung, nicht zu stören."

„Ich bin keine Patientin, mein Besuch ist privat. Ich habe es schon auf seinem Handy versucht ..."

„Er hat alle Anrufe zum Empfang umgeleitet."

„Ja, ich weiß, deshalb bin ich hier. Bitte. Es ist wichtig."

„Na gut, ich kann es versuchen, aber ich glaube nicht, dass er abhebt." Sie nahm den Hörer vom Telefon. „Wie ist Ihr Name?"

„Lotta Fiore."

Sie hob den Telefonhörer und drückte zwei Tasten.

„Er hebt nicht ab", sagte sie nach ein paar Sekunden.

„Würden Sie es bitte noch einmal versuchen?"

„Das hat keinen Sinn, er ..." Sie stoppte mitten im Satz, ihre Verwunderung konnte ich nur erahnen. „Ah, Herr Doktor, ich weiß, Sie wollten nicht gestört werden, aber eine Frau Fiore ist da und möchte Sie sprechen ... Ja, ist gut, ich sag es ihr."

Sie legte auf, nahm einen Kugelschreiber und sah wieder zu mir. „Er kann jetzt nicht – wie gesagt, er hat eine Besprechung. Aber er ruft Sie so schnell wie möglich zurück."

Nachdem ich ihr meine Telefonnummer angesagt hatte, schnappte ich mir eine Broschüre und verließ die Schönheitsklinik.

Auf der Fußgängerzone war viel los, wahrscheinlich waren gerade ein paar Busse angekommen. Lauter Touristen, die vor dem Hintergrund der grünen Kuppel des Michaelertrakts mit ihren Selfie-Stangen Fotos machten und dabei den Kohlmarkt verstopften. Unschlüssig blieb ich stehen, ließ mich von der Menschenmasse Richtung Michaelaplatz schieben, drehte wieder um, ging vorbei an Riedls Klinik, vor bis zur Naglergasse. Ich sah auf die Uhr, Renate Riedl würde erst in ein paar Stunden ihr Lokal aufsperren – sofern es heute nicht geschlossen blieb. Trotzdem nahm ich mein Handy aus der Tasche und rief Anna an.

Fanny war bereits mit den Kebabs bei ihnen angekommen, Konny schlief, und sie hatte keine Einwände, als ich sie fragte, ob ich noch eine Stunde länger wegbleiben konnte.

Irgendetwas hielt mich hier fest, vielleicht war es auch nur die Hoffnung, dass Victor Riedl sich bald melden würde und ich ihn noch treffen konnte. Ich sah, wie ein Fensterplatz im Café des Feinkostsupermarkts, der 50 Meter von der Klinik entfernt war, frei wurde, und beschloss, dort zu warten.

Eine halbe Stunde starrte ich entweder aus dem Fenster oder auf das schweigende Handy. Ich versuchte, die Blicke der erschöpften Touristen zu ignorieren, die warteten, dass ich aufstehen und gehen würde. Gerade als ich überlegte, ob ich noch mal in der Klinik anrufen und Victor Riedl ausrichten lassen sollte, wo ich war, zog jemand an der Theke meine Aufmerksamkeit auf sich.

Der gutaussehende Mann, der hektisch auf den Kellner einredete, wirkte hier so anders, dass ich ihn im ersten Moment gar nicht wiedererkannte. Erst durch seine Narbe, die sich wie ein Krater von der Mitte seines Ohrs bis zum Mundwinkel zog, wusste ich, wer er war.

Der Geräuschpegel im Café war so laut, dass ich nicht verstehen konnte, was Moritz Riedl, der Jüngste der Riedl-Geschwister, sagte, aber er wurde immer aufgeregter. Schließlich schlug er mit der Hand auf den Tresen und rief: „Leo, wagen Sie nicht, meinen Bruder anzurufen."

Der Kellner hob entschuldigend die Hände und sagte gerade laut genug, damit ich es hören konnte: „Herr Moritz, beruhigen Sie sich. Sie lassen mir sonst keine Wahl." Dann winkte der Kellner dem Securitymann beim Eingang, worauf Moritz Riedl wütend kehrtmachte und zum Ausgang stürmte. Ich ließ einen Fünf-Euro-Schein am Tisch liegen und folgte ihm.

Damit er mich nicht bemerkte, blieb ich ein paar Meter hinter ihm. Es war nicht leicht, ihn dabei nicht aus den Augen zu verlieren.

Und dann verlor ich ihn. Ein paar amerikanische Touristen drängten mich zur Seite, als sie in einiger Entfernung die Pestsäule erblickten. Ich hüpfte ein paarmal in die Höhe, um mir einen Überblick zu verschaffen, aber es war chancenlos.

„Was wollen Sie von mir?", brüllte mich jemand von hinten an und packte mich am Arm. Er wirbelte mich herum, und ich starrte perplex in Moritz Riedls wütendes Gesicht. Er sah mich an, als wäre er ein Wolf und ich seine Beute.

„Sind Sie irre, mich so zu erschrecken?", brüllte ich zurück, und er ließ mich los.

„Hat mein Bruder Sie geschickt?"

„Was?"

„Sie kommen von ihm, nicht wahr?" Er nahm meine Hand, streckte sie in die Luft und rief in die Menge: „Okay, Victor. Sie hat mich gefunden!"

Ich wand mich aus seinem Griff. „Was soll das?"

„Das frage ich Sie! Sie sind mir vom Café aus gefolgt."

„Ich hab dort einen Kaffee getrunken, weil ich darauf gewartet habe, dass Ihr Bruder mich anruft. Aber das hat er nicht getan, also bin ich gegangen, und zwar hierher, zur U-Bahn." Ich deutete zum Abgang mit den Rolltreppen hinter mir.

„Sie sind mir also nicht hinterher, weil mein Bruder ...?"

„Ich hab keine Ahnung, was Sie meinen."

„Sie waren am Begräbnis meines Vaters, wer sind Sie?", fragte er, sah dabei aber die ganze Zeit hektisch rechts und links an mir vorbei, als würde er etwas suchen.

„Das geht Sie eigentlich gar nichts an, aber ich kenne Ihre Mutter von früher, ich bin Maria Fiores Tocht..."

„Sie sind Carlotta? Was wollten Sie von meinem Bruder?" Er schaute mich noch immer nicht an, sondern sah sich um. Jedes Gesicht, das an uns vorbeikam, überprüfte er. Es dauerte einen Moment, bis ich begriff, warum er das tat.

„Sie haben Angst", erkannte ich. Erst jetzt hatte ich wieder Moritz Riedls Aufmerksamkeit. Sein Atem ging schneller. „Kim, meine Halbschwester, sie ist tot."

„Ich weiß."

Er wischte sich die blonden Locken aus der verschwitzten Stirn. „Es ... es tut mir leid. Ich wollte Sie nicht erschrecken. Wirklich. Es ist ... ich kenne Sie doch. Sie waren bei uns zu Hause."

„Ja, ich habe vor ein paar Tagen mit Ihrer Mutter gesprochen."

„Nein, das meine ich nicht. Es ist ewig lange her, wir waren Kinder. Meine Mutter sollte Sie unterrichten. Ich habe am Gang gewartet. Verzeihen Sie, aber können wir irgendwohin, wo ich einen Drink kriege und wir nicht beobachtet oder abgehört werden?"

„Wieso?"

„Weil ich der Nächste bin."

21.

„Sieh an, sieh an! Na, diese junge Dame hab ich ja schon eine Ewigkeit nicht mehr gesehen", begrüßte mich Attila mit gespielter Verärgerung in der Eden-Bar. Der 1,55 m kleine weißhaarige Ungar im Smoking kam mit ausgebreiteten Armen auf mich zu und küsste mich ab, als wäre ich die verlorene Tochter, die endlich heimkehrte.

Hier hatte sich nichts verändert, es gab dieselbe Tanzfläche in der Mitte des fensterlosen Lokals, dieselben schwarzen und weißen Büsten von Kaiser Franz Joseph und dieselben Jugendstillampen, die alles noch in genauso schummriges Licht tauchten wie bei meinem letzten Besuch vor zwei Jahren.

„Attila, ich weiß, ihr habt noch nicht geöffnet, aber kannst du uns ausnahmsweise jetzt schon einen ausgeben?", fragte ich, leise genug, damit mich die Putzfrau, die gerade den Boden aufwischte, nicht hörte.

Attila sah zu Moritz Riedl und wollte etwas erwidern, aber ich griff nach seiner Hand. „Bitte."

„Ich hoffe, Sie sind nicht vom Magistrat", sagte er zu Moritz Riedl.

„Okay, aber nur einen, wir öffnen doch erst in ein paar Stunden."

Er führte uns zu einem Tisch in der Ecke, und Moritz Riedl bestellte sich einen doppelten Wodka auf Eis. Ich bat um ein Mineralwasser, worauf Attila mit lautem Gelächter Richtung Theke abzog, als wäre das der Scherz des Jahrhunderts.

„Danke", sagte Moritz Riedl und kauerte sich in die dunkelrote samtene Eckbank, „und es tut mir leid wegen vorhin." Er griff in die Brusttasche seines Hemds und holte mit zitternden Fingern eine Zigarette heraus.

„Wollen Sie auch eine?"

„Nein, danke. Wie haben Sie das gemeint, Sie sind der Nächste?"

Bevor er antworten konnte, kam Attila schon mit unseren Getränken. Die Eiswürfel klimperten im Glas, als er Moritz Riedls großzügig eingeschenkten Wodka am Tisch abstellte. Statt meines bestellten Mineralwassers stellte er mit einem Augenzwinkern einen doppelten Tequila vor mich, die Zitronenspalte hing am Glasrand.

„Geht aufs Haus", lächelte er mir zu, bevor er wieder abzog.

Moritz Riedl griff gierig nach seinem Drink. Er nahm einen großen Schluck Wodka, der seine Anspannung zumindest teilweise wegzuspülen schien. Die Zigarette hielt er weiter unangezündet zwischen seinen zitternden Fingern. Er sah mich an, und dann plötzlich sammelten sich Tränen in seinen Augenwinkeln, die er aber schnell wieder wegwischte.

„Sie müssen mich ja für völlig durchgeknallt halten", sagte er.

Ich schüttelte den Kopf. Moritz Riedl war mir in diesem Moment näher, als er ahnen konnte. Ich verstand, wie er sich fühlte. Er musste das schon oft durchgemacht haben – diesen Moment, in dem sich dein Leben mit einem Schlag vollkommen verändert, und danach ist nichts, aber auch gar nichts mehr, wie es vorher war.

„723 Tage", sagte er und nahm einen weiteren Schluck.

„Was denn?"

Er stellte das Glas ab und schob es, ohne den Blick davon zu nehmen, mit den Fingerspitzen von sich weg, als würde es ihn anekeln. „Die Anonymen Alkoholi-

ker. 723 Tage war ich trocken. Und heute ist Tag null."
Die Träne, die sich daraufhin aus seinem Augenwinkel löste, wischte er nicht mehr weg. Soeben hatte er sein Gelübde, keinen Alkohol mehr zu trinken, gebrochen. Und alles in mir wollte seinem Beispiel folgen. Aber ich tat es nicht.

„Das mit Kim ... es tut mir sehr leid." Ich meinte es ernst.

Er nickte mit einem leisen Schluchzen. „Ich kann mich noch an den Tag erinnern, als ich erfahren habe, dass meine Eltern ein Mädchen aus Vietnam adoptieren." Seine Stimme klang, als hätte er Kieselsteine im Hals. „Am Anfang hab ich sie gehasst, bei meiner Mutter hat sich alles nur um sie gedreht. Kim war das einzige Kind, das sie je geliebt hat. Die Adoptivtochter, die ständig am Rockzipfel hing. Ich hab alles Mögliche angestellt und dann gesagt, sie war es. Sie hat mich nie verraten ..."

Seine Stimme kippte in ein herzzerreißendes Schluchzen, und die Zigarette fiel vor lauter Zittern aus seiner Hand. Er hob seinen Blick, mehr zu sich selber als zu mir schüttelte er den Kopf, stand auf und ging zu Attila, der gerade bei der Bar das Gästebuch kontrollierte. Moritz Riedl griff in seine Gesäßtasche und holte einen Packen Geldscheine heraus. Er nahm zwei oder drei 100-Euro-Scheine, deutete auf die volle Wodkaflasche in dem Spiegelregal hinter der Theke und reichte Attila das Geld.

„Danke. Der Rest ist für Sie." Der Kellner bedankte sich überschwänglich und reichte ihm zu der Flasche einen kleinen mit Eiswürfeln gefüllten Silberkübel.

Wieder am Tisch, warf Moritz Riedl drei Eiswürfel in sein Glas, schenkte sich Wodka ein und schüttete den Drink sofort hinunter. Als hätte der Alkohol die letzte Schranke seiner Selbstbeherrschung durchbrochen, fing er hemmungslos zu weinen an.

Er knallte das Glas auf die gläserne Tischplatte und vergrub sein Gesicht in den Händen. Und ich kam mir sehr dumm und sehr naiv vor, dass ich überhaupt mit dem Gedanken gespielt hatte, irgendwen der Familie Riedl an diesem Tag nach Alfred Riedl zu befragen.

Attila sah mich aus der Entfernung fragend an, und ich zuckte mit den Achseln. Er deutete als Antwort etwas in die Luft, das ich nicht kapierte, also zuckte ich erneut. Daraufhin ging er hinter der Theke in die Knie, und im nächsten Moment ertönte Ella Fitzgerald aus den Lautsprechern, die darüber sang, zu welchen Jahreszeiten sie Paris liebte.

Je länger das Lied lief, desto mehr schien Ellas Stimme Moritz Riedl aus seiner Trauer zu erlösen – sie war wie ein Rettungsseil, das jemand aus einem Boot geworfen hatte. Vielleicht war es aber auch nur der Alkohol, der seine Wirkung zeigte.

Sein Atem wurde gleichmäßiger, und irgendwann sah er wieder hoch und trocknete sich das Gesicht mit seinem Hemdsärmel. „Es tut mir leid", wisperte er.

„Das muss es nicht", sagte ich und meinte es auch so. Er lehnte sich zurück.

„Sie war die Beste von uns. Das war sie wirklich." Er griff nach der Wodkaflasche und goss nach.

„Wie geht es Ihrer Mutter?"

Er öffnete den Mund, versuchte etwas zu sagen, aber stattdessen füllten sich seine Augen wieder mit Tränen. Er schluckte die unaussprechliche Antwort mit einem großen Schluck Alkohol hinunter. Eine Weile saßen wir schweigend da und lauschten den letzten Takten des Lieds und der samtenen Stimme von Ella Fitzgerald. Ich bemühte mich, den Tequila vor mir zu ignorieren, doch je länger wir schwiegen, desto schwieriger wurde es.

„Vorhin, als Sie mich auf der Straße angesprochen haben ... Sie haben gesagt: ‚Victor, sie hat mich gefunden'. Warum?"

„Er sagt, ich soll nicht überreagieren. Er wollte mir jemanden nachschicken, der auf mich aufpasst. Damit ich nicht durchdrehe. Etwas Unüberlegtes tue, zum Beispiel wieder zu trinken anfange. Oder dem Mörder vorgreife und ..."

Er sprach es nicht aus, ich wusste auch so, was er meinte. Er hob das Glas, bereit für den nächsten Schluck.

„Wieso sagen Sie, dass Ihre Mutter nur Kim geliebt hat?", hielt ich ihn auf.

Ein nüchterner Blick zwischen all dem Alkohol. „Weil es stimmt. Also damals, als wir Kinder waren. Bevor das ... mit meinem Vater passiert ist. Aber sie konnte nichts dafür, es war nicht ihre Schuld."

Ich wollte wissen, was er damit meinte, doch aus irgendeinem Grund schaffte ich es nicht und fragte stattdessen: „Wovor haben Sie Angst?"

Er zuckte zurück. Die Hälfte des Wodkas schwappte über den Glasrand und hinterließ einen großen Fleck auf seinem Hemd. Er schien es nicht mal zu merken.

„Sie war die Jüngste. Danach komme ich." Wusste er etwas? Dasselbe wie Kim?

Er stellte das Glas ab, griff nach seiner Zigarette, die noch immer am Tisch lag, holte ein schwarzes Feuerzeug aus seiner Brusttasche und zündete sie mit einem tiefen Zug an. Seine Hand zitterte unverändert. „Ich kann nicht glauben, dass es stimmt. Meine kleine Schwester Kim ..."

Seine Verzweiflung löste bei mir ein unerträglich schlechtes Gewissen aus. Ich versuchte es mit einem professionellen „Wer, glauben Sie, ist für ihren Tod verantwortlich?".

Seine Antwort war leise, kaum mehr als ein Hauchen.

„Ich weiß es nicht. Derselbe, der meinen Vater kopiert?"

Wenn die Abschieds-E-Mail nicht echt war, wenn Adam Fitzpatrick etwas damit zu tun hatte, dann war ich diejenige, die Kim verraten hatte.

Wenn sie echt war, durfte ich trotzdem nichts davon erwähnen. Zu viele Wenn.

„Und wieso hat er es getan?"

„Wieso passiert das alles? Diese beiden Kinder ... Kim ..." Erneut kamen ihm Tränen. „Gott, ich hatte noch nie in meinem Leben solche Angst." Er sah mich an, sein Blick war so voller Schmerz, dass ich mit dem Oberkörper zurückwich.

„Vielleicht war es ein Unfall? Selbstmord?"

„Sie kannten Kim nicht."

„Aber es wäre doch ..."

Er langte über den Tisch, griff nach meiner Hand und drückte sie.

Obwohl seine Augen glänzten, war sein Blick sanft.

„Nein, wäre es nicht. Hören Sie auf. Bitte."

Dieser trauernde Mann löste etwas in mir aus, das ich fast nicht aushielt. Ich entschuldigte mich und flüchtete auf die Toilette. Doch dieser düstere enge Raum machte es um nichts besser, ich hatte das Gefühl zu ersticken. Ich drehte den Wasserhahn auf und ließ mir das eiskalte Wasser über die Handgelenke laufen.

Mein Spiegelbild starrte mich an, fremd und verwirrt.

„Reiß dich zusammen", zischte ich der Frau im Spiegel zu. Sie schien mich nicht zu hören.

Schließlich trocknete ich meine Hände, verließ den Waschraum und ging zurück zu unserem Tisch. Moritz Riedl sah mir gedankenverloren zu, wie ich mich setzte, er hatte sich eine neue Zigarette angezündet.

„Was wollten Sie bei meinem Bruder?"

„Wir wurden gestern bei einem Gespräch unterbrochen."

Moritz lachte auf, während er nach seinem Glas griff und daran nippte. Ich sah zur Wodkaflasche, ihr Inhalt war in den paar Minuten, die ich auf der Toilette war, um weitere Zentimeter gesunken.

„Wieso lachen Sie?", fragte ich, doch er schüttelte den Kopf, rollte seine Zigarette im Aschenbecher. Es hatte etwas Zärtliches, als würde er die Glut streicheln.

„Victor, er ...", begann er, doch dann sprach er nicht weiter.

Die Blicke von Victor Riedl zur Restauranttür. Der inszenierte Streit zwischen ihm und seiner Schwester Renate. Wahrscheinlich hatte ich mich nicht geirrt. „Ihr Bruder wollte gar nicht mit mir reden, oder?"

Moritz nahm den Blick nicht von der Zigarette. Keine Reaktion war auch eine Reaktion. Also sprach ich weiter.

„Er hat nur eingewilligt, weil ich sonst wieder zu Ihrer Mutter gefahren wäre, oder? Ihre Schwester sollte eigentlich bei dem Gespräch dabei sein.

Aber sie war zu spät. Und dann hat sie sich anders verhalten, als ausgemacht war. Stimmt das?"

Erst jetzt hob Moritz Riedl seinen Kopf wieder und sah mich eine Weile an. Ich hielt seinen Blick aus. Als ich dachte, er würde nichts mehr sagen, begann er plötzlich zu sprechen.

„Wir wurden so oft in unserem Leben befragt. Von der Polizei, Anwälten, Ärzten. Und dann gab es alle diese Angebote von Zeitungen, Zeitschriften, Fernsehen, Autoren, die ein Buch über uns schreiben wollten. Immer die gleichen Fragen, auf die keiner von uns Antworten hatte. Denn die Wahrheit ist, wir haben unseren Vater nicht gekannt. Wir haben ihn geliebt, aber wir kannten ihn nicht im Mindesten."

„Ich verstehe, was Sie meinen." Das tat ich wirklich. Maria Fiore. Ein nicht greifbarer Mensch. „Wenigstens waren Sie nicht alleine. Sie hatten Ihre Geschwister."

„Ja, das stimmt. Ich weiß nicht, was ich ohne sie getan hätte, als dieser Brief von ihm kam."

„Welcher Brief?"

„Von unserem Vater. Aus dem Gefängnis, an Victor, Nate und mich. Er hat versucht zu erklären."

„Was denn?"

„Seine Geschichte. Ich weiß nicht, ob es Teil einer Therapie war, dass er uns geschrieben hat. Wir haben nie darüber gesprochen. Es hätte sowieso nichts geändert ..."

„Was war seine Geschichte?"

Er antwortete nicht, kratzte nur mit dem Finger über eine Ecke des Etiketts auf der Wodkaflasche, die sich vom Glas gelöst hatte.

„Mein Bruder war beeindruckt von Ihnen", sagte er plötzlich. Mein Herz begann, außer Takt zu schlagen.

„Das geschieht nicht oft. Sie ist anders, als ich erwartet habe, hat er gesagt. Ich verstehe jetzt, was er gemeint hat. Sind Sie wirklich die Tochter von Maria Fiore?"

Ich schaute auf das volle Glas vor mir. Die Eiswürfel waren bereits geschmolzen, am Rand schimmerten kleine nasse Perlen. Und dann, völlig selbstverständlich, als hätte es die letzten eineinhalb Jahre nicht gegeben, kippte ich den Tequila in einem Zug hinunter. Das Brennen in meiner Kehle fühlte sich an wie die reine Erlösung.

„Ja, das bin ich wohl."

Er prostete mir zu, trank aus, schenkte uns nach. Ich nahm mein Glas zwischen die Hände, als wäre es ein Griff, an dem ich mich festhalten konnte.

„Seine Geschichte", sagte er und stöhnte leise auf. „Wollen Sie die wirklich hören?"

„Ja."

„Es stand alles in diesem Brief", begann er und lehnte sich zurück. Ella Fitzgerald sang leise im Hintergrund „Summertime, and the living is easy". Sein Blick verlor sich dazu auf der leeren Tanzfläche. „Wir wussten nichts davon. Er war sicher schon zehn Jahre eingesperrt. Ich meine, wir haben nie mit ihm darüber gesprochen. Warum er es getan hat. Das war auch nicht möglich, bei den kurzen Besuchen. Und dann eben der Brief." Er straffte sich ein bisschen, als müsste er sich überwinden, davon zu erzählen. Seine Stimme klang unsicher und holprig.

„Mein Vater war ein Nachkriegskind. Er wurde zwei Jahre nach dem Zweiten Weltkrieg geboren, als die Alliierten Wien besetzt haben. Sein Vater war in einer Fliegereinheit. Alle waren froh, nicht viele Männer kamen unversehrt aus dem Krieg zurück. Doch er war nicht unversehrt. Er hat den Krieg nicht verkraftet, und ein Jahr nach der Geburt meines Vaters hat er sich umgebracht. Die Mutter meines Vaters ist daraufhin verschwunden, keiner wusste, wohin. Es gab nur noch seine Großmutter. Eine verbitterte, harte Frau. Bis auf meinen Vater haben ihr die beiden Weltkriege die gesamte Familie genommen. Er ist alleine bei ihr in einer Garçonnière im vierten Bezirk aufgewachsen. Wien war in die vier Zonen der Alliierten eingeteilt, sie lebten in der russischen." Er sah von der Tanzfläche wieder zu mir und griff nach der Wodkaflasche. „Darf ich dir nachschenken?"

Das ‚dir' traf mich unvorbereitet, meine Kehle zog sich zusammen. Rasch senkte ich den Blick zu meinem Glas. Mir war nicht aufgefallen, dass ich es ausgetrunken hatte.

„Ja, danke." Er goss den Wodka in die Gläser.

„Dann sind die Alliierten weg aus Wien. Österreich ist frei." Er hatte seine Stimme verstellt, klang wie die berühmte Übertragung, als Leopold Figl vom Balkon des Schlosses Belvedere den Menschenmassen den unterzeichneten Staatsvertrag präsentierte. „Alles war im Aufschwung, der Wiederaufbau hatte begonnen. Und irgendwann war man nicht mehr auf seinen Nächsten angewiesen. In dem Brief stand ‚*Man erkennt den wahren Charakter eines Menschen nicht, wenn es ihm schlechtgeht. Man erkennt ihn, wenn es ihm gutgeht.*'"

Er nahm sein Glas hoch und nippte daran. „Zwei Jahre später ist etwas passiert. Papa war zehn. Irgendeine Bande von gewalttätigen Jugendlichen, verwahrloste Halbstarke, die in der Gegend gefürchtet waren, hat ihm aufgelauert. Es waren Leute auf der Straße. Niemand hat ihm geholfen, als sie ihn in den Keller verschleppt haben. Die Leute haben einfach weggesehen, nur darauf geachtet, dass sie selber in Sicherheit sind. Er hat nicht geschrieben, was in diesem Keller passiert ist, nur, dass es viele Stunden gedauert hat. Er kam in dieser Nacht nicht nach Hause. Als er am nächsten Morgen auftauchte, fand er seine Großmutter tot in der Küche. Herzinfarkt, sie war alt, so etwas passiert. Er kam ins Heim. Drei Jahre lang. Erst dann hat ihn seine Mutter rausgeholt. Aber da war schon alles zu spät."

3. Interview

„Hallo? Christian, ich bin's, Magda. Hallo?"

Weil keine Antwort kam, trat sie aus dem stockdunklen Raum – hatte sie sich etwa geirrt?

„Christian?" Ihre helle Stimme hallte über den leeren Flur.

Vielleicht war sie zu früh dran, und deshalb war Christian noch nicht hier?

Sie suchte in ihrer Schultertasche nach ihrem Handy, doch sie konnte es nicht finden. Mist.

Jetzt hatte sie nicht nur keine Ahnung, wie spät es war, sie konnte Christian nicht mal anrufen. Wo war er bloß? Wieso ließ er sie warten?

In der Schule hatte sie sich gefreut und es süß gefunden, dass ihr Freund trotz seiner dreistündigen Deutschschularbeit diese Einladung in ihre Tasche gesteckt hatte. Ihr erster Jahrestag war zwar erst in ein paar Wochen, aber es überraschte sie nicht, dass Christian sich jetzt schon etwas für sie ausgedacht hatte – sie hatte nicht gewusst, dass es so romantische Männer gab.

Er hinterließ ihr manchmal Botschaften, vollgekritzelte Zettelchen in Herzform, die plötzlich in ihrer Tasche steckten. Dabei waren seine Liebesbeweise gar nicht so ungefährlich. Wenn rauskäme, dass der Deutschprofessor eine Beziehung zu einer seiner Schülerinnen hat, dann wären sie beide dran. Darum vertraute sie so gut wie niemandem und bewahrte dieses Geheimnis wie einen kostbaren Schatz. Einmal hätte ihre jüngere Schwester sie fast bei ihrer Mutter verpetzt und war nur durch das iPhone, das Christian ihr zum Geburtstag geschenkt hatte, umzustimmen gewesen.

Ihre Eltern durften erst recht nichts davon erfahren. Sie waren so katholisch, dass sie wahrscheinlich einen

Exorzisten gerufen hätten, wenn sie wüssten, dass ihre 16-jährige Tochter seit einem halben Jahr Sex hatte. Und dann noch mit einem zehn Jahre älteren Mann, der an ihrer Schule unterrichtete.

Er war nie ihr Lehrer gewesen, sie hatte ihn erst letztes Jahr am Schulschikurs kennengelernt. Sie hatte mit Angina im Bett gelegen, und da ein Lehrer bei ihr bleiben musste, hatte er sich bereit erklärt. Es war kein großer Verlust für sie, nicht bei den Aktivitäten mitmachen zu können. Sie war anders als ihre Mitschülerinnen. Interessierte sich mehr für Literatur als für Partys, Charts und Modetrends. Vielleicht war das der Grund, warum sie sich noch nie mit jemandem so gut verstanden hatte wie mit diesem Deutschprofessor. Sie hatten nur geredet, er hatte ihr Suppe und Tee gebracht, und sie hatten sich über ihre Lieblingsbücher unterhalten. Dann war sie gesund geworden, die Woche war vorbei, und sie war am Boden zerstört, weil sie einander nur noch aus der Entfernung am Schulgang zulächelten.

Noch nie zuvor in ihrem Leben war sie so mutig gewesen, als sie zwei Monate später diesen Brief in sein Lehrerpostfach warf. Darin bat sie ihn um ein Treffen. Und er kam wirklich. Weil es ihm so ging wie ihr. Er sträubte sich noch einen Monat dagegen, aber sie gab nicht auf. Und schließlich waren sie ein Paar.

Magda nahm die Einladung aus der Tasche. Dieser Duft nach Jasmin entlockte ihr ein glückliches Lächeln. Wie viel Mühe Christian sich diesmal gemacht hatte. Sie überprüfte die Uhrzeit. Ja, das musste so ungefähr hinkommen, sie war nach der Schule nur kurz nach Hause zum Mittagessen und dann direkt hierhergefahren. Christian hatte eine Stunde später ausgehabt. Da ihr letzter Unterricht eine Doppelstunde Schwimmen war, hatten sie sich heute nur kurz in der ersten Pause gesehen.

Ihrer Mutter hatte sie gesagt, sie würde einer Mitschülerin Nachhilfe geben, denn sie wusste, sobald sie vorgab, etwas zu tun, das irgendwas mit Nächstenliebe zu tun hatte, fragte ihre Mutter nicht nach.

Magda nahm ein Schulbuch heraus, legte es vor die Eisentür auf den kalten Steinboden und setzte sich darauf. Dann wartete sie eben auf Christian, er würde sicher bald auftauchen. Sie starrte in ihr Physikheft und versuchte, sich die Formel für das homogene elektrische Feld einzuprägen. Ihre Augenlider wurden immer schwerer, als wären kleine Metallgewichte an ihren Wimpern befestigt.

Es war ein unsanftes Erwachen. Sie fiel nach hinten. Jemand hatte die Tür, an der sie lehnte, geöffnet, und sie donnerte mit dem Hinterkopf so fest auf den harten Boden, dass sie mit einem Knall aufschlug. Glitzernde Sterne tauchten vor ihren Augen auf. Ein zweiter Schmerz explodierte in ihrem Kopf, größer und gewaltiger als der erste. Ihr wurde schlecht, doch sie fiel in Ohnmacht, bevor sie sich übergeben musste.

Als sie wieder aufwachte, war die Übelkeit noch stärker. Ihr war schwindlig, alles um sie herum war so hell. Sie wollte ihre Augen vor dem grellen Licht schützen, aber es ging nicht. Die Panik, als ihr Verstand begriff, warum, war überwältigend.

Zuerst registrierte sie nur, dass ihre Unterarme mit schwarzem Gafferband an die Armlehnen gefesselt waren. Als sie bemerkte, dass ihre Beine und ihr Rumpf genauso festgebunden waren, fing sie an zu schreien, so lange, bis ihre Stimme versagte und nur noch ein klägliches Wimmern aus ihrem Mund kam.

Erst da fiel ihr auf, dass sie nicht mehr ihre Kleidung anhatte. Sie trug eine graue kurze Hose und ein gelbes Oberteil. Ihre Fingernägel waren pink lackiert. Sie wusste schlagartig, was diese Aufmachung bedeutete. Mein Gott, das konnte nicht wahr sein.

Sie dachte an die Mitteilung, die vor ein paar Tagen in der Schule ausgeteilt worden war und die sie sogar in ihrer Tasche mit sich herumtrug. Darin wurde um besondere Vorsicht ersucht und darum, sofort zu melden, falls irgendetwas Ungewöhnliches vorfallen sollte.

Eine ältere Polizistin mit dem runden Gesicht und den ruckartigen Kopfbewegungen einer Eule hatte im Festsaal einen Vortrag darüber gehalten. Doch sie hatte in der letzten Reihe gesessen und nicht aufgepasst. Christian hatte Aufsicht gehabt, er war hinter ihr gestanden. Sie hatten miteinander geflüstert. Er hatte die energische Polizistin „Hedwig" genannt, und sie hatte gelacht. Hätte sie nur zugehört!

„Bitte lassen Sie mich gehen. Ich werde niemandem was erzählen. Ganz sicher nicht. Ich schwöre es. Bitte, ich flehe Sie an", weinte sie jetzt, doch es kam keine Reaktion. „Wieso? Wieso ich? Ich habe doch nichts getan."

Statt einer Antwort wurde das Licht nur noch heller gedreht. Sie schloss die Augen, sie hielt es nicht mehr aus. Plötzlich hörte sie vor sich Schritte. Sie blinzelte gegen die Helligkeit an, aber es war so schwer, einen Menschen im Gegenlicht zu erkennen.

„Bitte nicht", schrie sie.

Je näher die Person kam, desto mehr schälte sich deren weiße Gestalt aus dem grellen Licht. Was sollte das? Das konnte nicht sein. Das war einfach nicht möglich.

„Was ... was ... machst du da?", fragte sie so verwirrt, dass sie das Messer, dessen Schneide im nächsten Moment in ihrem Brustkorb verschwand, gar nicht mehr mitbekam.

22.

Es gibt eine Redensart, die besagt, dass es viel leichter ist, einem Fremden seine Geheimnisse zu erzählen als einem Freund. Doch diese Redensart müsste ausgeweitet werden. Auf einen Fremden, der wie du finstere Orte und dunkle Abgründe kennt.

Alfred Riedls Lebensgeschichte war grausam wie ein Märchen, das unzählige unschuldige Opfer forderte. Der charismatische, charmante Kinderarzt erschuf nicht nur für seine Opfer und deren Hinterbliebene, sondern auch für seine eigene Familie eine Hölle auf Erden, die über sie hereinbrach, als er sein Geständnis ablegte.

Ich unterbrach Moritz kein einziges Mal, als er mir erzählte, wie es war, als 13-Jähriger mit einem Serienmörder als Vater gebrandmarkt zu sein. Von einem Moment auf den anderen jegliche Sicherheit zu verlieren. Plötzlich zu wissen, was all die Jahre unbemerkt hinter der Fassade seines Vaters gebrodelt hatte.

Die Hälfte seines Lebens hatte er bei diversen Psychotherapeuten verbracht, ohne jemals das Gefühl loszuwerden, vor einem Abgrund zu stehen.

Das Leben der Geschwister, das schön und behütet und geborgen war, hatte von einem Moment auf den anderen geendet. So etwas wie psychologische Betreuung war vor 30 Jahren noch nicht populär, Mobbing nichts weiter als ein Fremdwort. Freunde wandten sich nicht nur ab, die Geschwister und ihre Mutter wurden das Ziel von Hass und Zorn.

„Ihr müsst doch gemerkt haben, dass was nicht mit ihm stimmt", hörten sie immer wieder.

Keines der drei Geschwister war verheiratet, hatte Kinder oder es jemals geschafft, eine Liebesbeziehung länger als drei Monate aufrechtzuerhalten.

Moritz hatte keine Freunde, irgendwann kam immer der Punkt, wo sich alle abwandten, weil sie sein sprunghaftes Verhalten nicht nachvollziehen konnten. Und schließlich hatte er es aufgegeben.

Dabei hatte er, genau wie seine Geschwister, alles versucht.

Sie hatten kurzzeitig ihre Nachnamen geändert, sich in die Arbeit gekniet, einige erfolgreiche Stiftungen für Kinder gegründet. Nichts hatte geholfen. Der Makel ihrer Vergangenheit und seine Folgen war für immer eintätowiert.

„Und weißt du, warum ich glaube, dass wir es nie hinter uns lassen konnten?", fragte Moritz Riedl, mehr sich selbst als mich, und machte dabei eine entschuldigende Geste. „Weil wir ihn geliebt haben – immer. Er war unser Held. Absurd und kitschig. Aber es war die Wahrheit. Natürlich war er nicht perfekt, hatte Fehler, doch das waren normale Sachen. Ungeduld, weil wir immer zu spät waren. Ärger über schlechte Noten und unaufgeräumte Zimmer. Aber sonst, wenn wir gemacht haben, was er wollte, war er der aufmerksamste, fürsorglichste Mensch, den du dir vorstellen kannst."

Ich musste daran denken, was Jana Schneider über Alfred Riedl gesagt hatte. Konnten zwei Menschen die Wahrheit sagen und dabei so unterschiedlich über ein und dieselbe Person sprechen? Es war eine Antwort, die ich mir selber geben konnte. Wie oft hatte ich dasselbe mit meiner angeblichen Mutter Maria Fiore erlebt.

Ich wusste nicht, wie spät es inzwischen war, ich konnte Attila nicht sehen, er ließ die Musik erneut durchlaufen. Ella Fitzgerald fing gerade wieder an, über Paris zu singen.

„Und was ist mit dir, Lotta Fiore?", fragte Moritz mit schwerer Zunge.

„Du kennst jetzt meine Geheimnisse. Was sind deine?"

„Wieso denkst du, dass ich welche habe?"

„Victor hat mir erzählt, warum du zur Polizei wolltest. Wegen deiner Mutter. Wie war sie?"

„Ich weiß es nicht."

Er nickte nur, wartete ab. Und schließlich war ich es, die zu erzählen begann. Wie es war, zuerst in London und dann in Wien in Maria Fiores Schatten aufzuwachsen. Ständig an der berühmten „Mutter" zu scheitern, die alles daransetzte, mich zu ihrer Nachfolgerin zu machen. Stundenlanger Unterricht, Gesang, Ballett, Klavier, Stimmbildung – die vergeblichen Versuche, das Beste aus mir herauszuholen, was gar nicht vorhanden war. Ich gestand Moritz sogar, zu welchem Alptraum mein Leben wurde, nachdem Maria Fiore mit meinem Verlobten geschlafen hatte. Und von dem Schutthaufen eines angeblichen Happy Ends, in dem ich mich nun befand.

Ich weiß nicht, wie viel ich noch preisgegeben hätte, hätte Moritz nicht plötzlich dieses eine Wort gesagt.

„Danke."

„Wofür?"

„Das alles. Diesen Nachmittag." Er senkte seine Stimme. „Dafür, dass du hier bist. Du ... du gibst mir das Gefühl, nicht alleine zu sein. Das hat schon lange niemand außerhalb meiner Familie mehr getan."

Ich glaube, das war der Punkt, wo endgültig etwas mit mir passierte. Der Punkt, wo Moritz Riedl ein Mann wurde, mit dem ich etwas Unausgesprochenes teilte.

Er fuhr sich über die Narbe auf seiner Wange. Es hatte etwas Zärtliches, als würde sie eine Erinnerung verstecken.

„Woher stammt sie?", fragte ich.

Das traurige Lächeln, das sich zum ersten Mal auf seinem Gesicht ausbreitete, war verwirrend charmant.

„Ich war zehn. Er wollte mir Eislaufen beibringen. Ganz in der Nähe vom Haus gibt es einen Teich, er hat einen ganzen Nachmittag mit mir dort verbracht, aber es war hoffnungslos. Trotzdem hat er mich gelobt, wie sehr ich mich angestrengt habe, und mir versprochen, wir kommen wieder. Ich wollte ihn überraschen, also bin ich am nächsten Tag alleine hin zum Üben. Beim Sturz hab ich mich überschlagen – ich denke, es war die Kufe vom Schlittschuh, mit der ich mir die Wange aufgeschnitten habe. Zu Hause hab ich mich ins Bett gelegt, gesagt, mir wäre schlecht, und mich schlafend gestellt. Damit niemand das Blut bemerkt, habe ich mich mit der Wunde auf einen Küchenschwamm gelegt. Einen, der benutzt war. Natürlich hat es sich entzündet. Ich bin mitten in der Nacht aufgewacht und konnte vor Schmerzen kein Auge mehr zumachen. Am nächsten Morgen hatte ich Fieber, sie haben mich sofort in ein Krankenhaus gebracht. Ich wurde operiert, Mutter hat mir die Hölle heißgemacht, aber Papa hat nichts gesagt. Er ist die ganze Zeit nicht von meiner Seite gewichen. So ein Mensch war er. Für uns."

Er fasste wieder nach dem Glas, als wollte er sich nachschenken, doch er zögerte, und schließlich schob er es von sich weg.

„Victor wollte mich schon oft dazu überreden, die Narbe von ihm richten zu lassen. Aber ich kann es nicht. Weißt du, dass ich diese Geschichte seit sicher 30 Jahren nie jemandem erzählt habe? Also keinem

Menschen, der nicht Geld von mir für Psychotherapie bekommen hat. Und ich meine wirklich – nie."

Er seufzte, es klang fast, als wäre er erleichtert, dann stützte er sich an den Ellbogen ab und beugte sich vor.

„Ich weiß, es ist nicht passend, aber wenn ich heute etwas begriffen habe, dann ist es, dass das Leben zu kurz ist, um ..." Er holte tief Luft, als würde er im nächsten Moment untertauchen. „Ich weiß, es ist ein vermessener Wunsch – aber ... bleib hier. Bleib bei mir. Nur heute Abend. Lass uns essen gehen, irgendwas ..."

Ich presste die Lippen aufeinander, schluckte die erste Antwort hinunter.

Dann sagte ich: „Das kann ich nicht."

„Ja. Ich verstehe. Na dann." Er nahm die Wodkaflasche, füllte damit unsere Gläser und ließ je zwei der mittlerweile auf Murmelgröße geschrumpften Eiswürfel hineingleiten. „Darauf sollten wir noch etwas trinken. Auf verpasste Gelegenheiten", sagte er und stieß mit meinem Glas an, das am Tisch stand.

Ich sah ihm zu, wie er es mit großen Schlucken leerte. Dann drückte er es an seine verwundete Wange, als wäre die Narbe frisch und er wollte sie kühlen.

Ich wusste, was dieser begehrliche Blick bedeutete, mit dem er mich ansah. Er löste etwas bei mir aus, das ich kaum aushielt. In einem Zug leerte ich mein Glas, schenkte mir selbst die gleiche Menge noch einmal ein und kippte den Wodka erneut herunter.

Mir wurde heiß. Es war nicht vom Alkohol. Ich sagte: „Ich werde jetzt gehen", doch es klang so aufgesetzt, dass nicht einmal ich es mir glaubte. Er sah mich weiterhin mit dieser Mischung aus Verlangen, Schmerz und Hoffnung an.

Tausend Gedanken schossen mir durch den Kopf. Keinem einzigen konnte ich folgen. Vielleicht, weil der

Alkohol schon mein Hirn vernebelt hatte. Vielleicht auch, weil ich mich hier mit Moritz Riedl so frei fühlte. Als wären meine Probleme mit Hannes und mein ganzes verkorkstes Leben nichts weiter als eine weit entfernte Erinnerung.

Er schenkte uns erneut nach, und ich griff nach meinem Glas und setzte es nicht ab, bis der letzte Tropfen Wodka in meiner Kehle gelandet war.

Moritz stand auf und setzte sich neben mich. Der letzte Rest meines Verstands schrie etwas, das ich nicht mehr hören konnte.

Er griff nach meiner Hand und führte sie zu seinem Gesicht. Ich dachte, er würde sie küssen, doch er legte sie auf seine narbige Wange. Nichts weiter. Sanft folgte ich mit meinen Fingerkuppen ihrem hügeligen Verlauf. Er schloss die Augen, und sein Mund verzog sich zu einem leichten Lächeln. Als er sie wieder öffnete, war der Schmerz aus seinem Blick verschwunden.

Sein Gesicht näherte sich meinem. Sein Atem strich über meine Lippen. Ich wollte ihn spüren. Ich wollte ihn so sehr, dass es mich nüchtern machte.

„Bitte nicht", sagte ich, weil es mir unmöglich war, mich dagegen zu wehren. Er verharrte kurz, dann wanderte sein Mund zu meiner Wange und er küsste sie. Seine bittersüßen Lippen verweilten lange auf meiner Haut.

Als er sich von mir löste, fing mein Handy an zu läuten. Ich dachte, es wäre Hannes, und fühlte mich ertappt. Hektisch nahm ich es aus der Tasche, wollte es sofort auf stumm schalten. Doch am Display erschien Alex' Name.

„Alex, kann ich dich in einer halben Stunde zurückrufen?" Es krachte und knackste in der Leitung.

„SOFORT, LOTTA! DU MUSST SOFORT KOMMEN. IN DIE OPER."

Der panische Klang ihrer Stimme versetzte mich in Alarmbereitschaft.

„Was ist los?"

„Eine Leiche. Beim Bühneneingang. Sie hat eine Nachricht für dich dabei."

23.

Mein Körper reagierte, bevor ich wirklich begriff, was Alex am Telefon gemeint hatte.

„Ich muss weg", war alles, was ich zu Moritz Riedl sagte, dann stürmte ich aus der Eden-Bar. Die Sonne fing gerade mit ihrem Untergang an. Und ich auch.

Als ich bei der Wiener Oper ankam, tauchte die Dämmerung das bewachte Gebäude in düsteres Licht. Durch die rotierenden Blaulichter der unzähligen Einsatzwägen wirkte es noch bedrohlicher. Die Polizisten, die vor den Eingängen des Opernhauses postiert waren, machten ein Weiterkommen unmöglich. Ich rief Alex an, sie hob nicht ab. Alles um mich drehte sich, jeder klare Gedanke eine meterhohe Hürde.

Ich beschloss, um das Gebäude herumzulaufen, doch so weit kam ich gar nicht. Auf der Seite des Bühneneingangs war die gesamte Straße gesperrt. Mein Handy läutete, es war eine unbekannte Nummer. Trotzdem hob ich ab, vielleicht war es Alex von einem fremden Handy.

„Guten Abend, Frau Fiore."

Er wartete, doch als ich nichts sagte, fuhr er zögernd fort: „Hier ist ... Victor Riedl. Verzeihen Sie ... meinen späten Rückruf. Wegen Kim war alles ... egal, was kann ich für Sie tun?"

Übertragungswägen aller Fernsehstationen reihten sich vor den im Wind flatternden Absperrbändern aneinander, und Reporter mit Kameras drängten sich gegenseitig zur Seite. Ich drückte mich in einen Hauseingang, von dem ich die Szenerie beobachten konnte.

„Es ist gerade ungünstig."

„Verstehe. Vielleicht später? Ich möchte mit Ihnen sprechen. Ich ... ich brauche unbedingt Ihre Hilfe. Meine Schwester Kim, sie ist ..."

„Ich weiß. Es tut mir leid ... ich melde mich ..."

„Gut. Danke. Wenn Sie 01 ans Ende der Nummer anhängen, kommen Sie direkt zu mir."

Ich drückte ihn weg, ohne mich zu verabschieden. Die Tasten waberten vor meinen Augen, als ich Alex eine SMS schrieb: *Bin hier.* Es dauerte keine Minute, bis ihre Antwort kam.

Operncafé stand da. Sonst nichts.

Das Operncafé befand sich direkt gegenüber der Wiener Oper. Ich war daran vorbeigegangen, als ich versucht hatte, in das Gebäude hineinzukommen. Mit eingezogenem Kopf schlich ich aus meinem Versteck, bemüht, gerade zu laufen und nicht zu stolpern. Das Innere des Cafés war dunkel, trotzdem versuchte ich die Eingangstür zu öffnen – ohne Erfolg.

„Da ist geschlossen", rief mir jemand zu. Es war einer der Polizisten, der auf der anderen Straßenseite die Wiener Oper bewachte.

Ich winkte ihm und rief fröhlich „Danke" zurück, als wäre ich eine Touristin.

Hatte Alex gemeint, sie wollte mich hier treffen? Sollte ich im Café auf sie warten? Ich rüttelte noch einmal.

Und da sah ich es. Unter der gläsernen Tür war eine in eine Klarsichthülle gesteckte Partitur eingeklemmt. Ich ging in die Knie und zog daran. Sie bewegte sich keinen Millimeter, steckte bombenfest darunter.

„Sie müssen da weg." Ich sah hoch, der Polizist, der mir zugerufen hatte, kam gerade auf mich zu. Er hielt ein Funkgerät in der Hand, aus dem einzelne Stimmfetzen und Rauschen zu hören waren. War es Einbildung, oder war eine dieser Stimmen wirklich Hannes?

„Was ist denn passiert?", versuchte ich abzulenken. Der Alkohol machte mich übermütig, ich zog weiter an dem Plastik.

„Was machen Sie da?", überging er meine Frage.

Ich kam hoch, entschuldigte mein Wanken mit „Das war zu schnell ... hui, mein Kreislauf. Ich habe am Vormittag hier was vergessen. Die Kellnerin hat gesagt, sie hinterlegt es mir. Ich wusste nicht, dass geschlossen ist, es sollte doch eigentlich offen sein, zumindest hat sie das ...".

„Und was ist das?" Er deutete auf die Plastikhülle unter der Tür, und ich erstarrte. *Denk nach, denk nach, denk nach!*

„Was, das? Das sind ... meine Noten. Ich bin Sängerin. Opernsängerin. Habe meine Noten hier vergessen, weil ich ..."

Er schob mich zur Seite. Ich dachte, er würde mir nicht glauben, hätte den unterdrückten Zungenschlag bemerkt, doch er packte mit beiden Händen die Unterseite des Türgriffs und stemmte ihn in die Höhe.

„Versuchen Sie es jetzt."

Spielend leicht flutschte die Partitur unter der Tür heraus. „Vielen Dank." Ungeschickt rollte ich sie ein, damit er sie nicht sehen konnte.

„Gerne. Aber jetzt müssen Sie hier wirklich weg. Es wird gleich großräumig gesperrt."

Während der gesamten Taxifahrt wagte ich nicht, auch nur einen Blick in die Noten zu werfen. Schon beim Einrollen hatte ich gespürt, dass sich zwischen den dünnen Seiten etwas Härteres, wie ein voller Briefumschlag oder ein Stück Karton, befand.

Alex war überdurchschnittlich gewissenhaft. Es musste einen mehr als triftigen Grund geben, warum sie das, was darin versteckt war, nicht der Polizei übergeben hatte. Trotz meiner Betrunkenheit war mir klar, dass ich es nur mit Plastikhandschuhen anfassen durfte, um keine Fingerabdrücke zu hinterlassen. Eine ankommende SMS riss mich aus meinen Gedanken.

Alles ok? Moritz

Er musste sich meine Nummer besorgt haben. Als hätte er es gespürt, folgte eine weitere Nachricht.

Habe deine Nummer von Victor

Und es folgte eine dritte. Dieses Mal ein einziges Wort.

Danke

Danach blieb das Handy stumm. Ich speicherte Moritz' Nummer, steckte das Handy weg und sah aus dem Fenster. Es war viel Verkehr, der Wagen schleppte sich mühsam von einer roten Ampel zur nächsten.

Wenn ich die Augen schloss, sah ich Moritz Riedls Gesicht mit meiner Hand auf seiner vernarbten Wange. Wenn ich das Brummen des Motors ausblendete, hörte ich seine Stimme, wie sie „Danke" sagte.

Ich holte mein Handy wieder hervor, tippte auf das Symbol der empfangenen Nachrichten. Zögerte einen Moment, doch dann drückte ich meinen Zeigefinger lange auf das Display.

Alle drei Nachrichten dieser Nummer löschen?, fragte mich das Handy. Es war etwas, das ich tun musste. Weil ich es nicht tun wollte.

Ich schloss die Augen, atmete tief durch und ließ sein Gesicht in der Dunkelheit verschwinden. Dann öffnete ich sie und bestätigte mit *Ja*.

Es widersprach jeder Logik, aber als ich zu Hause ankam und die Wohnungstür hinter mir schloss, fühlte ich mich um ein Vielfaches betrunkener als vorher – als wären meine Adern bis jetzt zu angespannt gewesen, um den gesamten Alkohol durch meine Blutbahn zu schießen. Mir wurde unerträglich heiß, und der Boden fühlte sich so uneben an, dass ich wütend wurde – er musste schlecht verlegt worden sein.

Die Partitur hatte ich noch im Taxi in der Tasche verstaut, und obwohl sie nicht mehr wog als ein dünner Notizblock, drückte ihr Gewicht zentnerschwer auf den Trageriemen.

„Wir sind im Wohnzimmer!", rief eine Stimme, es klang nach Henriette.

„Konny?", brüllte ich zusammenhanglos zurück. Im nächsten Moment streckte Fanny ihren Kopf in den Flur.

„Er ist hier. Stell dir vor, Lotta, in der Wiener Oper ..."

Sie hörte auf zu reden und runzelte die Stirn, als sie mich sah.

„Ist alles in Ordnung mit dir?", fragte sie.
„Natürlich."
„Bist du sicher?"
„Absolut. Ich komme gleich zu euch."
„Du weißt es schon, oder?"
„Ich komme gleich", wiederholte ich lallend. Meine Zunge fühlte sich in meinem Mund an wie ein Schlauchboot in einem ausgetrockneten See.

So unauffällig wie möglich schwankte ich Richtung Küche.

Dort stellte ich die Tasche am Küchentisch ab und trank drei große Gläser eiskaltes Wasser, von denen mir augenblicklich schlecht wurde. Ich versuchte, mich zu übergeben, aber es funktionierte nicht. Während ich mir mit dem Finger im Mund die Seele aus dem Leib hustete und dabei bemüht war, es so leise wie möglich zu tun, entblätterte sich trotz des Alkoholspiegels die Erkenntnis, dass ich soeben den Rekord meiner persönlichen Tiefpunkte gebrochen hatte.

Ich hielt meinen Kopf unter den Wasserhahn, bis sich die Kälte wie tausend Nadelstiche anfühlte. Dann wickelte ich ein Küchentuch um meine nassen Haare, öffnete den Schrank unter der Spüle und zog zwei weiße Plastikhandschuhe aus der Verpackung. Sie waren klein und eng, und mit den nassen, zittrigen Händen war es schwer, sie anzuziehen. Mir brach wieder der Schweiß aus. Je länger ich es versuchte, desto mehr zerrten Schamgefühl und schlechtes Gewissen an mir. Ein Handschuh riss, ich zog ihn mir von der Hand und schleuderte ihn zu Boden.

Ich musste nüchtern werden, und zwar sofort. Mit den Schneidezähnen biss ich mir auf die Unterlippe, bis ich Blut schmeckte – der Schmerz schien mir wieder die Kontrolle zu geben. Ich nahm einen neuen Handschuh aus der Verpackung, zog ihn über, dieses Mal ging es ganz leicht.

Bei den Noten hätte ich lange gebraucht, um sie zu singen – es war der Klavierauszug zu Dmitri Schostakowitschs zweitem Walzer.

Ich hatte recht gehabt mit meiner Vermutung – die Nachricht, von der Alex gesprochen hatte, war in einem Kuvert. Zwischen Mittel- und Zeigefinger geklemmt, nahm ich es heraus. Es war weiß und sauber, ohne erkennbare Spuren von Blut oder Schmutz und nicht zugeklebt.

So vorsichtig wie möglich zog ich die Karte aus dem Umschlag. Sie war genauso weiß wie das Kuvert und ungefähr dreimal so dick wie normales Briefpapier. Und sie duftete, vielleicht nach Jasmin oder Flieder.

Die unterschiedlichen Klein- und Großbuchstaben, die darauf klebten, waren aus Zeitungen ausgeschnitten. Die Botschaft nahm mir die Luft. Eine Stimme in mir wehrte sich, dass es nicht stimmte – dass das, was da stand, nur eine Einbildung wegen meines Rauschs war.

Doch egal, wie sehr ich mich konzentrierte – die Buchstaben lösten sich weder auf, noch änderte sich irgendetwas an den Worten, die sie bildeten.

„Was ist das?"

War es der Alkohol, der Schock oder beides – ich hatte nicht gehört, wie Konrad die Küche betreten hatte, und darum keine Ahnung, wie lange er schon neben dem Kühlschrank auf seinen Stock gestützt stand und mir zusah.

„Nichts." Ich schluckte, es klang wie das Entkorken einer Weinflasche. Rasch schob ich mich vor den Tisch, um ihm den Blick auf die Nachricht zu verstellen.

„Das sieht nicht aus wie nichts. Du blutest da." Er deutete mit seinem Finger auf meine Lippe.

Ich wischte mit dem Handrücken darüber und hinterließ eine breite rotglänzende Spur auf dem weißen Plastik. Konrad zuckte zurück und fing an, mit dem Kopf hin und her zu wippen.

„Bitte ... ich komm gleich zu euch rüber", sagte ich. Sein Wippen wurde größer, bis es ein Kopfschütteln war.

„Was steht da?" Obwohl er auf mich deutete, wusste ich, dass er die Karte hinter mir auf dem Küchentisch meinte.

Fanny kam in die Küche geschossen. „Es gibt in ganz Wien ab 20 Uhr eine Ausgangssperre für Kinder und Jugendl...", rief sie und lief an Konrad vorbei.

Ich wollte sie aufhalten, schaffte es aber nicht rechtzeitig, und meine Hände griffen ins Leere. Im nächsten Augenblick stolperte ich über meine eigenen Füße, verlor das Gleichgewicht und kippte nach vorne. Wie ein gefällter Baum landete ich am Küchenfußboden, ich weiß nicht, ob es Fanny war, die erschrocken aufschrie, oder ich selber.

Wer dann allerdings „Ist sie betrunken?" fragte, bekam ich wieder mit.

Es war Henriette, sie stand in der Küchentür und starrte mich an.

„Was ist das?", fragte Konrad wieder.

Ich drehte mich um. Aus dem Augenwinkel sah ich, dass Fanny registrierte, was da am Küchentisch lag, blitzschnell ein Küchentuch voller Fettflecke, das neben dem Herd lag, nahm und es auf die Karte warf. „Ich bin nicht betrunken", lallte ich, hatte dabei aber solche Mühe aufzustehen, als hätte mir jemand die Beine zusammengebunden.

Als ich es endlich geschafft hatte, wollte ich so rasch wie möglich das Tuch mitsamt Brief wegnehmen, griff jedoch so hektisch und ungeschickt danach, dass beides vom Tisch rutschte. Die Karte segelte vor Konrads Füße, und schön leserlich war für uns alle der Satz zu lesen:

FürSt SteigT auS SonsT sTirbt SeinE tochTEr

24.

Zwei Stunden nach meinem Anruf stand Fannys Vater in seiner Schaffnermontur in der Tür, um seine Tochter abzuholen. Er wäre schon früher gekommen, doch als wir ihn erreicht hatten, war er mit dem Zug gerade auf der Rückfahrt von Graz nach Wien.

Fanny hatte nicht eine Sekunde dagegen protestiert, von ihm abgeholt zu werden. Aber sie hatte mich gebeten, dichtzuhalten, was den wahren Grund für ihre plötzliche und ungeplante Heimkehr betraf.

„Bitte sag's ihm nicht. Er ist wegen dieser Morde damals in der Wiener Oper noch immer hysterisch ... ein Glück, dass ich heute nicht dort war. Wenn er das jetzt erfährt, dann ist Amerika Vergangenheit, und er lässt mich erst wieder aus den Augen, wenn ich 20 bin."

Denn als sie, Konrad und Henriette die Bedeutung der aufgeklebten Buchstaben auf der Karte vor ihren Füßen erfasst hatten, war es wie eine Szene aus einem Film, bei dem jemand die Pausetaste gedrückt hielt. Alle verharrten wie erstarrt.

Es herrschte eisiges Schweigen, bis Henriette schließlich die Stille brach. „Wer ... hat das ... geschrieben?"

„Das weiß ich nicht", antwortete ich.

Das Blut rauschte sturzbachartig in meinen Ohren, ich sah voller Panik zu Konrad.

Er hatte seine Augen zusammengekniffen, die Stirn war in Falten gelegt, und er bewegte seinen vorgestreckten Kopf, als würde er im Labyrinth seiner Gehirnwindungen nach einem Beweis für dieses Wort „Tochter" suchen.

„Und wo hast du es her?", fragte sie weiter.

Statt einer Antwort schüttelte ich meinen zentnerschweren Kopf.

„Das ist kein Scherz, oder?", fragte Fanny verunsichert.

„Nein."

„Und was tust du jetzt?"

Ich zog die Partitur aus der Klarsichtfolie, hob die Karte vom Boden, steckte sie wieder ins Kuvert und schob beides in den Plastikumschlag. Jeder Handgriff war eine einzige, mühsame Überwindung.

Dann legte ich es in eine der unteren Schubladen, nahm mein Handy aus der Tasche und rief Fannys Vater an.

In den nächsten zwei Stunden konnte ich nach etlichen Tassen Kaffee, Wasser und zwei Magnesiumtabletten nachspüren, wie der Alkohol mehr und mehr aus meinem Körper geschwemmt wurde. Einzig das dumpfe Gefühl, als hätte mir jemand auf den Kopf geschlagen und ihn dann mit Watte gefüllt, blieb zurück. Martin war zum Glück die ganze Zeit in seinem Zimmer gewesen und hatte sich nicht ein Mal blickenlassen.

Und obwohl Henriette mir lautstark klarmachte, wie sehr sie dagegen war, hatte ich sie weggeschickt.

„Du zeigst das aber Hannes", befahl sie.

„Natürlich", sagte ich, obwohl ich mir nicht im Klaren darüber war. Je nüchterner ich wurde, desto mehr Fragen stürmten auf mich ein:

Waren dieses Mal Konrad und ich der Grund, warum die Leiche vor der Wiener Oper abgelegt worden war?

Sollte Konrad jetzt nicht ermitteln, weil er vor 30 Jahren etwas herausgefunden hatte? Etwas, das nur er wusste und das für die neuen Mordfälle relevant war?

Wozu die Drohung? Es war ein schrecklicher Gedanke, aber hätte der Mörder dann nicht versucht, Konrad ‚aus dem Weg' zu schaffen?

Wusste er von seinem Gedächtnisverlust?

War das alles nur Taktik, um eine falsche Fährte zu legen?

Wieso brachte diese Person mich ins Spiel? Wäre es möglich, dass es sich hier überhaupt nicht um Konrad und seine Erinnerungen drehte? Sondern war die Botschaft an mich gerichtet? War es ein versteckter Hinweis, dass ich mich aus der Sache raushalten sollte?

Und was mich am meisten interessierte: Woher hatte der Absender die Information, dass Konrad Fürst mein Vater wäre?

Konrad hatte sich ohne ein Wort in sein Zimmer zurückgezogen. Ein paarmal hatte ich nach ihm gesehen, doch er lag nur auf seinem Bett und starrte, ohne zu blinzeln, an die Decke. Als ich mit ihm reden wollte, hatte er mich nicht angesehen und nur mit den Worten „Später. Bitte" weggeschickt.

„Passt auf euch auf", sagte Fanny jetzt und umschlang Konny und mich. In den letzten zwei Stunden hatte ich meinen Sohn nur zum Wickeln aus meinen Armen gegeben. Jeder einzelne Muskel von der Schulter zu den Fingerspitzen tat mir weh, aber das war egal. Er gurgelte und gluckste, als er nach Fannys Nase fasste, und sie ließ es über sich ergehen.

„Oh nein", quietschte sie plötzlich, „das habe ich ganz vergessen, Anna hat mir ein Päckchen gegeben, das heute für dich gekommen ist. Es liegt auf deinem Bett."

Ich bedankte mich bei ihr, übergab Fannys Vater seine Tochter und sperrte hinter ihnen ab.

Dann legte ich Konny im Wohnzimmer auf seinen Spielteppich und drapierte seine Spielsachen um ihn herum. Ich ging wieder zurück ins Vorzimmer und verbarrikadierte die Eingangstür mit jedem Möbelstück, das sich bewegen ließ.

Fanny hatte den braunen Karton auf das Fußende vom Bett gelegt. Die Aufkleber und Stempel zeigten, dass er mit der Post gekommen war. Auch der Absender war mir bekannt – es war das DNA-Labor im achten Bezirk, bei dem ich den Vaterschaftstest im Internet bestellt hatte. Ich riss das braune Klebeband herunter und leerte den Inhalt auf die Bettdecke.

Neben der Anleitung zur Durchführung und einem Zahlschein über 179 Euro waren darin zwei eingeschweißte längliche durchsichtige Plastikbehälter mit weißen Schraubdeckeln, in jedem befand sich ein steriles Wattestäbchen.

Nur je ein Abstrich der Mundschleimhaut von Konrad und mir, und die Sache wäre erledigt. Falls ich nicht wollte, dass er davon etwas mitbekam, würden seine benützte Zahnbürste oder ein paar Haare ausreichen. Die Analyse dauerte maximal drei Tage.

Ich packte alles zurück in den Karton und verstaute ihn unter dem Bett.

„Du hast früher immer gekocht, wenn du nicht schlafen konntest." Ich stellte Konrad einen Teller Nudeln mit Thunfischsauce auf den Esstisch im Wohnzimmer.

Vor ein paar Stunden war ich mit Konny im Arm vor dem Fernseher eingenickt und erst durch das Geklapper in der Küche aufgewacht. Konrad hatte mitten in der Nacht Hunger bekommen und den Kühlschrank durchsucht. Die Pasta, die Anna zu Mittag gekocht hatte, war wegen der Kebabs unberührt geblieben, und ich wärmte sie ihm auf.

„Erinnerst du dich?", fragte ich und setzte mich ihm gegenüber.

Ich hatte dieses Thema absichtlich erwähnt, um ihn abzulenken. Seit er aus seinem Zimmer gekommen war, hatten wir mit keinem Wort den Drohbrief oder besser gesagt dessen Inhalt erwähnt. Und obwohl ich mir generell das Gegenteil wünschte, hoffte ich in diesem Moment, dass ihn sein Kurzzeitgedächtnis nur dieses eine Mal wieder im Stich gelassen und er die Nachricht vergessen hätte.

„Ich kann kochen?"

„Ja. Richtig gut."

Er zog einen Mundwinkel in die Höhe und murmelte: „Okay."

Ich gähnte, durch den Schlafmangel und den Kater fühlte ich mich bleischwer. Es war nach Mitternacht, Konny lag in eine himmelblaue Wolldecke gewickelt auf der Couch, im Hintergrund lief im Fernseher ein Nachrichtensender ohne Ton.

Außer der Bestätigung, dass es sich bei dem neuen Mord um dieselbe Vorgehensweise handelte wie schon bei den beiden ersten, gab es keine Neuigkeiten. Ihr Name war Magda Schustermann, über die Umstände, wie sie genau gefunden worden war, sollte erst in einer Pressekonferenz am nächsten Morgen berichtet werden.

Dafür sorgte die Ausgangssperre, die in Wien ab 20 Uhr für Kinder und Jugendliche unter 18 verhängt worden war, für genügend Tumulte, um darüber zu berichten. Die Fernsehaufnahmen diverser Knotenpunkte wie Schwedenplatz, Schottentor oder Praterstern zeigten, dass sich niemand daran hielt. Im Gegenteil, die Polizei war mit der Masse rebellierender

Jugendlicher so überfordert, dass das Ganze zu einem Chaos ausartete.

Weder Alex hatte sich auf eine weitere SMS von mir zurückgemeldet, noch hatte ich Hannes angerufen oder etwas von ihm gehört.

Konrad umklammerte jetzt mit seiner Hand die Gabel und stach in die Pasta, als wolle er sie erdolchen. Er sah mich an, verharrte kurz, als wäre er unschlüssig, dann schob er den Teller, aus dessen Nudelberg der silberne Stiel herausragte, von sich weg.

„Können wir reden?", fragte er leise.

Ich nickte und versuchte den plötzlichen Kloß in meinem Hals zu ignorieren.

„Ich habe eine Tochter."

Er hatte es ausgesprochen, als wäre es eine Feststellung. Mein Herz fühlte sich bei diesen Worten an, als würde es aus meinem Brustkorb springen. Aber nur, um kurz darauf bei seiner Frage „Stimmt das?" wieder in die Tiefe zu stürzen.

Sosehr ich es früher gemocht hatte, betrunken zu sein, so sehr verabscheute ich die Nachwirkungen. Ich hatte immer schon den Eindruck, ein Kater würde die inneren Katastrophen ungebremst an die Oberfläche holen. Und das tat er auch jetzt. Ich glaube, wäre ich bei klarem Verstand gewesen, dann hätte ich mir etwas einfallen lassen oder ihm zumindest alles in kleinen und – soweit das überhaupt möglich war – erträglichen Häppchen serviert. Doch so brodelte die Antwort auf seine Frage in mir und verlangte nur noch eines: ausgespuckt zu werden.

„Die Wahrheit", sagte er und brachte damit die leise Stimme meiner Restvernunft zum Schweigen.

Mein Herz raste, und während die Worte ganz von selber kamen, fixierte ich den Fernsehbildschirm, auf dem gerade die Wiederholung einer Auseinandersetzung zwischen einer Gruppe Halbwüchsiger und Polizisten vor dem Eissalon am Schwedenplatz gezeigt wurde.

„Sie wurde entführt. Sie war vier Jahre alt, du warst mit ihr auf einem Straßenfest, bei dem ihr euch die Show eines Clowns ansehen wolltet. Die Polizei war überzeugt, dass sie im Wienfluss ertrunken ist, aber du hast das nie geglaubt. Du hast deinen Beruf als Kommissar für die Suche nach ihr aufgegeben und bist der Clown Foxi geworden. Den Namen hast du gewählt, weil sie deine alten Fix-und-Foxi-Hefte so gern hatte."

„Wie ist ihr Name?" Seine Stimme klang weit entfernt, obwohl er nur ein paar Meter vor mir saß.

„Julia."

„Wo ist ihre Mutter?"

„Sie lebt nicht mehr."

„Was ist passiert?"

„Sie hat sich umgebracht. Für sie gab es keine Entführung, nur eine ertrunkene Tochter, die nie gefunden wurde."

„Ich verstehe nicht ... wieso nie gefunden? Wo ist Julia?" Weil ich nichts sagte, fragte er: „Sie ist doch aufgetaucht?"

Ich ließ mir Zeit, versuchte die richtigen Worte zu finden. Doch die gab es nicht, und schließlich schüttelte ich nur im Zeitlupentempo den Kopf.

„Aber ... da stand, sonst stirbt sie."

Ich musste mich zwingen, ihn wieder anzusehen. Seine dunklen Kohleaugen huschten im großen Bogen zwischen mir, dem Bildschirm und dem Teller Nudeln hin und her, als würde er einer Horde imaginärer Fliegen folgen.

„Ja, ich weiß."

Konrads Brustkorb hob und senkte sich rasch. Ich stand auf, der Sessel unter mir machte am Parkettboden ein leises, hohes Geräusch. Obwohl das nicht einmal Konny geweckt hatte, zuckte Konrad zusammen. Ich ging zu ihm und legte meine Hand auf seine. Er sah zu mir hoch.

„Wieso stand das da?"

„Weil der Absender glaubt, dass ich es bin."

25.

Konny hätte mich unglaubliche sieben Stunden am Stück schlafen lassen, wenn ich dazu in der Lage gewesen wäre. Doch als ich im Bett lag, galoppierte meine Angst mit wildem Herzklopfen los. Die Panik, wie ich meinen Sohn beschützen sollte, wenn ich selber das Ziel war, wischte jeden klaren Gedanken fort.

Irgendwann, als ich lange genug in die Dunkelheit gestarrt hatte, zwang ich mich, die Augen zu schließen. Ich wartete auf den Schlaf, der nicht kam. Stundenlang nicht. Stattdessen tauchte irgendwann Konrads Gesicht vor mir auf. Sein Ausdruck bei der Neuigkeit, wen der Absender mit seiner ‚Tochter' gemeint hatte.

Da war kein Erkennen, nicht einmal ein Erstaunen oder wenigstens Verwunderung.

Nein, er hatte den Mund verzogen und die Stirn in Falten gelegt, als wäre er angeekelt. Als wäre es das Absurdeste, was ich hatte sagen können. Und dann hatte er den Kopf geschüttelt, sich den Teller Nudeln herangezogen und wortlos gegessen.

Meine Zweifel, ob er mein Vater wäre, fühlten sich noch nie so real und berechtigt an wie in diesem Augenblick. Denn da war etwas an seiner Reaktion, das über den Gedächtnisverlust hinausging:

Ablehnung.

Ich kannte mich aus, was dieses Thema betraf. Als Tochter der weltberühmten Sopranistin Maria Fiore, die nicht im Mindesten an die Brillanz ihrer vermeintlichen Mutter heranreichte, war sie mir oft ungefiltert begegnet.

Wäre Konny nicht gewesen, hätte ich spätestens bei Sonnenaufgang bei der nächsten Tankstelle für Alkoholnachschub gesorgt. Doch so hatte ich bei dem ersten zarten Orange der Morgendämmerung den Versuch einzuschlafen aufgegeben, meinen Sohn neben mir ins Bett gelegt, seine friedlichen Atemzüge bewacht wie ein Tier sein Junges und einen Entschluss gefasst. Ich durfte dieses Drohschreiben an Konrad nicht ignorieren. Konny musste in Sicherheit gebracht werden. Dazu musste er weg. Weg von mir. Und das schnell.

Als könnte er meine Gedanken hören, begann Konny mit Gebrüll sein Frühstück einzufordern. Mein Schädel pochte, und ich versuchte an nichts zu denken, als ich aufstand, Wasser aufkochte und es im Fläschchen mit dem Milchpulver vermischte. Während ich wartete, dass es wieder auf Körpertemperatur abkühlte, setzte ich Filterkaffee auf. Ich brauchte jetzt literweise Koffein.

Das schmerzhafte Sonnenlicht drang durch das Küchenfenster, als wollte es mich zusätzlich für meine gestrige Entgleisung strafen. Ich wandte meinen Blick ab, er fiel auf die Schublade, in die ich den Drohbrief gestern gesteckt hatte.

Nüchtern betrachtet war die einzige Option, ihn an die Polizei zu geben. Das hätte ich bereits gestern tun sollen, aber ich war vom Wodka und seinen Nachwirkungen zu benebelt gewesen, um das zu erkennen. Doch zuerst wollte ich die Übertragung von Krumps morgendlicher Pressekonferenz abwarten.

Aus dem Flur hörte ich Konrads schlurfende Schritte, die von dem Poltern seines Gehstocks begleitet wurden. Er betrat in seinem dunkelblauen Bademantel die Küche, sein Gesicht war zerknittert, und die dunklen verschwollenen Schatten unter seinen Augen zeigten, dass er ebenfalls nicht viel geschlafen hatte.

„Wie alt bin ich?"

Ich war überrascht über diese Frage. „59."

„Neun ... was?" Er lachte auf, aber es klang mehr verwirrt als amüsiert.

„Du bist 59 Jahre alt."

„WAS?"

Er stolperte zwei Schritte rückwärts und donnerte gegen den Kühlschrank. „Ich ... ich dachte", stammelte er, „ich wäre viel jünger! Anfang 40! Höchstens Mitte 40."

„Wie kommst du drauf?"

„Ich weiß auch nicht ... ich dachte es einfach." Er fasste sich ins Gesicht, als wollte er sich vergewissern, dass ich die Wahrheit sagte.

„Tut mir leid, ich hätte was gesagt. Aber ich hab angenommen, du weißt das."

„Wieso?"

„Na ja, zum Beispiel wegen der Mordfälle, über die du im Interview vor ein paar Tagen gesprochen hast, erinnerst du dich?"

„Wo Heinz dabei war?"

„Krump, genau. Diese Morde wurden vor 30 Jahren begangen."

„Wirklich?"

„Du hast doch auch in den Unterlagen darüber gelesen."

„Ich habe Unterlagen gelesen?"

„Die in der gelben Mappe."

Seine Lippen formten sich zu einem stummen O. „30 Jahre? Ich dachte, das alles ist nur ein paar Jahre vor meinem Unfall passiert?"

„Nein, ist es nicht."

Er stieß mit vorgeschobenem Unterkiefer Luft aus, die seine schwarzen Locken vor seinen Augen hochwirbelten. „Darum habe ich graue Haare ... ich dachte, die sind durch das Koma gekommen."

„Du hast sie dir immer gefärbt. Damit Julia dich erkennt, wenn sie wiederkommt."

Er reagierte nicht, starrte nur gedankenverloren aus dem Fenster.

„59", murmelte er schließlich und nahm auf einem der weißen Küchenstühle Platz, „ich bin 59."

Ob seine Reaktion gestern etwas damit zu tun hatte, dass er dachte, unser Altersunterschied wäre irgendwo zwischen zehn und 15 Jahren?

Doch statt ihn zu fragen, goss ich ihm und mir Kaffee ein. Martin kam in seiner weißen Pfleger-Uniform in die Küche. Während er und Konrad darüber debattierten, wann Konrad heute sein Training zu absolvieren hatte, nahm ich Konny hoch und trug ihn, sein Fläschchen und meine volle Jumbotasse ins Wohnzimmer.

Die angekündigte Pressekonferenz musste jeden Moment beginnen. Anscheinend hatte Konrad die Debatte gewonnen, denn er kam uns kurz darauf schlurfend nach.

Es war eine Live-Schaltung, jedoch nicht aus dem Opernhaus, sondern aus dem Presseraum des Bundeskriminalamts. In der nüchternen Kulisse zweier grauer Stehpulte vor einer weißen Wand stand Krump in einem perfekt gebügelten anthrazitgrauen Anzug neben dem um zwei Köpfe größeren Bundeskanzler Schaumburger. Durch seine penibel in die Stirn gekämmten Haare sah Krump aus wie ein strebsamer Schüler, der gleich der Menge sein Zeugnis mit Auszeichnung präsentieren wollte.

Zuerst sagte der Pressesprecher ein paar Worte. Die anschließende Rede des Bundeskanzlers war uninteressant, da sie ausschließlich von den Ausschreitungen des letzten Abends zwischen den Jugendlichen und der Polizei handelte. Er bat die Eltern und Erziehungsberechtigten um aktive Mithilfe, wollte aber trotzdem keine Panik verbreiten, da er ungebrochen vollstes Vertrauen in das Wiener Kommissariat hatte und überzeugt war, dass dieser dritte Mord leider nicht zu verhindern gewesen wäre.

Und dann kam Krump. Ich musste für Konrad den Ton lauter stellen, da Konny so gierig schmatzend an seinem mittlerweile ausgekühlten Fläschchen nuckelte.

Der Hauptkommissar faltete die Hände ineinander, legte sie wie ein Pfarrer auf der Kanzel auf das Stehpult und streckte sich so weit zum Mikro, als wolle er hineinbeißen.

„Verehrte Mitbürgerinnen und Mitbürger", begann er seine Predigt, „ich muss Ihnen zu meinem großen Bedauern mitteilen, dass gestern, kurz vor 19 Uhr, am Bühneneingang der Wiener Oper die Leiche einer 16-jährigen Schülerin gefunden wurde. Alle Indizien lassen darauf schließen, dass es sich bei ihr um ein weiteres Opfer desselben Täters wie bei den beiden vorigen Fällen handelt. Ihre Leiche war in einen grauen Müllsack verpackt. Es ist noch unklar, wann genau dieser zwischen dem letzten Betreten der Oper um 18:30 Uhr und dem Auffinden um 19 Uhr dort abgelegt wurde.

Da es in der Oper wegen einer bevorstehenden Premiere gestern Abend keine Vorstellung gegeben hat, wurde in dieser halben Stunde der Bühneneingang nicht benutzt, und wir nehmen an, dass der Täter wusste, dass die Überwachungskameras deshalb noch nicht aktiv waren. Daher die dringende Bitte der Wiener Polizei: Alle Augenzeugen, die etwas Ungewöhnliches in der Nähe der Wiener Oper beobachtet haben oder denen der Müllsack vor 19 Uhr beim Bühneneingang aufgefallen ist, melden Sie sich bitte entweder bei der nächstgelegenen Polizeidienststelle oder rufen Sie die unten eingeblendete Nummer an.

Die Leiche muss mit einem Fahrzeug dorthin gebracht worden sein. Falls Ihnen schon in den Stunden, vielleicht sogar Tagen vorher, etwas aufgefallen ist, zum Beispiel ein Auto, das dort länger gehalten hat, oder eine verdächtige Person – bitte scheuen Sie sich nicht, sich zu melden. Alle Informationen werden vertraulich behandelt. Danke."

Er trat einen Schritt zurück, worauf eine Lawine an Journalistenfragen losging. Alle riefen so durcheinander, dass nichts zu verstehen war.

Krump winkte ab, worauf ein Protest seitens der Reporter entbrannte, wie man ihn sonst nur vom Opernball kannte, wenn es sich um ein Interview mit dem einzigen Hollywoodstar unter den Besuchern handelte.

Der Hauptkommissar und der Bundeskanzler wechselten mit zur Kamera gekehrten Rücken ein paar Worte, dann gaben sie dem Pressesprecher ein Zeichen, der sich darauf wieder zum Mikro stellte.

„Bitte, der Herr Bundeskanzler weiß, dass Sie viele Fragen haben. Aber es geht in erster Linie darum, die Arbeit der Polizei nicht zu behindern, deshalb werden keine weiteren Informationen herausgegeben. Die Ausgangssperre für alle unter 18 bleibt weiterhin bis auf Widerruf aufrecht, und ich bitte Sie inständig, dafür zu sorgen, dass Ihre Kinder sich dar ..."

„Das ist doch wohl ein Scherz", brüllte ein Mann mit einer Stimme wie ein Bär.

„Bitte nicht in diesem Ton, Herr Grün", tadelte der Pressesprecher, der den Journalisten anscheinend kannte.

„Herr Bundeskanzler, Diana Krämer ist noch immer verschwunden, Sie haben nicht die geringsten Neuigkeiten zu den Zusammenhängen mit der Mordserie von Dr. Alfred Riedl, und das ist alles, was dazu gesagt wird? Ich bin nicht nur beruflich hier, ich habe drei Kinder zwischen zwölf und 17 Jahren. Und Ihre ganze Strategie beruht darauf, dass wir sie am Abend nicht rauslassen sollen? Das sind Teenager, keine Kanarienvögel!"

Er bekam Gelächter und Zustimmung aus den eigenen Reihen; der Bundeskanzler versuchte, Haltung zu bewahren.

„Herr Grün, wir können Ihren Unmut gut verstehen, aber seien Sie sicher, es wird von unserer Seite wirklich alles Menschenmögliche getan. Bitte bewahren Sie Ruhe. Sie alle", versuchte der Pressesprecher zu beschwichtigen. Doch das taten sie natürlich nicht.

Der Bundeskanzler und Krump warfen einander zustimmende Blicke zu, dann bedeutete der Politiker der Menge, ruhig zu sein, und trat selber wieder zum Mikrofon. „Es gibt eine weitere Ankündigung. Heinz Krump ist der neue Polizeichef. Vorerst wird er interimsweise eingesetzt, aber ich bin mir sicher, er ist die beste Wahl, und wir haben eine sehr produktive Zukunft vor uns. Danke. Auf Wiedersehen."

Ich fluchte: „So eine Scheiße", und sah zu Konrad hinüber, doch er war auf der Couch zur Seite gekippt und einfach eingeschlafen.

Die Journalisten erhoben sich von ihren Sitzen, und ein Konzert aus Fragen entbrannte. Krump und der Bundeskanzler entkamen mithilfe der zwei Sicherheitsbeamten, die sie zur nächstgelegenen Tür rausbrachten.

Dieses kleine hinterhältige Arschloch war nun also Polizeichef. Und hatte somit noch mehr Macht und mehr Möglichkeiten, für die einzige Person zu arbeiten, die ihn interessierte: sich selbst. Weswegen er allerdings offiziell erst mal interimsweise eingesetzt wurde, war mir nicht klar.

Ich versuchte mir einzureden, dass es nur der viele Kaffee war, der bei mir Herzrasen verursachte, als ich Anna anrief, dann aus dem Internet die heutigen Zugfahrzeiten ausdruckte und mich anschließend mit dem Leiter von Henriettes Sanatorium verbinden ließ. Nach dem erfolgreichen Telefonat klopfte ich an Martins Tür und bat ihn, so schnell wie möglich mit Konrads Training zu beginnen.

Hannes ging nicht an sein Telefon, und bevor seine Mobilbox ansprang, legte ich auf. Ich versuchte es noch zweimal, immer mit demselben Ergebnis. Und dann wählte ich eine andere Nummer.

„Was wollen Sie, Fiore?", knarrte Krump.

„Zur Beförderung gratulieren."

„Haha."

„Sie müssen zu mir in die Wohnung. Alleine. Nein, bringen Sie noch jemanden von der Spurensicherung mit. Aber nur einen." Ich legte auf, ohne seine Antwort abzuwarten.

„Wie haben Sie den bekommen?", fragte mich der junge Mann mit Bürstenhaarschnitt von der Spurensicherung, nachdem er mit einer Zange das Kuvert in der Klarsichtfolie aus der Küchenschublade genommen und in eine weitere Hülle gepackt hatte.

Wir waren zu sechst in der Küche, denn Krump war natürlich nicht alleine gekommen. Er hatte seinen Sohn mitgebracht, der mich die ganze Zeit nicht aus den Augen ließ. Hannes und seine Assistentin Regina Steindl waren keine Minute später eingetroffen. Steindl sah in ihrem lässigen Jeansoutfit und den Cowboystiefeln aus, als wäre sie direkt aus einem Katalog für Westernkleidung gestiegen.

„Der Brief lag gestern Abend vor der Tür", log ich. Alex hatte als Freundin und in bester Absicht gehandelt. Hätte ich die Wahrheit gesagt, wäre sie sofort wegen Unterschlagung von Beweismitteln angezeigt worden.

„Um welche Uhrzeit?", fragte Krump. Hannes hielt sich im Hintergrund, als wäre er nur zu Gast. Er fragte weder, noch sah er nach Konny, den ich zu Anna in die Nebenwohnung gebracht hatte.

„Ich weiß nicht. 20 Uhr vielleicht."

„Was steht denn jetzt drin?", fragte Krump den Mann von der Spurensicherung, doch der schüttelte nur den Kopf. „Das kann ich Ihnen erst sagen, wenn ich im Labor bin."

„Wozu lungern Sie dann noch hier herum?", fragte Krump und deutete zur Tür. Der Mann verabschiedete sich mit einem Gesichtsausdruck, der keinen Zweifel daran ließ, was er über seinen Vorgesetzten dachte.

„Es steht drin, dass Konrad nicht weiterermitteln soll, sonst stirbt seine Tochter", antwortete ich, als er fort war.

Hannes riss die Augen auf und stöhnte leise, doch seine Assistentin schien es nicht zu bemerken, denn sie fragte: „Wer ist seine Tochter?"

„Das weiß ich nicht", antwortete ich.

„So ein Schwachsinn, seine Tochter ist tot", eiferte Krump, „sie ist als Kind ertrunken."

„Aber wieso dann diese Nachricht?", bohrte Steindl und sah mich mit ihren großen blauen Augen an.

„Weil Konrad glaubt, dass sie noch lebt", antwortete Krump statt meiner. „Er hat es zumindest geglaubt, bevor sein Hirn nur ein Haufen Matsch war. Aber das weiß der Absender ja zum Glück nicht."

Krump enttäuschte mich nicht, ich hatte damit gerechnet, dass es genauso laufen würde. Obwohl ich vor eineinhalb Jahren dem Hauptkommissar gegenüber eine Andeutung gemacht hatte, dass ich die verschwundene Tochter sein könnte, hatte er es nicht begriffen.

„Weiß Konrad, was in dem Brief steht? Wo ist er überhaupt?", fragte Krump.

„Ja, weiß er, aber er hat keine Erinnerung, dass er eine Tochter hatte. Und nein, er kann nicht mit Ihnen sprechen, er trainiert mit seinem Physiotherapeuten", sagte ich.

Krump verzog sein Gesicht. „Und das hindert ihn daran, mit mir zu sprechen, weil …?"

„Weil sein Physiotherapeut bei ihm ist", wiederholte ich ungerührt. Worauf Krump „KONRAD, ICH MUSS MIT DIR REDEN" brüllte. Keine drei Sekunden danach wurde die Tür zu Konrads Schlafzimmer geöffnet.

„Sie sind und bleiben ein …", sagte ich, doch es ging in Martins lautem „Ha-ha-hat jemmmmm-and nach Herrn Fü-Fü-Fürst geru-ru-rufen?" unter.

„Ja, ha-ha-hat jemand", rief Krump genervt in den Flur, worauf sein Sohn leise zu grunzen begann.

Unverständliches Gemurmel folgte, dann waren schlurfende Schritte zu hören, und schließlich erschien Konrad im Wohnzimmer, in einem hellgrauen Jogginganzug, der seine guten Tage schon lange hinter sich hatte.

„Konrad, mein Freund, entschuldige die Störung", begrüßte ihn Krump wie ausgewechselt, „wie geht es dir? Komm, lass uns kurz plaudern."

Während er mit Konrad am Tisch Platz nahm, flüsterte Hannes etwas Regina Steindl zu, worauf sich ihre Wangen flamingorosa färbten.

Sie bemerkte meinen Blick, schlug sofort die Augen nieder, und ich wünschte mir, sie würde das alles wenigstens nicht so auffällig tun.

Doch es blieb keine Zeit, mir weitere Gedanken darüber zu machen, denn im nächsten Moment gab mir Hannes ein unauffälliges Zeichen, ihm aus dem Zimmer zu folgen.

Wegen der Richtung, in die sich unsere Beziehung in den letzten Tagen entwickelt hatte – nämlich geradewegs auf einen Abgrund zu –, hatte ich vieles erwartet, als Hannes die Tür zu unserem Schlafzimmer schloss, aber sicher nicht das. Er kam auf mich zu, streichelte mir über die Wange, küsste mich innig auf den Mund und umarmte mich. „Geht es euch gut?"

Ich war so überrumpelt, dass ich kein Wort herausbrachte und nur nickte.

„Wo ist Konny?"

„Bei Anna."

Obwohl mich seine Reaktion wahrscheinlich hätte erleichtern sollen, tat sie es nicht. Im Gegenteil, ich wurde wütend. Vielleicht, weil sie mein schlechtes Gewissen wegen Moritz Riedl noch mehr anfeuerte.

„Ihr müsst hier weg." Er ließ mich los und holte aus seiner Sakkoinnentasche sein Diensthandy. „Ich werde sofort veranlassen, dass Konrad einen Platz in einer Rehaklinik bekommt, und du und Konny, ihr verlasst die Stadt. Außerdem bekommt ihr rund um die Uhr Personenschutz."

„Mit welcher Begründung?"

„Mir wird schon irgendwas einfallen …"

„Nein."

„Was, nein? Lotta, dieser Brief, das ist kein ..."

„Ich weiß. Darum habe ich auch Krump angerufen. Aber wir müssen Konny in Sicherheit bringen. Und zwar ohne mich."

Diese zwei Sätze auszusprechen fühlte sich an, als würde ich in ein lichterloh brennendes Haus hineinlaufen. Alles in mir, jede Zelle und jede Faser, wehrte sich dagegen. Aber ich war überzeugt, dass es keine andere Möglichkeit gab.

„Was redest du da?", blaffte Hannes.

„Dieser Brief, er war nicht vor unserer Tür. Alex hat mich angerufen, er war bei der Leiche vor der Wiener Oper."

„WAS?"

Ich nickte, meine Augen füllten sich mit Tränen.

„Darum muss er weg, Hannes. So schnell wie möglich. Konny muss weg von mir."

„Nein, Lotta, wir finden eine andere Möglichkeit."

„Was für eine denn?" Meine Stimme kippte.

„Du kannst mit Konny gemeinsam irgendwohin, bis das alles vorbei ist."

„Der, den ihr sucht, er oder sie weiß, wer ich bin. Und auch, wer Konrad ist! Der Brief hat in der Wiener Oper gelegen, weißt du, was das bedeutet? Und wir ... wir wissen nichts über diese Person. Gar nichts. Glaubst du, es wäre nicht ganz leicht rauszufinden, wenn ich weg bin?"

„Dann tun wir, was er will – Konrad wird einfach aus den Ermittlungen ausgeschlossen. Das alles ist doch sowieso nur eine Farce!"

„Du glaubst doch selber nicht, dass Krump das zulässt! Überhaupt jetzt, als Polizeichef. Außerdem ... es ist genauso gut möglich, dass ich etwas herausgefunden habe und die Nachricht eigentlich an mich gerichtet ist."

Es dauerte einen Moment, bis Hannes begriff und fragte: „Was hast du getan?"

„Ich war ... bei Jana Schneider. Die Jana aus Kims SMS. Ich habe sie auch gefunden. Ich weiß, deine Assistentin war gestern bei ihr. Ein paar Stunden bevor ich sie besucht habe. Ich dachte, du hast ihr nichts von dem Brief gesagt?"

Er fuhr sich über die Stirn. Meine Frage nach Steindl beantwortete er nicht, stattdessen sagte er: „Das ist nicht dein Ernst?"

„Doch. Und am Abend gab es die Leiche bei der Wiener Oper."

Ich sah ihm an, wie er sich Mühe gab, nicht laut zu werden. „Wer weiß davon, dass du bei ihr warst?"

„Du, Fanny und ich."

„Wunderbar. Und? Hast du ihr bei der Gelegenheit auch gleich erzählt, dass du Konrads Tochter bist?"

„Nein, ich war zu beschäftigt, sie nach einem Serienmörder zu fragen, der anscheinend von den Toten auferstanden ist."

„Und was hat sie gesagt?"

„Ach, das musst du doch wissen? Oder hat sie Steindl nichts erzählt?" Ich war mir sicher, dass sie das nicht hatte. Und obwohl ich ihm hatte sagen wollen, dass mir Jana Schneider nicht nur von der Party, Alfred Riedl und dem kleinen Jungen erzählt, sondern auch den Namen ihres ehemaligen Geliebten genannt hatte, war ich zu wütend, um es zu tun.

„Na bitte, dann hat sich das ja ausgezahlt", sagte Hannes und schnaufte.

„Wer weiß, dass du Konrads Tochter bist?"

„Dass ich es vielleicht bin", verbesserte ich ihn, er reagierte nur mit genervtem Kopfschütteln. „Anna, Fanny, Henriette, Alex. Und die zwei Ärzte aus dem Krankenhaus, Kirchschlager und Hutbauser. Sonst niemand."

Hannes wollte etwas sagen, hielt sich aber zurück. Er verschränkte die Arme, von seiner noch vor fünf Minuten vorhandenen Sorge war nichts mehr zu bemerken.

„Und, wie hast du dir das alles vorgestellt?"

Der perfekte Ort für Konny war mir eingefallen, als ich nach der Pressekonferenz auf den stummen Fernseher gestarrt hatte. Die Werbung mit dem sprechenden Schweinchen einer Biomarke. Oft schon hatte Anna von ihrer Cousine erzählt, die nach einer unglücklichen Karriere als Dolmetscherin für einen Gaskonzern vor drei Jahren über ein Internetportal einen Biobauern in Bayern kennengelernt hatte. Sie nannte es „Liebe auf die erste Kuh", nach einem halben Jahr war sie bei ihm eingezogen, und nun bewirtschafteten sie gemeinsam den Hof.

„Henriette muss mit Konny zu Annas Cousine nach Lauterhofen."

„Wo ist das?"

„In Deutschland. Bei Nürnberg."

Hannes lachte auf. „Natürlich, ich werde unseren Sohn alleine mit einer psychisch labilen Frau ein paar hundert Kilometer entfernt zu völlig Fremden aufs Land schicken. Wieso hab ich da nicht selber dran gedacht?"

„Dann lass ihn eben mit einer Polizeieskorte hinbringen, das ist mir scheißegal", fuhr ich ihn an. „Und entschuldige bitte, dass dir Henriette nicht normal genug ist. Glaubst du, ich bin froh darüber? Aber sie ist die einzige Möglichkeit."

„Das ist so leichtsinnig! Sie muss nur einmal ihre Medikamente vergessen ..."

„Darum soll sie ja zu Annas Cousine, damit so etwas nicht passiert."

„Du denkst also, du mit Konny wirst entdeckt, aber Henriette mit Konny nicht?"

„Ich weiß es nicht. Aber im Moment erscheint es mir als das einzig Richtige."

„Und wie soll das funktionieren?"

Anfangs, als ich ihm berichtete, welchen Zug ich heute Abend nehmen wollte, verdrehte er noch im Drei-Sekunden-Takt seine Augen. Doch je länger ich sprach, desto konzentrierter wurde er.

Jemand klopfte an der Tür.

Hannes bedeutete mir mit dem Zeigefinger vor den Lippen, nicht weiterzusprechen, und öffnete. Es war Regina Steindl, sie streckte Hannes ihre Hände entgegen, zwischen denen sie ein Handy umklammert hielt.

„Entschuldige", flüsterte sie und trat ohne Aufforderung ins Zimmer. Mit dem Kinn deutete sie zum Telefon in ihren Händen. „Krumps Handy ... der Bundeskanzler ist dran."

Hannes deutete Richtung Wohnzimmer, doch seine Assistentin wehrte ab. „Krump sagt, du sollst mit ihm reden."

Hannes fluchte lautlos, sagte zu Steindl „Warte hier", nahm ihr das Handy ab und verließ mit einem freundlichen „Herr Bundeskanzler Schaumburger, grüß Gott, hier ist Kommissar Fischer" das Zimmer.

Regina Steindl strich sich die Haare hinter ihre Porzellanohren, ihre pastellrosa Lippen verzogen sich zu einem unechten Lächeln.

„Wo ist Ihr Sohn?", fragte sie und deutete auf das leere Gitterbett.

Mir war erstens nicht nach Small Talk zumute und zweitens schon gar nicht mit ihr. „Er schläft."

„Aha."

Peinliches Schweigen legte sich zwischen uns. Sie sah mich absichtlich nicht an, es war ihr unangenehmer als mir. Das machte sie mir fast sympathisch.

Als es aus ihrer Jeans klingelte, konnte sie ihre Erleichterung nicht verbergen. Sie holte ihr Handy aus der Hosentasche hervor und meldete sich.

„Hallo, Bertl, was gibt's?"

Damit es nicht zu auffällig war, dass ich zuhörte, fing ich an, Konnys Spielsachen, die überall herumlagen, aufzuheben, abzuputzen und in verschiedene Kisten zu legen.

„Okay, warte, ich schreibe mit." Sie fischte ein kleines Tablet aus der Innentasche ihrer Jeansjacke, ihre Finger wischten und tippten blitzschnell.

„Okay, jetzt geht's, gehen wir sie durch ... Aha, er war die ganze Zeit in der Ordination? Wo ist die noch mal ... nicht so schnell ... Kohlmarkt, okay. Wie lange wäre es von dort zur Wiener Oper? Ach so, verstehe. Kann das wer bezeugen? ... Und der Jüngere? Moritz, genau! ... Was ist mit ihm?..."

Plötzlich sah sie zu mir. Ich fühlte mich ertappt, als sie ihre Augenbrauen hob. Ich musste keine Hellseherin sein, um zu begreifen, dass sie eben mit ihrem Anrufer die Alibis der Riedl-Brüder für gestern zu der Zeit, als die Leiche vor der Wiener Oper abgelegt wurde, durchging. Die Zeit, als ich mich mit Moritz Riedl in der Eden-Bar betrunken hatte.

„Wart mal eben, Bertl", sagte sie ins Telefon und dann zu mir: „Würde es Ihnen viel ausmachen, mich kurz alleine zu lassen?"

Wortlos verließ ich das Schlafzimmer und schloss die Tür hinter mir.

Doch statt wegzugehen, blieb ich stehen und lauschte.

„Okay, Bertl, bist du dir sicher?", fragte sie. „Wahnsinn, das hätte ich nicht erwartet. Weiß das schon jemand? ... Auch Hannes nicht? ... Oh, gut ... weiter, was ist mit der Schwester? ... Aha ... Und Adam und Sarah Fitzpatrick? ... War da noch jemand dabei? ... Also sind die beiden ihr gegenseitiges Alibi? ... Okay, ich hab alles notiert, danke. Ja, natürlich. Ich sag es Hannes." Nach einer kurzen Pause lachte sie glockenhell. „Das hast jetzt aber du gesagt, Bertl ... Bis dann."

Ich horchte auf Schritte, falls sie das Zimmer verlassen wollte, doch es blieb still. Nach einer gefühlten Minute ging ich wieder hinein. Wahrscheinlich hatte sie erwartet, ich würde anklopfen. Sie stand vor der geöffneten Schranktür und presste mit geschlossenen Augen eines von Hannes' Hemden an ihr Gesicht. Zu spät riss sie ihre Augen auf und zuckte zurück, als sie mich sah. Ihre Wangen erglühten feuerrot. Das Handy läutete erneut, es fiel ihr fast aus der Hand. „Steindl ... Oh mein Gott! Seid ihr sicher? ... Ja, wir kommen sofort."

Sie stürmte an mir vorbei ins Wohnzimmer, wo Krump noch immer mit Konrad am Tisch saß.

„Chef", rief Steindl, „die Dienststelle Wien Mitte ist dran. Bei ihnen wurde vor einer Viertelstunde ein Mädchen aufs Revier gebracht. Sie glauben, es ist Diana Krämer."

„Wer ist das?", fragte Konrad, doch niemand antwortete ihm.

Krump sprang hoch, befahl Steindl: „Holen Sie Fischer", und nahm ihr das Handy ab. Steindl verließ als Erste das Zimmer, ohne Verabschiedung jagten ihr Krump und sein Sohn Florian hinterher. Ich drehte mich zu Konrad, er sah mich verwirrt an.

„Es ist das Mädchen, das seit dem ersten Mord vermisst wird", beantwortete ich seine Frage.

Er rappelte sich hoch und streckte mir seine Hand entgegen. „Ich möchte sie sehen."

26.

Die Polizeidienststelle Wien Mitte war auf der Längsseite des neu errichteten Gebäudekomplexes untergebracht. Ich war verblüfft über die Ruhe, die hier herrschte. Nicht nur keine Presse war da, bis auf eine rothaarige Polizistin mit Sommersprossen, die hinter einem Pult beim Eingang stand, war kein Mensch zu sehen.

„Ja, bitte?", fragte sie mit einem Lächeln, als wäre sie froh über die Unterbrechung der Langeweile.

„Hallo, mein Name ist Lotta Fiore. Können Sie bitte Hannes Fischer sagen, dass ich ihn sprechen möchte? Er sollte hier sein."

„Wer?"

„Das Mädchen, das gefunden wurde, Diana Krämer. Wegen ihr sind wir hier", sagte Konrad hinter mir.

„Ich verstehe nicht ..." Sie sah von mir zu Konny, der im Tragetuch schlief, und dann zu Konrad am Stock – ihr Lächeln war unverändert, als wäre das hier ein Familienausflug und wir hätten uns nur in der Tür geirrt.

„Ist Krump da?", fragte ich.

„Wer?"

„Heinz Krump, der neue Polizeichef", sagte ich.

Ihr Lächeln erlosch wie die ausgepustete Flamme einer Geburtstagskerze. Anscheinend hatte sie schon Bekanntschaft mit ihm gemacht. „Bitte sagen Sie ihm, Konrad Fürst und Lotta Fiore sind hier. Er erwartet uns."

Es war eine Lüge, doch meine einzige Möglichkeit. Weder Hannes noch Krump hatten auf meine Anrufe reagiert, seit wir die Wohnung verlassen hatten.

Sie beugte ihren Kopf zurück und rief laut: „Peter, kannst du mich kurz ablösen?"

Ein weißhaariger Polizist, der mehr breit als hoch war, kam aus dem Büroraum geschlurft. „Was ist denn?", fragte er widerwillig.

„Lös mich mal kurz ab, ich muss nach hinten."

Sie verschwand hinter der Tür mit dem Bullauge rechts neben dem Pult. Der Dicke gähnte und nickte mir zu. Dann sah er hinter mich und riss die Augen auf.

„Konrad?", fragte er und stützte sich aufs Pult, als wollte er darüberspringen. „Konrad, bist du das?" Ohne eine Antwort abzuwarten, klappte er einen Teil des Pults hoch, streckte seine Arme aus und watschelte auf Konrad zu. „Geh schleich dich, ich packs nicht. Das ist ja ein Vierteljahrhundert her, seit wir uns gesehen haben. Wie geht's dir?"

Ich drehte mich um. Konrad stand da wie erstarrt, instinktiv hatte er seinen Stock hochgenommen und hielt ihn mit beiden Händen vor sich wie eine Absperrung.

„Konrad, kennst mich nimmer? Ich bins, der Huber Peter."

„Huber Peter", wiederholte Konrad. Die Tür mit dem Bullauge öffnete sich, und die rothaarige Polizistin steckte ihren Kopf heraus. „Ich soll Sie reinbr..."

„Das ist der Konrad Fürst", unterbrach der Dicke seine junge Kollegin, „du weißt doch! Ich hab dir von ihm erzählt."

„Ich weiß nur, dass ich ihn reinbringen soll", antwortete sie desinteressiert.

„Na geh, erinnerst dich nimmer? Die Gschicht mit dem Parkfest, wo das kleine Mädl verschw... oh, entschuldige." Er sah zu Konrad, der den Stock langsam sinken ließ.

„Kommen Sie bitte mit mir", sagte die Polizistin. Ich ging los, doch sie bedeutete mir, stehen zu bleiben. „Nein, nur er. Tut mir leid."

„Was?"

„Ja. Ich soll nur ihn nach hinten bringen."

Konrad gab einen Laut von sich, der wie das Blöken einer Ziege klang, dann ging er an mir vorbei und der Polizistin nach. Die Tür schloss sich hinter ihnen mit einem schmatzenden Geräusch. Alle Schimpfworte, die mir einfielen, jagten durch meinen Kopf. Doch ich versuchte, mir nichts anmerken zu lassen.

„Was ist mit ihm?", fragte der dicke Polizist.

„Ein Unfall. Bei einer Ermittlung. Woher kennen Sie Konrad?"

„Wir waren mal Kollegen. Bevor das mit seiner Tochter ... Er war so ein guter Polizist. Ein Jammer, das. Aber das freut mich, dass er wieder im Dienst ist."

Ich schielte zur Tür, aber sie ging nicht wieder auf. Da drinnen waren alle, und sie wussten, dass Konrad nicht alleine gekommen war. Wussten, dass ich hier draußen stand. Der Dicke sagte etwas, aber ich hörte gar nicht richtig zu. Nur das „... Kleine war so ein süßes Ding" bekam ich wieder mit.

„Was haben Sie gerade gesagt?", fragte ich.

„Wann?"

„Gerade eben, was haben Sie gesagt?"

„Konrads Tochter, die Kleine war so ein süßes Ding. Ma, das war wirklich furchtbar damals."

„Sie kannten Julia Fürst?" Meine Stimme war hochgerutscht.

„Oh ja." Sein Blick driftete ab, doch bevor er weitersprechen konnte, wurde wieder die Bullaugentür geöffnet. Die rothaarige Polizistin streckte ihren Kopf heraus. „Sie sollen jetzt bitte doch kommen."

„Gleich. Wie war sie? Julia Fürst?", fragte ich den Polizisten.

Ein trauriges Lächeln breitete sich auf seinem Gesicht aus. „Herzig. Ein aufgewecktes kleines Mäderl. Und sie war sein ganzer Stolz. Ja, das war sie wirklich. Wieso fragen Sie?"

„Nur so." Ich folgte der Polizistin durch die Bullaugentür.

So leer die Polizeidienststelle beim Eingang war, so voll war sie hinten. Ungefähr 30 Leute, Beamte in Zivil und in Uniform, drängten sich vor einem Zimmer. Konrad war nirgends zu sehen, aber ich entdeckte Krump. Er sprach mit einem Mann, der aussah, als wäre er ein Schiffbrüchiger, der das letzte Jahr auf einer einsamen Insel verbracht hatte. Zerzauste lange Haare, verfilzter Bart, zerrissene, vor Dreck strotzende Jeans und so schmutzige Hände, dass sie fast schwarz waren. Ich konnte nicht verstehen, was sie sagten. Es sah so aus, als hielte Krump immer wieder den Atem an, wenn der Mann sprach.

„Wo ist Konrad?", rief ich ihm zu. Erst jetzt bemerkte mich Krump, er verdrehte die Augen, sagte etwas zu dem Mann und kam dann zu mir.

„Sie brauchen nicht hysterisch zu werden, Fiore. Konrad besucht die Örtlichkeiten. Und nett, dass Sie den Kleinen mitgebracht haben. Ist sicher ein guter Ort für ein Baby."

Er deutete auf Konny. Dass er recht hatte, machte mich nur noch wütender. Aber ich wollte Konny die letzten Stunden, die er noch in Wien war, so nahe wie möglich bei mir haben.

„Wer ist der Mann, mit dem Sie eben geredet haben?", überging ich seinen Kommentar.

„Der Sandler hat die kleine Krämer gefunden."

Ich wollte nachfragen, wurde aber sofort von der Szene hinter ihm abgelenkt. Krumps Sohn Florian redete mit dem Obdachlosen, der energisch den Kopf schüttelte und sich ängstlich umsah. Florian griff in seine Hosentasche, zog einen kleinen schwarzen Würfel heraus und brach davon ein Stückchen ab. Er tat das so seelenruhig, als würde er den ganzen Tumult entweder nicht bemerken oder er wäre ihm einfach völlig egal. Er hielt dem verängstigten Mann das Bröckchen hin, der panisch mit seinen Händen abwehrte.

„Kann es sein, dass Ihr Sohn dem Obdachlosen gerade was von seinem Haschisch abgibt?", fragte ich.

Ich glaube nicht, dass ich Krump schon einmal so schnell erlebt hatte. Er schoss zu seinem Sohn, packte ihn am Arm, riss ihn herum und schob ihn in das nächstbeste freie Zimmer. Im nächsten Moment hörte man daraus ein Schreikonzert von Krumps Sohn, das alle Anwesenden verstummen ließ. Jeder, wirklich jeder starrte zu der Tür, hinter der die beiden verschwunden waren.

„WAS ICH TUE, GEHT DICH EINEN SCHEISSDRECK AN", brüllte Florian.

Eine weitere Tür zu meiner Linken wurde aufgerissen, und eine grauhaarige Frau kam heraus. „Was soll dieser Lärm?", zischte sie. Noch ehe sie die Tür wieder schloss, konnte ich einen Blick in den Raum werfen, aus dem sie gekommen war. An einem Tisch saß zusammengekauert ein dunkelhaariges Mädchen – das musste Diana Krämer sein. „Wer schreit da so?", fragte die Grauhaarige und sah mich an. Mintgrün, Lachsbrötchen und 62. Ich hob die Schultern, tat so, als wüsste ich es nicht.

„ICH BIN SO LAUT, WIE ICH WILL. DU HAST MIR GAR NIX ZU VERBIETEN."

Ein großer Mann kam auf die Frau zugesteuert, ich drückte mich an die Wand, senkte meinen Blick zu Konny und versuchte, mich so unauffällig wie möglich zu verhalten.

„Und?", fragte er.

„Wer ist dieser Schreihals?", fragte sie.

„Keine Ahnung. Aber er brüllt mit unserem neuen Polizeichef. Hast du schon mehr aus ihr rausbekommen?"

Sie seufzte genervt. „Sie ist von zu Hause ausgerissen, aber mehr sagt sie nicht. Wir hatten schon drei Psychologen bei ihr, aber, ach Gott ... das Mädel schweigt bombenfest. Posttraumatische Reaktion, ganz eindeutig. Da kann man nur abwarten."

„WIESO LÄSST DU MICH NICHT EINFACH IN RUHE? DU INTERESSIERST DICH SOWIESO NUR FÜR DEINE VERFICKTE KARRIERE. DAS IST DOCH DER EINZIGE GRUND, WARUM ICH HIER BIN."

Die grauhaarige Frau und der Mann starrten einander an, dann wieder Richtung Tür, hinter der Florian mit seinem Vater schrie.

„Die Kleine redet eh nicht", sagte die Grauhaarige, der Mann stimmte ihr zu, und beide schoben sich ein bisschen vor zu der Menschenmenge.

Links von mir bewegte sich etwas, ich wurde am Arm berührt. Es war Konrad. Er deutete mit dem Kopf zu der Tür, aus der die Grauhaarige gekommen war, und steuerte darauf zu. Ich wollte ihn aufhalten, doch da hatte er sie schon geöffnet. Er betrat das Zimmer und hielt mit seinem Stock die Tür so weit offen, dass ich problemlos mit Konny am Bauch den Raum betreten konnte.

Diana Krämer sah nicht hoch. Sie hatte die Knie angezogen, ihr Gesicht lag verborgen darauf, die Hände verschränkt über dem Kopf in Schutzhaltung. Ich blieb bei der Tür stehen. Konrad ging zu ihr, nahm einen Stuhl und setzte sich an den Tisch.

„Hallo", sagte er, doch das Mädchen reagierte nicht. „Du bist Diana, nicht wahr?"

Sie rührte sich nicht, als wäre sie in ihrer versteckten Haltung festgefroren. Er sah fragend zu mir. Ich deutete auf sie, dann auf meine Lippen und schüttelte den Kopf.

„Was?", fragte er.

Ich wiederholte meine Geste.

„Ich verstehe das nicht. Was meinst du?"

Zum dritten Mal und diesmal energischer richtete ich meinen Zeigefinger auf sie, auf meine Lippen und schüttelte übertrieben den Kopf.

„Was bedeutet das? Lippen und nein. Du hast keine Lippen? Wieso, du hast doch welche! Oder meinst du sie? Du meinst, Diana hat keine Lippen? Wirklich?"

„Sie meint, dass ich nicht spreche", antwortete ein dünnes Stimmchen hinter Konrad. Diana hatte ihren Kopf gehoben, ihre Augen waren rot unterlaufen und verquollen. Konrad sah weiter zu mir. Er hob einen Mundwinkel zu einem schwachen Lächeln und zwinkerte mir zu.

„Ach so. Entschuldige", erst jetzt wandte er sich zu dem Mädchen. „Ich brauche manchmal ein bisschen länger, seit ich im Koma war." Er deutete auf seinen Gehstock. „Und den brauche ich seither auch.

Also denke ich zumindest. Oder, Lotta? Ich hatte doch vorher keinen Stock?"

„Nein, hattest du nicht."

Konrad machte ein schnalzendes Geräusch mit seinen Lippen. „Schon verrückt. Wenn man plötzlich aufwacht und sich an nichts erinnert. Ich hab nicht mal meinen Namen gewusst. Und ehrlich gesagt, er kommt mir jetzt auch noch sehr fremd vor, wenn ich ihn höre. Konrad Fürst. Komisch klingt das. Als wäre das gar nicht ich. Aber es ist wie mit den zwei Mäusen im Oberglas." Er senkte seinen Blick zur Tischplatte, sagte nichts mehr. Gerade als ich dachte, das alles hatte keinen Sinn, fragte Diana plötzlich: „Was ist mit den Mäusen im Oberglas?"

„Es waren zwei Mäuse, die sind in ein Glas mit Obers gefallen. Die erste Maus hat rasch aufgegeben und ist ertrunken. Aber die zweite hat weitergestrampelt. So lange, bis sie das Obers in Butter verwandelt hat. Und dann ist sie ganz einfach rausgekrabbelt. Na ja, ich versuche gerade, diese zweite Maus zu sein."

Diana nickte langsam. Ihr Lächeln war so flüchtig, dass man es kaum mitbekam.

„Wieso waren Sie im Koma?", fragte sie.

„Ich bin irgendwo runtergefallen. Aber das hab ich auch nicht gewusst. Man hat mir das erzählt." Er steckte den Stock zwischen seine Beine, beugte sich vor und legte sein Kinn auf dem Griff ab. Diana ließ ihn dabei nicht aus den Augen.

„Wie war das so? Das Koma?", fragte sie schließlich. Er richtete sich gerade so weit auf, dass er sie ansehen konnte.

„Hm. Manchmal, da habe ich was gehört. Da waren Stimmen. Besonders eine Frau, sie hat öfter mit mir gesprochen. Aber ich war mir nie sicher, ob ich das nicht nur träume."

„Was hat sie gesagt?"

„Ich weiß nicht mehr ... oder doch ... ein Mal hat sie was von einem Buntspecht erzählt. Du weißt schon, der Vogel."

„Du hast nicht geträumt", sagte ich. Beide Köpfe drehten sich zu mir.

„Das war ich. Ich habe es dir erzählt. Es waren zwei in dem kleinen Park vorm Krankenhaus. Ich ... hab nicht gemerkt, dass du mich hörst." Mir wurde flau. Ich hatte immer gedacht, ich würde nur für mich selber sprechen – um es besser zu ertragen.

„Hatten Sie Angst?", fragte Diana.

Er sah wieder zu ihr. „Ja. Oft. Ich habe viel geträumt. Ich weiß noch, ich wollte meine Augen öffnen. Aber das ging nicht. Ich hab versucht, wen zu rufen, aber meine Stimme hat nicht funktioniert. Nichts hat funktioniert. Als wär ich in mir ... eingesperrt. Das war die Hölle. Ich würde ja sagen, ich hatte noch nie in meinem Leben solche Angst, aber ich weiß nicht, ob das stimmt." Er lachte leise auf.

„Und was haben Sie dann gemacht?", fragte Diana.

„Ich konnte nichts machen. Gar nichts. Ich lag im Koma." Sie schlang ihre Arme um die Beine.

„Ich habe auch Angst", flüsterte sie.

Ich konnte Konrads Gesicht nicht sehen, aber sein Kopf nickte. „Das Schlimmste ist, wie hilflos man sich fühlt, wenn man Angst hat. Als gäbe es keinen Ausweg. Aber es gibt ihn – so wie bei der zweiten Maus."

„Ich wollte das alles nicht."

„Was wolltest du nicht?"

Ihre Stimme war wie ein hauchdünner Faden, als sie sagte: „An dem Tag ... ich bin nicht zur Schule, weil ...

weil ich jemanden getroffen habe. Aber wenn ich sage, wer es ist, werden sie mich einsperren."

Konrad hob seine Hand, legte sie auf den Oberarm des Mädchens.

„Niemand wird dich wegen irgendwas einsperren."
„Doch, werden sie. Er hat es mir gesagt."
„Dann hat er gelogen."
„Und was, wenn nicht?"
„Ich verspreche dir, dass ich kein Wort von dem weitererzähle, was du mir sagst, sollte es dich in Schwierigkeiten bringen."

Sekunden, die sich wie Minuten anfühlten, verstrichen. Dann begann sie zu reden, ganz monoton.

„Ich habe mich mit ihm getroffen. An diesem Tag. Wir haben das manchmal gemacht, ich war dann nicht in der Schule. Er hat gesagt, ich soll mein Handy nicht mitnehmen, denn es ist ja unser Geheimnis. Es war nicht das erste Mal. Wir haben uns in einem Chatroom kennengelernt. Ich wusste nicht, dass er ..." Sie brach ab, verschluckte das nächste Wort in einem Aufschluchzen. Konrad wartete ab, bis er fragte: „Was wusstest du nicht?"

„Dass Kurt der Vater von Emmy ist. Dass Kurt der ‚Stiefvater' ist, von dem Emmy immer erzählt hat. Ihre Mutter wollte nie, dass ich sie zu Hause besuche. Darum hab ich nicht gewusst, wie er aussieht. Als er in der Konditorei bezahlt hat, ist ihm sein Geldbörsel runtergefallen. Da hab ich es gesehen. Das Foto von Emmy und mir, vor einem Jahr. Wir waren beide als Cheerleader verkleidet. Und dann hab ich seinen Nachnamen auf der Kreditkarte gelesen."

„Und?"

„Ich hab ihn gefragt, was das soll. Da ist er wütend geworden. Hat gesagt, wenn ich was verrate, dann wird er die Fotos von mir ins Internet stellen, die ich ihm auf WhatsApp geschickt habe. Und dann werden sie mich einsperren. Weil so was, was ich auf diesen Fotos mache ... verboten ist. Da bin ich weggelaufen. Ich hab mich in dem alten Kino versteckt, wo Emmy und ich oft waren, wenn wir die Schule geschwänzt haben. Nach zwei Tagen wollte ich wieder heim. Aber da war die Polizei vor dem Haus. Und da dachte ich ... sie wissen es schon und kommen mich holen. Ich wusste doch nicht, dass Emmy ... dass sie ... ich hab es erst in der Zeitung gesehen, als ich mir was zu essen gekauft hab. War das ... er?"

Konrad drehte sich zu mir. „Nein. Er war es nicht", antwortete ich an seiner Stelle. Denn dasselbe hatte ich Hannes schon vor einigen Tagen gefragt.

Jemand rammte mir von hinten die Tür in den Rücken. Ich trat zur Seite, und eine Gestalt stolperte fluchend in den Raum. Es war Krump. „Was zum Teufel habt ihr hier herinnen zu suchen?", fragte er.

Konrad schob seinen Sessel nach hinten und zog sich an der Tischkante hoch.

„Das sollten wir besser draußen besprechen." Dann beugte er sich zu Diana und streichelte ihr über den Kopf. Wegen der lauten Stimmen durch die geöffnete Tür konnte ich nicht hören, was er dem Mädchen ins Ohr flüsterte. Aber ich sah ihr erleichtertes Gesicht. Als wäre soeben eine zentnerschwere Last von ihrem schmalen Körper genommen.

27.

„Es tut mir leid, aber ich kann morgen nicht ins Möbelhaus kommen", sagte ich in mein zwischen Ohr und Schulter eingeklemmtes Handy. Vor mir lag die offene Reisetasche, in die ich gerade Konnys Strampelanzüge packte.

Es war bereits später Nachmittag, wir waren vor einer halben Stunde von der Polizeidienststelle wieder nach Hause gekommen. Krump und alle Anwesenden waren mächtig beeindruckt, dass Konrad Diana Krämer zum Reden gebracht hatte. Sofort wurden Beamte zur Wohnung von Kurt Hauser, Emmys Stiefvater, geschickt. Ob Hannes einer von ihnen war, wusste ich nicht, ich hatte ihn nicht mehr gesehen.

„Es tut mir wirklich leid, aber es ist ein Notfall", sagte ich zur Personalleiterin.

„Ach wirklich, Frau Fiore? Und wegen welchem *Notfall* können Sie diesmal morgen nicht zur Arbeit kommen? Wieder ein Bekannter, der Ihre dringende Unterstützung braucht?", fragte sie mich.

„Ja, genau, so ist es." Es war mir gehässiger herausgerutscht, als ich wollte. Sie lachte am anderen Ende gequält auf, es klang wie ein wieherndes Pferd.

„Gut. Dann wird es Sie sicher freuen zu hören, dass Sie sich in nächster Zeit sehr viel um all Ihre Bekanntschaften kümmern können – wir brauchen Sie hier nicht mehr."

„Aber ..."

„Sie bekommen Ihr Kündigungsschreiben per Post. Auf Wiederhören." Bevor ich etwas einwenden konnte, hatte sie aufgelegt.

Eine Stunde später, um 18 Uhr, kam ich mit Konny am Bahnsteig Nummer zwei des Westbahnhofs an.

Henriette erwartete uns mit einem glänzenden rosa Hartschalenkoffer auf Silberrollen, einer riesigen Designertasche aus schwarzem Lackleder, aus der Zeitschriften und Zeitungen ragten, und der gefüllten Papiertragetasche einer Bäckerei.

Mein Anruf bei dem Direktor ihrer psychiatrischen Anstalt hatte diese spontane Aktion möglich gemacht. Bei unserem Kennenlernen vor einem Jahr hatte er sich mir als der „größte Verehrer Ihrer unvergleichlichen Mutter Maria Fiore" vorgestellt. Henriette hatte bei seinen Worten laut aufgelacht. Es gehörte eindeutig in die „Ironie"-Kategorie, dass er keine Ahnung davon hatte, wie nah er der echten Tochter seines Idols jeden Tag war.

Wie ich erwartet hatte, sträubte er sich, als ich ihn bat, Henriette auf unbestimmte Zeit aus seiner Obhut zu entlassen. Auch als ich ihm sagte, es wäre wegen eines Urlaubs in Salzburg und ich würde mich um sie kümmern, stimmte ihn das nicht um. Dass er seine Meinung dann doch noch änderte, war einer von Maria Fiores persönlich signierten *Madame Butterfly*-CDs aus ihrem Nachlass zu verdanken, die ich ihm zukommen lassen würde. Ein Glück, dass ich mir als Teenager die perfekte Fälschung von Maria Fiores Unterschrift angeeignet hatte.

Henriette balancierte grazil in ihrer rechten Hand einen Getränkehalter aus Karton, in dem zwei Pappkaffeebecher steckten, mit ihrer linken winkte sie mir zu.

„Huhu, Lotta, hier bin ich", rief sie überflüssigerweise und stellte sich dabei auf die Zehenspitzen. Sie küsste mich ab, streichelte Konny mit einem „Gugugu" über die Wange und tat so unbeschwert, dass man ihr die vergnügte und ahnungslose Reisebegleitung abnahm. Durch einen unauffälligen Blick auf die Abfahrtsanzeige versuchte ich auszumachen, ob uns jemand am Bahnsteig beobachtete. Doch der Einzige, der in unsere Richtung sah, war ein sehr harmlos aussehender, vielleicht 20-jähriger Mann mit streichholzkurzen blonden Haaren und einem riesigen tarnfarbenen Rucksack.

Unser Abteil war erwartungsgemäß leer, ich hatte unter falschem Namen alle Plätze reserviert.

Henriette stellte ihre riesige schwarze Tasche auf einem der Sitze ab. Als wir ihren Koffer und meine Reisetasche im Gepäckfach verstauten, ertönte bereits das Signal zur Abfahrt, und der Zug setzte sich langsam in Bewegung.

Der junge Mann mit den kurzen blonden Haaren und dem riesigen Rucksack öffnete die gläserne Schiebetür. „Ist hier noch frei?"

Magentarot, Ham and Eggs und 22.

„Alles besetzt", sagte Henriette erbost, als wäre diese Frage etwas Unanständiges. Sie schob so energisch die Tür zu, dass sie ihm fast die Nase eingezwickt hätte. Wütend öffnete er erneut die Tür. „Sind Sie irre?"

Es war vielleicht ein bisschen viel, dass sie darauf mit großer Geste ihr Gesicht in den Händen verbarg und losheulte: „Wieso sind Sie so gemein?", doch es verfehlte nicht seine Wirkung. Der junge Mann winkte ab und ging weiter.

Ich tätschelte Henriettes Schulter und drückte sie vorsichtig in den Sitz. Sie linste durch ihre Fingerspitzen, und als sie sah, dass er weg war, nickte sie mir stumm zu.

Auf Konny hatte das Rumpeln des Zugs eine beruhigende Wirkung, er schlief sofort ein. Henriette reichte mir einen der Pappbecher, der Kaffee war noch warm. Als Abendessen packte sie vier Schokoladencroissants auf das kleine Tischchen unter dem Fenster.

„Bedien dich", sagte sie, nahm selber eines davon, entfernte den Plastikdeckel ihres Kaffees und tunkte es mehrmals ein, als wäre darin ein Fisch versteckt, den sie angeln wollte. Lächelnd ließ sie das tropfende Ende in ihrem Mund verschwinden, nahm die *Vogue* aus der schwarzen Tasche und legte sie auf ihren Knien ab. Während sie das Schokoladencroissant wieder eintunkte, begann sie zu lesen und tropfte beim Essen die mageren Models in ihren Haute-Couture-Kleidern mit Kaffee voll.

Ich holte mein Handy hervor. Keine neuen Nachrichten. Hannes hatte sich nicht gemeldet. Und Moritz Riedl hatte die Botschaft seiner von mir nicht beantworteten SMS verstanden.

„Du musst was essen, Lotta", riss mich Henriette aus meinen Gedanken und reichte mir mit beiden Händen das letzte Croissant, als wäre es die Krone von England.

Ich bedankte mich, biss lustlos in den buttrigen, mit Schokoladencreme gefüllten Teig und spülte ihn mit dem mittlerweile kalten Kaffee hinunter. Henriette widmete sich in der Zwischenzeit der nächsten Zeitschrift. Vor dem Fenster zogen abwechselnd Tunnelmauern, Lärmschutzwände, verlassene Bahnhöfe und ein paar Bäume vorbei.

„Wo sind wir?", fragte Henriette nach einiger Zeit und sah hoch.

„Gleich in St. Pölten."

Jeden Platzsuchenden schickten wir mit dem Hinweis, dass die „anderen drei nur gerade kurz im Speisewagen sind" weiter.

Die Dämmerung setzte vor den Fenstern ein. In knapp 50 Minuten würden wir in Linz ankommen. Das bedeutete, in 30 Minuten musste ich mit dem warmen Wasser aus der Thermoskanne das Fläschchen für Konny herrichten und mich von ihm verabschieden. Denn dann würde Henriette die Babypuppe aus der schwarzen Tasche nehmen und stattdessen meinen Sohn in das unter den Zeitungen und Zeitschriften versteckte zweite Maxi-Cosi legen. Und ihn mit dem Fläschchen hoffentlich ruhig halten, wenn sie mit der Tasche, in der er lag, auf der Toilette verschwand. Anschließend würde ich mit der Babypuppe im Tragegestell in Linz aussteigen.

Vielleicht war dieses umständliche Prozedere, um ihn aus der Stadt zu bringen, paranoid. Vielleicht wurde ich ja gar nicht beobachtet oder verfolgt. Trotzdem war mir eine unbegründete Paranoia lieber, als meinen Sohn in Gefahr zu bringen.

In Salzburg würde Henriette in den Zug nach Nürnberg umsteigen, wo Annas Cousine sie am Bahnhof erwartete.

Dass ein Plan, in dem so oft „würde" vorkam, geradezu nach Murphys Gesetz „was schiefgehen kann, geht schief" verlangte, hatte ich bis zu dem Moment erfolgreich verdrängt, als ich mit Henriette kurz vor Linz gerade Konny gegen die Puppe tauschen wollte und der junge blonde Rucksackmann plötzlich in unserer Abteiltür stand.

„Raus mit Ihnen, aber schnell, sonst ...", fauchte Henriette und wedelte dazu mit einer Hand. Mit der anderen stopfte sie die Babypuppe wieder zurück in die schwarze Tasche.

„Diese drei Plätze sind frei. Ich bleibe, wo ich bin", sagte er sehr ruhig.

„Nein, tun Sie nicht, und ich rufe jetzt den Schaffner", rief Henriette. Doch der meldete sich im nächsten Moment über den Lautsprecher:

„Sehr geehrte Damen und Herren, liebe Fahrgäste. Wir erreichen in Kürze Linz Hauptbahnhof. Der Ausstieg befindet sich auf der linken Seite. Dieser Zug fährt danach ohne weiteren Zwischenstopp nach Salzburg."

Ich hatte Konny noch immer im Arm, er streckte seine Hände nach dem Fläschchen, das ich am Sitz abgestellt hatte, aus. Der junge Blonde setzte sich auf den Platz bei der Tür, nahm eine hochformatige Zeitung aus seinem Rucksack, schlug sie auf und hielt sie sich vor das Gesicht.

Henriette sah panisch zu mir. Unter anderen Umständen hätte ich die Aktion einfach abgeblasen. Aber dieser Typ war einfach zu auffällig in seiner Unauffälligkeit. Seine Blicke am Bahnhof in Wien. Der erste Versuch, sich in unser Abteil zu setzen. Und jetzt das.

„Er stört uns doch nicht", sagte ich leise zu Henriette und legte Konny zurück in sein Maxi-Cosi. Er fing an zu quengeln. Mein „Schschsch" beruhigte ihn nicht.

Henriette riss entrüstet den Mund auf. „Bist du meschugge, Lotta? Und ob er uns stört." Sie zeigte auf den Blonden und berührte dabei mit ihrem Zeigefinger seine Zeitung. Er reagierte nicht.

Der Zug wurde langsamer, die Bremsen quietschten immer lauter.

„Hallo, Sie da, ich rede mit Ihnen", piekste Henriette erneut gegen die Zeitung des Blonden. Sie war jetzt so wütend, dass ihre Halsmuskeln wie straffgespannte Seile hervortraten. Und genau damit lieferte sie mir den rettenden Einfall.

Ich griff nach ihrem pieksenden Finger und hielt ihn auf, als er wieder auf die Zeitung zusteuerte.

„Bitte, reg dich nicht auf, Henriette! Du hast doch deine Tabletten genommen?", fragte ich sehr, sehr leise, als wollte ich nicht, dass der Blonde es mithörte, und sah panisch in ihr plötzlich so ahnungsloses Gesicht.

„Was? Welche ..."

„Die Beruhigungstabletten, hast du sie genommen?", wiederholte ich ein bisschen lauter und drückte ihren Finger, bevor ich ihn losließ. Ehe sie etwas erwidern konnte, setzte ich nach: „Ich hab sie dir in deine schwarze Tasche gepackt. Du weißt ganz genau, dass wir gesagt haben, ich begleite dich nur dann mit dem Baby, wenn du sie regelmäßig nimmst."

Ich legte alles in meinen Blick, um ihr zu verstehen zu geben, dass ich gerade versuchte, uns alle drei mit ihrer Tasche aus dem Abteil zu bringen, ohne unseren Plan zu riskieren. Eine alte Bühnenregel – wenn etwas schiefgeht, fang an zu improvisieren. Nur leider war Henriette nie auf einer Bühne gestanden.

Der Zug verlangsamte sich noch mehr, er musste schon in Bahnhofsnähe sein.

„Du weißt, was das letzte Mal passiert ist, als du sie nicht genommen hast! So etwas wird nie wieder vorkommen, verstehst du? Nie wieder!"

„In welcher Tasche?", fragte sie verwirrt. Am Fenster hinter ihr zogen bereits der Bahnsteig und das erste Schild mit der Aufschrift „Linz Hauptbahnhof" vorbei.

„Komm mir nicht so", versuchte ich, Zeit zu gewinnen. „Ich lass mich von dir nicht verarschen. In der schwarzen Tasche natürlich, wo du deine Zeitschriften drin hast. Da habe ich sie hineingepackt. Also los, wir holen dir jetzt was zu trinken. Nimm deine Tasche ..."

Ein paar schrecklich quälende Augenblicke starrte sie mich an, der Zug bremste immer mehr ab. Es war alles umsonst. Sie hatte nicht begriffen.

Der junge Blonde gab keinen Ton von sich, doch ich war sicher, dass er zuhörte – er hatte die Zeitung nicht einmal umgeblättert.

Der Zug kam endgültig zum Stehen, dumpf war das Öffnen der Türen zu hören, und vor dem Fenster kamen Leute mit Gepäck vorbei.

Und plötzlich, ohne erkennbaren Auslöser, langte Henriette nach ihrer schwarzen Tasche, hob sie energisch hoch und rammte dabei mit voller Absicht den Oberarm des Blonden. Er ließ die Zeitung auf halbe Höhe sinken, aber ich zwang mich, ihn nicht anzusehen, sondern meine ganze Aufmerksamkeit Henriette und unserem Streit zu widmen.

„Ich denke gar nicht daran, irgendwas zu nehmen", sagte Henriette und griff sich mit der freien Hand aufs Herz. „Hör endlich auf, mich ständig zu bevormunden. Und weißt du, wo du dir meine Tabletten hinstecken kannst? An die Stelle, die ich gleich entblößen werde, wenn ich auf die Toilette gehe."

„Wag es ja nicht."

„Du kannst ja mitkommen und mir dabei zusehen!"

„Henriette!"

Sie straffte sich und verließ schimpfend mit der Tasche das Abteil.

Ich schnappte meine Tasche und den Maxi-Cosi mit Konny und lief ihr hinterher bis zu den Toiletten am Ende des Waggons. Sie hastete hinein, ich quetschte mich zu ihr, und wir knallten die Tür zu. Panisch schleuderte sie die Zeitschriften aus der Tasche auf den Boden und riss die Puppe heraus. Ich brüllte: „Wenn du das tust, dann steig ich jetzt sofort mit Konny aus, und du kannst dir unseren Urlaub in die Haare schmieren."

Ich tauschte Konny, der inzwischen zu weinen begonnen hatte, gegen die Puppe. Henriette brüllte genauso laut zurück: „Da bitte, schau zu, wie ich das tue."

„Ich warne dich, ich steige sofort aus."

Während ich aus der Toilette stürmte, stopfte ich noch die Decke über die Puppe im Maxi-Cosi. Deshalb sah ich auch nicht den jungen Blonden und donnerte geradewegs in ihn hinein. Er war uns gefolgt.

„Der Railjet RJ60 auf Gleis zwei setzt seine Weiterfahrt nach Salzburg fort, bitte alle einsteigen", tönte es dumpf aus den Bahnhofslautsprechern.

Die automatische Tür war gerade dabei zu schließen, ich warf mich dazwischen. Für zwei Sekunden klemmte sie meine Hüfte ein, dann ging sie wieder auf. Ich sprang hinaus. Der Maxi-Cosi glitt mir dabei aus den Händen. Ich schrie auf, konnte ihn gerade noch erwischen, bevor die Puppe herausfiel, und presste ihn an mich.

Hinter mir schlug etwas auf den Boden auf, im nächsten Moment ertönte: „Gleis zwei, Zug fährt ab", und die Bahn setzte sich in Bewegung.

Ich drehte mich um. Der junge Blonde stand hinter mir am Bahnsteig. Es war bereits finster und die Beleuchtung so schlecht, dass ich hoffte, er hatte gerade nicht gesehen, was sich wirklich im Maxi-Cosi befand.

Unsere Blicke trafen sich, er ließ mich nicht aus den Augen. In seiner Stimme hörte ich die Lüge, als er sagte: „Ich musste sowieso in Linz raus." Er bemühte sich, seine Wut zu verstecken, doch seine zuckende Unterlippe verriet ihn.

„Okay." Mit einem verkrampften Lächeln überspielte ich meine Angst. Wenigstens war er hier bei mir und Konny somit vor ihm in Sicherheit. Nur wenige

Leute waren ausgestiegen, der Bahnsteig war mittlerweile menschenleer. Selbst wenn ich loslaufen würde, hätte ich keine Chance.

Es war nicht leicht, den Tragekorb so zu halten, dass er nichts anderes als die weiße Babydecke sehen konnte. Ich drehte mich um und ging Richtung Bahnhofshalle. Mein Herz hämmerte, ich musste mich nicht umdrehen, um zu merken, dass er mir folgte.

Die ganze Zeit redete ich in blöder Babysprache mit der Puppe und reagierte dann so, als würde sie lächeln. Vor dem Eingang standen die Taxis mit ihren gelben Leuchtschildern wie riesige Glühwürmchen. Ich bedeutete der Fahrerin, mir zu helfen, sie räumte die Tasche in den Kofferraum, während ich mich in den Wagen setzte, den Maxi-Cosi angurtete und dabei weiter mit der Puppe sprach. Aus den Augenwinkeln konnte ich den Blonden sehen, er stand vielleicht vier Meter entfernt unter einer Straßenlaterne neben einem gelben Postkasten und beobachtete mich.

„Wohin?", fragte mich die Taxilenkerin, als sie wieder eingestiegen war.

„Einen Moment." Ich nahm mein Handy aus der Tasche und gab vor, eine Nummer zu wählen. In Wirklichkeit hatte ich die Kamera aktiviert, die nun, als ich das Handy am Ohr hatte, genau auf ihn gerichtet war. Doch was auch immer es mit ihm auf sich hatte, er schien sich sehr sicher zu fühlen. Es war wahrscheinlich gar nicht notwendig, trotzdem hielt ich das Handy so vor den Mund, dass es meine Sprechbewegungen versteckte. Gleichzeitig zoomte ich ihn heran und hielt dann den Kameraauslöser gedrückt.

„Nach Wien, bitte."

Zuerst weigerte sich die Fahrerin, da sie in einer halben Stunde Feierabend hatte. Doch als sie die Summe, die ich zu zahlen bereit war, hörte, willigte sie ein. Als sie losfuhr, sah ich aus dem Fenster. Der junge Blonde war nicht mehr da.

Sofort öffnete ich die Nachrichten, fügte das beste der drei Fotos des Blonden der SMS an und schickte es mit den Worten „Finde raus, wer das ist!" an Hannes ab.

Eine halbe Stunde später bekam ich die Antwort: „Das ist der Polizeischüler, den ich angeheuert habe, damit er euch begleitet."

Ich war so wütend auf Hannes, dass ich erst zwei Stunden später, als ich bereits zu Hause war, seinen siebten Anruf annahm. Konrad war zu Anna hinübergegangen und noch nicht wieder zurück. Martin schlief bereits.

„Ein noch unfähigerer Idiot war wohl nicht aufzutreiben?", blaffte ich ins Telefon. Er antwortete nicht, ich hörte eilige Schritte, dann das Schließen einer Tür. Es hallte, als er leise fragte: „Wo bist du?"

„Ich bin zu Hause."

„Und wo ist Konny?"

„Ich hoffe, am Weg nach Nürnberg." Sobald Annas Cousine Henriette und Konny in Empfang genommen hatte, wollte sie Anna anrufen, doch damit rechnete ich erst in drei Stunden.

„Aber er hat doch gesagt, du bist mit ihm ausgestiegen?"

„Wer war dieser Irre überhaupt?"

„Dieser *Irre* sollte Konny und dich beschützen. Bist du etwa wegen ihm in Linz raus aus dem Zug?"

Ich hatte Hannes nur die Abfahrtszeit des Zugs und das Ziel genannt – bevor ich weitere Einzelheiten hatte erwähnen können, war Regina Steindl ins Zimmer gekommen.

„Nein, aber durch diesen *Irren* wäre fast alles schiefgegangen. Wieso hast du mir nicht gesagt, was du vorhast?"

„Warum? Weil ich dich kenne, Lotta! Du hättest es nie zugelassen oder ihn hinausgeworfen, wenn er zugegeben hätte, wer er ist. Die Situation hat ihn überfordert, er hat so etwas noch nie gemacht. Er hat mich angerufen, und ich hab ihm gesagt, er soll sich zu euch ins Abteil setzen."

„Großartig, vielen Dank."

Hannes seufzte am anderen Ende, eine Weile sagten wir beide nichts. Meine Wut verebbte in einer Vorstufe der Erleichterung. Ich hörte ein rutschendes Geräusch.

„Was war das?"

„Ich bin in der Abstellkammer der Putzkolonne und hab mich gerade auf den grauslichen Boden gesetzt."

Ich wischte Werbepost und Rechnungen vom Schuhkästchen, nahm darauf Platz und zog die Knie an. Die Gewissheit, wie weit Konny weg war, schnürte mir die Kehle zu. Ich beugte mich zur Seite, holte aus meiner Tasche seinen kleinen braunen Teddybären mit der weißen Schnauze und den schwarzen Knopfaugen. Ich hatte ihn unabsichtlich mitgenommen, doch jetzt war ich froh darüber und presste ihn an meine Wange.

Schon bei der Fahrt nach Wien war der Zweifel und die Frage, ob es richtig war, unseren Sohn mit Henriette fortzuschicken, wie Unkraut in meinen Gedanken gewuchert. Ich sehnte mich danach, mit Hannes darüber zu sprechen. Ich sehnte mich überhaupt nach ihm – nach dem, was wir miteinander gehabt hatten, bevor dieses ganze Chaos ausgebrochen war.

Und ich war ihm sogar dankbar und hoffte, dass dieser merkwürdige Polizeischüler in den nächsten

Zug nach Salzburg gestiegen war, um Konny und Henriette zu beschützen.

„Das mit Diana Krämer", sagte er plötzlich, „das war gute Arbeit von Konrad. Und dir."

Das ‚Danke' blieb mir im Hals stecken, stattdessen fragte ich: „Wisst ihr sonst was Neues?"

Er seufzte wieder. „Nein."

„Was war mit der Nachricht an Konrad?"

„Keine Fingerabdrücke. DNA wie auf der Leiche", antwortete er knapp.

„Vom alten Riedl?"

„Ja."

Wieder Stille, keiner von uns sagte etwas. Trotzdem fühlte ich mich Hannes in diesem Schweigen näher als in den Tagen zuvor. Obwohl ich wusste, dass das der richtige Moment wäre, ihm von Moritz Riedl zu erzählen, hielt mich irgendetwas davon ab. Ein Klopfen war zu hören und Steindls gedämpfte Stimme, die sagte: „Hannes, wir brauchen dich."

Er rief: „Ich komme gleich", und sagte dann leiser: „Schickst du mir eine Nachricht, wenn Konny ...?"

„Natürlich."

„Also dann ..."

„Ja, also dann."

„Gute Nacht."

„Gute Nacht."

Eine Minute war nichts zu hören. Ich dachte schon, er wäre nicht mehr dran, als er plötzlich sagte: „Und wenn du das nächste Mal mit einem Hauptverdächtigen in eine Bar gehst, lass es mich bitte wissen." Dann legte er auf.

Ich starrte auf das stumme Handy. Das war der Grund, warum er geschwiegen hatte – er hatte gewartet, ob ich es ihm erzählen würde.

Bevor ich auch nur einen weiteren Gedanken darüber verlieren konnte, stand ich auf, schnappte Geldbörse und Schlüssel und verließ die Wohnung. Als ich an der Kasse der Tankstelle die Flasche Wodka bezahlte, kam ein Anruf von Anna. Sie musste zu einem Notfall, Konrad wartete in der Wohnung, er wollte noch mit mir reden, bevor er ins Bett ging. Ich beeilte mich und kam zehn Minuten später außer Atem zu Hause an.

„Wo bist du, Konrad?", fragte ich, kaum hatte ich aufgesperrt.

„Im Wohnzimmer", rief er.

Ich eilte in die Küche, versteckte den Wodka im Gefrierfach hinter dem Schokoladeneis und den Tiefkühlerbsen und ging dann ins Wohnzimmer.

„Was gib...", begann ich, sprach aber nicht weiter.

Konrad saß auf der Couch. Neben ihm stand ein brauner Karton, und auf der hellbraunen Couchtischplatte vor ihm lagen zwei längliche eingeschweißte Plastikbehälter, in deren weißen Schraubdeckeln je ein Wattestäbchen befestigt war. Daneben die Anleitung zur Durchführung des DNA-Tests und der Erlagschein.

„Woher hast du das?", fragte ich.

„Es war unter deinem Bett."

„Was hast du unter dem Bett gesucht?"

„Ich weiß es nicht. Als du weg warst, war ich in deinem Zimmer. Ich dachte, ich würde mich an etwas da drinnen erinnern. Habe ich aber nicht.

Und dann habe ich unter dem Bett nachgesehen." Er deutete auf den Couchtisch. „Wofür ist das?"

Ich hatte keine Kraft mehr zu lügen. „Um herauszufinden, ob ich deine Tochter bin."

Er nickte und kniff die Augen zusammen. „Ich bin 59", sagte er, mehr zu sich selber, dann sah er hoch. „Wie alt bist du?"

„29."

Er gab einen zustimmenden Laut von sich. Dann griff er mit zittrigen Fingern nach einem der durchsichtigen Behälter, riss das Plastik herunter und schraubte ihn auf. Er steckte das Wattestäbchen in den Mund und fuhr damit die Innenseite seiner Wange entlang. Anschließend gab er das Stäbchen wieder hinein und schraubte den Deckel zu. Als er es am Tisch abgestellt hatte, sah er mich an, hob einen Mundwinkel zu einem leichten Lächeln und deutete auf seinen Teil des Tests.

„Vielleicht ist das ja der Grund, warum ich dich so gernhabe."

4. Interview

„Magier Convallaria Majalis ist zu euren Diensten", sagte Patrick stolz und verbeugte sich tief. Ob der Spielleiter wusste, was es mit seinem Namen auf sich hatte?

Oder sollte er es ihm besser erklären, damit er gleich klarmachte, dass er ein wirklich würdiges Clubmitglied und nicht irgendein unwissender 13-Jähriger war?

Ein ganzes Jahr hatte er darauf gewartet, endlich eine Einladung zu ONEIROI, dem tollsten Rollenspiel aller Zeiten, zu bekommen. Eigentlich war es erst ab 18, aber anscheinend hatten die ausführlichen wöchentlichen E-Mails über seine Spielkenntnisse an die Adresse auf der Internetseite geholfen, dass sie bei ihm eine Ausnahme machten.

Einmal in der Woche hatte er Zugang zu einem Computer. Wenn sein Onkel ihn in der städtischen Bücherei ablieferte, um im Wirtshaus Karten zu spielen – was seine Tante natürlich nicht wissen durfte. Ihm machte das nichts aus, es war schön dort, die Leute freundlich. Eine Bibliothekarin kannte ihn schon und nannte ihm automatisch die Nummer eines freien Computers, ohne dass er fragen musste.

Und seine Hartnäckigkeit hatte sich ausgezahlt.

Er richtete sich wieder auf, doch bevor er noch etwas sagen konnte, hörte er eine verfremdete metallene Stimme aus der Dunkelheit hinter den Scheinwerfern: „Erzähl ein bisschen von dir, Patrick."

Wie cool war das denn? Das war ja sogar noch viel besser, als er gedacht hatte!

Diese Stimme klang wie Sauron aus Herr der Ringe! Und er hatte kein Handy dabei. Verdammt, wieso waren seine Pflegeeltern bloß solche Spießer und erlaubten ihm keines?

Sonst könnte er das jetzt aufnehmen und die Idioten in seiner Klasse würden platzen vor Neid. Ihn nie wieder in den Mistkübel stecken oder anspucken. Kein gegröltes „Vollpfosten" und „Christusbubi" mehr.

Wenn seine Eltern nicht diesen Unfall gehabt hätten und noch lebten, dann hätte er sicher das neueste Handymodell. Aber dann wäre wahrscheinlich sehr vieles in seinem Leben anders. Ein betrunkener Lkw-Fahrer, der die falsche Autobahnzufahrt genommen hatte, war schuld. Sie waren sofort tot. Er war alleine zu Hause und wartete auf sie, als die beiden Polizisten klingelten.

„Passt niemand auf dich auf?", hatte der Kleinere mit den roten Haaren gefragt und auf die Uhr gesehen. Es war kurz vor Mitternacht. Er konnte dem Beamten kaum ins Gesicht schauen, weil er so fasziniert war von der Waffe im Halfter.

„Auf mich muss niemand aufpassen, ich bin schon sieben", hatte er gesagt und seine Finger nach der Pistole ausgestreckt. Das war vor sechs Jahren gewesen. Er hatte es lange nicht begriffen, dass seine Eltern nie mehr nach Hause kämen. Jetzt wurde ihm immer ganz schwummrig, wenn er einen Polizisten auf der Straße sah, und er musste wegschauen.

„Euer Wunsch ist mein Befehl. Ich bin einziger Nachkomme des Druiden Semkardar und der Alchimistin Lotri aus dem zwölften Hause der ONEIROI. Meine Stärken sind ..."

„Nein, Patrick", unterbrach ihn die Stimme. „Erzähle etwas von dir."

Er stockte, rief sich die wichtigste Spielregel von ONEIROI ins Gedächtnis:

Verrätst du einem Spieler deine menschliche Identität, wirst du für immer aus dem Kreise der ONEIROI verbannt.

Vielleicht versuchte dieser falsche Sauron rauszufinden, wie sehr er das hier wirklich wollte?

„Ich kenne keinen Patrick, ich bin Magier Convallaria Majalis. Dieser Name ist den Menschen besser bekannt unter der Bezeichnung Maiglöckchen. Sie ist nicht nur eine tödliche Pflanze, die sich hinter ihrem lieblichen Äußeren verbirgt, sie vermag auch zu täuschen, indem sie im frühen Stadium die Gestalt des beliebten Bärlauchs annimmt. Und so wie diese Pflanze verberge ich meine tödliche Kraft in meiner harmlosen Gestalt."

Wieder verbeugte er sich, diesmal tiefer als vorher. Seine Knie zitterten, aber er durfte es nicht zeigen. Auf keinen Fall einen Fehler machen – sie mussten ihn in ihren Club aufnehmen, sie mussten es einfach. Er kannte die Welt der ONEIROI in- und auswendig – sie war alles, was ihn interessierte.

Als er wieder hochkam, war das Licht heller als zuvor. Er blinzelte und schirmte seine Augen mit dem dunkelroten Umhang ab, den er trug.

Er hatte ihn selber genäht, ganz alleine, mit der Hand. Seine Tante hatte ihm deshalb etliche Ohrfeigen verpasst. Er hatte nicht wissen können, dass sie aus dem alten Stoff noch Polsterüberzüge und eine Küchenschürze nähen wollte.

Manchmal, wenn sie zur Abendmesse ging und er eine bevorstehende Schularbeit als Ausrede vorgab, um nicht mitzumüssen, hatte er sich im Badezimmer auf einen Stuhl gestellt, um sich in dem Umhang ganz in dem kleinen Spiegel sehen zu können. Dann hatte er seine Arme ausgebreitet, so weit er konnte – als hätte er Flügel. In diesen Momenten, wenn er die Augen schloss, war er nicht machtlos. In diesen Momenten konnte er fliegen.

Doch dann hatte ihn sein Onkel dabei entdeckt. Er schlug härter zu als sie. Seither begleitete er seine Tante lieber in die Kirche.

Hinter den Scheinwerfern war Sesselrücken zu hören. Eine Gestalt schälte sich aus der Dunkelheit ins Licht. Sie hielt irgendetwas Glänzendes. War das ein Schwert oder ein Messer?

„Und ich hab kein Handy", war sein letzter Gedanke.

28.

Konny war in Sicherheit.

Annas Cousine hatte in der Nacht bereits zweimal bei ihr angerufen. Einmal, als sie Henriette und Konny am Bahnhof in Nürnberg in Empfang genommen hatte. Das zweite Mal, als sie gut und sicher in Lauterhofen am Bauernhof angekommen waren. Ich schickte Hannes eine SMS, dass es Konny gutging. Ich weiß nicht, wie lange ich auf mein Handy starrte, doch er antwortete nicht. Und irgendwann hörte ich auf zu starren und legte mich ins Bett.

Der Wodka im Eisfach schien mich den Rest der Nacht zu rufen. Doch immer, wenn ich kurz davor war, in die Küche zu gehen, hielt mich Konrads Satz auf: „Vielleicht ist das ja der Grund, warum ich dich so gernhabe."

Wenn ich die Augen schloss, dann war ich wieder mit ihm in der Garderobe der Wiener Oper. Es war nur ein paar Stunden, bevor er von der Beleuchterbrücke in die Tiefe stürzen sollte. Wir waren zum letzten Mal alleine, und er hatte mir gestanden, dass er wieder zu trinken angefangen hatte. Wir hatten einander ein Versprechen gegeben. Beide mit dem Alkohol aufzuhören. Also blieb ich liegen. Und irgendwann, als die Vögel vor dem Fenster zu zwitschern begannen, schlief ich tatsächlich ein.

Als ich erwachte, fühlte ich mich schlimmer als zuvor. Meine Augenlider zitterten und meine Lippen auch.

Ich stand auf, Konrad absolvierte bereits sein tägliches Programm. Ich konnte Martins Anweisungen und Konrads Ächzen durch die geschlossene Tür hören.

Leise schlich ich mich ins Wohnzimmer. Der DNA-Test lag noch immer auf dem Couchtisch.

Ich brauchte drei Anläufe, bis ich mich endlich überwunden hatte, das zweite Wattestäbchen mit meinem Speichel zu befeuchten. Bevor ich es mir noch einmal überlegen konnte, steckte ich es rasch in die Plastikdose und bestellte einen Fahrradbotendienst, der den Test ins Labor brachte.

In drei Tagen sollten wir Gewissheit haben. Und somit hatte ich drei Tage Zeit, die Frage, wer ich wirklich war, zu verdrängen und mich stattdessen darum zu kümmern, wer der Drohbriefschreiber war oder wer ihm das Geheimnis meiner vermutlichen Identität verraten hatte.

Nach einer heißen Dusche, die nichts an meinem gerädderten Zustand änderte, machte ich mich auf den Weg in das Allgemeine Krankenhaus, in dem Konrad eineinhalb Jahre lang im Koma gelegen hatte.

Es war ein merkwürdiges Gefühl, im 17. Stockwerk des Krankenhauses auszusteigen.

So viel war in diesen letzten Tagen geschehen, dass die eineinhalb Jahre, die ich fast täglich hier verbracht hatte, meilenweit entfernt schienen. Als gehörten sie zu einem früheren Leben.

„Kann ich Ihnen helfen?", fragte eine Frauenstimme hinter mir. Es war eine Krankenschwester. Olivgrün, Chiasamenreisflockenmüsli und 42.

„Wo finde ich bitte Frau Dr. Kirchschlager?", fragte ich. Für Primar Hutbauser war ich noch nicht fit genug.

Die Krankenschwester sah auf ihre Uhr. „Sie ist sicher noch in der Morgenbesprechung, aber es kann nicht mehr lange dauern. Haben Sie einen Termin?"

„Ja", log ich.

„Ich muss eh runter, kommen Sie mit, ich bring Sie zum Besprechungszimmer. Sie können dort auf sie warten."

Wir fuhren mit dem Lift zwei Stockwerke tiefer, sie führte mich einen langen Gang entlang zu einem Bürotrakt. „Da kommt die Frau Doktor dann raus", sagte sie und deutete auf eine der Türen. Ich bedankte mich, und sie ließ mich alleine.

Ich stellte mich, ein wenig abseits, damit sie mich nicht gleich sehen würde. Es dauerte nicht lange, und die Tür wurde geöffnet. Frauen und Männer in weißen Kitteln strömten schwatzend und lachend heraus.

Dr. Kirchschlager war in ein Gespräch mit einer jungen dunkelhäutigen Ärztin vertieft. Gerade als sie ihrer Kollegin antworten wollte, entdeckte sie mich. Der eben noch freundliche Ausdruck fror auf ihrem Gesicht ein. Sie sagte etwas zu ihrer Kollegin, die mich kurz musterte und dann den anderen Richtung Aufzug folgte.

Ohne mich zu grüßen, deutete Dr. Kirchschlager auf das mittlerweile leere Besprechungszimmer. Es war ein kahler Raum mit einem weißen U-förmigen Tisch in der Mitte und den dazu passenden Stühlen. Sie lehnte sich an die Tischkante und faltete die Hände, als wollte sie beten.

„Was führt Sie zu mir?", fragte sie.

„Haben Sie, außer Primar Hutbauser, jemandem erzählt, ich wäre die Tochter von Konrad Fürst?"

Sie stieß einen Laut aus, der wohl ein Lachen sein sollte. „Was soll das?"

„Was meinen Sie?"

„Ich meine, was das soll. Was an dieser Frage verstehen Sie nicht?"

„Ich will nur wissen, ob Sie jemandem davon erzählt haben?"

„Das glaube ich Ihnen nicht."

„Bitte?"

Sie hob ihren Blick, zwischen ihren wütend funkelnden Augen zog sich eine tiefe Furche. „Ach, jetzt hören Sie doch auf! Ich weiß nicht, welches Spielchen Sie da spielen, Frau Fiore, ich weiß nur, dass Peter seit diesem *Vorfall* mit Ihnen wie ausgewechselt ist."

„Mit Peter meinen Sie Primar Hutbauser?"

„Wen sonst? Ich habe doch auf seinem Handy gesehen, dass er Sie erst vor ein paar Tagen angerufen hat."

Ich hatte es völlig vergessen, doch jetzt fiel es mir wieder ein. Ihre schockierte Reaktion, als sie die Tür zum Besprechungszimmer, in dem mir der Chefarzt gerade an den Busen fasste, geöffnet hatte.

Unmotiviert warf sie ihre Arme in die Luft. „Wieso sind Sie hier? Ist es, weil Peter in London ist? Wollen Sie jetzt alles mit mir klären, solange er weg ist?"

„Ich will gar nichts klären, ich weiß auch nichts von London. Ich bin hier, weil ..."

„Jetzt verkaufen Sie mich bitte nicht für blöd. Er hat Sie doch angerufen, damit Sie ihn begleiten. Ich hab die zwei Flugtickets gesehen!"

„Welcher Name stand auf dem zweiten Ticket?", fragte ich.

„Ihrer."

„Das stimmt nicht."

Sie antwortete nicht, sondern verzog ihr Gesicht und starrte, ohne zu blinzeln, in meine Augen.

„Diese Sache in dem Besprechungszimmer, das war ein riesiger Fehler. Mir tut das alles unglaublich leid. Sehr sogar. Ich habe es nur getan, weil ..." Meine Stimme entglitt mir, als wäre ich plötzlich heiser. Sie sah mich nicht mehr an, sondern zupfte imaginäre Fussel von ihrem Arztkittel.

„Ich bin froh, wenn ich ihn los bin. Seit einem Jahr höre ich mir an, er verlässt seine Frau. Ha! Und was tut er stattdessen? Holt sich einen weiteren Käfer für seine Sammlung."

Sie zerquetschte die unsichtbaren Fussel zwischen Zeigefinger und Daumen.

Ich riss mich zusammen, räusperte mich kurz. „Bitte, können Sie mir einfach sagen, wem Sie erzählt haben, ich wäre Konrad Fürsts Tochter?"

Doch sie reagierte nicht. Ich konnte förmlich zusehen, wie die Eifersucht ihren Verstand außer Kraft setzte. Es war, als wäre ich für sie nicht mehr vorhanden. Sie zuckte erschrocken zurück, als ich bei ihrer neuen Fusselsuche ihren Unterarm packte.

„Hören Sie mir bitte zu", sagte ich. „Ich habe Ihnen im Vertrauen etwas erzählt, und ich möchte einfach nur wissen, ob Sie mit jemand anderem außer Hutbauser darüber gesprochen haben. Oder ist es in Konrad Fürsts Krankenakte vermerkt?"

Empört schüttelte sie meine Hand ab.

„Natürlich ist es nicht vermerkt. Und ich habe diesen Schwachsinn auch sonst keinem Menschen erzählt. Wenn ich das getan hätte, dann hätte man Sie schon unter psychiatrische Beobachtung gestellt."

„Sind Sie sicher?"

Sie stemmte ihre Hände in die Taille, reckte ihren Kopf in die Höhe und bemühte sich, einen überlegenen Tonfall anzuschlagen, der aber durch das aufgeregte Kieksen in ihrer Stimme zerstört wurde.

„Das, was Sie haben, Frau Fiore, nennt man eine hochgradige narzisstische Persönlichkeitsstörung mit gewaltigen Wahnvorstellungen. Maria Fiore ist sogar nach ihrem Tod noch immer ein Weltstar. Sie wurde angebetet und verehrt, und Sie haben es ganz einfach nie verkraftet, in ihrem Schatten so erbärmlich gescheitert zu sein. Also haben Sie irgendwann angefangen, Ihr Leben durch Lügengeschichten erträglicher zu machen. Primar Hutbauser hat das genauso diagnostiziert – obwohl er Ihnen, wie wir wissen, sehr zugetan ist. Das ist das Schlimmste daran. Wenn er sich wenigstens mit einer normalen Frau eingelassen hätte ..."

Obwohl es die Worte einer gedemütigten und eifersüchtigen Frau waren, trafen sie in einen der dunkelsten Winkel meiner Seele. Ich wurde so wütend, dass mein Gesicht zu glühen begann.

„Und das, was Sie haben, nennt man Verdrängung", zischte ich. „Sie ficken einen verheirateten Mann und flippen aus, weil Sie nicht die Einzige sind? Sie finden nichts dabei, wenn er seine Frau hintergeht, aber wenn Sie es sind, die betrogen wird, drehen Sie durch."

„RAUS!"

Ich ging zur Tür, doch bevor ich den Raum verließ, drehte ich mich noch einmal zu ihr. „Wenn ich herausfinde, dass Sie mich belogen und es irgendeinem Menschen erzählt haben, verlieren Sie Ihre Zulassung."

Eine Stunde später war ich wieder zu Hause und stand alleine in der Küche. Mein Blick haftete magnetisch am Tiefkühlfach, in dem die Wodkaflasche versteckt war. Mit der linken Hand hielt ich eine volle Kaffeetasse so fest umklammert, als wollte ich sie erwürgen. Mit der rechten suchte ich auf meinem Handy einen Namen aus der Anruferliste.

Als ich ihn gefunden hatte, nahm ich meinen ganzen Mut zusammen und drückte auf die Anruf-Taste.

Hutbauser hob schon nach dem zweiten Klingeln ab. Keine Ahnung, was das für eine Konferenz war, die er gerade in London besuchte, aber nach den Hintergrundgeräuschen zu urteilen, wurde sie in einem Pub oder einer Bar abgehalten. In England war es eine Stunde früher, also kurz nach zehn Uhr vormittags.

„Hallo, Carrrrrlotta Fiorrrrre", raunte Hutbauser, es klang, als hätte er getrunken.

„Wem hast du gesagt, ich wäre Konrad Fürsts Tochter?"

„Was? Moment, ich verstehe dich so schlecht ... excuse me, I need to go outside ... so, jetzt ist es besser."

„Wem hast du gesagt, ich wäre Konrad Fürsts Tochter?", wiederholte ich.

Er gluckste, als hätte ich einen Scherz gemacht. „Du musst dir nicht irgendeine Ausrede einfallen lassen, ich habe deinen Anruf schon erwartet."

„Wieso? Hast du mit deiner Freundin geredet?"

„Mit wem?"

„Kirchschlager."

„Sie ist nicht meine Freundin."

„Das ist mir wurscht. Aber sie flippt wegen deiner Herumvögelei gerade aus."

„Ist das ein Annäherungsversuch? Ich würde nämlich sehr gerne mit dir herumvögeln." Er gluckste wieder.

„Weißt du, dass ich dich bei der Ärztekammer anzeigen könnte?"

„Wegen unzüchtiger Doktorspiele?"

„Nein, wegen des Medikaments, das du Konrad gegeben hast."

„Was?", fragte er irritiert.

„Modafinil. Von wem hast du die Anweisung bekommen? Es war hop oder drop, nicht wahr?"

Seine Stimme kippte schlagartig in einen dunklen Bass. „Du willst mir drohen? Es reicht ein Wimpernschlag von mir, und dein Konrad Fürst wandert in eine geschlossene Anstalt und du in die psychiatrische."

„Wem hast du von Maria Fiore, Konrad und mir erzählt?"

„Wieso interessiert dich das?"

„Weil der neue 21er-Mörder es weiß."

Eine Weile sagte er nichts, es klang, als würde er sich bewegen. Rauschen, Autos, Hupen und das unverständliche Gerede verschiedener Stimmen waren im Hintergrund zu hören. Dann wurde es ruhiger. Als hätte er sich einen ungestörten Platz gesucht.

„Bist du noch dran?", fragte er, seine Stimme klang gehetzt, und er war leiser als vorher.

„Ja."

„Carlotta, ich ... Nein, warte. Wir müssen uns sehen. Ich kann das nicht am Telefon mit dir besprechen. Morgen Abend bin ich wieder in Wien. Ich melde mich." Dann war die Leitung plötzlich tot.

Und ich stand auf, ging zum Gefrierfach und holte die eiskalte Wodkaflasche heraus.

„Was machst du da?", fragte Konrad, nachdem ich auf sein Klopfen an den Türstock nicht reagiert hatte. Ich sah vom Küchentisch hoch.

„Ich gewöhne meinen Körper an Hochprozentiges", sagte ich und prostete ihm zu. Bereits drei Zentimeter fehlten aus der Flasche. Und der vierte würde auch bald in mein Glas wandern.

„Turnstunde beendet?", fragte ich.

„Ja. Ich möchte, dass er auszieht", sagte er.

„Wer?"

„Martin. Ich habe es ihm schon gesagt. Er packt gerade seine Sachen. Es ist nicht notwendig, dass er hier wohnt. Er kommt jetzt ein paarmal die Woche."

Wäre ich nüchtern gewesen, hätte ich anders reagiert. Aber so tröpfelte Konrads Wunsch in einen Alkoholsee aus Gleichgültigkeit.

„In Ordnung", sagte ich und trank den letzten Schluck Wodka aus dem Glas.

„Dieser Mann war wieder da. Als du weg warst. Martin hat ihm geöffnet", sagte er.

„Welcher Mann?"

„Heinz."

„Heinz Krump war da? Was wollte er?"

„Er hat gesagt, dass wir es gut gemacht haben, mit Diana ..."

„Diana Krämer. Und ich habe gar nichts gemacht. Das warst du, Konrad."

„Das stimmt nicht. Heinz hat mich gefragt, ob ich mich schon an diese Zahl erinnere."

Er griff in seine Hosentasche und nahm einen kleinen gelben Notizzettel heraus. Mit krakeliger Schrift hatte er die Ziffern 3107 daraufgeschrieben.

„Ich werde mit ihm reden." Ich stand auf und wollte nach dem Zettel greifen, doch er knüllte ihn rasch zusammen und steckte ihn ungeschickt wieder ein.

„Nein. Es ist okay. Er tut nur seinen Job."

Ich verkniff mir, Konrad zu sagen, dass Krump ein Arschloch war und gerade er keinen Grund hätte, den neuen Polizeichef in Schutz zu nehmen. Denn dann würde er mich fragen, wieso. Und ich wollte ihm nichts darüber erzählen, dass es Krump gewesen war, der die Suche nach Konrads verschwundener Tochter einstellen und ihn hängen hatte lassen, obwohl die beiden Freunde waren. Also setzte ich mich wieder und schenkte mir stattdessen den nächsten Zentimeter Wodka ein.

„Ich muss mal hier raus", sagte Konrad. „Können wir essen gehen?"

„Wo willst du denn hin?"

„Egal. Schlag was vor." Er fixierte mich mit seinen Kohleaugen, und obwohl er von dem Versprechen, das wir uns vor eineinhalb Jahren gegeben hatten, sicher nichts wusste, hatte ich trotzdem den Eindruck, er sagte das, um mich vom Wodka wegzubekommen.

„Okay, gehen wir."

Ich stand auf, das Geräusch einer ankommenden SMS ließ mich innehalten.

Mein Herz klopfte schneller, als ich auf das Display schaute. Vor zwei Zentimetern Wodka hatte ich eine Nachricht geschrieben.

Vor einem Zentimeter hatte ich sie abgeschickt.

Ich denke auch oft an dich, Lotta. Sehr, sehr oft, lautete Moritz Riedls Antwort.

Der quälende Singsang der chinesischen Sängerin in dem Restaurant schien Konrad nicht so sehr zu stören wie mich. Im Gegenteil, er wiegte leicht den Kopf dazu, während er die gebratenen Nudeln von der Platte auf seinen Teller transportierte.

„Können Sie das bitte leiser machen?", rief ich Richtung Ausschank. Der Kellner sah mich an, als hätte ich ihm gesagt, ich hätte eine Ratte in meinem Essen. Die Beschallung wurde einen Hauch heruntergedreht, und ich bemerkte, wie Konrad sich ein leichtes Grinsen nicht verkneifen konnte.

Mit einem Klirren ließ ich mein Besteck auf den Teller knallen.

„Was ist los?", fragte er.

Ich schüttelte den Kopf, doch er legte seine Gabel beiseite und lehnte sich zurück. Eine Zeitlang sagte er nichts, schürzte nur die Lippen.

„Du wolltest mal zur Polizei, stimmt das? Das Mädchen hat es mir erzählt."

„Fanny?"

„Ja, Fanny, genau. Also, stimmt das?" Ich nickte.

„Und warum bist du nicht?"

„Das ist eine lange Geschichte."

„Ich würde sie gerne hören."

„Lieber nicht."

Er sah enttäuscht aus, aber ich schwieg trotzdem, denn ich wusste, meine Geschichte würde ihn nur noch trauriger machen.

„Wie geht es mit Martin voran?", versuchte ich abzulenken.

„Gut. Nur ..."

„Was denn?"

„Er sagt, ich soll Geduld haben. Manchmal kommen ein paar Erinnerungen, und im nächsten Moment ... puff, weg sind sie." Er versuchte zu lächeln, aber es gelang ihm nicht. „Ich habe probiert, sie aufzuschreiben. Es klappt nicht."

Ich deutete auf seinen Kopf. „Aber trotz allem scheint irgendetwas da drin richtig gut zu funktionieren. Das mit Diana Krämer ..." Ich musste lächeln. „Die Geschichte mit der Maus ..."

„... war nur aus einem Film, den ich in der Nacht davor gesehen habe. Und außerdem hat das alles nichts zur Aufklärung der Morde beigetragen."

Er rieb sich über die Augen. Krump hatte auch bei unserem Gespräch in der Polizeidienststelle keinen Hehl daraus gemacht, dass er überzeugt war, die Klärung der Mordfälle läge in Konrads Erinnerungen. Ich fand den Druck in keiner Weise gerechtfertigt. Krump tat so, als wäre Konrad der Schlüssel, der den Täter einsperren könnte. Dabei war er ganz eindeutig nur sein Sündenbock, falls der Fall nicht geklärt wurde.

Konrad sah mich erschöpft an. Heute hatte er ebenfalls keinen guten Tag. Vielleicht war das gestern mit Diana Krämer zu viel für ihn gewesen? Jetzt, in dieser Umgebung und unter Menschen, die nichts von seinem Zustand wussten, wirkte er so verloren wie ein Kind, das man mitten in der Nacht an einem fremden Ort abgesetzt hatte.

Ich langte über den Tisch, und als ich nach seiner Hand griff, zog er einen Mundwinkel in ein leichtes Lächeln.

„Erzähl mir von Maria. Bitte", sagte er.

„Von welcher Maria?"

„Deiner Mutter. Maria Fiore. Wie war sie, bevor sie sich umgebr... bevor sie gestorben ist? Ich habe Anna gebeten, mir ein Foto von ihr zu zeigen. Sie hat ein paar rausgesucht, am Computer, aber ich kann mich nicht mehr an Maria erinnern."

Meine Finger begannen zu pochen, rasch nahm ich meine Hand wieder von seiner.

„Wie kommst du darauf, sie hätte sich umgebracht?", fragte ich.

„Hast du das nicht gesagt?"

Ich wollte mit „Nein" antworten, doch sein überzeugter, ernster Blick hielt mich davon ab.

Und da begriff ich es. Konrad hatte mich nach der Mutter seiner verschwundenen Tochter Julia gefragt. Ich hatte ihm von ihrem Selbstmord erzählt.

Wegen des DNA-Tests, der herausfinden sollte, ob er mein Vater war, hatte er daraus kombiniert, dass ich das wieder aufgetauchte Kind von ihm und Maria Fiore sein müsste. Darum seine Annahme, Maria Fiore hätte sich umgebracht.

Die widersprüchlichen Gefühle, die das auslöste, überforderten mein mit Wodka getränktes Gehirn. Im selben Moment freute ich mich über seine Kombinationsfähigkeit und war beschämt und verstört.

„Sie war eine großartige Opernsängerin", versuchte ich es diplomatisch.

„Ja. Aber als Mensch, wie war sie da?"

„Ich weiß es nicht."

Dieselbe Frage, die mir Moritz Riedl gestellt hatte. Und dieselbe Antwort.

„Wie lange waren sie und ich ... waren wir zusammen?", fragte Konrad.

Ich antwortete ihm nicht. Nach einer Weile griff er wieder nach seiner Gabel und begann zu essen. Ich hatte keinen Appetit mehr, mir war schlecht. Als ich mit meinem Blick den Kellner suchte, um mir eine Karaffe irgendeines klebrig süßen Weins zu bestellen, sagte Konrad: „Ich bin müde. Können wir gehen?"

Statt des Weins bat ich um die Rechnung.

Obwohl wir für den Weg zum Chinarestaurant nur sieben Minuten gebraucht hatten, dauerte der Rückweg doppelt so lang.

Mit jedem Meter, den wir zurücklegten, wurde Konrad wackeliger. Als wir um die Ecke zu unserer Straße einbogen, wäre er beinahe eingenickt.

„Es tut mir leid, ich habe heute nicht viel geschlafen. Und dann noch die drei Stunden mit Martin ..."

Ich wollte ihn fragen, wieso er nicht geschlafen hatte, doch er schwankte so bedrohlich, dass ich rasch seinen Arm um meine Schultern legte, um ihn besser stützen zu können. Er zuckte zusammen und verzog vor Schmerz sein Gesicht.

„Was ist los?"

Er kam nicht dazu, zu antworten. Ein Polizist sprang vor dem Haus aus einem parkenden Polizeiauto und kam auf uns zugelaufen. Je näher er kam, desto mehr erkannte ich auf dem Computerausdruck in seiner Hand die vergrößerten Passbilder von Konrad und mir.

„Sie sind Carlotta Fiore und Konrad Fürst, stimmt das?"

Seine Frage schleuderte wie mit einem Katapult Panik in meinen Körper. War mit Konny alles okay? Hatte ich mein Handy überhört?

„Was ist passiert?", fragte ich und tastete meine Taschen ab. Mein Handy war nicht da.

„Hauptkommissar Krump hat versucht, Sie zu erreichen. Ich muss Sie sofort mitnehmen. Alle beide."

„Was ist passiert?" Meine Stimme klang wie der Schleudergang einer Waschmaschine.

„Das darf ich nicht sagen."

„Gibt es einen weiteren Mord?", fragte Konrad.

Der Polizeibeamte blieb die Antwort schuldig, aber ich bildete mir ein, in seinen Augen so etwas wie Zustimmung zu erkennen. Er rannte vor zum Fahrzeug und ließ den Motor an. Dann fuhr er rückwärts gegen die Einbahnstraße und hielt vor uns.

„Steigen Sie ein. Schnell."

Aus der Funkanlage im Wageninneren waren aufgeregte Stimmen zu hören. Er nahm den Sprechfunk aus der Halterung und sagte: „Hier Wagen 732, ich hab sie."

Nach ein paar Sekunden kam die Antwort: „In Ordnung, 732, Sie werden erwartet." Hastig stellte er den Ton ab. Er wirkte nervös, fast ängstlich, und schaffte es kaum, seine Hände ruhig am Lenkrad zu halten. Auch auf mein mehrmaliges Nachfragen bekam ich keine zufriedenstellende Antwort.

„Ich bin nicht befugt, Informationen weiterzugeben. Es tut mir leid. Hauptkommissar Krump hat darauf bestanden."

„Er ist nicht mehr Hauptkommissar, er ist Polizeichef", sagte ich. Der Beamte reagierte nicht.

„Wo fahren Sie uns hin?", fragte ich nach.

„Ich bin nicht befugt, Informationen weiterzugeben", wiederholte er.

„Können Sie mir irgendetwas sagen?" Keine Antwort, nur ein Kopfschütteln.

„Sind Sie überhaupt ein echter Polizist?"

Er sah mich über den Rückspiegel an, dann fasste er in seine Brusttasche und reichte seinen Dienstausweis und seine Marke über die Schulter nach hinten.

„Er ist sicher echt", sagte Konrad, beugte sich vor und schob die Hand des Polizisten weg.

„Woher weißt du das?", fragte ich.

„Weil er sonst nicht so viel Angst vor Krump hätte", antwortete Konrad, worauf der Wagen wie zur Bestätigung schlingerte und für den Bruchteil einer Sekunde aus der Spur kam. Dann beugte sich Konrad noch weiter vor und sagte zu dem Polizisten: „Es gibt einen neuen Fund, nicht wahr? Und zu dem bringen Sie uns jetzt."

Er wartete nicht auf eine Antwort, sondern rutschte wieder in den Sitz zurück.

„Wieso denkst du das?", fragte ich.

„Ein Muster von Serienmördern. Je öfter getötet wird, desto kürzer hält die Befriedigung der vergangenen Tat an. Darum werden mit der Häufigkeit auch die Abstände kürzer und ... bevor du fragst, ich habe keine Ahnung, woher ich das weiß."

Wir fuhren Richtung erster Bezirk, und gerade als ich dachte, der Beamte würde den Weg zur Wiener Oper einschlagen, bog er zur Zweierlinie ab – einer Straße, die parallel zur Wiener Ringstraße verlief und ihre inoffizielle Bezeichnung noch immer nach der Straßenbahnlinie 2 trug, deren Schienen vor 100 Jahren dort entlanggeführt hatten. Nach ungefähr zehn Metern kamen wir zum Stehen. Alle drei Spuren auf unserer Fahrbahnseite und zwei der Gegenfahrbahn waren abgesperrt, einige Fernsehteams und Übertragungswägen hatten sich schon eingefunden, kamen aber wegen der Beamten, die da standen wie aufgefädelt, nicht voran. Der Polizist fuhr das Fenster herunter und rief seinen Kollegen zu, die uns daraufhin Platz machten und durchwinkten. Wir näherten uns im Schritttempo dem Kunsthistorischen Museum. Ich erkannte zwischen den abgestellten Autos und Fahrzeugen der Polizei auch die Dienstwägen von Hannes und Krump.

„Sie müssen hier aussteigen – jemand bringt Sie zu Hauptko... – Polizeichef Krump", verbesserte sich unser Fahrer und hielt an.

Eine dunkelhaarige Polizistin, die ziemlich blass um die Nase war, nahm uns in Empfang und bat uns, ihr zu folgen. Sie war zu schnell. Konrad konnte trotz seines Gehstocks und meiner Hilfe kaum Schritt halten. Wir passierten das Kunsthistorische Museum und kamen auf den Maria-Theresien-Platz, der zwischen diesem und dem Naturhistorischen Museum lag. Konrad stolperte, und ich griff ihm fester unter die Arme.

Auf den Stufen des Sockels des Maria-Theresien-Denkmals in der Mitte des Platzes stand Krump in einer Gruppe von Beamten, darunter auch Hannes, Regina Steindl und Krumps Sohn Florian. Er war der Erste, der uns erblickte, sagte aber nichts zu den anderen, sondern beobachtete nur, wie wir uns näherten.

Es sah aus, als hätten sie sich in Sicherheit gebracht vor den vielen Menschen in weißen Schutzanzügen, die aufgeregt wie Ameisen zwischen den akkurat zugeschnittenen kegel- und kugelförmigen Hecken umherliefen und sich bemühten, den Rasen dabei so wenig wie möglich zu betreten. Gelbe, weiße und rote Plastikbänder säumten viele der meterhohen tiefgrünen Hecken, als wären sie Dekorationen für eine Party.

Jetzt bemerkte uns auch Krump, ich fixierte ihn absichtlich, um nicht Hannes oder Regina Steindl ansehen zu müssen.

„Ich habe eine Stunde lang versucht, Sie zu erreichen", begrüßte mich der Chefinspektor und reichte Konrad die Hand.

„Was ist passiert?", fragte Konrad.

„Ein Alptraum ist passiert. Ein Bub, zwölf oder 13 Jahre alt."

„Dieselbe Vorgehensweise?"

Krump sah zu Hannes' Assistentin, sein auffordernndes „Steindl" reichte, und sie begann zu sprechen: „Fast. Der Mörder hat etwas an seiner Strategie verändert. Dieser Leiche wurde erst nach dem Mord die Kleidung angezogen, und die Forensik ist sicher, dass er sich auch nicht selbst die Nägel lackiert hat. Der toxikologische Befund ist noch ausständig."

„Was ist mit der Zinkpaste?", fragte Konrad.

„Wie bei den anderen", antwortete Krump.

„Wann wurde er gefunden?", fragte ich.

Krump sah wieder auffordernd zu Regina Steindl, die artig antwortete: „Vor eineinhalb Stunden. Aber wie lange er dort versteckt war, kann man noch nicht sagen. Der Todeszeitpunkt wird auf 24 Stunden geschätzt. Ein Angestellter der Bundesgärten hat den Leichnam entdeckt. An den Spuren ist klar erkennbar, dass auch er nicht hier getötet wurde."

„Sehr gut. Danke, Steindl", lobte Krump.

„Weiß man, wer er ist?", fragte Konrad. Bevor irgendwer antworten konnte, sagte Steindl: „Nein. Es gibt noch keine Vermisstenanzeige."

Krump nickte ihr wohlwollend zu. Der Stolz in ihrem Gesicht war ablesbar. Sie kam mir vor wie eine Streberin in der ersten Reihe, und Krump war der Lehrer. Einser. Setzen. Fehlte nur noch, dass sie bei der nächsten Frage aufzeigte und „Ich weiß es, ich weiß es" sagte.

„Wo wurde er entdeckt?", fragte ich und sah dabei absichtlich zu Krump. Natürlich sah er wieder Steindl an, die antwortete: „Im Inneren eines ... dieser großen ... Dinger."

Sie deutete auf die zylinderförmigen Büsche, und Krumps Sohn Florian begann zu lachen und wiederholte: „Dinger!"

Steindls eben noch zur Schau gestelltes Vorzugsschülerinnengehabe bröckelte mit einem „Äh ... äh ... äh".

Hannes kam ihr zu Hilfe, indem er sagte: „Ist doch wurscht, wie diese Dinger heißen."

„Diese *Dinger* heißen Eiben, Taxus baccata, die aufgrund des Formschnitts wie Kegel aussehen. Sie sind immergrün, und es gibt Arten, die eine Höhe von 20 Metern erreichen können", sagte Florian mit spöttischem Unterton, worauf sich alle außer Konrad überrascht zu ihm drehten. Er zuckte mit den Schultern. „Abgebrochene Gärtnerlehre."

Krump hob wissend den Kopf und murmelte: „Na, da sind wir froh, dass sie wenigstens zu etwas nütze war."

„Was bedeutet, er war im Inneren?", fragte Konrad in die Menge.

Krump nahm die Gelegenheit wahr, um Konrad beiseitezunehmen und von der Gruppe wegzuführen. Ohne aufgefordert zu werden, ging ich mit den beiden mit. Florian folgte uns und scharrte mit seinen Schritten laut den Kies auf.

Der Fundort befand sich ein paar Meter entfernt von der Vorderseite des Denkmals. Ich erkannte die betreffende Hecke sofort. Das Team der Spurensicherung war mit ihr beschäftigt, es sah aus, als sezierten sie die Pflanze.

Sie war um die drei Meter hoch und hatte einen Durchmesser von gut zwei Metern. Anscheinend konnte man sie aufgrund undichter Stellen zwischen den Verästelungen betreten, denn in der Mitte blitzte ein Hohlraum durch. Ich sah mich um, es wirkte, als blickten die steinernen Augen der Maria-Theresien-Statue direkt auf uns hinab.

„Gibt es irgendwelche Zeugen?", fragte ich. „Wachpersonal der Museen?"

Krump schüttelte den Kopf. „Niemandem ist was aufgefallen. Und die Kameras sind nur auf die Eingänge gerichtet, nicht auf den Platz. Konrad, du siehst, in welcher Situation wir uns befinden. Wir haben nicht eine konkrete Spur. Und die erhofften Ergebnisse durch das zusätzliche Ermittlerteam, das sich um die Quelle von Riedls DNA kümmert, sind ebenfalls ausgeblieben. Wir brauchen dich hier. Du hast bei Diana Krämer selbst gesehen, wozu du in der Lage bist. Ich möchte dich richtig in die Ermittlungen mit einbeziehen, nicht mehr nur für die Presse. Amnesie hin oder her, finde raus, was es mit dieser depperten Zahl auf sich hat. Wir brauchen jeden Hinweis ..."

„Nein", fuhr ich dazwischen.

Krump wollte mich stoppen, doch ich ließ ihn nicht.

Vielleicht hatte es etwas damit zu tun, dass ich mit aller Kraft verhindern musste, dass Konrad als Krumps Sündenbock ins offene Messer lief. Vielleicht waren es auch die sinnlosen Stunden in der Kammer des Möbelhausdetektivbüros und der oft gefühlten Reue, weil ich Krumps Angebot vor eineinhalb Jahren ausgeschlagen hatte. Und vielleicht hatte es sogar etwas mit Krumps Wohlwollen für Regina Steindl zu tun.

„Wissen Sie noch, was Sie nach der Aufklärung in der Wiener Oper zu mir gesagt haben?"

Krump zog die Augenbrauen zusammen. „Worauf wollen Sie hinaus?"

„Sie haben mich gefragt, ob ich in Ihrer Abteilung anfange. Sie haben gesagt, Sie würden meine Ausbildung abkürzen, ich müsse nur zwei Prüfungen abschließen, der Rest wäre bestanden."

„Das war vor eineinhalb Jahren, Fiore." Krump verschränkte die Arme und bedachte mich mit einem überlegenen Lächeln.

„Und wenn es am Sanktnimmerleinstag gewesen wäre, dann wär mir das auch scheißegal. Entweder Sie lassen mich jetzt dieses Angebot annehmen, und ich helfe Konrad. Oder die Presse wird erfahren, dass Sie nicht davor zurückgeschreckt sind, einen an Amnesie leidenden Exkommissar vor die Kamera zu zerren, damit er Ihnen mit ein paar Lügen den Arsch rettet."

Florian lachte auf, doch sein Vater strafte ihn sofort mit einem gezischten „Sei ruhig". Dann wandte er sich mir zu: „Vergessen Sie's. Ich lasse mich nicht von Ihnen erpressen. Und außerdem bin ich nicht blöd – Sie glauben doch wohl selber nicht, dass Sie irgendwas tun, das Konrad schadet."

Es stimmte, mein Bluff war unrealistisch. Mir war in der Schnelligkeit und mit dem Restwodka in meinen Gehirngängen nichts Besseres eingefallen.

„Aber sie hat recht", mischte sich Konrad ein. „Ich brauche sie. Alleine kann ich gar nichts, selbst wenn ich wollte. Mit ihr zusammen ..."

Krump schnaufte, eine kleine Gestalt in weißem Schutzanzug kam eilig auf ihn zu, doch er winkte ab: „Gleich." Krump sah mich an. „Also gut, Fiore. Aber ich mache das nur wegen Konrad. Weil ich ihn brauche. Sie bekommen eine dreimonatige Probezeit, in der wir sehen, ob Sie wirklich das Zeug dazu haben. Und ich will Sie so wenig wie möglich im Kommissariat sehen. Die aktuellen Ermittlungen sind nicht Ihr Aufgabengebiet. Sie werden sich um die Zusammenhänge mit den Morden vor 30 Jahren kümmern. Und Sie werden mit Konrad zusammenarbeiten."

„Gut. Ich stimme zu. Bis auf eines. Keine Probezeit."

„Träumen Sie weiter, Fiore. Drei Monate. Das ist der Deal. Und Sie machen nix auf eigene Faust. Alles wird mit mir abgesprochen."

„Ich will in den drei Monaten die vollen Bezüge. Und Sie schicken mir heute noch den Vertrag, in dem steht, dass ich nach der Probezeit sicher in den Dienst aufgenommen werde, es sei denn, ich handle grob fahrlässig. *Das* ist der Deal."

Ich streckte ihm meine Hand entgegen. Er verdrehte die Augen und murmelte „Gott, steh mir bei", als er einschlug.

Krump redete weiter auf Konrad ein, aber ich konnte ihm nicht mehr zuhören. Vielleicht war es die Anspannung. Vielleicht war es aber auch das Gemisch von Wodka auf nüchternen Magen und Glutamat in meinem Chopsuey, dass mir plötzlich unglaublich schlecht wurde und mein Körper das chinesische Essen auf der Stelle loswerden wollte. Ich wandte meinen Blick ab, flüsterte Konrad zu: „Ich bin gleich wieder da", und suchte das Weite.

29.

Da wir uns näher beim Kunsthistorischen Museum befanden, wählte ich den schmalen Kiesweg Richtung Naturhistorisches Museum und ging so schnell, als hätte ich es wahnsinnig eilig. Erst als ich außer Sichtweite war, rettete ich mich hinter eine der zwei kugelförmigen Thujen und übergab mich auf den akkurat gestutzten Rasen.

„Lotta?"

Ich versuchte, kein Geräusch zu machen, doch er hatte mich schon entdeckt. Vom Gehweg her knirschte es. Hannes tauchte zwischen den Thujen auf.

Ich sah nur seine Schuhe, wischte mir über den Mund und schluckte schwer.

„Ist alles in Ordnung?", fragte er, doch da hielt ich mir schon wieder die Hand vor den Mund und stürzte von ihm fort. Er kam mir nach, hielt mich fest, damit ich nicht umkippte, als ich den Rasen zum zweiten Mal verunreinigte.

„Geht's wieder?", fragte er, als ich nur noch vor mich hin röchelte und fiepte.

„Ja ... ich muss mich nur kurz setzen."

Wir gingen ein paar Schritte Richtung Kiesweg, aber meine Beine gaben plötzlich nach, und ich ließ mich im Schneidersitz ins Gras plumpsen. Er sah sich um, dann setzte er sich neben mich.

Eine Weile waren wir beide still, der Himmel zog sich mausgrau über uns zusammen. Bald würde es regnen, man konnte das Gewitter in der schweren dunstigen Luft bereits riechen.

„Wann hast du das letzte Mal was gegessen? Oder geschlafen?", fragte Hannes.

Statt einer Antwort schüttelte ich den Kopf, zog fröstelnd die Beine an und fragte: „Wisst ihr schon was, wegen Kims Abschiedsmail?"

Hannes atmete hörbar aus.

„Sie wurde von ihrem Computer aus dieser Wohnung von Adam Fitzpatrick und ihr abgeschickt", sagte er gereizt. „Und? Soll ich dir sonst noch was über die Ermittlungen erzählen? Du hast mit Krump jetzt einen Deal gemacht, hab ich gehört."

Ich spürte seinen wütenden Blick, auch ohne ihn anzusehen. Mehr als ein Nicken brachte ich nicht zustande. Bevor er deswegen einen Streit anfangen konnte, fragte ich rasch: „Wieso eigentlich hier?"

„Was, wieso hier?"

Ich wandte mich zu ihm, sah ihm zum ersten Mal seit Langem wieder in die Augen. Mir wurde wieder schwindlig, aber diesmal hatte es nichts mit Kreislauf oder Übelkeit zu tun.

„Zuerst der Prater. Ein Ort mit einem Geheimnis. Tag und Nacht. Zwei Seiten. So wie Alfred Riedl."

Hannes fixierte mich mit seinen Augen, er inspizierte mein Gesicht. Dann kratzte er sich am Kinn und fragte: „Was meinst du damit, zwei Seiten?"

„Alfred Riedl war für seine Umwelt charismatisch. Ein Charmeur. Seine zweite Seite war das größtmögliche Gegenteil. Ein kaltblütiger Mörder. Wie Tag und Nacht. Ich weiß nicht, ob diese Spur stimmt. Aber was ich weiß, ist, dass das Hotel Orient mit ihm zu tun hat."

„Du meinst, weil er dort früher jede Woche ein Zimmer hatte?"

„Ja, Jana Schneider hat mir erzählt, dass Alfred Riedl mit der halben weiblichen Wiener High Society im Hotel Orient war. Deshalb hat der Concierge nichts gesagt, er wurde für sein Schweigen von Riedls Liebhaberinnen fürstlich belohnt."

„Ach. Und wann hattest du vor, mir das zu erzählen?" Der eisige Ton seiner Stimme ließ mich noch mehr frösteln. Ich sah wieder weg.

„Die Wiener Oper verstehe ich nicht. Am ehesten denke ich, sie wurde gewählt wegen ..." Ich sprach es nicht aus, er wusste auch so, dass ich Konrad und mich meinte. „Aber wieso dieser Ort? Was hat er für eine Bedeutung?", fragte ich stattdessen.

„Leute haben Sex in diesen Büschen."

Ich sah ihn fragend an und war mir nicht sicher, ob er es ernst meinte.

„Es stimmt. Dieser Ort ist bekannt dafür. Man kann einige der Büsche betreten. Sie werden nach Einbruch der Dunkelheit immer wieder für Sex genutzt. Außerdem ist auf der Seite vom Parlament im Rathauspark das schwule Cruising-Areal. Der Weg hierher ist nicht weit."

„Woher weißt du das?"

Hannes kam nicht dazu zu antworten, denn Krumps Stimme hallte über das Gelände. „Fischer! Fischer, wo sind Sie?"

„Ich bin hier", rief Hannes zurück und stand auf. Ich rappelte mich hoch, der Hauptkommissar stand am Kiesweg und raunzte „Meine Güte", als er uns gemeinsam hinter den Thujen hervortreten sah. Ein paar Meter hinter ihm stand Konrad.

„Ich will gar nicht wissen, was Sie da hinten gemacht haben", sagte Krump.

„Mir war schlecht", erklärte ich.

„Ja, klar. Los, Fiore, ich muss mit Fischer sprechen. Sie kümmern sich um Konrad und fangen endlich mit der richtigen Arbeit an. Und noch was, ich habe es ihm zwar schon gesagt, aber bei seinem Gedächtnis ..."

Für seinen leicht abfälligen Blick in Konrads Richtung hätte ich ihm am liebsten eine runtergehauen.

„Alles, was Sie rausfinden, wird sofort mir gemeldet. Keinem anderen, haben Sie mich verstanden? Und was davon an die Öffentlichkeit geht, entscheide ich."

„Was, wirklich? Ich wollte doch alles gerade auf Facebook posten."

„Sehr witzig. Sie haben Ihren Vertrag noch nicht ... Sie können jetzt gehen."

Ich sah Hannes an und verabschiedete mich von ihm mit einem nüchternen „Mach's gut". Er erwiderte ein belangloses „Du auch". Vielleicht kam es mir nur so vor, aber unser Abschied hatte etwas unausgesprochen Endgültiges.

Während ich zu Konrad ging, hörte ich Krump noch sagen: „Fischer, Sie bleiben hier und kümmern sich, dass alles glattläuft. Ich fahre jetzt zur alten Riedl."

Was er weiter sagte, konnte ich nicht verstehen. Konrad fasste nach meiner Hand. Erst in der Nähe fiel mir auf, wie blass er war.

„Gott sei Dank bist du da." Seine Stimme klang heiser, und seine Lippen waren so violett wie Flieder. Ein Regentropfen klatschte auf meine Stirn.

„Tut mir leid. Ist alles in Ordnung?"

„Ja, geht schon." Ich war mir nicht sicher, ob es Regentropfen oder Schweißperlen waren, die ich auf seinen Schläfen bemerkte.

„Bist du sicher? Sollen wir nach Hause fahren?"

„Nein, wir dürfen keine Zeit verlieren."

Ich drehte mich noch einmal zu Hannes, doch er war so in sein Gespräch mit Krump vertieft, dass er mich nicht mehr wahrnahm. Konrad und ich gingen vor Richtung Maria-Theresien-Statue.

Die Regentropfen wurden immer mehr. Eine hohe Männerstimme kreischte: „Eine Plane, wir brauchen eine Plane." Dann setzte auch schon der Wolkenbruch ein, und es brach endgültig Panik unter den Anwesenden aus. Ein ohrenbetäubender Donner krachte, und Konrad knickte kurz ein. Ich hielt einen Polizisten auf, der an uns vorbeigelaufen kam, sagte ihm, wer wir waren und – gegen Konrads Protest – dass wir nun bereit für die Rückfahrt seien. Als er seinen Kollegen anfunkte, nahm ich ihn beiseite und flüsterte: „Er soll so nah wie möglich herfahren."

„Das geht nicht, solange nicht alle Spuren sichergest..."

Ich deutete auf den Rasen, auf dem sich bereits riesige Pfützen gebildet hatten. „Welche Spuren?"

Er sah kurz zu Konrad, dann nickte er und sprach ins Funkgerät. „Sie werden gleich oben erwartet."

Eine Polizistin winkte uns zu, als wir den Weg hinaufkamen. Sie deutete zu ihrem Wagen. Als wir einstiegen, waren wir beide klatschnass.

„Ich möchte mir die anderen Fundorte ansehen. Wo müssen wir da hin?", fragte Konrad, doch ich nannte der Polizistin unsere Adresse. Konrad stöhnte, sagte aber nichts.

Wie immer, wenn es regnete, brach zeitgleich der Straßenverkehr zusammen. Es schien, als kämen Hunderte Autos auf der Flucht vor dem schlechten Wetter aus ihren Verstecken gekrochen. Und alle hatten sich zum Ziel gesetzt, so oft wie möglich die Spur zu wechseln und somit den ohnehin schon stockenden Verkehr restlos zum Erliegen zu bringen. Irgendwann wurde es unserer Fahrerin zu dumm, sie fragte mich über den Rückspiegel: „Verraten Sie mich nicht, wenn wir die Sache ein bisschen beschleunigen?"

„Ich zahl Ihnen sogar was dafür", antwortete ich.

Sie schaltete das Blaulicht ein, zeitgleich ging das Auf- und Abschwellen der Sirene los. Das Automeer vor uns teilte sich. Konrad blinzelte und sagte heiser: „Als würde Moses hinterm Steuer sitzen."

Nach sechs Minuten hielt der Wagen vor dem Haus. Wir waren nun sogar schneller als bei der Hinfahrt, da rote Ampeln keine Behinderung mehr darstellten.

Zu Hause hatte Konrad Mühe, die Stiegen hochzugehen. Ich versuchte, neben ihm zu gehen und ihn zu stützen, doch er verzog das Gesicht, als ich nach seinem Arm griff.

„Hast du Schmerzen?", fragte ich. Er schüttelte den Kopf, aber ich glaubte ihm nicht. Ich ließ seinen Arm wieder los.

„Okay, weißt du was, ich gehe hinter dir und schiebe dich ein bisschen, ist das in Ordnung?"

„Wir haben keine Zeit."

„Aber wir sind total durchnässt."

Gerade als ich auf die Stufe unter ihm trat und überlegte, wo ich ihn anfassen könnte, ohne ihm wehzutun, hörte ich Schritte aus dem oberen Stockwerk herunterkommen. Der Zigarettengeruch, der sich in der Luft ausbreitete, kündigte Anna an, bevor wir sie sahen.

Wahrscheinlich war sie am Gang gestanden, um eine zu rauchen. Ihre karmesinroten Slipper waren das Erste, was über uns auftauchte.

„Braucht ihr Hilf...", begann sie, stoppte aber, als sie zu Konrad sah. Der Ausdruck auf ihrem Gesicht wechselte zwischen Überraschung und Irritation. Ich dachte, es wäre, weil sie über seinen Zustand und seine schlechte Gesichtsfarbe geschockt war, und nahm die zwei Stufen auf einmal, um ihn ansehen zu können.

Doch ich hatte mich geirrt. Konrad strahlte Anna an, wie jemand, dem man gerade mitgeteilt hatte, er hätte einen Sechser im Lotto.

Seine Augen blitzten, sein Mundwinkel war zu einem breiten Grinsen hochgezogen, und die Röte auf den Wangen hob sich von der Blässe ab, als wäre sie aufgemalt.

Annas russischer Akzent hallte durch das Treppenhaus. „Konrrrad, wo wart ihr denn?"

„Beim Fundort einer Leiche", sagte Konrad so sanft und verliebt, dass ich lachen musste. Er sah mich nervös aus den Augenwinkeln an, und ich stellte mich rasch wieder hinter ihn. Annas Stimmung änderte sich schlagartig. „Oh Gott, Konrad, ist wieder was passiert?"

„Ja. Und wir haben keine Zeit. Es wird nicht lange dauern, bis die nächste Leiche gefunden wird. Je länger wir warten ..."

„Wen meinst du mit ‚wir'?"

„Lotta und mich. Wir sind jetzt wirklich an den Ermittlungen bet..."

„Wir sollten das nicht im Stiegenhaus besprechen", unterbrach ich ihn.

„Außerdem musst du dich hinlegen, du bist schon ein paarmal zusammengeklappt." Konrad murrte, sagte aber nichts mehr.

Gemeinsam mit Anna war es zwar einfacher, ihn hoch und in die Wohnung zu bekommen. Doch immer wieder, wenn eine von uns seinen Arm in gewisser Weise anfasste, zuckte er zurück. Gegen seinen Protest zogen wir ihm die nassen Sachen aus und legten ihn in Boxershorts und T-Shirt auf die Couch. Anna breitete eine Decke über ihn und setzte sich auf die Armlehne ans Fußende.

„Wir müssen doch ...", begann Konrad, doch Anna bedeutete ihm, ruhig zu sein.

„Gleich. Gib mir 20 Minuten, Konrad. Ich habe unzählige Nachtdienste durchgestanden, ohne am nächsten Tag aus den Latschen zu kippen. Lotta, kannst du Konrad einen Kaffee machen? Am besten einen doppelten Espresso."

Im Weggehen hörte ich Konrad: „Anna, kann es sein, dass du mich früher schon mal vom Stiegenhaus in die Wohnung gebracht hast?"

War das eine Erinnerung? Konrad hatte mir vor seinem Unfall erzählt, dass er bei Anna so befangen war, weil er sich schämte. Unzählige Male hatten sie und ihr Exmann ihn sturzbetrunken am Gang aufgelesen und in die Wohnung geschleppt.

Als würde ich es das erste Mal tun, löffelte ich Kaffeepulver in den Siebträger, hängte ihn ein, wartete, bis das grüne Licht anzeigte, dass der richtige Druck erreicht war, und ließ dann die schwarze Flüssigkeit in die kleine Porzellantasse fließen. Das Ganze machte ich noch einmal und brachte dann den Kaffee ins Wohnzimmer. Anna stand über Konrads Schulter gebeugt und bewegte leicht seinen Arm.

„Ich glaube, er hat eine Schleimbeutelentzündung im Schultergelenk. Wahrscheinlich ausgelöst durch die ungewohnte Belastung. Und sein Pfleger muss einen Gang runterschalten", sagte sie und nahm mir die Tasse ab.

„Martin kann nichts dafür", mischte sich Konrad ein, „ich mache die halbe Nacht lang die Übungen, die er mir zeigt." Das waren also immer die Geräusche, die ich gehört hatte, wenn ich nicht schlafen konnte.

„So, Konrad, du vertraust mir jetzt, okay?" Anna berührte seine Hand, und ich merkte, wie sein Adamsapfel aufgeregt hochsprang. „Ich verstehe, dass es eilt, aber je weniger du dich dagegen wehrst, desto schneller bist du wieder fit. Du trinkst jetzt diesen Kaffee. Danach lassen wir dich allein, und du versuchst zu schlafen."

Er wollte etwas sagen, aber sie sprach weiter. „In 20 Minuten, wenn das Koffein zu wirken beginnt, wird Lotta dich wecken. Das macht zwar keine durchwachte Nacht ungeschehen, aber du wirst sehen, es wird dir bedeutend besser gehen. In der Zwischenzeit besorge ich eine Cortisonspritze für deine Schulter."

Sie ließ seine Hand los, beugte sich über ihn und hob leicht seinen Kopf an. Dann setzte sie die Tasse an seine Lippen. Sein Blick fiel direkt in ihr Dekolleté, und Konrad wurde so rot, dass sogar seine Ohren leuchteten.

Als die Tasse leer war, schenkte sie ihm ein so hinreißendes Lächeln, dass er ohne Widerrede die Augen schloss. Und das glückliche Grinsen verriet, woran er wahrscheinlich gerade dachte.

„Meine Cousine hat sich gemeldet", flüsterte Anna, als Konrad leise zu schnarchen anfing. „Beiden geht es wunderbar, Konny hat sich in die Hauskatze verliebt, er krabbelt ihr überall hinterher." Tränen stiegen mir in die Augen, und als sie über die Wangen liefen, wischte Anna sie weg.

„Es geht ihm gut. Du hast das Richtige gemacht."

Wir beobachteten Konrad, der mittlerweile tief und fest schlief, dann verließen wir das Zimmer.

„Übrigens, dieser Martin ist ausgezogen", sagte Anna.

„Ich weiß", murrte ich und rollte mit den Augen. „Das war Konrads Wunsch."

„Er hat gesagt, er kommt morgen wieder, aber jetzt mit Konrads Schulter ... Jedenfalls hat er seinen Schlüssel bei mir abgegeben." Sie kramte in ihrer Hosentasche und reichte ihn mir.

„Ach ja, und ich hab ein paarmal versucht, dich zu erreichen", sagte Anna, als sie schon am Weg aus der Wohnung war.

„Ich weiß nicht, wo mein Handy ist. Kannst du mich anrufen?"

„Gleich, meines ist drüben bei mir. Ich glaube zwar, dass Konrad in 20 Minuten von selbst aufwachen wird, aber so müde, wie er ist ... stell dir am besten den Wecker. Egal, was ihr dann tut, warte auf mich mit der Spritze. Wenn sich die Schulter noch mehr entzündet, kann er bald nichts mehr tun, weil sich dann sogar die kleinste Bewegung wie ein Messerstich anfühlt. Oh, entschuldige, blöder Vergleich."

Ein paar Sekunden nachdem sie gegangen war, ertönte mein Handy aus der Küche. Ich war so auf Konrads Kaffee konzentriert gewesen, dass ich es am Küchentisch gar nicht bemerkt hatte. Genauso wenig wie die Wodkaflasche, hinter der es lag.

Ich hob ab, bedankte mich bei Anna und stellte den Timer auf 20 Minuten. Noch ohne meine verpassten Nachrichten und Anrufe zu öffnen, nahm ich den Wodka, schraubte den Verschluss auf und kippte den Inhalt in die Spüle. Trotz allem löste der beißende Alkoholgeruch ein stilles Begehren in mir aus.

Nachdem ich mir trockene Sachen angezogen hatte, setzte ich mich an den Tisch und scrollte durch die Anrufe.

Krump hatte etliche Male versucht, mich zu erreichen, aber alle Anrufe stammten aus der Zeit, bevor wir zu dem Fundort gebracht worden waren. Zwei Anrufe waren mit unterdrückter Nummer. Ich nahm an, dass sie ebenfalls von Krump waren, da die Uhrzeit bis auf eine Minute identisch war und er wahrscheinlich gedacht hatte, ich würde absichtlich wegen ihm nicht abheben.

Dann öffnete ich die Nachrichten. Ich hatte fünf Sprachnachrichten auf der Mailbox. Eine SMS von Alex aus der Wiener Oper. Sie erkundigte sich, ob es uns gutging. Die zweite SMS war von Moritz Riedl: *Können wir uns sehen? Moritz.*

Ich schrieb eine Antwort, dass ich ihn nicht treffen konnte, löschte sie, schrieb sie neu und löschte sie wieder. Dann drückte ich seine Nachricht unbeantwortet weg und hörte die Mailbox ab.

Die erste Sprachnachricht war von Martin. Er stotterte so sehr, dass er zwei Mal abbrach, bis er den nächsten Termin für Konrad heraußen hatte. Er mühte sich ab, zu fragen, ob das auch wirklich okay wäre. Er begann etwas wegen des Schlüssels zu sagen, dabei verhaspelte er sich drei Mal. Bevor er fertig gesprochen hatte, war seine Sprechzeit vorbei. Er hätte es einfacher haben können. Einfach eine SMS schicken. Dafür, dass er es nicht getan hatte, bewunderte ich ihn.

Die nächsten beiden Sprachnachrichten waren zuerst von einem hysterischen Krump, weil er mich nicht persönlich erreicht, und dann von einem verärgerten, weil Konrad kein eigenes Handy hatte. Die fünfte Nachricht war die der unterdrückten Nummer. Ich blieb nur dran, weil ich mit Genugtuung daran dachte, wie Krump wohl jetzt ausflippen würde. Doch er war es nicht.

Zuerst war lange nichts zu hören. Dann, nach ungefähr zehn Sekunden, erklang eine Frauenstimme, quietschend und hoch, dabei aber so gedämpft, als würde sie durch ein Taschentuch sprechen.

„Sie haben ihn nicht verdient."

Danach legte sie auf. Ich drückte auf Wiederholen. Dann noch einmal. Nach dem fünften Anhören war ich mir sicher. Keine Ahnung, wessen Unmut ich mir da zugezogen hatte. Doch es war weder Regina Steindl noch Doktor Kirchschlager.

Ich kannte diese Frau nicht.

30.

Der Timer klingelte nach 20 Minuten. Ich ließ mein Handy am Küchentisch liegen und ging ins Wohnzimmer, um Konrad zu wecken. Er schlief tief und fest, sein Arm baumelte seitlich von der Couch.

Ich war so müde und erschöpft, dass sein Anblick nur einen einzigen Wunsch bei mir auslöste: schlafen. Nur fünf Minuten. Wir mussten ohnehin warten, bis Anna mit der Injektion für Konrad kam. Leise nahm ich mir das Polster eines Sessels, platzierte es neben dem Sofa auf dem Boden und legte mich hin. Und während ich noch darüber nachdachte, wer die Anruferin mit der Nachricht auf der Mobilbox sein konnte, führte mich Konrads gleichmäßiges Atmen in den Schlaf.

„Lotta. Lotta ... komm, wach auf. Lotta."

Jemand rüttelte an mir. Ich musste ein paarmal blinzeln, bis mein Blick scharf genug war, um die Person zu erkennen. Es war Konrad. Er stand über mir mit einer Tasse Kaffee in der Hand und sah bei weitem frischer und ausgeruhter aus.

„Der ist für dich", sagte er und reichte mir den Kaffee.

„Wie lange habe ich geschlafen?"

„Eine Stunde. Wenn du bereit bist, komm in die Küche."

„Wie geht es deiner Schulter?"

Er klopfte sich darauf und hob sie spielend leicht, als hätte es nie ein Handicap gegeben. „Ist jetzt dank Anna so gut wie neu."

Ich rappelte mich hoch und verschüttete dabei ein bisschen Kaffee auf meine Bluse. Die Anspannung der letzten Tage forderte ihren Tribut. Mein Körper war ein einziger Muskelkater, als ich Konrad in die Küche folgte.

Er hatte die sechs Fotos der Opfer vor 30 Jahren am Küchentisch nebeneinandergelegt. Auch alle vier neuen lagen da, ein wenig abseits.

Emmy, Kevin, Magda und Patrick. Ich vermied den Blick darauf und fragte: „Woher hast du die?"

„Wurden gebracht. Als du geschlafen hast."

Ich ging zur Spüle und wusch den Kaffeefleck aus meiner Bluse. Konrad beugte sich über die Fotos, verringerte den Abstand, vergrößerte ihn wieder, als wäre zwischen ihm und den Bildern ein Gummiband.

„Ich sehe das so schlecht", sagte er schließlich.

„Deine Brille", fiel mir ein, ich drehte den Wasserhahn ab und ging in sein Schlafzimmer.

Sie lag am Nachttisch auf einer Zeitung, unter der ein paar CDs hervorlugten. Das wunderte mich, denn er hatte hier drinnen keinen CD-Player. Ich nahm die Zeitung herunter und legte sie auf sein Bett.

Schon vom ersten Cover, das darunterlag, lächelte mir Maria Fiores Gesicht mit kokettem Blick entgegen. Auch bei den restlichen CDs handelte es sich um Aufnahmen von ihr. Ich deckte sie wieder mit der Zeitung ab und ging in die Küche.

„Wo wurden die Leichen damals noch mal gefunden?", fragte Konrad und zog nun mit aufgesetzter Brille die Fotos nacheinander an sich heran.

Ich versuchte, nicht an die CDs zu denken, nahm die gelbe Mappe und las daraus vor:

„Die erste im Donaupark in der Nähe vom Irissee, die zweite in der aufgelassenen Kabelwerk-Fabrik. Die dritte im Augarten, die nächste im Innenhof eines Wohnhauses in der Castelligasse. Die fünfte im Schönbornpark und die letzte in der Votivgarage."

„Verdammt, das sagt mir alles gar nichts ... das sind wirklich sämtliche Unterlagen?"

„Ja, alle, die es noch gibt."

Er kramte aus seiner Hosentasche den gelben Notizzettel mit den Ziffern. 3107.

„Keiner dieser Orte hat irgendwelche Auffälligkeiten?", fragte er und ließ den Zettel nicht aus den Augen.

„Nein, das ergaben zumindest die neuen Ermittlungen. Aber der Tathergang war damals auch anders, die sechs wurden nicht extra hingebracht – die Fundorte waren zugleich die Tatorte. Riedl hat ausgesagt, er hätte sich mit den Opfern an diesen Orten getroffen."

„Wie haben diese Treffen ausgesehen?"

„Davon steht hier nichts."

„Hat er die Jugendlichen gekannt?"

„Ja. Hinterher ist rausgekommen, dass sie als Kinder alle mal Patienten von ihm waren."

„Aber seinen eigenen Kindern hat er nie etwas getan, oder?"

„Ganz im Gegenteil, mir hat Jana ..." Erst jetzt fiel mir die Geschichte von der Gartenparty wieder ein, die Jana Schneider mir erzählt hatte.

„Scheiße, wie hab ich das vergessen können", fluchte ich und berichtete Konrad alles, was ich von der Schauspielerin erfahren hatte. Der kleine Junge, den Alfred Riedl mit der Zigarre verbrannt hatte.

Konrad lehnte sich zurück, legte den Notizzettel auf den Tisch, nahm die Brille herunter und reinigte die Gläser an seinem T-Shirt.

„Diese Kim hat also geschrieben, durch Jana Schneider wirst du mehr erfahren. Und Jana Schneider hat dir von dieser Gartenparty erzählt. Stimmt das?"

„Ja."

„Gut. Dann sollten wir mehr über diese Gartenparty erfahren", sagte er.

„Lass uns zu Riedls Exfrau fahren."

Ich versuchte, es ihm auszureden, schlug ihm vor, deswegen zuerst Kontakt mit Victor oder Renate aufzunehmen. Moritz ließ ich absichtlich aus. Doch Konrad ließ sich nicht beirren, er wurde regelrecht stur.

„Nein. Ich möchte mit seiner Exfrau sprechen."

„Ich weiß nicht ... ob das eine gute Idee ist. Kim. Ihre Adoptivtochter ... warum muss es denn ausgerechnet sie sein?"

„Weil ich das damals sicher auch gemacht habe ... und wenn ich sie wiedersehe ... vielleicht fällt mir dann etwas ein. Warum ich bei Riedl im Gefängnis war ...?"

„Sie wurde deswegen schon befragt. Aber die beiden hatten keinen Kontakt ..."

„Das meine ich nicht", fiel er mir ins Wort. „Ich meine, ob *mir* etwas einfällt, wenn ich mit ihr rede."

Mit einem übertriebenen Seufzen gab ich mich geschlagen, holte mein Telefon und suchte nach ihrer Nummer.

„Was machst du da?", fragte Konrad. Ich hatte die Nummer gefunden und drückte auf den Anruf-Knopf.

„Ich kündige uns bei ihr an."

„Nein. Tu das nicht."

Mir war nicht wohl dabei, aber ich unterbrach die Verbindung und ließ das Handy sinken. Konrad hatte recht. Durch einen Anruf würde die Chance auf ein Gespräch schrumpfen. Und wir handelten jetzt im Dienste der Polizei – kein Grund mehr, sich anzukündigen.

Ich ließ mich auf den Sessel gegenüber von Konrad fallen. Er schob die Fotos in verschiedene Reihenfolgen, als wären es diese Doppelbilder auf Rätselseiten, bei denen man die Unterschiede herausfinden musste.

Während ich mich gerade fühlte, als wäre ich aus einem eineinhalbjährigen Koma aufgewacht, wirkte er sehr viel mehr wie der Konrad, der er vor dem Unfall gewesen war. Ohne sein schmerzverzerrtes Gesicht fiel mir auf, wie attraktiv er wieder geworden war. Seine schwarzgrauen Haare lockten sich in der Stirn. Er hatte zugenommen, die vorher eingefallenen Wangen waren praller und gaben seinem Gesicht mehr Kontur. Aber es war mehr als nur das rein Äußerliche.

„Wartest du noch auf was, oder können wir los?", fragte er und sah zu mir. Er bemerkte meinen Blick. „Warum siehst du mich so an? Weinst du?"

„Wir können gleich los. Ich muss nur meine Tasche holen", sagte ich, stand rasch auf und lief in mein Zimmer. Das Zimmer, das einmal Julia Fürsts Zimmer war. Ich lehnte mich gegen die Tür, versuchte ruhig zu bleiben. Der DNA-Test. Noch zwei Tage, dann wüssten wir alles.

Als würde es mich ablenken wollen, schillerte mir das Fläschchen mit dem pinkfarbenen Nagellack, den alle Opfer getragen hatten, auf meinem Nachttisch entgegen. Ich setzte mich aufs Bett, schraubte es auf und begann mit dem Pinsel die Farbe auf meine Fingernägel aufzutragen. Das Pink erinnerte ein bisschen an ausgebleichte Neon-Post-its. Was hatte es zu bedeuten?

Es klopfte an meiner Tür, ich schrak so auf, dass ich das Fläschchen umwarf und etwas von der Farbe auf das weiße Leintuch floss.

Konrad öffnete die Tür, er begann meinen Namen zu sagen, doch als sein Blick auf meine Fingernägel fiel, blieben ihm die Worte im Hals stecken. Er deutete darauf. „Wieso machst du das? Das ist dieselbe …?"

„Ja. Ist sie. Wenn wir zu Sarah Riedl fahren, dann ist dort wahrscheinlich ihr Ehemann, Adam Fitzpatrick. Der eine Affäre mit Kim, der Adoptivtochter, hatte. Ich möchte, dass er diese Farbe an mir sieht."

„Denkst du, er hat was mit den Morden zu tun?"

„Ich weiß es nicht."

„Aber?"

Es war das erste Mal, dass ich es laut aussprach. „Aber ich traue es ihm zu."

„Warum?"

„Er hat etwas an sich – ich kann es nicht in Worte fassen."

„Versuch es."

„Es war mehr ein Gefühl. Bei unserer ersten Begegnung. Ich dachte, ich hätte mich geirrt, aber dann diese Sache mit Kim. Ich meine, wieso hat er denn nicht gleich eine Beziehung mit ihr angefangen, anstatt ihre Adoptivmutter zu heiraten – sie war zu dem Zeitpunkt schließlich eine erwachsene Frau."

„Vielleicht haben ihm die Heimlichkeiten gefallen?"

„Kann sein. Und vielleicht gefallen ihm andere Heimlichkeiten noch viel mehr."

Es fiel mir schwer, dabei zuzusehen, wie das Pink auf meinen Nägeln trocknete. Ich versuchte, nicht daran zu denken, dass es zu den letzten Dingen gehörte, die die ermordeten Jugendlichen in ihrem Leben gesehen hatten.

Das Gewitter hatte sich verzogen. Zurück war ein schwüler Dunst geblieben, der auf der Haut klebte.

Wir hatten Konrads Auto genommen, von dem er nicht wusste, dass es überhaupt existierte. Er hatte es zur Dauermiete in einem Parkhaus in der Nähe abgestellt.

Ich hatte mich in den letzten eineinhalb Jahren nicht um den Wagen gekümmert, da der Schlüssel beim Parkhauswächter war und ich nicht angenommen hatte, dass er einer Frau, die einen anderen Namen und keinerlei Beweise hatte, einfach so die Schlüssel zu Konrad Fürsts Auto ausgehändigt hätte. Das war, bevor ich wusste, dass es sich um einen zweitürigen rostroten VW-Passat Baujahr 1985 handelte, der beim Fahren so klapperte und dröhnte, als würde er seinen Motor an einem Seil hinter sich herziehen.

Zwar war der Tank zu einem Viertel voll, doch hätte es nicht ein paar Meter entfernt eine Tankstelle gegeben, wo wir die Reifen aufpumpten und das Öl nachfüllten, wären wir keine 500 Meter weit gekommen.

Eine halbe Stunde später kamen wir bei der Riedl-Villa im 13. Bezirk an. Ich parkte das Auto gegenüber vom Gartentor an der Stelle, wo Hannes mich vor ein paar Tagen überraschend abgeholt hatte.

Es war der Tag gewesen, an dem er mich auf dem Parkplatz vor dem Supermarkt gefragt hatte, ob ich seine Frau werden wollte. Der Tag, an dem Kim noch lebte, es keinen Moritz Riedl und keine Regina Steindl in meinem Leben gab und Konny zu Hause auf mich wartete. Wehmut, Reue und Wut fühlten sich an wie ein Korsett, das mit jedem Augenblick fester zugezogen wurde.

„Was hast du?", fragte Konrad.

Ich war so in Gedanken, dass ich mit abgezogenem Schlüssel hinter dem Steuer saß und vor mich hin starrte.

„Nichts. Alles okay."

Er sah mich lange an mit seinen Kohleaugen, bei denen ich schon immer den Eindruck gehabt hatte, er würde wie mit Röntgenblick in mich hineinsehen. Dabei war das wahrscheinlich gar nicht nötig – man brauchte kein Hellseher zu sein, um zu bemerken, was die letzten Tage mit mir gemacht hatten. Es war mir unangenehm, ich zwang mich zu einem Lächeln.

„Stell dir vor, ich bin es", sagte Konrad leise.

„Was?"

„Der DNA-Test. Stell dir vor, er ist positiv."

„Was meinst du damit?"

„Was würdest du mir dann sagen? Wenn ich ... dein Vater wäre?"

Meine Hände und Füße begannen zu prickeln, als würde sich das Blut aus ihnen zurückziehen.

„Nicht", sagte ich schärfer als beabsichtigt, „lass das, Konrad."

„Wovor hast du solche Angst?"

Obwohl alles in mir tobte, sagte ich ruhig: „Ich habe Angst, dass der Mörder schon das nächste und übernächste Opfer im Visier hat und wir ihn nicht finden. Lass uns reingehen."

Ohne seine Antwort abzuwarten, betätigte ich den Türöffner. Doch gerade als ich aussteigen wollte, läutete mein Handy. Es war Fanny. Ich gab Konrad ein Zeichen, schon mal auszusteigen, und hob ab.

„Hallo, Fanny!"

Während sie anfing, auf mich einzuplappern, dass sie noch immer mit ihrem Vater wegen des New-York-Gastspiels stritt und ernsthaft darüber nachdachte, trotz Morddrohung doch wieder bei uns einzuziehen, wälzte sich Konrad mühsam aus dem Wagen.

„Wo seid ihr denn?", fragte sie.

„Wir versuchen mehr über die Gartenparty rauszufinden, von der Jana Schneider erzählt hat."

„Oh gut, dann sag ich ihr gleich, dass ihr Tipp hilfreich war."

„Ja ... WAS? Was heißt, du sagst es ihr gleich?"

„Na, ich hab heute Unterricht bei ihr, ich gehe gerade hin."

„Das wirst du nicht tun, Fanny! Auf gar keinen Fall!"

„Bitte, du klingst ja schon so wie mein Vater!"

„Es ist mein Ernst, Fanny. Wir wissen überhaupt nichts, es gibt keine Fortschritte, und heute wurde eine weitere Leich..."

„Bitte, was hat das mit Jana Schneider und meinem Unterricht zu tun? Außerdem weiß ich das längst."

„Woher weißt du das?"

„Wir mussten alle in den Festsaal, weil im Fernsehen dieser Mann von der Polizei gesprochen hat. Der, den du nicht leiden kannst. Irgendwas, ob es Hinweise gibt, wo dieser Patrick Wasweißich war, ob jemand ihn gesehen hat oder weiß, ob er eine Verabredung hatte."

Dass Krump sich nun so deutlich an die Öffentlichkeit wandte, beunruhigte mich – es zeigte, wie sehr ihm das Wasser bis zum Hals stand.

„Also, noch einmal, ich will nicht, dass du zu Jana Schneider gehst."

„Das geht nicht, Lotta, wirklich. Ich kann nicht einfach den tollsten Schauspielunterricht sausen lassen, nur weil du Angst um mich hast. Dann kann ich mich ja gleich von meinem Vater zu Hause einsperren lassen."

„Jetzt sei bitte nicht so eine Nervensäge, Fanny. Das ist etwas völlig anderes."

„Für mich nicht. Baba."

„HALT. NEIN. Leg nicht auf! Okay, ich sag dir was, ich rufe jetzt Jana Schneider an und verschiebe deinen Unterricht auf morgen und gehe mit dir gemeinsam hin."

„Du hast doch keine Zeit."

„Dann nehme ich sie mir eben. Vielleicht kommt Konrad auch mit. Was hältst du davon?"

An ihrem Zögern merkte ich, dass ihr der Vorschlag gefiel.

„Darf ich dann bei euch schlafen?"

„Jetzt übertreib es nicht. Also, ich rufe sofort Jana Schneider an und verschiebe die Stunde auf morgen. Bis wann hast du Schule?"

„Bis 13 Uhr."

„Dann treffen wir uns um 13:30 Uhr bei ihr."

„Na gut, okay."

Jana Schneider war enttäuscht, als ich ihr sagte, dass Fanny heute nicht kommen konnte. Wegen meines Vorschlags, die Stunde auf morgen zu verschieben, zierte sie sich ein bisschen, willigte dann aber doch großmütig ein.

Ich stieg aus und ging zu Konrad, der vor dem Auto auf seinen Stock gestützt auf mich wartete. Die Riedl-Villa lag wie ausgestorben im Schatten einer riesigen dunklen Wolkenfront. Bald würde es wieder regnen.

Trotz der drückenden Hitze waren alle Fenster der Villa geschlossen.

Um gar nicht erst in die Verlegenheit einer Aussprache wegen eben zu kommen, fragte ich ihn nicht, ob ihm irgendetwas hier bekannt vorkam, sondern versuchte, in seinem Gesicht zu lesen. Doch er sah gar nicht zum Haus. Er sah auch nicht mich an. Er sah zur Straße hoch. „Da hinten ... ist da ein Teich?", fragte er.

„Keine Ahnung."

Ich folgte seinem Blick. An der höchsten Stelle machte die Straße eine Biegung, es sah aus, als würde sie weiter in einen Wald oder einen Park führen. Und da fiel es mir ein.

Moritz Riedl hatte es mir in der Eden-Bar erzählt – die Geschichte, als sein Vater ihm bei einem Teich in der Nähe der Villa eislaufen beigebracht und er sich mit den Kufen bei einem Sturz seine Narbe auf der Wange zugezogen hatte.

„Ja ... ich glaube, da ist ein Teich."

„Seine Kinder waren oft dort." Konrads Blick schnellte von der Straße zum Haus und wieder zurück. „Wir müssen dorthin", sagte er und ging energisch los. Der Gummistutzen seines Stocks rutschte über Kieselsteine am Asphalt, er taumelte kurz, setzte aber seinen Weg so unbeirrt fort wie ein Jagdhund, der eine Spur wittert.

„Sollen wir nicht lieber hinfahren?", rief ich ihm hinterher, doch er reagierte nicht. Ich sparte mir, das Auto abzusperren, und folgte ihm.

„Was ist denn bei dem Teich?"

„Ich weiß es nicht. Aber ich kann mich an ihn erinnern."

Wir waren vielleicht 20 Meter gegangen, da rief eine Frauenstimme: „Carlottaaa? Carlottaaa, sind Sie das?"

Es war von der Villa gekommen, Konrad und ich blieben gleichzeitig stehen und drehten uns um. Sarah Riedl stand auf der Veranda. Obwohl sie sich mit einer Hand an einer der hellgrauen ionischen Säulen abstützte, schwankte sie so sehr, als würde der Steinboden unter ihr nachgeben.

Konrad und ich sahen uns an. Ohne ein Wort wechseln zu müssen, machten wir kehrt, und ich rief: „Ja, ich bin das."

„ER HAT SIE GEFICKT", schrie Sarah Fitzpatrick mit schwerem Zungenschlag. „DER HURENSOHN HAT MEIN KLEINES MÄDCHEN GEFICKT."

Sie rutschte die Säule entlang, dabei schob sich ihr langes schwarzes Seidennachthemd hoch. Beim Versuch, es wieder runterzuziehen, kippte sie zur Seite und landete auf dem Hintern. Ich öffnete das Gartentor, und als Konrad durchgegangen war, lief ich zu ihr.

Sie roch nach Schweiß und Alkohol, die goldblonden Haare standen wie ein Vogelnest vom Kopf ab.

Mit einem herzzerreißenden Klagelaut streckte sie die Hände nach mir aus. Ich nahm zwei Stufen auf einmal, ging vor ihr auf die Knie, und sie klammerte sich an mich wie ein Ertrinkender an ein Stück Treibholz.

Ihre Stimme war nur mehr ein betrunkenes, verzweifeltes Krächzen.

„Sie hat sich umgebracht, Carlotta. Meine Kim hat sich umgebracht."

„Wieso sagen Sie das?"

Ich wiegte sie wie ein Kind und streichelte ihr über die Haare. Sie schluchzte ein paarmal, dann wurde ihr Atem ruhiger.

Konrad war in der Zwischenzeit bei uns angekommen, doch Sarah Fitzpatrick sah nicht auf, sondern drückte ihr Gesicht weiterhin an meine Brust.

„Dieser Kommissar ... er war hier. Hat von einem Abschiedsbrief gefaselt. In dem steht, dass sie wegen Adam vor den Zug gesprungen ist."

Ich spürte ihre Tränen durch den Stoff meiner Bluse.

„Welcher Kommissar?" Ich betete, dass sie nicht Hannes' Namen nennen würde.

„Dieser alte Pisser ... hat irgendwas gefaselt, er wäre Polizeichef ..." Krump. Ich war sogar dabei gewesen, als er es gesagt hatte. Am Maria-Theresien-Platz hatte er nach seinem Sohn gerufen, sie müssten zur alten Riedl.

„Hat mir erzählt, Adam hat eine Wohnung mit Kim. Er dachte, ich weiß das. Aber ich hab es nicht gewusst. Hat sie dort ... gefickt."

„War Adam hier?"

„Er ist es noch."

„Was?"

„Ja, oben." Sie ruckte mit ihrem Kopf Richtung Eingang. „Hat sich eingesperrt. Ich bring ihn um. Ich bringe diesen Scheißkerl um."

„Ist sonst jemand da?"

Sie schüttelte den Kopf. Ich löste mich von ihr und lehnte sie an die Säule. „Ich komme gleich wieder, Sarah, ich sehe nur nach Adam ..."

„Verrecken soll der Scheißkerl!"

Ich holte mein Handy aus der Tasche und steckte es mir in die Jeans.

„Konrad bleibt bei Ihnen. Ich bin in zwei Minuten wieder hier." Sie kniff ihre Augen zusammen. „Wer ist das?"

Konrad gab mir ein Zeichen zu gehen, ich hörte seine Stimme, als ich das Haus betrat. „Wir kennen uns. Mein Name ist Konrad Fürst."

Ich konnte die Treppe nicht finden, aber dann erinnerte ich mich an die Tür, hinter der Kim bei meinem ersten Besuch verschwunden war, um Sarah Fitzpatrick aus dem oberen Stockwerk zu holen.

„Adam, wo sind Sie? Hier ist Lotta Fiore." Nichts rührte sich. Ich lief an allen Zimmern im ersten Stock vorbei, die Türen standen offen, von Adam keine Spur. So schnell ich konnte, rannte ich in den zweiten Stock und rief dabei ununterbrochen seinen Namen. Ich stolperte über etwas – vor einer angelehnten Tür lag ein langes Küchenmesser, wie es zum Filetieren von Fleisch genommen wird, und eine leere Flasche Cognac. Hinter der Tür befanden sich Stufen, sie führten zum Dachboden.

„Adam, sind Sie oben?" Keine Antwort.

Ich stieg hinauf, es war so stickig, dass ich hustete. Er war nicht da, aber im staubigen Boden waren ein paar Fußabdrücke. Ich verließ den Dachboden wieder und hob das Messer vor der Tür auf. Mein Blick fiel aus dem Fenster gleich daneben. Man konnte den Weg sehen, den Konrad und ich genommen hatten, um zum Teich zu gehen. Hatte Sarah Fitzpatrick hier mit dem Messer gewartet, dass ihr Mann den Dachboden verlassen würde, bevor sie uns entdeckt hatte? Im unteren Stockwerk knackte etwas, dann waren Scharniere zu hören, als würde jemand eine Schranktür öffnen.

„Adam?"

Keine Antwort, dafür sehr eilige Schritte. Ich lief die Treppen hinunter, ging aber nicht vors Haus, sondern ins Wohnzimmer. Die Tür zum Garten stand sperrangelweit offen. Er musste sich rausgeschlichen haben, konnte aber noch nicht weit sein.

Ich trat in den Garten. „Adam, sind Sie hier?"

Hinter einem Busch raschelte es. Etwas Helles blitzte hervor. Ich trat näher heran und entdeckte Adam Fitzpatrick in seinem Versteck. Er kauerte am Boden zwischen dem Gestrüpp.

„Kommen Sie da raus."

Umständlich stolperte er aus den grünen Zweigen. Seine mit Erd- und Grasflecken gesprenkelte beige Baumwollhose verhedderte sich, riss über dem Knie, doch er bemerkte es nicht.

„Ick wollte das nicht. Oh God, ick wollte das wirklich nickt." Sein Gesicht hatte auf jeder Seite drei lange blutige Kratzer, und sein Hemd war eingerissen. „Bitte, helfen Sie ihr, helfen Sie meine Frau."

Er hatte Tränen in den Augen, stand zitternd und ängstlich vor mir.

„Wobei soll ich ihr helfen? Dabei, dass Sarah Sie nicht umbringt?"

Er fing zu wimmern an. „Ist es wahr, stimmt es? Kimmy ... sie hat sich umgebracht?"

Ich nickte. Er rang nach Luft, krümmte sich und schlug die Hände vors Gesicht.

„Oh God. No, no, no. Please no. Wäre ich nie hierhergekommen. Ick wünschte, ick hätte sie beide nie kennengelernt ... was habe ick getan?"

Eine Weile sah ich dabei zu, wie dieser Hüne schluchzend auf die Knie fiel und weinte: „Es tut mir leid. I am so, so sorry."

Der Gedanke, er sei der gesuchte neue 21er-Mörder, kam mir in diesem Moment mehr als absurd vor. Trotzdem ging es hier nicht darum, was ich fühlte oder dachte. Es ging nicht einmal um Sarah Fitzpatricks Schmerz, sondern einzig darum, den Mörder zu finden.

Ich beugte mich auf Adams Augenhöhe und legte meine Hände so auf meine Wangenknochen, als wäre ich bestürzt.

„Sehen Sie mich an, Adam", forderte ich ihn auf.

„Was?", weinte er.

„Sie sollen mich ansehen."

Er wischte sich mit dem Unterarm über die Augen. Da war nicht nur keine Überraschung in seinem Blick – er registrierte meine pinkfarbenen Fingernägel gar nicht. Weil mir nichts anderes einfiel, um ihn direkt darauf zu stoßen, fragte ich: „Haben Sie etwas getrunken?"

„Nein."

„Oben liegt eine leere Flasche Cognac."

„Das war Sarah ... oh, no!"

„Wie viele Finger halte ich hoch?"

„Vier."

Keine Reaktion wegen der pinken Farbe, nicht einmal ein winziges Zucken. Im Gegenteil, er griff mit beiden Händen nach meiner Hand und drückte sie.

„Bitte, ick flehe Sie an – Sarah, sie hat schweres Diabetes. Sie darf nickt Alkohol trinken. Es kann werden sehr schlimm für sie. Sehr, sehr schlimm."

„Braucht sie Medikamente?"

„Ick ... ick weiß nicht, vielleicht Insulin ... aber Victor kümmert sick immer um so was."

„Dann rufen Sie ihn an!"

„Das kann ick nick ... meine Phone – Sarah hat darauf getreten."

Ich nahm mein Handy aus der Jeans und suchte Victor Riedls Nummer heraus. Als ich sofort in der Warteschleife der Schönheitsklinik landete, legte ich auf und suchte Moritz' Kontakt. Einen Moment überlegte ich, das Telefon Adam Fitzpatrick in die Hand zu drücken und ihn diesen Anruf selbst erledigen zu lassen.

Dass ich es nicht tat, hatte nichts mit ihm zu tun, sondern mit Moritz. Er hob schon nach dem zweiten Klingeln ab.

Sein glückliches „Du rufst wirklich an" traf mich völlig unvorbereitet.

„Moritz, es ... es ist etwas ... Schlimmes passiert."

Er sagte kein Wort, als ich ihm alles erzählte und die Situation schilderte. Adam Fitzpatrick kauerte währenddessen vor mir und sah nicht ein einziges Mal hoch.

„Adam meint, es kann gefährlich für deine Mutter werden. Soll ich die Rettung rufen?"

„Nein. Victor kümmert sich um sie", sagte Moritz tonlos.

„Ich habe ihn nicht erreicht."

„Ich rufe ihn an. Nate ist ganz in der Nähe. Ich komme auch."

„Sag deinem Bruder, er soll sich beeilen", war das Letzte, was ich sagen konnte, bevor er auflegte.

„Warten Sie genau hier, und rühren Sie sich nicht von der Stelle", sagte ich zu Adam Fitzpatrick. „Moritz, Victor und Renate kommen her." Er brach erneut in Tränen aus.

„Danke, oh God, ick danke Ihnen, Carlotta", heulte er, doch ich war schon auf dem Weg zurück ins Haus.

„Lotta, bring bitte Wasser", rief Konrad, als ich in den Flur trat. Ich suchte die Küche, und als ich sie gefunden hatte, riss ich alle Schränke auf. Da waren neben teurem Porzellangeschirr nur kleine geschliffene Kristallgläser, und ich fand auch keinen Krug oder eine Flasche. Also nahm ich einen der Kochtöpfe, die über dem freistehenden Herd hingen, füllte ihn mit Wasser und brachte ihn mit einem der Kristallgläser hinaus.

Konrads Anwesenheit schien eine absurd beruhigende Wirkung auf Sarah Fitzpatrick zu haben. Sie saß vollkommen erschöpft am Boden an die Säule gelehnt, die Augen blutunterlaufen und aufgedunsen, als wären sie leer geweint, und die Beine von sich gestreckt. Konrad hatte sich auf die Stufen gesetzt, die Ellbogen auf die Knie gestützt, den Blick zur Straße gerichtet.

Ich tauchte das Kristallglas in den Topf, füllte es mit Wasser und reichte es ihr. Es herrschte eine merkwürdige Stille, wie nach einem Alptraum, aus dem man mitten in der Nacht erwacht. Ich betrachtete Sarah Fitzpatrick, wie sie gierig das Wasser hinunterstürzte. Und fragte mich, wie lange es dauerte, bis sie realisieren würde, dass es kein Erwachen gab. Ich schöpfte ihr noch viermal Wasser nach, dann knallte sie das Glas auf den Boden, als wäre es ihr plötzlich zu schwer geworden. Ich erwartete ein Klirren, aber nichts passierte.

„Wir haben über damals geredet", sagte Konrad. „Sarah kann sich an mich erinnern."

Ich versuchte, meine Verwunderung nicht zu zeigen. Er nannte sie nicht nur beim Vornamen, sondern hatte es geschafft, sie so weit abzulenken, dass sie mit ihm über die Vergangenheit sprach.

„Könnt ihr euch das vorstellen?" Sie lachte heiser, es klang wie der Ruf einer Krähe. „Kann eine Frau überhaupt so viel Pech mit Männern haben? Der erste ist ein Serienmörder, der zweite ..."

„Sarah hat mir erzählt, dass ich früher der einzige von den Ermittlern war, den sie gemocht hat", lenkte Konrad sie ab.

„Er war nett zu den Kindern. Nicht so wie die anderen. Einmal ist er sogar mit ihnen zum Teich gegangen." Ihr Zungenschlag war noch immer deutlich, obwohl sie jetzt ruhiger wirkte.

„Was haben sie dort gemacht?"

„Das weiß ich nicht", sagte sie und sah mich müde an.

„Darf ich Sie etwas fragen, Sarah?"

Ich nahm ihren trägen Augenaufschlag als Zustimmung.

„Vor vielen Jahren gab es eine Gartenparty. Es war die Party, auf der auch Jana Schneider war. Die Schauspielerin. Sie kennen sie, nicht wahr?"

Sie lachte auf und wiederholte betrunken: „Gartenparty."

„Es gab dort einen Unfall mit einem kleinen Jungen – er ist in eine brennende Zigarre gelaufen. Erinnern Sie sich?" Es war Absicht, dass ich den Namen ihres Exmanns aussparte. Der dünne Faden ihrer Zurechnungsfähigkeit war so schon zum Zerreißen gespannt.

„Ich will mich nicht erinnern ... nicht erinnern ..."

„Aber Sie waren dort."

„Nein, nein, nein ..."

Obwohl mein inneres Warnsystem Alarm schlug, sprach ich: „Ihr Mann Alfred, er war ebenfalls weiter da – es war seine Zigarre."

Sie schrie auf. „Alfred!"

Völlig zusammenhanglos begann sie zu brabbeln: „Ich weiß nicht, wo er war, Carlotta. Ich weiß nicht, was er getan hat, wenn er gesagt hat, er geht in die Ordination oder trifft einen Freund oder geht Tennis spielen. Ich weiß es einfach nicht. So wie ich es bei Adam nicht wusste ..."

Ihr Mund verzog sich, als hätte sie einen plötzlichen Krampf. Sie schien abzudriften, irgendwohin, wo ich keinen Zugang hatte. Ich sah Konrad hilfesuchend an.

„Bitte, Sarah. Sie müssen sich konzentrieren", sagte er mit fester Stimme. „Es wurde heute wieder eine Leiche gefunden. Und wenn wir nichts tun ..."

„Oh mein Gott. Nein. Wo?" Sie japste nach Luft.

„Am Maria-Theresien-Platz. Er war in einer der Hecken versteckt."

Der Schock, den die simple Nennung dieses Orts bei ihr verursachte, war nicht zu übersehen.

„Wo?"

Wieder der Krampf in ihrem Unterkiefer, diesmal stärker als zuvor.

Konrad sah mich an. ‚Rede du weiter mit ihr', sagte sein Blick.

„Diese hohen Eibenhecken, die aussehen wie Zylinder oder Kegel. Wissen Sie, welche ich meine? Sie stehen zwischen den beiden Museen, es gibt viele davon, am ganzen ..."

„Unsere Liebeslauben", keuchte sie, ihre Finger krampften sich um einen imaginären Ball.

„Wieso Liebeslauben?", fragte ich.

„Wir haben ... uns versteckt. Alfred und ich. Wir waren jung, wollten alleine sein ..."

„Wo ist Adam?", fiel ihr Konrad ins Wort. Wir sahen uns an.

Er nickte mir drängend zu, ich stand auf und ging nach hinten in den Garten. Adams Versteck war leer.

„Adam, sind Sie noch da?", rief ich. Keine Antwort.

Ich sah mich um, der dunkelgrüne Holzzaun war vielleicht eineinhalb Meter hoch und dank der dicht gewachsenen Hecke leicht zu überwinden. An einer Stelle lagen einige abgebrochene Zweige im Gras.

Ich ging zurück ins Haus durch alle Stockwerke.

Als ich wieder auf die Veranda trat, gab ich Konrad mit einem Kopfschütteln zu verstehen, dass Adam Fitzpatrick nicht mehr hier war.

Im nächsten Moment hielt ein schwarzer Audi vor dem Tor. Renate Riedl sprang heraus und kam uns entgegengelaufen. Trotz ihres grazilen Körpers wirkte sie dabei fast tollpatschig, als würde sie im nächsten Moment über ihre eigenen Füße stolpern.

„Mama", rief sie. „Oh mein Gott, Mama!"

Der Krampf in Sarah Fitzpatricks Unterkiefer war zwar schwächer geworden, dafür aber über ihren Hals bis zu ihren Schultern gewandert. Sie schnappte heftiger nach Luft.

„Sollen wir nicht doch einen Notarzt rufen?", fragte ich, doch Renate Riedl beachtete uns nicht.

Wir schienen für sie nicht vorhanden, als sie vor ihrer Mutter stand, auf sie hinunterblickte und zu weinen begann. Sie strich sich das schulterlange Haar aus dem Gesicht, kniete sich hin und tätschelte fast unbeholfen die Schulter ihrer Mutter – wie ein Kleinkind, das nicht weiß, wie es mit so viel Schmerz und Trauer umgehen soll.

„Victor und Moritz sind gleich da, Mama. Es wird alles gut. Alles wird gut."

Ihre Stimme war ihr hochgerutscht, hatte einen quietschenden Unterton. Ich kannte diese aufgeregte, quietschende Stimme von Sarah Fitzpatricks Tochter.

Sie hatte vor ein paar Stunden eine Nachricht auf meiner Mobilbox hinterlassen:

Sie haben ihn nicht verdient.

31.

Ich sagte weder Sarah Fitzpatrick noch ihrer Tochter Renate, dass Adam Fitzpatrick sich aus dem Staub gemacht hatte – sie würden es noch früh genug merken.

Die Reifen von Victor Riedls Auto quietschten so laut, als er vorfuhr, dass wir alle vier zusammenzuckten. Er rannte zu seiner Mutter, sein schimmerndes kobaltblaues Hemd hatte unter den Achseln dunkle Flecken.

Während er Ampullen, eine eingeschweißte Spritze und ein kleines elektrisches Gerät eilig aus seinem ledernen dunkelbraunen Arztkoffer holte, stand Renate auf. Kaum stach Victor seiner Mutter mit einer Art Nadelstift in den Finger, entfernte sich Renate ein paar Schritte, das blasse Gesicht panisch auf ihre Mutter fixiert. Als Victor dann den Finger seiner Mutter quetschte und ein Blutstropfen daraus hervorquoll, knickten Renates Beine ein wie bei einem dieser Spielzeugtiere, die man zusammensinken lassen konnte, wenn man in die Unterseite ihres Sockels drückte. Rasch drehte sie sich um und wankte ins Haus. Ich wartete, ob sie wiederkommen würde. Sie tat es nicht, ich gab Konrad ein Zeichen und folgte ihr.

Meine Augen mussten sich erst an das düstere Licht im Vorraum gewöhnen, darum sah ich Renate Riedl auch nicht gleich, als ich eintrat. Sie hatte sich auf den Boden gelegt, die Beine an der Wand in die Höhe gestreckt, die Hände auf ihrer Brust gekreuzt.

„Ist alles in Ordnung?", fragte ich. Sie reagierte nicht, ihre Lippen bewegten sich leicht, als würde sie zählen.

„Wollen Sie ein Glas Wasser?" Sie nickte, ohne mit dem Zählen aufzuhören. Ich ging also zum zweiten

Mal in die Küche und nahm gerade eines der Kristallgläser aus dem Regal, als ich hinter mir Schritte hörte.

„Ich kann mich einfach nicht daran gewöhnen", sagte Renate Riedl mit zittriger Stimme, sie taumelte zu mir, und ich dachte, gleich fällt sie hin. Doch sie nahm mir nur das Glas ab und stützte sich an der Spüle ab.

„Woran?", fragte ich.

„Dass sie ... dass meine Mutter nicht gesund ist." Sie drehte den Wasserhahn auf, doch statt das Wasser ins Glas zu füllen, ließ sie es über ihre Handgelenke laufen.

„Es reicht, wenn Victor ihr den Blutzucker misst – schon wird mir speiübel."

Eine Weile sahen wir beide zu, wie durch das eisige Wasser ihre dunkelblauen Pulsadern immer mehr hervortraten. Schließlich beugte sie sich vor und trank direkt vom Hahn. Mit ihrem langen Hals und der schneeweißen Haut sah sie in diesem Moment aus wie ein Schwan. Als sie wieder hochkam, wischte sie sich mit den Zeigefingern unter den Augen entlang und verschmierte dabei etwas von ihrer Wimperntusche. Sie atmete tief aus, sagte „Besser" und lehnte sich mit der Hüfte ans Waschbecken.

„Was ist denn passiert?", fragte sie. In ein paar Sätzen erzählte ich von Krumps Besuch bei ihrer Mutter und den Neuigkeiten über Kim und Adam, die sie erfahren hatte. Renate wirkte nicht wirklich überrascht.

„Wussten Sie davon?", fragte ich.

Sie hob langsam die Schultern, als würde sie noch nach der passenden Antwort suchen. „Gewusst ist zu viel. Aber Kim und Adam waren einander sehr zugetan, das war unübersehbar."

„Auch für Ihre Mutter?"

„Das kann man bei ihr nicht sagen."

„Wie meinen Sie das?"

„Meine Mutter, sie ... sie sieht manchmal gerne das, was sie sehen will.

Das war schon immer so."

„Sie meinen ... bei Ihrem Vater?"

Sie antwortete nicht, sondern wechselte schnell das Thema und fragte nach, ob Konrad und ich Krump begleitet hatten. Ich verneinte.

„Warum waren Sie dann hier? Verstehen Sie mich nicht falsch, ich bin froh, dass Sie sie gefunden haben, nur ..."

„Wir wollten sie etwas fragen ... über Ihren Vater."

Sie hob die Hände, um mich zu stoppen. „Ich kann nicht ... ich habe Depressionen", sagte sie, als wäre es die Erklärung, warum ich nicht weiterreden sollte. „Es war so schlimm ... zeitweise war ich in der Psychiatrie."

Die Scham in ihrer Stimme war deutlich hörbar. Sie zog einen der schwarzen Küchenstühle heran, es machte ein hohes Geräusch auf dem schwarz-weißen Fliesenboden.

„Sie haben nicht zufällig einen Kaugummi?", fragte sie mich und setzte sich.

„Nein, tut mir leid."

Sie räusperte sich. „Es ist schrecklich, was gerade geschieht ... die neuen ..." Sie versuchte weiterzusprechen, es fiel ihr schwer zu atmen. „Ich würde Ihnen gerne helfen, aber ..."

„Ist schon okay", sagte ich und nahm mir ebenfalls einen der Stühle.

„Vielleicht, wenn es damals schon ... ich meine, heute gibt es alle möglichen Programme für Angehörige. Selbsthilfegruppen. Das alles war früher noch lange nicht, als wir ... als er ... und das wird man einfach nie wieder los. Hätte ich meine Brüder nicht ..."

Ein missglücktes, entschuldigendes Lächeln rutschte ihr aus dem Gesicht, und zurück blieb Angst.

Eine Weile saßen wir schweigend, nur die Stimmen von Victor Riedl und Konrad drangen leise zu uns herein. Ich hätte gerne gewusst, wieso sie diese Nachricht auf meiner Mobilbox hinterlassen hatte.

„Sie haben ein schönes Lokal", sagte ich stattdessen.

Ihr Nicken war halbherzig, und ihr Blick verlor sich in dem kleinen Fenster auf der anderen Seite.

„Ja. Das war ein Glücksfall. Bei einem Wellness-Aufenthalt habe ich den früheren Besitzer kennengelernt. Er wollte es nicht mehr. Ich hatte gerade ein bisschen Aufwind. Ein eigenes Lokal war schon immer mein Traum. Sein Preis war so gut, dass Victor und Moritz gemeint haben, ich soll es riskieren. Ein total verrückter Plan, aber Victor hat es finanziert. Verkaufen kann man immer noch, hat er gesagt. Und mein Koch war auch so ein Glücksgriff. Der Erfolg hat jeden, aber mich sicher am meisten überrascht. Und jetzt ... das alles." Sie sah wieder zu mir. „Wie bizarr das Leben manchmal ist, nicht wahr? Da denkt man, es ist alles gut, man hat endlich ein Fundament, auch wenn es noch auf wackeligen Beinen steht ..."

Die Stimmen draußen verstummten, im nächsten Moment war Victor zu hören, der rief: „Nate? Wo seid ihr?"

„Wir sind in der Küche", rief sie zurück.

Victor tauchte im Türrahmen auf, mit dem Handrücken wischte er sich den Schweiß von der Stirn. „Nate, kannst du mir helfen, Mama hochzubringen? Ich bin direkt von einer OP hierher. Ich kann nicht mehr auf Moritz warten, ich muss zurück ins Spital. Bleibst du bitte bei ihr? Moritz sollte bald da sein, und ich komme nachher auch gleich wieder."

Sie stand auf. „Ja. Ich ruf an, dass der Schöne Abend heute geschlossen bleibt."

Bevor sie die Küche verließ, drehte sie sich noch einmal zu mir.

„Diese Farbe", sie deutete auf meine Finger und sah zu ihrem Bruder.

„Erinnerst du dich, Victor? Kim hat sie als Kind immer so gemocht. Manchmal hab ich mich gefragt, ob er sie deshalb verwendet hat?"

Sie nickte traurig, ich bemühte mich, meine Hände ruhig zu lassen und nicht zu verstecken. Victor legte ihr seine Hand auf die Schulter, dann gingen sie raus, und ich folgte ihnen.

Konrad wartete bereits beim Auto auf mich. Er stand auf seinen Stock gestützt und starrte so gebannt zum Hügel, dass er mich nicht bemerkte.

„Willst du jetzt hinauf zum Teich?", fragte ich.

Es erleichterte mich, dass er den Kopf schüttelte. Denn obwohl ich die ganze Zeit damit gerechnet hatte, dass Moritz auftauchte, hoffte ich, wir würden nicht mehr hier sein, wenn er ankam.

Der Wagen benötigte zwei nervenaufreibende Versuche, bis er endlich ansprang.

Erst als wir uns weit genug von der Riedl-Villa entfernt hatten, erzählte ich Konrad, was sich im Haus und im Garten mit Adam zugetragen hatte. Davon, dass Sarahs Ehemann keine Sekunde auf meine pinkfarbenen Nägel reagiert hatte. Und von meinem Gespräch mit Renate Riedl und ihrer Abwehr, über die Vergangenheit zu sprechen. Ihre Nachricht auf meiner Mobilbox erwähnte ich nicht.

„Man kann es ihr nicht verdenken", sagte Konrad.

„Ja. Aber etwas war merkwürdig. Sie war nicht überrascht über Kims und Adams Affäre. Hat sogar gesagt, ihre Mutter hat schon immer nur gesehen, was sie sehen wollte."

„Was genau hat diese Kim eigentlich geschrieben?", fragte Konrad.

„Die ganze Geschichte von ihr und Adam. Und sie hat mir eine SMS geschickt, ich soll nach Jana suchen", sagte ich.

„Und das hast du getan?"

„Genau. Darum war ich bei Jana Schneider. Sie hat von dieser Gartenparty und Riedls Affären erzählt."

„Du solltest also nach Jana Schneider suchen?", fragte Konrad.

„Nein. Da stand nur Jana. Kim hat lediglich den Vornamen geschrieben", sagte ich genervt.

„Und wie bist du dann auf Jana Schneider gekommen?"

„Durch ein Foto in der Zeitung."

„Das heißt, dann kann es sein, dass sie gar nicht diese Jana gemeint hat?
Oder?"

„Ich ... ich weiß nicht."

„Aber es ist möglich?"

Ich fühlte mich ertappt, er hatte recht. Keinen Moment hatte ich daran gedacht, dass vielleicht eine andere Jana gemeint sein könnte. Wieso hatte Kim den Nachnamen nicht geschrieben? Ich kratzte mich an der Nase und murmelte: „Jana ist ja nicht so ein häufiger Name, oder?"

Eine Weile fuhren wir schweigend weiter, bis Konrad fragte: „Wer war eigentlich dieser Bub, dem das mit der Zigarre passiert ist?"

„Ich habe keine Ahnung."

„Und die Namen von Riedls Geliebten wissen wir auch nicht?"

Ich wusste es zu schätzen, dass er „wir" gesagt hatte. „Nein, Jana Schneider konnte mir keine Namen nennen."

„Konnte oder wollte?"

„Ich hab es ihr zumindest geglaubt, dass sie keine Namen weiß."

„Lass uns zu ihr fahren. Ich möchte mit Jana Schneider sprechen."

Da wir in der vollkommen falschen Richtung unterwegs waren, setzte ich den Blinker, um die Spur zu wechseln. „Okay. Wir sind zwar morgen auch bei ihr, ich habe es Fanny verspr..."

„Halt. Nein, warte." Er streckte sich vor und sah durch die Windschutzscheibe Richtung Himmel. Ich folgte seinem Blick, in der Entfernung ragten ein paar Waggons des Riesenrads über den Häuserdächern hervor. Konrad berührte mich am Unterarm.

„Können wir zu diesem Ort fahren ... ich möchte mir das ansehen."

„Du willst zum Riesenrad?", fragte ich automatisch. Es war der Platz, an dem Konrad und ich uns das erste Mal begegnet waren. Er hatte davor einen Auftritt als Clown Foxi. Auf der Kaiserwiese. Ob er sich daran erinnerte? Er sah jetzt wieder aus dem Fenster, und ich verlangsamte das Tempo.

Der Wagen hinter uns setzte die Lichthupe ein.

„Konrad?"

„Hm?"

„Wo sollen wir hinfahren?"

Die Lichthupe wurde drängender, Konrad bemerkte sie jetzt auch.

„Ich will ... ich will zu dieser Tiefgarage. Dort wurde Riedl überführt, nicht wahr?", fragte er und sah in den Rückspiegel.

„Du willst nicht zum Riesenrad?" Obwohl ich mich bemüht hatte, hatte ich es nicht geschafft, die Enttäuschung aus meiner Stimme zu filtern.

„Wieso zum Riesenrad?"

„Unwichtig. Meinst du die Votivgarage?"

„Ich weiß nicht ... ich glaube, da war eine Kirche." Ich wechselte die Spur, worauf das Auto hinter mir mit dröhnendem Motor an uns vorbeifuhr. Konrad sah ihm nach.

„Die Votivgarage. Vor der Votivkirche?"

Ich sah aus dem Augenwinkel, dass er nickte.

Wir waren schon fast da, als mein Handy läutete. Ich fasste nach hinten auf die Rückbank und legte Konrad meine Tasche auf den Schoß.

„Kannst du es mir bitte rausholen?"

Als er es hatte, griff ich danach, doch er hob es in die entgegengesetzte Richtung und sagte: „Doch nicht beim Fahren."

Ich versuchte ihn noch mit einem „Nicht" aufzuhalten, denn ich wollte gar nicht rangehen, sondern nur wissen, wer mich anrief, aber es war zu spät.

„Ja?", meldete sich Konrad. „Aha ... Aha ... Aha ... wirklich?" Er sah verwundert zu mir herüber. „Gut, ich frage sie. Moment. Lotta, kannst du heute nach Wien Mitte – wo noch mal genau? Ach ja ... kannst du in die Bar vom Hotel Hilton kommen?"

Mit meinen Lippen formte ich: „Wer ist das?", doch weil ich dabei weiterhin auf die Straße sah, verstand Konrad nicht. Ich griff so schnell hinüber und nahm ihm das Handy aus der Hand, dass er nicht reagieren konnte.

„Wer ist da?"

„Peter Hutbauser."

„Du bist aus London zurück?"

„Der Flieger ist gerade gelandet. Können wir uns im Hilton treffen?"

„Wann?"

„In einer Stunde."

„Ja. Bis dann."

Konrad und ich beschlossen, die Votivgarage auf später zu verschieben – soweit ich wusste, war sie die ganze Nacht geöffnet. Während ich mich mit Hutbauser traf, wollte Konrad Krump anrufen und ihm über Adam Fitzpatrick Bescheid geben.

Am Weg nach Hause hielten wir beim Laden eines Handynetzbetreibers und kauften für Konrad ein Prepaidhandy. Danach brachte ich ihn in die Wohnung, aktivierte es, steckte es zum Aufladen an und speicherte sowohl meine als auch Annas, Hannes' und Krumps Nummern ein.

Anna rief ich damit gleich an und hinterließ ihr eine Nachricht mit der Bitte, sie solle kurz nach Konrad sehen, wenn sie heimkäme. Ich bläute ihm ein, niemandem, wirklich gar niemandem außer ihr oder mir die Türe zu öffnen – nicht einmal Krump. Dann ging ich.

Es war das erste Mal, dass ich zwar keine Bedenken wegen seines Gesundheitszustands hatte, ihn alleine zu lassen, mir dafür aber umso mehr Sorgen machte, weil er jetzt genau das tat, was der Mörder mit seinem Drohbrief verhindern wollte. Ob er bereits wusste, dass Konrad im Fall der neuen 21er-Morde ermittelte?

Renate Riedl hatte recht. Wie absurd das Leben manchmal ist – man wird eine Angst los, nur um den freigewordenen Platz mit einer anderen zu füllen.

32.

Den ganzen Weg zum Treffpunkt versuchte ich, diese innere Unruhe zu ignorieren, und überlagerte sie mit der Frage, was es bedeuten sollte, dass Hutbauser mich in einem Hotel treffen wollte? War es nur deshalb, weil es in Gehdistanz zum Flughafenshuttle lag?

Ein Portier in schwarzer Livree und mit Zylinder am Kopf begrüßte mich und öffnete mir die gläserne Eingangstür. Die Lobby war voll mit gestressten Touristen, erschöpften Familien, emsigen Geschäftsleuten, verschleierten Frauen mit ihren unverschleierten Männern und geschäftigen Gepäckträgern – es schien, als wäre der Spätsommer eine der Hauptreisezeiten für Wienbesucher geworden.

In der schummrigen Bar ging es gemächlicher zu, es waren nur drei Tische besetzt, wahrscheinlich würde sie sich erst in ein, zwei Stunden füllen.

Hutbauser saß an einem fast nicht einsichtigen Ecktisch. Er trug ein weißes Hemd und eine schwarze Anzughose, das Sakko hatte er ausgezogen und über einen Stuhl gehängt. Als er aufstand, um mir den Stuhl zurechtzurücken, umwehte mich sein teures Aftershave. Seinen Versuch, galant zu sein, überging ich, indem ich sein frisch rasiertes Lächeln nicht erwiderte, sondern aus der großen Glasfront am entgegengesetzten Ende sah. Sie war so abgedunkelt, dass man glauben konnte, draußen wäre bereits tiefste Nacht, dabei setzte gerade erst die Dämmerung ein.

„Was möchtest du trinken?"

„Espresso."

Er winkte die Kellnerin heran und bestellte. Wir warteten, bis sie mit der weißen Porzellantasse wiederkam.

„Also, wieso konntest du mir nicht am Telefon sagen, wem du erzählt hast, ich sei Konrad Fürsts Tochter?"

„Das ist nicht so einfach ..."

„Dann mach es einfach. Ich habe nicht viel Zeit."

„Die Sache ist die ..." Er lehnte sich vor und stützte sich mit den Ellbogen am Tisch ab.

„Wenn ich dir diesen Namen nenne, was geschieht dann? Ich meine, du hast gesagt, diese Person würde mit diesen Morden in Verbindung stehen. Ich will niemanden in Schwierigkeiten bringen ..."

Er griff nach seinem Glas und sah mich über den Rand hinweg an, während er trank.

„Du kannst selber wählen", bluffte ich und verschränkte meine Finger ineinander, „entweder, du sagst es mir, oder du wirst zu einem Verhör bei der Kripo geladen."

Er lachte und verschluckte sich. Ein paar Tropfen Rotwein landeten auf seinem blitzweißen Hemd. „Ach, ist das alles so ein großes Geheimnis, dass ich deshalb verhört werden soll?"

Er grinste. So wie jemand, der sich sicher fühlte. Sehr sicher.

Ich betrachtete ihn, wie er der Kellnerin ein Zeichen für ein weiteres Glas Wein gab. Dann lehnte er sich zurück und schlug die Beine übereinander. Dieser Mann sah nicht aus wie jemand, der etwas zu befürchten hatte. Ganz im Gegenteil.

„Glaubst du mir überhaupt?", fragte ich.

Seine vom Rotwein blauen Lippen grinsten noch breiter, berechnender, als wollte er mir zu verstehen geben, wie lächerlich die ganze Geschichte für ihn war. Und dann beugte er sich vor und schüttelte genüsslich den Kopf.

„Du hast nie geglaubt, was ich über Konrad und Maria Fiore und über mich erzählt habe, oder? Über die Verbindung zu dem neuen 21er-Mörder..."

Er lehnte sich wieder zurück, fuhr mit der Hand durch seinen frisierten Scheitel.

„Ich bin nicht nur Neurologe, Carlotta. Ich bin auch Psychiater. Die Geschichte mit den Morden finde ich zwar ein bisschen viel, aber sehr kreativ. Und es ist schließlich ganz klar, dass du eine Steigerung gebraucht hast, um mehr Aufmerksamkeit zu bekommen. Unter uns ..." Er bleckte seine Zähne wie ein Raubtier. „Ich habe von Patienten schon ganz andere Geschichten gehört."

„Du meinst, ich habe mir das alles ausgedacht", stellte ich fest. Seine ungerührte Miene war Bestätigung genug. Er war nicht der erste Psychiater, der mich für verrückt hielt.

Hatte er Konrad in meine Obhut entlassen, weil er dafür Anweisungen bekommen hatte? Oder war es, weil wir in flagranti erwischt worden waren?

Als wollte ich seine Theorie bestätigen, legte ich meine Hände auf die Tischplatte. Das Pink des Nagellacks leuchtete gegen den dunklen Untergrund an.

„Ich habe mir die Nägel lackiert. Es ist dieselbe Farbe, die auch die Opfer getragen haben."

„Das wundert mich nicht. Dein Verhalten ist wie aus dem Lehrbuch."

„Aber wenn du das alles über mich weißt, wieso hast du dann verlangt, dass wir uns treffen?"

Er sah mich eine Weile mit festem Blick an, ohne auch nur einmal zu blinzeln. Dann fasste er in seine Brusttasche, holte eine Plastikkarte heraus und schob sie über den Tisch zu mir. Es war ein elektronischer Schlüssel für ein Zimmer im Hotel.

„Weil ich dich wiedersehen wollte."

Ich hob langsam die Augenbrauen, als würde mir das, was er gesagt hatte, gefallen.

„Trotz allem?", fragte ich mit kokettem Unterton.

„Ja. Trotz allem. Du faszinierst mich. Ich denke sehr oft an unsere Begegnung – bevor wir gestört wurden. Und falls du es wirklich wissen willst, es gibt tatsächlich eine Person, der ich deine Geschichte erzählt habe."

Das ‚Geschichte' hatte er so ausgesprochen, als wäre es nur ein anderes Wort für ‚Lüge'.

„Wem hast du …?"

Er schnalzte ein paarmal leicht mit der Zunge und senkte seinen Blick auf den Zimmerschlüssel.

„Das erzähle ich dir. Auf dem Zimmer."

Ich beugte mich über den Tisch, nahm die Karte hoch und klopfte damit auf meine Lippen, als würde ich nachdenken. Dann begann ich mit ihr zu spielen, indem ich sie auf eine Kante stellte und im Kreis drehen ließ.

„Deine Freundin hat gesagt, du diagnostizierst bei mir eine Persönlichkeitsstörung und Wahnvorstellungen", sagte ich.

„Ich kann dir helfen." Er senkte seine Stimme in einen typischen Vertrauen-Sie-mir-ich-bin-Arzt-Tonfall. „Nur, dass du mich richtig verstehst – mir liegt etwas an dir. Ich tue das auch für dich. Deine Mutter war eine der besten Opernsängerinnen der Welt und zweifellos eine außergewöhnliche Persönlichkeit. Und ich kann verstehen, dass es erdrückend war, in ihrem Schatten aufzuwachsen – ganz besonders ab dem Zeitpunkt, als klar war, dass du Schwierigkeiten machst. Aber mit den richtigen Medikamenten wird es dir besser gehen. Viel besser." Er lachte, als wäre es ein gelungener Scherz. „Apropos Schwierigkeiten, wie geht es eigentlich Fürst? Erinnert er sich an irgendwas?"

„Nicht wirklich."

„Ja, das dachte ich mir. Sein Gedächtnis wird nie besser werden als jetzt."

Die Kellnerin brachte ihm das neue Glas und nahm das leere mit. Ich ließ mir nicht anmerken, wie sehr mich seine Worte trafen, sondern nahm die Karte wieder hoch zwischen Zeige- und Mittelfinger.

„Aber es geht hier nicht um ihn. Also, wie würdest du mir helfen?"

Er nahm einen großen Schluck Wein, dann stellte er das Glas beiseite, beugte sich über den Tisch, strich mit seinem Zeigefinger meine Lippen entlang, über meinen Hals, bis zum Schlüsselbein. Ich zuckte nicht zurück, als sein Finger weiter hinunterwanderte.

„Du bekommst die Spezialbehandlung – vom Chefarzt persönlich. Du brauchst mich. Sieh es ein, Carlotta."

Langsam lehnte ich mich zurück und entzog mich so seiner Berührung.

„Du willst mir also helfen? Obwohl klar ist, dass ich ein schwieriger Fall bin?"

„Nicht schwierig. Interessant. Du bist das perfekte Studienobjekt. Und ich möchte dich erforschen – in jeder Beziehung", flüsterte er.

„Weil ich Maria Fiores verrückte Tochter bin?"

Er grinste. „Maria Fiores wunderschöne und sehr aufregende verrückte Tochter. Ich hatte schon immer eine Schwäche für außergewöhnliche Frauen. Und wenn sie dann auch noch als Kaufhausdetektive arbeiten ..."

War er das gewesen? Der Mann, der zweimal bei der Personalleiterin nach mir gefragt hatte? Ich hatte Hutbauser von meinem Job erzählt.

„Eine Kollegin im Möbelhaus hat gesagt, jemand hat mich gesucht. Warst du das?" Er sah mich geschmeichelt an, als hätte ich ihm eben ein Kompliment gemacht.

„Ich war in der Gegend und dachte, ich sehe bei dir vorbei."

„Aber du wusstest doch nicht, wo ich arbeite? Es hätte jedes Möbelhaus in Wien sein können."

„Sagen wir, es war mir eben sehr wichtig, dich zu finden."

„Warum?"

„Ich habe dir doch schon gesagt, dass ich sehr angetan war von unserer kleinen Episode im Besprechungszimmer."

Ich kannte Männer wie ihn. Wie Jäger suchten sie ständig nach dem nächsten Wild, das sie erlegen konnten. Als wäre die Welt nichts anderes als eine dieser widerlichen Jagdsafaris.

Ich grinste ihn an. „Okay. Dann sollst du diese Trophäe bekommen."

„Was meinst du mit Trophäe?", fragte er langsam.

Ich senkte meine Stimme und sah ihn aufreizend an. „Ich meine mich. Ich meine, dass es mir gefällt, wie sehr du mich willst."

Dann griff ich nach seinem Glas und setzte es dort an meine Lippen an, wo er getrunken hatte. Als ich es geleert hatte, gab ich der Kellnerin ein Zeichen, uns zwei Gläser Rotwein zu bringen.

Für jeden Außenstehenden mussten wir wirken, als hätten wir unsere erste Verabredung. Wir tranken Wein, wechselten lüsterne Blicke, ich erzählte Hutbauser Anekdoten über Maria Fiore, lachte zu laut über seine Scherze. Ich ließ zu, dass er nach meiner

Hand griff, sie küsste und mir dabei tief in die Augen sah.

Er saugte jedes Wort von mir auf, als wäre er ein trockener Schwamm und meine Sätze Wasser. Immer wieder schielte er zu dem Zimmerschlüssel, der auf der Tischplatte zwischen uns lag, als wollte er mich auf das Ziel unseres Flirts aufmerksam machen. Als er es zum sicher fünften oder sechsten Mal tat, strich ich mit meinem Fuß seinen Unterschenkel hinauf und flüsterte: „Und du hast kein Problem damit, wenn ich es gerne ein wenig gefährlich habe?"

„Wie gefährlich?"

Ich winkte erneut die Kellnerin heran.

„Wir hätten gerne noch zwei Gläser Rotwein. Und können Sie uns eine der großen Stoffservietten aus dem Restaurant bringen?"

Dann stand ich auf, nahm meine Tasche, streifte mit meiner Hand beim Vorübergehen seinen Oberschenkel und sagte: „Ich bin gleich wieder da."

Als ich nach ein paar Minuten zurückkam, standen bereits beide Gläser am Tisch, und die Serviette lag in der Mitte.

„Wofür brauchst du die?", fragte Hutbauser, nachdem ich mich gesetzt hatte.

Ohne zu antworten, nahm ich sie unter den Tisch, und während ich ihn anlächelte, griff ich in meine Tasche. Ich nahm etwas Schwarzes heraus und wickelte es in den weißen Stoff ein. Dann reichte ich ihm das kleine Bündel.

„Schau hinein. Aber unter dem Tisch."

Er blinzelte verwirrt und legte es sich auf den Schoß. Er öffnete es, und seine Stimme vibrierte, als er sagte: „Ist das dein Slip?"

„Na, auf jeden Fall habe ich ihn auf der Toilette keiner anderen Frau ausgezogen", grinste ich und nahm einen Schluck Rotwein.

„Kein Wunder, dass ich dich nicht aus dem Kopf bekomme ..."

„Und jetzt will ich etwas von dir."

„Du bekommst alles, was du willst, wenn wir auf dem Zimmer sind."

„Nicht so schnell ... ich habe dir doch gesagt, ich mag es gerne gefährlich." Ich fuhr mir mit der Zunge über die Lippen. „Ich will ihn sehen."

„Wen?"

Ich legte ein tiefes Hauchen in meine Stimme, dass sie klang, als käme sie direkt aus einer Sexhotline. „Deinen Ständer. Hier. Und jetzt."

Er kicherte wie ein Schulkind, das zum ersten Mal ein unanständiges Wort hört.

„Rück den Sessel nach hinten, leg dir die Serviette auf den Schoß. Öffne darunter deine Hose und hol ihn raus."

„Aber die Leute ..."

„Du traust dich nicht?"

„Doch ... es ist nur ..."

„Was?"

Er zögerte, als würde er versuchen, an meinem Blick abzulesen, ob ich es ernst meinte. Ohne zu blinzeln, hielt ich seinem Blick stand. Meine Lippen bildeten lautlos die Worte „Zeig ihn mir".

Er sah sich um, und als er schließlich zustimmte, schenkte ich ihm einen Augenaufschlag und stöhnte leise auf.

„Ich werde so tun, als wäre mir etwas runtergefallen. Und wenn ich mich danach bücke, um es aufzuheben, wirst du die Serviette hochheben, damit ich ihn sehen kann."

„Wenn ich wieder hochkomme, werde ich mich neben dich setzen. Und dann ... dann werde ich meine Hand ganz langsam unter die Serviette gleiten lassen ..."

Eilig fasste er nach seinem Glas und leerte es in einem Zug. Rote Flecken hatten sich inzwischen auf seinem Hals gebildet, er atmete ruckartig, getrieben von einer Mischung aus Nervosität und Erregung.

Sehr eilig fasste er mit einer Hand unter den Tisch. Zur Ablenkung fuhr er sich gleichzeitig mit der anderen Hand durch die Haare. Die ganze Zeit ließ er mich nicht aus den Augen, und ich hielt seinem Blick stand. Als er fertig war, schob er seinen Sessel nach hinten.

„Steht er auch?", fragte ich leise.

„Oh, Baby, ich glaub, so wie in den letzten zehn Jahren nicht mehr ..." Ich wischte über die Tischplatte, sah dem imaginären Gegenstand nach, wie er vom Tisch fiel, und machte ein überraschtes „Oh".

Während ich mich bückte, um ihn aufzuheben, fasste ich mit der linken Hand in meine Tasche und umklammerte mein Handy.

Im nächsten Moment hob Peter Hutbauser tatsächlich die Serviette hoch.

Mit einer sehr schnellen Bewegung nahm ich das Telefon aus der Tasche und richtete es auf ihn. Auf der Toilette hatte ich es im Kameramodus so bereitgelegt, dass ich nur noch den Auslöser drücken musste.

„Was war das?", fragte er, als das Blitzlicht den Raum kurz erhellt hatte, und presste sich sofort die Serviette in den Schritt. Doch es war zu spät.

Bevor er überhaupt noch etwas davon mitbekam, hatte ich schon das Foto seines erigierten Penis zur

Sicherung abgeschickt. Konrad würde sich bestimmt über das Foto auf seinem neuen Handy wundern.

„Was ... was hast du gemacht?"

„Ein hübsches Foto", sagte ich und schwenkte mein Handy vor ihm, als ich hochkam. „Ach ja, was ich dich schon die ganze Zeit fragen wollte, sagt dir diese Nummer etwas?"

Bereits auf der Fahrt ins Hotel hatte ich mir die Telefonnummer von Peter Hutbausers Ehefrau Gerda herausgesucht und las nun die Ziffern von meinem Handy ab. Er rückte panisch seinen Sessel vor und mühte sich unter dem Tisch ab, seine Hose wieder zuzubekommen.

Durch den Tumult wurden nun auch einige Gäste auf uns aufmerksam und sahen zu uns herüber.

„Nein, das tust du nicht ...", fauchte er.

„Was wird Gerda wohl sagen, wenn sie ein Foto vom steifen Penis ihres Mannes von einer fremden Handynummer zugeschickt bekommt? Ich freu mich schon auf ihren Anruf."

Er langte über den Tisch und wollte mir das Handy aus der Hand reißen, doch ich war schneller.

„Selbst wenn du dieses Telefon zerstörst, nützt es dir gar nichts. Ich habe das Foto schon an jemanden weitergeschickt. Dann bekommt deine Frau es eben erst später."

Jetzt bekam auch er mit, dass wir von den anderen Gästen beobachtet wurden, er fletschte seine Zähne zu einem nicht vorhandenen Lächeln, winkte ab und sagte leise: „Sie wird gar nicht erkennen, dass ich es bin."

„Doch, das wird sie. Deshalb habe ich gesagt, du sollst den Sessel nach hinten rücken."

Ich lehnte mich zurück und betrachtete das Foto.

„Man sieht zwar nur die Hälfte deines Gesichts, weil die andere Hälfte in diesem Winkel von deiner Erektion verdeckt wird, aber sogar ich würde dich da erkennen." Zur Bestätigung hielt ich das Handy mit dem Display in seine Richtung. Sein Gesicht verzerrte sich für einen kurzen Moment zu einer Fratze, er war hin- und hergerissen zwischen seiner Wut und dem Bemühen, vor den Besuchern der Bar den Schein zu wahren.

„Das wagst du nicht ... ich lass dich einliefern", zischte er.

„Ich wage es genauso, wie du es gewagt hast, mich erpressen zu wollen."

„Was willst du?"

„Das, was ich die ganze Zeit wollte. Wem hast du meine Geschichte erzählt?"

„Oh Gott, du bist wirklich verrückt."

Es reichte, dass ich das Handy hochhob, ich musste gar nichts mehr sagen.

„Meiner Mutter."

„Was?"

„Meiner Mutter, ich habe es meiner Mutter erzählt."

„Wem noch?"

„Niemandem."

„Das glaube ich dir nicht."

„Ich hab dir gesagt, dass ich mit der Stimme von Maria Fiore aufgewachsen bin, weil meine Mutter sie verehrt hat."

„Wenn das nicht stimmt, kannst du davon ausgehen, dass deine Frau das Bild bekommt ..."

„Es ist die Wahrheit."

„Wem hat es deine Mutter erzählt?"

„Niemandem."

„Lüg mich nicht an ..."

„Sie kann es niemandem erzählen ..."

„Warum? Weil die Geschichte so verrückt ist? Etwa so verrückt wie dieses Foto?"

„Nein, sie kann es nicht erzählen, weil sie einen Schlaganfall hatte, als ich 18 war, und seither kann sie weder reden noch schreiben, noch sonst was ..."

„Verarsch wen anderen."

Seine Augen blitzten vor zorniger Verzweiflung, er presste jedes Wort durch seine Zähne. Speicheltropfen flogen durch die Luft wie kleine Geschosse.

„Dann fahr doch in ihr Pflegeheim nach Lainz und sieh sie dir an! Sieh dir die Frau an, wegen der ich diesen Beruf gewählt habe! Ich könnte ihr alles erzählen, und sie würde gar nicht merken, dass ich überhaupt da bin."

Ich hob wieder das Handy hoch, mit dem Finger auf der Senden-Taste, und fixierte ihn. Über sein bebendes Gesicht wanderten Schweißperlen.

„Bitte, es ist die Wahrheit. Lass mich es dir beweisen. Tu das nicht."

Ich musste mich beherrschen, um kein Mitleid mit ihm zu empfinden.

„Du bist ein Idiot", sagte ich, steckte das Handy in die Tasche und stand auf. „Und wer hat dir die Anweisung gegeben, dass Konrad so schnell aus dem Krankenhaus in meine Obhut entlassen werden sollte und nicht erst nach zwei Wochen?"

„Nein, das war nicht ..."

„Wag es ja nicht, mir irgendeine Geschichte reinzudrücken ..."

Wo vorhin noch rote Flecken sein Gesicht bevölkert hatten, war nur noch leicht grünliche Haut zu sehen. Er schluckte. „Es kam ... von der Krankenhausleitung. Irgendein hohes Tier hat es angeordnet. Am Tag nach unserem ... Gespräch ... habe ich davon erfahren."

„War sein Name Krump?"

„Das weiß ich nicht."

„Und das Medikament? War das so beabsichtigt? Alles zu tun und zu riskieren, damit Konrad sich erinnert?"

Er senkte den Blick und nickte.

„Wenn du auch nur ein Mal versuchst, Kontakt mit mir, mit Konrad oder sonst jemandem in meiner Umgebung aufzunehmen, veröffentliche ich dein Foto", sagte ich, drehte mich um und ging Richtung Ausgang. Mein ganzer Körper zitterte so sehr, dass ich Mühe hatte, das Gleichgewicht zu halten. Erst als ich durch die Drehtür ins Freie trat, konnte ich wieder normal atmen.

Der Portier bedeutete auf meine Bitte einem Taxifahrer vorzufahren. Ich nannte die Adresse, rutschte tief in den Sitz und starrte aus dem Fenster. Die ganze Heimfahrt fühlte ich mich wie betäubt.

Als ich die Wohnung aufsperrte, war es völlig still. Es war erst 22 Uhr, trotzdem lief weder der Fernseher noch war sonst ein Geräusch zu hören.

„Konrad?" Keine Antwort. „Konrad, bist du da?"

Ich klopfte an die Tür zu seinem Schlafzimmer. Weil er sich nicht meldete und ich damit rechnete, dass er bei Anna war, öffnete ich. Doch ich hatte mich geirrt. Da lagen zwei eng umschlungene Menschen auf Konrads Bett.

Im ersten Moment wollte ich die Tür sofort wieder zuziehen.

Aber dann sah ich im schwachen Lichtschein, der vom Flur hineinfiel, dass beide vollständig bekleidet waren. Eine Weile blieb ich stehen und betrachtete sie.

Konrad hatte seine Arme um Anna gelegt, sie ihr Gesicht in seiner Brust vergraben. Sehr leise, um sie nicht zu wecken, zog ich die Tür wieder zu.

Ich versuchte die Einsamkeit, die meine Eingeweide hochkroch, zu ignorieren und ging ins Wohnzimmer. Um an nichts mehr denken zu müssen, fuhr ich meinen Laptop hoch, öffnete den Browser und gab einen Namen in das Feld der Suchmaschine ein: Adam Fitzpatrick.

33.

Ein Klingeln drang aus weiter Ferne zu mir. Ich hob den Kopf und stöhnte auf. Die Muskeln in meinem Hals waren so verkrampft, als hätte ich in einem Schraubstock gelegen. Alles tat mir weh. Meine Wimpern klebten aneinander, und meine rechte Gesichtshälfte war vollkommen taub. Ich war im Sitzen mit der Wange auf der Tastatur eingeschlafen.

Die halbe Nacht hatte ich mich durch unzählige Internetseiten gescrollt. Aber über Adam Fitzpatrick hatte ich trotz intensivster Suche so gut wie nichts Brauchbares gefunden. Lediglich ein paar alte Fotos, auf denen er mit Golfschläger in der Hand und dunkelblondem Haarschopf siegessicher in die Kamera blickte, und etliche Berichte über seine Platzierungen bei Golfturnieren. Nichts über sein Privatleben.

Ich streckte mich, knetete meine eingeschlafene Wange und blinzelte gegen das helle Sonnenlicht, das beim Fenster hereinfiel, an. Da war wieder das Klingeln. Ich hatte es nicht geträumt. Es kam von der Wohnungstür.

„Moment", rief ich und stolperte ins Vorzimmer. „Wer ist da?"

„Post. Eingeschriebener Brief für Fiore."

Ich schob das Sicherheitsschloss zur Seite und öffnete.

„Unterschreiben", murrte der alte Postbote und hielt mir eine Art leuchtende Fernbedienung entgegen.

„Wo?"

„Am Display. Hab keinen Stift. Mit dem Fingernagel."

Ich wollte ihm noch Trinkgeld geben, aber er ging schon davon. Wer schickte mir einen eingeschriebenen Brief?

Während ich noch die Tür schloss, hörte ich hinter mir Schritte und gedämpfte Stimmen aus Konrads Zimmer.

Anna trat als Erste heraus.

Sie sah verschlafen und zerknittert aus, strahlte mich aber so glücklich an, wie ich sie schon lange nicht mehr erlebt hatte. Sie kam auf mich zu und gab mir links und rechts und noch mal links einen Kuss auf die Wange.

„Ich kümmere mich ums Frühstück", sagte sie, dann verschwand sie in die Küche. Ihr ausgezogener weinroter BH hatte sich mit dem Verschlusshaken hinten in ihrem Hosenbein verfangen, und sie zog ihn wie eine Leine hinter sich her.

Konrad war in der Tür zu seinem Schlafzimmer stehen geblieben. Seine Haare standen zu Berge, und er sah genauso müde aus wie Anna. Anscheinend hatten die beiden die Nacht ebenfalls nicht durchgeschlafen.

„Sie ist ... ich bin ...", sagte er, mit einer Hand auf den Stock gestützt, mit der anderen sich verlegen am Kopf kratzend.

Dass Anna und er trotz der Umstände und nach allem, was Konrad durchgemacht hatte, zueinandergefunden hatten, machte mich bei seinem Anblick absurd glücklich.

Er schien es von meinem Gesicht abzulesen, denn er fing mit einem Mundwinkel an zu grinsen und versuchte es zu verbergen, indem er seinen Kopf abwandte, als würde er etwas außergewöhnlich Interessantes am Parkettboden betrachten.

„Wer war denn an der Tür?", fragte er peinlich berührt.

„Nur Post. Ein eingeschriebener Brief."

Er schaute hoch. Ich verstand seinen aufgeregten Blick nicht und sah ihn fragend an.

„Ist es das Ergebnis? Vom DNA-Test?", fragte er.

Auch wenn er keine Erinnerungen an die Vergangenheit mehr hatte – was das Kurzzeitgedächtnis anging, schien Konrads besser zu funktionieren als meines.

Ich schaute auf das Kuvert, es war weiß, kein Absender, mein Name und die Adresse daraufgedruckt. Der diskrete DNA-Test – damit niemand sah, was man da bestellt hatte.

„Ich glaube, ja."

„Gut. Mach ihn auf."

Er hatte es bestimmt gesagt, ohne eine Spur von Angst in seiner Stimme. Aber wieso sollte er auch, für ihn stand nichts auf dem Spiel, außer einer Tochter, an die er sich sowieso nicht erinnerte. Kein Schmerz, keine Verzweiflung, keine Erinnerungen.

In diesem Moment, mit dem Brief in der Hand, dachte ich an Hutbausers Worte, dass Konrads Zustand so bleiben und sein Gedächtnis nie mehr zurückkommen würde. Und da beneidete ich Konrad um seine Amnesie. Vielleicht war sie für jemanden mit seiner Geschichte gar nicht so schlimm. Vielleicht war sie eine Gnade.

„Mach ihn auf", wiederholte er.

Ich löste eine Ecke und schob meinen Zeigefinger dazwischen. Es war ein Gefühl, als würde er festklemmen, so wenig konnte ich ihn bewegen. Ich zog den Finger wieder heraus und streckte Konrad das Kuvert entgegen. Ohne zu zögern, nahm er es und riss es auf.

Ich schloss die Augen. Mein Herz klopfte in meinen Ohren, in meinem Mund, in meinen Fingern.

„Was ist der Maria-Fiore-Ring?"

„Der ... was?" Ich öffnete wieder die Augen, nahm ihm den Brief ab und las.

Sehr geehrte Frau Carlotta Fiore, liebe Freundin!

Die Kulturabteilung der Stadt Wien möchte Sie hiermit herzlich zur ehrenvollen Überreichung des Maria-Fiore-Rings ins Wiener Rathaus einladen.

Die Ehrung erhält die Sopranistin Barbara Kusminowa. Wir wären Ihnen dankbar und sehr verbunden, wenn Sie dazu sowohl ein paar Worte über Ihre herausragende Mutter Maria Fiore, deren Tod in der Opernwelt eine nie zu schließende Lücke hinterließ, als auch über die unschätzbare Bedeutung des Maria-Fiore-Rings an die Festgäste richten ...

Ich überflog die restlichen Zeilen. Wie es aussah, wollten die Veranstalter nach dem Skandal, der an dem Ring haftete, auf Nummer sicher gehen und ein Riesenevent aus der Verleihung machen. Sowohl meine als auch die Anwesenheit bedeutender Persönlichkeiten der Opernwelt sollte den Ring wieder reinwaschen. Der Termin war in drei Monaten.

Ich ließ den Brief sinken. Natürlich stand da kein Wort über die erste und bisher einzige Preisträgerin, da mit ihrem Namen ein unauslöschlicher Skandal verbunden war. Und natürlich auch nichts darüber, dass der Ring seit deren Tod nicht wieder verliehen worden war, da man „Gras über die Sache" wachsen lassen wollte.

Meine Hoffnung, dass aus dem Gras ein undurchdringbarer Urwald werden würde, hatte diese Einladung zerstört.

„Der Ring ist eine Auszeichnung für außergewöhnliche Leistungen einer Sopranistin. Es gibt nur einen, und er wird von der auserwählten Opernsängerin bis zu ihrem Tod getragen", sagte ich. Den Brief zerriss ich in immer winzigere Vierecke.

„Du gehst nicht hin?"

Ich schüttelte den Kopf.

„Warum nicht?"

Ich stopfte die Papierschnipsel in meine Hosentasche.

„Wir haben noch Zeit, bis Fannys Unterricht bei Jana Schneider beginnt. Möchtest du vorher in die Votivgarage?", überging ich seine Frage.

„Was verheimlichst du, Lotta?"

„Nichts."

„Lotta ..."

Anna kam aus der Küche, ich nutzte den Moment und sagte: „Ich rufe Martin an und sage ihm, dass er heute nicht kommen soll", obwohl ich wusste, dass sein Termin erst morgen war. Dann ging ich in mein Schlafzimmer, schloss die Tür und lehnte mich dagegen. Verliebtes Geflüster, gemischt mit albernem Kichern, war aus dem Vorzimmer zu hören. Ich würde gerne sagen, dass ich Konrad und Anna nicht stören wollte und deshalb ins Bad statt zu ihnen ging. Aber das wäre gelogen.

Das heiße Wasser der Dusche prasselte auf mich herunter, mein Körper krümmte sich in lautlosem Schluchzen. Denn als ich Konrad mit Anna gesehen hatte, war mir etwas klargeworden. Der DNA-Test war ein Fehler. Wenn er ankam, musste ich ihn sofort verschwinden lassen, weil das Ergebnis für Konrad nicht dasselbe bedeutete wie für mich. Nicht mehr. Den alten Konrad gab es nicht mehr.

Und ich wusste, dass ich ihm nie die ganze Wahrheit sagen durfte. Er hatte die Chance auf ein neues Leben bekommen.

Ich dachte an Hannes und was er dazu sagen würde, wenn er wüsste, was ich gestern mit dem Chefarzt gemacht hatte. Und ich dachte an Regina Steindl. Und an mein Gefühl, dass es nur eine Frage der Zeit war, bis ich Hannes an sie verlieren würde. Vielleicht hatten wir bestenfalls noch ein, zwei Jahre. Aber es würde passieren. Irgendwann.

Ich konnte ihm keinen Vorwurf machen. Es war zu meinem seeleneingravierten Muster geworden, dass ich niemanden wirklich an mich ranließ. Und mir immer wieder Fluchtmöglichkeiten und dazu jemanden wie Moritz Riedl suchen würde. Und das nicht nur deshalb, weil er durch seine Vergangenheit genauso verkorkst war wie ich.

Ich drehte den Wasserhahn ab und trat aus der Dusche. Beim Blick in den Spiegel fasste ich einen Entschluss. Wenn das alles vorbei wäre, dann würde ich mit Konny fortgehen und alles – wirklich alles – hinter mir lassen.

„Du hast eine Stunde, dann müssen wir los zu Jana Schneider", sagte ich und lenkte Konrads VW auf einen Parkplatz in der Votivgarage. Wir befanden uns im ersten Tiefgeschoss, am anderen Ende des Platzes, an dem vor 30 Jahren Alfred Riedl mit der Leiche der 14-jährigen Tamara Huber gefunden worden war. Konrad stieg aus, aber ich blieb sitzen. Mir war die Kraft ausgegangen.

Aus dem Seitenspiegel verfolgte ich, wie er in die Richtung, die ich ihm genannt hatte, humpelte. Wir hatten nicht mehr über die Verleihung des Maria-Fiore-

Rings gesprochen. Vielleicht hatte er es auch schon wieder vergessen.

Ich wartete, bis er aus meinem Blickfeld verschwunden war, dann drehte ich das Radio auf. Es war ein kläglicher Versuch, mich abzulenken. Er funktionierte nicht. Im Gegenteil. Also drehte ich wieder ab und schloss die Augen.

Keine Ahnung, wie viel Zeit vergangen war, als ich die quietschenden Reifen hörte. Ihr hohes Geräusch schmerzte sogar durch die geschlossenen Fenster. Das mussten zwei oder drei Autos sein, die da mit Riesentempo in die Garage fuhren. Ich stieg aus, um etwas sehen zu können.

Das Blaulicht war der Vorbote des Polizeiwagens, der im nächsten Moment um die Ecke schoss. Dahinter folgte ein Auto, das ich nur zu gut kannte. Es war Hannes' Dienstwagen. Im Vorbeifahren sah ich ihn, Steindl saß auf der Beifahrerseite. Für den Bruchteil einer Sekunde trafen sich unsere Blicke.

Im Auto dahinter war Krump. Er hatte jemanden auf der Rückbank, den ich aber nicht erkennen konnte.

Ich lief los, und während ich mich dem damaligen Fundort näherte, hörte ich das Quietschen der Bremsen, die Schreie der Beamten: „Keine Bewegung", und dann Krumps langes gedehntes „MIIIIIIIST" durch die Garage hallen.

Einer der Polizisten hatte eine Waffe auf Konrad gerichtet, der am Rücken auf dem Steinboden lag, ein Bein seitlich angewinkelt, das andere ausgestreckt, die Arme über dem Kopf. Neben ihm lag das Foto der toten Tamara Huber, das er mitgenommen hatte. Ihre und seine Position waren exakt gleich.

„Verdammt, Konrad, was tust du hier?", fluchte Krump.

„Lasst Konrad in Ruhe." Erst jetzt bemerkten sie mich. Hannes und Steindl standen hinter Krump, neben dem Auto wartete Krumps Sohn Florian. Er war es, den ich am Rücksitz nicht erkannt hatte.

„Was tun Sie hier?", fragte Krump und gab den Polizisten ein Zeichen, ihre Waffen wieder einzustecken.

„Wonach sieht es denn aus?", fauchte ich zurück und deutete auf Konrad.

Krump seufzte. „Es kam ein Anruf von diesem Garagenkerl, er hat einen Verrückten mit der Überwachungskamera gesehen. Schon nach dem ersten Mord hat er Anweisungen bekommen, auf alles Verdächtige in der Nähe dieser Stelle hier zu achten ..."

„Na großartig, ganz toll, Krump."

Ich ging an den anderen vorbei zu Konrad und half ihm auf. Als ich ihm unter den Arm griff, verzog er kurz schmerzverzerrt das Gesicht – anscheinend ließ die Wirkung der Spritze, die Anna ihm gegeben hatte, nach.

„Warte hier, ich hole das Auto", sagte ich und ging ohne ein weiteres Wort davon.

Schritte folgten mir. An ihrer kurzen aufgeregten Abfolge wusste ich, dass es Krump war. Ich ging schneller.

„Fiore."

„Haben Sie schon meinen Vertrag fertig?", rief ich über meine Schulter, in der Hoffnung, ihn so zu vertreiben.

„Bleiben Sie stehen."

„Gehen Sie schneller."

„Haben Sie Neuigkeiten?"

„Nein. Dass wir gestern nach Ihrem Besuch eine Katastrophe bei Sarah und Adam Fitzpatrick verhindert haben, hat Ihnen Konrad sicher schon erzählt."

„Was? Nein, er hat nichts gesagt. Was ist passiert?"

Jetzt blieb ich doch stehen. Er wurde totenbleich, als ich ihm erzählte, was vorgefallen war. Ich dachte schon, er wäre wirklich betroffen, als er sich ans Herz griff und sagte: „Oh Gott, jetzt wird die mich tausendprozentig verklagen!"

Ich stöhnte auf und ging weiter, er folgte mir bis zum Auto.

„Sie müssen mich darüber in Kenntnis setzen, was Sie tun, Fiore!"

In der Hoffnung, ihn dadurch endgültig loszuwerden, fragte ich: „Was machen Sie überhaupt hier? Sollten Sie als Polizeichef nicht in irgendeinem Büro sitzen? Oder können Sie dann Ihren Sohn nicht mehr bewachen?"

Erschrocken sah er hinter sich.

„Was? Haben Sie Angst, jemand hört uns?"

„Nicht hier! Im Wagen", zischte er, öffnete die Beifahrertür und setzte sich hinein, noch bevor ich dagegen protestieren konnte.

„So wichtig ist es mir nun auch nicht", sagte ich, als ich ebenfalls eingestiegen war. Alleine auf engstem Raum mit Krump hatte etwas davon, eine Spinne über seinem Bett zu entdecken – es war ekelhaft, aber ungefährlich.

„Wegen Ihres Vertrags ... es gibt etwas, über das wir uns erst einigen müssen", sagte Krump.

Ich wusste zwar, dass es keine Rolle mehr spielte, da ich diesen Job sowieso nicht mehr wollte, aber Krump wäre der Letzte gewesen, dem ich das gestanden hätte. Also spielte ich das Spiel weiter.

„Vergessen Sie es, Krump. Entweder der Vertrag, oder ich bin draußen. Und mit mir Konrad."

„Im Vertrag wird stehen, dass Sie Konrads Assistentin sind."

„Das ist ein Scherz, oder?"

„Nein, ist es nicht! Sie verstehen das nicht ..."

„Wissen Sie, was ich nicht verstehe, Krump? Wieso legen Sie so viel Gewicht auf Konrads Ermittlung vor 30 Jahren?"

Krump sah mich an, sein Blick wurde ernst. „Sie kannten ihn damals nicht. Konrad war nicht nur der beste, er war auch der gewissenhafteste Kriminalkommissar, den Sie sich vorstellen können. Riedl wird jetzt nicht nur kopiert, seine DNA wird als Hinweis bei den Leichen hinterlassen. Und da laut den Forensikern dafür kein Mithäftling in Frage kommt, ist der einzig logische Anhaltspunkt für dieses Verhalten in Riedls Vergangenheit zu finden."

„Warum kommt kein Mithäftling in Frage?"

„Er hatte so gut wie keinen Kontakt zu den anderen Insassen, das bestätigt auch die psychologische Betreuung, die er in der Haft hatte. Es muss etwas anderes sein. Und darüber weiß niemand so viel wie Konrad. Zumindest theoretisch. Glauben Sie mir, er hätte Riedl nicht ohne Grund nach einem halben Jahr im Gefängnis besucht."

„Konrad hilft bei diesem Fall. Gut. Aber wenn mein Vertrag nur auf ihn hinausläuft, was ist dann? Ich meine, wenn das hier vorbei ist ..."

Krump wandte den Blick ab, und ich verstand.

„Ach, das ist es. Sie wollen mich nur, solange Sie Konrad brauchen können?"

„Nein. Das ist es nicht. Um Sie wirklich in die Polizei einzugliedern, brauche ich mehr Zeit. So einfach geht das nicht."

„Aha. Es geht nicht so einfach, wie dem Leiter des Allgemeinen Krankenhauses die Order zu geben, Konrad zu entlassen und so mit Medikamenten vollzustopfen, dass er fast durchdreht?", bluffte ich.

Er sah so ertappt drein, dass ich wusste, ich hatte ins Schwarze getroffen. Und das machte mich richtig wütend. Also drückte ich meinen Daumen auf seine einzige Wunde, von der ich wusste.

„Eine Sache würde mich noch interessieren, Krump. Wieso schleppen Sie die ganze Zeit Ihren Sohn mit? Damit Sie seinen Drogenkonsum im Auge behalten können?" Krump zuckte zurück. „Hat das was mit Ihrer neuen Position als Polizeichef zu tun? Planen Sie als Auftakt eine Anti-Drogen-Kampagne mit ihm als Vorbild? Kommt er deshalb überall mit?"

Ich dachte, er würde gleich losbrüllen. Stattdessen wurde sein Kopf leuchtend rot, und sämtliche Adern traten wie kleine Geländeerhebungen auf einer Landkarte auf seinem Gesicht hervor. Ich ließ den Motor an, parkte aus und fuhr vor zu Konrad. Die Polizisten waren fort, Konrad redete mit Hannes, Regina Steindl saß bereits im Auto.

Bevor Krump ausstieg, sagte er: „Wenn Sie mir drohen wollen, dann sind Sie definitiv beim Falschen gelandet." Er hatte versucht, sehr bestimmt zu klingen, aber mir war das Geholpere in seiner Stimme nicht entgangen.

„Und wenn Sie depperte Spielchen spielen wollen, dann sind *Sie* definitiv bei der Falschen gelandet", sagte ich.

Er verließ den Wagen mit einem donnernden Türknallen. Alle sahen zum Auto, ich wich ihren Blicken aus, indem ich auf die Uhr sah.

Wir waren spät dran. Ich lehnte mich nach hinten, um mein Handy aus der Tasche zu holen und Fanny eine SMS zu schreiben, dass sie nicht alleine in Jana Schneiders Wohnung gehen sollte, als es an meiner Fensterscheibe klopfte.

Hannes sah mich durch das Glas an. Und mit jeder Umdrehung, mit der ich die Kurbel betätigte, um das Fenster herunterzulassen, schien mein Herz stärker zu klopfen. Es fühlte sich an, als wäre eine Ewigkeit vergangen seit dem letzten Mal, als er und ich uns nahe gewesen waren.

„Wie geht es dir?", fragte Hannes. Ich war so perplex, dass ich nicht wusste, was ich sagen sollte. Durch die Windschutzscheibe sah ich, wie Konrad sich von Krump verabschiedete und auf das Auto zukam.

„Es geht. Und dir?"

„Es ist anstrengend." Er wirkte fast schüchtern. „Lotta, ich ..."

Auf der Beifahrerseite stieg Konrad ächzend ein und ließ sich auf den Sitz fallen. Ich wollte schon sagen, wir müssen jetzt fahren, da griff Hannes ins Wageninnere und legte seine Hand auf meine.

„Ich versuche, heute Abend nach Hause zu kommen, Lotta. Wir müssen reden. Ich kann das so nicht. Nicht mehr."

34.

Konrad und ich saßen im Auto, direkt vor der Haustür von Jana Schneider, und warteten auf Fanny.

Ohne sie auf die Entfernung richtig erkennen zu können, wusste ich bereits, dass sie die kleine Gestalt war, die die Straße entlangkam. Und das nicht wegen ihrer Größe oder der Art, wie sie ging, sondern wegen des schwarzen Mantels, in den sie gehüllt war und der am Boden streifte. Mit jedem Schritt reflektierte der samtene Stoff das Sonnenlicht.

„Wir können aussteigen, sie ist da", sagte ich und deutete auf die Straße.

Er folgte meinem Zeigefinger.

„Dieses Kind ist wirklich ungewöhnlich."

„Allerdings", sagte ich und öffnete die Autotür.

Fanny begrüßte uns so stürmisch, als wäre sie erleichtert, uns doch noch lebend anzutreffen.

„Ist dir nicht heiß in dem Mantel?", fragte Konrad, nachdem sie ihn losgelassen hatte.

Sie stellte den Mantelkragen hoch, er reichte ihr bis zum Kinn. „Eleganz ist Verweigerung. Das hat schon Coco Chanel gesagt. Und ich verweigere, meinen Kleidungsstil den Temperaturen anzupassen. Mir war heute nach ein bisschen Dramatik ..."

„Na dann", sagte ich und drückte auf den Klingelknopf.

Auf dem Weg durchs Treppenhaus fing Fanny aufgeregt an zu plappern. Sie erzählte irgendetwas von einem Casting und einer Einladung, die sie heute bekommen hatte, aber ich hörte ihr nicht richtig zu. Konrads linke Schulter machte ihm wieder Probleme, ich wollte ihn stützen, aber er verzog bei jedem meiner

Griffe so schmerzverzerrt das Gesicht, dass ich schließlich aufgab.

„Wollt ihr nicht schon vorgehen, ich lass mir einfach ein bisschen Zeit."

„Okay. Wir lassen die Tür zu Jana Schneiders Wohnung offen, und du rufst, wenn du uns brauchst."

Er nickte, und Fanny und ich gingen ohne ihn die Treppen hoch.

„Probt sie gerade für das *Phantom der Oper*?", fragte mich Jana Schneider, als sie die Tür geöffnet und Fanny an ihr vorbei in die Wohnung gelassen hatte.

Ich zuckte mit den Schultern und deutete hinter mich. „Es kommt noch jemand. Wir würden Sie gerne wieder über Alfred Riedl befragen."

„Mein Lieblingsthema", sagte sie sarkastisch.

Das Klatschen zweier Kinderhände unterbrach uns.

„Bitte, können wir beginnen? Ich muss in einer halben Stunde gehen. Ich habe später noch ein Casting und muss vorher nach Hause, um mich umzuziehen."

Fanny stand in der Tür zum Wohnzimmer. Sie hatte den Mantel abgelegt und zeigte stolz auf ihren grellorangen Alptraum von Rüschenkleid, der mit gigantischen Puffärmeln aus Tüll ausgestattet war. Jetzt verstand ich, warum Fanny sich in den Mantel gehüllt hatte. Ich konnte nur erahnen, wie eine Schule voller Halbwüchsiger so ein Kleid kommentierte.

„Das habe ich extra für Sie angezogen", strahlte das Mädchen Jana Schneider an.

„Das ist gut, Kind, sehr gut", meinte die Schauspielerin, ballte die Hände zu Fäusten wie der Coach eines Boxers und ging auf Fanny zu. „Du bringst dich ein und probierst aus. Brava. Nur tu mir bitte einen Gefallen." Sie nahm Fannys Fliehkinn zwischen Zeigefinger und

Daumen. „Wenn du nicht willst, dass ich blind werde, komm bitte nie wieder in diesem Kleid."

„Es ist grässlich, nicht wahr?", jauchzte Fanny erfreut. „Sie haben mir gestern gesagt, ich soll für die Rolle der Salome Pockerl etwas finden, das so richtig..."

„Gestern?", fiel ich ihr ins Wort.

„Bitte, Lotta, jetzt keine Szene." Fanny hielt mir sehr divenhaft ihre Handflächen entgegen. Doch mir war nicht mehr nach Scherzen zumute.

„Du warst gestern hier?"

„Ich war doch schon vor dem Haus, als wir telefoniert haben. Ach komm, jetzt chill deine Basis", sagte sie unbekümmert. Mit meinem wütenden Blick zeigte ich Fanny, was ich davon hielt. Dann sagte ich zu Jana Schneider: „Ich warte hier. Wir reden, wenn Sie fertig sind."

„Du kommst nicht rein?", fragte Fanny und ließ die Hände sinken.

„Nein, ich komme nicht rein."

„Aber ..."

„Mich interessiert dein Aber nicht."

Ich drehte ihr den Rücken zu und bewegte mich nicht mehr, bis ich hörte, wie Jana Schneider mit Fanny ins Wohnzimmer verschwunden war. Obwohl ich wahrscheinlich die Letzte war, die ein Recht dazu hatte, war ich stinksauer auf Fanny. Es machte mir weniger etwas aus, dass sie mich belogen hatte. Viel schlimmer zu ertragen war ihr Leichtsinn. Und während ich ihre Stimme durch die geschlossene Tür hörte, wie sie in ihrer Schauspielszene von Johann Nestroy vor sich hin jammerte, dass niemand die roten Haare mochte, fragte ich mich, ob wir uns in diesem Punkt nicht viel ähnlicher waren, als ich wahrhaben wollte.

Weil ich Konrad sowieso nicht helfen konnte und ich ihn nicht stressen wollte, blieb ich in der Wohnung.

Ich lehnte mich an einen der meterhohen weißen Vorzimmerschränke. Er gab nach – es war ein Mechanismus, der die Schranktür öffnete, wenn man dagegendrückte.

Der muffige Geruch, der sich durch den kleinen Spalt verbreitete, war atemberaubend. Ich hielt die Luft an und sah hinein. Darin befanden sich sicher 20 Theaterkostüme, mit so großen Löchern, dass eine ganze Mottenkolonie sie verursacht haben musste. So rasch ich konnte, wollte ich den Schrank wieder schließen, aber es ging nicht. Immer wieder sprang die Tür auf. Je stärker ich dagegendrückte, desto mehr schien sich der Mechanismus zu entriegeln.

Im selben Moment, als Konrad die Wohnung betrat, wurde die Wohnzimmertür geöffnet, und Jana Schneider streckte ihren Kopf daraus hervor. „Was ist denn das für ein Lärm?", fragte sie.

„Ich bekomme die Schranktür nicht zu."

„Das wundert mich nicht. Ich habe eine Woche gebraucht, bis ich sie endlich schließen konnte, deshalb habe ich sie seither auch nie wieder geöffnet. Und das war 1994."

Mit vereinten Kräften von Konrad, Jana Schneider, Fanny und mir hatten wir es nach einer halben Stunde geschafft. Jana Schneider hatte sich geweigert, einen Blick in den Schrank zu werfen. „Darum sollen sich meine Erben kümmern."

Und somit war auch Fannys Schauspielstunde zu Ende, da sie noch nach Hause musste, um sich für ihr Casting umzuziehen. Was ich, nebenbei bemerkt, für eine wirklich gute Idee hielt, denn mit diesem Kleid würde sie jeden noch so wohlgesonnenen Menschen abschrecken.

Sie schlüpfte in ihren Mantel und wisperte dabei mit Konrad. Ich konnte nicht verstehen, was sie sprachen, aber Fanny sah kurz zu mir und schüttelte dann den Kopf.

Dann ging sie hinüber zu Jana Schneider und knickste vor der Schauspielerin, als wäre sie auf einer Bühne nach der Vorstellung.

Als sie Konrad umarmte, flüsterten sie wieder. Dieses Mal konnte ich es teilweise verstehen. Er bot ihr an, noch kurz auf uns zu warten.

„Wir brauchen wirklich nicht lange. Sollen wir dich nicht doch fahren?", fragte er.

Fanny tat unbekümmert. „Mit der Rostlaube unten? Nein danke, da möchte ich lieber nicht mit – ich habe vor, meinen nächsten Geburtstag noch zu erleben."

Doch ich kannte sie inzwischen gut genug, um zu wissen, dass sie das nur wegen mir sagte. Ohne sich von mir zu verabschieden, verließ sie die Wohnung.

Konrad und ich folgten Jana Schneider in ihr Wohnzimmer. Wieder war das Betreten dieses Raums wie der magische Eintritt zurück in die Siebzigerjahre. Ich nahm auf dem orangefarbenen Plüschhocker Platz, Konrad setzte sich in den Korbstuhl. Er versank so in dem knarrenden Möbel, dass ich hoffte, er würde auch wieder hochkommen.

„Alfred Riedl also wieder", sagte Jana Schneider und ging zu dem braunen Hängeschrank, schob ihn auf und nahm drei Gläser heraus. Sie fragte nicht, ob wir etwas trinken wollten, sondern mixte gleich mit der Routiniertheit eines Barkeepers drei Wodka-Martinis. Als sie Konrad sein Glas hinstellte, fragte sie: „Wer sind Sie überhaupt?"

„Konrad Fürst, ich war damals bei den Ermittlungen beteiligt, als Dr. Riedl überführt wurde."

Kommentarlos drückte Jana Schneider mir den zweiten Wodka-Martini in die Hand. Dann setzte sie sich auf ihre pfefferminzgrüne Couch.

„Dann reden wir mal Tacheles. Was wollen Sie denn noch wissen?", fragte sie.

Sie nahm ihr Glas hoch und nippte daran. Konrad sah mich ratlos an, als hätte er vergessen, warum wir hier waren.

„Die Gartenparty", versuchte ich ihm auf die Sprünge zu helfen, doch sein Gesichtsausdruck blieb unverändert. Also übernahm ich.

„Dieser Bub, den Riedl mit seiner Zigarre verbrannt hat. Wissen Sie, wer das war?"

Jana Schneider senkte ihren Kopf, ihr roter Dutt wurde gefährlich schief, als sie leicht nickte.

„Und wer?", fragte ich nach, als sie nichts sagte.

„Das wird Ihnen nicht weiterhelfen. Sein Name war Peter Blaukranz", sagte sie traurig.

„Wer ist das?", fragte Konrad nach.

„Peter Blaukranz war ein erfolgreicher junger Maler. Er hat sich vor sechs oder sieben Jahren im Drogenrausch vom Balkon gestürzt. Dachte, er kann fliegen." Wieder nippte sie am Glas.

„Gibt es sonst noch etwas, das Sie uns sagen können über diese Gartenparty?", mischte sich Konrad nun ein. Anscheinend war es ihm wieder eingefallen, warum wir gekommen waren.

„Nichts, das ich nicht schon gesagt habe."

„Und Riedls Geliebte? War vielleicht eine auf der Party, die sich merkwürdig verhalten hat?"

Sie legte den Kopf in den Nacken, der Dutt rückte wieder gerade.

„Hm. Also, wenn Sie mich so fragen. Wenn sich dort jemand merkwürdig verhalten hat, dann war das seine Frau. Ja. Riedls Frau."

„Inwieweit?"

„Ich bin mir nicht mehr so sicher. Da war irgendwas mit einem Streit mit ihr, bevor ich ins Poolhaus abgerauscht bin."

„Und wer hat sich gestritten?"

„Die Riedls. Also das Ehepaar. Ich habe es nur am Rande mitbekommen, aber es war anscheinend sehr ungewöhnlich. War doch immer alles so perfekt bei denen."

„Vielleicht ist es das. Vielleicht ist das der Hinweis?", fragte ich in Konrads Richtung.

„Welcher Hinweis?", fragte die Schauspielerin.

„Ich soll nach Jana suchen", sagte ich.

„Können Sie mir jetzt bitte endlich sagen, von wem Sie diesen mysteriösen Hinweis erhalten haben?"

Da nun Kims und Adam Fitzpatricks Affäre heraußen war, sah ich keinen Grund mehr, es ihr zu verheimlichen. „Ihr Name war Kim."

„Ich kenne keine Kim."

„Doch. Das ist der Name von Alfred Riedls asiatischer Adoptivtochter", sagte ich.

„Wirklich?"

Die Schauspielerin presste erstaunt die Lippen aufeinander und öffnete sie erst, um einen weiteren Schluck Wodka-Martini durchzulassen. „Und wie kommt die auf mich?", fragte sie schließlich.

„Das wüssten wir auch gern", sagte ich und stand auf, um Konrad aus dem Stuhl zu helfen.

„Na, das war ja nicht sehr erfolgreich", sagte ich, als wir wieder im Auto saßen. Weil die Sonne daraufgeknallt hatte, war es nicht nur unerträglich heiß, es stank auch nach billigem Plastik. Ich kurbelte mein Fenster herunter und steckte den Schlüssel ins Zündschloss, drehte ihn aber nicht um. „Und was machen wir jetzt?"

Konrad hob den linken Arm, wahrscheinlich wollte er sich den Schweiß von der Stirn wischen, doch er zuckte vor Schmerz zusammen.

„Sollen wir kurz zu Anna, damit sie dir eine Spritze gibt?" Obwohl schon bei der Nennung ihres Namens ein glücklicher Ausdruck über sein Gesicht huschte, schüttelte er den Kopf.

„Vor Kims Selbstmord, hast du da mit Sarah Fitzpatrick über ihren Exmann gesprochen?", fragte er.

Ich lehnte mich über ihn und kurbelte sein Fenster ebenfalls herunter.

Warme Luft zog durch das Wageninnere.

„Ja, ich hab sie gefragt, ob sie jemals einen Verdacht hatte. Sie hat gesagt, sie wusste von nichts, hat ihrem Mann immer alles geglaubt, das war die Basis ihrer Ehe."

Konrad atmete hörbar aus.

„Möchtest du jetzt zu einem weiteren Fundort von damals?", fragte ich.

Er kniff die Augen zusammen und drehte sich zu mir. Anscheinend war der Schmerz in seiner Schulter sehr viel schlimmer, als er zugab, denn seine Bewegung war so hölzern, als wäre er eine Marionette.

„Lass uns pokern", sagte er.

„Wie bitte?"

„Pokern", wiederholte er.

„Meinst du bluffen?"

„Angenommen, du hast einen Verdacht, ein Indiz, das nicht bestätigt wurde. Aber du konfrontierst die Beteiligten, als wären alle deine Informationen bombenfest abgesichert."

Ich war versucht, ihn zu fragen, an was er sich noch erinnerte, tat es aber nicht.

„Und mit wem sollen wir pokern?"

„Lass uns zu Sarah Riedl fahren."

„Bist du sicher, dass das eine gute Idee ist ... ich meine, nach der Sache gestern?"

„Ich bin mir sicher, dass das nächste Opfer sehr bald gefunden wird. Und je mehr Informationen wir vorher bekommen, umso besser. Ich will mehr über diesen Streit wissen."

Vielleicht war es eine Vorahnung, dass ich Moritz Riedl bei seiner Mutter treffen würde. Vielleicht zog sich deshalb mein Magen immer mehr zusammen, je weiter wir in den 13. Bezirk mit seinen Villen, schmiedeeisern umzäunten gepflegten Vorgärten und Statussymbolautos vordrangen. Vielleicht war mein Widerwille aber auch nur dadurch begründet, weil ich es furchtbar fand, Sarah gerade jetzt wieder zu konfrontieren. Oder zu pokern, wie Konrad es nannte.

Ich wusste, dass er recht hatte. Diese Schattenseite des Berufs hatte ich in meiner kleinen Möbelhaus-Detektivkammer verdrängt, wenn ich mich nach dem aufregenden Leben bei der Polizei gesehnt hatte.

Die Straße war bis auf zwei Autos vor der Villa der Riedls leer. Als wüsste jeder, was hier geschehen war, und wollte nicht einmal mehr sein Auto in der Nähe dieser unheilvollen Frau abstellen.

Eines der Autos war der schwarze Audi von Renate Riedl. Das andere ein sicher zehn Jahre alter dunkelgrüner Volvo, von dem ich vermutete, dass er Moritz gehörte.

Ich stieg aus, Konrad schälte sich mühsam aus dem Sitz und stöhnte bei jeder Bewegung verhalten auf. Wie es aussah, war er jetzt an dem Punkt, vor dem Anna gewarnt hatte – seine Schulter war nun so entzündet, dass jede Bewegung Schmerzen verursachte.

Ich wollte ihm helfen, doch er hielt mich zurück. Also ging ich zum Tor. Obwohl es einen Spalt offen stand, läutete ich. Die Tür zur Riedl-Villa wurde geöffnet, jemand trat heraus.

Es war Moritz, er rief etwas ins Haus, das ich, bis auf meinen Namen, nicht verstehen konnte. Dann kam er durch den Vorgarten zum Tor.

Ich hatte mit Primar Hutbauser geflirtet, mir seinen erigierten Penis zeigen und ihn meinen Busen berühren lassen. Und trotzdem hatte ich dabei nur sehr bedingt so etwas wie ein schlechtes Gewissen gegenüber Hannes gespürt.

Doch das hier war anders.

Das zögernde, warme Lächeln, als Moritz Riedl mich ansah, machte mich schwindlig. Er wurde plötzlich langsamer, in seinen Blick mischte sich Skepsis. Ich drehte mich um. Konrad hatte es endlich geschafft, auszusteigen, und stand bei mir. „Wer ist das?", flüsterte Konrad mir zu.

Ich warf einen Blick über meine Schulter zurück zum Haus. Weil Moritz nur mehr drei Meter von uns entfernt war, antwortete ich nicht, sondern begrüßte ihn.

„Es tut mir leid, Moritz, wenn wir dich und deine Mutter stören – wir wären nicht gekommen, wenn es nicht sehr wichtig wäre."

Ich streckte ihm meine Hand entgegen. Er hielt sie einen Augenblick länger, meine Haut begann zu kribbeln.

„Das ist Konrad Fürst", stellte ich Konrad vor. „Du müsstest ihn eigentlich noch kennen. Er war damals in dem Team, bei den Ermittlungen um deinen ..."

Es fühlte sich falsch und taktlos an, in diesem Moment seinen Vater zu erwähnen, und ich sprach nicht weiter. Moritz schüttelte Konrad die Hand. Er lächelte entschuldigend: „Sie müssen verzeihen, ich kann mich nicht an Sie erinnern."

„Sie waren ja damals auch fast noch ein Kind. Wie alt sind Sie gewesen?"

Moritz Riedl vergrub seine linke Hand in der Hosentasche seiner Jeans, er versuchte, lässig zu sein, aber ich merkte, wie nervös ihn dieses Thema machte. „Ich war 13."

„13", wiederholte Konrad. „Kein leichtes Alter."

Moritz legte den Kopf ein wenig schief. Er betrachtete Konrad nachdenklich und strich sich dabei mit dem Zeigefinger der rechten Hand über die Narbe auf seiner Wange, als wollte er sich vergewissern, dass sie noch da war. „Warten Sie, doch, ich glaube, ich weiß, wer Sie sind."

„Das ist schön", sagte Konrad, als wären wir nur mal kurz wegen der guten alten Zeiten vorbeigekommen.

„Was kann ich für Sie tun?", fragte Moritz. Seine Aufmerksamkeit war bei Konrad, trotzdem warf er mir immer wieder kurze Seitenblicke zu.

„Sie haben es vielleicht gehört, die Polizei hat mich bei den neuen Mordfällen um Hilfe gebeten."

„Nein, habe ich nicht. Ich versuche zurzeit absichtlich, einen großen Bogen um das alles zu machen." Er scharrte mit seinem Fuß einen Stein aus dem Rasen, es hatte etwas liebenswert Unbeholfenes, als wäre dieser verzweifelte 13-Jährige noch sehr viel mehr in ihm vorhanden, als es den Anschein hatte. „Gibt es denn schon Neuigkeiten?"

„Aus diesem Grund sind wir gekommen. Es tut mir leid, aber wir müssen wieder mit Ihrer Mutter sprechen."

Er sah erschrocken hoch. „Nein, bitte, das geht nicht, es geht ihr sehr schlecht."

„Ich verspreche, es dauert nicht lange. Sie können natürlich dabei sein", sagte Konrad. Moritz wollte etwas erwidern, doch Konrad ließ ihn nicht zu Wort kommen: „Außerdem ist es in diesem Fall sicher besser, dass wir hier mit ihr sprechen und sie nicht aufs Kommissariat kommen muss."

Er hatte es so bestimmt gesagt, dass Moritz Riedl schließlich einwilligte. Er ging voraus zum Haus, wir waren schon fast beim Eingang, als er sich zu mir umdrehte und fragte: „Lotta, kann ich dich kurz sprechen?"

„Natürlich."

„Gut, ich komme gleich wieder, ich bringe Herrn Fürst nur hinein."

Ich wollte schon widersprechen, dass ich bei dem Gespräch mit Sarah Riedl dabei sein wollte, doch Konrad nickte mir zu und verschwand hinter Moritz im Haus. Ich setzte mich auf die oberste Steinstufe und zog die Beine an.

Wenn man von der Geschichte der Familie und der eigenwilligen Architektur des Hauses absah, war das hier ein friedlicher Ort. Ein paar Rosenbüsche blühten rosa, gelb und rot, ein hölzernes Vogelhäuschen schaukelte im Apfelbaum. Ich fragte mich, wie es war, in dieser Nobelbezirk-Idylle groß zu werden und zu erleben, wie der Traum der heilen Welt in tausend Scherben explodierte.

Moritz kam wieder heraus und setzte sich neben mich. Es fühlte sich seltsam vertraut an. Seine Stimme klang weich und samten, als er sagte: „Schon merkwürdig. Da wünsche ich mir die ganze Zeit, dich wiederzusehen. Aber dass es unter diesen Umständen geschieht, habe ich mir nicht gedacht."

Er griff zwischen uns, an einer Stelle hatten sich ein paar Grashalme durch den Beton gekämpft und ihn mit kleinen Rissen gesprengt. „Es ist mir ein bisschen peinlich, aber ... meine Schwester hat mir gebeichtet, dass sie dich angerufen hat. Sie hat dir eine Nachricht hinterlassen."

„Ich weiß. Ich hab gestern ihre Stimme erkannt."

„Was hat sie gesagt?", fragte Moritz.

„Sie haben ihn nicht verdient", sagte ich mit hoher Stimme, und er lachte leise.

„Meine Güte. Es tut mir leid, Nate ist da so ... es ist auch nicht gerade ideal, wenn sie ihre Medikamente mit Alkohol mischt."

„Es ist wegen der Eden-Bar, nicht wahr? Macht sie mich dafür verantwortlich ... für den Wodka?"

„Was? Nein!" Er senkte seine Stimme. „Wenn sie das wüsste, wäre ich nicht hier, sondern auf Alkoholentzug in Kalksburg. Einmal kleiner Bruder, immer kleiner Bruder, sogar mit 43. Also, nein, das ist es nicht. Es ist ... etwas anderes. Ich habe ihr ... etwas anderes erzählt."

Ich wollte ihm sagen, dass er zu reden aufhören sollte, aber sein entschlossener Blick hielt mich davon ab.

„Ich habe Nate gesagt, dass ich mich verliebt habe. Ich habe mich in Carlotta Fiore verliebt, und ich kann nichts dagegen tun. Ich kann an nichts und niemand anderen mehr denken."

Ich glaube, manchmal im Leben kommt man nicht an einen Punkt, sondern es ist umgekehrt. Der Punkt kommt zu einem. Und alles Grübeln und Überlegen, alle Überzeugungen und Abwägungen zerplatzen wie zu stark aufgeblasene Luftballons. Und plötzlich ist alles ganz klar.

In dem Moment, als mir Moritz Riedl sagte, dass er sich in mich verliebt hatte, begriff ich, dass nicht er es war, der mich nervös machte.

Es war die Vorstellung von ihm.

Es waren die Möglichkeiten, die er mir bot.

Ich konnte jemand anderes sein. Ganz neu anfangen, ohne meine Vergangenheit. Musste mich nicht mit Hannes auseinandersetzen. Nicht an Regina Steindl denken. Und nicht mit den Fehlern, die ich gemacht hatte, klarkommen. Ich konnte wieder die unverwundbare Lotta sein, die das Leben im Griff hatte – nicht umgekehrt. Zumindest könnte ich wieder so tun, als ob.

Ich wollte diese Worte nicht von ihm hören. Er war mir in seiner Zerbrochenheit näher als viele andere, und mich berührte das, was ich in ihm auslöste. Doch die Wahrheit war, ich wollte diese Worte nur von einem einzigen Mann hören.

Dem Mann, den ich von mir weggestoßen hatte, aus Angst und Dummheit und Verbitterung. Es war derselbe Mann, der da gewesen war und Tränen in den Augen gehabt hatte, als unser Sohn seinen ersten Schrei von sich gab. Der Mann, der mich in den unzähligen Nächten, die ich wegen Konrad durchweinte, in seinen Armen gehalten hatte. Der Mann, der mich gefragt hatte, ob ich ihn heiraten wollte. Und obwohl ich wusste, dass es zu spät war und ich Hannes durch meine eigene Schuld verloren hatte, und ich wusste, dass ich ihn gehen lassen musste, wollte ich keinen weiteren Fehler mehr machen. Ich war oft genug fortgelaufen, hatte mich mit Männern abgelenkt, nur um keinen Schmerz zu spüren.

„Moritz", begann ich und sah ihn an.

„Ja?"

Ein markerschütternder Aufschrei, gefolgt von einem Poltern aus dem Haus, ließ uns gleichzeitig zusammenfahren. Ich sprang auf und rannte hinein. Denn es war Konrad, der geschrien hatte.

35.

Auf dem edlen, dunkelrot gemusterten Perserteppich neben der Couch saß Sarah Fitzpatrick auf Konrad. Oder besser, sie lag auf ihm. Anscheinend hatte sie sich auf ihn gestürzt und zu Boden gerissen, beide Hände fest in seinem Hemd verkrallt. Moritz stürzte zu seiner Mutter und zerrte an ihren Schultern. Doch er schaffte es nicht, sie loszubekommen. Konrads Hals war merkwürdig verrenkt, er hatte die Augen verdreht und sah aus, als würde er jeden Moment ohnmächtig werden.

Die Zeit schien zu gefrieren, und bevor mir überhaupt klar war, was ich da sagte, schrie ich: „LASSEN SIE MEINEN VATER LOS!"

„Was?"

„LASSEN SIE MEINEN VATER LOS!"

Sarah Fitzpatrick war so überrascht, dass sie ihre Hände von Konrad löste und zu mir hochsah. Man hätte eine Stecknadel fallen hören können, so ruhig war es plötzlich – als hätten alle aufgehört zu atmen.

Moritz packte eine Hand seiner Mutter und zog sie hoch. Ich half ihm, Sarah Fitzpatrick auf die Couch zu setzen.

„Helft mir auf, bitte", keuchte Konrad und drehte sich zur Seite. Moritz wollte ihm unter den linken Arm greifen, aber ich hielt ihn noch rechtzeitig davon ab. Zu zweit brachten wir Konrad auf die Knie und schließlich in den Stand. Ich hob seinen Stock auf, er zitterte am ganzen Körper.

„Geht es dir gut?", fragte ich.

„Geht schon", krächzte er.

„Wir bringen Sie zu Ihrem Auto", sagte Moritz. Er ging ein paar Schritte neben Konrad, da schluchzte seine Mutter von hinten auf. Unschlüssig blieb Moritz stehen, sah gestresst zwischen seiner Mutter und Konrad hin und her.

„Mama, bitte, beruhig dich doch."

Seine Aufforderung zeigte keine Wirkung. Im Gegenteil. Sarah Fitzpatricks Ausbruch steigerte sich in Hysterie, und sie fing an, nach Luft zu schnappen. Moritz sah mich hilfesuchend an.

„Bleib bei ihr. Wir schaffen es schon alleine", sagte ich. Konrad humpelte, er hatte große Schmerzen.

„Was war denn los?", fragte ich, als wir aus dem Haus traten.

Er blieb stehen, sein Stock rutschte ihm aus der Hand, und er suchte bei mir Halt.

„Jana aus Kims Brief – es ist nicht Jana Schneider", sagte er leise.

„Woher weißt du das?"

„Zuerst habe ich sie nach Frau Schneider gefragt, der Schauspielerin. Da war sie ganz normal. Sie hätten sich ein paarmal getroffen, es waren nette Begegnungen. Wir haben über sie geplaudert, ich hab so getan, als wüsste ich den Vornamen nicht. Sie hat gesagt, er sei Jana."

„Und dann?"

„Ich habe gesagt, diese Jana meine ich nicht. Ich meine eine andere Jana. Und über diese andere Jana würde ich gerne mit ihr sprechen. Da wurde sie nervös. Also habe ich weitergemacht. Und gesagt, ich wüsste alles über Jana. Und da ist sie plötzlich aufgesprungen und auf mich losgegangen."

Ich brachte Konrad zum Auto und setzte ihn hinein. Bei jeder auch noch so kleinen Bewegung seines linken Arms wurde er ein bisschen blasser. Mühsam kramte er aus seiner Hosentasche den zerknüllten gelben Post-it-Zettel, auf den er die vier Ziffern geschrieben hatte, und sein Handy. Er hielt es mir entgegen. „Kannst du ... Heinz für mich anrufen?"

Ein verzweifelter „Mama, bitte"-Schrei aus dem Haus ließ uns zusammenfahren. Rasch suchte ich Krumps Nummer heraus, wählte für Konrad und reichte ihm das Telefon.

„Ich bin sofort wieder da", sagte ich. Er nickte, und ich lief zurück ins Haus.

Sarah Riedl lag gekrümmt auf der Couch, in ihren Händen zwei dünne blonde Haarbüschel, die sie sich ausgerissen hatte. Auf ihrer Kopfhaut tränkte das Blut ihren goldenen Haaransatz.

„Nein ... nein ... es ist meine Schuld, alles meine Schuld ...", weinte sie ununterbrochen. Moritz war aufgelöst, versuchte seine Mutter mit immer wiederholtem „Mama" zu beruhigen, aber sie schien ihn gar nicht zu hören.

„Hast du deinen Bruder angerufen?", fragte ich. Erst jetzt registrierte er mich, stammelte: „Er ist ... mit Nate ... im Restaurant ..."

„Ruf ihn an", sagte ich, ging zu Sarah Fitzpatrick und beugte mich über sie. Ihre Wunden am Kopf bluteten stark, waren aber zum Glück nicht größer als ein Cent-Stück. Als ich mich umdrehte, hatte Moritz schon das Zimmer verlassen.

Ich hatte keine Ahnung, was ich tun sollte. Eilig ging ich zur Tür, die in den Garten führte, und riss sie auf. Es war überflüssig, aber ich öffnete auch jedes einzelne Fenster. Die heiße Luft strömte ins ohnehin schon heiße Zimmer. Vielleicht war auch nur mir heiß. Sarah Fitzpatricks Jammern wurde leiser, schlug um in ein verrücktes Brabbeln. Zuerst dachte ich, es wären nur Laute, doch dann erkannte ich ganze Wörter in dem Wirrwarr.

„Konnte nicht ... konnte nicht ... alles ... Babys ..."

Ich ging wieder zurück zur Couch, ihre Augen starrten ins Leere.

„Was konnten Sie nicht, Sarah?"

„Konnte nicht ... konnte nicht ... meine Strafe ..."

„Was denn?"

Ihr Blick wanderte durchs Zimmer und stoppte beim Türrahmen. Ich drehte mich um. Da stand Moritz, das Handy in der Hand. Er sah mit einer Mischung aus Wut, Trauer und Scham auf seine Mutter.

„Was konnten Sie nicht?", wiederholte ich und sah sie wieder an. Sie hatte die Augen geschlossen.

„Lass uns draußen warten", sagte Moritz leise.

„Sarah?", fragte ich, aber sie antwortete nicht. Ihr Atem war gleichmäßiger, ihre Augenlider flatterten leicht, als würde sie träumen. Ich folgte Moritz aus dem Zimmer. Er schloss die Tür hinter mir und lehnte sich dagegen, als wollte er sichergehen, dass sie nicht mehr aufging.

Dabei hielt er sein Handy so fest umklammert, dass die Fingerknöchel wie weiße Schneekuppen hervortraten. Ohne dass ich ihn fragte, sagte er:

„Nimm sie nicht ernst. Sie ist verrückt. Das war sie schon immer."

„Was hat sie gemeint? Was ist ihre Schuld?"

„Sie hat diesen Wahn – war schon immer überzeugt, dass mit meinem Vater ist alles ihre Strafe. Weil sie ... wir haben ihr schon tausend Mal gesagt, dass sie sich das einredet." Er lockerte den Griff um das Handy, seine Schultern sackten herunter.

„Was denn?", fragte ich sanft.

„Sie hatte postnatale Depressionen. Sie denkt, alles ist ihre Schuld. Gottes Strafe, weil sie ihre Babys nicht lieben konnte. Unsere Mutter hat uns früher nicht besonders gemocht."

Moritz sah zu mir, er bemühte sich um ein müdes Lächeln. Langsam nahm er seine Hand hoch und berührte meine Wange. Als wäre ich sein Spiegelbild, streichelte er die Stelle, an der er seine Narbe hatte, entlang. Ich sagte: „Jemand sollte bei ihr bleiben, bis dein Bruder kommt", und trat einen Schritt zurück. Sein Finger verharrte in der Luft. „Wenn du willst, kann ich bleiben", sagte ich. Sein Blick zeigte keine Reaktion. Schließlich trat er zur Seite und ließ mich wieder zu ihr ins Zimmer.

Konrad saß am Beifahrersitz, als ich 15 Minuten später aus dem Haus trat. Victor war gekommen, und ich hatte ihn gleich mit seiner schlafenden Mutter allein gelassen. Moritz stand mit einer Hand auf die geöffnete Autotür gestützt, mit der anderen auf der rostigen Karosserie und redete mit Konrad.

„Ein Mal die Woche", hörte ich Moritz, als ich nah genug war, „und jetzt fange ich wieder bei Tag null an." Er erzählte Konrad von den Anonymen Alkoholikern.

„Bleiben Sie dran, Moritz. Sie haben schon so viel durchgestanden ...", sagte Konrad so vertraulich, dass ich dachte, auch wenn er sich nicht mehr an den 13-jährigen Moritz Riedl erinnern konnte, musste doch noch etwas in seinem Unterbewusstsein von der Begegnung damals hängengeblieben sein.

Moritz bemerkte mich und sah zu mir. Er deutete an, ob ich noch kurz mit ihm abseits reden wollte, doch ich schüttelte den Kopf. Das war nicht der richtige Ort und vor allem nicht der passende Zeitpunkt. Ich deutete mit Daumen und kleinem Finger einen Telefonhörer an und spürte seinen enttäuschten Blick, als ich um den Wagen herumging und mich hinter das Steuer setzte. Konrad fing an, etwas in Moritz' Richtung zu murmeln.

„Was sagst du?", fragte ich.

„Wie geht das? Gib mir die Gelassenheit ... Dinge hinzunehmen ... die ich nicht ändern kann ... Mut zu ändern, was ich ändern kann ...", wiederholte Konrad lauter.

„Was ist das?", fragte Moritz.

„Ich weiß es nicht, es ist mir eben bei unserem Gespräch eingefallen..."

„Wir müssen los." Ich ließ den Motor an.

Moritz drückte sanft die Tür der Beifahrerseite zu, dann beugte er sich runter und sah durchs Fenster. Ich lächelte ihn entschuldigend an, er hob die Hand und winkte.

Wir fuhren los. Moritz blieb stehen und sah uns nach. Er hörte nicht auf zu winken, bis er im Rückspiegel als kleiner Punkt in der Entfernung verschwand.

„Über was habt ihr gesprochen?", fragte ich.

„Ich habe ihn nach Jana gefragt. Der Name sagt ihm nichts. Er weiß auch nicht, wieso seine Mutter darauf so reagiert hat."

Die Ampel vor uns begann zu blinken, ich beschleunigte, um sie noch zu erwischen. Doch ich hatte mich verschätzt. Als ich bei ihr ankam, sprang sie bereits von Gelb auf Rot, und ich musste die Handbremse hochreißen, damit der Wagen zum Stehen kam. Die Reifen quietschten, und Konrad neben mir stöhnte schmerzerfüllt auf. Gegen seinen Protest nutzte ich die Rotphase und rief Anna an.

Sie war noch nicht zu Hause, wollte aber sofort nach Dienstschluss kommen, um nach seiner Schulter zu sehen.

Ich wollte schon auflegen, doch sie hielt mich auf.

„Ach, übrigens, als ich gegangen bin, hat ein Kurierdienst ein Kuvert für dich abgegeben. Ich habe es übernommen und bei euch eingeworfen. Der Absender ist ein DNA-Labor."

Ich bedankte mich und beendete unter dem Vorwand, dass die Ampel gleich auf Grün schalten werde, rasch das Gespräch. Aus dem Augenwinkel linste ich zu Konrad, ob er irgendwas mitbekommen hatte. Doch er sah aus dem Fenster und schien ganz in Gedanken versunken zu sein.

Der Weg hinauf in die Wohnung war mühsam, Konrad hatte große Schmerzen.

Als ich die Wohnungstür aufsperrte, sah ich den Brief des DNA-Labors sofort. Er lag auf dem Parkettboden, mitten am Weg. Ich stürzte vor und ließ ihn in meiner Tasche verschwinden. Erst dann half ich Konrad herein.

Während er sich aus seinem Sakko schälte und in die Richtung seines Zimmers humpelte, ging ich in die Küche, um ihm etwas zu essen zu machen. Doch als ich mit belegten Broten zurückkam, hatte er sich schon auf sein Bett gelegt und war eingeschlafen. Ich zog ihm die Schuhe aus, deckte ihn zu und küsste ihn auf die Stirn. Sein rechter Mundwinkel zog sich in die Höhe.

Dann verließ ich das Zimmer und schloss die Tür hinter mir. Draußen wurde es bereits dunkel.

Ich holte meine Tasche und setzte mich auf die Couch. Mit zittrigen Fingern nahm ich das Kuvert heraus. Mein Herz klopfte so energisch, als hätte es in meinem Brustkorb nicht genug Platz.

„DNA-Labor Josefstadt" stand in dicken schwarzen Buchstaben auf dem blütenweißen Umschlag, daneben als Logo eine graue Doppelhelix – so viel zum Thema Diskretion.

Ich riss ein kleines Stückchen des Papiers auf. Mir wurde schlecht, mein ganzer Körper fühlte sich an wie eine einzige Verhärtung. Die Tränen bemerkte ich erst, als sie mir über den Hals ins Dekolleté liefen. Ich konnte es nicht. Und ich wollte diesen Brief auch nicht öffnen und wissen, was darin stand. Vielleicht später, irgendwann einmal. Aber nicht jetzt.

Ich weiß nicht, wie lange ich so dagesessen hatte, bis ich dieses Geräusch hörte. Eine Melodie, ein Glockenspiel. Das war ein Handy. Aber es war nicht meines. Das musste Konrads sein. Ich sprang von der Couch, stopfte den Brief in die Esstischlade und lief ins Vorzimmer.

Es kam aus Konrads Sakko, das er über einen Stuhl geworfen hatte. Ich hob es hoch und zog das Handy heraus. Die Nummer am Display kannte ich.

Mit „Krump" hob ich ab.

„Geben Sie mir Konrad", sagte er grußlos.

„Er schläft", antwortete ich leise und ging zurück ins Wohnzimmer.

„Dann wecken Sie ihn. Es ist wichtig."

„Was ist passiert?"

„Wecken Sie ihn."

„Bin ich jetzt seine Assistentin, oder bin ich es nicht?" Krump schnaufte genervt.

„Ich muss ihm etwas über den Hinweis sagen, den er uns gegeben hat."

„Was für ein Hinweis?"

„Sie wissen nichts davon? Oh ja, Fiore, Sie sind wirklich eine brillante Assistentin."

Ich setzte mich wieder auf die Couch und legte Konrads Sakko neben mich. „Wenn Sie mit ihm reden wollen, melden Sie sich morgen wieder."

Krump schnaufte hörbar.

„Konrad hat mich heute angerufen und gesagt, ich soll rausfinden, ob eine Jana ohne Nachnamen am 31. Juli vor Riedls Festnahme aktenkundig wurde. Seine Zahlen. Er hat auch irgendwas von einem Sommerfest erzählt. Klappt noch nicht alles so da oben, hm?"

Ich überging seinen gehässigen Kommentar. Konrad hatte mir nichts davon gesagt. Die Ziffern. 3107. 31. Juli. War es vielleicht das Datum des Sommerfests, von dem Jana Schneider erzählt hatte?

„Und? Ist sie?"

„Nein. Nichts."

„Was hat er Ihnen genau gesagt? Dass er sich erinnert?"

„Nein. Er hat gesagt, es ist eine Vermutung, wegen dieser angeblichen Jana. Woher hat er das überhaupt?"

„Haben Sie auch das Jahr nach Riedls Festnahme überprüft?", überging ich seine Frage.

„Natürlich."

„Ist das alles? Dafür sollte ich Konrad wecken? Damit Sie ihm sagen können, es gibt keine Neuigkeiten?"

Krump murmelte etwas, das ich nicht verstehen konnte, dann legte er auf. Ich wollte Konrads Handy wieder in sein Sakko zurückstecken und zog es zu mir herüber. Es roch nach ihm. Wie nah er mir war. Und dabei doch so fern.

Mit dem Handy in der Hand griff ich in die Sakkoinnentasche. Ein Stück Papier berührte meine Haut. Ich nahm es heraus. Es war der gelbe Zettel, auf dem Konrad in seiner krakeligen Schrift die vier Ziffern aufgeschrieben hatte. Drei. Eins. Null. Sieben.

Mein Blick blieb an dem Zettel haften. Es dauerte eine Weile, bis ich es sah.

Da stand nicht drei, eins, null, sieben. Die Abstände waren zwar so gering anders, aber es war trotzdem erkennbar.

Konrad hatte eine Drei geschrieben. Dann war ein kleiner Abstand. Als Nächstes eins und null. Enger zusammen. Also zehn. Dann wieder ein kleiner Abstand. Und am Schluss kam die Sieben.

Ich nahm Konrads Handy und drückte auf Krumps Nummer.

„Konrad?"

„Nein."

„Was wollen Sie, Fiore?"

„Überprüfen Sie dasselbe noch mal. Aber dieses Mal ändern Sie das Datum. Auf dritter Oktober. Und die Jahreszahl beginnt mit sieben." Dann legte ich auf.

Es ist grausam, auf einen Anruf zu warten, der nicht kommt. Dazusitzen und zu hoffen. Und noch schlimmer wird es, wenn man nichts anderes zu tun hat.

Es gab keine Ablenkung. Mittlerweile waren zwei Stunden vergangen, es war kurz nach 23 Uhr. Krump hatte nicht zurückgerufen. Und auch Hannes hatte sich nicht gemeldet, ich nahm nicht an, dass er noch vorbeikommen würde.

Ich tigerte durch die Wohnung, setzte mich vor den Computer, aber nur, um in der nächsten Minute aufzuspringen und den Fernseher einzuschalten. Sofort schaltete ich ihn wieder ab, holte mein eigenes Handy, vielleicht hatte Krump dort zurückgerufen und ich hatte es überhört. Doch er hatte nicht. Keine Nachricht.

Jemand klopfte an die Wohnungstür. Ich erschrak so sehr, dass ich fast von der Couch fiel.

Mit der Erwartung, Hannes zu sehen, öffnete ich. Doch da stand Anna.

„Lotta, was ist denn los?"

„Ich warte auf einen Anruf." Als ich es aussprach, merkte ich, dass da noch mehr war. Irgendetwas Undefinierbares versetzte mich in Alarmbereitschaft.

„Kann ich was für dich tun?", fragte sie.

„Nein, es ist ... ich weiß auch nicht. Wahrscheinlich der ganze Stress." Sie nickte müde und unterdrückte ein Gähnen.

„Das versteh ich. Weißt du was, ich sehe nur mal schnell nach Konrad. Und dann können wir ..."

Ich winkte ab. „Nein, danke. Ich glaube, er braucht dich dringender." Sie lächelte, verschwand in seinem Zimmer und kam nicht mehr heraus.

Ich hatte das Gefühl, durchzudrehen, und das Schlimmste war, dass ich jetzt nicht einmal wusste, warum.

Vielleicht war es der Alkohol, von dem sich mein Körper entwöhnte, vielleicht auch nur der ganze Stress. Auf jeden Fall war ich in diesem Moment erleichtert, dass ich den Wodka weggekippt hatte.

Ich wollte einen neuen Versuch starten, im Internet etwas über das Datum, das ich Krump genannt hatte, herauszufinden, als mein Handy läutete.

„Moritz" stand am Display.

Einen Moment war ich versucht, abzuheben und das, was nicht begonnen hatte und nie beginnen würde, zu beenden. Aber ich stoppte im letzten Augenblick, mit meinem Finger über der Annahmetaste schwebend. Nicht, weil ich es nicht tun wollte. Sondern weil ich zu unruhig war, um dieses Gespräch zu führen.

Ich legte das Handy zur Seite, eine ankommende SMS verkündete, dass er mir eine Nachricht auf der Mobilbox hinterlassen hatte. Ich hörte sie nicht ab.

Der rosa Nagellack auf meinen Nägeln leuchtete mir entgegen, ich wollte ihn nicht mehr tragen, ihn einfach nur loswerden. Als ich mit Entferner den letzten Nagel von der Farbe befreit hatte, läutete mein Handy wieder, die Nummer kannte ich nicht. Ich wollte den Anruf schon wegdrücken, aber sie kam mir irgendwie bekannt vor. Also hob ich doch ab.

„Ist Fanny bei Ihnen?"

„Wie bitte?"

„Fanny, meine Tochter, ist sie bei Ihnen?" Die Stimme von Fannys Vater überschlug sich, er hatte Schnappatmung, weinte fast.

„Nein. Sie ist nicht bei mir."

„Sie ist nicht nach Hause gekommen. Und ich kann sie nicht erreichen."

„Seit wann?"

„Ich ... weiß nicht. Ich bin vor einer halben Stunde vom Abenddienst gekommen."

„Ich rufe Sie gleich wieder an."

Ich legte auf, wählte Fannys Nummer. Ohne zu klingeln, sprang ihre Mobilbox an. Und während mir die glockenhelle Stimme von Fanny a cappella ‚You just call out my name, and you know, wherever I am, I will call you, I will call you back' ins Ohr sang, wusste ich, dass etwas Schreckliches passiert war.

5. Interview

Endlich. Das Casting.

Meine Güte, war sie aufgeregt. Das kannte sie so gar nicht von sich. Eigentlich war sie doch sonst ein richtiger Theaterhase, der die Nerven behielt, wenn alle anderen um sie herum vor Lampenfieber ausflippten.

Aber das hier war anders.

Sie hatte nämlich einen Verdacht, wofür dieser spezielle Termin war. Sie hatte vergessen nachzufragen, als sie diese exklusive Einladung zum Casting auf der hellgoldschimmernden Karte persönlich überreicht bekommen hatte. Doch dann hatte sie sofort in der ersten Schulstunde heimlich unter dem Tisch in ihrem Handy gegoogelt. In zwei Monaten sollten in Wien die Dreharbeiten zu einem Spielfilm über Maria Theresias Kindheit starten. Und dafür wurde noch die Hauptdarstellerin gesucht, Alter 12 bis 14.

Davon hatte sie schon gehört. In der Wiener Oper gab es einige aus dem Kinderchor, die deshalb ganz aus dem Häuschen geraten waren. Sie hatte auch überlegt, sich zu bewerben, es dann aber wieder verworfen. Solche großen Rollen wurden nicht über Bewerbungen besetzt. Da musste man schon bekannt sein oder wen kennen. Oder man hatte wie sie das Glück, eine Hauptrolle in der Wiener Oper zu singen. Denn dann war es nicht ungewöhnlich, darüber weitere Rollen zu bekommen. Nur reichte es den Besetzungschefs oder Regisseuren normalerweise, sie in einer Vorstellung zu sehen, um ihr ein Angebot zukommen zu lassen. Bis jetzt waren das aber nur andere Musikproduktionen und einmal eine winzige Rolle in Arthur Schnitzlers Professor Bernhardi im Burgtheater.

Wenn es um eine Rolle im Film ging, war das natürlich etwas anderes. Da musste man ganz anders spie-

len. „Die Kamera sieht alles – du kannst sie nicht belügen", hatte Jana Schneider zu ihr gesagt, als sie ihr davon erzählt hatte. „Also wirf dich in Schale und sei du selbst. Sie können dich nicht lieben, wenn sie dich nicht sehen."

Darum hatte sie ihr schönstes Kleid angezogen.

Das mit den langen dunkelroten Samtärmeln, die die Form von Trompeten hatten. Es war ihr eigentlich viel zu groß, aber mit dem breiten braunen Ledergürtel, den sie zwei Mal um ihren schmalen Körper wickelte, klappte es.

Ihr Vater bekam immer ganz feuchte Augen, wenn er sie in diesem Kleid sah. Und musste dann dringend irgendwas in einem anderen Zimmer erledigen.

Das Kleid hatte ihrer Mutter gehört. Sie trug es nur, wenn es einen besonderen Anlass gab. Einen wirklich besonderen.

Ihre Mutter war gestorben, da war sie gerade vier Jahre alt gewesen.

Und obwohl sie nicht mehr viel von ihr wusste, konnte sie sich an sie in diesem Kleid erinnern. Es waren verschwommene, nebelhafte Erinnerungen an eine schöne Frau mit vollen Lippen. Freundliche Hände, die sie an den Handgelenken festhielten und dann wie einen Propeller im Kreis herumwirbelten. Dazu ein glockenhelles Lachen.

Jetzt holte sie tief Luft, steckte eine Hand in den Gürtel und legte die andere auf die Türschnalle.

Es war eine schwere Tür, sie musste sich mit aller Kraft dagegenstützen, um sie aufzudrücken.

„Grüß Gott", sagte sie in den dunklen Raum. „Ich bin hier zum Casting. Mein Name ist Fanny Wagener."

Im nächsten Moment wurde es gleißend hell. Sie blinzelte ein paarmal, bis sich ihre Augen an das Licht gewöhnt hatten. Ha. Scheinwerfer. Wie sie beim Film be-

nutzt wurden, um Tageslicht zu imitieren. Sie hatte sich also nicht geirrt.

„Gibt es eine Markierung?", fragte sie und deutete auf den Boden.

Keine Antwort. „Oder ist egal, wo ich mich hinstelle?"

„Hallo, Franziska", sagte eine Stimme, sie klang metallisch und verzerrt, wie die aus dem Computer von Stephen Hawking. Im ersten Moment zögerte sie. Natürlich gab es auch noch andere Menschen, die wie der Wissenschaftler Hilfsmittel zum Sprechen brauchten. Aber sie war nicht dumm.

„Hallo, ich freue mich ...", begann sie, um die Person hinter den Scheinwerfern in dem Glauben zu lassen, sie wüsste nicht, in welche Falle sie gerade getappt war. Noch im Satz drehte sie sich um, riss die schwere Tür mit beiden Händen auf, gerade so weit, dass sie durchpasste, und schlüpfte hinaus. Sie lief den Gang entlang, so schnell sie konnte. Die Ledersohlen ihrer Ballerinas rutschten über den glatten Steinboden, aber das machte sie nur noch schneller. Schritte folgten ihr. Männerschritte. Sie kamen immer näher.

Sie ballte die Hände zu Fäusten, flitzte wie ein Wiesel, verlor einen Schuh, strauchelte kurz. Doch dann hatte sie schon wieder ihr Tempo. Jede Faser ihres Körpers war angespannt. Sie rannte so schnell wie noch nie in ihrem Leben. Trotzdem holten die Schritte immer mehr auf.

Endlich hatte sie die Treppe erreicht, die nach oben zum Ausgang führte. Sie nahm zwei Stufen auf einmal. Der andere Schuh glitt ihr von der Ferse. Wie ein Pantoffel hielt er noch zwei Schritte an ihren Zehen, dann wurde er von ihrem Verfolger vom Fuß geschleudert. Er war so knapp hinter ihr. Sie sah vor sich schon das Ende der Treppe. Zwei Meter dahinter war die gläserne Doppeltür. Sie konnte durch die Scheiben bereits die Straße sehen. Sie nahm ihre ganze Energie zusammen. Noch ein kurzer Sprint, und sie wäre oben und draußen. Doch da hörte sie das Keuchen neben ihrem Ohr. Die Hand ihres Verfolgers packte sie bei der letzten Stufe.

36.

„Konrad, wach auf!"

Ich hatte an die Tür geklopft, aber sie hatten mich nicht gehört. Das Licht der Nachttischlampe war an. Konrad lag am Rücken, auf seiner Brust Annas Kopf – anscheinend war sie im Sitzen eingeschlafen und dann einfach mit dem Oberkörper auf ihn gekippt. Ihre Finger lagen noch immer auf seinem Handgelenk, als wollte sie seinen Puls messen.

„Konrad, aufwachen", wiederholte ich und berührte seinen Arm.

Er blinzelte verschlafen, Anna sagte: „Oh, ich muss eingeschlafen sein", und richtete sich auf. Als Konrad mich ansah, sagte er nur: „Es ist wieder passiert."

So sehr hatte ich mich bemüht, die Nerven zu bewahren. Ich war ganz ruhig und konzentriert gewesen, als ich Krump angerufen hatte, um ihm von Fannys Verschwinden, ihrem Schauspielunterricht am Nachmittag bei Jana Schneider und dem Casting, zu dem sie gehen wollte, zu erzählen. Ich gab ihm die Adresse und Telefonnummer von Fannys Vater. Und ich war auch dann noch gefasst gewesen, als ich Fannys Vater zurückrief und ihm sagte, er solle bleiben, wo er war, Beamte würden zu ihm in die Wohnung kommen.

Sogar als ich Hannes anrief, aber nur seine Assistentin Regina Steindl dranhatte und sie bat, mir sofort Bescheid zu geben, falls es Neuigkeiten gab.

Doch jetzt, in Konrads Schlafzimmer, zogen mir seine Worte den sprichwörtlichen Boden unter den Füßen weg. *Es ist wieder passiert.*

Ich konnte nur ein einziges Wort sagen: „Fanny." Mein Kinn bebte, die Zähne klapperten aneinander.

Anna sprang vom Bett hoch, Konrad stieß einen erschrockenen Laut aus.

„Was ist passiert?", fragte er.

Ich musste es dreimal wiederholen, bis sie mich verstanden hatten. Mein Handy läutete wieder. Die Nummer von Fannys Vater erschien auf dem Display. Alles in mir war nur noch ein einziges Flehen.

„Ja?"

„Fanny ... ihr Handy ... hat sie es bei Ihnen vergessen?"

„Nein."

„Die Polizei ist bei mir. Sie haben gesagt, das letzte Funksignal war heute um 15 Uhr. Danach ist es nicht wieder aufgetaucht."

15 Uhr. Eine Stunde früher hatte sie die Wohnung von Jana Schneider verlassen, um zuerst nach Hause und dann zu dem Casting zu fahren.

„Wann haben Sie das letzte Mal mit ihr telefoniert?", fragte ich.

„Kurz vor 15 Uhr."

„Wissen Sie, wo sie da war?"

„Sie ist gerade von zu Hause weggegangen."

Das Casting. Der einzige Anhaltspunkt. Wo war es? Ich fragte, ob er mehr darüber wusste, doch er hatte keine Ahnung. Fanny hatte ihm gegenüber nichts erwähnt. Ich legte auf.

„Konrad. Was hat Fanny dir heute gesagt? Als ihr euch verabschiedet habt?"

Sein Blick war leer, er atmete schwer.

„Wir waren bei Jana Schneider, weißt du noch?"

Ich setzte mich ans Fußende des Bettes und fixierte ihn, als könnte ich ihn hypnotisieren. „Fanny musste weg, weil sie sich vor dem Casting umziehen wollte.

Erinnerst du dich? Hat sie dir gesagt, wo dieses Casting stattfindet?"

Er wurde kreidebleich und fasste sich an die Stirn.

„Nein. Ja. Ich ... ich weiß es nicht."

„Ihr seid im Vorraum gestanden. Sie war böse auf mich. Hat mit dir geflüstert. Nachdem wir den Kleiderschrank geschlossen haben. Was genau hat sie gesagt?"

„Sie hat ... hat gesagt ... gesagt ..."

Er dehnte seine Worte, als würde er sich damit selbst einen Köder legen. Und dann schüttelte er enttäuscht den Kopf. Sein Blick wanderte von mir zu Anna.

„Was hat sie gesagt, Konrad?", fragte Anna.

Seine Stimme war nicht mehr als ein Hauchen, als er sagte: „Ich erinnere mich nicht."

Da spürte ich Annas Hand auf meiner Schulter. „Fahr mit ihm hin."

„Wohin?"

„Fahr mit ihm in die Wohnung. An den Ort, wo Fanny es ihm gesagt hat. Schnell."

Eine halbe Stunde später läutete ich Sturm an Jana Schneiders Wohnungstür. Ich nahm meinen Finger nicht mehr von der Klingel, mit der freien Hand hämmerte ich gegen die massive dunkle Holztür. Im Haus kamen Nachbarn aus ihren Wohnungen, sie riefen etwas, aber ich verstand es nicht, weil ich so viel Krach machte. Und dabei wusste ich gar nicht, ob die Schauspielerin zu Hause war. Telefonisch hatte ich sie nicht erreicht. Im Auto hatte ich Konrad das Handy in die Hand gedrückt und ihn ununterbrochen anrufen lassen. Ich missachtete jedes Fahrgebot und fuhr über etliche rote Ampeln. An der Gegensprechanlage hatte ich wahllos Knöpfe gedrückt, bis endlich einer öffnete.

Konrad stand jetzt hinter mir, er wirkte auf seinen Stock gestützt noch klappriger als je zuvor. Hilflosigkeit und Angst zuckten durch sein Gesicht wie elektrische Schläge.

„Was zum Teufel ...", hörte ich endlich die laute Stimme von Jana Schneider hinter der Tür. Der Schlüssel wurde herumgedreht.

„Haben Sie euch ins Hirn ...", sagte sie. Doch als sie die Tür weit genug geöffnet hatte, stoppte sie und starrte erschrocken in unsere panischen Gesichter.

„Fanny ist verschwunden. Seit heute Nachmittag. Ich habe Sie angerufen ..."

Wie in Trance hob sie mir ihre geöffnete Hand entgegen. Darauf lagen zwei rosa Wachskügelchen. Ohropax. Darum hatte sie nichts gehört.

„Konrad, komm", sagte ich und zog ihn in die Wohnung, vorbei an Jana Schneider. Sie schloss die Tür hinter uns. Ich stellte mich vor den Schrank, an die Stelle, wo Fanny und er gestanden hatten.

„Es war hier. Hier hat sie mit dir geflüstert. Erinnerst du dich?"

Er versuchte es. Ich sah ihm an, wie sehr er es versuchte. Seine Stirn legte sich in Falten, er kniff die Augen zusammen.

„Sie hat dieses hässliche Kleid getragen", flüsterte ich. „Orange. Puffärmel aus Tüll. Wir haben zu viert hier im Vorzimmer gestanden."

Seine Hand am Stock begann zu vibrieren, ich legte meine Hand darauf und streichelte mechanisch über seine Pergamenthaut.

„Dann hast du angeboten, dass wir sie mit dem Auto nach Hause und anschließend zum Casting bringen", redete ich weiter auf ihn ein. „Aber sie wollte nicht."

Konrad legte den Kopf schief, seine Lippen bewegten sich leicht. Zuerst dachte ich, er würde das aussprechen, was Fanny ihm gesagt hatte. Doch dann wurde mir klar, dass er nur immer wieder stumm „Nein" sagte.

Jana Schneider sagte: „Was wollen Sie denn ...", doch ich bedeutete ihr, still zu sein, griff mit der freien Hand hinter mich und drückte gegen die weiße Schranktür. Sofort sprang sie auf. Der atemberaubende Geruch nach muffiger Kleidung strömte heraus. Und da riss Konrad die Augen auf.

„Der Name ... ja ... sie hat es gesagt ... ich habe ihn nicht gekannt."

Um nichts zu sagen, nicht mit meinem Drängen wieder alles zunichtezumachen, presste ich meine Lippen aufeinander. Jana Schneider wollte wieder sprechen, aber ich bedeutete ihr mit schroffer Geste, ruhig zu sein.

„Es war ..." Konrad verzog sein Gesicht, keuchte. „Die Straße ... ich glaube, ein Tier ... so wie ein Tier ... ja ..."

Eine Straße, die hieß wie ein Tier. In Wien.

„Tier?", wiederholte Jana Schneider. „Aber das war doch ..."

„Tigergasse", schoss ich hervor. „Ameisgasse? Biberstraße? Ach, Scheiße ... Amselweg? Rabengasse? Löwengasse? Verdammt, was gibt es denn noch?"

Er reagierte nicht. Ich sah drängend zu Jana Schneider, sie hatte sich gegen die Eingangstür gelehnt und beobachtete uns. Sie öffnete den Mund, als es hinter ihr energisch klopfte.

Konrad und ich zuckten zusammen, doch die Schauspielerin ignorierte den Lärm. „Hasnerstraße", sagte sie laut.

„Was?"

Konrad richtete seinen Zeigefinger auf sie und rief: „Ja. Das ist es. Das hat sie gesagt. Hasenstraße."

„Nein, Hasnerstraße", korrigierte Jana Schneider.

„Fanny hat gesagt, sie muss in die Hasnerstraße?", fragte ich. Jana Schneider nickte, im nächsten Moment klopfte es wieder.

„Welche Nummer?"

„Hat sie nicht gesagt."

Ich sah zu Konrad. „Mir auch nicht", sagte er.

„Machen Sie auf. Hier ist die Polizei", sagte eine genervte Stimme aus dem Treppenhaus, dann klopfte es wieder.

Ich stürmte zum Eingang, Jana Schneider rettete sich zur Seite. Schon während ich die Tür aufriss, brüllte ich: „Hasnerstraße, das Casting war in der Hasnerstraße."

Die zwei Polizisten in Uniform sahen mich an, als wäre ich verrückt. Der Kleinere sagte: „Wir wurden wegen Ruhestörung gerufen", und stupste sich an die Kappe.

„Sie kommen nicht von Krump?", fragte ich atemlos.

„Polizeichef Krump?", fragte der Größere und streckte den Kopf vor.

Ich hielt mich nicht damit auf, ihnen zu sagen, worum es ging, sondern nahm mein Handy heraus. Krump hob sofort ab.

„Endlich! Was ist los mit Ihnen? Die ganze Zeit war besetzt." Ich fing an zu reden, doch er sprach einfach weiter und hörte mir nicht zu. „Und bei Konrad ist irgendeine Russin drangegangen, hat gesagt, er hat sein Handy nicht mit ... das geht so nicht, Fiore, Sie müssen ..."

„HÖREN SIE MIR ZU, KRUMP."

Er wollte protestieren, doch dann nannte ich den Straßennamen, wo Fanny ihr Casting hatte.

„Welche Hausnummer?", fragte er.

„Das hat sie nicht gesagt."

„Fiore, wissen Sie, wie lang die Hasnerstraße ist?"

„Das weiß ich nicht. Wir kommen hin."

„Nein. Das tun Sie nicht. Sie würden alles behindern. Warten Sie."

„Ich ..."

„Sie bleiben am Telefon, verdammt."

Ich hörte Krumps gebrüllte Anweisungen, Stimmengewirr, eine Symphonie aus Hektik und Durcheinander. Aus der Entfernung sah ich zu, wie Konrad den Polizisten stammelnd zu erklären versuchte, was vorgefallen war. Ich stand einfach nur da und wartete.

Vor ein paar Stunden hatte ich Fanny gesehen. Hier in diesem Raum.

Vielleicht zum letzten Mal.

„Fiore, sind Sie noch dran?", fragte Krump nach einiger Zeit. Erst jetzt bemerkte ich, dass es bei ihm ruhiger geworden war. „Hören Sie mich?" Seine Worte hinderten mich am Durchdrehen.

„Ja."

„Sie hatten recht. Wir haben mit dem neuen Datum einen Eintrag gefunden."

„Was? Welches Datum?"

„Konrads Datum. Seine Notiz in der Akte. Jana war richtig. Hat länger gedauert, da ..."

„Jana?", platzte ich heraus.

Bei der Nennung des Namens schoss Konrads Kopf hoch. Ich nickte ihm zu. Und wiederholte alles, was mir Krump am Telefon sagte.

„Ihr Name war Jana Birnbaum. Konrads Zahl ist ihr Geburtsdatum. Sie wurde am 3. Oktober 1970 geboren. Mutter Anneliese Birnbaum. Und jetzt kommt es. Ihr Vater. Als sie geboren wurde, war der Eintrag ‚Vater unbekannt'. Aber das wurde Jahre später geändert."

Ich wusste es. Schon als er es aussprach, war es mir klar. Seine Affären.

Das Hotel Orient.

„Janas Vater ist Alfred Riedl", sagte ich.

„Ja. Aber er hat sie nie anerkannt, darum haben wir es nicht gefunden.

Woher wissen Sie ..."

„Wo ist sie? Haben Sie eine Adresse?"

„Sie ist schon lange tot. Mit 15 Jahren gestorben. Genau eine Woche bevor Konrad seinen Besuch bei Riedl im Gefängnis gemacht hat."

Kims Hinweis. Das Datum. Konrads Besuch. Das alles fügte sich soeben zusammen. Doch es wurde dadurch nicht ein bisschen verständlicher.

„Was ist passiert?"

„Es war ein Unfall. Am Cobenzl, Höhenstraße. Sie ist gestürzt. Genickbruch. Wir versuchen gerade, ihre Mutter ausfindig zu machen. Sie fahren mit Konrad zu Sarah Fitzpatrick. Finden Sie alles über diese Tochter heraus, was Sie können. Und bleiben Sie erreichbar." Dann legte er auf.

Kim hatte einen Hinweis gegeben, den Konrad schon vor 30 Jahren entdeckt hatte. Aber was hatte das zu bedeuten? Was gab es für einen Bezug zu den jetzigen Morden?

Ich sah zu Konrad, er schaute mich genauso ratlos an, wie ich mich fühlte.

„Lass uns gehen", sagte ich und deutete zur Tür.

„Wohin?"

„Zu Sarah Fitzpatrick."

Es war bereits nach Mitternacht, als wir bei der Riedl-Villa vorfuhren. Das Haus war hell erleuchtet, hinter jedem Fenster brannte Licht. Zu sehen war niemand. Ich parkte vor dem Gartentor, gleich hinter Moritz' Volvo. Ein paar Meter entfernt stand Victors Mercedes. Nur Renates Audi war nicht da. Vielleicht war es Einbildung, aber noch nie war mir dieses Haus unheilvoller vorgekommen – als hätte es eine nicht greifbare Bösartigkeit in sich.

Ich half Konrad aus dem Auto. Bis auf das Zirpen der Grillen war alles still. Das Gartentor war nur angelehnt. Die Scharniere ächzten, als ich es öffnete. Mit einem leisen Klacken fiel es hinter uns ins Schloss. Wir gingen ein paar Schritte über die Pflastersteine in der Mitte des Rasens, als plötzlich ein Stöhnen rechts von uns zu hören war.

„Ist da jemand?", fragte ich in die Dunkelheit.

„Car... lo... a?", stellte Sarah Fitzpatrick die Gegenfrage. Ihre Stimme klang, als hätte sie geschlafen.

Ich ließ Konrad los, nahm mein Handy heraus und leuchtete mit dem schwachen Licht des Displays in die Richtung, aus der Sarah Fitzpatrick gesprochen hatte. Da ich sie nicht sah, ging ich ein paar Schritte vor. Und dann noch ein paar. Sie lag unter dem Apfelbaum auf einer Campingliege. Bis zur Nasenspitze zugedeckt mit einer dicken Bettdecke und unter ihrem Kopf ein üppiger weißer Polster.

Ich drehte mich in die Richtung, wo Konrad einige Meter entfernt am Weg stand. „Sie ist hier." Dann beugte ich mich zu Sarah Fitzpatrick. „Sie schlafen im Garten?"

„Ich konnte nicht ... da drin ... bekomme da drin keine Luft."

„Können wir ins Haus gehen?"

„Nein." Sie hatte es trotzig gesagt. Ich ging neben ihr auf die Knie.

„Es ist wieder ein Kind verschwunden. Ein Mädchen. Ihr Name ist Fanny. Ich kenne sie. Ich kenne sie sogar sehr gut. Ich brauche Ihre Hilfe, Sarah. Ich flehe Sie an, helfen Sie mir. Sie müssen mir alles über Jana erzählen. Bitte."

Sie gab keinen Laut von sich. Das Licht meines Displays ging aus, ich schaltete es wieder ein. Mit einem pfeifenden Signalton meldete das Handy, dass der Akku fast leer war. Sarah Fitzpatricks Gesicht erhellte sich weiß und aufgedunsen im schwachen Lichtschein. Ich hielt mir das Handy unter die Augen, damit sie meinen Blick sehen konnte.

„Wenn Sie es nicht für mich tun, dann tun Sie es für Maria Fiore. Tun Sie es dafür, weil sie Ihnen helfen wollte. Helfen Sie jetzt mir." Ich hielt das Handy so lange, bis es ausging. Irgendwo heulte ein Uhu.

„Woher wissen Sie von Jana?", fragte sie plötzlich mit knarrender Stimme.

„Kim. Sie hat mir gesagt, ich soll nach Jana suchen. Das habe ich getan.

Aber ich habe eine falsche Jana gefunden."

„Kim?"

„Ja, Kim. Sie wollte mir helfen."

„Meine kleine Kim. Meine Kim."

„Bitte. Helfen Sie mir. Was ist mit Jana? Kim hat geschrieben, durch Jana würde ich das alles verstehen."

Ich hörte ihr Seufzen, wie sie den Namen ihrer Adoptivtochter wiederholte.

„Er hat Kim wegen Jana adoptiert."

„Wieso? Was ist mit Jana gewesen?"

„Nichts ist mit ihr gewesen. Sie war Alfreds Tochter. Das Kind einer Affäre. Er hat mich betrogen, als Victor gerade geboren war. Neun Monate später kam sie zur Welt."

„Und dann?"

„Ich wusste lange nichts davon. Nichts von seinen Affären. Nichts von seinen Frauen. Und eines Tages stand diese Rothaarige mit einem fünfjährigen Mädchen vor der Tür. Das war Jana. Als ich sie gesehen habe, war mir sofort klar, dass sie Alfreds Tochter ist. Sie hat ihm so ähnlich gesehen. Ihre Mutter wollte Geld. Alfred hat sie ausbezahlt. Und dann ist er nach Vietnam geflogen und mit Kim zurückgekommen."

„Warum?"

Ihre Stimme wurde hart, jedes Wort so scharf, als wäre es mit einem Messer von ihren Lippen geschnitten. „Hatte Angst um seinen Ruf. Dass etwas durchsickert. Noch mehr Bastarde auftauchen. Kim war sein Leumundszeugnis. Der lebende Beweis seines Mitgefühls. Wir haben beide nicht damit gerechnet, wie sehr ich dieses Mädchen lieben würde. Zum ersten Mal nach drei Kindern habe ich mich gefühlt wie ... wie eine Mutter. Vielleicht ..."

„Was vielleicht?"

„Vielleicht, weil sie nicht von ihm war ..."

„Und was war dann? Als Jana gestorben ist?"

„Nichts war dann. Ich habe erst ein Jahr nach ihrem Tod davon erfahren."

„Durch wen?"

„Das weiß ich nicht mehr."

Ich griff in die Dunkelheit, tastete mich von der Bettdecke zu ihrem Arm. „Wieso hat Kim mir diesen Hinweis gegeben? Wieso hat sie geschrieben, durch Jana würde ich mehr erfahren?"

Sie sagte: „Ich weiß es nicht", doch ihr Arm fing an zu zittern, und sie schluchzte leise auf.

„Das glaube ich Ihnen nicht. Was war mit Jana?"

Ich hörte Konrads schlurfende Schritte hinter mir näher kommen.

„Was war mit Jana?"

Sie ließ sich Zeit. Wimmerte leise. Ich verlor die Hoffnung mit jeder Sekunde, die verstrich. Rückte näher an sie heran und redete auf sie ein.

„Sie müssen es mir sagen, Sarah. Sagen Sie es mir. Bevor es zu spät ist."

„Oh Gott." Ihr Aufschrei erschreckte mich. „Ich kann ihn nicht mehr schützen."

„Wen?", brüllte ich sie an. „Wen können Sie nicht mehr schützen? Reden Sie endlich."

„Kim hat Adam geliebt. Mein armes Mädchen. Der Hinweis ... sie wollte den Verdacht von ihm ablenken. Denn sie hat ..."

Ihre Worte versickerten in einem Wehklagen.

„Jetzt sagen Sie schon." Ich drückte ihren Arm, vergrub meine Finger in ihrer Haut.

Es klang, als wäre sie um 20 Jahre gealtert, als sie sagte: „Sie hat es gewusst. Genauso wie ich. Adam. Es ist Adam, den Sie suchen."

37.

„Sie lügt", sagte Krump.

Ich griff mit meiner freien Hand fester ums Lenkrad. „Woher wollen Sie das wissen?"

Krump schnaufte am anderen Ende ins Telefon, darauf folgte sarkastisches Lachen. „Fiore, diese Frau wurde von ihrem Ehemann mit der eigenen Adoptivtochter betrogen. Die würde alles erzählen, um ihm zu schaden."

Daran hatte ich auch schon gedacht. Und sicher war es nicht hilfreich, dass weder Konrad noch ich ihr Gesicht in der Dunkelheit hatten sehen können. Doch etwas ließ mich daran zweifeln, dass sie gelogen hatte.

Denn durch das, was Sarah gesagt hatte, machte auch sie sich strafbar. Was, wenn es gar nicht die Affäre war, wegen der sich Kim das Leben genommen hatte? Sondern wegen der Liebe zu einem Mörder?

„Aber was, wenn es die Wahrheit ist?", sagte ich ins Telefon.

Ich sah zu Konrad, er saß am Beifahrersitz und rieb seine Schulter. Wir hatten Sarah Fitzpatrick auf ihrem Campingbett zurückgelassen und waren von der Villa weggefahren. Ich steuerte die Hasnerstraße an, doch auf Konrads Bitte hatten wir beim nächstbesten Parkplatz gehalten.

„Ruf Heinz an, sag es ihm."

„Glaubst du ihr?", hatte ich ihn gefragt.

„Darum geht es nicht. Es geht darum, Fanny zu finden", sagte er.

Doch Krump reichte die Anschuldigung von Sarah Fitzpatrick nicht. Er glaubte nicht daran. Das volle Einsatzkommando suchte inzwischen die Hasnerstraße ab. Neuigkeiten gab es keine.

„Aber es ist der einzige Anhaltspunkt, den wir haben", drängte ich Krump. „Schicken Sie wenigstens jemanden in seine Wohnung. Die er für sich und Kim hatte. Nur um zu sehen, ob er da ist."

„Ich – und jeder freie Beamte – hat jetzt nur eine Aufgabe. Und die lautet, Fanny Wagener zu finden. Fahren Sie hin, wenn Sie es so wichtig finden. Ich hab jetzt keine Zeit für dieses Gewäsch. Machen Sie, was Sie wollen. Schleppen Sie ihn aufs Kommissariat. Und bleiben Sie erreichbar."

Er legte auf. Mein Handy gab ein Warnsignal – der Akku war bei vier Prozent.

„Was machen wir jetzt?", fragte ich Konrad. Er blieb still, trommelte nur unruhig mit seinen Fingern auf den Oberschenkeln. Das Licht der Straßenlaternen erleuchtete schwach das Innere des Wagens.

Mittlerweile war es ein Uhr früh. Wie lange war Fanny nun schon verschwunden? Ich musste etwas tun. Egal was. Sonst würde ich durchdrehen. Krump hatte es selbst gesagt. Kümmern Sie sich darum.

Ich startete den Motor und wendete den Wagen. Es war wenig Verkehr. Wir würden nicht lange zu Adams und Kims Liebesnest in der Schweglerstraße brauchen.

Konrad verkroch sich mit jedem Meter, den wir zurücklegten, mehr in seinen Sitz.

„Was hast du?"

Er rutschte unruhig herum. „Ich weiß nicht. Es ... es geht mir ... nicht gut."

Ich drosselte das Fahrtempo, sah aus dem Augenwinkel zu ihm.

„Was ist los?"

„Mein Kopf ... mir ist so ... schwer atmen."

Ich trat auf die Bremse, was kaum etwas brachte, und sah kurz zu ihm rüber. Sein Blick war benommen, er hatte seine Finger um den Gurt gekrallt.

„Sollen wir ins Krankenhaus?", fragte ich.

„Nein. Es ist etwas anderes ..."

„Was denn?"

Er stöhnte auf, ein schmerzhafter Laut, wie ein unterdrücktes Schluchzen. Und dann sagte er: „Gib mir die Gelassenheit, Dinge hinzunehmen, die ich nicht ändern kann. Den Mut, Dinge zu ändern, die ich ändern kann. Und die Weisheit, das eine vom anderen zu unterscheiden."

Er hatte es heruntergerattert, ganz monoton. Flüssig. Als hätte er das schon sehr oft gesagt.

„Was ist das?"

„Ich bin nicht sicher ..." Er stützte sich am Armaturenbrett ab und drehte sich zu mir. „Habe ich getrunken? Früher? Viel getrunken?"

Ich presste die Lippen aufeinander und nickte stumm, während ich wieder beschleunigte und mich in die Abbiegespur einreihte.

„Moritz Riedl, beim Auto ... gestern ... hat gesagt, er muss weg ... ein Treffen bei den Anonymen Alkoholikern."

„Ja. Er war seit ein paar Jahren trocken. Bis zu ..."

Bis-zu-dem-Nachmittag-mit-mir-in-der-Eden-Bar sprach ich nicht aus. Ich überholte die paar Autos, die unterwegs waren. Mit raschen Blicken sah ich immer wieder zu Konrad hinüber. Er schob sich eine Locke aus dem Gesicht, legte die Handflächen auf seine Stirn. Er sah aus, als würde er gleich weinen.

„Was ist?"

„Ich bin aufgestanden. Habe diesen Spruch gesagt. Jeder hat ihn gesagt. Am Beginn. Und ich war ..."
„Was?"
Er atmete im Stakkato ein. „Ich wollte nicht mehr leben."
Im Affekt riss ich die Handbremse hoch, die Reifen quietschten, und wir wurden nach vorne gedrückt.
„Alles okay?", fragte ich.
„Was war los mit mir, Lotta? Sag mir, was mit mir los war?"
Seine Erinnerung. Die verschwundene Tochter. Kam sie jetzt durch Fanny zurück? Ich sagte nichts, gab wieder Gas, doch ich war so verwirrt, dass ich die falsche Abzweigung nahm.
Im Augenwinkel sah ich, dass er sich abwandte und mit dem Handrücken über die Wangen fuhr. Bei einer roten Ampel riskierte ich einen Blick. Er weinte.
Ich wollte so viel sagen. Aber ich blieb stumm. Bretterte durch Wien, trat das Gaspedal durch, betete zu einem Gott, an den ich nicht glaubte, dass man Fanny finden würde.
Konrad sagte nichts mehr. Und ich fragte nichts mehr. Bis wir beim Haus in der Schweglerstraße 130 ankamen. Es war ein ganz normales Wohnhaus, mausgraue, schon leicht baufällige Fassade, fünf Stockwerke, neue Fenster.
Ich parkte gegenüber ein.
„Wenn Moritz Riedl zu den Anonymen Alkoholikern geht, wieso hat er den Spruch nicht gekannt?", fragte Konrad leise.
„Ich weiß es nicht."
Ich nahm mein Handy und drückte es ihm in die Hand. Nur mehr zwei Prozent Akku. Für einen An-

ruf würde es noch reichen. Ich tippte die Rufnummer der Polizei ein.

„Du bleibst im Wagen. Ich gehe rauf."

„Nein, ich komme mit."

„Das will ich nicht. So bin ich schneller. Ich sehe nur nach. Wenn er da ist, komme ich wieder. Dann rufen wir Krump an. Aber falls irgendetwas passiert oder ich nicht wieder auftauche, rufst du die Polizei. Okay?"

Er streckte seine Hand nach mir aus. Ich schüttelte sie unbeholfen.

„Pass auf dich auf ..." Er zögerte. Als wollte er noch etwas sagen. Doch dann ließ er mich los, und ich stieg aus.

Das Haus hatte keine Gegensprechanlage, die Eingangstür war offen. Manche Wohnungen hatten kein Türschild. Aber nicht die Wohnung, die ich suchte.

Die Wohnung war im zweiten Stock. Am hinteren Ende des Gangs. Schwarze Schrift auf Silber. Kim hatte es geschrieben: KUAF. Kim und Adam Fitzpatrick. Daneben ein Fenster mit blauen und roten Milchglasstücken in Rautenform.

Ich wartete, bis das Licht im Gang ausging. Im Bruchteil einer Sekunde war alles um mich stockdunkel. Die Kreise der verlorenen Helligkeit waberten vor meinen Augen. Sie verblassten immer mehr, und schließlich waren sie ganz weg. Und da sah ich es.

In der Wohnung war es finster, doch ein Lichtschein bewegte sich. Gefolgt von einem Schatten, der in der Düsternis hin und her huschte. Jemand war in der Wohnung. Ich machte kehrt. Die Gummisohle meiner Sneakers hinterließ ein quietschendes Geräusch. Es hallte wie ein Echo durch das leere Stiegenhaus.

Hinter mir wurde eine Tür geöffnet. Die Tür zu Adams und Kims Wohnung.

„Wer ist da?", fragte eine gedämpfte Männerstimme.

Ich drehte mich um, der Schein einer kleinen Taschenlampe blendete mich, und ich schirmte meine Augen ab.

„Was machen Sie hier?", flüsterte die Stimme, und der Mann senkte die Taschenlampe.

Mein Herz donnerte. Ich wusste nicht, wer da sprach. Das Einzige, was ich wusste, war, dass der Mann keinen englischen Akzent hatte.

„Ich suche Adam Fitzpatrick."

Der Mann trat ein paar Schritte zurück. Dann schaltete er das Vorzimmerlicht in der Wohnung ein.

Vor mir stand Victor Riedl. Er sah verzweifelt und erschöpft aus, seine Augen waren vor kleinen geplatzten Äderchen gerötet. Hatte er geweint? Er trug ein weißes T-Shirt mit langen Ärmeln und eine Jeans. In der Hand hielt er einen weißen Beutel aus Plastik.

„Das tue ich auch. Sie haben mich erschreckt. Ich dachte, er ist es. Sie waren heute bei meiner Mutter", flüsterte er gehetzt. Es war eine Feststellung, keine Frage. „Sie hat mir gesagt, dass sie es Ihnen erzählt hat. Mein Gott, Adam. Ich hatte keine Ahnung." Er kniff die Augen zusammen und schüttelte den Kopf. „Ich will es nicht glauben", sagte er erstickt.

„Er war es wirklich?", fragte ich.

„Ja. Es ist alles da. In der Wohnung. Wenn Sie wollen, kommen Sie rein. Ich habe vor einer Minute die Polizei gerufen, sie müssen jeden Moment eintreffen."

Er bemerkte mein Zögern und sagte: „Sie können auch vorm Haus warten, kein Problem. Ich verstehe das. Ich werde auch niemandem mehr vertrauen." Die Bitterkeit in seiner Stimme wischte meine Zweifel fort. Er wollte die Tür schon schließen, doch ich hielt ihn auf und betrat die Wohnung. Rechts neben mir zischte es leise, ich zuckte zusammen. Im nächsten Moment roch es nach Jasmin. Ein automatisches Raumspray?

„Wieso sind Sie hergekommen?", fragte ich.

„Meine Mutter hat mich geweckt. Sie war ganz wirr, hat von Ihrem Besuch erzählt und dass es Adam ist. Der jetzt ... Und der es wieder getan hat. Sie will ihn nicht mehr schützen. Ein Mädchen wird vermisst, stimmt das?"

Ich nickte. Er stemmte die Hände in die Seiten und sah zu Boden.

„Oh Gott. Dabei war ich mir gar nicht sicher, ob sie nicht einfach durchgedreht ist. Aber es hat mir keine Ruhe gelassen. Also bin ich hergefahren. Sehen Sie, was ich gefunden habe."

Er ging in einen anderen Raum, winkte mich nach und machte das Licht an.

Es war das Wohnzimmer. Auf einem runden weißen Tisch in der Mitte des Zimmers lag auf der Tischplatte ausgebreitet eine kurze graue Baumwollhose. Und ein sonnengelbes T-Shirt.

Alles in mir rebellierte. Wie hatte ich so blind sein können? Wie hatte ich Adam einfach so aus dem Garten abhauen lassen können?

„Es gibt noch mehr", sagte Victor Riedl. „Hier."

Er kam auf mich zu, öffnete den weißen Plastikbeutel. Darin befand sich ein Messer, lange silberne Klinge, schwarzer Griff. Da erst sah ich die Plastikhandschuhe an seinen Händen. Sie waren durchsichtig und eng wie eine zweite Haut. Darum hatte ich sie nicht bemerkt. Er registrierte meinen Blick, trat einen Schritt zurück und hob entschuldigend die Hände.

„Tut mir leid. Ich wollte Sie nicht erschrecken. Ich habe immer welche von diesen Chirurgenhandschuhen dabei." Er deutete auf eine cognacfarbene lederne Umhängetasche, die geöffnet auf der schwarzen Designercouch lag. Auf den Papieren und Befunden, die herausschauten, lag eine mit einem Handschuh bedruckte, geöffnete Plastikverpackung.

„Als mir klar war, dass meine Mutter die Wahrheit gesagt hat, habe ich sie angezogen, damit ich keine Fingerabdrücke auf den Sachen hinterlasse", sagte er.

„Wo war das Messer?"

„Hinter dem Heizkörper. So wie die Kleidung. Er hat es dahinter versteckt."

„Wissen Sie, wo er jetzt sein könnte?"

„Ich wünschte, ich wüsste es. Aber ich habe sonst nichts gefunden."

„Kein Hinweis, keine Adresse?"

„Nein, leider ... aber wenn Sie noch mal nachsehen wollen?" Er zog den Plastikbeutel wieder zu und legte ihn auf dem Tisch ab.

„Wissen Sie, was ich mich die ganze Zeit frage?" Er zog sich die Handschuhe von den Händen. „Ob Kim es gewusst hat? Ob sie deshalb ... Oder ob er ..." Er musste es nicht aussprechen, ich wusste, was er meinte. Hatte Adam Kim umgebracht? Vielleicht war diese letzte Mail gar nicht von ihr. Vielleicht hatte er sie zur Seite schaffen müssen, weil sie ihn durchschaut hatte.

„Ich weiß es nicht. Aber die Polizei wird es sicher herausfinden, jetzt, wo ...", sagte ich und berührte ihn am Oberarm.

Victor Riedl nickte und versuchte, den Glanz in seinen Augen wegzublinzeln. Ich ließ ihn wieder los.

„Wo kann Adam sein?", fragte ich und sah mich um. „Hat er irgendwas erwähnt? Gibt es noch eine Wohnung? Einen Keller? Ein Lager? Irgendwas?"

„Ich wünschte, ich wüsste es. Aber wir wussten ja nicht mal von dieser Wohnung."

„Was hat er gemacht? Wo ist er hin, zum Golfspielen?"

„Das weiß meine Mutter. Wollen Sie mit ihr sprechen?"

„Ja, aber zuerst muss ich jemand anderen anrufen. Gibt es hier ein Telefon?"

Mein Handy war bei Konrad, außerdem würde mein Akku nicht mehr reichen, um Krump die Neuigkeiten zu berichten.

Victor Riedl sah sich um. „Ich weiß nicht. Ich habe keines gesehen. Wenn Sie wollen, mein Handy – es ist unten im Auto."

„Ja, bitte."

Ich ging in das Vorzimmer zurück. Wieder der Duft nach Jasmin. Victors Schritte folgten mir. Seine genagelten Schuhsohlen am Parkettboden.

Irgendetwas stimmte hier nicht. Wieso hatte Adam die Sachen hiergelassen? Wo er doch wusste, dass die Polizei von ihm und Kim erfahren hatte und dadurch auch von dieser Wohnung? Hatte Victor überall nachgesehen? Wusste er ganz sicher, dass Adam nicht da war und sich irgendwo versteckte? So wie damals im Haus, als er im Schrank war.

Bevor ich die Tür erreicht hatte, stoppte ich und drehte mich um. Victor Riedl prallte in mich hinein. Er war mir auf den Fuß gestiegen, entschuldigte sich.

Die Plastikhandschuhe, die er in der Hand hielt, segelten zu Boden. Er ging in die Knie, um sie aufzuheben. Dabei fiel etwas aus einer seiner Hosentaschen, polterte über das Laminat und blieb mit Geklappere liegen.

„Was ist ...", begann ich. Da sah ich es. Ein Fläschchen Nagellack.

Der gleiche pinkfarbene Nagellack, den ich bis gestern noch auf meinen Nägeln getragen hatte. Der auf den Nägeln aller Opfer war. Victor kam langsam wieder hoch. Und sah mich an.

Und dann gab es nur noch diesen einen tonnenschweren Moment, in dem ich erkannte, wie dumm ich war, das zu übersehen. Ich war mit meinen Gedanken so auf Adam fixiert gewesen, dass es mir gar nicht aufgefallen war. Victor hatte sich verraten. Nicht erst jetzt durch den Nagellack. Als ich gekommen war, hatte er gesagt, er hätte gerade die Polizei gerufen. Aber dann hatte er gesagt, sein Handy läge unten im Auto.

Victor Riedl hatte die Gegenstände nicht hier gefunden. Er hatte sie verteilt.

Er war der gesuchte Mörder. Alfred Riedls Sohn, der Schönheitschirurg mit der Praxis am Kohlmarkt. Der einzige Mensch, der wusste, wo Fanny war. Und ob sie noch lebte.

„Victor?" Ich hatte das gesagt, ganz automatisch. Fassungslos. Ich sah wieder zum Lack. Mit wütendem Gebrüll krachte seine Faust auf meine linke Schläfe.

„Fanny" war mein letzter Gedanke, dann löschte der Schmerz alles um mich herum aus.

38.

Ein Wimmern war das Erste, das ich hörte, als ich aufwachte. Es war heiß, mein Hals fühlte sich zerquetscht an. Ich versuchte, tief zu atmen, ein röchelnder Laut kam aus meinem Mund, und ich öffnete die Augen. Alles war grell und hell, ich konnte überhaupt nichts erkennen. Das Licht schmerzte.

Das Erste, was ich registrierte, war, dass ich saß. Ich spürte die harte Sitzfläche unter meinem Hintern, die Lehne hinter meinem Rücken.

„Lotta, Lotta, bist du wach?" Ein helles Weinen drang wie aus einer fernen Nebelwand zu mir.

Langsam gewöhnten sich meine Augen an die Helligkeit. Vor mir grelle Lichtkegel. Es waren Scheinwerfer, sie waren auf mich gerichtet. Ich wollte mich bewegen, aber ich konnte nicht. Meine Hände waren festgeschnallt. Um die Taille schnitt mich eine Schnur oder ein Gürtel ein.

„Lotta."

Ich legte meinen Kopf zur Seite. Eine Explosion aus Schmerz und tausend Nadelstichen ging in meiner linken Schläfe los. Ich keuchte, mir wurde schwarz vor Augen. Und dann erkannte ich sie. Neben mir saß Fanny. Sie war wie ich an einen Stuhl gefesselt. Ihre Augen voller Angst aufgerissen und ihr Gesicht verquollen vom Weinen.

„Fa... nny", krächzte ich. Sie schluchzte auf, Tränen kullerten auf ihr T-Shirt, das um den Kragen schon ganz nassgeweint war.

Ein gelbes T-Shirt. Dazu eine graue kurze Hose. Sie trug die Kleidung der Opfer.

„Nei... nei... nein ... neeeein."

Ihr kleines Gesicht verzerrte sich. „Er wird uns umbringen, Lotta.

Schau, was du anhast, was du anhast ...", kreischte sie.

Erst da sah ich an mir herunter. Das T-Shirt reichte mir nur bis zum Nabel. Der Gummibund der kurzen Hose schnitt mich ein. Ich trug die gleiche Kleidung wie Fanny. Sogar meine Fingernägel waren pink lackiert. Victor Riedl hatte mich in die Uniform seiner Opfer gesteckt. Der Opfer seines Vaters.

Ich zwang mich, ihr nichts von meiner Angst zu zeigen. Meine Stimme holperte, überschlug sich, als ich sagte: „Alles wird gut, Fanny. Konrad hat die Polizei gerufen. Sie sind unterwegs. Sie werden uns finden. Wo sind wir?"

„Mein Casting ..."

„Hasnerstraße? Wir sind ... in der Hasnerstraße?"

Ich versuchte, mir die Panik, die ihr Kopfschütteln bei mir auslöste, nicht anmerken zu lassen. „Wo ... sind wir?"

„Da war ein Zettel ... Ort verschoben ...", heulte sie.

Ein Geräusch wie ein Scharren war aus der Dunkelheit hinter den Scheinwerfern zu hören. Ich versuchte, alle Kraft, die ich noch hatte, in meine Stimme zu legen. „Victor?"

Wieder das Scharren. Und dann diese Stimme. Verzerrt und knarrend.

„Willkommen, Carlotta Fiore. Willkommen in meinem Reich."

In der Dunkelheit ertönten Schritte. Es waren dieselben genagelten Schuhe, die mir in Adam Fitzpatricks Wohnung gefolgt waren. Sie kamen näher und näher, doch erst als sie stehen blieben, hob ich meinen Blick.

Victor Riedl trug einen weißen Schutzanzug mit Kapuze, der seinen ganzen Körper bedeckte. Wie die Leute von der Spurensicherung, damit sie die Tatorte nicht mit ihrer DNA verunreinigten. Er hob seine Hände und hielt sie mir vors Gesicht. Es war eine triumphierende Geste. Die durchsichtigen Plastikhandschuhe. Ich hatte das Gefühl, dass er grinste, doch ich konnte es nicht sehen. Seine untere Gesichtshälfte war mit einem Mundschutz bedeckt. Er beugte sich ein Stückchen vor. Die sonst so freundlichen haselnussbraunen Augen von Victor Riedl sahen voller Abscheu auf mich herab.

„Carlotta Fiore", sagte er, als meinte er damit etwas ganz anderes.

Mein Magen krampfte sich zusammen. Ich kämpfte dagegen an, mich zu übergeben. Er fuhr mit seinem Zeigefinger über meinen Hals. Langsam. Von einer Seite zur anderen. „Ich dachte nicht mehr, dass es klappt. Aber jetzt bist du doch hier."

Ich wusste nicht, was er meinte. Ich brauchte Zeit.

„Alles durch deine eigene Schuld", sagte er. „Wärst du nicht aufgetaucht, hätten sie Adam beschuldigt. Mit Mutters Aussage und meinen Indizien, die ich hinterlassen habe. Dann hätte nur das Mädchen sterben müssen. Aber so ..."

Hatte Konrad die Polizei gerufen? Als ich nicht zurückgekommen war?

Es forderte jede Faser meiner Selbstbeherrschung, Victor Riedls Blick standzuhalten. Ein einziger Gedanke hielt meinen Verstand zusammen: Rede! Wenn er redet, kann er nicht töten.

„Kim hat mir eine SMS geschickt. Ich soll nach Jana suchen."

Er hob die Augenbrauen. „Dieses kleine Miststück. Ich dachte mir schon, dass sie so etwas gemacht hat. Ich habe nur deine SMS an sie mit deiner E-Mail-Adresse gelesen. Sie muss ihre SMS an dich gelöscht haben. Dabei habe ich gehofft, ich hätte sie noch rechtzeitig vor den Zug gestoßen. Da staunst du, nicht wahr? Hast wirklich gedacht, sie hätte sich umgebracht? Die kleine dumme Kim. Schon immer war sie so leicht zu durchschauen. Wir wussten alle von ihrer Affäre mit Adam. Außer Mutter, natürlich. Schade, eigentlich hätte ich Kim früher beseitigen sollen. Aber das spielt jetzt auch keine Rolle mehr. Und, hat dir meine Abschiedsmail von Kim gefallen? War es nicht rührend, was ich geschrieben habe?" Er lachte auf.

Ich versuchte mir nicht anmerken zu lassen, wie sehr mich seine Worte aus der Fassung brachten.

„Was ist mit Jana? Wieso hat Kim mir ihren Namen geschickt?"

„Vergiss Jana."

„Jana war eure Halbschwester."

Bei dem Wort „Halbschwester" zuckte er kurz zurück, ein Riss in seiner ungerührten Fassade. „Sie war nie unsere Halbschwester."

„Aber euer Vater ..."

„Halt den Mund."

Fanny fing neben mir noch mehr an zu weinen. „Du auch", zischte er. Dann beugte er sich so weit über mich, dass ich seinen Mundschutz auf meinem Ohr spüren konnte. „Jana hat nichts anderes verdient als den Tod. Es war mir ein Vergnügen."

„Du ... hast Jana umgebracht?"

Sein Atem ging schneller, als wäre er erregt. „Ja. Meine Erste. Es war so leicht. Die kleine Fotze wollte mit der Presse sprechen. Lügen über Vater erzählen.

Weil sie ihr Geld geboten haben. Viel Geld. Alfred Riedl, das Monster. Der Kindermörder. Sie kannte ihn gar nicht. Sie wusste nichts von ihm."

„Was hast du gemacht?"

„Ein Spaziergang. Am Cobenzl. Ein Unfall. Arme Jana. Ist gestürzt. Und war tot." Bei „gestürzt" hatte er mit Zeige- und Mittelfinger Anführungszeichen in die Luft gezeichnet. Er atmete immer schneller.

„Kim wusste davon. Darum hat sie es in der SMS geschrieben. Weil sie dich verdächtigt hat."

Er schnaufte empört auf.

„Sie wusste gar nichts. Sie hat am Spielplatz gewartet, als ich mit Jana wegging. Und dann bin ich alleine wiedergekommen. Also, dann, Carlotta Fiore ..."

„Und die Morde jetzt? Wieso?", fuhr ich panisch dazwischen.

Er nickte. „Das ist eine gute Frage. Ich weiß, du stellst sie nur, weil du Zeit gewinnen willst. Denkst, jemand wird euch retten. Aber es kommt niemand. Kein Mensch weiß, wo ihr seid." Er lachte auf, drehte sich von mir weg. „Weißt du was? Ich habe eine Idee." Im Gehen sah er zurück und zeigte mit dem Zeigefinger auf mich. Dann verschwand er hinter den Scheinwerfern.

Keinen Augenblick später kam er wieder aus der Dunkelheit hervor. Er trug einen Sessel, knallte ihn ein paar Meter vor Fanny und mir auf den Boden.

Mit einer raschen Bewegung zog er den Mundschutz herunter und setzte sich. Er schlug die Beine übereinander, verschränkte die Finger in seinem Schoß.

„Was willst du wissen? Ich gestatte dir, mich zu befragen, bevor du stirbst."

Er bleckte seine makellosen weißen Zähne. Fanny neben mir heulte auf.

„Aber ich warne dich. Wenn du nicht die richtigen Fragen stellst, dann ist es gleich vorbei."

„Was sind die richtigen Fragen?"

„Tststs, du wirst doch nicht unartig sein. Sollen wir das Interview gleich beenden?"

Er stützte sich auf den Knien ab und erhob sich ein paar Zentimeter.

„NEIN."

Mein Kopf war leer, die Angst walzte darin wie ein Bulldozer alles nieder. Fanny schluchzte erneut, Victors wütender Blick wanderte zu ihr. Er stand schon fast. Ich musste ihn aufhalten.

„Wie hast du deine Opfer gefunden?"

Er sah zu mir, seine Miene entspannte sich, und er setzte sich wieder.

„Richtige Frage. Bravo, Carlotta. Du enttäuschst mich nicht. Ich habe einige Stiftungen, so wie mein Vater schon vor mir. Eine davon erfüllt Kindern Wünsche. Kindern aus schwierigen sozialen Verhältnissen. Sie füllen Karten aus, werfen sie in Briefkästen. Unspektakulär. Lässt sich nicht zurückverfolgen. Ich wusste, dass Vater nicht gesund ist. Er wusste es auch. Es war nur eine Frage der Zeit. Darum habe ich alles vorbereitet. Die Kinder beobachtet. Sie ausgeforscht. Ein Mädchen kannte ich über Nate. Hat mal bei einem ihrer Partycaterings ausgeholfen, natürlich schwarz, ohne Anmeldung. Kam danach zu mir für ein anonymes Beratungsgespräch, das ich in einer dieser Jugendeinrichtungen gemacht habe. Wollte wissen, ob ein Schönheitschirurg das Jungfernhäutchen wieder zusammenflicken kann? Ich konnte diese kleine Kröte nicht leiden. So perfekt. Sie wäre das Meisterstück gewesen. Leider hast du mir den Spaß mit ihr verdorben."

„Wieso? Was hab ich getan?"

Doch er schüttelte nur den Kopf. „Und bei ihr", er deutete auf Fanny, „habe ich eine Ausnahme gemacht. Wegen dir. Nächste Frage."

„Wer hat dir gesagt, dass ich Konrads Tochter bin?"

„Du hattest Glück. Bis gestern wusste ich, dass seine Tochter lebt, aber nicht, dass du es bist."

„Aber wie ...?"

„Oh, das war leicht. Als ich Fürst im Fernsehen gesehen habe, war klar, dass etwas mit ihm nicht stimmt. Die typischen Symptome, Verwirrtheit, keine Orientierung, kein Kurzzeitgedächtnis. Ein paar Telefonate mit der Krankenkasse, ein Besuch auf der neurologischen Station im Allgemeinen Krankenhaus und eine nette Krankenschwester, die dem lieben Onkel Doktor erzählt hat, dass Konrad Fürst täglich Besuch von einer jungen Frau bekommen hat, die nicht in den Akten vermerkt war. Wahrscheinlich seine uneheliche Tochter. Wenn sie mit ihm sprach, nannte sie ihn Papa."

Ich versuchte zu lauschen, ob schon Schritte zu hören waren. Aber da war nichts. Oder doch? War da nicht ein Geräusch? Ganz leise?

„CARLOTTA?", brüllte Victor, und ich zuckte zusammen und sah wieder zu ihm.

„Wieso die DNA von deinem Vater? Auf den Leichen?", fragte ich rasch, weil mir nichts anderes einfiel.

„Die Toten sind seine Denkmäler. Damit sie ihn nie vergessen."

„Wer soll ihn nicht vergessen?"

Er hob die Hände. „Also bitte. Diese Frage ist deiner unwürdig. Stell sie richtig!"

Ich konzentrierte mich auf den Scheinwerfer hinter ihm. Ich lauschte so angestrengt, dass ich den Atem anhielt. Aber ich hatte mich geirrt. Es war alles still. Keine Rettung. Ich sah wieder zu ihm. Sein hasserfüllter, irrer Blick ließ etwas in mir zerbrechen. Vor mir saß kein normaler Mensch. Dafür war seine Maske aus Mitgefühl und Trauer zu perfekt gewesen. Vor mir saß der lebende Wahnsinn. Ein Psychopath, wie sein Vater.

In meiner Verzweiflung stellte ich die einzige Frage, an die ich denken konnte. „Was soll ich noch fragen?"

Er stand auf, ging von uns weg. Ich kreischte „Nicht", doch er verschwand hinter den Scheinwerfern. Es war zu spät. Ich hatte die Chance vergeben.

„Lotta, bitte ...", weinte Fanny. Ihr Körper schüttelte sich.

Und irgendwoher, ohne dass es mir bewusst war, tauchte die Frage in mir auf: „Victor! Was ... haben die Morde zu bedeuten?"

Kurze Stille. Dann Victors Stimme, die aus der Dunkelheit rief: „Bravo, Carlotta. Es geht doch."

Ein Geräusch, als würde eine Schranktür geöffnet, war zu hören. Er trat wieder ins Licht, in seinen Armen trug er einen braunen Pappkarton, wie er zum Lagern von Akten benutzt wird. Vorsichtig stellte er ihn neben seinem Stuhl ab. Dann nahm er den Deckel herunter und holte einen Packen Hefte heraus. Sie waren in Schutzfolie verpackt. Dunkelviolette Einbände.

„Im ersten Brief von Vater, als sie ihn eingesperrt haben, stand, wo sie zu finden sind. Man musste ihn kennen, um es herauszulesen. Das Versteck seiner Tagebücher. Diese Kiste ist nur ein Bruchteil davon, es gibt noch viel mehr. Ich habe sie in Sicherheit gebracht und gelesen, immer und immer wieder. Und dann ... dann habe ich verstanden. Du hast mich gefragt, was die Morde zu bedeuten haben. Ich werde es dir sagen. Du sollst von seinem Vermächtnis erfahren. Das", er legte die Hefte zurück in die Kiste, nahm eines, das seitlich steckte, heraus und hielt es mir unter die Nase, „ist der Ursprung. Das ist, was die Gesellschaft ihm angetan hat. Das ist der Grund. Hier drinnen steht, warum er tun musste, was er getan hat. Sie haben ihn alleingelassen. Er wollte Gerechtigkeit. Er war ein Rächer."

Er setzte sich wieder, drückte das Heft an sich, als wäre es ein Schatz.

„Und das bin ich auch. Ich bin wie er."

Dann klappte er es auf. Und begann vorzulesen.

4. Mai 1986, Sonntag

Heute waren Wahlen. Wir haben einen neuen Bundespräsidenten. Elitärer Schwachsinn.

Ich habe die Kinder mitgenommen, alle drei. Bis auf Kim. Sie ist bei Sarah geblieben.

Sie haben vor der Wahlkabine auf mich gewartet. Alle Leute haben sich nach uns umgedreht. Auch nachher, als wir essen waren. Die anderen Gäste im Restaurant haben uns beobachtet. Verräterische Blicke.

Sie wissen es.

Ich sehe sie an, und in ihren Augen erkenne ich, dass sie wissen, was in meinem Kopf vorgeht, wenn ich meine Kinder ansehe.

Der Druck wird unerträglich. Ich halte es nicht mehr aus, die Kontrolle geht mir verloren.

Die Erinnerungen kommen immer öfter. Es reicht, wenn der Geruch von Fisch in der Luft liegt oder ein Kind in meiner Praxis Kaugummi kaut. Vielleicht, weil Victor, Nate und Moritz jetzt das Alter dieser Sadistenschweine haben. Früher hatte ich es unter Kontrolle. Doch jetzt kommt es näher, frisst mich auf, wie ein Geschwür. Immer näher, als wäre kein Tag in diesen ganzen Jahrzehnten vergangen.

Ich muss nur die Augen schließen, schon bin ich wieder zehn Jahre alt und dort.

Der Schnee unter meinen Schuhsohlen knarzt. Es hat geschneit, die Welt um mich herum ist schon seit Tagen weiß. Wie jeden Mittwoch bringe ich die Kleider und Röcke, die Oma geändert hat, in das Modeatelier. Dieses Mal bekomme ich keine neuen mit, nur das Geld für Omas Arbeit. „Dieses Mal ist es ein bisschen mehr. Und fünf Schilling davon sind für dich", sagt die Frau. Es tut ihr leid, ich soll Oma ausrichten, sie hätte jetzt eine Schneiderei, die die Änderungen vornimmt. Die Kundinnen wollen nicht mehr eine Woche auf ihre neue Kleidung warten. Bevor ich gehe, setze ich mich auf den Boden, wie immer. Die Frau lacht, während sie mir zusieht, wie ich meinen rechten Schuh und Socken ausziehe und das Geld darin verstecke.

Der eiskalte Wind tut mir in den Ohren weh. Ich habe keine Mütze mehr, seit ich sie einmal in der Schule vergessen habe. Ich bin erst ein paar Minuten unterwegs, da wird der Sturm stärker. Er peitscht die Schneeflocken in mein Gesicht, ich kann fast nichts sehen. Ich weiß nicht, woher sie auftauchen. Sonst passe ich immer auf, laufe weg, wenn ich sie sehe. Aber plötzlich stehen sie da und versperren mir den Weg. Menschen hinter und vor mir wechseln eilig die Straßenseite. Ich sehe ihnen nach, sie werden mir doch sicher helfen. Da werde ich in den Schnee gestoßen.

Sie sind zu zehnt, doch das weiß ich da noch nicht. Ich bekomme nur die drei mit, die mich packen, mir die Augen zuhalten. Ich fange an zu schreien, die Hand rutscht zu meinem Mund und quetscht ihn zusammen. Verschwommen sehe ich Menschen, sie sind ein paar Meter entfernt stehen geblieben. Wieso hilft mir niemand? Wieso tut niemand von ihnen was?

Sie ziehen mich in das Haus, schleppen mich in den Keller. Vor Angst mache ich mir in die Hose, ich kann es nicht halten. Ich werde auf den Boden geworfen, stoße mit dem Kopf gegen etwas, vielleicht eine Mauer. Es tut so weh, dass ich zu weinen anfange. Einer tritt mich in den Bauch, ich bekomme keine Luft, und dann wird alles schwarz.

Es stinkt nach faulen Eiern, als ich aufwache. Der Geruch kommt aus dem Mund des Jungen, der vor mir steht und mir seinen Atem ins Gesicht bläst. Er ist ein paar Jahre älter als ich, vielleicht 14 oder 15. Auf seiner Oberlippe sprießt ein Flaum aus schwarzen Haaren. Sein Gesicht ist schneeweiß, wie bemalt. Mir ist eiskalt.

„Trudi musste dir eine frische Hose anziehen, kleiner Hosenscheißer", sagt er und deutet auf das Mädchen hinter sich. Sie ist ungefähr so alt wie er, ihr Gesicht ist genauso wächsern und blass, und sie kaut Kaugummi. Nach jeder Bewegung reißt sie ihren Mund auf, und ich sehe den dicken rosa Klumpen auf ihrer Zunge. Das müssen mindestens fünf der rosafarbenen Kaugummis sein, wie ich sie aus der Besatzungszeit von den Amerikanern kenne. Sie nimmt einen Faden des Kaugummis und zieht ihn heraus. Sie sieht mich voller Verachtung an. Das Mädchen trägt meinen Pullover.

„Hast dich angepieselt und vollgeschissen", sagt er. Das Mädchen lacht gackernd. Andere fallen in das Gelächter mit ein, aber ich kann sie kaum sehen, das Licht ist so schwach. Ich schaue an mir herunter, statt meiner dunkelbraunen Winterhose hat sie mir eine kurze graue Hose angezogen. Mein gelbes Leibchen, das ich unter dem Pullover anhatte, ist am unteren Saum eingerissen. Ich trage keine Schuhe mehr. Erst da fällt es mir auf. Das Geld in meinem rechten Socken. Ich bewege den Fuß am Boden, es ist noch da. Sie haben es nicht gefunden.

„Was wollt ihr von mir?", frage ich und muss wieder weinen.

„Dein Geld."

„Ich hab keines."

„Wo ist es?"

„Nein wirklich, ich schwöre, ich habe keines. Bitte. Lasst mich gehen."

„Wo ist dein Geld?"

„Ich hab gar nix."

Er gibt dem Mädchen ein Zeichen, sie tritt hinter mich, reißt meine Arme nach hinten, bis ich liege. Dann setzt sie sich mit ihren Knien auf meine Unterarme. Der Junge beugt sich über mich, er holt aus seiner hinteren Hosentasche ein langes Messer hervor. Er hält es mir unter mein rechtes Auge, ich fühle die Klinge an meinen Wimpern.

„In meiner Socke, es ist in meiner rechten Socke", kreische ich. Ich spüre, wie mir jemand beide Socken auszieht. Der Finder johlt auf: „Das ist ja ein Goldschatz."

„Du hättest nicht lügen sollen", sagt der Junge auf mir. „Jetzt müssen wir dich bestrafen."

Ich will schreien, aber ich kann nicht. Das Messer wandert über mein Gesicht, meinen Hals. Er schneidet das Leibchen ein. Ein kurzer Ruck, und mein Oberkörper liegt frei. Er lacht wieder. Ich höre die Stimme des Mädchens hinter mir.

„Stich zu", sagte sie. Dabei drückt sie ihre Knie stärker in meine Unterarme. „Schneid was raus aus unserem Henderl. Damit er sich für immer erinnert, dass man uns nicht belügt." Im nächsten Moment spüre ich, wie sich am Bauch die Klinge unter meine Haut schiebt. Sie lösen kleine Stückchen Haut von meinem Körper ab. Als wäre ich ein scheißverdammtes Hühnchen, dem man die Haut abzieht. Ich wehre mich so sehr, dass sie mich nicht mehr *halten kann. Vier Jungen stehen plötzlich über mir und drücken mich nieder. Dann kommt sie dran. Sie sagt mir, dass sie gleich zustechen und mich umbringen wird. Als sie fertig ist, reicht sie das Messer weiter. Jeder kommt dran, manche mehrmals. 21 Mal schneiden sie kleine Stücke meiner Haut ab. Auf ihren Fingern klebt mein Blut. Aber es ist nicht rot. In dem Licht hier ist es so rosa wie der verdammte Kaugummi. Immer, wenn ich ohnmächtig werde, flößen sie mir ein stinkendes öliges Getränk ein, das nach ranzigem Fisch schmeckt. Ich weiß nicht, dass es Lebertran ist. Der Geschmack macht mich wieder munter, ich muss würgen, doch sie schütten weiter. Ich kann nicht atmen. Ich ersticke. Erst da hören sie wieder auf. Es geht stundenlang so. Immer und immer wieder. Bis ich nur noch tot sein will. Ich höre auf, mich zu wehren. Höre auf zu weinen. Und lasse sie alles machen, was sie wollen. Irgendwann sagt einer im Stimmbruch: „Wenn er sich nicht wehrt, macht es keinen Spaß mehr."*

Sie bringen mich raus, werfen mich auf die Straße in den Schnee. Das Mädchen namens Trudi lacht gackernd: „Uns vergisst du nicht."

Der Hass frisst mich auf. Ich dachte, ich wäre ihm entkommen, aber er hat mich eingeholt. Der Hass auf sie und auf alle, die mir nicht geholfen haben. Die einfach weggelaufen sind, auf der Straße, um sich in Sicherheit zu bringen. Wegen euch war meine Großmutter in dieser Nacht alleine. Sie starb vor Sorge, weil ich nicht nach Hause kam. Ich kenne weder eure Namen noch eure Gesichter, aber ich wünsche mir, dass es eure Kinder und Kindeskinder sind, die ich sterben lasse.

Wenn ich die Augen schließe, sehe ich das Blut. Mein rosafarbenes unschuldiges Blut, das ich wegen euch im Keller vergossen habe. Ihr hättet dort liegen sollen. Und darum werde ich mir mein Blut zurückholen.

Victor Riedl klappte das Heft zu. Er sah mich erwartungsvoll an. Da wieder. Das war doch ein Geräusch. Ich hatte mich nicht geirrt. Sie mussten schon in der Nähe sein.

„Das war dein Vater", sagte ich. „Aber wieso hast *du* das alles getan? Erklär es mir."

Er beugte sich vor, fixierte mich mit seinem Blick. „Wir verteidigen das, was uns am wichtigsten ist, mit der meisten Macht. Weißt du, was das ist, Carlotta?"

Ich schüttelte den Kopf.

„Unser Selbstwert. Es ist alles, was wir haben. Alles, was bleibt. Sie haben ihn uns genommen. So, wie sie uns unseren Vater genommen haben.

Ich habe ihn wieder zurückgeholt. Mein Vater war kein Psychopath, wie sie immer behauptet haben. Er war ein Opfer. Aber dafür hat sich nie jemand interessiert. Niemand hat ihm an diesem Nachmittag geholfen. Und auch uns hat niemand geholfen. Weißt du, wie wir behandelt wurden, als es rausgekommen ist? Was die Menschen uns angetan haben? Du hast keine Ahnung, Carlotta Fiore. Keine Ahnung!"

„Doch. Moritz hat es mir erzählt. Er hat mir alles erzählt. Ich weiß ..."

Der Ausdruck auf seinem Gesicht veränderte sich schlagartig. Da war wieder diese undurchdringbare Maske. „Deine Frist ist vorbei", sagte er.

Er stand auf und ging Richtung Scheinwerfer.

„Bitte, Victor, nicht. Du hast keine Chance. Die Polizei ... sie kommt. Konrad hat sie geholt. Sie werden gleich hier sein."

Ohne sich noch einmal umzudrehen, verschwand er in der Dunkelheit. Im nächsten Moment schwenkte der Lichtkegel eines Scheinwerfers von Fanny und mir weg. Nach ein paar Metern blieb er stehen.

Fanny fing an zu schreien. Und ich hatte das Gefühl zu fallen, in einen tiefen, tiefen bodenlosen Abgrund, als das Licht sein Ziel erhellte. Es war Konrad.

Er saß auf einem Stuhl, in sich zusammengesunken. Einzig die zahllosen Fesseln um seinen Körper hielten ihn in der Sitzposition, sein Kopf hing schlaff auf seiner Brust. Fannys Schrei erstarb abrupt.

„Er hat keine Hilfe geholt, Carlotta", hörte ich Victor Riedls frostige Stimme.

Ich wollte Konrad rufen, aber meine Stimme versagte. Mit ganzer Kraft wehrte ich mich gegen meine Fesseln, versuchte mich aufzubäumen. Es war zwecklos.

Der Lichtkegel wurde von ihm weggedreht. Er wanderte weiter und weiter durch den leeren riesigen Raum, bis er in der linken hinteren Ecke zwei Gestalten erleuchtete. Sie standen dort wie unbeteiligte Zuseher. Hoben sich grell von der dunklen Wand hinter ihnen ab.

Moritz' Narbe wirkte durch den Lichtstrahl noch größer. Er sah mich ausdruckslos an. Seine Schwester lächelte leicht, wie ein unartiges Kind. Sie drückte sich näher an ihren Bruder.

In ihrer Mitte blitzte etwas hervor. Moritz' rechte und Renates linke Hand waren ineinander verschränkt. Dazwischen glänzte die lange silbrige Schneide eines Messers.

„Nicht nur ich bin wie unser Vater", sagte Victor Riedl aus der Dunkelheit.

„Wir drei sind es."

39.

Moritz und seine Schwester kamen auf uns zu. Obwohl es meine Augen sahen, weigerte sich mein Verstand, es zu glauben. Nicht Moritz.

„Das überrascht dich, nicht wahr?", hörte ich Victor Riedls Stimme aus der Dunkelheit. „Du dachtest, ich war es alleine. Aber das war ich nie. Jana war unsere Erste. Nur wussten wir das damals nicht."

In meiner Panik fing ich an zu brabbeln, unzusammenhängende Worte ohne Sinn.

„Als wir sahen, wie sich der Zustand unseres Vaters verschlechterte, und wir nichts dagegen tun konnten, da wussten wir es", sprach er unbeeindruckt weiter. „An dem Tag, an dem er starb, haben wir unser Erbe angetreten. Jeder von uns hat es getan. Wir wollten mit einem Paukenschlag beginnen. Zwei Mädchen, zwei Leichen. Aber es ist nur eine aufgetaucht. Ich habe sie getötet. Dann war Moritz dran, ihm gehörte der Junge. Das nächste Mal war es Nate. Ganz allein. Wir wollten ihr helfen. Aber wir konnten nicht. Weißt du, warum? Du hast unsere Pläne gestört, Carlotta Fiore. Darum hat Moritz sich um dich gekümmert. Und war er nicht großartig? Hat dir seine rührende Geschichte gefallen? Der trockene Alkoholiker, der wegen Kims Tod sein Gelübde bricht? Soll ich dir noch ein Geheimnis verraten? Moritz war nie bei den Anonymen Alkoholikern, das war alles für dich erfunden. Du siehst jetzt so herrlich erschrocken aus. Das gefällt mir. Dann erfährst du gleich ein weiteres Geheimnis. Es war Nate, die die Drohung an Konrad Fürst dem Leichnam beigelegt hatte. Sie wusste, dass er damals bei unserem Vater im Gefängnis war, weil er an Janas Unfall gezweifelt hat. Das hat er uns erzählt, am Teich. Obwohl er uns nicht verdächtigte, hatte Nate seinetwegen Panik. Ein dummer Fehler.

Er wäre nicht passiert, wenn wir bei ihr gewesen wären. Aber das Mädchen musste trotzdem sterben. So wie ihr jetzt."

Fanny neben mir war vollkommen still geworden. Sie sah nur noch geradeaus. Als wäre ihr Geist an einen anderen Ort geflüchtet.

Ich sah Moritz mit flehendem Blick an, wie er zielstrebig neben seiner Schwester auf mich zuschritt. Nun kam auch Victor hinter den Scheinwerfern hervor.

„Carlotta zuerst", befahl er. Ich rutschte auf meinem Stuhl hin und her.

Ein verzweifelter, hoffnungsloser, letzter Versuch, meine Fesseln zu lösen.

Es war vergeblich. Blut quoll von den Striemen aus meinen Handgelenken und tropfte zu Boden.

„Moritz, bitte", schrie ich.

Von ihm kam keine Reaktion. Kein Blinzeln. Kein Funkeln. Nichts. Als wäre er ein anderer Mensch als der, dem ich bis jetzt begegnet war.

Und da begriff ich. Keiner von uns kam hier lebend raus. Niemand wusste, wo wir waren. Es war vorbei. Alle Hoffnung, an die ich mich bis jetzt geklammert hatte, wurde ersetzt. Durch Bitterkeit.

Ich tat das Einzige, was mir blieb. Ich schloss mit meinem Leben ab, senkte meinen Blick. Alle Geräusche um mich herum traten in den Hintergrund.

Ich würde sterben. Hannes würde nie erfahren, wie sehr ich ihn liebte.

Nie würde ich meinen wunderbaren Sohn wiedersehen. Nie mehr seine winzigen Hände berühren, ihn nicht wachsen sehen oder sein erstes Wort hören.

Wie viel Zeit hatte ich vergeudet, in der Annahme, ich hätte genug davon? Wie viel hatte ich versäumt? Ich dachte an den Brief des DNA-Labors in der Esstischlade. Wie dumm war ich, ihn nicht zu lesen. Wie feige und dumm. Der Heiratsantrag. Ich hatte Hannes abgewiesen. Ihm mein Nein nicht erklärt. Und jetzt war es zu spät.

Sie kamen immer näher. Ihre Schritte wie der Sekundenzeiger meiner letzten Minute. Wenigstens einmal wollte ich mutig sein. Ich schloss die Augen.

Tränen liefen mir über die Wangen, in meiner Erinnerung sah ich Konrads schiefes Lächeln vor mir. Seine rabenschwarzen Augen. Sie würden mir fehlen. Wer auch immer ich war.

Und ich sah Hannes' Gesicht. Wie er mit Konny in den Armen durch das Zimmer tanzte, weil unser Sohn nicht einschlief. Mit diesem Bild wollte ich sterben.

Ich sagte das einzige Wort, das nun noch zu sagen war. Für Hannes und Konny. Für Konrad. Für Fanny, Henriette und Anna. Und für mein Leben, so verrückt und verkorkst und ungeplant es auch verlaufen war. Ich sagte es laut und deutlich.

„Danke."

Dann presste ich die Augen stärker zusammen, damit mir alle Menschen, die ich liebte, nicht in diesem letzten Moment verlorengingen. Wartete auf den Schmerz, mit dem mein Leben ausgelöscht werden würde.

Ich hörte ein Poltern und ein schneidendes Geräusch, riss meinen Mund zu einem stummen Schrei auf und war einen absurden Moment erleichtert, weil es so schnell gegangen war, dass ich es gar nicht gespürt hatte.

Erst dann registrierte ich das reißende Gefühl an meinen Händen und meiner Taille. Und Moritz Riedl, der schrie: „RENN! RENN WEG."

Ich öffnete die Augen. Moritz stand mit dem Rücken zu mir, hielt seinem Bruder Victor das Messer entgegen. Seine Schwester Renate lag gekrümmt am Boden. Er musste sie fortgestoßen haben.

„RENN", wiederholte er. Renate kam auf alle Viere, krabbelte wie ein wütendes Insekt auf mich zu. Sie richtete sich auf, ich trat mit meinem Fuß nach ihr, traf sie am Oberschenkel, und sie strauchelte und stürzte.

„RENN."

Ich sprang vom Stuhl, er kippte nach hinten, ich wollte Fannys Fesseln lösen, aber es war unmöglich.

„LASS SIE. RENN", schrie Moritz.

Renate verschwand aus meinem Blickfeld, lief hinter die Scheinwerfer, um sofort wieder hinter ihrem Bruder Victor aufzutauchen. Sie hielt ein weiteres Messer, kleiner als das erste.

„RENN."

„NEIN."

„RENN."

Ich lief Richtung Tür, fünf Schritte, und blieb stehen. Wie konnte ich fliehen? Wie konnte ich Konrad und Fanny alleine hierlassen? Selbst wenn ich hier rauskäme, wie lange würde es dauern, bis ich Hilfe geholt hatte?

Victor Riedl fing an, auf seinen jüngeren Bruder einzusprechen.

„Tu es nicht, Moritz, sie darf nicht gehen ..."

„Was zum Teufel ...?", kam es von der Tür hinter mir.

Ich drehte mich um. Im schwachen Lichtschein, der aus dem Gang hinter ihm fiel, stand Krump. Ich warf mich zur Seite, gab für ihn den Blick auf Renate Riedl frei, doch Krump zögerte und reagierte zu spät. Als er seine Waffe zog, war sie schon wie eine Furie in seine und meine Richtung gestürzt.

„NEIN", schrie Moritz. Er stand mit dem Rücken zu Krump, konnte den Polizeichef nicht sehen.

Moritz sprang vor und stürzte sich seiner Schwester in den Weg. Sie stolperte, fiel in ihr eigenes Messer. Das silbrige Metall verschwand unter ihrem schmalen Körper, begleitet von ihrem erstaunten kurzen Aufschluchzen.

Moritz drehte sich um, noch immer sein Messer vor sich haltend. Perplex, als hätte er gar nicht begriffen, was eben geschehen war. Erst da bemerkte er Krump in der Tür. Noch kurz war Renate Riedls Röcheln zu hören, dann sprengte ein Schuss mein Trommelfell.

Es sah aus, als würde alles in Zeitlupe geschehen.

Moritz' Körper, der zurückgeworfen wurde. Das Blut, das aus seinem Brustkorb spritzte. Sein erschrockener Blick. Und die Hand, die er im Fall nach mir ausstreckte.

Victor rannte mit einem markerschütternden Schrei auf Krump zu und schlug ihn mit einem Fausthieb zu Boden.

Es ging alles so rasend schnell, dass ich nicht reagieren konnte, als er auf mich zustürmte und mir einen Kinnhaken verpasste, der mich zusammenklappen ließ. Alles um mich herum verschwamm.

Ich hörte Schritte, Victors Aufschrei. „NEEEEIN."

Im nächsten Moment wurde ich hochgehoben und über eine Schulter geworfen. Spürte den Rhythmus von schnellen Schritten. Der Fußboden zog unter mir vorbei.

Ich wurde Treppen hinaufgetragen. Als dieses dumpfe Gefühl in meinem Kopf nachließ und ich begriff, dass jemand mich aus dem Gebäude schaffen wollte, versuchte ich, mich zu befreien. Ich trat, biss, schlug mit Fäusten auf meinen Träger ein. Mit Schwung stellte er mich auf die Beine, presste mich gegen die Wand und drückte mir mit seinem Unterarm den Hals ab.

„Ich bring dich gleich jetzt um, wenn du nicht aufhörst", sagte Victor Riedl.

„Du musst aufgeben", quetschte ich hervor, doch da drückte er stärker zu. Er packte mein Genick, manövrierte mich bis zu einer weißen Metalltür, von dort weiter ins Freie. Die Sonne ging gerade auf, tauchte alles in hellrosa Morgendämmerung. Wie lange waren wir in diesem Raum gewesen? Mit einer Hand hielt er mich fest, mit der anderen riss er sich den weißen Schutzanzug vom Körper und warf ihn zu Boden.

Der schwarze Audi von Renate stand im begrünten Innenhof. Victor holte den Schlüssel aus seiner Hosentasche, betätigte die Zentralverriegelung, schleuderte mich mit voller Wucht auf den Beifahrersitz, dass ich mit der linken Schläfe auf dem Lenkrad anstieß, und stieg auf der Fahrerseite ein. Der Schmerz mischte sich mit Benommenheit. Blut rann mir ins linke Auge. Ich tastete nach der Schnalle, wollte die Tür öffnen und wieder hinaus, doch da hatte er schon mit einem Knopfdruck die Innenverriegelung aktiviert.

Hastig streifte er sich die Gummihandschuhe ab und klappte die Sonnenblende herunter. Mit der Fernbedienung, die dahinter eingeklemmt war, öffnete er das Rolltor. Der Wagen fuhr langsam auf die Straße. Da war keine Polizei, kein Beamter. Nicht ein einziger Streifenwagen wartete auf uns.

„Was hast du vor?", keuchte ich.

Ohne zu antworten, reichte er mir ein Taschentuch. „Wisch dir das Blut von der Stirn."

Dann bog er ab, aber nicht rechts, Richtung Innenstadt, sondern nach links, stadtauswärts. Es war noch nicht viel los, kaum Autos auf den Straßen. Ein paar Frühaufsteher auf dem Weg zur Arbeit. An einer Kreuzung versuchte ich, einer alten Frau, die gerade die Straße überquerte, ein Zeichen zu geben. Er legte den Arm um mich, als wären wir ein Liebespaar, lächelte und sagte: „Wag es nicht. Ich breche dir sonst das Genick."

Je länger er fuhr, desto mehr entfernten wir uns von der belebten Gegend. Einfamilienhäuser lösten Wohnbauten ab, und schließlich war da nur noch das saftige Grün der Bäume, das ganz selten von einer Hausfassade unterbrochen wurde. Und da wusste ich, was Victor Riedls Ziel war.

Wir fuhren die Höhenstraße entlang, er folgte den grünen Straßenschildern mit der Aufschrift „Cobenzl".

Er brachte mich an den Ort, an dem sie vor vielen Jahren ihren ersten Mord begangen hatten – Jana Birnbaum. Ihre Halbschwester.

„Victor ..."

„Sei still." Seine Stimme klang, als würde er ersticken. Ich sah zu ihm, er fixierte mit seinem irren Blick die Straße, als wollte er Löcher in sie brennen.

„Victor, bitte. Moritz und Renate sind tot ..."

„Halt's Maul, verdammt", brüllte er und beschleunigte. Der Hubschrauber war das Erste, was ich hörte.

Er kreiste über uns, dann plötzlich tauchte in den Rückspiegeln das Blaulicht auf. Victor stieg noch mehr aufs Gas und fing an, wild zu fluchen.

Ich tastete blind nach dem Sicherheitsgurt, schnallte mich an. Das Blaulicht kam näher, holte uns immer mehr ein. Rechts von mir die Leitplanke. Dahinter der

Abgrund. Er musste sein Lenkrad nur ein bisschen verreißen. Und alles wäre vorbei.

Die Blaulichter wurden immer zahlreicher, vermehrten sich reflektierend in den Rückspiegeln. Der Hubschrauber reduzierte seine Höhe. Wieso gab es noch keine Straßensperre? Vielleicht, weil sie ihm an dieser Stelle keine andere Möglichkeit als den Abgrund lassen würde. Er hielt das Lenkrad mit beiden Händen. Starrte geradeaus. Sein Körper angespannt bis zum letzten Muskel.

Und plötzlich, ohne ersichtlichen Grund, wurde das Auto langsamer.

Victor reduzierte das Tempo, bis der Wagen schließlich zum Stehen kam.

Er drehte sich zu mir. Sein Blick war kalt, aber klar.

„Ich weiß, dass ich hier nicht rauskomme. Aber ich sorge dafür, dass es nach meinen Spielregeln geschieht. Ich könnte dich jetzt töten. Bei allem, was ich getan habe, kommt es auf eine weitere Leiche auch nicht mehr an. Aber ich werde es nicht tun. Ich werde es nicht tun, wegen Moritz. Er war der beste ... der beste Bruder. Immer. Ich habe gemerkt, dass er dich mag. Wie sehr, war mir bis heute nicht klar. Du lebst wegen Moritz. Vergiss das nie. Ich gehe jetzt zu ihm."

Dann öffnete er die Zentralverriegelung und stieg aus.

Die Streifenwagen waren in ein paar Metern Entfernung hinter uns stehen geblieben, die Polizisten standen durch die geöffneten Autotüren geschützt mit ihren Pistolen im Anschlag. Victor hob die Hände über seinen Kopf. Dann ging er ihnen entgegen.

Als er schon fast bei den Beamten war, öffnete ich meinen Gurt. Ich stieg aus und lief hinter einen nahegelegenen Baum.

Ich konnte gerade noch sehen, wie Victor Riedl sich am Rücken in den Hosenbund fasste. Er bewegte seinen Arm. Tat so, als wollte er etwas herausholen, das klemmte.

Im nächsten Moment schrie jemand: „Er hat eine Waffe!" Und dann gingen drei Schüsse los. Victor fiel sofort zu Boden.

Zwei Beamte liefen mit gezückten Pistolen zu ihm. Sie sahen sich um. Als sie keine Waffe in der Nähe seines Körpers sahen, beugte sich einer über Victor und legte seine Finger auf dessen Halsschlagader. Der andere blieb mit dem Lauf auf Victor gerichtet stehen.

Der Beamte über Victor schüttelte den Kopf. Dann rief er seinen Kollegen bei den Einsatzwägen zu: „Er ist tot."

Sosehr die Polizei an diesem Morgen auch die Straße absuchte, auf der Victor Riedl gestorben war, sie fanden keine Waffe.

Und ich wusste, sie konnten auch keine finden. Denn er hatte keine gehabt.

40.

„Sie müssen bitte kurz stillhalten", sagte die Notärztin und tupfte das eingetrocknete Blut auf meinem Kopf mit einem sterilen feuchten Tuch ab. Ich saß vor ihr, auf einem der kleinen Felsbrocken zur Abgrenzung der Straße zum Wald. Immer wieder entwand ich mich ihr, um zu sehen, was passierte.

„Worauf warten die alle?", fragte ich, mehr mich selbst als sie. Ich hatte noch nicht viele Informationen bekommen, niemand konnte oder wollte mir etwas über Konrad und Fanny sagen. Mein Zeitgefühl hatte ich verloren, aber es musste schon einige Zeit vergangen sein, denn mein Hintern war mehrmals eingeschlafen vom langen Sitzen auf der harten Unterlage. Um meine Handgelenke hatte ich übertrieben dicke weiße Verbände. Die Notärztin antwortete: „Die Spurensicherung ist noch nicht eingetroffen. Sie kommen von dem anderen Tatort in der Herbststraße."

Ich fuhr so schnell hoch, dass ich mit meiner Wunde auf der Schläfe an ihrer Hand anstieß.

„Au." Mir wurde schwarz vor Augen, silberne Blitze tanzten im Gesicht der Ärztin.

„Ich glaube, es ist besser, wir bringen Sie ins Krankenhaus. Die Verletzung ist nicht groß, aber es kann sein, dass Sie eine Gehirnerschütterung haben."

„Nein. Es geht mir gut."

Uniformierte Polizisten schwirrten um Victor Riedls Leiche, die unter einer Plane auf der Straße lag. Ich rief ihnen etwas zu, doch sie reagierten nicht. Ein junger Polizist kam vorbei, ich hielt ihn auf.

„Wie haben Sie uns gefunden? Und wissen Sie schon was über die anderen?"

Er zuckte mit den Schultern. „Tut mir leid, weiß ich nicht." Aus seinem Funkgerät, das er in der Hand hielt, war ein Signal zu hören, dann eine blecherne Stimme. „Achtung, das Auto vom Polizeichef. Winkt es durch."

Im nächsten Moment erschien in der Ferne Krumps Wagen. Drei Leute stiegen aus. Krump. Sein Sohn. Und jemand, der sich aus dem Auto bemühte. Konrad. Ich schluchzte auf. Die Notärztin sah mich verwundert an. Ich wollte aufstehen, doch sie drückte mich runter.

„Lassen Sie mich wenigstens die Wunde fertig reinigen."

Sie waren zu weit entfernt, ich konnte nicht wirklich sehen, was vor sich ging. Zwischen uns die Absperrung rund um Victors Leiche. Krump schien auf Konrad einzureden, dann winkte er einen Beamten heran. Krumps Sohn verdrückte sich ins angrenzende Waldstück. Der Beamte führte Konrad zu einem der Polizeiautos. Und Krump kam in meine Richtung. Er hielt irgendetwas Viereckiges Blaues in der Hand.

Die Absperrung wurde angehoben, sodass er durchgehen konnte. Bei der Leiche von Victor blieb er stehen und sprach mit dem jungen Polizisten, den ich vorhin aufgehalten hatte. Er hob die Plane ein Stückchen hoch.

„Augen schließen", befahl die Notärztin und sprühte mir etwas Kaltes auf die Schläfe. Es brannte kurz. Dann ließ der Schmerz nach. Ich öffnete die Augen einen Spalt, um zu Krump zu sehen. Er schaute in meine Richtung. Dann nickte er dem Polizisten zu und kam zu mir. Erst jetzt erkannte ich, dass das blaue Ding in seiner Hand ein Coldpack war. Eine dicke Beule prangte auf seiner Stirn wie ein Feueralarmknopf.

Er bedeutete der Notärztin, uns alleine zu lassen.

„Wie geht es Fanny?", fragte ich. Er murmelte: „Alles in Ordnung."

Dann blieb er eine Weile so stehen und sagte nichts. Die Sonne kroch immer mehr den Himmel empor. Es würde ein heißer Tag werden. Krump ließ sich auf einem der Felsbrocken neben mir nieder. Nicht weit entfernt knackte es zwischen den Bäumen, ein roter Punkt glimmte in der Dunkelheit des Waldes auf. Süßlicher Haschischgeruch wehte mit einem lauen Lüftchen zu uns herüber. Ich sah Krump fragend an. Er hob leicht die Schultern.

„Soll er machen, was er will."

„Was ist los? Hat der Schlag Ihr Gehirn beschädigt?"

„Ohne ihn würden Sie jetzt nicht hier sitzen."

„Wie haben Sie uns gefunden?"

„Konrad ist Ihnen nachgefahren. Als er Sie aus dem Haus in der Schweglerstraße gebracht hat." Er deutete zu Victors Leiche.

„Konrad ist Auto gefahren?"

Ich schaute in die Richtung, in die er mit dem Beamten verschwunden war, konnte ihn aber nicht sehen.

Krump nickte, stöhnte auf und legte sich den Coldpack auf die Stirn.

„Er hat mich angerufen. War hysterisch. Hat geschrien, Herbststraße 69. Dann war die Leitung tot." Mein Akku. Die letzten zwei Prozent. „Ich dachte, er ist übergeschnappt. Aber als ich ihn nicht mehr erreicht habe ... Ihr Glück, dass die Herbststraße nur zwei Querstraßen von der Hasnerstraße entfernt ist. Also hab ich Florian mitgenommen und bin rübergegangen."

„Sie sind alleine hin?"

„Was sollte ich machen? Jeder verfügbare Beamte war in der Hasnerstraße auf der Suche nach der Kleinen."

„Aber wieso ... ich meine, Sie wurden doch ..."

„Es war er." Krump deutete in den Wald. „Er hat draußen gewartet. Und hat das Auto gesehen, in dem Sie gesessen sind."

Ich drehte mich nach hinten und rief zu den Bäumen: „Danke, Florian." Im nächsten Moment glimmte der Joint auf, und erneut umwehte uns zarter Haschischgeruch.

„Kümmert sich jemand um Fanny? Ist ihr Vater schon verständigt?"

Krump tat so, als würde er auflachen. Es war das am schlechtesten gespielte Lachen, das ich je gehört hatte. „Die Kleine hat einen ganz schönen Knall. Passt zu Ihnen. Sie hat jeden einzelnen Polizisten angebettelt, dass ihr Vater nichts erfahren darf. Hat ständig von einem Gastspiel in New York gefaselt. Eine Psychologin vom Kriseninterventionsteam wollte sie beruhigen. Da hat sie zu singen begonnen."

In mein erleichtertes Weinen mischte sich Lachen.

„Und die beiden? Sind sie ... tot?"

„Renate Riedl, ja. Durchtrennte Bauchschlagader. Ihr Bruder nicht."

„Moritz lebt?"

„Ja. Er wird schon operiert. Die Kugel ist im Schlüsselbein stecken geblieben."

Ich musste an Victor Riedls letzte Worte denken. *Ich gehe jetzt zu ihm.*

Er hatte sich geirrt.

„Wissen Sie schon, wie sie es gemacht haben?", fragte ich.

„Nur von Ihrer Kleinen. Aber die Vorgehensweise war wahrscheinlich immer ähnlich."

„Wie?"

„Renate Riedl hat sie am Schulweg abgepasst. Mit blonder Perücke und Brille, aber das Mädchen hat sie im Nachhinein identifiziert."

Motorengeräusche näherten sich. Ich reckte den Kopf. Es waren mehrere Autos, die die Höhenstraße entlangkamen.

„Und dann?", fragte ich.

„Als sie am vereinbarten Treffpunkt auftauchte, lag dort eine Nachricht, auf der ein Plan aufgezeichnet war. Sie wären schon ins Studio vorgegangen, die Kleine sollte nachkommen. Es war nicht weit, zwei Querstraßen entfernt."

„Herbststraße", sagte ich.

„Ich frage mich, ob es auch Versuche gab, die nicht klappten?"

„Was meinen Sie?"

„Kinder, die nicht aufgetaucht sind. Oder irgendwen im Schlepptau hatten. Eines war jedenfalls klar bei den Opfern. Sie waren Außenseiter."

Seine Worte versetzten mir einen Stich. Wieder kamen Autos, dieses Mal mehr als zuvor. Sie parkten kreuz und quer, es sah aus wie bei einem Volksfest. Obwohl ich nichts sagte, fing Krump meinen Blick auf.

„Fischer ist in der Herbststraße. Er kommt nicht. Das ist die Spurensicherung. Und die Presse."

„Ihr Triumph als Polizeichef, Krump?"

Er beantwortete meine Frage nicht, sah auf seine Armbanduhr.

„Sie können zu Konrad. Er wartet in einem Wagen auf Sie. Ich habe gleich eine Pressekonferenz." Mit einem Ächzen stand er auf. „Florian?", rief er in den Wald. Es knackte leise, hörte sich aber eher so an, als würde sich das Knacken entfernen statt näher kommen. „Ach, Scheiße", fluchte Krump und verschwand zwischen den Bäumen.

Meine Knie waren weich wie Gummi. Ich wankte ein paar Schritte Richtung Einsatzwägen. Meinen Blick stur geradeaus gerichtet, um nicht auf Victor zu sehen und auf die Männer von der Spurensicherung, die die gleiche Kleidung trugen, die er in dem Raum mit den Scheinwerfern angehabt hatte.

„Ach, Fiore?", rief Krump hinter mir.

„Ja?" Ich drehte mich um. Er war wieder auf die Straße getreten. Hinter ihm stand sein Sohn.

„Ich werde das bereuen, Fiore. Sie sind mein Sargnagel. Aber Sie haben Ihren Vertrag. Ohne Probezeit."

Ich nickte ihm zu. „Schreiben Sie rein, ich bin Konrads Assistentin", sagte ich, drehte mich von ihm weg und ging weiter Richtung Einsatzwägen.

„Kein ‚Danke' für Ihren Polizeichef?", rief er noch, doch ich reagierte nicht mehr auf ihn.

Konrad saß auf der Rückbank des Polizeiwagens. Er öffnete die Tür, als er mich näher kommen sah, und versuchte auszusteigen. Fast wäre er hingefallen, weil sein Stock unter dem Vordersitz hängenblieb.

Ich wollte ihm helfen und griff danach, doch er sagte nur: „Lass das blöde Ding."

Als er vor mir stand, sah er mir in die Augen, ein Mundwinkel zog sich in die Höhe, und er streichelte mir über die Wangen. Dann zog er mich heran und drückte mich fest an sich.

Ich atmete ihn ein. So nah und niemals fern. Ich presste mein Gesicht an seinen Hals.

„Du bist uns mit dem Auto nachgefahren?", fragte ich.

Ich spürte, dass er nickte. Als ich zu weinen anfing, ließ er mich nicht los. Die Menschen um uns schwirrten herum. Autos kamen und fuhren wieder weg, Journalisten trafen ein. Doch Konrad und ich blieben so stehen.

„Lass uns nach Hause fahren", flüsterte er irgendwann, griff nach meiner Hand und drückte sie.

41.

Anna erwartete uns bereits. Sie küsste Konrad stürmisch auf den Mund, nahm ihm den Stock ab und zog ihm sein Sakko aus. Dann drückte sie mich an sich und begutachtete bekümmert meine Kopfwunde. „Sieht schlimmer aus, als es ist", sagte ich.

„Ich habe mit meiner Cousine telefoniert. Sie setzt Konny und Henriette morgen in den ersten Direktzug. Sie kommen um 17 Uhr am Westbahnhof an."

Die Erleichterung schwemmte die letzten Reste der Angst aus mir fort. Ich war plötzlich unglaublich müde, konnte mich kaum noch auf den Beinen halten.

Gemeinsam mit Anna führte ich Konrad in sein Zimmer. Sie wusste bereits alles, denn die Fernsehsender berichteten seit zwei Stunden nonstop. Die Mordserie in Wien war beendet. Und wieder stand der Name „Riedl" für eines der grausamsten Kapitel der Stadt. Laut Medien hatte man Sarah Fitzpatrick in die Psychiatrie einweisen müssen, als sie davon erfahren hatte.

Adam Fitzpatrick wurde von Paparazzi belagert, die herausgefunden hatten, dass er sich vor ein paar Tagen unter falschem Namen im Marriott einquartiert hatte. Eine Stellungnahme gab es von ihm noch nicht.

„Du musst dich ausruhen", sagte Anna zu Konrad und setzte ihn auf sein Bett.

„Aber ich ...", protestierte er.

„Keine Widerrede. Ich kümmere mich noch um deine Schulter, und dann schläfst du erst mal eine Runde." Er öffnete den Mund, doch sie ließ ihn nicht zu Wort kommen. „Und ich sage das jetzt nicht als jemand, der dich liebt. Ich sage das als deine Ärztin."

Er fing an zu grinsen.

„Als jemand, der mich liebt?"

Die sonst so selbstsichere Anna bekam rote Bäckchen, wie ein Kind vor dem Christbaum. Und ich verließ das Zimmer und schloss leise die Tür hinter mir.

Wo war mein Handy? Konrad hatte es gehabt. Ich hatte nichts von Hannes gehört. Wusste er alles, was passiert war? Hatte er versucht, mich anzurufen?

Ich ging zu der Kommode, auf der Anna sein Sakko abgelegt hatte. In der rechten Seitentasche fand ich es. Es war ausgeschaltet. Und ich bekam es auch nicht an, der Akku war leer. Konrads Anruf bei Krump.

Ich nahm das Handy mit in die Küche, holte das Ladegerät aus der obersten Schublade und steckte es an. Während es hochfuhr, trank ich ein Glas Wasser. Mein Hals schmerzte, aber nicht innen, sondern außen. Die Stellen, die Victor Riedl zugedrückt hatte, stachen bei jedem Schluck, als würde ein Nagel hineingebohrt.

Der Signalton des Handys ertönte, ich erschrak so sehr, dass ich das Glas fast fallen ließ. *Sie haben zwei Nachrichten auf der Mobilbox* stand auf dem Display.

Ich drückte auf die Schnellwahltaste. Die erste Nachricht war von Hannes' Nummer. Sie war erst ein paar Stunden alt. Er sagte nichts. Im Hintergrund hörte ich Stimmengewirr und Sirenen, dann legte er auf.

Die zweite war von gestern.

Es war eine Nachricht von Moritz Riedl, die er um 23 Uhr hinterlassen hatte und die ich nicht abgehört hatte. Mir wurde kalt, als seine Stimme erklang.

„Lotta, hier ist Moritz. Entschuldige ... aber ... ich brauche dich. Ich ... ich weiß, ich bin nicht in der Position ... jedes Wort, das ich dir heute gesagt habe, ist die Wahrheit. Ich weiß, dass du nicht dasselbe empfindest. Ich verstehe das ... Aber ich kann niemand anderen anrufen. Ich brauche dich wirklich. Jetzt. Hier. Bitte komm zu mir, nur dieses eine Mal. Ich schwöre dir, da-

nach lasse ich dich in Ruhe." Seine Stimme flatterte, ein leises Schluchzen. „Ich habe mir Propofol besorgt. Es ist genug, um ... Ich werde es nehmen. Ich will nicht mehr. Es geht ganz schnell. Aber ich möchte nicht allein sein, wenn es wirkt. Bitte. Ich warte auf dich."

Er nannte mir die Adresse. Es war die Herbststraße. Dieselbe Hausnummer, zu der Fanny von der Hasnerstraße aus in das Studio weitergeschickt worden war.

Jetzt verstand ich, was Victor gemeint hatte, als er sagte: ‚Ich dachte nicht mehr, dass es klappt. Aber jetzt bist du doch hier.'

Mir glitt das Handy aus der Hand und fiel auf die Küchenarbeitsplatte. Die hintere Abdeckung löste sich, der Akku purzelte heraus und rutschte in die Spüle.

Ich hatte keine Ahnung, wieso Moritz Riedl seine Meinung geändert hatte. Was ihn im letzten Moment umgestimmt hatte und dafür verantwortlich war, dass er mich nicht getötet hatte. Bereits bei der Autofahrt hierher hatte ich mich das gefragt. Er hatte mich perfekt belogen, die ganze Zeit, von Anfang an. Schon an diesem Nachmittag in der Eden-Bar, als er mir den Alkoholiker vorgespielt hatte. Und doch gab es da diesen einen Moment, an den ich immer wieder denken musste. Die Art, wie er ‚Danke' gesagt hatte, als ich in der Eden-Bar geblieben war. Ich hatte ihn gefragt, wofür? „Dafür, dass du hier bist. Du gibst mir das Gefühl, nicht alleine zu sein. Das hat schon lange niemand außerhalb meiner Familie mehr getan", war seine Antwort. Ich wusste nicht, was genau wir danach gesprochen hatten. Aber dann hatte er meine Hand auf die Narbe auf seiner Wange gelegt.

‚Danke' war auch das letzte Wort, das ich gesagt hatte, als er und seine Schwester in diesem Raum mit dem Messer in der Hand auf mich zugekommen waren. Vielleicht hatte er gedacht, ich hatte ihn damit gemeint? Aber das war reine Spekulation, und diese Nachricht von Moritz Riedl auf meiner Mobilbox machte das Ganze noch absurder.

Der Schlüssel in der Wohnungstür wurde herumgedreht. Ich stürzte ins Vorzimmer. Hannes stand im Türrahmen. Als er mich sah, machte er einen raschen Schritt nach vorn. Doch dann stoppte er, schloss die Tür hinter sich und sah von mir zu seinen Schlüsseln.

„Geht es dir gut?", fragte er.

Ich presste einen zustimmenden Laut heraus, aus Angst, ich würde sonst zu weinen anfangen.

„Ich konnte dich nicht erreichen", sagte er.

Ich weiß nicht, was ich erwartet hatte. Nein, das stimmt nicht. Ich dachte, wir würden uns in die Arme fallen und alles wäre gut. Aber so funktioniert das Leben nicht.

Alles in mir wollte zu ihm. Doch jetzt, wo er vor mir stand, sah ich ihm an, dass er nicht gekommen war, um die große Versöhnung zu feiern. Dazu war zu viel passiert. Und dafür kannte ich ihn zu gut.

„Und Konny, wie geht es ihm?"

Ich brauchte ein paar tiefe Atemzüge, bis ich es schaffte, „Er kommt morgen nach Hause" zu sagen. Hannes nickte und lächelte leicht.

Eine Weile standen wir schweigend voreinander.

„Können wir ins Wohnzimmer gehen?", fragte er schließlich. Ich schüttelte energisch den Kopf, kämpfte mit den Tränen. Ich drehte mich weg, damit er es nicht merkte. Tat so, als wäre ich von der ganzen Situation genervt. Was nicht stimmte.

„Du hast das alles gut überstanden", sagte er.

„Ja, alles okay." Jedes Wort eine Überwindung.

„Ich kann so nicht weitermachen, Lotta." Seine Stimme klang abgeklärt, keine Spur von Trauer, Ärger oder Bedauern.

„Willst du gehen?", fragte ich, ohne ihn anzusehen.

Er schluckte, wartete einen Moment und sagte schließlich: „Vorher möchte ich mit dir reden."

Seine Worte fühlten sich an, als hätten sie mich in eiskaltes Wasser gestoßen. Mein Verstand war ihm dankbar, dass er kein Spielchen daraus machte und so tat, als wüsste er nicht, wovon ich sprach. Denn meinem Verstand war klar, dass er gekommen war, um endlich klare Verhältnisse zu schaffen. Vielleicht gerade, weil das alles heute Nacht passiert war. Doch wie wenig ich mein Verstand war, wurde mir in diesem Moment quälend bewusst.

„Willst du gehen?", wiederholte ich, meine Stimme zitterte.

„Willst du das wirklich wissen? Oder suchst du nur wieder einen Grund, um vor mir zu fliehen?"

Seine Worte sickerten durch mich hindurch und hinterließen Chaos. „Ich will es wirklich wissen." Ich sah auf, biss fest die Zähne zusammen.

„Lass uns das im Wohnzimmer besprechen", sagte er.

„Nein."

„Bitte, Lotta, nicht hier, nicht zwischen Tür und Angel ..."

„Ich kann nicht mit dir da reingehen."

„Warum nicht?"

„Weil ich dann ...", meine Stimme brach, Tränen bahnten sich ihren Weg, und ich konnte sie nicht mehr aufhalten, „... ich dann immer daran erinnert werde, dass du mich dort drinnen verlassen hast. Aber wenn du es hier tust, wenn du mich hier verlässt, dann ist die Erinnerung daran nur hier. Und hier muss ich nur durchgehen, um in einen anderen Raum zu kommen. Aber da drinnen ... da spielt Konny mit seinen Stofftieren ... da sitzt Konrad vor dem Fernseher ... da kommen Fanny und Henriette zu Besuch ..."

„Du denkst wirklich, ich bin gekommen, um dich zu verlassen?"

„Natürlich wirst du mich verlassen. Das war nur eine Frage der Zeit. Bis du siehst, dass ich nicht die bin, die du dir wünschst. Dass ich anders bin."

„Manchmal machst du mich echt wahnsinnig, weißt du das?" Er kam wütend auf mich zu. „Soll ich dir mal was sagen? Ich weiß, dass du anders bist. Ich weiß es, und ich habe es immer gewusst. Und willst du noch etwas wissen? Genau das habe ich immer an dir geliebt. Herrgott. Lotta, wann hörst du endlich auf, wegzulaufen?"

Er hatte gesagt „habe ich an dir geliebt". Er hatte es zugegeben. Der Zorn über seine Worte ließ meine Traurigkeit verdampfen.

„Für dich ist das alles einfach. Du hast doch keine Ahnung, Hannes. Du weißt nicht, wie das ist, alles zu haben und im nächsten Moment alles zu verlieren."

„Ich weiß nicht, wie das ist? Du hast mir sehr deutlich zu verstehen gegeben, dass du mich nicht heiraten willst. Was denkst du, wie ich mich gefühlt habe, als ich dich mit diesem Chefarzt im Krankenhaus gesehen habe? Oder als ich erfahren habe, dass du mit Moritz Riedl in einer Bar warst?"

Ich wollte widersprechen. Ihm sagen, dass es zu den Ermittlungen gehört hatte. Aber ich tat es nicht. Weil es nicht die Wahrheit war. Keine Lügen mehr.

„Es tut mir leid."

„Ich weiß, was heute Nacht passiert ist", sagte Hannes leise. „Ich weiß es. Und ich hatte keine Ahnung, wie sich das anfühlt. Zu wissen, dass ich dich nicht beschützen kann. Aber ich habe es begriffen. Es gibt keine Garantien im Leben. Gar keine. Wer weiß das besser als du?"

Ich sagte nichts. Mir waren die Worte ausgegangen.

Er stemmte die Hände in die Hüften, senkte seinen Kopf und sagte: „Gut. Also dann. Ich komme morgen, um nach Konny zu sehen."

Er drehte sich um, trat zur Tür, legte seine Hand auf die Türschnalle.

„Sie ist in dich verliebt", sagte ich.

„Was?" Er sah verwirrt aus, als würde er nicht verstehen.

„Deine Assistentin. Die süße kleine normale Regina Steindl ist in dich verliebt." Meine Stimme versagte endgültig. Ich fing an zu schluchzen, hatte keine Kontrolle mehr darüber.

Er stand nur da und sah mich an. „Lotta, ich ...", begann er, doch ich drehte mich weg. Ich wollte seine Ausreden nicht hören. Ich nahm seine Schritte wahr, als er auf mich zukam. Spürte seine Hand an der Schulter, als er mich sanft herumdrehte. Dann nahm er mein Gesicht in seine Hände und hob meinen Kopf, damit er mir in die Augen sehen konnte.

„Die einzige Frau, die ich liebe, befindet sich hier mit mir in diesem Raum. Sie steht vor mir, sie weint, sie macht verrückte Sachen, und sie hat anscheinend keine Ahnung, wie sehr ich sie liebe." Mit seinen Daumen wischte er mir die Tränen von den Wangen. „Du bist es, Lotta. Du warst es schon immer, seit ich dich kenne."

„Aber ..."

„Nein, kein Aber. Liebst du mich?"

Ich presste die Lippen zusammen, es war mir unmöglich, ihn weiter anzusehen.

„Ist es wegen des Jobs?", fragte er. „Weil ich nicht wollte, dass du ihn annimmst? Dann will ich dir was sagen. Ich verstehe es jetzt. Ich verstehe es, weil ich dich verstehe. Ich bin vielleicht nicht mit allem einverstanden, aber ich verstehe dich. Nur eines begreife ich nicht. Wieso du so nein gesagt hast, wie du es getan hast – als ich dich gefragt habe ... ob du mich heiraten willst? Die einzige Antwort kann sein, dass du mich nicht liebst. Nicht so, wie ich dich liebe."

„Ich kann es dir nicht sagen ..."

Ein geflüstertes „Versuch es" kam über seine Lippen.

Es war schwer, die Worte auszusprechen, sie herauszulassen aus der verborgenen Ecke, in die ich sie verbarrikadiert hatte.

„Es ist, weil ich ... noch nie in meinem Leben so glücklich war wie mit dir."

Er wartete, doch als ich nichts weiter sagte, fragte er: „Das soll der Grund sein? Deshalb willst du mich nicht heiraten?"

Ich schluchzte auf. „Ich will dich nicht heiraten, weil ich es liebe, dich anzusehen, wenn du schläfst. Weil ich es liebe, mit dir zu reden. Zu lachen. Mit dir zu schlafen. Deine Haut auf meiner zu spüren. Ich liebe es, wenn dein Name auf meinem Handydisplay erscheint. Und ich liebe es, wenn du mit Konny im Arm durchs Zimmer tanzt, wenn er nicht einschläft. Ich will dich nicht heiraten, weil ich dann noch mehr Angst habe, dass alles kaputtgeht ... dass ich es kaputtmache, wie ich es immer schon kaputtgemacht habe."

Obwohl seine Augen glänzten, lächelte er.

„Du bist wahrscheinlich der einzige Mensch, der lauter Gründe fürs Heiraten als Gegenargument aufzählen kann." Er sah mir tief in die Augen.

„Wieso hast du mir nie etwas gesagt?"

„Weil ich dadurch zugebe, wie sehr ich dich liebe. Und ich liebe dich, Hannes. Ich liebe dich so sehr, dass es mir höllische Angst macht."

Seine Finger wischten erneut Tränen von meinen Wangen.

„Es ist mir egal, ob wir heiraten oder nicht. Lotta Fiore oder Julia oder wie auch immer dein wirklicher Name ist – ich möchte einfach deine höllische Angst für den Rest meines Lebens mit dir aushalten."

Und dann küsste er mich.

Epilog

Es war drei Uhr und drei Minuten in der Früh, als es an der Tür meines Schlafzimmers klopfte. Ich saß im Bett, konnte aber nicht schlafen. Die Verbände an meinen Handgelenken juckten wie verrückt, und mein Kopf fühlte sich an, als würde jemand in regelmäßigen Abständen mit einer Bratpfanne daraufschlagen.

Seit Hannes vor ein paar Stunden gegangen war, war ich allein. Er hatte wieder ins Kommissariat zurückmüssen, es gab jetzt eine Menge Papierkram, der so schnell wie möglich zu erledigen war.

„Ja?", fragte ich.

Die Klinke wurde hinuntergedrückt und die Tür einen Spalt geöffnet.

Konrad steckte seinen Kopf herein. „Habe ich dich geweckt?"

„Nein." Ich beugte mich zum Nachttisch und knipste die Lampe an.

„Komm rein."

Er trat ein, barfuß, in seinem hellblauen Pyjama, darüber sein dunkelblauer Schlafmantel. Genauso hatte er ausgesehen, wenn er früher, vor dem Unfall, in der Nacht in der Küche gestanden und neue Rezepte ausprobiert hatte.

„Kannst du auch nicht schlafen?", fragte ich.

Sein rechter Mundwinkel wanderte in die Höhe. „Bin vor einer Stunde aufgewacht. Und du?"

Ich zog die Beine an, damit er sich aufs Bett setzen konnte.

„Hab noch nicht geschlafen."

Er nickte, doch irgendetwas stimmte nicht mit ihm. Ich erkannte es an der Art, wie er unruhig hin und her sah.

„Ist alles in Ordnung?", fragte ich.

Er fuhr sich über die Oberlippe, kam zum Bett herüber, zögerte kurz und setzte sich dann. Er schluckte schwer, irgendwie sah er aus, als hätte er Angst.

„Lotta, ich ..." Seine Hände suchten Halt auf der Matratze, als würde er das Gleichgewicht verlieren.

„Soll ich Anna wecken?", fragte ich, rutschte zum Ende des Bettes und stand auf.

„Nein. Es geht nicht um Anna."

„Was ist es dann?"

Er legte den Kopf schief, ich stand jetzt ein Stück von ihm entfernt, und er sah zu mir hoch. Sein Gesicht lag im Schatten des schwachen Scheins der Nachttischlampe.

„Gestern, da ist etwas passiert ..."

„Du meinst ... die Riedls?"

Irgendetwas machte mich unglaublich unruhig. Ich ging zur Tür und schaltete das Licht an. Konrads Blick war anders als sonst. So hatte ich ihn, seit er aus dem Koma erwacht war, noch nie gesehen.

„Das meine ich nicht. Es ist etwas mit mir passiert. Als wir im Auto zu dieser Wohnung gefahren sind. Auf der Suche nach Fanny. Da habe ich ..." Er wurde leiser. „Ich habe mich erinnert."

Ich legte meine Hand auf mein Herz. Es fühlte sich an, als würde es aufhören zu schlagen. „Woran?"

„Ich hatte eine Tochter. Julia." Er wandte den Kopf ab. Seine Stimme vibrierte vor Trauer. „Sie ist verschwunden, da war sie vier Jahre alt."

Ich versuchte mir nichts anmerken zu lassen und ging auf ihn zu. „Ja. Ich weiß."

„Und ich habe mich noch an etwas anderes erinnert. Es war in der Oper. Der Wiener Oper. Ich stand über der Bühne auf dieser Rampe ..."

„Es war die Beleuchterbrücke."

„Und ich ... bin von dort runtergestürzt ... Und dann warst du da. Was ... was habe ich zu dir gesagt?"

„Du weißt es nicht?"

„Ich möchte es von dir hören."

Ich schluckte schwer. Jedes einzelne Wort war mir so gegenwärtig, als wäre es eben erst geschehen. „Du hast gesagt ..." Ich musste mich räuspern. „Du bist es, Julia. Du bist ..."

„... meine Julia", beendete er den Satz und sah zu mir hoch.

„Nicht weinen. Es ist gut", wiederholte ich seine letzten Worte, die er mir vor dem Koma gesagt hatte. Wie damals liefen mir dabei Tränen über die Wangen.

„Jetzt ist es gut", sagte er. Er wusste es wirklich wieder.

„Du erinnerst dich."

Er nickte. „Ich kann mich an alles erinnern." Er schob sich zur Bettkante vor, damit er leichter hochkommen konnte. Mein Herz vollführte einen Sturzflug. In meinen Beinen wütete ein Tornado. Seine Hand suchte etwas in der Seitentasche seines Bademantels.

„Als ich aufgewacht bin – ich habe etwas gesucht. Ich habe nicht gewusst, was es ist. Bis ich es gefunden habe."

Er nahm einen zusammengefalteten Briefbogen heraus.

„Was ist das?"

„Das ist für dich."

Ich nahm den Zettel aus seiner Hand und faltete ihn auseinander. Die Doppelhelix des DNA-Labors in der Josefstadt prangte am Briefkopf. Er hatte den Brief mit unserem Testergebnis geöffnet.

99,9 Prozent Übereinstimmung.

„Julia. Meine Julia", sagte er mit Tränen in den Augen und zog mich zu sich.

Und es war die Wahrheit. Ich war zu Hause.

MIX
Papier | Fördert
gute Waldnutzung
FSC® C083411

Auflage:
4   3   2   1
2028 2027 2026 2025

HAYMON tb 334

Ungekürzte Taschenbuchausgabe
© Haymon Krimi, Innsbruck-Wien 2025
Haymon Verlag Ges.m.b.H.
Erlerstraße 10, 6020 Innsbruck
office@haymonverlag.at
www.haymonverlag.at

Die Originalausgabe erschien 2016 in der Ullstein Buchverlage GmbH, Berlin.

Alle Rechte vorbehalten. Kein Teil des Werkes darf in irgendeiner Form (Druck, Fotokopie, Mikrofilm oder in einem anderen Verfahren) ohne schriftliche Genehmigung des Verlages reproduziert oder unter Verwendung elektronischer Systeme verarbeitet, vervielfältigt oder verbreitet werden.
Der Verlag behält sich das Text- und Data-Mining nach § 42h UrhG vor, was hiermit Dritten ohne Zustimmung des Verlages untersagt ist.

ISBN 978-3-7099-7986-0

Projektleitung: Haymon Krimi / Danijela Pavic
Buchinnengestaltung nach Entwürfen von himmel. Studio für Design und Kommunikation, Innsbruck / Scheffau – www.himmel.co.at
Umschlaggestaltung und -motive: Stefan Hilden, hildendesign.de
unter Verwendung von folgenden Bildelementen:
Kettenkarussell in Wien: Shutterstock.com / Pablito Perro;
Eigenarchiv HildenDesign unter Verwendung einer Vorlage von Midjourney
Satz Innenteil: Dörlemann Satz, Lemförde
Autorinnenfoto: Janine Guldener

Gedruckt auf umweltfreundlichem,
chlor- und säurefrei gebleichtem Papier.